代言编

代言 建言

· 60 ·

王　蒙

目　录

提高文艺作品与文艺工作者的思想境界 …………………（1）
关于改革专业作家体制的一些探讨 ………………………（4）
生活呼唤着文学 ……………………………………………（8）
作家应无恙，当写世界殊 …………………………………（15）
不仅仅是为了文学 …………………………………………（18）
做党的队伍里的普通一兵 …………………………………（20）
使命·创造·人才 …………………………………………（25）
谱写农村的新生活交响乐章 ………………………………（39）
对现实生活的反应、反映与呼唤 …………………………（45）
"面向现代化"与文学 ………………………………………（50）
中国文学的黄金时代 ………………………………………（53）
社会主义文学的黄金时代到来了 …………………………（55）
面对一种新的形势 …………………………………………（59）
文学生活的全面高涨 ………………………………………（66）
团结在党中央的周围 ………………………………………（70）
意义重大的事业 ……………………………………………（72）
物质的丰富与精神的丰富 …………………………………（73）
我们不会陶醉在已有的成绩里 ……………………………（77）
"四化"与文学 ………………………………………………（80）
当前文学工作中的几个问题 ………………………………（84）

现代文化与民族传统文化 …………………………… （91）
从儿童文学说起 ……………………………………… （100）
关于当前的思想文化工作 …………………………… （112）
在《邓小平》画册发行仪式上的讲话 ……………… （124）
认识和发展百家争鸣的新局面 ……………………… （126）
简谈话剧问题 ………………………………………… （132）
迈出改革开放新步子 ………………………………… （135）
在乌兰牧骑建立三十周年纪念大会上的讲话 ……… （141）
加强话剧艺术的现实性　鼓励严肃的艺术探索 …… （143）
把多彩的艺术献给中国艺术节 ……………………… （150）
漫谈改革题材文学 …………………………………… （154）
在中国艺术节闭幕式上的讲话 ……………………… （158）
迎接与促进民族精神的新解放 ……………………… （160）
在加快和深化改革中繁荣文艺 ……………………… （164）
加快和深化艺术表演团体体制改革 ………………… （168）
党的十三大与文艺 …………………………………… （180）
纪念马彦祥同志 ……………………………………… （183）
在全国编创人员座谈会上的讲话 …………………… （186）
关于当前文化工作的几个问题 ……………………… （190）
关心改革，关心文学事业 …………………………… （200）
关于文化和艺术问题 ………………………………… （208）
在宣布中央实验话剧院中标院长大会上的讲话 …… （237）
在福建省文艺界座谈会上的讲话 …………………… （240）
我国社会主义初级阶段的文化刍议 ………………… （249）
谈科研 ………………………………………………… （260）
发扬"五四"精神　充实"五四"传统 ……………… （262）
答《大众电影》记者问 ……………………………… （274）
实现"三个代表"是中国之福 ……………………… （278）

在第二期全国政协文史干部培训班结业式上的讲话 …… (282)
保持特色　开拓创新　推进文史资料征集出版大协作 … (288)
发挥政协优势，构建和谐社会 …………………………… (299)
一次光明的文化交流活动 ………………………………… (302)
为中俄文化交流祝福 ……………………………………… (304)
如果没有中国，这世界太寂寞 …………………………… (306)

对党风问题进行理论探讨的建议 ………………………… (309)
理想与务实 ………………………………………………… (311)
文化大国建设刍议 ………………………………………… (314)
中华民族的复兴吉兆 ……………………………………… (317)
庆祝与期待 ………………………………………………… (319)
全球化浪潮与文化大国建设 ……………………………… (324)
文化的撞击与挑战，推陈出新的契机 …………………… (328)
兼容并蓄　多元发展 ……………………………………… (330)
建言献策　化解矛盾　理顺关系 ………………………… (332)
纪念政协成立五十五周年 ………………………………… (334)
发展文化事业　构建和谐社会 …………………………… (338)
从精神层面理解"和谐社会" ……………………………… (341)
创新的关键在于人才 ……………………………………… (343)
全球化视野中的中华文化 ………………………………… (346)
文化如何应对经济全球化 ………………………………… (356)
构建和谐与繁荣文艺 ……………………………………… (358)
同一个世界，同一个梦想 ………………………………… (361)
走出去与软实力建设 ……………………………………… (364)
和谐文化与文化和谐 ……………………………………… (367)
在全国政协授牌仪式上的讲话 …………………………… (369)
开拓　创新　自主　整合 ………………………………… (372)

关于文化建设与文化发展的思考与建议 …………… (378)
吸引力、凝聚力就是生命力 …………………………… (384)
抢救曲艺 ………………………………………………… (386)
建议两则 ………………………………………………… (388)
对文化发展和改革的一些思考 ………………………… (390)
文风与话风 ……………………………………………… (393)
真知与共识不是套话 …………………………………… (395)
懂得文化　积极交流 …………………………………… (397)
许多北京文化记忆正在消失 …………………………… (400)
市场能推广文化　也能使文化低俗化 ………………… (402)
文化之强离不开文化高端成果 ………………………… (404)
精神需要与文化引领 …………………………………… (406)
文化瑰宝与文化泡沫 …………………………………… (408)
老子参事 ………………………………………………… (411)
欢喜、忧患、未来 ……………………………………… (414)
关心精神追求的高度与深度 …………………………… (421)
政治协商，大有可为 …………………………………… (423)
声音交响与协商民主 …………………………………… (426)
当政协委员，您得下力气好好学习 …………………… (428)
两会凸显生机和热气 …………………………………… (430)
要体量，更要品质 ……………………………………… (432)
涵养攀登精神高峰的持续力 …………………………… (436)
涵养时代的"文化定力" ………………………………… (438)
与边疆一起奔向现代化 ………………………………… (440)
动心　洗礼　发现 ……………………………………… (442)
关注与期待 ……………………………………………… (445)
我们的幸福在于什么 …………………………………… (447)
价值观，向人心喊话 …………………………………… (449)

家风与家教 …………………………………………… （451）
回望七十年前民族复兴的重大节点 ………………… （453）
着眼民族复兴伟业　推进文化发展繁荣 …………… （458）
文化复兴的历史机遇 ………………………………… （465）
文化自信的历史经验与责任 ………………………… （474）
我对文化建设的一点思考 …………………………… （485）
旧邦维新的文化自信 ………………………………… （491）
新时代文化繁荣发展之道 …………………………… （502）
全球化时代的中国文化路线图 ……………………… （504）
百年大党的文化初心与文化使命 …………………… （509）
赓续文脉　书写新篇 ………………………………… （513）

提高文艺作品
与文艺工作者的思想境界

文学艺术是精神文明的一个重要组成部分。从文学艺术的状况,可以多少看到一个社会的精神状态、教育程度和文化水平。同时,文学艺术反过来给这个社会和人民的精神世界以影响。

建设高度的社会主义精神文明,要求文学艺术事业的极大繁荣。四年来的实践证明,三中全会以来党领导文艺工作的正确方针、政策,是开创我国文学艺术事业新局面的根本保证。

这里,我想谈几点意见:

第一,要提高文艺作品的思想境界,把健康的、积极向上的作品送给人民。共产主义的远大理想与伟大实践,决定了我们的文学艺术应当表现昂扬乐观、奋发向上的精神力量,这正是社会主义的一个根本特点。不管有多少困难和曲折,我们对人类的命运、祖国的前途,永远充满信心。我们当然不能在困难、痛苦、丑恶和生活中一切不如意面前闭上眼睛,我们的文学艺术不应该回避矛盾,用假大空来自欺欺人。同样,我们也不能在生活的前进和胜利、人民的英雄主义与首创精神面前视而不见。我们必须时刻注意去反映生活中的新鲜事物,反映实践中的共产主义因素。我们更不是为了写困难而写困难,为了写痛苦而写痛苦,而是为了克服困难、消除痛苦而写困难和痛苦。如果某一篇作品是以批判丑恶的东西为其主要内容的,那么,这种批判的后面既应有凛然的正气,也应有科学的态度,而不是宣泄一种唯我独清、否定一切的偏执狂傲、宣扬绝望情绪。即使写的是恶人，我们的目的也是为了使读者有所警觉，有所摒弃，从而使大家变得更好一些，可爱一些，而不是为了彼此彼此，破罐破摔，宣扬一种老一套的没落心理。靠作品中的牢骚、呻吟、弱者的眼泪来打动一部分天真的读者，是不难办到的，然而，仅仅这样和一味这样，却是廉价的与不负责任的。我们的文学艺术应该表达的是对人民的精神力量的呼唤，对共产主义理想的呼唤，对人们的历史责任感和社会责任感的呼唤，对庸人市侩的自暴自弃、麻木不仁、玩世不恭的低下的精神状态的劝诫、疏导和谴责。我们的每一件文学艺术作品，至少应该发出哪怕是火柴头一样大小的热和光，所有的文学艺术作品加在一起，这热和光也便是可观的了。

第二，要提高文艺工作者和广大文艺欣赏者的艺术趣味。趣味，也是精神文明的一种表现。文学艺术作品不能没有趣味，但趣味却有高下之分。由于"向钱看""商品化"的浊流的冲击，目前文艺工作、出版发行工作中兜售低级趣味的现象，在某些单位相当严重。有些出版社出了一些甚至在西方世界也为有识之士所不齿的宣扬色情、暴力的作品。有些文学作品打着批判的幌子，津津有味地咀嚼、贩卖、渲染低级趣味。有的电影拼命以不健康的镜头提高"票房价值"。这些都是与我们建设高度的社会主义精神文明的任务背道而驰的。文艺工作者不应该忘记我们的使命是攀登社会主义精神文明的高峰，我们要在共产主义思想的指导下批判地继承古今中外的一切优秀的精神财富与艺术珍品，鄙视粗制滥造，反对低级下流，反对媚俗趋时，为创造人类历史上最高尚、最丰富多彩、最精美的文艺作品而奋斗。

第三，要建设社会主义精神文明，培育造就成千上万的社会主义新人，首先要从我们自己做起。由于文艺工作的特点，有时我们容易"一举成名"，这种情况很容易使我们变得骄傲自满、脱离群众，自以为可以不受社会主义道德规范的约束，甚至目空一切、胡作非为起来,这是很危险的。过去就有这样的人,他们的行为降低了文艺工作者在人民群众中的声誉,引起其他战线同志们的反感。对于这样的现象,我们不能不予以严重的注意,不能不高度警惕。

发表于《红旗》1982年第21期

关于改革专业作家体制的一些探讨

我们的社会主义国家非常关心文学事业的发展,为有能力从事文学创作的人们提供了前所未有的优厚条件。其中一条措施就是在各地作家团体设置了一些专业作家——有的叫做"驻会作家"。这些专业作家按照他们"专业化"以前的级别照拿工资,却解除了原有的工作或生产任务,获得了充裕的时间去写作、读书进修、下去生活以及旅行参观访问。当然,不是每一个想当专业作家的人都能当得成的,一个重要条件是已经写出了、出版了一定数量的好的或较好的作品。因此,在我国,作家的专业化是取得了一定成就的标志,专业作家是受人尊敬、受人羡慕的。

这样一种专业作家的设置,使不少有才华、有生活积累、有一定的文学素养与写作经验的同志,一不愁没饭吃,二不愁没时间,得以安心写作,得以专心致志地去攀登文学艺术的高峰,成为出作品特别是出好的作品的一个有力保证。与资本主义国家的作家生活无保障、受制于出版商和书籍市场的商业压力,为了糊口不得不去从事自己不喜欢的工作或不得不违心地去写一些格调低下的所谓通俗读物的情况成为鲜明对照。

粉碎江青反革命集团以后,特别是党的十一届三中全会以来,包括我本人在内的许多历经坎坷、在一个相当长的时期被夺去了手中的笔的同志进入了专业作家队伍,他们对专业作家的优厚的工作条件非常珍惜、加意维护,这完全是可以理解的。

在充分肯定社会主义国家对作家的关怀以及原则上设置专业作家的必要性的前提下,我们不能不看到目前专业作家体制开始露头的一些缺陷乃至弊端。

一、最主要的是专业作家容易脱离生活、脱离工作实际、脱离人民群众。确有一些同志专业化以后作品数量增加了,但质量不是上升了而是下降了,个中原因虽多,但脱离生活往往是其中一个重要原因。尽管强调深入生活的呼声愈来愈高,并且确有一些专业作家在深入生活方面做得很好,成绩很大,但专业作家的生活方式特别是心理状态往往成为与实际生活的一种距离乃至一种障碍,即使下去了也与做实际工作的干部群众不大和谐。这种心理障碍可能造成作家与生活与群众的关系不是鱼水关系而是油水关系,乃至造成某些作家的散漫疏懒与自命清高。当然,后者主要是作家主观上的原因,也不是说作家的生活方式与工作条件不可以有自己的特点,这些因素都不能忽视,这是正确的。同样正确的是有必要从体制上探讨加以改善的可能性。

二、由于上述原因,某些专业作家的生活面、知识面以及工作能力的适应性越来越窄。一方面,大量需要有一定文学素养和写作经验的人来做的工作——如组织行政、编辑出版、教学辅导等——没有人愿意做,另一方面,某些专业作家把一切上述工作或一切社会活动、社会义务视为额外负担。以致有些同志专业既久,甚至连看校样、画版样、主持会议、讲课或作报告、整理简报这样的一般文字工作或行政工作也做不来了。这就不仅是能力上的缺陷,而且是社会责任与集体主义意识方面的缺陷了。

三、由于编制等原因和各种实际考虑,专业作家人数当然不能太多,应该严加控制。但在目前文学新人辈出的局面下,要求当专业作家的人越来越多,当专业作家越来越难。即使各地作协专业作家编制再扩大百分之二百,这个矛盾仍然不会缓和很多。

另一方面,当了专业作家就获得了终身的"铁饭碗"。这样,一时或相当长一个时期写不出作品的专业作家就很苦恼，感到压力，而想当专业作家又不可能的业余作家就会感到不公平、不服气，以至于造成隔阂、矛盾。至于有些迫切想当专业作家的同志四处跑关系、找领导、托人情等，这里暂且不提。

一切事物都是一分为二的，不可能设想有一种十全十美、万无一失的具体制度或办法。但是，我们能否探讨一下，把我们专业作家体制加以改革，使之更完善、更灵活、更具有适应性和更少一些副作用呢？

例如，除了提倡深入生活、加强政治思想工作等措施外，从体制上可以考虑：

1. 多设立"有限期"专业作家，少设立"无限期"专业作家。如一般确定专业作家每期三至五年，期满后回原单位或原系统工作，少数可以视情况另行分配工作。回去工作一段时期后，可以申请和办理再次的专业化。对于再次专业化，要从严掌握。少数积累丰富、创作旺盛的同志可以较长期地专业创作。但这种专业作家也应是轮换交替制的而不是终身一贯制的。比如可以规定，长期性的专业作家，每三年应改为业余写作一年，这一年可以深入基层做实际工作，也可以从事文艺单位的行政、教学、编辑出版工作等。这样一个措施既可以减缓目前许多在非创作岗位上的同志不安心本职工作的问题，又可以使专业作家换一个角度去更全面、实际地认识社会、认识生活和文学并得到相应的锻炼。特别是创作和编辑的一定的交流替代，既对作家有好处也对编辑提高业务水平有好处。

2. 参照共青团组织行之有效的要求每个团员担任社会工作的经验，每个专业作家除写作外，还应该担任一两项社会工作，直接承担一项具体经常的社会义务工作，诸如教夜校、协助审稿或党团组织工作等，以增强作家的社会责任感与集体主义意识，并增强作家与社会生活的联系。

3. 设立文学研究院等荣誉学术机构并建立专业作家的退休制

度。一些卓有成就的老作家在不以创作为主要活动后可以进文学院,一般作家到了年龄就退休。

4. 专业作家的物质待遇办法应有适当调整。从理论上说,专业作家应主要靠稿费生活。有了这一条,就从体制上有利于保证专业作家队伍的流动性和严格的选择性。当然,这样做也会有流弊,特别是有可能使写作与取得报酬联系得太紧,所以还要有各种辅助措施。如为了保障作家的基本生活需要,可以发一定数量的生活费或按一定折扣发工资,但长期既发原工资并照常升级调资又拿稿费的双重报酬制度是不够合理的,容易脱离群众。还可以设立文学基金、创作贷款来补助、支援进行旷日持久的大部头创作的人。对从事严肃、重大题材的写作,而从商业观点来看难以搞出畅销书的人,可以特别给予支援和鼓励。对年老体弱而又无能力担负其他工作的作家,可有特殊照顾。同时,要调整稿费标准。总之,照顾要有,补助要有,"铁饭碗"最好没有。

以上说的这些,写来容易,做起来很不简单,牵扯到许多实际问题,不是某个文艺团体甚至不仅是文化、宣传部门解决得了的。上述设想,也许确有不现实之处,而且这方面的任何变动,都会影响许多同志特别是现有专业作家的实际利益。因此,笔者应《北京日报》之约写下上面一些文字之时,颇感诚惶诚恐。但是,我们至少可以把这个问题先提出来,议一议,扯一扯,务务虚。笔者不揣冒昧提出这一问题的目的,无非是抛砖引玉,共同想办法、献计策,使我们的专业作家体制更完善、更合理,有利于文学事业更健康、更蓬勃地发展。

1982 年 12 月 1 日
发表于《北京日报》1983 年 1 月 4 日

生活呼唤着文学

我们刚刚经历了一个古今中外都不多见的文学事业迅猛发展的时期。在长期的"左"的干扰和十年扫地以尽之后，一下子出了那么多作家、作品、书刊、读者。千千万万关心国家命运、有觉悟有头脑的人把目光投向文学，他们热情激动、严肃认真地思考和议论刚刚读过的文学作品，就像是在思考和议论自己的命运，自己的生活，自己的同志、邻居、友人和仇人。他们当中的一些人，又在思考和议论之后肃然命笔，把自己的热情与思想的果实献给读者，从而掀起更大的波澜。与生活紧紧相连的迫切感、切近感，与三中全会前后发生的思想解放的伟大潮流紧紧相连的战斗性和尖锐性，这便是前一段文学作品的主要魅力——也可以说是威力——所在。

在这种情况下执笔的作家，大多是一些长期被夺去了笔或者不可能拿起笔的同志。长久的积累积郁之后，这种写作具有一种类似油井井喷的性质，勇敢、坦诚、真挚，有时候还有些粗犷，提问题、闯禁区、抒真情、发宏论、歌哭嬉笑、呐喊啼泣、赤心热血……都成了动人的好文章。

然而这种势头却并非能够天长地久。"感谢"江青等为文学设置了那么多禁区："天安门事件"是禁区，"反右扩大化"是禁区，恋爱婚姻家庭是禁区，"中间人物"是禁区，"人性""人情"是禁区，心理描写也是禁区。这样，一九七八年和一九七九年，稍微思想解放一点的作家就可以为自己树起一个类似赵子龙的形象，有分量一些的新作往往带给读者一种尝到禁果的兴奋。但是今天已经没有那么多现成的禁区等着你去闯。何况胡冲乱撞也许会闯了自己的阵脚,闯出乱子,闯得有利于国内外的敌对势力,甚至闯出点什么资产阶级自由化来。

一个"文化大革命",一个"反右扩大化",成为一九八〇年以前的许多作品的题材的背景。连篇累牍地写这些东西的结果固然是标志着一个时期的结束并且呼唤着一个新时期的到来,然而,生活在新时期的读者要求着新题材的开拓。读者的心理和趣味已经发生了许多变化。例如一九七九年以前一篇揭露点什么的作品就能引起某种轰动,那么,现在这一类作品如果仍然停留在一九七九年的水平就不会引起什么反响。一九八〇年出现了许多反映我们生活的转机的作品,一九八一年出现了许多反映农村生活的新气象的作品,文学仍然力图与生活一道前进,这是不能抹杀的。然而文学"井喷"的势头显然已开始减弱,它不像一九七八年、一九七九年与生活靠得那样近、认识那么犀利、思想那么新了,这也是难以完全否认的事实。

不能低估近两年来文学创作的成绩,不但有《燕儿窝之夜》《高山下的花环》这样崇高刚健的新作,不但有正在崭露头角的古华、何士光、王安忆、张承志、张抗抗、吴若增、韩少功、陈建功、陈祖芬这样一些新人,而且蒋子龙、莫应丰、刘绍棠、谌容、刘心武、邓友梅及许多前几年比较活跃的中年作家在创作上的势头未衰,在反映现实与艺术创新方面各自做着认真的努力。可以说,我们的文学事业并没有停滞,而是在健康地、正常地、多样化地发展着。

如果说一九八〇年上半年以前我们的文学创作好比大江出峡,奔腾激荡,气象万千,泥沙俱下,那么,我们不妨说,这两年来,我们的文学创作有点像百川争流,各异其趣,流而有道,兴利防害。

但也不免有点遗憾。激动人心的有分量的作品不那么多了,文学新作的现实性、迫切性、尖锐性有所降低。人民群众对文学的热度正在减退。许多文学期刊的订户正在大幅度减少,固然有其正常的一面,也有其他原因(如刊物愈出愈多,各种"选刊"的排挤),但作为搞创作的人,我们不能不对当前的创作情况进行应有的严肃的反省。

实际上有许多这几年创作力相当旺盛的作家早已在严肃地考虑怎样更上一层楼的问题。时代要求我们熟悉新的生活、开拓新的题材、思考新的问题、寻觅新的角度和探索新的形式。在党的十二大以后,人们更意识到建设以共产主义思想为核心的精神文明,开创社会主义文学事业的新局面的历史使命的重大。如果只是像前几年一样地径自写下去,而不认真地去追求生活上、思想上、艺术上的新突破,包括笔者在内的一些作者,虽然或许仍可以做到时有新作发表,却难免开始呈现某种强弩之末的颓势,呈现生活积累、思想与情感积累的捉襟见肘,乃至开始落在生活后面,落在时代后面,落在当代文学主潮的后面。

首要的问题仍然是文学与生活的关系。以江青为"旗手"的"帮"文学的破产首先在于它们背离了生活,故而被生活、被人民所抛弃。四年来文学事业最引人注目的成功正是文学与生活紧密联系这样一个现实主义传统的恢复与发展的证明。客观上,我们的作家为这四年来文学作品的出现而进行了长期的生活积累,严峻地准备了十年、二十年,或者更多的年头。厚积薄发,游刃有余,这是前几年较有成就的作家喷涌般地创作的"秘诀"所在。一九八一年写农村新气象,虽不乏清新动人之作,但人们在感到可喜的同时也感到了这些作品大多比更早一个时期写历史变化的作品要表面得多、肤浅得多,因而生命力也短暂得多。近来的作品,就更缺乏这种有深厚积累作后盾的力作了。

而生活迅速地发展着,尤以农村变化迅速。前两年甚至前一年还颇能构成文学作品的新鲜题材的一些冲突与事件正在失去自己的普遍意义与新闻性。前几年的许多贴近生活的优秀之作正在迅速地变成历史,虽然它们当中有些作品会有相当长远的历史价值。李顺大造不起屋来的故事曾经打动了众多读者的心,然而,这一两年全国已有几千万或者上亿的李顺大造起了空前美好的新屋。陈奂生住招待所坐沙发的洋相曾经使读者含泪而笑,然而目前也有成千上万的陈奂生已经打制了或者购置了各式沙发。《我们建国巷》与《焦老旦与熊员外》分别发表在一九八〇年底与一九八一年,这两篇写得很不错的小说都描写了一户人家由于购置电视机所引起的风波,也许可以说是轩然大波。但目前我国电视机在中等以上城市已经普及,在农村也正在推广,电视机厂正为自己产品的销路而到处大登广告。买一台电视机在一九八二年(哪怕是在农村)已经很难算是新闻,也不大会造成什么大冲击波。至于那个精灵的黑娃,只要他的家乡认真贯彻责任制和多种经营,他的养兔收入肯定早已超过了八块钱,也许是十倍二十倍或更多倍于八块,那么,黑娃不但可以连连照相,如果他确有此爱好,他完全可以自己去买一台相机了。

关心过没有造起屋的李顺大、吃不饱饭的陈奂生、刚刚照了一次相的黑娃与没见过电视机的建国巷居民以及谢惠敏、陆文婷、乔光朴的命运的读者有理由要求作家们(不是专指写过这些成功的人物形象的某个或某几个作家)提供新的生活图画,新的思考与新的感受。人们有理由渴望知道盖起了五间大北房或者二层小楼的李顺大迁入新居后的生活与感想;人们有理由渴望知道刁钻古怪的黑娃如果肩上挎着一台海鸥牌135相机并且骑着一辆加重永久自行车的话还会有什么精彩绝伦的表演与表现;人们有理由去问一下陈奂生或者建国巷的居民或者熊员外的乡邻,当你们坐在自制的或购买的沙发上看卫星转播的国际新闻的时候,你们想了些什么?如果陈奂生现在还既无沙发又无电视,那么他是否知道千万个与他同命运者的生活的变化?他是否还视沙发为怪物?他是否正在改变自己的贫困而且带几分愚昧的生活?有什么东西妨碍他去争取更加富裕和文明的生活吗?

我们的作家在提供这些人物的今天的命运、新的生活图画的时候,远远不像描绘他们的昨天、生活的昨天那样得心应手。既要捕捉时代之新、题材之新,敏锐地注视、听取与表现生活的发展变化,又要有深的开掘、深的感受、深的概括,这是不容易的。没有对生活的注视、寻找、开掘、积累,就不会有紧跟着生活的步伐前进的文学,这个规律是无情的与无法代换的。严重的问题是深入生活,努力到新的生活当中,到人民群众当中去获取新的启示、冲击、感受与创作素材,努力去获取新的体验、新的评价,否则就会使自己的创作枯竭。即使去写历史、怀旧、"我的童年"之类的题材,也需要倾听活生生的现实的声息。这就是摆在包括笔者在内的许多前几年颇为活跃的作者面前的现实。当然,对生活的理解不应形而上学,深入生活不应一刀切,但不论多么辩证和多样,硬挺着不承认生活问题的迫切性是不行的,早一点承认这个现实并采取切实的措施就早好一点。

反映正在发展变化的生活不仅需要素材与经验,也还需要积极的态度,清醒的头脑,崇高的思想境界与一个严肃的作家的胆识。这两年,人们对一些未能准确与健康地反映我们的社会生活中的矛盾冲突和历史经验教训的作品开展了一些批评,这些批评绝大多数是同志式的、说理的、有益的,与早些年代那些棍帽交加的批判成了鲜明的对比。尽管如此,由于长期的"左"留下的余悸和近几年某些资产阶级自由化思潮造成的混乱,我们的作者很容易遇难而退,变得谨小慎微乃至回避严肃、重大、尖锐的题材。近年来有分量的作品少了,或忆旧,或自我,或朦胧,或小巧,或咏山水,或讲风俗……总之绕道走的作品多了,面向生活的,面向波澜壮阔、错综复杂的现实矛盾冲突的勇气与锐气有所减弱。在充分肯定多种类型作品的必要性与合理性,充分肯定上述某些作品艺术形式与技法上的追求的价值的同时,我们不能不焦急地呼唤更强有力的文学,呼唤反映新时期重大尖锐的社会矛盾、反映人民的愿望与社会发展的要求、具有鼓舞人心、发人深省乃至振聋发聩或者醍醐灌顶的精神力量的文学。

人们期待着文学,期待着新的力作的出现,期待着新的喷涌。人们呼唤着这样的文学,而这样的文学又必将成为对人民的精神力量的呼唤,对民族的精神力量的呼唤,对共产主义的思想与实践的呼唤。

然而有些同志的想法却不是这样。事实证明,在"左"的影响与右的干扰下面,"文化工作危险论"的阴影随时有可能出现。不是目前又有许多同志特别是搞电影的同志大谈什么"保险系数"了吗?这个工程名词向文艺界的引入实在令人啼笑皆非。一个真正具有稳定的与正确的政治观点与艺术观点的作家,一个真正忠于人民的利益和社会主义事业、奋不顾身地追求真善美的作家,难道是按照"保险系数"进行创作的?难道我们对三中全会以来党的文艺方针、政策,对已被这几年的实践证明了党对于文艺工作的领导的成熟与稳定,还不能有一个基本的认识吗?

所以同样严重的任务是学习。学习党的十二大文件,学习马克思主义的基本理论与基本方法(包括马克思主义的文艺理论),学习文化科学知识,使我们的思想水平确有提高,精神状态确有改变,这样,我们就不但在前几年能够成为解放思想、拨乱反正的闯将,而且继续成为开创"四化"建设的新局面的闯将,建设社会主义的精神文明的闯将。只有精神上强有力的作家才能写出真正能够呼唤人民的与民族的精神力量的作品,这难道还有什么疑义吗?

一些年来包括笔者在内的一些同行颇有志于艺术形式与技法的探索,尽管这每一个具体的探索、试验的成败得失还远远有待于推敲讨论,但艺术形式与技法的探索永远是需要的,这大概不会成为问题。我的体会是探索也好、创新也好、形式也好、技法也好,这一切必须深深地扎根于本民族的生活之中。正是生活本身给人以启发和提示,使借鉴和吸取古今中外一切有益有用的艺术表现经验成为可能。例如笔者曾经写过一些打破时空限制、浮想联翩的试作,试作得失姑且不论,但这些试作之所以可能,正是由于前几年新旧转折、拨乱反正的斑驳繁复的现实的冲击。这些冲击使笔者百感交集,一提起笔就觉得各种形象与思绪纷至沓来,有满天开花的爆炸感。这些哪怕并不成功或惹人非议的作品乃是那一段激情的产物。没有那种百感交集的激情与体验，便写不出这种东西。如果是无病呻吟，是无源无水却硬要流出意识，那就只能是令人厌恶的装腔作势。创新是必要的，也是困难、值得向往的，"做创新状"却类似卖弄风情，只能让人腻味。形式与技巧也是非常重要的，形式与技巧的新试验也能引起一阵兴奋乃至狂喜，但单纯的形式与技巧的吸引力却不能成为推动创作的持久的与足够强有力的因素，只有当对新的形式与技法的探求得到生活的新的提示、新的刺激、新的挑战的支持和验证的时候，这种探求才是有益与有趣的。生活是水，形式与技法是船，有了水，船才能浮起和行进，水深才能走大船，没有水，船就会搁浅、生锈，变成废铜烂铁。为创新而创新，为突破而突破，这种创新和突破就有可能变成新的条条框框。例如，在没有特殊的心境的情况下，硬要把一件顺顺当当的故事切割细碎、打乱颠倒、遍天一撒，那不成了作茧自缚了吗？

来自生活、反映生活并反过来作用于生活，这便是我们必须坚持和发展的现实主义文学的基本前提，也是我们有别于一切主观唯心主义、非理性主义的文学思潮的界限所在。在这个前提下面，我们有选择和有批判地汲取和借鉴古今中外各种风格各种流派的艺术经验的路子不是更窄了，而是更宽、更扎实也更少流弊了。

正像党的十二大的政治报告提出的，我们的党现在处于历史上最好的时期，我们的国家进入了空前安定、团结、发展的新时期。十二大关于开创社会主义现代化建设新局面的号召激励着全国人民的心。文学在建设社会主义精神文明的历史任务中担负着特别巨大的使命。生活正在呼唤着文学，呼唤着文学事业的新局面。在新的一年到来的时候，我愿与同行同道共勉，努力学习，深入生活，振奋精神，勇敢实践，做出无愧于时代、无愧于人民的期待的新成绩。

发表于《文艺报》1983 年第 1 期

作家应无恙,当写世界殊

生活的变化经常是无声无息的,几年以前,甚至在一些城市里,电视机还是个稀罕物儿,这个稀罕物儿还能引起震动,引起羡妒并打破生活的古旧的平衡。一九八〇年底叶之蓁的一个短篇小说《我们建国巷》便入木三分地描写了这么一场围绕电视机发生的纠纷。一九八一年李志君在《人民文学》上发表的一篇小说描写了农村里的电视机事件。然而,我要说,这样的作品题材(不是指价值)差不多应该算作"历史题材"了。

今秋我在北京的远郊区——都是山区——走了一走,远远就看见名堂繁多的自制或特制鱼骨天线。城里人更不用说了,他们考虑的是换小为大,换黑白为彩色。据说九英寸电视机已经不生产了,现在许多电视机修理部开展了一项业务,换个显像管,把九英寸机子改成十二英寸的。我在《北京晚报》上还看见一个聪明人的极英明的建议,今后盖居民楼时应该安装公共电视接收天线,谁要用就给你接上插座,你交一点钱,效果好,省钱,雅观。对极。

去年夏秋我去新疆农村的时候看到少数民族社员打制沙发便十分震动,因为一九六六年我家因有两个歪七扭八破烂不堪的所谓沙发而受到革命小将的"勒令",罪名是"资产阶级的"。一九八〇年三月我看到《陈奂生上城》时也曾拊掌叫绝。我总认为,贫下中农家里有了沙发是一个历史性的事件。我们的电影或戏剧里的贫下中农不是蹲在地上、蹲在炕沿,便是坐在小板凳或者大条凳上。贫下中农坐在沙发上是什么姿势呢？斜仰着、跷着二郎腿？坐沙发以前恐怕会把裤子上的泥土抖落干净，因为洗涤一个沙发套大概比冲洗一条木凳困难。陈奂生今年再上城，见到沙发还会那样出洋相吗？如果农民们开始坐在沙发上看电视、看卫星转播的国际新闻，我的天，我不知道这意味着将发生生活方式与精神状态上的什么样的大变化！

我们有一批极出色的作品，写了我们走过的曲折的道路，写了我们的辛劳、我们的坚毅与我们的令人泪下的酸楚。盖不起屋子的李顺大，头一回捏着八块钱的黑娃，把《牛虻》当做黄色书籍的谢惠敏，崇高而又艰窘得令人不忍的陆文婷……这些都是感人至深的，为人民立言的作家将受到人民的尊重。

不知道这些人的命运发生了些什么新的变化没有？只要当地认真贯彻责任制与一系列农业政策，我们完全可以设想李顺大盖起了五间新房或者是两层楼（浙江一带近年来盖楼房的农户大有人在）。李顺大家里添置了些什么家具设施呢？反正华北一些世代睡土炕的农户现在正在搞木床乃至钢丝床。黑娃现在不至于捏上八块钱就激动得声泪俱下了吧？如果他包一个养兔场的话，也许新闻记者、内宾外宾已经给他照过许多次相了吧？他会不会也像某些忙人红人那样，开始对劈劈啪啪地按快门的声音感到厌烦呢？他会不会自己买一个相机——"海鸥"还是"佳能"？至少他已经买了一辆永久牌加重自行车了吧？当黑娃蹬着车疾驶的时候，他的心理反应与去照相时会有些不同吧？谢惠敏的近况就两说着了，也许对新时期的新变化格格不入，也许迷惘、思考、觉醒从而站在了前列，不但看过《牛虻》，而且正在看法国新小说？那倒还要教育教育，疏导疏导。当然，我们祝愿她走得又正又稳又勇敢。对陆文婷，我的估计要保守一些，因为落实中年知识分子政策的一系列工作现在刚开始，但至少她有可能连续提了两次级，有可能正在给她审批一套大一点的房子。当然，她也有可能受到新的骚扰和打击，例如可能有人追究她和《人到中年》的作者的关系……

总之，生活已经和正在发生急剧的却又是渐进的变化，当然这种变化不像过去搞运动那样惊天动地、大喊大叫，动不动就转弯一百八十度。中国安定了，中国团结了，中国开放而又独立自主了，中国实事求是讲究经济效益了，中国正在成功地建设新的生活，这是一件了不起的大事，是一件抹杀不了、咒骂不倒、愈来愈生气勃勃、愈来愈气象万千的大事。

这么说，如果说我们的文学创作落在生活的后面了，当不算过苛之论。我们的文学创作已经经历了粉碎江青集团之后、特别是党的三中全会以后的喷涌时期，长期被压抑、被禁锢的思想、激情、真心话在这个时期化成了成百成千的虽有瑕疵却不失为一代心声的作品。这种高压后的喷涌真诚则真诚矣，壮观则壮观矣，但是如果不去深入新的生活，倾听生活的新的气息，注视生活的新的发展，这种喷涌必定不能持久下去，我们的作品便会渐渐现出强弩之末的颓势。说来是老生常谈，然而再没有近便的小道可走，一个是生活，一个是学习。学习党的十二大文件，学习马克思主义的基本立场、观点、方法，学习一切文化科学知识的最新成果，站得高，看得远，我们才能历史地、深刻地、高度概括而又充分具体地认识与评价我们的生活，特别是生活中的新的契机、新的变化与新的矛盾冲突。只有在学习上不停步，在生活上不停步，一刻也不削弱我们与人民的联系、与社会生活的联系，我们才能做到在创作上不停步，艺术追求上不停步。阵痛是新生命的准备，苦恼是新突破的序曲。作家应无恙，当写世界殊！

发表于《文汇》1983年第1期

不仅仅是为了文学*

我们愿意把《人民文学》办得更好一些。

不仅仅是为了文学。我们希望奉献给读者一期期够水平的、赏心悦目的文学刊物,我们更希望奉献给读者的是亿万人民的心声和时代的壮丽而又斑驳的画卷。透过篇篇作品,我们希望读者能够看到同时代人的眼泪、欢乐和憧憬,看到我们民族的艰难而又伟大的振兴,看到我们大家的生活波澜壮阔、多彩多姿,有时候是沉重的、却又始终是令人眷恋、令人无限向往的生活。

伟大的祖国,伟大的历史使命需要精神上更加伟大的人民。我们愿为人民的精神的丰富和高扬贡献出我们微薄的力量,我们希望读者从我们的作品当中得到哪怕是些许的温暖和慰藉、感染和鼓舞;也有时候一些作品会成为一种警策,一种冲击,引起一种战栗。让读者读了我们的作品以后变得更好一点吧,愿他们更热情、更勇敢、更聪明地投身到各自的工作、战斗、生活中去。

所以我们特别热切地呼唤那些忧国忧民、利国利民的作品,那些勇敢地直面人生、直面社会矛盾而又执着地追求共产主义理想和信念的作品,我们欢迎的是那些与千千万万的人民命运休戚相关、血肉相连、肝胆相照的作品。从这些作品中,我们将不仅看到文学的精致和美妙、作家的技巧和才华,而且看到一颗颗跳动着的、鲜红的与火

---

* 本文是作者为《人民文学》写的刊首语《告读者》。

热的心。

同时,我们希望不拘一格,广开文路,满足读者的多方面的精神需要,包括知识、趣味、娱乐休息的需要。除了继续搞好小说、报告文学、散文、诗歌以外,杂文、寓言、小评论以及文学性强的剧本、曲艺作品都在所欢迎之列。小说方面我们愿特别提倡短小精粹的真正短篇,同时也发表一些有分量的"长"短篇和中篇。在艺术方法上,我们欢迎一切对革命现实主义文学传统的继承和发扬,并支持和鼓励一切能使我们的文学表现手段更加丰富和新颖的尝试。

我们希望更好地面对读者,通过"编前""编后"、读者来信等与读者更好地交流谈心,我们希望成为广大读者的知心朋友,与读者共同探讨生活和文学艺术提出的那些令人激动又令人困扰的新问题。

明年,我们将改版和增加篇幅,使《人民文学》厚重而又活泼,沉着而又坚定地乘风破浪前进。

在《人民文学》新的编委会成立的时候,我们有许多美好的愿望与意图。这些愿望与意图能不能实现呢?亲爱的读者、作者,我们期待着你们的批评、监督和支持。因为,《人民文学》是你们的。

发表于《人民文学》1983年第8期

做党的队伍里的普通一兵
——谈党员作家不应自视特殊

党的十二届二中全会通过了《中共中央关于整党的决定》，要求全体党员无例外地参加整党。当然，我们党员作家应该积极地和严肃认真地学习有关文件，用党章上规定的党员标准来衡量自己，开展批评和自我批评，克服自己身上的弱点和毛病，使自己成为合格的，并且努力争取成为优秀的共产党员。

党员作家能不能自视特殊？要不要受党的纪律的约束？要不要在政治上与党保持一致，乃或自以为比党还高明？这本来不是什么问题，至今也还没有什么人公然从理论上要求给党员中的作家以特殊的地位和权利。但是在实践上，在事实上，在一些同志的思想感情深处，这个问题又确实存在着。

有少数党员作家，不学习或者很少学习马克思列宁主义、毛泽东思想，不宣传或者很少宣传共产主义的思想体系与社会主义制度，而对形形色色的西方资产阶级货色趋之若鹜，在所谓人道主义、人性论、现代派的名目下宣扬与马克思主义的世界观和文艺观根本对立的主观唯心主义、历史唯心主义、极端个人主义、非理性主义和颓废主义。还有的同志，不学习和领会党的十一届三中全会、六中全会和第十二次代表大会的有关文件精神，不按四项基本原则和三中全会的精神办事，而在自己的作品与言论中，从"左"的尤其是从右的方面散播怀疑、贬低或者歪曲中央的路线、方针和政策的观点。例如有的党员作家实际上在自己的作品中全面否定毛泽东同志和毛泽东思想,这就完全违背了中央的有关决议。还有的同志似乎处于党的基层组织之外,不向自己所属的支部汇报思想和工作、不主动按时缴纳党费、任意不参加甚至数年不参加党的组织生活。个别同志自我膨胀、自命不凡,不是以党的一员、党的事业的主人的态度来探讨我们工作的长短得失,而是以一种比党高明、比党正确的批评家的姿态,没有事实根据地、不负责任地任意指斥党的地方组织与党的工作,哗众取宠。

这种现象虽然只存在于少数党员作家当中,但是它的影响是恶劣的,其严重性更在于它带来对读者、对青年的精神污染。毫无疑问,这些问题必须在整党中得到解决。

产生这种问题的原因是多方面的。从我们党员作家主观上来检查,一个重要的原因就是摆错了个人和党的位置,摆错了自己从事的文学写作与党的事业的位置,自视特殊,实际上把自己放到党的事业之外或凌驾于党组织之上去了。

文学创作确实是一个崇高、艰巨、影响深远的工作。搞创作的人当他全身心地沉浸在自己的创作思维与创作激情当中的时候,往往忘乎所以,如醉如痴,个中甘苦,难与人知,这样的事实并不难理解。"为人性僻耽佳句,语不惊人死不休",这是作家的乐趣,但有时也正是作家的局限性乃至作家的悲剧所在。因为同生动活泼、丰富多彩的社会生活与社会实践相比,特别是与伟大壮丽的共产主义事业、解放全人类的事业、振兴中华推进祖国的社会主义现代化事业相比,"佳句"与"惊人之语"毕竟只是一个艺术表现问题,是一个小小的局部。如果不知"佳句"之外还有世界,还有人民,还有革命的浴血奋战与改天换地,未免太狭隘。而如果身为共产党员,却自满自足于"性僻"和"佳句",不去联系群众,不去依靠组织,不去团结人民,不去胸怀共产主义事业的全局,甚至以这种旧文人气质、这种政治上的自由主义为荣,那又算得上什么无产阶级的先锋战士呢?

可以说,正是党的领导,马克思主义的科学世界观,才能帮助我们高瞻远瞩,开阔胸襟,掌握正确的政治方向,提炼健康的与深刻的主题思想,敏锐而又准确地评价现实生活与历史事件,体现时代精神。勇于创新,勇于突破,使我们的作品的思想性与艺术性达到前所未有的高度。因此,对于一个富有党性的党员作家来说,接受党的领导,学习党的思想,参加党的一个组织并在其中积极工作,履行党员的义务,与发挥他个人的聪明才智进行独特的文学追求与文学创造,不但不是相互矛盾的,而且前者正是后者的保证,前者正是我们的党员作家的精神力量和精神财富的源泉。做一个好党员,正是对做一个好作家的有力的推动。正是由于党员作家自觉地把自己的工作看做党的事业的一部分,从党的领导中汲取智慧和力量,才为我们的社会主义文学艺术事业开辟了一条前所未有的广阔和光明的道路,而旧社会中那种有良心的作家在黑暗中摸索碰壁、孤独无援、四顾茫茫的局面,终于变成了历史陈迹。

在我国,文学事业受到全社会的关心和尊重,成功的创作有时会给作家带来很大的荣誉乃至物质的鼓励,这本来是好事,是社会主义制度优越性在文化事业上的表现。但也有少数同志经不住成功、荣誉的考验,头脑发昏,自以为了不起,自以为他这个"大作家"是向全国、全世界读者发言的,他的作品会"传世",因而不把党的基层组织放在眼里,不把党章党纪放在眼里,甚至不把党放在眼里。这样做,既是狂妄可笑的,又是十分危险的。因为,不论自己的工作有多大的影响,个人有多大的名声,它不是天上掉下来的,不是无根之木、无源之水。它来自脚下的土地,来自自己所属的组织,来自周围的革命同志和人民群众的实践经验,来自党的事业、党的思想与党的情怀,来自具体的、实实在在的社会生活。如果一个作家只是无尽无休地陶醉在自己的名声里,如果每天凌虚蹈空,飘飘然、昏昏然不可终日,那不只能是作茧自缚、自我毁灭吗?因此,愈是"名气"大、"才华"出众的党员作家,就愈是应该注意加强自己的党性锻炼,加强组织纪律性,按照党员的标准严格律己,履行党员的义务,珍重党员的权利,谦虚谨慎,脚踏实地,做党的队伍里的普通一兵。这种党性锻炼,恰恰是医治某些党员作家的自大狂(以及其他一些毛病,如文人相轻、争名逐利等)的对症良药,也是党员作家走正路不走邪路、端方正派地攀登社会主义文学事业高峰的重要保证。

在一些党员作家中还有一种毛病:自视清高,脱离群众,整天生活在文人小圈子里,自吹自擂或者互相吹捧,顾影自怜或者惺惺相惜,或捏成一团,或分成几瓣,但都看不起各项实际工作,看不起从事实际工作和生产的干部、群众,动辄指斥旁人庸俗、愚蠢,似乎只有几个会谈论帕格尼尼或者卡夫卡的文人圣明。一般作家这样做,已是钻入了自我封闭的螺壳,党员作家这样做,则更是根本违反了党的无产阶级性质,违背了辩证唯物主义与历史唯物主义的基本法则。一般来说,拿议论一件事与办好一件事相比较,毕竟前者要比后者容易得多,做一个或愤世嫉俗或天花乱坠的大而无当的清谈家,当然要比做一个能面对与解决实际问题、办好一件又一件事情的实行家容易。描写一场战斗,也不容易,但比起指挥一场战斗、从事一场拼搏冲杀来,毕竟要好办一些。作家写得再好,用的词儿再妙,难以完全摆脱纸上谈兵的性质。当然,精神生产有精神生产的功能、艰巨性和必要性,从一本描写战争的小说里,人们可以得到一些从实战中不能完全得到的感受和经验。我的意思并不是故意贬低或嘲笑自己从事的文学创作这一行。灵魂工程师的任务是崇高的,问题是,我们绝对不能鄙视人民,鄙视社会实践,鄙视从事各项实践活动的各级干部。做党的队伍里的普通一兵,做人民群众的小学生,我想这丝毫也不会损害一个党员作家的名声或者形象,也不会损害一个作家应有的艺术个性,相反,这正是一个无产阶级革命作家纯洁美好的品德、修养和情操的光辉动人的表现。

我个人在这方面的认识和实践远远不是足够清醒或者完善的。五十年代,当我开始"登上文坛",一度"名噪一时"的时候,对那种飘飘然昏昏然无以自处的精神状态不是没有体验过,对当前的各种错误思潮和精神污染的表现,也不是都有及时的与充分的认识。但是,经过几十年的风风雨雨,经过党的教育,劳动人民的教育,我总算悟出了一点怎样做一个名副其实的共产党员、做一个合格的党员作家的道理。我的认识还需要继续提高,我愿与全国的其他党员作家同志、特别是中青年同志共勉,让我们积极参加整党和反对精神污染的斗争,使自己得到帮助,得到进步,加强党性锻炼,永远做一个合格的、好的无产阶级战士。

1983 年

使命·创造·人才*

我讲以下三个问题。

第一个问题,谈一下中国文学的济世传统和社会主义文学艺术的重大使命。

先说中国文学济世的传统。济世,就是对这个社会、对世道人心要有益。中国文学是有这样一个传统的。从古代我们就不仅仅把文学当成一种游戏,或者是仅仅当做一种个人心理的发泄,像西方作家那样把文学艺术解释成一种被压抑的心理的发泄。相反,我们非常重视文学的教化作用,重视文学在影响世道人心、陶冶性情、增加知识,以至于巩固社会生活的秩序方面的作用。所以孔夫子早就讲,"诗可以兴,可以观,可以群,可以怨;迩之事父,远之事君。"人们还把文学艺术看成人民的心声,看成人民的道德、情操、愿望、观念及各个方面的表现。所以中国很重视谣,就是歌谣、民谣(谣言的谣也是这个谣呀),甚至古代小说演义也用一种迷信的色彩来解释这种谣。无据之言谓之谣,无据,就是查不出出处来。但是,它不胫而走,变成一种口头上所传诵的顺口溜。这样一个歌谣,或者这样一个故事,它能表达民意。文学在影响民心、表达民心、表达民意上,有很突出的作用。所以古代皇帝要设立乐府,通过搜集民谣、民歌来考察他的政治上的得失,老百姓的心情如何,有什么愿望没有,是不是对贪官污

---

* 本文是作者在沧州地区文艺工作者第一次代表大会上的讲话。

吏有怨言,是不是有旷男怨女,是不是还有举措不当之处。所以,过去评论戏的好坏,有这么一种说法,就是"不关风化体,纵好也枉然"。这就是说,如果你写的这个戏不能够对人们的世道人心、伦理道德、风俗教化起作用,那么你的这个故事写得再好也枉然。从中国古代起,就有一大批文人,他们是抱着先天下之忧而忧,后天下之乐而乐,抱着要对世道人心有益这样一个观点来从事他们的诗歌、小说、散文的创作活动。当然,在封建社会,文人以自己的学问为这个社会做出贡献的愿望往往不能实现,所以他就会走向自己的反面,避世乃至厌世观念都可能出现。在中国古代的文人里头,有学仙的,求道的,对这个社会、这个世道完全否定。其实,这些现象实际上往往是一种济世思想受挫的结果,他们或者是遁入山林,啸傲山林,或者是"采菊东篱下,悠然见南山",或者是遁入空门当和尚、当道士。

"五四"以后,明确地提出了"为人生而艺术"的主张,这与为艺术而艺术的主张是不同的。就是说我们搞文学也好,搞艺术也好,搞绘画也好,搞音乐也好,我们是为了人生。我们的这些作品要能够改善我们的人生,要能够改善我们的社会结构,要能够改善人民的生活,要能够提高人民的觉悟和文化。而另一种主张,为艺术而艺术,认为艺术只是少数人的事,是一般的老百姓所不能理解的;艺术创造的目的,只在于创造快乐本身。所以,这在当时被称为象牙之塔里的艺术。躲在象牙之塔里头,搞自己的创作,和社会无关,和老百姓无关,和世道无关。"五四"以来的大部分优秀作家走的是为人生而艺术的道路,是反对为艺术而艺术的。为人生而艺术的结果呢,就必然产生革命的文学艺术的新概念、新命题。我们的文学艺术,整个来说是我们整个革命的一部分,它号召革命,反映革命,要求革命,赞助革命,鼓动革命。因为在半殖民地半封建的中国,你要想为人生而艺术,要想改善人生,是离不开革命的。那时,整个中国社会已经腐朽了,已经完全腐烂了,不进行一个大的革命运动,这个社会就完全没有出路了,人民就完全没有出路了,青年就完全没有出路了,文学艺术也完全没有出路了。有一些作家,比如老舍、巴金、曹禺,在写出他们的名著(巴金的三部曲《家》《春》《秋》,曹禺的《雷雨》《日出》《原野》,老舍的《骆驼祥子》)的时期,还不能够算是革命者,尤其不能算是马克思主义者,他们对革命也不是非常了解。但是他们的作品反映了旧社会这种腐烂,反映了这种半封建半殖民地社会的没有出路,反映了人民处在水深火热之中,而且他们要求革命,客观上反映了这个社会必然要走向革命的趋势。所以,从"五四"以来,为人生而艺术,革命的文学这样的口号,越来越深入人心。

为艺术而艺术的主张在中国难以实现,为什么呢?因为中国近百年来,一直处在急剧的社会变动之中,我们知道中国是一个古老的封建社会,它有非常灿烂的封建文化,它有非常成熟的封建体制,政治的、经济的、道德的、伦理的,都非常成熟,非常完备,非常细腻。同时,这种封建社会又是腐烂的,就像鲁迅在他的小说里批判的那样,古久先生的流水账,陈年老账。几千年积累下来的旧的意识、封建的观念,根深蒂固,很难改造。这样一个国家,在鸦片战争之后,暴露了自己的虚弱,军事上经不住帝国主义列强的洋枪洋炮,尽管中国人民斗争精神非常英勇顽强,但是封建王朝已经不堪一击,经不住帝国主义的侵略。经济上没有办法和当时资本主义国家那些物美价廉的商品竞争。从那时候起,可以说是国无宁日,一直在不断地动乱,同时人民一直在进行革命斗争。辛亥革命、北伐战争、国内革命战争,中国共产党领导的就是三次,还有抗日战争,一直到一九四九年新中国成立。这种社会的急剧更动使我们每个人的命运包括我们文学艺术的命运都和社会的命运不可分割。什么是个人的命运?什么是国家的命运?什么是人民的命运?我看是一个命运,对绝大多数人来说是一个命运。"文化大革命"全国乱成一团,谁也甭想舒服。党的十一届三中全会以来,拨乱反正,各方面政策走上轨道,那几乎是人人的生活都出现了新的希望和转机。中学生功课好的可以考大学;农民有本事的可以经营,可以搞活副业,可以发家致富,成为万元户、专业户；知识分子的状况得到空前的改善。所以说，在社会急剧更动中，每个人的喜怒哀乐、悲欢离合，很大程度上决定于我们国家的状况，决定于我们人民的状况。所以，我们的文学作品里面有非常强的社会意识和革命意识。不管描写什么，哪怕仅仅是一个爱情故事，往往是和那个社会背景有关，譬如两个人是在什么样的年代、什么样的社会条件下相爱的，又是在什么样的年代、在什么样的社会条件下他们的爱情发生了悲剧性的变故。当然，这也不是绝对的，刚才我已经讲了，这只是大致的，不是说每一个爱情的成功和失败都和国家的政局有关，政治局面再好，如果你自己各方面条件太次，找对象也是很费劲的。但是，很多的个人命运、悲欢离合，都有一定的社会背景，我们说这是文学里面的社会意识。和西方资本主义国家的文学作品相比，这一点就非常明显了。有时候，我们觉得他们的作品太琐碎，不知道他们整天在那里琢磨些什么。而我们的作品里头比较注意大的社会背景，比较注意历史背景。

再说一个革命的意识。刚才讲社会的变迁，在这个社会变迁里边扮演主要角色的是什么呢？就是革命。中国近百年的社会变迁当中，起着导演作用的、起主演作用的，甚至起着编剧作用的是什么呢？就是革命。一个旧民主主义革命，一个新民主主义革命，一个社会主义革命。这几个革命，成功的时候，凯歌行进的时候，取得胜利的时候，走上轨道的时候，我们中国社会的发展就比较好，人民的生活就比较有希望。而当这个革命运动受到挫折的时候，或者革命运动本身犯了错误，或者我们的革命运动很幼稚还没有经验，还找不到自己的一套切合实际的路子，还没有完全掌握客观规律的时候，可以说是整个国家的、民族的痛苦，那是一个痛苦摸索阶段。因此，现代的、特别是当代的作家，不管他注意不注意，在他的作品里头常常有一个或者是在前台的或者是在后台的主人公，这个主人公便是革命。我们经常是通过作品来展现革命的必要，革命的崇高、伟大、神圣，革命的艰难，革命的曲折，革命的失误乃至痛苦。我们大量的作品实际上不是从这个侧面就是从那个侧面来反映革命的进程的。

那么今天,经历了这些经验教训以后,我们的文学就可以更加明确地提出我们的重大使命,也就是我们现在所提的为社会主义服务,为人民服务。我们文学的济世传统,"五四"以来的为人生而艺术的精神,就表现为我们的文学作品是为社会服务、为人民服务的。你说是审美也好,你说是消遣也好,最终来说,我们今天的人生,是进行社会主义现代化建设的人生,是社会主义的人生。只有社会主义才能救中国,只有社会主义的胜利才有中国人民的美好人生。所以,我们今天为人生的文学,应该是为社会主义服务、为人民服务的文学。

第二个问题,谈谈"双百"方针的贯彻和我们文学作品的艺术追求。

我们大家都看到,这些年来,特别是党的十一届三中全会以来,一九七九年到一九八四年,我们的文学艺术事业有了空前的活跃和发展。我觉得这是和我们党贯彻"百花齐放,百家争鸣"的方针分不开的。"双百"方针是五十年代后期,毛主席、党中央提出来的。这个方针提出来以后,就受到来自"左"和右的方面的干扰,所以一直没有能够真正地执行。一强调贯彻"双百"方针,会出现一些好作品,同时也会出现一些有缺点的或者是不好的作品。出现不好的作品以后,又往往把"敌情"夸大,似乎是"黑云压城城欲摧",不得了啦。所以,很快就批上了,一批就是几年,或者是更长的时间。所以,"双百"方针一直未能得到实现,没有得到真正的落实和贯彻。最近这几年,确实是出现了文学作品的"百花齐放"和各种文艺问题讨论的"百家争鸣"的空前活跃的局面。这说明,要领导文艺工作,一定要掌握文学艺术发展的客观规律,当然,要掌握好这个客观规律也并不容易。

为什么文学艺术事业特别要强调"双百"方针,为什么文学艺术事业在"双百"方针下才能得到繁荣、得到发展,这就牵涉到对文学作品的艺术追求问题。因为文学艺术作品是生活的反映,同时,它又是文学艺术工作者和作家的艺术个性、人格、风格的表现。也就说,一个文学艺术作品实际上是作家艺术家的主观精神世界和客观的物质世界、客观的生活的一种融和、一种统一。文学艺术和科学不同,它不仅仅要强调如实地、客观地、不折不扣地反映客观世界的本身,往往还在客观事物上寄托了作者自己的理想、追求、情感、感受、幻想乃至梦幻。作为文学作品,主体和客体中间应该是相通的。中国古代的画论,就有一种物我相通的说法。物指的是客观实体,我就是指作家、艺术家本人。比如画石头,目的就不仅仅是把石头的客观面貌表达出来,如果只是为了表达其客观面貌,干脆给石头照相。你的相照得再好,也没有国画的那个效果;或者你干脆搬一块石头来算了,甭画了。中国许多画石头的人,他通过画石头寄托他的所谓不平之气,那个石头是有气的,有他的不平之气。画竹子就更明显了,中国的文人画竹子,实际上是寄托了对竹子的美学理想,甚至是政治理想,他强调竹子是岁寒三友之一,不怕寒冷,而且非常挺拔。这里还有一个语言上的谐音,就是竹子有节。在汉语里"节"不光代表一骨节一骨节的,它还代表气节、节操,烈女节妇,忠贞,不畏恶势力,威武不能屈,富贵不能淫,贫贱不能移。它代表这么一种状况。所以,许多人画竹子的目的,实际上是在画他自己,他觉得画他自己那个模样不如画竹子更能表达他的思想感情。他画石头,画竹子,画兰草,画山水,是通过画客观的物质的东西表达人的主观世界、人的性格和情趣。所以,同样的一个客观的东西到了作家和艺术家手里,他写出来或者画出来就不大一样。同样画这山水,有的画得雄浑,有的画得奇伟,有的画得秀丽,有的画得淡雅,有的画得空灵,有的画得恬静,有的画得朦胧,有的画得剑拔弩张。由于各人的思想情况不一样,所以境界不一样,风格不一样,情趣不一样,可以有各种不同的选择。

那么文学艺术作品既然要求文学艺术工作者的主观精神境界和客观的审美对象的融和、和谐、沟通,它就不可能有一个统一的尺子,规定大家画这石头都应该画成这样,而不能有其他的样子。绘画并非机械制图,画完了这张图可以翻印、晒图,晒它几十张、几百张、几千张,一律标准化。在工业上,在自然科学的许多领域中都要求标准化。但是,在文学艺术上就不能标准化,必须允许千差万别,必须允许艺术个性高度发挥。所以,必须实行"双百"方针。

"百花齐放"里还有一条就是各种风格和流派的作品来竞赛。实际上最根本的风格和流派主要决定于它的主观精神世界和客观对象之间的关系。有的作品主观色彩比较浓,有的作品客观色彩比较浓,有的作品喜欢选择这方面的对象,有的作品虽然选择同样的对象,却可以给予不同的处理。我想,近几年来,"百花齐放,百家争鸣"所带来文学艺术的大好局面,其中一条就是出现了越来越多的风格不同、手法不同、感情色彩不同、各具异彩的艺术作品,谁也代替不了谁。你写得抒情一点,他写得粗犷一点,你写得细腻一点,他写得气魄大一点;有的故事性强,比较引人入胜,有的故事性不强,但是行云流水,写得很自然,很真实。各有各的特点。所以,"双百"方针是一个促进文学艺术发展的方针,它是一个解放文艺生产力的方针,是一个提倡和鼓励人们大胆进行艺术创造的方针,是一个人尽其才的方针。天生我才必有用嘛,叫做"大狗叫小狗也叫"。

但是,这几年实行"双百"方针的过程,也是不平静的,随时碰到一些新的问题。在充分发挥个人的创造力,八仙过海,各显其能,进行自己的艺术独创的同时,我们又碰到了一些问题。"百花齐放,百家争鸣"了,那些不太好的作品该不该批评呢?事实证明,"双百"方针本身就是一个有利于批评的方针。否则,谁跟谁都不敢接火,好的坏的都一样,那还有什么意思呢。有的作品写得不错,有的写得很低劣,甚至于有的写得不好,宣扬错误的、有害的思想。所以,在"双百"方针的贯彻当中,我们还要提倡文艺批评,还要提倡同志式的讨论,还要提倡作家注意自己作品的社会效果,还要提倡对错误的东西、错误的倾向进行必要的思想斗争。但是这种批评、这种思想斗争和"文化大革命"的大批判不同,绝对不同;和五十年代后期"整风反右"的那种批评也不同。其实,批评本身并不可怕。作家有怕批评的吗？作家的作品有的也挺刺的嘛，也经常说一些带刺的话嘛。作品里头有批评领导的，有批评书记的，有批评厂长的，有批评青年的，有批评中国人的，有批评外国人的。那么，人家也批评你一下，你不让批评行吗？作家不应该怕批评，作家怕的是批评以后接踵而来的成龙配套的东西，处分、降职降薪、开除公职、戴帽、搬房子下放，然后是老婆离婚等等。

  批评是一定要有的。事实证明，近几年来我们党领导的文艺既贯彻了"双百"方针，也很好地开展了批评，又防止了批评所带来的消极影响。天下的事就是这么麻烦，让大家放呀、胆子大一点呀、解放呀、不要害怕呀，不知什么乱七八糟的玩意儿就出来了，于是又说那不行呀，该批还是得批呀。刚一批，又立刻谣言四起，风云变色。经过这几年，我们党同我们这支文艺队伍已经开始有了比较健康的、既是大胆的又是认真的批评，有了同志式的、和风细雨的、与人为善的好风气。也就是说，在这段时间我们积累了两个方面的重要经验，一个是拨乱反正，反对"左"的思想的束缚，解放思想，解放文艺的生产力的经验；一个是开展批评，反对腐朽的、不健康的影响，反对文艺作品中的错误的东西。这两方面的经验都应该有。如果只有一方面的经验，"百花齐放，百家争鸣"是坚持不了的。因为你先放、放、放、没完没了地放，错误的东西有了，各方面呼声很高，但不许批评，这个方针本身就会被怀疑，被否定；如果你碰到一点事立刻如临大敌，批评一通，批评得大家嘴都闭上了，那你同样也把"百花齐放，百家争鸣"的方针给否定了。所以，真正执行起"双百"方针来，并不容易，掌握这个火候儿，也要有多一分则肥，减一分则瘦的劲儿。放也要放得恰到好处，批评也要批评得恰到好处。批评太软弱，起不到批评的作用；刚过那么一点，又受不了啦，又造成了人心惶惶，这些都不行。这是从领导来说。从我们作家艺术家来说呢？我觉得我们也有两方面的经验，一个就是要解放思想，大胆地探索，勇敢地探索，进行新的创造，不要害怕，不要听信谣言，不要整天传小道消息。我们大家都是在正常地、健康地进行自己的文学艺术的创造、创作,有错就改嘛。我们文学艺术工作者应该有这样一种勇气,这样一种活泼的创造性,这是一方面。另一方面,我们也要加强自己的责任感,注意社会效果,倾听各个方面的意见和反映,坚持真理,修正错误。越是自由创造,你个人所负的责任越大。所以我觉得,在正确贯彻"双百"方针的情况下,我们的艺术的追求才能一浪高一浪地进行;同时,在这种情况下,我们要对已经发生的事情或可能发生的事情有一个稳定、正确的态度或处理方法。

第三个问题,文学人才的涌现和攀登文学艺术的高峰。

文学的成果对于国家民族有着重要的意义,那个最成功的、攀上了高峰的文学作品,常常可以说是一个民族的智慧、知识、热情和活力的结晶,它能够非常形象具体地使我们了解一个国家、一个民族、一个社会。甚至一个批判性的作品,也仍然能够成为他这个民族的骄傲,成为这个民族的财富,成为他这个民族的光荣。譬如说,我们知道西班牙的塞万提斯,他的著名作品是《堂吉诃德》,这是一个讽刺的作品,他揭露和讽刺西班牙对骑士崇拜的那种荒唐,那种可笑,应该说作品从头到尾都讽刺得非常厉害。但是西班牙出现了这么一个塞万提斯,有这么一部在全世界包括中国历久不衰的伟大作品,叫《堂吉诃德》,他们很骄傲。我记得七十年代末卡洛斯王子到中国来访问的时候,邓小平同志宴请他时就讲,西班牙是有着古老历史和光辉文化的国家,西班牙的塞万提斯和他的名著《堂吉诃德》已经为中国人民所熟知。再譬如说一九四一年希特勒德国侵略苏联的时候,斯大林有一个著名的演说,号召全国人民起来抗击德国法西斯侵略者。他在演说里边讲到,俄罗斯民族是不可征服的,因为这个民族出过罗蒙诺索夫,出过库图佐夫,出过苏沃罗夫,也出过普希金、托尔斯泰,他还提到了好几个文学家的名字。人的民族感情是很有意思的,你把这些文学家的名字一提马上这气就提上来了。我们中国人也有屈原、杜甫、李白、施耐庵、曹雪芹,谁说中国人没有智慧、不聪明啊,你一提这些人,这气就提上来了。最近几年,我接触过很多外籍华人,有时在一起说闲话,我问他们在外国生活得怎么样,他们说,故国的感情、民族的感情是非常有意思的,比如有时接到朋友的来信,看到信中的一句唐诗,马上就要掉眼泪,就要哭。我认为文学翻译起来太困难了,特别是诗,不用说翻译成外文了,你把古诗翻译成白话文,基本上味全走了。所以说文学可以成为民族的骄傲,成为民族心理的一个象征。你对一种语言的感受,对幽默的感受,对情感的感受,对人情世故的感受,能征服你的心啊!武装力量当然是厉害的,要保卫国家,必须得有强大的武装力量。但是文学艺术虽然既不能当吃,也不能当喝,也不能打仗,但它可以把一个民族团结起来、凝聚起来,最深、最细、最难忘,萦绕在你脑海里三日不绝、三年不绝、三十年不绝,直到你临死的时候仍然摆脱不开它,那种民族的意识,那种心理,那种情感,文学艺术把它凝聚起来了。所以说攀登文学艺术的高峰,是摆在我们这些文艺工作者面前的任务。今天社会主义中国经过挫折,经过曲折,有胜利,也有失败,现在总算搞得比较好了,叫做"政通人和,百废俱兴"。在这种比较好的局面下,应该出现传世之作;应该有能成为我们民族的智慧、知识、热情和活力的结晶,成为我们民族心理的象征的作品出现。一方面我们当然要有大量的各式各样的作品,同时应该有最压秤的作品,能让人因此为中华民族而骄傲。而要出现这样的文学作品,关键在于文学人才。

要出作品,要出人才。这两者之中最关键的是出人才,因为作品是人写的。文学的人才的培养没有一个固定的规律,什么样的人可以搞文学?中文系毕业,中文系的讲师、教授搞创作也不一定行。他也是文学家,但不是作家。有的文化不太高,但他还真能写,错别字连篇他也能写,我说这句话不是提倡写错别字。我们应该研究一下文学人才的规律。我想,我们所谓的文学人才特别是搞创作的人才,一是应该有丰富的生活阅历,这是中国古人早就总结出来的,"文章憎命达""诗穷而后工"。你不在生活里翻几个个儿,跌几个跤,酸甜苦辣都尝一遍,就别想舒舒服服地搞文学,因为你没有对人生的体味。什么是文学,文学首先是人生学,因为文学写的是人,要反映人生。莫泊桑有一部小说叫《人生》,陕西路遥也有部中篇小说叫《人生》,那是得奖之作。实际上,我们所有的文学作品都是写人的,都是写人生的。要写人生,你对人生就要有点体会。对人生的酸甜苦辣、人生的浮沉有所经历,你才能对人生有所体察、有所觉悟、有所见地。要有丰富的生活阅历,还要有很丰富的知识和学问。这一点,我们在很长一段时间里宣传得不够,提倡得不够。作家的文学作品,它的意义往往在文学作品本身之外,因为它是历史的脉搏、生活的镜子,甚至是生活的教科书,有时候又是历史前进的预言,有时候又是某一方面的百科全书。因而恩格斯讲:巴尔扎克的作品提供给他的经济学方面的知识,比当时他所阅读的全部资产阶级经济学家的著作还要多。你说厉害不厉害。巴尔扎克不是经济学家,巴尔扎克本人也不是为了经济学而写"人间喜剧"的,他是要写人生、写小说。但是为了写好人生,写好社会,就必须精通社会经济生活的各个方面。所以巴尔扎克能够最详实、最生动、最具体地提供当时的法国社会的经济生活的各种场景、各种动态。

尽管托尔斯泰是个宗教狂,但列宁仍评价他为俄国革命的一面镜子。托尔斯泰的作品实际上反映了当时俄国整个社会的矛盾,但托尔斯泰得出的结论是不对的,他认为解决矛盾的办法是互相原谅,要宽恕、要爱、要实现道德的自我完善。一部文学作品的价值,应该是一个民族整体的文化程度和它在认识世界、掌握真理上达到的水平的一个象征、一个表现。文学的对象几乎无所不包,它首先是写人的,但也要写大自然,春夏秋冬、风霜雨露、晨昏寒暑,你都要写到。在社会现象方面,它又和政治有关、和历史有关、和地理有关。写北方就得像北方,写南方就得像南方,写中国得像中国,写外国得像外国,这就同政治、经济、历史、地理联系起来了。因此,一个作家确实应该是上知天文,下知地理,前五百年后五百年都知道一点。这样,才能够有一种气魄,他的作品才能有思想深度,有历史感,有宏观感。我虽然写的是一件很小的事情,但是它表达的是我对整个的人类历史,至少是对我们中华民族的历史的思考,是从大处着眼的。一个作家,如果他有丰富的知识、深刻的思想,那么,甚至在他无意为之的一篇小文章里,都会具有某种概括性、某种哲理性、某种宏观感。

业余作者最大的长处就是他业余,他和生活有紧密的联系,他来自生活,言之有物,不是无病呻吟,不是为做文章而做文章。专业作家有较好的条件去进修,去写稿子,去修改。但专业作家容易玩弄文学技巧,因为他老要写,"为赋新词强说愁",没有那么多情感,但是要作诗了,只好勉强说自己的"愁",实际上没那么多愁。可业余作家呢,有时候境界不够高,知识面不够广阔,写作的东西缺少宏观的概括性。所以有时候有些业余作家的作品给人一种小打小闹的感觉,往往流于就事论事,思想的深度、思想的境界这些方面要差一些。这和一个人的知识,一个人的思想成就是分不开的。我们说,文学人才,尽管要有丰富的阅历、丰富的知识、崇高的思想境界,还应该有一种巨大的热情,对人民的热情、对国家的热情,有"先天下之忧而忧,后天下之乐而乐"的意识,为时代、为历史来树碑立传的巨大的热情。而且这种热情是真诚的、发自内心的、不可遏止的,不是为了写文章而产生的。看文章也是很有意思的,文章就是白纸黑字,但是它是真是假,就那么一看一琢磨,就感觉得出来。你说得天花乱坠,它不像真的,你口号喊得震天响,它也不像真的。有的人写散文,堆砌大量感情色彩非常浓重的字眼,越堆砌你就越觉得它感情不足。所以说,对人、对生活、对事业的热情是发自内心的,不需要做作,做激动状,做热情状,做伟大状,这些都不需要,有真情就能写出好文章。

这里还有一个文学人才、作家的文学修养,他对世界、对生活的艺术感知的问题。同样是一条河,同样是故乡的土地,同样是周围的人,有的人就能够从中感觉到那些细致入微的、牵动人心的东西,那些让他高兴、让他回忆、让他向往的东西,那种迷人的东西。同是普普普通通的生活，到了有些作家的笔下，就变得那样鲜活迷人。我们现在翻看托尔斯泰的作品，在他的笔下，一次舞会也好，一次谈话也好，一次钓鱼也好，一次散步坐车也好，都描写得那样细致入微，有一种迷人的鲜活感，就像一条活着的鱼，怎么动怎么合适，充满生活本身的魅力和活力。这样非常艺术、非常文学地感知生活，并不是每一个人都能做得到的。所以说，对一个文学人才，是有多方面要求、多方面条件的。写好一篇作品并不是非常困难，但是能够坚持下来，不断地在生活里有所发现、有所表述，而且使作品成为艺术的精品，那是要下功夫的，而且很多功夫是在文学之外。

不要喜欢文学就整天研究文学，整天研究文学你反倒搞不成文学，因为你思想狭窄。所以下面就谈谈我对文学人才所要走的道路的看法。第一个看法，我不赞成很多年轻人过分地将自己的志趣拴在文学上。我常常接到一些年轻人、一些读者、一些文学爱好者的来信，他们在信中常常说自己"从小酷爱文学"。如果有时间给他们回信的话，我就说，你爱文学是好的，爱一点就可以了，不要酷爱。对文学之外的事都不感兴趣，把自己的视野搞得很窄，接触事情、接触人都很有限，这大概就是鲁迅讲的那种"空头文学家"。酷爱文学，其他事一概看不上眼，老觉着人家不爱文学的人俗气，只愿跟几个喜欢文学的人一块儿聊，似乎只有这样才风雅。这样就毁了。因为文学本身并不能够产生文学，只有生活能够产生文学，只有对一切事物发生兴趣，对生产、劳动、政治、科学、土地、庄稼、机器、老人、孩子都有兴趣，你才能进入文学。

另外，我还要说一句实话。我在《中国青年报》上写过一篇文章，有些人对它很不满意，但我还要坚持这个观点。文章的题目是《不要拥挤在文学的小道上》。就是说，能专门搞文学创作的人毕竟是很少的，国家需要的首先还是实际生活的建设者、劳动者、保卫者，如果大量有才华的青年为追求文学而抛弃自己的专业，那是不太好的。热爱文学的人应该有广博的知识，不要急于专门搞文学，应该把热情首先集中到对生活、对工作、对人民、对事业的热爱上。

我们对文学人才要特别注意避免像鲁迅所说的捧杀或者棒杀。现在我们国家文学刊物非常多,有时一两篇作品写得好,再一得奖,一评介,"唰"的一家伙就全国知名了,但是真正用长远的眼光严格要求,还是有一定差距的。所以我非常赞成咱们沧州的《无名文学》,我就觉得这个名字太好了。现在全国文学界到处出现名人热、名人狂,一个人几篇作品写得比较成功一点,就被广泛地介绍、广泛地称颂,不得了,一下子北起黑龙江南到海南岛不知多少个杂志、刊物的编辑来电报、发邀请信,这个邀请上山,那个邀请下海,就追逐这些名人。但是真正的作品不是靠招牌,而是靠切切实实的努力。在这种情况之下,沧州的《无名文学》除了辅导之外,不发所谓名人的作品,把眼光放到广大的爱好文学的青年来稿者上,我觉得这是非常好的一个事情。我相信在沧州地区一定会有越来越多既高瞻远瞩又脚踏实地、有生活积累和广博的文化知识的作者不断涌现。我作为沧州人觉得非常高兴,我等待着看你们的新作。

发表于《无名文学》1984 年第 3 期

谱写农村的新生活交响乐章[*]

我说两点。第一个问题是坚持用共产主义精神教育人民和肯定目前农村走上的中国式的社会主义道路。作为文学工作者,讨论农村状况和农村文学创作的时候,我主张讲两句话,一句话是:我们要热情反映农村的现实、农村的变革、农村的新面貌,要充分肯定和赞扬现在党中央在农村实行的一系列政策,这些政策是探索中国式的社会主义道路的。另外还要讲一句话,就是我们要坚持用共产主义精神教育人民。我想,共产主义精神和中国式的社会主义,这是既有联系又有区别的两个范畴。共产主义精神主要指一种科学的世界观、人生观,是我们的社会理想和道德规范。中国特色的社会主义,是指在中国这样的生产力非常落后、没有经过充分发展资本主义的阶段,但是又从各方面具备了搞社会主义的条件、也只有搞社会主义这一条出路的国家的社会主义的具体模式。"只有社会主义能够救中国",这句话是完全正确的。"大锅饭"存在问题,这是毫无疑问的。但是这不意味着可以走旧社会的或者是资本主义竞争的"朱门酒肉臭,路有冻死骨"那样的道路。中国式的社会主义,是指在中国这样一个国家里能够最快地、最好地发展生产力,最快地实现社会主义现代化,建设高度文明、高度民主的社会主义国家的体制、政策。这是一个从低级阶段到高级阶段的发展过程,是三十年来总结正反

---

[*] 本文是作者在《文艺报》《人民文学》召开的农村题材小说创作座谈会上的讲话。

两个方面经验的结果。这两个概念之间是有联系的,我们的体制、我们的政策,是在共产主义世界观的指导下制定的,绝不是说可以放弃共产主义的东西、放弃共产主义的目标。相反,只有通过具体的、适合中国国情的体制和政策,才能真正使我们达到向共产主义、向我们的社会理想迈进的目的。否则,口号谈得非常好,生产关系好像是很高级,但是它不适合生产力的发展,超越了生产力所能允许、所能接受的阶段,甚至造成了对生产力的破坏,恐怕就不能把共产主义建设起来。

我们不能用共产主义的一般原则来代替具体的经济政策,这就是说,不能够用理想来代替现实。我们很长一段时期内宣传"一大二公",实际上还有一个"一纯二高",似乎社会主义越纯粹越好,认为这就是发展了。于是欢呼,敲锣打鼓,合作化、高级社、人民公社,然后是吃饭不要钱,然后是批判资产阶级法权。单从理想的角度看,这都是非常高明的。当年我看到批判资产阶级法权的文章时,竟激动得想跳起来。啊!这个世界上还有这么高的理论!将来发展到货币也取消了,连人的生理上的先天的不平等也取消了,真是高瞻远瞩,令人心情舒畅。我们那个"一大二公""一纯二高"的理想很好,但不能用理想来代替现实,否则就是空想社会主义,而不是科学社会主义。也不能用抽象的道德来评价历史、评价历史的进步,不能用道德来代替经济政策。历史的进步,按照马克思主义的原理,首先要讲经济基础,讲生产力的发展带动生产关系的变革,引起经济基础和整个上层建筑的发展。这个进步,是按照经济发展的规律和整个社会发展的规律进行的,而不是沿着道德自我完善的轨道来进行的。因为单从道德上讲,不可能说得清楚。你说"大锅饭"到底合乎不合乎道德,我觉得还是合乎道德的。有饭大家吃,岂不好哉!但是"大锅饭"并不能代表历史的进步,而且妨碍了历史的进步,所以我们只好抛弃这个"大锅饭"。承认差别,承认一部分人可以先富裕起来,承认一些比较会找窍门的、会经营的人可以先富裕起来,这不是从纯道德的角度来考虑的。有些人先富起来,很多人不舒服哇,眼红,眼馋,自怨自艾。本来大家都喝稀饭,觉得日子过得不错,忽然有一个人吃起奶油面包来了,喝稀饭的人就觉得如芒刺在背。这到底道德不道德呢?当然,从长远来看,推动生产力的发展,推动社会进步,这才是最有利于人民、最道德的事情。我想,我们搞社会主义,搞共产主义,还是应该着眼于历史的进步。另外,道德也不能代替经济政策,譬如说,我们把"为共产主义献身"看作是最崇高的道德规范,这是指我们对整个事业的态度,也是指当个人利益跟革命利益发生矛盾时应持的态度。这种道德规范并不能同具体的经济生活和经济组织之间画等号,这和要求无产阶级的先进分子共产党员不一样。我们不能用党章、党纲来要求经济组织,不能要求一个商店成为"献身商店",大家到这个商店来买东西,都必须具有无私的献身精神,工作人员不要工资。那样,商店就办不成了。商品经济更是这样,仅仅用抽象的道德来推动商品经济的发展是不行的,它强调的是等价交换。当然,不是说道德和生产没有关系,它对生产者、经营者都有制约,这样才有职业道德一说。但是,生产本身的规律和政策不能用道德来代替,何况有时我们的道德评价并不准确,里面还有陈旧的观念。

另一方面,我们还有必要说第二句话:绝对不能用具体的政策来代替共产主义的世界观和道德规范。经济的发展不能自发地产生共产主义的思想体系,也不能自动地调节人与人之间的关系。不能说政策对头了,一切就都好了。思想的问题、理想的问题、人与人的关系的问题,还是要靠建设以共产主义精神为核心的精神文明来解决。过去我们在宣传上总是简单化:要歌颂一种政策,那么,一切好事都归功于这种政策;过几天批这个政策了,一切坏事又都是这个政策带来的。实际上,经济的发展只是为精神文明创造条件,并不能代替精神文明。友谊不能建立在商品经济、价值法则上,相反,商品交换侵入人与人的关系,是对友谊的一种亵渎。爱情也不能建立在等价交换的基础上。艺术品虽然有时以商品的形式在流通,但把艺术当做商品,一味追求盈利的,往往是堕落的艺术家。因此,我们大声疾呼:反对文学艺术的商品化!商品经济的原则,不一定全部适用于社会主义文艺创作的领域。共产党、解放军内部就更不能讲商品经济、等价交换。我上边讲的两句话,有时是矛盾的,有时又是统一的。总的方向是一致的,都是为了两个文明的建设。这种矛盾在文学作品里表现为理想与现实的矛盾的统一。理想是照耀现实的灯塔,现实是通向理想的桥梁。但现实中还有许多东西不理想,理想还不可能一下子变成普遍的现实,这也是可以理解的,而且增加了我们的作品的层次、深度、立体感和魅力。

第二个问题,农村题材小说的创作,还是要忠于生活、从生活出发。我们对中央文件、政策条文的理解,对生活的理性的评价和认识,都不能代替我们直接对生活的观察、体验和感受。我们是唯物论者,要讲生活是第一性的。不管多正确高明的理论、政策、条文、概念,都是第二性的,是生活的反映。它可能是科学的抽象,深刻地反映了生活的本质;也可能是不尽准确的,甚至是包含着谬误的。归根结蒂,一切都要经过生活实践的检验。对生活的认识,不是一次完成的。有的同志说现在农村的新变化、新问题"摸不准的事先不写",这是严肃作家对党、对人民、对读者负责的表现;但是,还有另外的一面,就是所谓"吃透了""摸准了"只能是相对的。一个人进入创作过程,他的倾向反映了他对生活大致的评价,至于作品里具体情节和细节、人物的形象,只能让生活发言,让形象讲话。比如说,中央虽然规定了对专业户的政策,但具体到作家的笔下,写专业户只能根据自己在实际生活中对专业户的调查、研究、了解、感受来写,而且还得通过我们自己感情的共鸣,或是尊敬,或是同情,或是对某个或某种类型的专业户有所保留,或是各种感情都有。总之,是要"形象大于思想",按照实际生活创造活生生的人物形象和生活图景。我们的结论,就应该来自这些生活提供的形象本身,而不是预先就有一个框框。

是不是可以这样预见创作的前景:很可能会产生一批多角度、多侧面甚至是多趋向的不同主题、不同风格的农村题材的小说。在总的方向上，它们是一致的，既肯定用共产主义思想教育农民和读者，又充分肯定现行政策。如果我们的小说用具体政策来冲击共产主义思想体系，或者用共产主义的一般原则来否定执行现行政策的成果，都是不应该的。但是，具体到一个人物或一个事件，会有各不相同的评价，会有各种角度的写法。每个作家都应当通过独立思考提供自己对生活独特的观察和感受，每个作家都应当勇敢地提供自己对生活的真知灼见。实际生活中情况复杂，有些事情还在摸索试验、其说不一，这正是忠于生活、忠于理想的作家大显身手的好时机，各人的作品角度不同、侧重点不同，甚至情调不同，我觉得是很好的事情。

我们还是要唱赞歌，为那些在变革中涌现的新生事物唱赞歌，这是我们时代的主旋律。但是，我们的音域应当十分宽阔。别的类型的歌，也可以唱一点。比方说，对目前大好形势下还存在的一些不良现象唱一点忧歌。对封建迷信的东西，赌博呀，买卖婚姻呀，高利贷盘剥呀，给予批评，指出一些不曾被人注意或忽略了的角落。提醒人们：不纠正这些问题，就会削弱好政策带给我们的成绩和威信。从这个角度写一篇小说，不是顾影自怜，也不是伤感绝望，而是忧国忧民、讽喻警世的。写这种忧歌，是"先天下之忧而忧，后天下之乐而乐"。也不是一切挽歌都不能写，李杭育写了《最后一个渔佬儿》，又写了一个画匠，表现了古老的行业没有多大的发展前途了。对一些虽然美好但终究是要消失的东西唱一唱挽歌，从另一个侧面反映了生活飞速前进的进程。总之，赞歌、忧歌、挽歌都要写出时代的变化来，都是对于八十年代新农村、新生活、新人物的情歌。这里又要触及矛盾问题，生活中无处没有矛盾，新的发展必然会带来新的矛盾、新的欲望。比如过去，年轻的农民在农村很安心，现在看到了电视，眼界开阔了，就觉得在农村待一辈子冤得慌，老想出来转一转，见见世面。这就产生了不平衡，这种矛盾是无法回避的。我们可以写它的两个方面，也可以侧重写其中一个方面，可以避开具体的经济组织形式，只写人物在新的经济组合中的内心世界,也可以写新的经济生活带来的深远的影响,可以写希望,也可以写苦恼。还有一个变与不变的问题。有的同志强调目前的农村一切都在变,又有的同志指出,变当中还有许多经久不变的东西。变与不变是相对的。都不变,生活是怎样发展到今天这一步的呢?说现在什么都变了,每天都是一天等于二十年,对有些地区,有些事情,恐怕也不见得完全适用。

所以,文艺既不能是低调的、伤感的,也不能是非常高调的、只准敲一种点儿的。情况肯定是复杂的。在热爱党、热爱社会主义、热爱三中全会以来的新局面的前提下,文学作品有的强调变,有的告诉人们这个地方还没变,甚至还变回去了,封建的、落后的东西又有滋长;有的告诉人们一种新的行业正在兴起,有的告诉人们旧的行业正在衰落;有的为富字开始在农村出现而喜不自胜、热泪盈眶,有的为新的矛盾新的问题而严肃地思索,这不正是组成了我们今天农村五彩缤纷、丰富多样而又生机勃勃的生活交响乐吗?从整体上看,不是只有这样才能深刻地、丰富多彩地反映当今我国农村变革的历史进程吗?很多同志说,现在的生活让人眼花缭乱。眼花缭乱正是出好作品的先兆!农村信息丰富,形象丰富,思想活跃,需要我们思考、表现、创造的东西也很丰富。我相信,这种既有一致性又有多样性、既有时代色彩又扎实地出自我们立足的泥土、既有理想的光彩又有现实的深度的优秀文学作品,一定会涌现出来!

发表于《文艺报》1984年第4期

对现实生活的反应、反映与呼唤

文学落后于生活的指责恐怕是永远能够成立的,特别是如果认为生活是指广播电视里的新闻报道的话,文学大概是难以赶得上的。

也许有理由敦促作家去写那些生活中最富于新闻性的事件:河南的一些农民举行了摩托车越野赛。太原南郊的农民坐着高级轿车去悬空寺旅游。河南的农民合资购买了一架飞机。北京郊区平谷县的农民与航空学院签订了购买农用飞机的合同……生活发展变化的幅度和速度使作家和非作家都觉得自己缺乏思想准备,有些眼花缭乱,甚至一下子反应不过来。

但是,人们对文学落后于现实的状况的不满还不仅在这里。问题是,近几年我们的文学作品对现实生活的反映有点欠缺锐气、热气、深度和力度。近几年也有反映现实的力作,但与当今现实生活之丰富多彩、红火热闹相比,我们的文学仍显得单调、简单、浅尝辄止、相形见绌。与此同时,倒是出现了不少写得相当出色的作品,或是回顾昨日的(这当然永远是需要的),或者虽写现实但写的不是正在急剧变革中的新事物,而是穷乡僻壤、深山老林之地、混沌古朴之民的善良、正直、粗犷、勇敢。对于某个具体的作家和作品来说,这样写完全不是什么缺点,这也是百花中的一朵。同时,写这种古朴之美与写生活中的新变化、生活中的现代化势头并不矛盾,我们的文学作品既可以反映时代主潮的潮头,也不妨反映一下某个被暂时或曾经遗忘的角落。但是,从文学的全局出发,我们的文学是不是应该更热烈、更勇敢地以更大的才力与笔力去反映现实,反映生活的新变革,反映社会主义现代化的进程与现代化因素在生活中的增长,反映更新、更富有时代气息的人物与生活呢?与那些生产力处于极端落后甚至半原始状态的角落里的生活场景及人物面貌相比,我们的作家是不是应该有更大得多的兴趣去写那些先进的、急起直追的,或者先进的东西与落后的东西正在剧烈搏斗的生活与人物呢?难道后者不是更富有诗意和热力,更能打动千百万读者的心吗?

中国文学有源远流长的济世传统,社会主义的文学家更是以为人民服务、为社会主义服务为己任。正是当代的社会现实生活而不是历史或者幻想提供了与提供着最丰富的题材、人物、故事、画面、灵感,随时触动作家的感情与神经,正是反映现实生活的题材能更多地吸引读者与公众的关注。原因很简单,我们的读者打开一本新书或新出版的刊物的时候,不仅仅是为了文学的鉴赏,而且是为了通过文学新作来感受、思索、发现、探求、判断和认识我们的日新月异的、常常是令人激动又令人困扰的生活。

熟悉、思考和感受现实,确实比回忆往事更麻烦一些,需要离开写字台,需要深入生活,在今天,特别要回答生活提出的许多新问题。新气象与新矛盾几乎每天都在冲击我们头脑中的旧框框。专业户与重点户,责任田与部分农民从事非种植经营,城市的个体户、集体户,工业改革与农贸市场,对外开放与抵制来自资本主义世界的不健康的影响,安定团结与锐意革新,革命化、年轻化、知识化、专业化的干部队伍的形成与新上来的年轻干部面临的实际困难,关系学与人才学的冲撞,人情味、传统道德与不正之风之间的微妙联系……所有这些不都是我们没有或很少接触过、反映过,找不着现成的答案、找不着样板的吗?

困难的工作往往才是最有趣、最吸引人、最能发挥人的聪明才智的工作,而且也往往是最重要、最迫切的工作。现实生活的种种困难正说明了反映现实大有可为。五花八门的形象,日新月异的信息,莫衷一是的议论,尚未完全成熟或者定型的探索,所有这些都要求着、期待着、刺激着作家的头脑、作家的胆识、作家的独立思考。而作家只有在不但充满热衷于祖国的社会主义事业的公民责任感,而且充满公民的勇气与艺术的勇气的时候,才能写出激动人心、富有新意、推动现实生活前进的好作品。相反,如果胆小怕事,一味观望,等到一切都有了定论、有了样板以后再动笔,或者回避时代激流与社会矛盾,只求生活小趣的精致与"永恒",又能有多大出息呢?

而且,历史经验告诉我们,众口一词、泾渭分明、大家都认为真理确凿无疑地掌握在自己手中的时候,其种种认识未必能经得住历史的考验。相反,在总的一致的政治思想的大前提下面,忠于生活、独立思考、各有侧重,倒有可能从整体上更多更好地反映生活的真实与时代的真实,因而也是历史的真实。

反映现实的困难还在于,生活并不等于艺术。生活需要作家去感受、思考、消化、反刍、追忆、遐想,需要与作家的人格、风格、激情、审美心理与审美趣味合拍,需要化为作家的神经与血肉,而这一切,常常需要一点时间,拉开一点距离。

所以,有经验的作家永远不会去与新闻报道争鲜,不论他受到什么样的鼓励或责难。一个记者可以及时地写出农民买飞机的报道,它以事物本身具有的现实意义而激动人心,人们不会考虑十年之后这个报道会不会被发现出什么缺点。一个作家虽然同样对农民买飞机的事情具有热情与新鲜感,却未必能写得出农民买飞机的小说。他着眼的东西要比一条新闻更深刻、更阔大、更典型、更富有独创性、更能经得住时间的检验。

但这并不等于说文学落后于生活落后得有理。一般地讲,文学作品总是立足于过去与现实,立足于已经发生和正在发生的事情。但它同样可以有自己的新闻性与预见性。高尔基的长篇小说《母亲》敏锐地预示着新世纪的来临,刘心武的短篇小说《班主任》则预示着解放思想、拨乱反正的必要性。

当然，这种新闻性与预见性并不是衡量一切文学作品的普遍适用的标准，更不是唯一标准。有些优秀作品价值并不能用这两点来衡量，但这两点毕竟从一个方面反映了作家对生活的真知灼见。生活之树常绿，文学的力量在于它与生活的紧密的（却不是简单的）联系，作家的智慧在于他能够从事件的深层、生活的深层、人的心灵深处触到生活的脉搏、历史的脉搏，因而他的作品常常能够成为旧时代的丧钟和新时代的号角，成为报春的燕子。一部真正伟大的作品就是作者对他所处的时代、社会、现实生活的一次庄重的、动人的、颇具真理性从而具有预见性的相当及时的发言。

由此可见，艺术创造的规律、"距离说"，并非是横亘于文学与现实生活之间的不可逾越的障碍。问题是我们一方面不能简单地要求小说与新闻争鲜，或简单地把反映现实生活题材的作品的不尽如人意归之于作家的养尊处优、不去熟悉新的生活。另一方面，又不能不以极大的热情来提倡、鼓励、号召、组织作家深入生活与反映现实。

其实，世界上并没有绝对的新与绝对的旧。旧是新的昨天，旧是新的母亲。新是旧的分裂、旧的胎儿、旧的否定与旧的未来。只有熟悉历史的人才能熟悉当今。一个作家写现实题材，其实离不开他对现实的历史经验、历史思考、历史感受的积淀。历史感差不多是衡量现实题材作品的深度的一把最重要的尺子。作家并不是空着大脑去接触现实生活的，相反，他早已（或一直）在消化着生活、消化着历史、酝酿着艺术、准备着创作。一个有经验有热情的作家总是善于调动自己的全部生活积累去感受、认识和反映现实生活的最新发展的，换句话说，他总是善于利用现实生活的最新信息去点燃、推动、升华和开发自己的全部生活积累。他的生活积累好像干柴，现实生活的触发好像火种。他的生活积累有如地下油田，现实生活的触发有如钻机打钻。他与现实生活、与人民的喜怒哀乐、与社会主义事业的成败得失、与历史的曲折前进心连着心、肉连着肉，他反应、反映着生活又呼唤着生活，他的反应、反映和呼唤既是迅速的、灵敏的、及时的，某些时候是走在生活前面的,又是深沉的、扎实的、有根有底、经得住考验的。

今天的现实是这样丰富多彩、激动人心、意义重大,富有历史转变的里程碑性质。经过了漫长历史的考验与锻炼,饱尝了艰难困苦并积累了丰富经验的中国人民正在党的领导下,沿着建设具有中国特色的社会主义的正确道路奋勇前进。安定团结,勤劳富裕,建设两个文明,改革开放,我们的生活是这样生气勃勃,这样引人入胜,这样吸引着全国人民乃至世界人民的目光,难道还有什么能比反映这样的历史进程更吸引作家、更吸引读者公众的心吗?今天的现实一定能给作家以最有力的、决定性的触发,使及时地反映现实生活、反映新的变革、反映新的发展的文学作品成为可能、成为现实,而这种文学的现实又将发挥它对现实生活的积极影响,使千千万万读者更热烈、更勇敢、更坚定也更聪明地投入到变革现实、推动历史车轮前进的火热斗争中去。

发表于《光明日报》1984年5月3日

"面向现代化"与文学

去年,邓小平同志给景山学校题词:面向现代化,面向世界,面向未来。这三个面向对文学工作也是很重要、很有意义的,可惜我们对此研讨得还很少。

面向现代化,首先是我们的文学作品要努力反映实现四个现代化的伟大进程。塑造在实现现代化、争取翻两番的伟大的潮流中的带头人、革新者的形象,反映现代化在我们的生活中从理想变成现实的生动、丰富、深刻的进程,特别是这种进程对人们的精神面貌、道德观念、审美观念的影响。

除了这种在题材、人物上的追求和选择以外,还有许多别的问题提出在我们的面前。例如,安定团结是现代化的目标得以实现的重要前提之一,安定团结再加上现代化,人民群众对文学艺术的要求会有些什么变化呢?欣赏水平与艺术趣味的提高,将会沿着什么样的大致的轨道进行?文艺在满足文化生活的需要、满足娱乐和休息的需要方面,会不会发生质与量的供不应求的现象?

其次,现代化的科学技术,特别是信息科学、思维科学、电脑技术、心理学等学科的发展,对我们的文艺学研究工作与文艺创作会带来些什么影响呢?笔者对此连一知半解都说不上。据说外国有用电脑来作诗、作曲以至写小说的,这种说法我本能地颇觉反感,但反感并不能代替科学。我倒是想,那种千篇一律、套来套去、公式化、模式化的作品,很可能被电脑专家摸出规律,造出软件,编出程序,创造出

(实际是仿造出)各种成品来的。如果真有一天按套子写作(不论是别人的套子还是自己的套子)的作家被电脑击败乃至排挤掉,倒也不完全是坏事情或绝对不可能发生的事情哩。当然科技的影响将远远不限于此。

再比如,我们已开始感受到电视在人们的文化生活中所占比重越来越大了,这已经造成了对电影和其他文艺样式的冲击;同时,也提供了发展文艺、发展和普及文化生活的前所未有的新的巨大可能。这个问题我们如果不去研究,它就会来找我们,向我们迎面提出挑战,弄不好会使我们陷入被动的。

现代化的一个重要标志和条件是全体人民文化素质、精神素质的提高,其结果必然会造成文艺的新的大发展,也必然会出现对文艺的新的更严格得多、更高得多的要求。这既是大的促进,也是大的选择,对此,我们似应有思想的准备与科学的探讨。

以上说的是面向现代化,同时也包括了面向未来的意思。文艺(特别是文学)的题材,多数是取自已经发生的事情。但文艺的总的精神,应该是高瞻远瞩、面向未来,努力汲取新思想、新知识、新事物的。当然,新的东西离不开传统,创新离不开继承,但同时继承又是为了创新,为了现在,也为了未来。

面向世界的问题也是有意义的。在新的历史时期,我们与世界各国的文学艺术的交流、文艺工作者的交流是大大地发展了。我们以空前的规模和热情介绍、"引进"了一些国外、海外的文艺作品(包括文艺理论),同时,我们的创作成果与文艺状况,越来越受到了全世界的瞩目。随着我国的日益开放,面向世界的新课题与新任务会不断地向我们的文艺工作者提出来。这就要求我们有一种新的气魄与胸怀,有更高的马克思列宁主义的水平,有更大的创造性和想象力,有清醒的头脑和足够的热情;也要求我们掌握占有更多的信息、更多的知识、更多的材料和更科学的方法,进行更加过细的研究。

概括地说,既要取其精华,又要去其糟粕,既不能盲目照搬,又不能盲目排斥。这样说起来是比较容易的,碰到具体问题,具体分析起来就比较麻烦,有大量的问题需要研究,大量的工作要做。

面向世界与注意发展民族形式、注意中国气派、注意满足中国人民的喜闻乐见的要求是不矛盾的。只有在世界这个大范围里,在交流、开放、竞赛、互相影响也互相斗争里边,我们民族的、社会主义内容的文化和文艺才能得到生存、壮大和发展。也只有足够的维护、发掘和发扬我们民族的文化、文艺传统中的一切好的东西,我们才能站住脚,对世界做出我们的贡献。我们的文艺工作者应该比过去更多地了解和关心世界,从世界这个大天地汲取和激发新的信息。

"面向现代化,面向世界,面向未来",不但提出了许多值得我们思考、摸索、实行的扎扎实实的课题,也表现了一种高的境界、胸怀、气魄。它号召我们前进,它鼓舞我们摆脱许多应该摆脱的精神负担和陈旧习惯,它激励我们重新学习和重新深入生活,勇敢攀登文学艺术的高峰,推动我们做到大鼓劲、大团结、大繁荣,开拓文学艺术工作的新局面。

发表于《人民日报》1984 年 10 月 22 日

中国文学的黄金时代

历史将为从七十年代末期在中国开始的文学生活的高涨而自豪。这些年创作、欣赏与评论的活跃热烈是古今中外都不多见的。而第四次作家代表大会的召开更向国内外宣告：中国社会主义文学的黄金时代真的到来了！

这个文学的黄金时代的到来不是偶然的，经过了艰巨伟大的斗争与曲折的道路，历史需要文学这个敏感的、往往得风气之先的精神活动来传达亿万人民的心声，充当时代的号角，促进与帮助各种不符合现代化要求的旧观念的改变，打破精神枷锁，激发亿万人民的积极性与潜在智能，为建设现代化的社会主义国家贡献出光与热。我们有源远流长的文学传统与可歌可泣的革命文学传统，我们有大量的与人民同甘苦、共命运的作家，而且从人民、从青年当中不断地涌现着富有开拓精神和艺术才华的文学新人。丰富而又曲折的斗争历程不但积蓄了文学题材素材，而且积累了不可遏止的忧国忧民的激情与艺术创造的激情。在这种情况下，党的十一届三中全会以来拨乱反正、解放思想、转移工作重点、建设具有中国特色的社会主义的方针和进程，包括新的历史时期文艺工作的方针与进程，像春风一样唤起了文学创作、欣赏、评论的全面高涨。每一个中国作家都在为自己进入了文学生活的黄金时代而欢欣鼓舞。

当然，文学事业的发展是不平衡的，文学的道路是不平坦也不笔直的，文学领域中会出现问题、出现争议、出现矛盾，而随着这些问题的发生也会出现这样那样的片面性，以至出现某种模糊、疑虑和担忧。这些问题都需要给以明确的回答。

另一方面，我们的经济体制改革、我们的开放政策正在改变着我们的生活面貌，创造着新的历史，出现了许多新的人物、新的情况、新的事件、新的心理、新的问题，迫切地要求着文学事业的新的反映与概括。而处在安定团结、生活水平显著提高的过程中的我们的人民，我们的读者，也对文学作品的内容和形式、数量和质量、艺术性和思想性不断提出了新的要求。这是一个广大作家、文学工作者跃跃欲试、准备攀登新的高峰的时刻，也是一个既活跃又纷乱的竞相准备回答时代的新的号召、新的挑战的时刻。

在这种状况下，大鼓劲、大团结、大繁荣的号召像是一股新的强劲的东风。这也是对党的正确的成熟了的文艺方针的再次重申与对一些片面性的扬弃。它得到了广大作家和读者的拥护。第四次作家代表大会在这样一个时刻、这样一个号召下面召开，将创造一个机会，使我们的老中青作家济济一堂，探讨达到新的鼓劲、团结、繁荣的途径，回顾和总结已有的经验，研究新情况、新问题，坚定信心，开始新的创造过程。

这样一种鼓劲的气氛、团结的气氛、民主的气氛、尊重作家的劳动的气氛是最有利于文学事业发展的气氛。这样一种气氛的出现在我们民族的漫长的历史上并不多见。回想一下中国历史上并不罕见的文字狱和视文学为异端、视文人为危险人物的封建专制主义与十年动乱期间文学事业遭受的劫难，我们不能不把现在的时代看成文学的黄金时代。

当然，黄金时代是繁荣的前提，却不等于繁荣的自行完成。好的条件鼓励着作家，也要求着作家巨大的劳动、创造勇气和才能。万事俱备，怎么样拿出无愧于我们的时代的新的产品呢？期待着每一个作家用自己的创作成果作出回答。

发表于《文汇报》1984年12月31日

社会主义文学的黄金时代到来了*

同志们,我们在一起开了一个很有意义的会。这次作协会员代表大会确实鼓起了大家的劲头,鼓起了社会主义文学发展的新势头。这几天,我的一个突出的感觉是,中国社会主义的文学的黄金时代真的到来了!

如果说前几年在我们复苏的热情、复苏的创作、复苏的灵魂之中,还或有余悸、预悸之类的凉意冒出来,如果说那几年我们走向新时期新生活的步子迈得还不是那样稳健和自信,那么现在,情况明朗多了,我们自己也长进了。还等什么呢?还要什么呢?在中国历史上,有几度出现过像现在这样经济发展、政治安定、百废俱兴、勇敢改革、政策走上轨道,人们这样迫切地要求着精神食粮的丰富与提高,作家们又有这样多的积累、这样高的热情、这样好的条件呢?

万事俱备,只欠东风。只欠我们拿出好作品来了!

我谈几点感想。

一、要出新。我们生活在一个出新的时代。社会主义事业正在出新,经济体制正在出新,十四个开放城市正在出新,人民的精神面貌、生活方式与思想观念正在出新。胡启立同志的祝词是有新意的。光年同志的报告是有新意的。难道我们这些写小说、写诗、写戏、写散文、写杂文评论的人能原地踏步、左顾右盼、用一种固定的模式把

---

* 本文是作者在中国作家协会第四次会员代表大会上的闭幕词。

自己框住吗？难道我们不应该追求用我们的作品来传达时代的新意，生活的新信息，人们心灵的新的萌动，科学知识的新成果与艺术的新探求吗？我以为，我们的时代精神，首先是改革的精神、创新与开拓的精神，这也是一种开放的与求实的精神。只要有利于"四化"事业，有利于发展生产力，我们不受固定的、缺乏生机的模式的束缚。经济是这样，政治思想工作是这样，科学研究是这样。难道这种创新与开拓的精神，对最需要这种精神的文学创作活动，反而是不大重要乃至名声可疑的吗？

当然，创新离不开继承优秀的传统，新的探索中会不时有缺陷和失误，这些都需要予以实事求是的辩证的研究与评价。同时，创新也罢，探索也罢，有个方向、路子的问题。但是停滞不前、固步自封，只能意味着艺术的消亡，更有个方向路子的问题。资本主义的腐朽思想与封建主义的遗毒并不是创新的产物，而是属于昨天的精神负担。让我们在新的生活、新的时代精神、新的知识不断开拓的基础上，使我们的社会主义文学获得日新月异的大发展吧！

二、要平等讨论，提倡一种在艺术面前人人平等的精神。正像我们说在真理面前人人平等一样，在艺术面前，任何一部作品、一种理论，不论出自什么人，都要经受实践的检验、群众的检验、时间的检验。历史和衡量文学艺术的那把无形的尺子是严格的。真善美不是靠行政力量与大造声势来封就和指定的，假恶丑也不是靠帽子能扣光扣净的。因此，艺术的讨论和批评必须是平等的、民主的、科学的与说理的。党的领导当然不是取消平等讨论，而是保护、发展并善于适度地影响这种讨论。马克思主义的战斗性与科学性规定了它善于等待、善于说服、充满自信而不搞也不屑于搞压服。靠压服而推广的马克思主义常常不是真马克思主义。所以，毛主席早就明确指出，不能"用行政力量，强制推行一种风格，一种学派，禁止另一种风格，另一种学派"。毛主席的话说得何等好啊！几十年过去了，现在的情况对我们这样有利，为什么不能多出几种风格，多出几个学派呢！为什么不能活跃些、更活跃些呢!

这就是说,一个真正的马克思主义者,生活在人民民主专政的社会主义中国,完全可以有信心、有能力用自己的联系实际的、富有创造性的文艺评论去战胜谬误,完全可以以作者之一、论者之一的身份去写文章、讲话,而大可不必挥舞棍帽、居高临下、以势压人。

说老实话,作家应该欢迎批评,不应该怕批评。即使粗暴的批评也不可怕。正像世界上有粗暴的人一样,文坛里也有粗暴的批评,古今中外,概莫能外。问题的症结是在于一些同志不习惯进行公开的、平等的批评和论争,哪怕是尖锐些乃至粗暴些的批评,而似乎习惯于把文艺作品中的问题(这些问题当然是会有的)作为"新动向"乃至"敌情",机密而又严重地捅上去,报警呼救,大喊"狼来了""大事不好了",主动追求"行政力量"的动用与"上纲上线"的高度。这实在不像是发展文学、艺术、学术的明智做法,实在无益于真理战胜谬误。

启立同志的祝词指出了改善党对文艺工作的领导的必要性,一些同志的发言也慷慨激昂地说到了这一点。但是我要说一句老实话,"左"的问题我们也需要想想。是不是我们的一些同志也做过向上讨帽子、讨行政命令、讨令箭的事?我们的一些同志,是不是也有过用自己的"左"来呼吁请求乃至激发领导部门的"左"呢?那种认为批"左"就要矛头向上,批右就只能诚惶诚恐的说法,恐怕未必全面。

还是多搞些真正的平等讨论吧,不但在开大会时讲平等讨论,开完会,发现了一篇坏作品,也还是平等地去讨论吧!平等讨论绝对不会损害马克思主义的权威性,而正是马克思主义的真理性与理论威力的表现。

三、要团结。团结是鼓劲和繁荣的保证。我们的作家队伍是一支好队伍,是团结友爱的。但是一想到那些不团结的现象,一想到我们有的才华出众、读者爱戴的作家不能充分运用美好的创作自由去一心一意搞创作,而竟要耗费那么多宝贵的心力去攻守应对、纵横捭阖,我只觉得欲哭无泪!真是悲剧啊!再不能让这种悲剧演下去乃至传下去了！安定团结是"四化"的要求，是人民的心愿，是历史的必然，是时代的威严的命令。安定团结也是创作自由的政治前提。得不到团结就得不到自由。巴金老师说得好，作家的名字应该和作品联系在一起。不服气吗？太好了！快拿出拿手的好作品、好见解来吧！让我们开展文明的高尚的文学竞赛吧，这样的竞赛只能增进我们的团结和友谊。让我们比赛谁跑得更快而不是比赛谁更会给谁使绊子吧！

最后我说一点，就是对自己的作品要要求得更严格一点。恩格斯谈到马克思的《资本论》的写作的时候说，马克思认为，即使他拿出了最好的，对人民来说仍然是不够的。而如果他拿出来的是不够好的，那简直就是犯罪。我每看到这段话，就觉得脸红！也写了这么多了，"最好的"在哪里呢？是时候了，让我们更严格些，更负责些，更自重些吧！拿出好一些、更好一些的货色来！拿出最好的小说、诗歌、剧本、散文、杂文、评论来！怎么能辜负我们的祖先、我们的师长、我们辉煌的时代！

发表于《人民日报》1985年1月6日

面对一种新的形势*

一　如何在百家争鸣中发出自己的声音

我们对生机勃勃、思想活跃、创作繁荣的好局面,已经期待很久了。我们为百花齐放、百家争鸣的方针而欢欣鼓舞、报以希望也已经很久了。最近几年也确实有百花齐放、百家争鸣的意思了。这样一种期待已久的局面的出现当然是好事,但正像世界上任何事物一样,好事中也会出现一些新的问题,出现一些消极的情状,甚至会给人一种不习惯的感觉。百花齐放、百家争鸣的局面出现,给我们在工作上、创作上、理论上提出了一些新的课题。现在群众中流传着这样两种说法,一种是:东风吹,战鼓擂,现在世界上谁也不怕谁。另一种是:现在办什么事都是红灯绿灯一起亮。比如一个作品出来,说是好得很、新突破,绿灯亮了;与此同时又有人说走上邪路了,红灯又亮了。一个理论也是这样,说是新的发展、新的建树,绿灯亮了;与此同时又说是违背了大方向,违背了原则,红灯又亮了。这种不确定的情况是很多的。所以我想,我们应该怎样在一种真实的而不是虚假的、现实的而不是理想化的百家争鸣的环境中发出我们的声音呢?这是当前的主要课题。现在是各种声音齐鸣,互相淹没。当然,这种百家争鸣也带来思想的活跃、勇气的增加,使各种大胆的尝试、探索、创造

---

* 本文是作者在中国作家协会第四届理事会第二次全体会议上的发言。

成为可能,对此大家并不怀疑。与此同时又有另一种情况,就是群众对我们的反应越来越迟钝。我们在争鸣中说这部作品好得很呀,读者反映平平;说坏得很呀,读者的反映也平平。过去不怎么争鸣的时候,一种怪异的、独特的意见,很容易造成轰动或造成噱头,而现在就不那么容易,你在那儿吹自己的见解怎么伟大,比谁都高明,喊了半天,人家听了一会儿就掉头而去,该干什么还干什么。所以在争鸣的情况下,各种所谓新鲜的见解、独到的见解或者是怪异的见解,或者是胡说八道,都掺和在一块,都掉了价。发社论是那么回事,纯粹胡说一通也是那么回事。引导疏导,统一思想,难;哗众取宠,大言欺世,也难。在我国的历史上,百家争鸣的局面只有春秋战国时期出现过,后来就没有这种局面了。现在开始出现的各种议论、各种说法、各种宣告、各种旗号,这种现象和局面,第一我们应该欢迎,第二我们要发出自己的声音。

百家争鸣是很复杂的。如果真以百家来说的话,那么其中有十家八家是很郑重、很科学、很严格、真治学的;也会有十家八家是相当偏激,用"语不惊人死不休"的极端的语言来增加自己的理论或意见的响亮度的。因为在集市一样的、谁也听不见谁的争鸣中,需要特别提高嗓门,拔高十六度甚至三十二度,如果声音不尖利刺耳就不足以引人注意。还会有二十家三十家是像我现在这样临时想到了一些意见,做一种随感性的、表面的、片面的、简单的、自由式的、自然而然的发言的。还会有十几家干脆就是胡说八道。这也是一种客观现象,一种心理需要,因为人对事物有各种各样的看法,有看准了的,也有不那么准的,没有看准也要说要讲,要发泄情绪,要引人注目,便提供了胡说八道的依据。所以我说百家争鸣的局面是一个思想非常活跃的局面,也是一个七嘴八舌、在某种习惯的眼光里是乱成一团的局面,是一个谁也听不见谁的局面,也会是胡说八道的局面。我们似乎没有经历过这样的局面:好的意见、平庸的意见、有特色的意见、尖锐的意见、大嗓门的意见、咋咋唬唬的意见、信口开河的意见、胡说八道的意见一起上。对这样一种情况,我们要有进一步的思想准备,可能还会出现更热闹的局面。对这种局面的客观规律性我们还不掌握或不十分掌握,用老方法处理不见得好。比如有同志称之为"方法论年"的一九八五年,讨论研究方法论的文章发表得非常多,而且是热情洋溢的。不少同志认为过去的文艺研究方法过时了、落后了,现在要引进自然科学的方法如"新三论""新新三论"等等,讨论得不亦乐乎。自然科学的东西能否帮助我们或启发我们去研究一些文艺现象?我很有兴趣地读了一些这方面的文章,如用心理分析的方法研究李商隐的诗,用图表法研究诗歌,从信息论的角度谈语言如何成为信息的载体等等,看后也开眼界。当然也有的同志看了很反感,有的同志甚至提到一个纲上,言其违背了辩证唯物主义和历史唯物主义,对这种背离的倾向进行了批评或批判。但是一年过去之后,这方面的热度马上降低了,现在几乎没有这方面的声音了。一些事情便是这样,热了一阵就过去了,是不是不热了就证明它错了呢?那倒也不见得,更有分量的东西往往是在热度过去之后,当然这得看是否还有人坚持进行深入的研究。文艺理论研究,有的是用某种方法或某种思维模式来解释文学现象,也有的是用文学现象去解释他那种方法,推广他那种模式。推广了半天,对文学作品的认识评价并无多大补益,此事古来多矣。一些文学现象热一阵子也就自然而然地凉了,你非常认真地去批判,反而越批越热,或者本来快凉了,又热了起来。当然这也不是绝对的。

那么我们怎么样才能习惯或者是学会在百家争鸣的情况下研讨真理呢?第一,欢迎这种局面,大家讲宽容,不同的意见都应该发表;第二,不起哄,不要看到一点新理论新说法就马上哄抬,我们要始终保持清醒的头脑。不必把有些很极端的所谓新理论看得那么认真。如最近有一种理论动不动就宣布谁过时了,而宣布没两天自己又被别人宣布过时了。有的同志说,现在是"江山代有人才出,各领风骚三五年",不久又发展了,说是"各领风骚三五天"。还有一位年轻有为的理论家概括地说,创新的热潮像作家身后的一条狗在追,追得你无所适从,生怕被狗咬着。我想这条狗就是"过时"的狗吧。后来我又想,这也不足为奇,一个作家在写作一篇作品的时候,有时候会有一种心境,即觉得此前的作品都过时了。对一个严肃而又有激情的作家来说,没有过时的作品,只有还没写出来的作品。所以,不必把这种"过时论"当成什么了不起的理论。真理永远不会过时,真理是发展的,发展并不等于说把过去的东西扔到一边去了。真正的艺术、真正的艺术家也永远不会过时,李白过时了吗?莎士比亚过时了吗?《诗经》过时了吗?《红楼梦》过时了吗?当然不过时。不论发出怎样的"唯自己不过时"的宣告,真正速生速朽过眼烟云的东西也有的是。所以不要起哄,也不必把一些事情、一些说法看得太严重。我认为,在百家争鸣的环境中每个人应该有每个人的声音,作家协会应该有作家协会的声音,《文艺报》应该有《文艺报》的声音,这些声音应该有足够的响亮度。我们不要强加于人,更不要动不动就搞大批判,也不要把随便一个小意见看得不得了。"不要把每一个人放的屁都当成原子弹爆炸",这话虽粗鄙,但确有其道理。那么,我所说的、所设想的"我们的声音"是一种什么样的声音呢?我觉得还是一种在马克思主义世界观的指导下,有利于我国现代化建设、有利于我国物质文明和精神文明建设的声音,是一种创造性的、有时代特色的声音。改革和开放就是我们时代的特色,用耀邦同志的话说就是当今世界有两大潮流,一个是对话,一个是社会主义国家的改革。具体到文艺领域,对话也是一种开放。我们的声音除了应该有创造性和时代特色之外,同时还应该有我们民族、我们国家的特色。中国人有中国人的文化观念,中国的文论有中国文论的特点。现在,我们的作品、我们的理论是多种多样、五花八门、各有千秋的,但我们又有共同的理想、共同的追求。我们对国家的发展,应该持积极的态度。这个发展不是自今日起,一百几十年来,中国作为一个落后的、封闭的、停滞的、腐烂的封建国家,曾有多少仁人志士为振兴中华、再造中华而奋斗,使这个国家能够现代化、民主化,矗立于世界民族之林。经过了艰苦的旧民主主义革命、新民主主义革命、抗日战争、解放战争,走了许多艰难曲折的道路,才到今天。我们今天的改革是这个事业的继续,是林则徐事业的继续,也可以说是康梁变法的继续,是孙中山先生事业的继续,是老一代无产阶级革命家事业的继续,是毛泽东、刘少奇、周恩来、朱德事业的继续,我们今天的改革就是这样一贯下来的。所以,我们应该欢迎、习惯,起码是容忍百家争鸣的局面,同时又坚定明确地发出自己积极的声音,对我们的改革和"四化"建设起到积极的作用。我们的声音是积极的,这点决不含糊,但不能够强加于人。任何声音都不能强加于人。

二 怎样看待近年来的文学创作

十年来我们所取得的成绩是一个客观的事实,不是哪一个人宣告一下就能抹杀掉,也不是哪一个人宣告一下就能肯定的。但是我确实有这种感觉:在充分肯定成绩的同时,应该提出一个更高的要求了。这十年总体来说是一个喷涌期。经过长期的文化沙漠,经过长期的万马齐喑,经过长期的对文学家、艺术家、知识分子的精神和肉体的迫害,经过长期的感情的、语言的、经验的、生活素材的蓄积,在一九七六年粉碎"四人帮"以后,特别是一九七八年党的十一届三中全会以后,呈现出一个文学喷涌的局面,就像骨鲠在喉,不吐不快。它真切、热烈,对社会的激情,对束缚人的灵魂、束缚人的思想的抗议和灵魂得到解放之后的欢欣,都一股脑地喷涌出来。但是,经过一段喷涌之后,现在已经出现了某种疲劳的现象。所谓疲劳的现象就是很多作家,包括我自己在内,十年来发表了大量的作品,现在想拿出真正的新东西来不那么容易了。发表的作品越多,等于摆在自己面前的路障越多,想跳却跳不过去,想再写出点新玩意即北京话所谓"震"的东西不那么容易了,现在的人不好"震"了。这几年,我国又出现了一批很有希望、引人注目、很有才华、很有前途的年轻作者,他们一出现就得到普遍的喝彩。这也说明现在是黄金时代,是充满春风雨露的时代,尽管现在还有这样那样的问题,这样那样的残余,但是从总体上说,现在的条件不知道要比以往好多少。然而这几年出现的新星在喝彩声、鼓掌声震天之后,其底蕴如何还不好说。可以说,他们的积累远不如那些挨了十几年二十几年三十年整的人(这当然决不是说要靠整人的办法培养作家)。这些新星们,有的写到第三篇作品就开始重复,这不是好兆头。我们应该正视这种喷涌之后的疲劳现象和新秀们积累不够深厚的现象。然而我并不悲观,我觉得在文学温度稍微凉了一点的情况下,有可能出现更能站得住脚的好作品,而在过分吹打、过分热烈的情况下倒很难写出更能经得住时间考验的作品。从这方面说,疲劳、不够深厚、迟钝、淡漠等现象的出现不完全是坏事,它要求我们去追求更高质量的作品。

在一种文学热中,会出现大量激动人心的作品。在文学热稍凉的时候作品的数量会减少,但却更能经得住推敲和时间的考验。在上海刚结束的中国当代文学国际讨论会上,一些外国朋友说,中国的作家写得太多太快了。西方的学者这样认为,苏联、东欧的学者也这么认为,他们说得也许有道理。当然也许是我们憋得时间太久,蕴藏的东西太多的缘故。我们应当正视这样一种文学现象,研究一下该怎么办。

我觉得目前有些与提高文学创作质量不太适应的现象,我也想鸣一下,放一炮。比如现在的文学期刊太多。据有关部门统计,交邮局发行的文学期刊就有五百几十种,我怀疑有没有这个必要。当然,文学期刊的大量出版对文学创作的繁荣起了积极的作用,但一旦"超饱和"就会造成消极的后果:一是各种刊物的订数普遍下降,有的已经降到基本上没有普通读者的程度;二是刊物之间常常展开稿件争夺战,助长了粗制滥造的风气;三是由于争稿激烈、得稿不易,编辑不愿也不敢得罪作者,对稿子不提意见,不做删改,不敢提出严格的要求。现在有的作品是写得比较"水"的,以致一些搞翻译的同志都觉得不好翻译。这种状况也使一些较好的作品淹没在低劣作品的汪洋大海之中,长此下去就会影响文学在广大读者中的声誉。我们的作家是非常反对大锅饭、铁饭碗的,实际上在刊物的问题上就有大锅饭、铁饭碗的现象。现在有竞争却无淘汰,刊物有增无已,有些地方不是人办刊物,而是刊物办人,刊物一出就有一套的人马、财物、作者、读者和文学活动,这就是铁饭碗。所以我认为,现在的刊物太多,就是砍掉一半也不算少。我们不应该盲目发展刊物的数量,而应当把力量集中在提高刊物的质量上。当然,这也是一个细致的工作,要靠文艺工作者的自觉与自愿,也要靠建立一定的规章制度,而不是简单地采取大砍大杀的办法。

我们应该把注意力集中在创作上和理论研究上。文学的成就不是靠宣言,而是靠作家们专心致志的创作和理论家们专心致志的研究。

发表于《文艺研究》1987年第1期

文学生活的全面高涨

中国的经济体制改革是一个意义重大的历史性事件。改革创造着新的生活、新的观念、新的历史。改革也创造着文学,促进着文学生活——创作、评论、阅读、研究……的全面高涨。

中国作家第四次会员代表大会将作为在这样一个重要历史发展时期促进文学事业大鼓劲、大繁荣、大团结的会议而载入史册。我们的作品将反映新的历史进程与生活风貌,更重要的是反映新的时代精神。新的时代精神将大大地推动文学事业,而我们文学工作的新成果,将给予人民群众新的精神激发,呼唤着时代精神的大发扬。

时代精神是什么?用一种比较简单的说法,在今天,我以为就是改革的精神。而改革的精神便是一种民主与开放的精神,创新与开拓的精神,总结历史经验与自我批评的精神,十分求实并且高瞻远瞩地向前看——面向未来、面向世界的精神。

这种精神对我们的整个社会主义事业首先是经济建设事业是必要的、对我们文学事业无疑也是完全必要的——如果不是更紧迫地必要的话。

民主的与开放的精神通俗地说来就是一个"放"字。让作家们放开手脚去搞创作。唤起人们的积极性,把文学搞"活",使思想和艺术的追求更活跃、更活泼。不要企图把万马奔腾、百花齐放的文学事业纳入一个既定的模式。

民主的与开放的精神还是一种平等的精神。经验告诉我们,在一般情况下强调贯彻"双百"方针、发扬艺术民主是不困难的。问题在于,当文坛上确实(或你认为确实)出现了某些问题,出现了某些比较消极、比较不健康的现象乃至相当严重的消极现象的时候,我们要不要坚持疏导、坚持平等讨论?还是动辄回到老路上,乞灵于上纲上线、以势压人,动用行政压力与组织手段,用压服的方法解决人们灵魂深处的思想认识情感趣味问题?经验证明,只要没有触犯宪法和法律,还是坚持平等讨论、坚持保障作家的创作自由(包括批评的自由)的方针为好。在真理面前人人平等,在艺术面前也应该人人平等。领导干部、文学权威当然也可以并应该写文章发言谈自己的文学见解,但这种写文章和发言应该同样是以一个作者的平等身份。我们依靠的是真理性、科学性,我们依靠的是时间和实践的检验,我们依靠的是从容的耐心的细致的工作,而不是靠压人与吓人。历史已经证明,这样做较少偏差,较容易贯彻正确的东西。历史也已经证明,哪怕是真理,动用压力无助于(往往是损害)它的真理性,而且常常解决不了思想问题,乃至留下后患。

民主与开放的精神是一种敢于交流、善于通过交流来发展自身、喜爱交流的精神,这也是信息社会的必然趋势。加强创作的、理论的与文学信息的国际国内交流,实际上是有百利而没有多少害的。经济上不能闭关自守,文化上更不能闭目塞听。鼠目寸光而又自吹自擂决不等于纯洁与忠诚。敢接触、敢交流、敢消化外来的信息与吸收外来的营养,才能发展进步,才能适应新的形势与新的读者的需要。不要一碰到自己不熟悉或看不惯的东西就大呼不好、拒之于千里之外。这不但是一种自信,也是一种聪明,是推动各项事业包括文学创作的必由之路。

创新与开拓的精神与改革的关系是不说自明的。保守的、缺乏活力的固定的经济体制模式决定着与影响着一种相对保守的、缺乏活力的、固定的文化观念。在我国,穿一件新款式的衣服或留一种新发型也会引起风波,这在当今世界上实在是不多见的。

文学艺术更需要创新与开拓。在某种意义上,艺术就是不断创新不断开拓的同义语。停滞与重复、单调与模式化只能取消艺术、取消文学。在艺术上搞样板的只能是艺术白痴。

改革时期的文学更应该有一股刻意求新的劲头。新的观念,新的主题,新的人物,新的题材领域,新的风格色彩,新的表现方式与手法,新的各色各样的流派,这正是文学事业繁荣蓬勃的重要标志,是人们的潜在智能大大发扬的重要标志。

当然,新不是无根之木、无源之水,它离不开我们的民族的源远流长的文学传统、世界进步文学的传统与我们的可歌可泣的革命文学传统。而上述传统之所以可贵,就在于它是一道道不断吸收、不断前进的清新活泼、时时更新的活水。为了继承传统,更需不断开拓创新。

正像在任何崇高伟大旗号下都有投机者、赶时髦者、一知半解的轻薄者吵闹其间一样,文学事业中也会有这样的缺乏根底而又喧嚣嘈杂的人。这不足为奇,也不能因此否定创新与开拓的精神。相反,那种自以为是、拒绝接受新事物、动不动给新苗新芽扣帽子的行为,倒是一种廉价的幼稚病。与创作相比较,我们的文学理论与文学批评更需要研究新情况新问题,吸收新的信息。

没有自我批评就没有改革,如果自我感觉到了比好还好的地步,又岂有改革的余地?不实事求是、不准实事求是或不敢实事求是,这样长期搞下来,会弄得人不会实事求是,也不会有任何自我批评、总结经验、改革开放。目前的改革是我们社会主义国家成熟了、大大前进了一步的标志。而我们这次作家代表大会,也是我们的社会主义文艺事业走向成熟、大大前进了一步的标志。如果说党的十一届三中全会以后的发展迎来了文艺的春天,如果说前几年我们已经为文艺事业的大好局面而欢欣鼓舞、感奋万分,如果说那时候还或许偶有一些余悸、担忧之类,那么,经过这一次作家代表大会,我深深地感觉到,中国社会主义文学事业的黄金时代真的到来了!我国文学生活的全面新高涨的时期真的到来了!我们的勤劳勇敢的人民有权利得到丰盛精湛的物质产品,他们也许更有权利得到丰盛精湛的精神产品、艺术品。这是一个产生更好的作家,更好的诗、小说、戏剧、散文、杂文和评论的时代,中国文学史将为它的二十世纪最后十几年而自豪。

发表于《光明日报》1985 年 1 月 10 日

团结在党中央的周围

党的十二届四中全会、全国代表会议和五中全会文件的内容十分丰富，十分重要。

拨乱反正与全面进行改革，已经改变了和正在改变着中国的面貌，我们都感到，现在的政治、经济形势是建国以来发展的最好时期之一。文学艺术事业的形势，同样是最好的时期之一。

关于第七个五年计划的建议确定，坚持改革，把改革放在首位。农村改革已经取得了有目共睹的巨大成绩。城市改革的势头也很好。只有改革才能振兴中华，我们要充分认识改革的必要性、必然性。改革的方向是社会主义的，经济发展速度不能太快，要解决新出现的问题。这说明，中央对改革的领导是正确的、成熟的、谨慎从事的。

经济建设并没有捷径。改革并不是天上掉馅饼。以为一改革就有洋钱票哗啦哗啦地掉下来，是幻想。韦君宜同志的文章《我们什么时候发了横财了？》讲得很好。改革是一个长期的艰巨的过程，有些具体问题容易引起不同的意见，也是正常的。但整个改革是在胜利地进行着，我们的前景是喜人的。

建设精神文明的问题受到了中央和全体与会同志的一致强调。社会风气，党风，几年来有好转的方面，但离根本好转还有差距。有一些绝迹多年的坏事，现在又冒出来了，大家是有意见的。

在精神文明的建设方面，我们的责任重大。要加强我们建设精神文明的自觉性,要鞭挞那些资本主义、封建主义的腐朽落后的东西,努力用爱国主义、集体主义、社会主义与共产主义的思想教育人民,要用我们的作品帮助年轻人树立高尚的理想,要提高人们的精神境界,满足人们的多方面的精神需要。

小平同志的讲话,明确提出了要以社会效益作为检查我们的文教、卫生工作的唯一准则或最高准则。我们在继续维护作家们的创作自由、珍惜并正确地运用这种自由的同时,一定要加强社会责任感。努力创作对"四化"、对社会进步、对青年的身心健康成长有利的作品,提高文学创作思想质量与艺术质量。

我相信,通过学习,我们将更好地团结在党中央的周围,使文艺工作者当中学理论、议大事的政治空气更加浓厚,增强政治上的同心力,促进文艺工作与文艺工作者的大鼓劲、大团结、大繁荣。

发表于《人民日报》1985年11月4日

意义重大的事业

根据巴金同志的倡议并在他的具体支持和领导下,在党中央的关怀下,在中央军委、中共北京市委和北京市人民政府的帮助下,我们的现代文学馆已经初步建成,并正式开馆了。这是我国文艺界的一件大喜事,它标志着我们对于"五四"以来的革命的、进步的"为人生"的文学传统的珍惜与继承。标志着我们"五四"以来的文学前辈的创造性劳动的景仰与珍视。也标志着我们当代的革命文学运动是如何源远流长波澜壮阔。它将使我们的文学资料的收集整理工作以及现代文学史与当代文学的研究工作提高到一个新的水平。对于广大的读者、作家、评论家、史家都是非常令人鼓舞的。

现代文学馆首先是一个资料中心,同时也将逐步办成一个研究中心。这是我们作家自己的事业。中国作家协会希望它的资料的收集与活动的开展能够得到全国作家的大力支持。我们非常感谢胡乔木同志、邓力群同志前来参加现代文学馆的开幕式。我们非常高兴巴金同志亲自主持这个开幕式。我们非常感谢许多文学前辈、师长和老、中、青作家同志们前来出席这个开幕式。我们也感谢文学馆工作人员的辛勤劳动。在大家的共同努力下,我们一定能够把文学馆这个新兴的、具有重大意义和前途无量的事业办得更好。我们要加强学习,熟悉这方面的业务知识,提高业务水平,扩大对外对内的交流,办好文学馆,为发展社会主义文学事业,建设社会主义精神文明做出应有的贡献。

1985 年 1 月 5 日

物质的丰富与精神的丰富

　　长期以来，不仅在中国，美、善、正义、理想、精神的追求与精神的丰富往往是与物质的贫困连在一起的。"两袖清风""安贫乐道""人穷志不穷"都是美好的，与此相对立的是"脑满肠肥""花天酒地""骄奢淫逸"。不食嗟来之食的君子的高风亮节令人景仰，正直不阿的君子处在忍饥抗寒的条件下便益发可贵。清贫为自己树立了美丽、悲壮乃至理想化的形象，而财富马上使人想到庸俗、吝啬、空虚、奸诈乃至腐烂堕落。财富的形象是黑色的、贪婪的、狠毒的。

　　这当然不是偶然的。阶级社会中财富总是被一小撮剥削者占有，巨大的财富与必然灭亡的命运的悲剧性矛盾构成了一个又一个动人的故事。相反，被剥削被压迫的人们虽然饥寒交迫，却代表着未来，代表着历史的前进方向，代表着文化、美德、智慧的精华。就是说，在几千年来的文明史——阶级社会史中，物质财富受到了剥削的玷污而狰狞丑陋，清贫却因革命的理想、劳动者的正直而得到了充分的美化和升华。《创业史》的卷首写着，"家业使弟兄们分裂，劳动把一村人团结起来"。显然，这种判断首先是"劳动"与"财产"分离的结果。

　　当然，这不是财富本身的罪过，也不是贫穷本身的光荣。物质财富的生产积累与消费本来是人类智慧、精力、文明与劳动的成果，是人类伟大创造力、造福自身的能力的丰碑。而贫穷的本来面目是可悲的、寒碜的。只是由于阶级社会里存在的一系列颠倒，才颠倒了财富与贫穷的位置。

当历史条件发生变化以后,当社会主义已经建立起来以后,仍然固守这种物质财富与精神财富完全对立的旧观念,拼命地贬低物质财富的意义与拼命地夸张贫穷的好处,其实质可能是长期的历史遗留物,也可能是中国特有的阿Q主义,更可能是"左"的社会心理根源之一。

目前我国社会生活特别是经济生活正在发生重大的变化,物质的初步丰富已经、正在或即将成为现实。这使大多数人高兴,也使一些人觉得陌生和惶惑。物质的丰富与精神的丰富的关系,物质生活的提高对人们的精神生活的影响,已经成为我们的理论家和作家面对的现实课题。

现实生活启示我们,在社会主义条件下,物质的丰富将首先为精神的丰富创造条件、打下基础。整天挣扎在生存线上,欲求温饱而不得,当然也可以有自己的低水平的精神生活——安贫乐道,穷而心安,也可以有自己的理想主义——革命,其实就是要否定贫困的状况,追求初级的、当然也是值得珍视的精神的平衡与超越。但一般说来,在艰难的物质条件下难以达到人的全面发展。道德感和美感的培育与发展、哲学思辨与科学实验、科学研究的要求与行动、对新生活领域与心灵领域的开拓(如南极考察、宇宙航行、艺术创新……)以及通过体育、医疗等活动进一步完善美化发展自己的体魄,无不需要一定的物质条件及其政治保证(就是现今常说的安定团结)。农村形势改观以来出现的农民旅游、农民办义教事业、农民买电视机买钢琴,便是这一点的生动证明。对这样的促进着精神丰富的物质丰富,我们欢欣喜悦,热烈赞颂。

新的精神要求当然也会带来新的苦恼、新的矛盾。旧的以"安贫"为基础的精神平衡被打破以后必然会产生新的不平衡。已经实现的物质与精神欲望会很快地被视为理所当然,而新的、一时实现不了的欲望每日每时都在被提出来。这不足为奇,这只能说是前进运动的必然表现。但又不能无视新的苦恼、掉以轻心,否则就会出现社会性的心理问题。有一些内容很不错但又嫌老一套的文学作品受到当代青年的冷落,就是因为它们不能满足当代青年的新的焦渴。例如还有人在责怪现在是"人欲横流"。宁要社会主义的草、不要资本主义的苗的阴影仍然是存在的。我们理应用新的观念的光辉去把这些被阴影覆盖的地方照亮。

一家青年报纸说现代青年追求的是"物质生活高档次、精神生活高格调、生活规律高节奏、知识构成高结构"。我不知道这概括对不对,我也不知道怎么样使这种追求变成现实,我更不知道反对这种追求的力量有多么大。我只是感到,我们的文学和文学批评对这种物质财富的增加及与其相应的精神追求的"高"化似乎还不是那么敏感。

与此同时,献身精神、苦行精神乃至某种程度的禁欲主义,又确是少数仁人志士的不可磨灭的品质。世界史上成大事业、大学问者中,绝无一味追求物质享受者。相对地说,精神的丰富永远大于物质的丰富是他们的个人品质的一个不等式定理。在这个意义上,艰苦奋斗、献身精神,永远是我们歌唱抒写的对象,永远不能过分夸张、美化人的物质欲望。

还有另一种性质的矛盾,那就是物质财富增加了,精神上却没有怎么丰富。生活已经提供了这样的事例,甚至是触目惊心的事例。物质文明是基础,物质文明的提高必然促进精神文明的提高,但并不会造成精神生活的自行的不费力的提高。必然并不等于自行完成。水涨船高是一个比喻,事实上并非水与船的简单决定关系。在某种意义上,全民族的文化水平、文明程度(广义)的提高不比提高物质消费水平容易。随便举一个例子,目前"通俗文学"的兴起也从一个侧面反映了安定团结与生活提高,有其令人欣慰的一面,不必时时事事神经那么紧张嘛。但最大数量的读者仍然沉迷于水平还远远不如《福尔摩斯侦探案》的某些惊险曲折的作品,电视《霍元甲》《血疑》

能引起那么大的轰动,至少使人一则以喜、一则以忧,就是说这些事有它可悲可叹的一面。再举一个例子,"专业户"上了火车进了餐车以后,说是"什么贵吃什么"。这既称不上讲究,也称不上文明,即使西方的百万富翁,也决不会这样去点菜。报纸是以"新气象"为标题来报道这宏伟气派的,新则新矣,新中仍然没有摆脱旧的盲目性——请原谅,盲目就是愚昧,"文化大革命"已经告诉我们权力加盲目等于什么。我们完全可以解决财富加盲目产生消极后果的可能。当然,解决这样的矛盾只能致力于消除盲目性、消除愚昧,而决不是去消除财富。这样说,丝毫不意味着我们不为农民兄弟的"发财"高兴,更不是表达一些人嫉妒农民的潜意识。我们应该关心这些万元户像关心自己的亲人。只有用提高文化、提高文明程度、用最先进最健康的思想、知识、审美经验来充实、丰富人民的精神生活,才能促进与保证物质财富的继续增长与合理使用。才能使人民真正得到"高档"的幸福。

  这里,我特别提到了审美。严格地说,没有美就是愚昧,就意味着盲目、粗暴、野蛮、不顾客观规律与不顾及长远后果的倒行逆施。对自然的美、生活的美、艺术的美的感受与理解将创造生活、生产乃至人与人的关系的新的格局。现代化的生活方式是离不开美的。可以说,美与不美是一个人一群人发展程度的一个最直观的标志。丝毫没有美感,不懂得小心翼翼地保护美、培养美、增加美的人,不可能把国家建设得美好,不可能尊重文化、科学、道德、艺术,他们如果掌握了某些权力和财富,是可怕的。

  因此,在新的历史条件下,文学的任务更重了,文学获得新的发展的可能性也大大开拓了。面临的新的挑战、新的压力当然也更多。我们应该面对这种可能性,充分运用这种可能性,时刻不忘去感受和思考新情况、新问题、回答新的挑战,去追求和创造新的高水平的人民精神生活的大丰富。

发表于《文学评论》1985 年第 1 期

我们不会陶醉在已有的成绩里[*]

我们怀着喜悦的心情,在这里举行三项文学评奖的发奖大会,检阅文学创作的新收获,检阅我们的新人辈出的文学队伍,展示党的十一届三中全会以来出现的、近期又得到新的发展的思想活跃、创作繁荣、团结奋进的大好局面。

此次获奖的三种类别的六十五篇作品,首先给人以深刻印象的是那种热烈而又清醒、步履坚实而又勇敢开拓前进的时代精神。我们的大量报告文学作品和一些中短篇小说热情讴歌了"四化"与改革开放的进程,揭示了前进中的种种矛盾冲突,开始致力于塑造新时代的开拓者、创业者形象,探索新时期人们的精神世界的丰富与微妙的新变化。事实证明,读者最欢迎的仍然是这些紧紧拥抱着我们的时代、传达出历史前进的要求与亿万人民的心声的作品。人们对于文学艺术的规律的探讨越来越全面、深刻、细致了,这是大好事。但是,扎根于人民的心坎与历史的洪流深处,反映生活、影响生活、推动历史的前进,仍然是我们的社会主义文学生命力的最重要的源泉。

我们还欣喜地看到,许多作品在思想概括、社会概括与艺术概括的丰富性、广阔性与深刻性上有明显的进展。在我们的文学园地里,正在出现站得更高、气魄更加宏大、更富于历史的纵深感与宏观感的作品。这说明了作家和读者正在"四化"的洪流中不断地提高自己

---

* 本文是作者在中国作家协会三项评奖发奖会上的讲话。

和开阔自己,正在不断地向新的更高的思想境界与智能结构前进。

题材、艺术手法、风格的多样,也是这次获奖作品的一个特点。事实证明,只要去掉那些框子套子,我们的作家与读者是有相当的艺术想象力与创造力的。中华民族本来就是一个富有想象力和创造力的民族,而今天的"四化"事业本身,就是最富有想象力和创造力的事业。艺术手法的多样,不仅是一个新鲜感和趣味的问题,也是一个思想的解放与智能潜力的发挥的问题,归根到底,也是与培养社会主义新人的使命息息相关的。

此次获奖的作者当中,初露头角的新人占三分之二以上,这是我们的文学事业将保持良好的发展势头的标志。同时,获奖作品中,部队作家写的与发表在部队文艺刊物上的作品,数量与质量都占有引人注目的地位,这是特别令人高兴的。

当然,我们不会陶醉在已有的成绩里。整个说来,此次评奖中的中篇小说与报告文学的成果比较丰盛,而一九八四年度的短篇小说相对来说则缺少激动人心、出类拔萃之作。怎么样更加深刻有力地反映我们的时代,使我们的文学创作能够更多更好地为"四化"、为改革做出贡献,使我们的文学事业也和教育事业一样,做到面向世界、面向未来、面向现代化?这还需要我们做出新的努力。也就是说,与我们的伟大时代的波澜壮阔的生活相比,我们的文学还显得缺少足够的力量、深度,还不是那么精美和饱满。包括一些获奖之作,文风有日趋拉长的现象。当然,该长则长,该短则短。但一些作品不注意含蓄和精炼,或因卖弄术语与知识而不必要地搞得冗长,则是当前文坛之一弊。

这也从一个方面说明,开展认真的、民主的与严格的文学评论是多么重要。即使获奖的作品,也还大有可以分析、可以讨论、可以争鸣、可以批评之处。这是不足为奇的。文学作品是精神产品,对精神产品的认识难免有见仁见智的情形。另外,颇有一些文学作品,在某一方面取得突出成就的同时,在另一方面,也有着未必不突出的缺憾和不足。古今中外都有这样一些颇有争议的作品,仍然具有一定的甚至是很高价值。四平八稳的作品未必佳,有争议的作品未必皆不可获奖,获奖的作品未必不需要继续争议和批评。周扬同志早就提出过评奖之后还要有奖评,我认为这个意见是很正确的,我们应该加强评奖后的评论。

我们还要看到,固然我们的评奖活动对繁荣创作、培养人才起了和正在起着好的作用,但由于作品尚未经过时间的考验以及工作上的种种局限,评奖中既难免遗珠之憾,也可能有某些作品转眼就变成明日黄花。因此,更需要深入的与严格的文艺批评。我们不但需要及时的评奖和及时的评论,也还需要更从容、更深思熟虑、更从长计议的评奖与评论。我认为,条件成熟时,逐步设立更高一级的对文学作品的国家奖励制度,是适宜的。

我们的发奖大会是在空前未有的大好形势下召开的,是在中国作家协会第四次会员代表大会闭幕后不久召开的,是在社会主义文学的黄金时代召开的。让我们共勉:谦虚谨慎、戒骄戒躁、珍惜与正确运用来之不易的创作自由,解放思想、深入生活、通过刻苦扎实的艺术劳动,创造出无愧于我们的伟大国家、伟大时代与伟大生活的新作来。

发表于《人民日报》1985年4月15日

"四化"与文学

　　一心一意搞"四化",使国家尽快昌盛,人民尽快富裕,是我们党当前最根本的指导思想,也是历史发展的客观要求和全国人民的迫切愿望。毫无疑义,这也正是广大作家、广大文学工作者梦寐以求并准备为之献出最大力量的切身事业。

　　文学对"四化"做贡献的道路是宽广的。这里,我们当然首先会想到文学作品对波澜壮阔的"四化"建设、经济体制改革及时而热情的反映。已经有愈来愈多的作家和作品做出了这方面的努力。他们投身在建设与改革的洪流中,塑造了勇于开拓进取的社会主义事业的创业者与改革者的生动形象,揭示了这一历史进程中的种种矛盾冲突,鞭挞了妨碍历史前进的消极腐朽力量,以一种新的积极热烈的情绪、清醒而又自信的精神感染着读者。有人称这样的作品为改革文学。只要不理解得过分简单和表面,这样的改革文学当然正是人民的需要、时代的需要。可以预期,随着时间的推移,这样的改革文学作品会写得更多,更加成熟、深刻和精湛。

　　如果以为文学对"四化"事业的贡献仅仅在于改革题材,那就未免失之狭隘了。文学毕竟与新闻报道不同,它的优势、它的功能在于对人们的灵魂、人们的精神状态的感染,对人们的感情、心性乃至趣味的潜移默化。"四化"要求着新人、创造着新人,改革也包括了对人们的种种不适应新形势的思想观念和精神状态的改革。能够实现"四化"和改革大业的人,当然不能是那种墨守成规、固步自封、保守僵化的人,也不能是那种鼠目寸光、随波逐流、被小生产者意识浸透了的人,更不能是被资本主义腐朽思想与封建主义余毒所俘虏的人。"四化"与改革要求的是具有更高的政治思想水平与文化科学知识,更高的智能结构,更富有想象力、创造力和主动精神、敢于突破固定模式的人;是高瞻远瞩,真正做到面向现代化、面向世界、面向未来的人;同时也是高度求实、精通本行业务的实干家。没有这样的精神面貌,没有这样的一代新人,是不可能想象"四化"大业的成就的。

文学的力量在于打动人心,在于震撼、激励、抚慰人的灵魂。好的文学作品是人民精神的火花,是智慧与热情的结晶,反过来又会对人民的精神面貌、智能结构乃至生活方式产生巨大的影响。这种影响可以是直接的,也可以是间接的。例如一篇描写工业改革题材的小说,读者可以从改革者的形象乃至改革建设的进程得到多方面的借鉴和启发,以至小说中的人物可以"活"在生活里,人们说"我们需要这样的厂长",人们也可能说"我们不需要这样的经理",这样的作品对"四化"的作用当然是显著的。

但在许多情况下,文学通过另一种途径发生自己的影响。例如童话,迄今为止我还没读过一篇写"四化"、写体制改革的童话。童话的优势并不在这里。童话可以极大地发展人的想象力与审美能力,好的童话往往流露着一种非凡的智慧、热情和对生活、对宇宙万物的新鲜感;或者按照五十年代常用的一种说法,叫做"对新鲜事物的感觉"。好的童话确实是人类心灵的一种惊人的创造。这一切,对于战斗在"四化"的各个岗位上的人,都是很需要的。对于现在的少年儿童——未来的"四化"事业的栋梁的全面发展、健康成长,是很有意义的。这就是说,有一类作品,对"四化"的作用虽然未必十分直接和鲜明,未必造成一时的社会轰动,但是它有助于改善和提高读者的智能与精神,有助于培养新型的社会主义现代化事业的建设者与创造者,它的作用是深远的,而且是无可替代的。

适应"四化"形势的发展与要求,文学的另一个重大任务是满足人民的多方面的、日益提高着的精神需求。安定团结的政治局面、逐步富裕的物质条件、经济上的开放所带来的眼界大开、文化程度的普遍上升,这些新时期的新因素使更高级、更多样、更丰富的文化生活特别是审美活动与娱乐活动愈益成为必要和可能。我们一些干部的文化生活再不会仅仅限于"打百分"和"钻桌子"。我们农民的文化生活也大大突破着已有的传统的春节活动。人们向文学要求着更富有审美价值和娱乐性的产品。在这里,我们应该强调,任何物质生活的提高乃至物质生产过程的完善,都不可能完全离开美的原则的实现。人的生产和生活,都不仅仅是一种本能的发挥,而是一种文化的活动。生产与生活的进步,意味着并要求着富裕,同时也意味着并要求着文明。不文明、不懂得美的人是愚昧无知的人,愚昧无知的人是难以获得巨大的物质财富的。愚昧无知的人即使获得了巨大的财富,也不会是他自身的与社会的幸事,倒多半是他自身与社会的灾难。从这个意义上说,提供满足人们审美需要、娱乐与休息需要的更好的文学艺术产品,是一件关系到国家与民族的面貌、关系到"四化"的长远前途的大事。

与前几年通俗歌曲的流行颇为相似,近几年通俗文学开始"崛起",这总的说来是一件好事。当然,其中确有一些低级庸俗乃至宣扬资本主义腐朽思想与封建主义余毒的坏作品。对此应该进行严肃的说理的批评。但是,这种批评应该是有分析的。对通俗文学正像对通俗歌曲一样,要积极地予以帮助、引导、提高,在帮助、引导、提高的过程中剔除其糟粕,健全和完善对这种出版物的管理办法,却不应是大惊小怪,一棒子打回去。与此同时,党与国家的任务是要拿出人力物力,帮助内容比较严肃、形式比较精湛的文学创作的发展。出版事业不能只追求发行量,更要看到文学艺术事业的自低向高的发展。我们的文学艺术家在可能范围内,要加强自己的作品的吸引力、可读性,努力做到雅俗共赏,努力缩小所谓"通俗文学"与"严肃文学"的差距。如果我们这样做了,就一定能使文学事业得到更广泛的发展。

当然,在新的著作与阅读水平的基础上,可能会产生新的所谓"严肃文学"与"通俗文学"的分化,这就是另一个问题了。

一心一意搞"四化"的形势是前所未有的好形势。它给文学事业的发展提供了新的可能,也提出了新任务、新问题、新挑战。在这个时候召开的中国作家协会第四次会员代表大会,标志着我们党对文学战线的领导业已完成了从以阶级斗争为纲到以"四化"为中心的重点转移。文学工作者怎样通过自己的符合艺术特点的有成效的工作对"四化"事业做出更大的贡献,怎样回答新形势下的新问题,这一切值得我们深思和讨论,更需要我们的实践提供新的经验。

发表于《红旗》1985年第5期

当前文学工作中的几个问题[*]

坚持创作自由,加强作家的社会责任感

去年年底到今年年初,我们召开了第四次作家代表大会。胡启立同志代表中共中央书记处在祝词中全面阐述了党的文艺方针,重申了创作自由和作家的社会责任问题,强调了作家要和我们的时代、我们的社会合拍,尽到应尽的社会责任的重要性。"创作自由"并不是作协"四大"提出来的,在马列经典著作中,在毛泽东同志提出的"双百"方针中,在邓小平同志对第四次文代会的祝词中,都有这方面的思想和论述,我国宪法也规定把创作的自由作为公民的基本权利之一加以保证。尽管如此,在作协"四大"上郑重地重申创作自由,仍然具有重要的意义。

这样重申创作自由,不是偶然的,而是总结了党领导文艺运动多年来的正反两个方面的历史经验,研究了社会主义社会的性质、条件和文学事业的现状与规律,研究了创作规律、艺术规律的结果。这是客观规律的体现。创作是一种脑力劳动,是一种特殊的、极富个人特点的创造性劳动。人们可以按照行政命令复制作品,却无法按照行政命令创造好的作品。我们可以说,自由是创造的姊妹,是创造的必要前提与创造的最佳状态。人类的心灵和智慧,只有在自由的环境

---

[*] 本文是作者在中国作家协会工作会议上的讲话。

与状态下才能很好地去表达、去追求,创造出一个又一个互不相同的、高质量的、独创的精神产品。

当然,胡启立同志的祝词的精神与整个作协"四大"所讲的,并不是孤立的"创作自由"四个字。在强调"创作自由"的同时,也强调了作家要学习马克思主义理论,树立科学、进步、革命的世界观,深入火热的斗争生活,了解党的事业的根本利益和历史发展规律,以高度的责任感创作出好的作品。也就是说,这个自由是有要求的,是同崇高的革命理想、同我们的历史使命感与社会责任感联系在一起的。我们的自由不是纯粹个人任性的自由。我们要遵循共同的社会准则,自觉地把个人的自由创作、把艺术家的内心的追求同整个国家、民族的利益,同振兴中华、建设社会主义现代化强国的责任结合起来。这样才能赋予个人创作以广阔的社会意义与历史意义,使个人的喜怒哀乐、成败得失与时代的脉搏、人民的心愿息息相通,才能提高我们的精神世界并从而提高读者的精神世界。

由此可见,我们所维护的创作自由是社会主义的创作自由。我们的创作自由是受宪法保护的。历史已经证明,正是我国社会主义制度的建立、发展和完善才能提供真正的创作自由的条件。同时,我们必须遵循宪法所规定的坚持四项基本原则的方向。只有坚持社会主义方向才能保证和发展创作自由。只有自由的创造才能充分发挥每个作家、艺术家的聪明才智、精神潜力,培育出比过去的任何历史时期都更丰富、更绚丽、更精美的社会主义的文艺百花来。

关于当前的文学现象:活跃与分歧

近年来,文坛上呈现出空前活跃的局面。许多理论批评工作者,特别是中青年理论批评工作者提出了许多新问题、新观念、新方法。如关于开拓思维空间、创作主体的作用、民族文化意识、批评方法、二十世纪文学的整体性研究等等,大家各抒己见,探讨得饶有兴致,可以说思想比任何时候都活跃。在创作上,一批作家紧贴时代,深入城市、乡村、部队,努力反映改革的历史进程,反映新的历史时期人们的生活遭际、精神状态、道德观念的浮沉演变,读之令人感慨、令人振奋,也令人深思。小说创作在探索新的形式、追求表现民族心理的深层面等方面,也有可喜的成绩。报告文学更是一直起着"文学尖兵"的作用,举凡改革、开放、整党、"四化"建设、特区、交通运输、国防前线与国防建设、文化生活、自学成材、干部新老交替等等,都在各种报告文学新作中有相当及时的表现。诗歌也更加丰富多样了。

与此同时,对于当前文学现象的分歧意见也十分突出。对于一种观点或一篇作品针锋相对、相去甚远的评价,似乎比以往任何时期都多。这么多分歧是不奇怪的,因为文学现象本来就纷纭复杂,思想活跃的同时分歧增加也是必然的,实行对外部世界开放以后,各种思潮、观点、名词蜂拥而来,也造成了分歧的增多。现在的问题在于,这些分歧,大多停留于私下的议论,却缺少公开的论争。我们的文坛常常是一段时期刮一股风,而不同的意见不能很好地发表出来。这就容易造成对于文艺问题理解的片面性、盲目性乃至摇摆性,不利于保持党的文艺政策的稳定与文艺事业的健康发展。这也说明,我们的活生生的马克思主义的文学评论还比较薄弱,使得一些问题没有得到及时的争鸣与澄清。

我们还必须看到,社会的各界人士,对于目前的文学事业,有满意的一面,也有不满意乃至责难的一面。目前反映现实生活的作品数量虽然不少,但质量令人不尽满意。人们希望能够出现更加昂扬、更加坚实、更能鼓舞和激励人们献身"四化"大业的作品,对于这样的要求,作家们当然不能漠然处之。例如,今年是反法西斯战争胜利四十周年,我们却没有几篇像样的写这方面题材的作品。我们能不认真考虑一下吗?

潜在的分歧,潜在的责难,可以成为文学事业进一步发展的契机,却也说明存在着某种潜在的危险。

因此,当前的一个突出的任务是开展严格要求的、原则性的、民主的、平等讨论式的文学批评。搞文学批评不能碍于情面、庸俗吹捧,不能只是摸精神、等发话,也不能搞一阵风、一刀切、片面性。我们应该要求文学评论工作者不为某个时期的风向所左右,站在发展社会主义文学的广阔而富有原则性的立场上,进行追求真理、严格要求、与人为善、公道正派的文学批评。这样才能明确是非,坚持正确的方向。

几个值得注意的问题

现在确实有些值得注意的现象。首先是所谓通俗文学实为庸俗文学的冲击,也就是盲目地追求金钱的市场力量对严肃的正当的文学事业的冲击。当然,不论从理论上和实践上,我们不但不排斥,而且应该重视发展和提高能为一般群众特别是农村读者所接受的好的通俗文学。目前的问题是,前一段某些以赚钱为目的、胡编乱造、趣味低级、内容很不健康的小报很难算是什么正当的通俗文学,而毋宁说是一些文学垃圾。它们突然泛滥,造成了不好的影响。其后,武侠小说等的急剧膨胀,冲击了出版发行事业,也危及了严肃文学的发展。不解决这些问题,就会使广大读者得不到真正优质、有益的精神食粮,就会使社会主义的文化市场被盲目地追求金钱的市场文化所压迫乃至吞噬,也就无法更好地建设社会主义的精神文明。

其次,最近一段时期,有一种有意无意地贬低和嘲笑文学的社会性、时代精神、现实题材乃至深入生活的意义的论调在传播。这种论调的症结在于把艺术性与社会性截然对立起来,似乎为了艺术性可以牺牲社会性,可以不去深入生活,可以不要时代性,可以不顾文艺作品的社会效益。

所谓纯艺术的追求即那种把社会性淘洗干净的艺术性,有时也能有某种价值,然而从总体来说,那是极有限的。脱离社会的历史进程的、脱离广大人民群众的艺术性,只能是相当不完全的、常常是令人惋惜的"艺术性"。过分地强调这一面的后果,只能把作为时代的号角和丰碑、作为民族的和人民的精神火焰的社会主义文学弱化、狭隘化和降低成为赏心悦目的小摆设。有出息的文学家当能摆脱这种狭隘性,把自己的创作活动汇集于亿万人民创造历史、缔造新生活的斗争之中。所以说,我们要做的,仍然是为人民的利益与社会的进步而创造的文学。

第三,有些作品由于片面热衷于描写抽象的人性,削弱了对于爱国主义、革命英雄主义的宣扬,最近一个时期,有些刊物竞相发表表现人们的性本能的作品。其中固然有严肃之作,有的作家写的时候包含着严肃地探讨人生的这一部分、人的灵魂的这一部分的目的。但我们也不能不指出,确实有些作品是为招徕读者、投合某些读者的低级趣味而炮制的。它们格调低下,有的甚至不堪入目。我们的作家和编辑不能不考虑社会效益与保护青少年读者的生理和心理健康问题,发表这一类作品,务须采取慎重态度,切不可迎合低级趣味。

关于文学的社会主义方向

文学的社会主义性质,决定于它的社会主义的思想政治倾向,即爱国主义、集体主义、社会主义与共产主义的思想倾向。社会主义文学首先是指这个文学的倾向有利于或有助于社会主义的物质文明与精神文明建设,有利于或有助于整个社会主义事业。当然,不是说一切细节描写都带有倾向性,也不是说一切问题都可以上纲到"倾向"上,而且一般地说,也不可以只根据一个作家的某一篇作品便判断其倾向。但是从总体来说,文学的倾向性是不可否认的。否认倾向性实际上是表达了一种对社会主义事业和人民利益冷漠的倾向。教育意义的问题也是这样。通过文学作品简单地树样板可能令人反感,但是古往今来,谁又能否认文学艺术的教化、陶冶作用呢?我们就是要力求用我们的作品把我们的人民陶冶成有理想、有道德、有文化、有纪律的人民。当然,文学作品的理想是和作家的艺术激情、艺术想象紧密结合的,是和当前的现实生活、当前全国人民的社会主义现代化的伟大实践紧密联系的,是有血有肉的,不是概念化的。

密切地关注人民、关注社会发展和进步的社会主义文学,必然会受到人民的关注与社会的欢迎。与人民的联系,与生活的联系,与社会主义的思想倾向的联系,正是我们的文学的激动人心的思想力量与艺术力量的重要源泉。

加强建设精神文明的自觉性

学习党的全国代表大会文件是当前的重要任务,是政治思想工作的一个中心环节。对于我们的文学工作者来说,学习和贯彻的重点是认清形势、坚持改革、加强社会主义的精神文明建设。我们要通过学习党代会文件,更加紧密地团结在党中央的周围,坚持四项基本原则,坚持改革,坚持对内搞活和对外开放,增强政治上的向心力,提高文学作品的思想艺术质量,为精神文明建设做出积极的贡献。

文学的成果,在一定的意义上体现着和表达着我们社会的精神文明的水准,体现着和表达着我们认识和掌握真理的程度,体现着和表达着我们的社会的健康、自信、文明和安定团结的程度,反过来又会对社会的精神面貌发挥巨大的深远的影响。目前,我国的社会主义事业进入一个重要的、关键性的发展时期,饱经风雨的中国作家对国家的兴衰、民族的命运、改革的成败、社会主义事业的进退当然是热情关注并充满严肃的责任感的。因此,我们要抱着对人民负责、对社会主义事业负责的态度,精益求精,讲求社会效益,把我们的精神产品搞得更好。

邓小平同志在这次党的全国代表会议的讲话中,强调了精神生产以社会效益为唯一或最高准则的重要性,我们必须认真落实。这里有大量的工作，包括对于严肃的文化事业有财政支援方面的工作要做。但我们的作家，即使在客观条件不尽理想的情况下，也要坚持正确的方向，维护社会主义文学的声誉。

文学工作者认真贯彻党的全国代表会议的精神，还要加强对马克思主义理论的学习，把学习理论与深入生活结合起来，运用马克思主义理论的基本原则去研究、思考、讨论与解决历史发展进程中的新现象、新挑战、新问题，从而丰富和充实我们对马克思主义基本理论的理解。

搞好党风、搞好社会风气的问题正在受到全党和全国人民的极大关注。我们除了用笔鞭挞社会风气中的腐朽、落后、自私等等消极现象以外，也要认真搞好自身的风气。在社会风气问题上，我们并不是具有先天的免疫力的。我们并没有专门革别人的命的权力。相反，我们要看到，文艺界的风气问题也不少。

我们要提倡谦虚、正派、实干、顾全大局、联系群众、深入实际、团结互助的好风气。我们不赞成类似自吹自擂、拉扯钻营、勾心斗角、争名逐利、哗众取宠乃至目无法纪的做法。

这里我想特别强调一下团结的问题。只要能做到与人为善，互相尊重，全面地看待自己和别人，从国家的大局、党的事业的大局、社会主义的文学事业的大局出发，一切向前看，我们就完全可以做到在共同的社会政治理想基础上的大团结。安定团结是人心所向，我们自身在这方面应该做得更好些。

邓小平同志提出：少讲空话，多干实事。这一精神也完全适用于文学工作。让我们少发大话、空话、片面的不负责任的话，多做有益于社会主义事业、有益于人民的创作、评论、翻译、编辑、教学等诸方面的实际工作。让我们为建设精神文明而团结奋斗，再展宏图！

发表于《红旗》1985年第24期

现代文化与民族传统文化*

一 文化的若干属性,即观察文化现象的一些重要范畴

在我们观察和讨论文化现象时,必然会牵扯到文化的一些属性。文化的属性是多方面的,现提出如下一些范畴:

第一,文化的民族属性。有时还包括种族属性。种族属性比民族属性范围更宽一点。比如我们常说的黑人文化,黑人里有好多民族;有色人种的文化,就有黄种人、黑人的文化。正因为有这样一个不可忽视的、非常突出的民族属性,才使人类文化呈现出多彩多姿、缤纷绚丽、互相补充、互相竞争,有时也互相斗争、有所消长的状况。与文化史和民族属性有密切关系的,有种族属性,还有语言属性。从全世界范围来说,不同的民族有时也使用一种语言或者使用一个语言系统的语言。因此,不但有民族文化的提法,还有语言文化的提法。比如说突厥文化,我们知道突厥语族属于阿尔泰语系,它包含了土耳其、土库曼、乌兹别克、吉尔吉斯,还有维吾尔、哈萨克等等许多民族,它们的语言也属于突厥语系,所以就有突厥文化。由于语言上的某些共同性,就形成了它们文化上的某些共同性。这是讲文化的民族性。

---

* 本文是作者在西藏自治区藏学会、宣传文化系统集会上的讲话。

其次,文化的国家性。国家和民族既是相关的又是不完全相同的概念。有时一个民族分散在几个不同的国家;有时一个国家,特别是比较大的国家,往往包括十个、二十个、几十个民族。由于一个国家在政治、军事、经济、外交、法律上的统一性,必然要影响这个国家的共同特点。比如说美国,它自己号称是民族的大熔炉,美国民族已经庞杂到了差不多包含了世界上所有民族的程度。因为美国是一个移民国家,除原始的印第安人已经被消灭得差不多了以外,都是后去的,都是外来户。英国人占数量较多,其次西班牙人,因为在发现美洲新大陆的时候,西班牙是一个海洋大国。美国许多城市的名字都是西班牙语。黑人在历史上曾受过非常残酷的奴役。从非洲去了大量的黑人,他们在那里定居,占的数量非常大。黑人的文化在美国占有突出的地位。我们所说的爵士乐、迪斯科,实际上都起源于黑人。在美国所有的大城市都有唐人街,唐人街就是中国城。这些不同的民族形成了一个共同的美国文化。所以,在讨论美国文化时,既要讨论它的民族性也要讨论它的国家性。比如说,所谓美国的生活方式,就是美国人创造出来的一种语言,它表明了文化的国家性,不局限于任何一个民族。另外,还有文化的地域性。我们最常用的两个概念,就是东方文明和西方文明。因为我们明显地看出它们有各自不同的走向,不同的特点。例如,在东方文明里的日本文明是最多接受西方文明的,尽管如此,日本人的很多风俗习惯还是东方的,而不是西方式的。从几个大洲来讲,可以讲亚洲的文明、欧洲的文明、拉美的文明、非洲的文明。在同一个国家、同一个民族,也都有它的地域性。

再次,文化的宗教性,包括某种文化的非宗教性。这是一个不可回避的问题。宗教现象和人类文化的现象有着紧密的关系,比如宇宙观。马克思主义者可以很简单地表明马克思主义的宇宙观与宗教的宇宙观是完全不相同的,甚至是截然对立的。但必须面对事实,宗教现象并不是作为一个简单的宇宙观存在于人类生活中,宗教现象实际是一个文化现象。它包含着道德、艺术、心理、哲学,甚至于科学、风俗习惯以及某一个民族的情感的凝聚。世界三大宗教都有自己的特点,伊斯兰教文明、佛教文明和基督教文明,他们在对待人生的态度上,对待非教徒的态度上,对待社会的进取、进步的态度上是不一样的。所以,在讨论或考察一种文明、一种文化现象时,要考虑到它与宗教的联系;在讨论到一种宗教时要考虑这个民族的民族心理、情感、风俗习惯和艺术。很多宗教是通过艺术手段来推广自己的宗教学说和表现自己的力量的。所以,从宇宙观上来说马克思主义学说没有什么办法同情和同意宗教,但作为一种文化现象,必须要科学地对待它。特别是在西藏,客观的现实是,马克思主义者必须和这些虔诚的佛教徒携起手来,团结起来,共同建设美好的家乡。

上述所说属性,大致上可以说是横的属性,与此同时还有文化的纵的属性,这里特别讲讲文化的时代性和社会性。

文化,当它积累了自己的成果,凝结了自己的结构和形式以后,还要不断地变化。比如,中世纪文化在世界的各个地区、各个国家、各个民族中,有它某些共同的特点。而它最大的特点是推崇神权和君权,轻视人权和民权。文化的社会属性,在原始共产社会、奴隶社会、封建社会、社会主义社会,都会表现出某些不同来。社会属性并不是文化的唯一的属性,然而常常是极重要的属性。我们在具体讨论和观察一种文化现象时,既应考虑到它的横的属性,也要考虑到它的纵的属性。

除此而外,文化还有一个重要的属性,那就是它的超越性和普遍性。就是说有这样一些文化现象和文化成果,它超出了地域、民族、语言、国家甚至时代的界限,而成为一种具有人类的某种普遍性的文化成果,在民间文学、建筑艺术、绘画及人们的行为规范上,都有不少这样的例子。在今天,甚至一些通俗文化现象,也具有世界性和普遍性。

二　现代化与文化

第一点,现代化的历史进程,是对传统文化的一大挑战、一大冲击、一大考验。传统文化对现代化同样正在做着有力的选择。简单地说,一方面,现代化要选择传统文化。有一部分传统文化和现代化历史进程互相违背得太厉害,但最终要在现代化的过程中淡化、消失或者改造,这是一个选择。另一方面,传统文化在选择着现代化道路。现代化的道路在各地区、各民族、各国家并不一样。如果现代化道路完全违背传统文化,现代化也可以在传统文化面前被粉碎、被吃掉。这两方面的可能性都应看到。所以,对传统文化的选择性,不能不实事求是地予以严肃的考虑,必须考虑现代化与传统文化的互相选择,要善于运用传统文化的积极因素、积极力量来推动现代化,也要善于通过现代化来发扬、改革、改造传统文化,这是一个很了不起的艺术,也是一个很了不起的科学。

第二点,现代化给文化带来了一些新的特点。从总体来说,人类走向现代化,这是历史发展的一个总趋势,是任何人不能长期违背的,可以在一个时期改变它,但从长期来说是无法改变的。五四时期,中国的新文化运动提出了两个口号,一个是民主,一个是科学,这两个口号在今天仍然是适用的。这个历史任务,今天我们仍在继续完成。首先说科学精神。现代化文化的科学精神,第一尊重理性,第二尊重实践。尊重理性,就是说它不崇拜任何先验的真理,它不认为真理具有任何先验的模式;尊重实践,就是说它不承认任何脱离现实的、不接受任何实践检验的真理。这是科学的精神,是尊重理性和尊重实践的精神,它所反对的是蒙昧主义、信仰主义和对先验真理的崇拜。其次说民主精神。民主的精神,在学术和文化上,和中国传统的文化结合起来说,就是百花齐放、百家争鸣的精神。它反对的是在学术、文化问题上的专制主义态度。学术、文化问题上的专制主义的基本命题有两个,一个是"异即敌",就是凡是和自己意见不一样的全是敌人。在这方面"左"的东西表现得特别厉害。相异的不见得就是敌人,也可以成为朋友,当然也不能说没有敌人。科学上的是非与争论,不能说是敌人。另一个就是"我即真理",和自己意见不一样的就是敌人,"我"代表真理。这本身就违背了人类认识真理的道路,因为人类认识真理,是从各个不同的途径来认识的。马克思主义是一门科学,我们要用科学的态度对待马克思主义,如果把马克思主义看成是万能和不变的教条,代替一切学科研究的真理的全部,到此为止了,够用了,这是愚昧无知。我们认为马克思主义开辟了人类认识真理的道路,我们必须充分认识和发挥马克思主义的主导作用。但是马克思主义并不能囊括真理的全部,也不能代替人类认识真理的历史过程。人类认识真理的过程,是一个无限的过程,只要有人类,这个过程就不会完结,因为每一次认识上的进展都带来很多不认识的新问题。所以,现代文化必须有一种民主的精神,绝不能把一切和我们不同的观点看成是敌人,我们要具体分析,哪点和我们敌对,哪点虽然不一样,但是,是一个启发、一个补充、一个参考,还有哪点恰恰补足了我们的短处。例如医学,中医、西医、藏医、蒙医,各种医学理论之间,应该是一种互相学习、互相交流、互相补充的关系,而不是敌对的、互相蔑视的、互相贬低的关系。用贬低其他观点的方法来论证自己观点的正确,本身就是一种非现代化的态度。实事求是地评价各种各样的学科研究,才能够充实和发展马克思主义。

第三点,文化的现代性,还包括一种开放的精神,敢交流、敢吸收。实际上,人类文化的发展过程,是一个互相促进、互相影响、互相推动,也有时互相争斗、竞争的过程。文明程度越高,争斗的方式会更文明,它不是一种取缔异己甚至杀头的办法。实际上,整个人类的文明史就是一个互相影响的过程。中国古代的三大发明:印刷术、指南针、火药,早已被世界各国所吸收,而我们中国目前所吸收世界上的各种东西,也是数不胜数。勇敢地吸收,本身就是一种民族精神,就规定了它的民族特性。在吸收文化成果方面,任何民族都不必尴尬,不必感到抱歉。同样,也不能因为吸收了一种文化成果,就用它取代自己的传统东西,因为吸收精神本身,就包含着一种传统的进取精神、一种一切为我所用的精神。

讲到开放精神,我想就文学语言问题谈一点个人的意见。文学语言的问题,在这次藏学会上讨论得非常热烈。文学是离不开语言的,一个民族的文学,应该用自己本民族的语言写作。这作为一个普遍真理,我完全赞成。同时,我也反对把少数民族的语言汉化,用汉族语法、结构、汉文式的翻译来代替这个民族本来有的语言,搞得不伦不类,笑话百出。但我们也不应排斥少数民族作家用汉语写作。用汉语写作,便于普及全国,这是一个事实,不能不承认。所以,希望我们的知识分子、年轻干部,都能多掌握几种语言:藏语、汉语以及英语之类。多一种语言,就多打开一个智慧和心灵的窗户,少一点愚昧,少一点隔阂。

第四点,现代化的文化,还应具有一种更新的精神、改革的精神、自省的精神。自己能反省自己的文化,使它能够有一种应变的能力,能够在改革、现代化、开放和交流的潮流中,保护和发展自己。在这方面鲁迅是最突出的代表人物。他是一个爱国主义者,但他对汉族的文化,痛切地进行了反省。不管往昔有多少光荣,不能不看到近百年来汉族文化的尴尬,这并不是因为吸收了外来的东西,恰恰是因为没有吸收,或者吸收了没有消化。所谓自省的精神,所谓危机,就是不要睡大觉,不要觉得自己搞得不错了,不要忘记随时都有危险。总之,我的中心意思是:传统要在现代化中放光,世界因民族而多彩;现代在传统中扎根,民族在世界中焕发。没有世界文化的观念,也就没有民族文化了。也就是说,我们是在全世界的文化现代化过程中来考虑、探讨我们民族文化的挖掘、保护、继承和发展。也就是说,我们在讨论文化或其他一切问题时,要做到面向世界、面向未来、面向现代化。

在谈到现代化和文化时,还要谈谈现代化给文化带来的危机感和苦恼。现代化不是一个单向过程,而是一个多走向的过程,它会带来一个民族的危机感,道德的危机、信仰的危机,生活上、文化上的不适应和尴尬。例如我们的某些道德观念和自然经济是分不开的。不管是佛教还是伊斯兰教,都非常提倡施舍,并把施舍看成是一种美德,而且用宗教观念把它固定化了。商品经济发达了,提出了一些新的问题,仅仅用那种比较纯朴的美好的关系,已经不能够解决商品经济发达以后出现的一些新问题。只有两种办法,一种是不搞商品经济,搞有道德的贫困,这实际上行不通,制造贫困本身就没有道德;另一种办法就是使原来的道德观念在商品经济发展的过程中经受考验。另外,现在的一些西方发达国家,他们最大的两个苦恼,一是苦恼自然环境被破坏,生态平衡被破坏,人和自然离异,感到自己不是自然的一部分了,人们的体力下降了,因为什么都自动化了;第二个苦恼是现代文明带来人的高度紧张,科学、技术工作都带来了人的高度紧张及极大的压力,没压力不好,但压力大了,人受不了,弦总是绷得紧紧的。所以,搞现代化也要看到它带来的一系列问题,进入现代化并不是进入极乐世界。我们现在要抓两个文明的建设,也是预见到了这些问题。

三　对西藏地区文化发展战略的一点粗浅想法

第一,西藏地区既面临着严峻的挑战,又有自己独特的优势。所面临的严峻考验,就是说我们的经济、科学、技术还不发达,我们的文化包括汉族的文化,离现代化的要求还有一段相当长的距离。但是,我们丝毫不必气馁,我们有些独特的优势,这些恰恰是那些发达国家所没有的。比如,我们的自然环境没有污染或很少污染,这是我们极大的优势,必须加以爱护。我们西藏的传统文化有可能成为世界性现代文化一个有益的补充部分。我们对自己的特殊的机会、特殊的优势,要有充分的认识。当然,对我们的不足和短处,比如眼界尚不够开阔等等,也要有一个清醒的认识。我们首先要充分珍惜、保护、发掘西藏的优势,保护我们独特的自然景观与人文景观。保护自然,保护文物,保护传统文化,这是我们面临的非常重要的任务。

第二,努力吸收现代文化,与愚昧做斗争,与封建意识做斗争,与任何狭隘偏见做斗争。在这方面,我们要多做积极的建设性工作,不要老指责人家,否则会适得其反,只能是用一种愚昧代替另一种愚昧、用一种专制代替另一种迷信。所以要多做教育、普及文化的工作,多做各种艺术表演、绘画、电影、文学创作的发行推广工作以及多建设各种普及自然科学的设施等等。

这里,谈一谈宗教问题。

我个人的看法,宗教问题会在很长时期内存在。因此,任何把消灭宗教当做一个现实任务提出来的做法,都是狂妄,都是愚昧无知,都是野蛮,都是想入非非。第二,宗教本身也在不断地变化,它要从苦行的宗教、神本的宗教向为人服务的宗教变化,它要从寺院教堂的宗教向人的内心的宗教变化。在一切仪式上的繁文缛节以及对世俗生活干预等方面,全世界宗教的发展趋势是淡化,但它在内心世界是非常顽强的,说它强化也行,你不要想用人为的方法把它消除。我对宗教有这样两方面的估计:宗教并不是千古不变的,世界各国的宗教都在变化,用宗教代替科学,结果必然失败,因为宗教上有很多东西不符合现代科学。天主教会、《圣经》上规定地球是世界的中心,太阳围着地球转,这是不符合现代科学的。所以,如果用宗教干涉学术,是宗教本身的失策。那么能不能用学术去代替宗教呢?我只能说很难,因为宗教它有心理特点。它不完全是一门学问,它是一种心理的要求。世界上很难找到自然科学学问比爱因斯坦更伟大的人物,爱因斯坦就信宗教,但他不进教堂,他认为进教堂是愚蠢的,是骗人的东西,对上帝的崇敬是心理上的要求。因而,对宗教现象一定要有一个清醒的认识,便于马克思主义者和宗教教徒携起手来建设我们的家乡。宗教信徒也不要以为宗教仪式、宗教特点一切都不变。我大胆说一句话,磕长头早晚要变,因为它建筑在对人性的绝对的否定上面,把人完全看成是神的附属物、奴才。

第三点,建立多层次的社会主义的新的西藏文化。这种文化不是单一的,它包括原封不动的传统文化。任何一个国家都要有原封不动的传统文化,因为传统文化发展到今天,已经经过几千年、几百年的积淀和考验,成为一个民族的象征,任意地动它没有好处。同时还要有一种有所改革的、符合新时代潮流的或者新的青年人需要的所谓改良型的文化。改良型的文化有时很浅薄,有时改得非驴非马,但它仍然会存在,因为它带来一些新意,哪怕是浅薄的。这种改良型的文化,很难要求它和原封不动的传统文化相比,它处于劣势,这种文化可能在文化学上价值不高,但是在娱乐上价值很高,在文化消费学上价值很高。因为人不能光靠文物生活。文化的价值有文化学的价值,又有文化消费学的价值。所以,改良型文化不管成功与否,都要允许它存在,人的兴趣想让它不变是不可能的,人就是要在各种新花样中不断前进。再一种文化,就是杂交的文化。它是一种桥梁,文化没有不杂交的。第四种干脆是引进的文化。洋的就是洋的,非藏族的就是非藏族的,它也是一种形式,有好处。起码有这么四种层次。我们就是要建设这样一种多层次的文化。

最后谈谈把西藏建设成世界性的旅游中心与学术中心。现代化的发展既向西藏提出了严峻的考验,给我们一种危机感,又给我们提供了前所未有的机会。西藏会成为一个提供畜牧产品的中心,会成为旅游中心,而且也完全可能成为一个国际性的研究中心。因为,它在人类学、文化学、比较文化学、民俗学、社会学、宗教学等等方面,提供了无与伦比的研究环境和研究对象。

发表于《群言》1986年第11期

从儿童文学说起[*]

同志们,我很高兴有机会来参加这样一个儿童文学的盛会。我讲三个问题。

第一个问题是儿童文学与我们的未来。我们的国家正处在一个非常重要的发展时期,我们的改革引起了全世界的瞩目,正像胡耀邦同志在接见外宾的时候讲的,现在社会主义国家的改革已经成为世界性的一个潮流。我个人是把我们从事的改革看做一个非常漫长的历史过程。这里面所讲的还不仅仅是从七十年代末期在农村进行的以家庭承包为主要标志的农业改革以及在一九八四年中央通过的关于城市的经济体制的改革。我想,看待这个改革还要和我们整个的历史,特别是近百年来我们的国家、人民、社会的中坚、精华、先进分子为救国救民所做的努力联系起来,就是说,我们的改革是一个再造中华的历史进程的组成部分。一个具有非常古老的文明和悠久的历史,发展得相当完善却又同时停滞了几千年之久的这样一个封闭的国家,要把她改变成为一个现代化的、开放的、不断前进的国家。实际上应该说从一八四〇年鸦片战争以后,我们这个国家一些先进的人物就已经在做这篇文章,就在解决这个历史的课题,并为此付出了不知多少代价。当然,很多时候,这个历史使命的解决,它是以一种对抗的形式,暴力革命的形式,流血牺牲、武装斗争的形式来进行的,

---

* 本文是作者在全国儿童文学创作会议上的讲话。

因为不通过武装斗争就无法推倒中国人民头上的三座大山,使我们国家的任何变革成为不可能。戊戌变法的失败已经证明了这一点。但是事实又证明,仅仅靠这种急风暴雨式的阶级斗争也不能完全解决这样的一个历史性的任务,在我们经过了一番急风暴雨式的阶级斗争、推翻了三座大山、人民取得政权之后,你再斗斗斗,再不断地搞对抗、用解决对抗性矛盾的方法来解决社会矛盾,并不能使国家前进,甚至会导致后退。所以我们需要在新的形势下,自上而下地有条不紊地在党的领导下来进行一系列的改革,这个改革的目的和我们的几代人所向往的总目标是一致的,就是要使这样一个文明古国、泱泱大国,又是一个贫穷、落后、衰弱、受欺负、挨打、被轻视、被污辱的国家振兴起来、兴旺起来、先进起来。这是一个漫长的过程。只有把这个过程和我们的整个历史使命联系起来,对改革我们才能不急躁、不动摇。中国已经为国家振兴奋斗好几代了,还要继续奋斗下去。一时的挫折或一时的混乱算不了什么,这样一个历史进程是无法扭转也无法制止的,即使一时出现倒退,它还是要发展、还是要前进的。

  但是也不会出现奇迹,人们以为一改革就马上出现奇迹,这是不现实的。解放几十年了,建设上最重要的教训,就是急躁。因为大家怕了,老想找一个窍门儿,找一个非同寻常的、甚至"邪"一点儿的方法,三步并成两步,两步并成一步,十年的事半年干完,我们总有这种心态。事实证明:欲速则不达,用这种方法不能实现预定的目标。改革也是一样,改革是好的,但是把改革当成一种"窍门儿",当成一种可以速胜的、可以很简单地达到目的的事情,也不实际。改革的艰巨,不在于先进技术的引进,这个引进是比较容易的,特别是引进先进的工具、生活资料,没有什么阻力。彩电比黑白电视好,这没有什么怀疑,也用不着展开大辩论,只要有钱,都愿意买彩电,洗衣机也不错。化肥一开始农民不大习惯,很快也就习惯了,在这些方面人们比较容易接受。体制的改革就困难得多,因为平均主义、大锅饭、铁饭碗,不是一天两天形成的。它已经达到了一种平衡,虽然你也不太舒服,我也不太舒服,但互相看着都不太眼红,没有什么特别不服气的地方,而当你试图改变这种大锅饭的状况的时候产生出来的新的矛盾、新的心理的不平衡是普遍的,甚至在个别单位、个别时候,能够一时造成这样的情况,就是改变了大锅饭还不如搞大锅饭的时候的劳动纪律好。大家都骂大锅饭,但是一旦真的改变大锅饭却很不容易。这样的例子是很多的。十个人,每人早晨两碗稀粥,大家没有什么意见,觉得也很公道,很合理;十个人根据贡献,有人有一个馒头,有人有半个馒头,有人不但没有半个馒头,粥也给他减了一碗,这十个人很快就会打起来,没法管了。所以体制的改革要困难得多。而人们的精神状态的改变,人们深层的文化心理状态的改变,人们的习惯势力的改变,比具体的管理制度的改变,还要困难。

我们的儿童文学在培养一代新人方面,在改变人们的特别是我们未来国家新主人的心理状态、精神面貌、气质方面,在改造和提高我们民族的素质方面,有着重要的意义。当然总括起来,就是邓小平同志讲的,要培养有理想、有纪律、有道德、有文化的新一代。以下三方面,我特别希望我们的儿童文学工作者注意:

第一是要培养一种勇敢的、自信的和开放的性格。因为长期的封建社会、小农经济、小生产经济,它比较强调的是封建的家长制、等级制和小生产者的鼠目寸光的、自给自足的心理,这种东西从小就有影响,我们有一些孩子就不敢坦率地表达自己的喜怒哀乐,不能够做到敢想敢干。所谓敢哭敢笑,他做不到,非常困难。我们的很多文化的习惯、心理,都造成这个东西。我看鲁迅先生写的《关于照相》,我就觉得这个问题现在也没有解决。有时候在大街上,或者在一些活动中,那些外国人一个个都是趾高气扬,自我感觉良好,挺胸腆肚,声音洪亮,动作也很大方。我们自己的一些同志呢,却小心翼翼、手足无措,有时候还点头哈腰、退缩躲藏。为什么?这就是咱们东方式的美德,什么事你也不能往前拱,你往前一拱,周围许多人就对你印象不好。进一个门儿,我们也得互相让半天:"您先请,您先请。"外国人他不讲那一套,扬长而入。他老显得自我感觉比你良好,其实他究竟良好到什么程度,也不见得。鲁迅早就说到过这方面,他看了中国孩子和日本孩子照的相片,他感喟,为什么中国的孩子就是这样呢?现在连小学里都有这种情景,到了搞鉴定的时候,谁也不给谁提意见,为什么呢?说是别得罪人,从六七岁他就得到一种熏陶,就是不要得罪人,什么事就是你好我好,大家都能够凑合过去,就可以了。说一句话、做一件事情都要左顾右盼,穿一件衣服也是左顾右盼,同学穿了没有?同学穿了我就可以穿,人家穿没穿?人家都没穿,我就不要穿。就是这样的一种性格,这样一些东西。当然我也不是说外国人一切都好,但是至少我们可以研究一下,我们的性格能不能更勇敢一点,更自信一点,更开放一点。再比如说,外国人要是接受了夸奖,他很高兴地表示谢谢;说你这篇文章写得真好,这个外国人就会很高兴,说谢谢;说你这件衣服真漂亮!他也会说谢谢;如果夸一个女孩子长得漂亮,她也会说谢谢。我们的习惯呢?要是说你的文章写得真好,他就回答:"哪里,哪里,我胡写,胡写八写。"说你这件衣服可真好看,他会说:"谁知道在哪儿买的,我才不管那个呢。"如果一个女孩子你要夸她漂亮,那要小心一点,弄不好的话,她会认为你别有用心。到底哪种感情更自然一点?是受到了夸奖表示高兴更自然一点呢?还是受到了夸奖就惶恐无地、面红耳赤更自然一点呢?我们都是搞创作的,我在这里漫谈,也不是绝对地否定某些东西,但我们总是应该培养我们的新的一代人,更勇敢、更自信、更开放。

  第二个是要培养更文明、更富有责任感,特别是对公共利益的责任感的新的一代,提高我们整个一代新人的文明的程度,包括谈吐、举止。比如我刚才讲的那些事,本来应该不那么谦虚的,他却那么"谦虚",本来应该谦虚一点的,他又一点都不谦虚。进门时互相让半天,这是为什么呢?因为要考虑对方的年龄职务,要考虑对方的专业、成就和社会地位,那就得让半天。但要是谁都不认识谁,就会横冲直撞,互不相让。这就是缺少一种文明,一种对集体利益、社会秩序的责任感。我在北京生活，有时候也和孩子发生冲突，和一些不认识的孩子发生冲突。北京好不容易修起一些草坪来，结果孩子在上头又连踩带压，有时候只需要绕两步路，但是他不，他一定要走草坪，一定要用他的"铁蹄"践踏这草坪，甚至在草坪上踢足球，踢得草根都翻出来，尘土飞扬。对于这个，他没有一点谦虚，没有一点克制，一点都不脸红。你说他："你真聪明呀，功课真好。"他倒脸红了。而破坏公用财物，他一点也不脸红。早在戊戌变法的时候，谭嗣同就说过，中国人太讲究私德了，反倒不注意公德。天地君亲师，在家里是孝子，在老师那里是俯首帖耳的学生，在朋友面前他也很讲义气，但是在公共利益面前，在他不认识的人面前，他是很野蛮的。

第三，我们特别应该强调创造性、想象力和判断力。就是要让孩子从小敢于提出自己的设想，敢于判断一件事情的是非，不要把一切东西都用灌输的方法、用已经形成结论的方法来告诉孩子。我们要相信孩子是能判断的，虽然孩子的判断力与成人的判断力不能相比，但是他从小已经在学会判断，你跟他说的话哪些比较准确，是符合事实，哪些是你故意吓他的，他从小已经在判断。孩子们应该敢于讨论问题，敢于提出自己的不同意见，有自己多种多样的想象、幻想。这样的话，他长大以后处理事情的时候，才能够有充足的想象力，不是在一棵树上吊死，能够从许多方案里面选择最佳方案。昨天我跟几个儿童文学作家闲聊的时候，他们就举了这么一个例子，说有一篇作品，描写一个人很好学，坐在汽车上还拿着书看。教育部门认为这样的作品不能够选入课本，因为从生理卫生的角度讲，坐在车上看书我们是要反对的，因为要保护儿童的视力。要是从这个角度讲，我们的一大批古代故事全部得作废，映雪读书的、用蜡烛读书的，全都要作废，高尔基的读书方法也不例外。我想，如果有这么一篇文章，我们可以让孩子读，让孩子看，同时告诉他们，读书刻苦的精神很好，但是坐在公共汽车上读书实在不是一个好办法，因为车晃动，损伤眼睛。我觉得我们的儿童是能够理解的，也是可以接受的。并不是说一个道理你给他讲了,他只照着办就完了。我们应该有分析、有评论,还可以让孩子们来讨论。创造力、想象力、判断力,他考虑各种问题的时候,需要有一个广阔的思想驰骋的天地。我想如果我们儿童的精神食粮中,有更多的鼓舞他们勇敢向上、开拓创造、树立文明、有责任感等的这样一些东西,从长远来说,实际上有助于我们国家改革的成功。如果你仅仅引进了技术,改变了体制,但人的精神面貌不改变,仍然是保守、狭隘、随波逐流、鼠目寸光,好的机器到了你手里也用不好,好的制度到了你那里也可以把它搞坏。世界上没有任何事情是万能的。技术不是万能的、体制也不是万能的。从这个意义上说,儿童文学肩负着改造和提高我们民族素质的更大的责任和使命,对我们国家的未来是有重大意义的。

第二个问题,我想谈一谈为儿童提供一个理想的精神世界。

少年儿童的思想是最活跃的。他们不仅仅生活在自己的现实世界里,上学、放学、吃饭,城市的孩子还要打酱油买醋、替爸爸退换啤酒瓶,农村的孩子还要打柴、放羊、喂猪。除了这些日常生活外,他们还有很强烈的精神要求,还有很多的疑问、很多的幻想、很多的向往。而我们的儿童文学的任务,就是提供精神食粮。精神食粮这个提法是完全正确的,但我觉得还不仅仅是食粮,不是说光给他拿到嘴边,让他吃下去。或者拿到眼前,叫他看看,通过眼睛吸收进去就完了。好的儿童文学作品会给孩子们提供一个世界,在这个世界里,孩子的好奇心求知欲会得到一定程度的满足,他们对父母、兄弟姐妹、师长、故乡、国家的纯洁的爱,在这个世界里可以得到相当程度的表达。而他们的某些寂寞和苦闷也可以在这个世界里得到排遣和安慰。

这里牵涉到一个问题,就是儿童文学的教育性和文学性的问题,我觉得这两者应该是统一的。严肃的和高尚的文学本身就是富有教育意义的,这个教育意义是全面的,不仅仅是作品归结出来的某一个道德教训。比如说"狼来了"的故事。狼来了,狼来了,狼没有来,后来真的来了,别人就不去援救他了。这个故事告诉我们不要讲谎话,虽然很简单,给人的印象可太深了。我小时候受这个故事影响就非常深,我感觉到确实不能说谎话,说了谎话,等狼真来了,谁也不管你了。多可怜呀,那个孩子太可怜了。我一直觉得这是个残酷的结尾。当然这是一种教育。

首先文学语言对孩子就是一个很好的教育。通畅的、美丽的、精巧的、形象的语言本身就能提高人们的情操。我们现在讲的"五讲四美"里还有一条,叫做语言美,落后的、愚昧的、自私的、野蛮的人,就不掌握礼貌的、文明的、高尚的、美好的语言。这不是教育吗?没有好的语言,能有好的儿童文学吗?而这些好的语言不就是教育吗?一个精巧的故事,这个故事的起承转合、趣味性是一种教育,好的情操也是一种教育。离开了作品整体的文学性,儿童文学的教育性也就变成了一种狭隘的概念。教育性离不开整体的文学性。

记得我上小学的时候,有篇课文叫《小蚬回家去了》,是叶圣陶先生写的。我特别喜欢这篇课文,那里边讲了多少教育的东西?什么都没有讲。就是说买了一只小蚬,孩子们看它还是活着的,想到它妈妈一定很想它,于是就把它放回水里,小蚬回家了。那时我读到这篇文章的结尾,就有一种雀跃之感。那个狼来了的故事我觉得很残酷,而这个故事我就觉得非常温暖。爱护生命也是一种教育,那种枪杀白天鹅等野蛮的事情就会少一些。教育应该搞得非常高明,根据我的体会,孩子也害怕那种很浅薄的说教,不仅大人、青年不愿意,孩子也不愿意接受那种耳提面命式的说教。

可以说,我们给儿童提供精神上可自由驰骋的世界,本身就是为教育儿童,就是一种升华,一种引导,一种凝聚,一种安慰,一种美化和净化。这个世界既不是脱离儿童的现实生活的,也不是拘泥于儿童时代的生活的。既不是脱离现实的,又不是现实的照搬。尽管它不如现实那么具体,但是它能更好地满足儿童的想象力、儿童的爱心、儿童的热情、儿童的单纯、儿童的活跃的幻想。我们可以设想一下,城市有文化的家庭的孩子,除了生活在父母兄弟姐妹之间以外,还生活在白雪公主、小矮人、狼外婆、小木偶以及孙敬修故事里讲的那些人、那些事件中。农村的孩子也许这些接触得少一些，但至少他也知道一些民间故事，他也有自己的一个精神世界。我们提供这样一个精神世界的目的是要给他们更多的东西——在现实生活中不能完全得到的，或者得到了但还没有意识到它的可贵、它的价值的东西。因此，这不是简单的事情。从这个角度来看，争论的问题也就比较容易解决了。什么东西可以写，什么东西不能写，关键还在于你写得好不好。写作的目的是给予一种升华、一种疏导，还是实录呢？这是任何一个高尚的、严肃的作家必然会涉及到的。生活必然会给我们提出任务，我们要根据现实生活提供给儿童们一个使他们的精神能够得到驰骋、得到满足的世界。除了白雪公主、小矮人、小木偶，除了王二小、刘文学以外，我们还要给他们提供今天的新的世界、新的形象。

　　这里顺便提一下科幻文艺的问题。这是一个引起很大争论的问题，我个人主张对科幻文艺还可以宽一点。有的科幻文艺属于科普读物，目的是为了普及科学知识。还有些科幻文艺，不能通过它普及多少科学知识，但能发展某种幻想。你说是想入非非、胡思乱想，这也有可能，但是你要想把儿童的想入非非、胡思乱想的东西全去掉，第一，这是做不到的，第二，如果做到了，那么有些正常的、好的想象也会受到挫折。像武侠小说里的有些东西对男孩子就是有吸引力。我们可以不断地给他们讲：这是假的，大家不要相信，也不要结伙去少林寺或者武当山。但另一方面，孩子们对这些又有一定的兴趣，不管什么时代、什么社会都一定会有的。问题在于对这些幻想作品要有所分析。幻想的作品可以写，但老师也好，评论也好，要指出这是幻想。这也是培养一种判断力。一九八〇年我在香港住过几天，当时那里是气功热，练扎枪、扎肚子、练手掌、砍砖头。大家都说香港是资本主义社会，但他们是很注意保护儿童的。他们在电视里播气功的同时，就像我们加广告一样，每隔十分钟就播一次，主要是对儿童讲,刚才练的那些都是真的,不过,是经过特殊训练的,一般的孩子没有经过特殊训练,千万不要去做,否则就会出事。这样反复强调,然后接着播。这就很好,既允许你看,又告诉你自己不要做,这是很危险很危险的事情。这个世界是复杂的,对儿童的教育也不能简单化、蒸馏水化。我不想参与科幻小说的讨论,这种所谓胡思乱想的小说,其价值到底怎么样,是不是应该批评,这要看具体情况。我认为可以宽一点,可以试验一下,但是也要允许大家批评,不能光有写作那一手,还得允许评论家有一手,允许评论家说:这个作品不好,不应该推广。评论家是可以这样说的。

我要讲的第三个问题是专心致志创造新的作品。

解放三十多年来我们的文学艺术事业发展是不平静的、曲折的,中间的问题很多。这几年情况比较好,但各种说法争论也不少。因此,一些搞文艺的同志常常花费相当多的精力和脑筋来分析动态,想办法摸一点什么精神、摸一点什么消息。谁谁对那个作品是不是说了什么话,谁谁对另一个作品是不是又说了什么话。我个人认为对这些东西可以少关心一点。因为事实已经证明从党的十一届三中全会以来,我国的文艺政策是稳定的,也是全面的,没有发生大的变动,也不需要时时调整。文艺政策也像其他政策一样,一年老是在不断地调整就会让人不放心了。我们可以从政策条文上,从中央领导同志的历次讲话上,从一些重要的会议文件上来加以领会。更重要的,要从实际生活中加以领会。概括地说,近七八年来,有几条是非常明确的。

首先,我们的文艺从来没有像现在这样活跃过。我们的社会、国家、党也从来没有停止过鼓励我们的作家解放思想、探索创新、发挥个人高度的创造性,也就是"双百"方针、社会主义的创作自由。尽管具体说法、提法可能有调整、有改变,但是总的精神是贯穿在这里的,这几年当中没有发生变化。我们不应该怀疑鼓励文艺创作、鼓励健康的创作自由、鼓励作家的创造性劳动的方针。

其次，这些年来，我们的党中央，我们的国家从来没有停止过号召作家深入现实生活，反映我们伟大的时代，为"四化"事业提供一种助力，注意社会效益。如果有人以为我们的文艺可以停止这方面的要求，可以停止这方面的号召，也是想入非非。我们的文艺还是要为社会主义服务的，还是要为社会主义现代化起推动作用的。

第三，我们也从来没有停止过对好的作品的表扬、鼓励和对不健康作品的批评，而这种批评又都适可而止。我们可以比较一下，从一九四九年起到一九六六年"文化大革命"前的十七年，文艺界的气氛、状况从来没有像现在这么风和日丽。刚解放时还没有搞什么运动，后来，今天批《我们夫妇之间》，过两天批《关连长》，再过两天又批《我们的力量是无敌的》。那时我们的批评不知比现在要厉害多少，从来没有中断过。到了反胡风、反右时，当然更不要说了，搞文艺工作就跟踩着地雷一样，不知什么时候脚下就爆炸。现在呢，从粉碎"四人帮"到现在十年了，从党的三中全会到现在快八年了，这八年当中出现过这样的事情吗？如果说我们的文艺可以不批评，什么事都可以不批评，这是不合实际的。把批评夸大也是不对的，应该适可而止。我觉得现在的政策、现在的气氛对创作是很有利的。要有一定的政策和一定的环境，但是也不应把自己的希望只是寄托在政策和环境上。政策和环境对创作虽然是很重要的，但它们之间不是立竿见影的直接关系。中外的文学史上那些伟大的作品，是不是都是由于当时的政策落实而出现的呢？屈原是因为落实政策而出现的吗？曹雪芹是因为号召创作自由而写出《红楼梦》来的吗？托尔斯泰是由于评了高级职称才写出他的三部长篇小说的吗？当然托尔斯泰的职称压根儿就不低，他是贵族。我这样说，绝不是对作家们的利益冷淡、不关心，不是这个意思。我们许多作家，特别是很多儿童文学作家处境还很差，住房的问题，工资的问题，待遇的问题，夫妻两地分居的问题，妻子的城市户口问题，这些问题还很多。有的地方根本不承认作家是知识分子，因为作家没有职称。读了作家的书，研究作家的作品的人可以当博士,但是那个作家本人、他的妻子和儿女农村户口都解决不了,这样的事也有。作协尽了自己的力量在做这个工作,解决各种合理要求,以及向党中央、向各级党委提出要求,更加关心、爱护作家,为作家创造更好的工作条件,这是没有疑问的。但是作家还是要把注意力、精力集中在安心的、专心致志的、长期艰苦的艺术劳动上来。有了环境、有了气氛、有了空气,以至于有了职称,都很好,然而所有这些都不能代替作家自己艰苦的、长期的、专心致志的创造性的劳动。另外,用我们的实际成果唤起社会的重视,这也是目前一个很突出的问题。现在一谈到儿童文艺工作,首先一个问题往往就是不重视,各个部门、各个地方都存在这种现象,当然具体地做起来,也确实有它的困难,现在我们国家经济建设的任务这么繁重,你能要求哪个省市委讨论你的儿童文学问题?有一些地方是这样做了,但是作为普遍的要求,有一定困难。我们该要求可以要求,该呼吁可以呼吁,该造气氛也可以造气氛,但是,更主要的是通过我们的劳动拿出更高质量的儿童文学作品来。拿儿童电影来说吧,你要多出几部《小兵张嘎》。那是给儿童看的,但成年人也被它的艺术力量所征服、所感动了。我说专心致志地搞创作,还有一个意思,就是攀登艺术高峰是没有捷径的。这几年新的口号、新的名词、新的旗号、新的试验非常多,这是极好的现象,但是真正杰出的作品的出现,往往不是在一种热热闹闹、大轰大嗡的环境里。文学作品是要一个字一个字地写,一个字一个字地磨的,靠一个或一种观念的引进、通过一个新的口号的提出就可以达到高峰,这是不可能的。一个口号的提出,某种观念的借鉴、引进,至多只不过是在攀登高峰的时候给我们增加一个选择的可能,这边还有一条路,这条路到底怎么样谁也不敢说,它只增加了一个选择,并不能代替攀登。不管什么样的路,都需要攀登,没有这样的路,走在那路上就跟乘电缆车一样,可以不费力。赛大胆破禁区也代替不了艺术劳动,任何方法都不能代替攀登。作家的胆识当然是非常重要的,但是它不能代替对艺术高峰的艰苦攀登,不能代替生活的积累、学习的积累,不能代替艰苦卓绝的艺术劳动。

最后,我再一次对我们儿童文学界的这次盛会表示祝贺,希望这次会议以后,我们能通过儿童文学推动儿童戏剧、美术、影视各个方面的发展,能够给儿童创造出更好的文化的园地、文化的食粮、精神的世界。

发表于《文学自由谈》1986年第5期

关于当前的思想文化工作*

一　关于改革与文化

改革是漫长的历史过程的一个重要环节。今天大家集会纪念党的生日,自然就会想到,从党建立之日起,我们国家已经经过了一个漫长的、艰难的,当然也是光辉的历程。我们国家是一个大国,又是一个古国,有辉煌的成就和源远流长的文化传统。鸦片战争以来,由于遭到帝国主义的侵略,变得落后、贫穷。一百多年来,我国的先进分子和全体人民为改变这种贫困、落后、封闭、屈辱的处境,进行了一代又一代的长期不懈的努力。振兴中华、再造中华,是我们国家的仁人志士和一切有觉悟的公民为之奋斗的目标。我们现在所进行的改革,正是振兴中华、再造中华的这样一个长远的奋斗过程的新阶段,甚至可以说是一个关键阶段。长期以来,这种斗争(振兴中华、再造中华的斗争)是以对抗性的冲突方式进行的,主要是进行暴力革命,进行推翻帝国主义、封建主义、官僚资本主义三座大山的斗争。这个斗争是激烈的、流血的,是非常尖锐、非常残酷的。但是历史的经验告诉我们,当无产阶级取得政权以后,仅仅靠这种暴力的、一个阶级推翻一个阶级的革命,还不足以完成再造中华、振兴中华的任务。只有适时地转入和平建设,只有进行长期的、渐进的、不懈的努力,才能

---

* 本文是作者在文化部纪念中国共产党建党六十五周年大会上的讲话。

够彻底摆脱贫困落后和愚昧,使社会主义中国以崭新的面貌自立于世界民族之林,实现真正的振兴。

由于我们长期处在阶级斗争的时期、革命的时期,所以很自然地,我们从理论上、从思想状态、心理状态上比较多强调的是革命,强调的是斗争,从而常常轻视和贬低一切多少能够推动历史前进的社会改良的意义。在哲学上我们常常重视质变而忽视量变,因为在旧的社会制度没有推翻以前,那些细小的量变几乎是没有意义的。不管这些人的动机是多么善良,梁漱溟搞乡村建设也好,陶行知搞普及教育也好,一些实业家办实业也好,对中国的命运均无大补,甚至还会转移人民的注意力。长期以来,我们对改良主义都是抱一种严峻的批判态度。但是今天我们是处在完全新的历史条件下,我们进行的改革是一个自上而下的、有条不紊的长期的历史过程,我们并不是从根本上改变社会主义制度,而是促进社会主义制度的自我完善、自我发展。因此我们需要强调量变。要强调这种和平的、有秩序的改革,这是我们所面临的一个新的阶段,这个新的阶段正是过去革命阶段的继续。革命的目的不是为了永远不停顿地斗下去,而是为了取得一个基本的条件来建设我们的国家。正是在这种量变的过程中,正是在这种长期的渐进的建设过程中,我们才有可能完成振兴中华、再造中华的伟大历史任务。由于这种情况的变化,我们的很多思想、观念和心理也要随着发生变化。过去在推翻旧政权的革命时期,我们强调造反有理是对的,因为马克思主义最根本之点是要革命、要斗争。造反有理,斗争有理,无产阶级专政有理。但在今天,我们要讲建设有理,缓和有理,团结有理。我们就是要用一种和过去革命时期有所不同的,一种比较舒缓的、比较温和的态度来对待我们当前所面临的社会矛盾和各种人民内部的矛盾,在团结稳定的情况下,进行长期不懈的努力。

再谈谈我的一点体会:改革与发展是一个互相促进、互相制约的过程。只有改革才能解放生产力,才能使我们的国家得到真正的发展、迅猛的发展。我们的国家还是一个发展中国家,就是说还不太发展,而大锅饭、铁饭碗、领导职务终身制等等弊端影响了我们国家的迅速发展,我们改革的目的是为了更快更好地发展。最近,中央领导同志特别是小平同志在接见外宾时一再讲,改革成功了,中国就可以取得长期的、稳定的发展。我认为,长期的、稳定的发展,是一个十分重要的战略思想。我个人并不十分欣赏"起飞"的说法,我们还只是起步、走路,因为经济建设、文化建设很少能够像飞机一样,或像鸟一样的在天上飞,还是要在地上行。同时,我们还要考虑一个问题,即改革和发展又是互相制约的,也就是说,改革的步骤不能超过我们的发展水平太多。而我们的发展水平要受我们改革的深度的限制。我们国家的工业、农业、科学技术水平,社会组织程度,法制的完善状况,人们的文化知识和教育水平,政治觉悟水平(所有这一切,我都把它说成是发展程度),都会对我们的改革起制约的作用。例如一九八四年秋,党的十二届三中全会做出了关于经济体制改革的决定,这个决定非常好,具有重大的理论意义和实践意义。但是具体落实到某些单位,说得挖苦一点,它的改革往往就剩下了一条,发西服、发实物、发奖金。关于改革怎么提高效率,怎么完善责任制,就没人管了,或者至少是不大管,变成了改革就是拿钱,改革就是发西服。这说明了我们的发展程度。这既是觉悟的问题,也是管理体制的问题,也是组织程度的问题,也是文化教育水平的问题。鲁迅分析过,我们中国国民性的弱点之一就是大家都愿意享受改革的成果,却不愿意亲历改革的艰难。一说到改革立刻就是成果,但改革的过程怎么走,他们不下功夫。再如按劳取酬,我们从搞社会主义的第一天起就讲按劳取酬,但要真正做到,就需要对每一个人劳动的数量和质量进行统计、记录、考核和监督,不然就会碰到许多困难。谁来鉴定他的劳动价值呢?群众评定。可是现实的情况是谁的关系好,谁就能评高工资,所谓群众评定就变成了关系学的考试了。当然,我不是说现在完全没有做到按劳取酬,我是说在贯彻按劳取酬的过程中,也会碰到这样或那样的困难。企业的自主权问题也是这样,自主权的扩大同经营水平是分不开的,如果企业的自主权和国家的经济发展水平、整个的经营管理的水平不能很好地结合,在那些还处在低水平的经营管理的单位中扩大自主权,一些胡来的办法又会出来了。我不是说我们国家的改革都是这种状况,改革在各个方面取得的成绩是有目共睹的,但同时改革也是困难的。改革推动着发展水平的提高,改革措施又受发展水平的制约。改革措施的有效性是受发展水平制约的,改革和发展是互相促进的,又是互相制约的。我们理解了这一点,对改革就会既树立坚定的信心,又可去掉一些轻易取胜的、不切实际的幻想。

  这里,我还想谈一下改革和稳定二者互相促进、互相制约的关系。改革的首要社会前提是社会政治生活的稳定,即安定团结。如果我们国家发生动乱,如果我们国家经常处在一个不稳定的状态中,就谈不到改革,也谈不到建设,这是问题的一个方面。另一方面,只有进行改革才能逐渐地消除社会上存在的不够和谐、不够稳定的因素,使我们的国家、社会达到真正的稳定。最不稳定的因素就是贫穷和落后。人们的物质的与精神的要求是日益提高的,而我们不发达的经济状况和不完善的社会组织状况,影响了广大人民的这种物质和精神需要的满足。所以,通过改革实现长期、稳定的发展,是达到我们社会稳定的根本大计。同时,改革又不能过多地超越社会心理的承载能力。如果改革搞得过急,也会影响稳定,最终影响改革本身的发展。例如物价问题,近几年来我国城乡人民的生活水平有了显著的提高。即使在这种情况下,广大人民群众对于物价问题仍然很敏感,如果价格体系的改革搞得过猛,它就会成为一种不稳定的因素。还有如何对待差别的问题,我们要承认差别,社会主义时期还存在差别,共同富裕不等于同步富裕,可以让一部分人先富起来。但这个问题要掌握好一定的限度,过分悬殊了,就会引起不平衡,互相攀比。这几年,大家谈论社会主义经济的具体环节和体制的弱点比较多,但我们还应看到另一面,就是我们的人民群众对社会主义制度的优越性是满意的。如果我们的一些做法动摇了群众对社会主义优越性的认识,就会产生新的强烈的不满。关于社会主义优越性,邓小平同志讲,一条是生产资料的公有制,一条是共同富裕。可见,我们还是要举共同富裕的旗帜。虽然走向共同富裕的道路上会有各种各样的差别,但我们要适当地掌握和调节这个差别。

这里顺便回答一个问题,有些年轻人曾经问,中国既然改革,为什么不干脆搞自由竞争?在中国搞全面自由竞争,搞资本主义经济,其结果非常明显,只能够使很少的人富裕起来,而使大多数的人陷于破产、陷于赤贫的状况。这种状况发展下去,只能是引发新的社会革命。

在改革的具体过程中,产生某些不稳定的因素是完全可能的,我们对这个问题也要有思想准备。一种习惯势力的打破,必然会产生新的不平衡。在大锅饭的时候,大家都在骂,但与此同时,觉得也还舒服。第一省心,第二互相不用攀比,你喝一碗稀粥,我也喝一碗稀粥,你四十二元我也四十二元。一旦打破大锅饭,分一分谁的贡献大,谁的贡献小;谁是尖子,谁是一般工作人员;谁创造的价值多,谁创造的价值少。碰到这些问题,领导也头疼,群众也头疼。工资几十年不调,大家固然有怨言;调工资每人晋一级,大家还是有怨言。怎么办呢?有成就、有贡献的就晋级,贡献少的就不晋级,碰到这种情况,谁来判断呢?谁来调节呢?让群众来评,群众评起来甚至派性都可能重新萌发。有人说,评工资就是挑动群众斗群众。这种说法是不对的,但它反映了一个实际问题,就是在改变大锅饭、铁饭碗、领导职务终身制以及不合理的规章制度的过程中,有可能打破了原有的不平衡,又产生一个时期的新的不平衡。对这个问题我们要有思想准备,同时又不能搞得过急,不能使这些不平衡达到引起社会过大动荡的地步。为什么说改革要有一个宽松的经济环境呢?恐怕是和这样的一个战略思想有联系的。

再来谈谈改革与文化的关系。我们的改革,不仅是经济体制的改革,而且必然牵扯到文化的改革、观念的改革。前不久邓小平同志在接见希腊总理帕潘德里欧时说,我们的改革是从农村开始的,效果很好,从一九八四年我们抓了城市的经济体制改革。帕潘德里欧说,是不是指工业方面的改革?小平同志说,不是,是全面的,包括商业,也包括文化的全面改革。在小平同志的言论中,这是一次非常重要的谈话,明确地把文化工作列为城市改革的一个组成部分。最近小平同志在听取关于经济形势的汇报时又强调了政治体制改革的问题。

按一般的说法,改革有三个层次。第一个层次是指用新的生产资料和消费资料来取代旧的生产资料和消费资料。比如说用汽车取代马车,用拖拉机取代牛拉犁,用电灯取代油灯等等,这些也不是没有阻力,只是阻力比较小。第二个层次是体制改革,包括经济体制,政治体制,科技、教育、文化体制。这个事情比较复杂,如引进新技术问题,如果管理体制不改革,买进最好的机器,也不能发挥积极的作用,甚至放在那里白白地烂掉。第三个层次的改革就是文化观念的改革。体制改了,观念不改;名称变了,实际内容不改;原来叫什么局、现在叫什么公司,这种公司不讲经营和效率,不讲采用新技术装备企业,不讲提高自己的市场竞争能力,而讲的是靠关系、找后盾,甚至讲的是坑蒙拐骗(当然不是所有的公司都这样,但至少有这样的公司)。这就是说,体制改了,观念不改也不行,改革绝不仅仅是一个经济问题。

现代化是成龙配套的过程,用小平同志的话说就是全面的改革。物质文明和精神文明应该携手共进,改革经济、改革政治必然要求我们改革文化。我们的文化观念、文化形态、文化传统,都应该有所改革,这是一个非常大的题目。我不想在这里多谈中西文化的比较。关于中国文化传统的优秀和糟粕部分,谈论起来很细致,也很热闹。比如它有优秀的部分:吃苦耐劳,自力更生,富有自省精神,富有韧性及相当的应变能力。也有糟粕部分,比如愿意享受成果,不愿意付出艰辛,喜欢攀比,喜欢人和人斗等等。有的人以为,与其革新技术,不如把别人扒拉下来。我写过一个小说,讲的是赛跑的时候,他研究的不是自己如何跑得快,而是研究如何给别人使绊子。毛主席讲:"与天奋斗,其乐无穷;与地奋斗,其乐无穷;与人奋斗,其乐无穷。"长期以来,我们在与人奋斗上的聪明才智和乐趣往往超过了与天与地的奋斗。

改革要包括文化传统的改革、文化形态的改革,或者文化观念的改革。需要培养一种更加开放的、更富有建设性的、更富有创造精神的、能够独立负责的文化性格。要敢做事,敢探索,不要站在旁边等着别人失足。中国长期的封建社会培养出一批"聪明人",别人做事的时候,他在旁边冷眼旁观,等着你失足,等着捡便宜,你只要摔一跤,他那便宜就来了。所有这些,都是我们文化传统中的消极因素,必须加以改革。与此同时,还有一个命题,就是我们的改革必须扎根在我们的文化传统中。我们研究一下中国文化,当我们发现它的保守性的同时,也惊异地发现了它的灵活性和应变能力。具有悠久文化传统并完整保存了本国文化的,只有中国。希腊这个国家还存在,但希腊文化早已不是当年的爱琴文化了;中东的国家还在,但我们很难说现在的中东文化是当年巴比伦文化的延伸。有很多文明古国,甚至连自己的语言也保不住了,现在的官方语言用英语,只有我们中华文化没有中断,源远流长。我们要研究我国文化流传下来的道理,如果它只有保守、愚昧、落后、裹小脚、吸鸦片,那它的文化早就该灭亡了。我们的文化有另外一面,它非常富于灵活性,有很强的应变能力、吸收能力、消化能力。实际上我们的民族不知吸收了多少东西,如自印度经西域传来的佛教,马克思主义也是被我们吸收的外来思想文化。我们的消化能力也非常强,表现在我们把外国文化吸收进来后,和我们本国的实际情况相结合,和我们具体实践相结合,和我们中国文化传统相结合。外来文化只要有用,我们可以敞开吸收。

特别是像马克思主义这样科学的宇宙观和世界观,我们不但吸收,而且奉为经典、奉为圭臬,并和我们的思想文化相结合。我们今天进行改革,也是因为我们文化当中有这种力量。穷则变,变则通,我们从古代就有这种朴素辩证法、这种非常朴素的灵活态度,这点是非常明显的。这和苏联比较非常之明显,不管中苏关系上有多少矛盾,有多少障碍,至少名称上都叫共产党,至少在意识形态上还常常引用共同的经典著作,但苏联非常僵化,自以为七十年一贯正确,老子天下第一(当然,苏联现在受中国的影响,也在变)。相反,我们处理事情、看问题,要灵活得多。我们文化的变革、观念的变革,并不需要抛弃中国的文化传统,实行全盘西化,而是丰富、发展和改造中国的文化传统。既要改革我们的文化传统,又要扎根于我们的文化传统之中,这才有可能取得改革的成功。

近百年来,在我国发生过一种悲剧性现象:用一种肤浅的、外来的、廉价的新思想和顽固的、保守的、旧的传统文化势力做斗争,其结果往往是失败。假洋鬼子嘛!假洋鬼子从来在中国是不受欢迎的。我们引进新的东西的时候,很容易引进蛤蟆镜一类肤浅的东西。而引进那种真正比较深刻的东西,如先进的科学技术、先进的管理方法以及讲求效率的精神、精益求精的创造精神,就非常不容易了。只有在中国共产党成立后,才结束了这种用肤浅的、廉价的、外来的新东西和顽固的、强大的、保守的势力做斗争的悲剧状况。因为第一,中国共产党引进的是马克思列宁主义这个具有高度科学性和革命性的宇宙观和世界观;第二,在毛泽东同志带领下,把马克思列宁主义的普遍原理和中国革命的具体实践结合起来了,和中国文化的优秀传统结合起来了。今天我们面临的新任务,就是用开放态度来吸收世界上的一切先进的、优秀的文化成果,同时要把这种先进的、新的文化成果同我们民族的好的文化传统结合起来,克服我们文化传统中的糟粕,求得整个文化事业的巨大发展和改造。

二　关于当前的思想文化工作

现在,我们在理论思想方面面临一个新的活跃的局面。中央领导同志高瞻远瞩、富有理论勇气和革命胆略的一系列指示,鼓舞着我们。在理论上、文化上、艺术上以及日常工作上,我们应该有更大的创造性,要靠大家来探索、来创新,我们不可能从哪里找出一个现成的模式来。这种探索和创新本身就是马克思主义的胜利,而不是探索和创新否定了马克思主义。正是马克思主义论证了生产力的发展在社会发展中的决定性作用;正是马克思主义论证了人类认识应该符合客观规律;正是马克思主义论证了真理的具体性,不承认认识可以一次完成,不承认人们可以一次获得终极真理。所以,不但中国革命的胜利是马克思主义的胜利,中国改革的成功也是马克思主义的胜利。把改革和马克思主义对立起来是不对的。和改革对立起来的不是马克思主义,而是教条主义。教条主义不但会破坏改革,而且也会破坏马克思主义。

建国几十年来,教条主义在损害马克思主义声誉方面所起的作用特别恶劣。现在有些年轻人不认真地学习马克思主义,为什么?外来的影响——香港的影响、美国的影响,都有关系;但是最重要的是教条主义败坏了马克思主义的名声。相反,我们改革的实践,特别是党中央的实践,正在丰富着马克思主义。在新时期,我们党中央的一切政策、法令、战略的设想,都在谱写着马克思主义的新篇章,发展着马克思主义。只有发展马克思主义,才能坚持马克思主义;只有坚持马克思主义,才能发展马克思主义。这二者之间是互为因果、互为条件的。有的同志提出,首先得坚持,先得把马克思主义保住了,现在好多人不信马克思主义,攻击马克思主义,保住了以后才能发展。我不同意这个说法。因为不发展的马克思主义就不是马克思主义。马克思主义是活生生的、是发展的;是随时面对新的问题、新的挑战和总结概括新的经验的,一句话,是活的马克思主义。我们要坚持的,正是这样的活的马克思主义。这是我要说的第一点。

第二点,维护和发展当前已经形成的融洽、和谐、互相信赖、互相依靠的社会环境和文化环境。怎么维护和发展这种环境呢?就靠我们全面理解党的方针和政策,而不是各取所需,不要在某种气候下只强调一面。我们要强调团结,要具有一种团结的精神,不要做轻率的、破坏融洽与和谐的事情。要顾全大局,做到"己所不欲,勿施于人"。

第三点,正确地对待理论、思想、艺术上的各种分歧。正是由于我们的思想空前活跃,所以我们面临的意见分歧特别多。从经济改革到物价、到工资改革、到社会生活的各个方面,一直到我们的文化事业,特别是文学艺术作品,可以说议论纷纷,争论越来越多。那种说一声好,大家就都说好,或者说一声坏,大家就都说坏的情况越来越少了。我们长期以来对文化艺术工作还是有一种惧怕的心理,遇到分歧就绕开,多一事不如少一事,保持距离,以免被动。我认为,我们必须改变这种心态。有分歧是正常的,是好现象,说明活跃,说明有更多选择的可能。我们的文化部门不需要当艺术的或者是文化的法官,我们也无法充当裁决分歧的法官,你充当了人家也不听你的。但是我们完全有可能做到:第一,创造一种正常的、和谐的争鸣环境;第二,以同志的态度、朋友的态度和广大的艺术工作者一起进行讨论。我们要勇于发表看法,错了就纠正。只有在讨论当中、在争鸣当中、在批评与自我批评当中,才能实现文化艺术的健康发展。而要做到这一点,我们的批评、我们的评论要适当降降调。说好也不要说得太过,说得太过了就使得另外一部分说不好的同志没法说话了。说坏同样也要留有余地,抱一分为二的态度。

第四点,提高精神产品的质量,开拓精神产品生产的新局面。我们今天面临的是八十年代的观众、八十年代的人民群众,和"文化大革命"时期的状况不同,和五十年代的状况也不同,人民的文化教育水平普遍地提高了。由于我们实行改革和开放的政策,特别是由于开放,大家接触的各种信息,或者叫做信息的来源,都比较丰富了,人们的物质生活水平提高了,文化消费能力也提高了。物质消费的能力影响他们的文化消费的能力,譬如说,他能否买得起彩电?帕瓦罗蒂唱歌,票价是十元,他买得起买不起?在这种形势之下,既造成了空前的大好形势,也造成了对精神生产的新的、严格得多的要求,群众面临的选择比五十年代丰富得多。这就要求我们的精神产品有一种新局面,要求我们的精神产品有强烈的八十年代的特色,富有创造的开放精神和新的观念,从内容到形式都高度精湛,能够满足人们的需要。

第五点,提高我们社会生活文明水准。我们整个社会生活的文明水准还是不高的,"五讲四美"就是对社会文明生活的一种很普通的规范。由于我们国家教育程度还不够普及,社会发展程度不高,以及长期受到"左"的影响,致使社会上不文明的现象比比皆是。我来文化部以后,到剧场去得多了,就深有感慨:剧场本来应该是个艺术的圣地,在剧场里,我们的群众应该得到文化的熏陶,过非常文明的生活。但是我们的剧场状况和世界先进国家相比差得很远,不守秩序的、大声说话的、随地吐痰的、中途进出的。我们的剧场、图书馆、博物馆都应该有更高的文明程度、更好的文明气氛;我们从事文化工作的干部、从事文化工作的工作人员,包括创作、表演、导演人员也都应该提高自己的文化素质。我们的文化水平,包括我本人,离我们所从事的工作要求距离太远。

第六点,关于体制改革。文化部的体制改革、各种文化行政部门的体制改革和各种文化团体、特别是艺术表演团体的体制改革是势在必行的。当然这个改革是长期的、渐进的,也同样受前边所说的诸种因素的促进或制约,既促进又制约,既制约又促进。

我们的文化行政部门一定要改造成一种有效率的、能够进行宏观指导、善于进行调查研究、对整个社会和民族的发展起积极作用的文化行政部门,而绝不是一个人浮于事的、扯皮的、自我服务与自我消耗的部门,因为我们这个部门够大的了,加上直属团体我们有三万多人,即使自己为自己服务也够我们折腾一辈子了。但是我们设文化部的目的不是这个,我们文化部要对我们的民族负责,要对我们整个的社会发展负责。当然这丝毫不意味着我们可以不搞好内部的事情。我们的干部制度,我们的机构设置都需要进行某些改革。这个改革也是长期的,不能够莽撞从事、草率从事,不能够吹大话,用空洞的许诺来取代切实的、细致的工作。至于艺术表演团体的改革,你们大家可能比我还要熟悉。我们的艺术表演团体再也不能因循旧制、原地踏步、不断膨胀,越来越没有活力、越来越不能适应新的社会状况和新时期历史任务的要求了。这是一个长期的任务。我们的艺术团体早晚要成为有活力的、能出能进的、基本上实行合同制的,能够随时根据它的艺术表现来评定优劣、决定升降的艺术团体。这些我不详细谈,这不是一下子能做到的,也许第七个五年计划里能做到。如果第七个五年计划期间做不到,还有第八个五年计划。我不敢吹牛,我不敢说一定能成功。但是有一点我敢说,如果文化体制不改革的话,我们的文化事业就会落在我们整个社会的后面。按道理,我们的文化事业应该比社会的发展有一个提前量,才能够起促进的作用。

以上就是我今天在纪念"七一"的会上要跟我们党员同志交流的思想和一些认识。各种问题成堆、成山,欠账极多。但是我们只要回顾一下我们党已经走过了什么样的历史进程,我们的民族已经走过了什么样的历史进程,我们每一个人走过了什么样的历史进程,那么,我们不能不由衷地认为今天是我们党的最好时期,是我们中华人民共和国成立以来历史上最好的时期,是最有希望的时期。我相信,在我们的共同努力下,我们的文化事业能有新的成就,我们国家的改革、我们的振兴中华的事业能有新的成就。

1986年6月27日

在《邓小平》画册发行仪式上的讲话

《邓小平》画册的出版发行,是我国政治生活中的一件大事。这本画册以其重要的历史文献价值,生动地展现了邓小平同志近七十年的革命、学习、生活的经历,全面地反映了长期以来他为我国新民主主义革命的胜利和社会主义建设的发展做出的重要贡献,有重点地突出了几年来他为纠正"文化大革命"的历史错误,致力于领导和推动我国的改革和社会主义现代化建设所建立的卓著功勋。邓小平同志之所以能够赢得全国人民的信任和爱戴,正在于他以马克思主义的理论勇气、惊人的革命胆略和大无畏的实事求是的精神,医治了长期以来"左"的错误所造成的严重创伤,开始了我国的改革和社会主义现代化建设的过程,大大改变了我国的经济、政治、文化生活的面貌。他集中了我们党的集体智慧,代表了我国人民的普遍利益,成为几年来中国领导集体的杰出代表,成为一个名不虚传的世界风云人物。

这本画册中精选了三幅邓小平同志同文艺工作者在一起的照片,形象地体现了邓小平同志对文艺工作的关心和支持,真实地表达了广大文艺工作者对他信任和爱戴的感情。在这里,我还想特别说明一点:几年来,邓小平同志在新的历史条件下,继承和发展了马克思主义的文艺理论和毛泽东同志的文艺思想,为新时期的社会主义文艺工作提出了一系列正确的理论、方针和政策,使我国的文艺工作从"左"的深重灾难中摆脱出来,取得了较快的恢复和发展。这几年,优秀的文艺作品和文艺人才大量地涌现,广大文艺工作者的探索精神和创作热情得到了极大的提高,社会主义文艺工作的正确方向得到了维护和开拓,创造性的文艺劳动在社会上得到了更多的理解、尊重和支持。应当说,这几年是党和国家对文艺工作领导最稳定的时期,也是文艺工作最活跃、最繁荣的时期。

《邓小平》画册的出版和发行,有助于我国人民和世界人民更多地了解邓小平同志近七十年的革命、学习、生活的情况,了解他的品格、气魄、才能,了解他对历史发展的推动作用。今天,我们在这里欢聚一堂,共同庆祝《邓小平》画册的出版和发行,也说明以邓小平同志为核心的中国领导集体所制定的党的十一届三中全会以来的路线、方针和政策将会坚定不移地贯彻下去,我国的改革开放和建设有中国特色的社会主义的伟大事业将会长期、稳定地发展下去。

最后,请允许我向编辑这本画册的中共中央文献研究室和新华通讯社、向出版这本画册的中央文献出版社表示祝贺!

谢谢大家!

1986 年 7 月 1 日

认识和发展百家争鸣的新局面

我们讲百家争鸣已经讲了很久了。但是,实际情况是我们只有古代史中的、理想中的、政策或者口号中的百家争鸣,很少有现实的、活生生的百家争鸣。现实的、活生生的百家争鸣,我们没见过,不了解,不熟悉,更谈不上掌握它的客观规律了。

从历史上说,除了春秋战国那一段,中国基本上没有过学术民主、艺术民主,没有过百家争鸣。而春秋战国的百家争鸣,恰恰不是有意识地倡导的结果,而是特殊的社会历史条件,特别是中央封建政权失去对全国的控制能力、政治上分离动乱、群雄争霸的结果,就是说,那是一种"失控"的局面。而我们今天出现的百家争鸣,却是党的领导充满自信的结果,是有所倡导、有所作为的结果。这样,探讨百家争鸣的规律与对策的任务,已经摆在我们的面前了。

一九五六年,是真诚地有过活跃一下思想、活跃一下文学艺术和学术思想的愿望的。但是,刚刚要鸣,就以其"嚣嚣嚷嚷""不合意""不好控制"的面貌吓退了决策的领导人。于是百家争鸣变成了"阳谋",于是百家争鸣也就实际上"收"去了。

这本身就提出了一个问题,百家争鸣的百家,可能不可能家家都是真理,家家都是马列主义,家家都那么谦虚慎重、善态可掬,鸣得那么悦耳顺耳?

否,这是不可能的。

制定百家争鸣的学术方针的前提是承认人们认识上的差异,承认任何人都不可能一次完成对真理的认识、掌握与垄断,承认不止一种派别与个人能为认识与发展真理做出大大小小的贡献。百家争鸣带来的是活跃与争议。活跃与争议本身并不等于真理也不等于发现了真理。活跃与争议水平可能很高,也可能不太高乃至很低。百家争鸣的水平不可能完全超越争鸣者即广大学术工作者、文艺工作者的素质。人们的素质将在争鸣中得到展现也得到提高。人们的聪明智慧、诚恳严肃、开拓精神和创造性,会表现在争鸣之中。同样,人们的褊狭鄙陋、虚骄轻浮,直至种种道德上、学风上、知识上的缺点弱点,也会淋漓尽致地表现在争鸣之中。

争鸣不见得能立即争出真理。相反,一说争,廉价的谬论常常比宝贵的真理还来得快、争得欢。但如果只允许纯洁伟大的谦谦君子鸣,只允许具有"14K"以上成色的真理争,其结果往往只能是取消争鸣。取消了争鸣就更加远离了真理,堵塞了通往真理的道路。

我们欣慰地看到,如今,百家争鸣正在成为活生生的现实。人们思想活跃,畅所欲言,开放交流,各抒己见,大胆探索,勇于创造,呈现了生气勃勃的大好局面,知识分子心情之舒畅是前所未有的。我们认识与改造世界、探求与掌握真理的这种活力和这种切实性,是前所未有的。民主、和谐、融洽的社会气氛与学术气氛正在形成。这一切,都是神州大地上的新事物。

同时,当百家争鸣作为现实而不是作为理想或者口号出现在我们面前的时候,我们立即发现,百家争鸣的现实并不是通体无瑕的美玉,而是瑕瑜互见的巨石,并不是甘甜无菌的特制饮料,而很可能是浊浪迭起的一片汪洋。就是说,对百家争鸣,正像对整个社会主义事业一样,我们不能用一种理想化的标尺来要求、来衡量。

首先,百家争鸣中,在许多勇于探索、严谨治学、郑重负责的声音"鸣"出来的同时,必然会有各式各样粗疏草率、尖利刺耳、大吹大擂的声音响起来。甚至在一个时期,这种哗众取宠的尖叫有可能比一些郑重的艺术、文艺观点更"叫座"。

其次，七嘴八舌，各说各的，就像在一个大厅里大家同时讲话，谁也听不见谁，争论变得大大地多元化了。如果说，今年上半年人们还可以从"主体性"问题的讨论中归纳出大致两种不同的论点及代表人物，到了今年下半年，就远不止两种论点，甚至两种论点之争已经黯然失色，现在是"一片混战"了。

第三，在这种局面中进行引导，十分困难。有人说，现在是"东风吹，战鼓擂，现在世界上谁也不怕谁"。有人说，现在什么事都是红灯绿灯一起亮，叫人莫衷一是。还有人说，过去是"各领风骚三十年"，后来是"各领风骚三五年"，现在已经发展到"各领风骚三五天"了。这后一句话当然是当笑话说的，但也多少反映了学术界文艺界趋时求新、速生速熟速朽的状况。文艺界有些雄心勃勃的年轻人，喜欢宣布比他年龄大的人的思想观点、审美趣味"过时"，以显示自己之新。有趣的是，喜欢宣布别人过时的人也正在被别人宣布为过时，叫做过时于人者人恒过之。

这种情况看起来似乎不大妙，一种苦口婆心的正确意见发表了，却淹没在七嘴八舌里，很难叫人听见。但也有好的一面，大家见识多了，分析选择的能力与习惯正在加强，一种大言不惭的谬论，也不那么容易在群众中造成轰动了，就是说，人们不像过去那样容易上当了。

我们可以很方便地把这种局面骂上一通，什么混乱啦，口子开得太大啦，背离了正确的方向啦，这样讲都不无根据。但是，如果仅从这一方面看问题，就只能是以叶公好龙的态度对待百家争鸣，还是觉得不争不鸣好，到头来站到"双百"方针的对立面。

我们不能设想百家争鸣是一曲和谐的大合唱，全部是鸾凤夜莺之鸣。事实上，百家争鸣，鸾凤夜莺要鸣，雀鸟鸡犬也要鸣，癞蛤蟆夜猫子也要鸣。只有在这种争鸣中，鸾凤夜莺的声音才会充实发展、焕发新的活力；雀鸟鸡犬才会提高长进，攀登上新的水平；癞蛤蟆夜猫子之属，也才会被识别、被克服、被扬弃。

这就是说，我们首先要承认当前这种争鸣局面的正常性与积极性,坚定不移地继续执行"双百"方针,执行落实宪法规定的创作自由、学术自由、批评与反批评的自由、讨论自由。不要因为争鸣中出现了某种不和谐的噪音便改变我们的政策,或改变对政策的解释,更不必惊慌失措起来。

其次,我们必须具有清醒的头脑,对争鸣中必然会出现而且往往更容易出现的种种大言欺世、哗众取宠以及各种充满主观随意性的见解,切不可随波逐流、随声附和、跟着起哄。须知真理不是那么廉价的,市场上的有些时鲜货上得快下得也快,热得快冷得也快。数年来文坛、论坛上不是已经不止一次地出现这种起落了么?对一些狂妄的不负责任的见解不必看得过重,不要低估群众的分辨能力,不要一发现问题就想运用行政干预的手段、改变政策的手段来战胜被认为是荒谬的东西。这样做的效果往往适得其反,会扩大谬论的影响,使已经渐渐冷下去的某种浅薄之论突然又引人注目地热起来。我希望我们不再做这种事实上帮助哗众取宠者达到哗众取宠的目的的事。

第三,我们要学会、习惯于并善于在七嘴八舌的争鸣和争论中,发出创造性的、有说服力的马克思主义的声音。马克思主义是在众说纷纭、七争八争、与不止一个对手论战并从不止一个学派中汲取营养的情况下建立起来的。马克思主义也只能在这种交流论争、面对不止一家论友或论敌的情况下发展。经验已经证明,一家独鸣、一呼百应、在意识形态领域中实行"专政"云云,不是发展马克思主义的好办法,倒是解除马克思主义的生命力与战斗力的行之有效的途径。如果一个马克思主义者碰到各种谬论,只是善于愤怒,善于吁请禁止,这样的马克思主义者未免太娇嫩也太无能了。真正的马克思主义者更应该善于分析,善于面对和回答各种尖锐的挑战,善于在百家争鸣中经受考验与汲取营养。马克思主义只能在百家争鸣的汪洋大海乃至惊涛骇浪中保持与发展自己的生命力,而不可能在万无一失的保护下或在高高在上的宝座上起作用。有出息的马克思主义者恰恰要在当前这种局面下投入争鸣,充分利用这种局面的一切积极因素来充实自己,发出响亮的、富有创造性的、时代的声音,发出积极进取的、有利于"四化"事业与两个文明建设的声音,发出具有中国特色的、面向现代化、面向世界、面向未来的声音。

第四,我们提倡严肃认真、谦虚谨慎的学风,提倡调查研究,提倡实事求是,提倡深思熟虑的创造性建设性学风,提倡尊重持不同观点的同志,提倡坚持真理、修正错误。相反,我们不赞成和反对在学术问题、文艺问题上信口开河、道听途说,反对大言惑众、大造声势,反对用搞"爆破"——骂倒一切的方法"推出"自己,反对赶时髦,反对故弄玄虚,反对还没弄清对方的论点甚至还没有看到对方的原文就先往对方脸上抹黑,同样也反对用僵化的理论模式裁判生活、用大帽子吓唬人以及诸如此类的不正派不实在的做法。

第五,我们要逐渐研究确立一套章法、一套争鸣应有的程序与规则,乃至确立应有的法律法规。须知,无程序的自由只能是彻头彻尾的混乱,而这种混乱恰恰是对自由本身的否定。例如,争鸣中我们一定要贯彻反诽谤的规定,不容许任何人借争鸣之名行诽谤之实。又如,引文要准确,要注明出处。再如,批评性的文章应该光明正大,作者应该署上真实姓名,也应该把被批评的文章的出处说清,尽量不搞那种化名的神秘袭击或动辄就打"有人竟认为……"之类的无头官司。我们应把危言耸听的形容词及人身攻击摈弃于学术争鸣之外。此外,出版法、版权法之类的法规亦与百家争鸣的水平有着极密切的关系,望能尽速妥善制定。现在,有些搞文摘的报刊和有些内部材料,善于把一篇文章掐头去尾,或摘其一点,不及其余,甚至完全歪曲了原意。对此,亦应有相应的规定。

总之,我们一定要克服学术界、文艺界长期存在的看风头的积习。不迎合,不讨好,不韬晦,不回避,敢于发表各自的意见,敢于发表与某种风不一致的意见。共同努力,迎接现实的而不是意念中的百家争鸣,对其进一步的发展做好思想准备。在争鸣中学会争鸣,提高争鸣的水平,提高争鸣的文明程度,积极发出创造性的马克思主义的声音,建立一个开拓型的、活跃的而又是颇有章法的论坛、文坛,与我们建设四个现代化的事业相适应,与我们建设物质文明与精神文明的总体布局相适应,与我们的改革开放的长期方针相适应,使我们的理论研究、学术学科研究与文学艺术创作出现一个更光辉灿烂、更扎实、更能出成果的好局面。

发表于《红旗》1986年第24期

简谈话剧问题*

能参加这个会我很高兴。在过去不多的接触中,我知道中国青年艺术剧院是很重视学习和交流的,通过研究和讨论,达到增长知识、扩大眼界的目的。这种做法是值得肯定的。

话剧本身是个文化事业,要搞好话剧就要注意如何通过话剧创作体现我们的文化。我们现在还有一些话剧的创作和演出还没有做到这点,剧场中也还有各种不文明的现象。要改变这些就需要我们认真地讨论和研究。话剧从社会条件、演员条件以及整体条件来看,与五十年代相比应该说是越来越好了,但与此同时,它受到的压力也越来越大,现在人们的生活丰富了,特别是大众传播手段增多了,如电影、电视等,吸引了很多观众。不光是话剧,全国、全世界的舞台艺术,都受到影视的挑战。另外,文化生活也比过去丰富了,现在有各式各样的文化生活供人们选择,话剧面临的形势是严峻的。但我也不赞成讲危机,当然,作为危机来认真对待是可以的。在这种情况下,想什么路子的都有,《魔方》是一种路子,这个路子是好的。但我想很难为继。第一个《魔方》感觉很好,但再来《魔方》第二,《魔方》系列,观众就不觉新鲜了。我最近看了一些不同类型的戏,有儿童剧、话剧、民族歌剧、西洋歌剧。有些戏演出时,演员常常不是从侧幕出来,而是从太平门、从观众中咋咋呼呼地上台。这样的演法,偶然

---

* 本文是作者在中国青年艺术剧院第八届创作笔谈会上的讲话。

一次可能使人感到新鲜。但天天如此,场场如此,也未必能吸引观众。所以,形式上的创新值得鼓励,但它也有局限性,有难以为继的一面。

要真正把话剧搞上去,还应有点更深的东西,用北京话来说,就是要有点"干货"。这个"干货"就是指对我们的时代,对我们的生活,要有深厚的积累,要有体验、思考和激情。这些东西不是硬做出来的,而应是从我们生活、时代的深处焕发出来的。这不是一蹴而就的事情,需要有一个过程。

此外,创作的面仍然是很宽的。文学艺术要为改革起一点作用,但并不仅仅限于直接写改革,直接写改革当然很好,同时也应包括各方面,如观念的变化,人们精神状态的变化,文化心态的变化等等。包含的方面是很多的。现在中国人民的生活确实是非常丰富的,最先进的东西与最落后的东西并存。八十年代以来,我所接触的材料中,中国农村里有人宣布自己当皇帝的例子已有两个了。大家可以想象吗?我们现在在这里讨论东西方文化、新三论、新新三论、耗散结构、增熵现象、负熵现象,与此同时,他在那儿搞真龙天子、正宫娘娘,搞他的文化。我们这儿演《魔方》,他那儿也有个"魔方",他那个"魔方"一变,还真有人相信,有人给他磕头。当然很先进的东西也有,很洋的东西也有,洋到脱离中国土壤的东西也有;很道学的东西也有,道学到了完全没有今天时代特点的东西也有。在这种情况下,改革的面也有很宽的,实际上牵扯到每一个村庄、每一个商店、每一个人。同时,改革的进程也是很复杂的,不能把它简单化。不能简单地说某某是小生产意识,是什么什么意识。说这话的人自己脑子里又有多少小生产意识,有多少没有突破的旧观念,到底又有多少廉价的或是自以为是的新意识?中国的文化有时有保守封闭的一面,有时也有源远流长、生命力很强的一面,有时还有非常好奇、很容易输入一些廉价货色的一面,如带商标的蛤蟆镜等。

在这种情况下,艺术家们应该把心踏下来,真正稳稳当当、扎扎实实地研究我们的生活,研究我们的艺术。好的作品往往都不是在那种大喊大叫中出现,而是在一种相对平静的情况下产生的。

发表于《戏剧报》1986 年第 5 期

迈出改革开放新步子*

民主和谐开放的一年

记者：请您谈谈对去年文化工作的评价。

王蒙：我是一九八六年七月正式接任文化部长的，全面地评价这一年有困难，只能就自己知道的谈谈看法。总起来说，这一年文化部做了两件事，即维护民主和谐的社会环境和文化环境；摸索改革开放的路子。几个月来，整个文化界的气氛是好的，是和谐的，也是开放的。改革的步子迈得小了点，带有试验性质。一些省市，如山东、黑龙江、北京市都采取了措施，给艺术团体"消肿"（精简机构），取得了好成绩。曾经叫了一阵子"危险"的戏曲，这一年不断涌现好的剧目，如河南的《倒霉大叔的婚事》、花鼓戏《嘻队长》，表现农村改革中出现的新思想、新风貌。陕西的话剧《杨贵妃》，用现代人的观点对杨贵妃重新评价；与此相似的还有四川的川剧《潘金莲》，在北京演了三场，盛况空前。当然也有很多争议，这是正常的。在北京、上海同时举办的莎士比亚戏剧节上，有些剧团用戏曲形式表现西方古典名剧，如黄梅戏《无事生非》、越剧《第十二夜》、京剧《奥赛罗》，受到人们欢迎，说明戏曲的路子越走越宽，一些戏曲传统剧目的演出获得好的效果。话剧的创作演出也很活跃，上海创作演出的《寻找男子

---

* 本文是《瞭望》（海外版）记者对作者的访谈。

汉》,创近年来上海市上座的高纪录。北京实验话剧团演出的《和氏璧》、青年艺术剧院演出的《高加索灰阑记》、北京人民艺术剧院的《狗儿爷涅槃》等等,表现手法不断创新。

一九八六年还是"交响乐热"的一年。这门被认为高雅的艺术,越来越受到听众的喜爱和欢迎。继中央乐团之后,上海交响乐团、山东交响乐团、北京青年交响乐团的演出,门票都很抢手,还有些城市也在跃跃欲试,要特别强调的是,意大利著名歌唱家帕瓦罗蒂到中国的访问演出获得空前成功,不仅对中国而且对欧洲产生了深远影响。开始帕瓦罗蒂本人对访华缺乏信心,担心中国人是否欣赏他的演唱。演出几场后,他给胡耀邦总书记写信,说他爱上了中国,中国观众如此热烈地欢迎他的演唱,使他深受感动。这说明中国观众的艺术欣赏水平正在提高。

美术界不仅为吴作人、李可染等著名老画家举办了画展,也为青年画家举办了画展。他们的不同风格,显示了美术创作的活跃势头。一些重大的文化设施建设正在进行。如北京图书馆、成都锦城艺术宫、长沙少年儿童图书馆、中央歌剧院等,有的已经竣工,有的破土动工。

在文化体制改革方面,正处在一个摸索阶段,还不能说迈出了步子,只是在原有的基础上做了一些改善工作。比如解决了一批"尖子"(表演艺术处在高峰期)演员的破格晋级、增加工资,演员的最高基本工资高于现任文化部部长和副部长。这样就使演员在黄金时期得到最高报酬,改变了过去要等到老了、不能演戏了才增加工资的状况。同时对涉及文化政策的问题做了大量调查研究,正在制订有关政策和规章制度。比如文化市场问题、音像问题、舞会问题、文物的使用和保护问题、对外文化交流问题以及文化部所属单位的领导班子年轻化问题等等,都在摸索解决中。

迈出改革开放新步子

记者：看来，去年文化界的工作是很活跃的，请谈谈一九八七年的设想。

王蒙：希望在改革、开放、搞活方面扎扎实实迈出一些步子，文化部将在业务建设、队伍建设、政策建设方面下功夫，在管理方面多想办法，争取文化事业有一个大的发展。主要抓如下几件事：

一、深入进行艺术表演团体的体制改革。从现实体制问题入手，坚决打破吃大锅饭的平均主义、"消肿""输血"，增强艺术表演团体的生机和活力。

二、改革文化部组织艺术活动的办法，于九月举办首届中国艺术节。以后每两年举办一届，以代替文化部每年都举办的艺术调演、会演和合唱节等活动。艺术节更突出艺术性和群众性，把艺术活动、旅游活动、民俗活动、体育比赛结合起来，使艺术节丰富多彩。

三、促进文化市场的开放、稳定和繁荣，开展有偿文化活动，如音乐茶座、农村文化专业户、游艺活动、舞会等等。这些活动过去曾经出现过一些问题，但不能因噎废食。因此，对文化市场一是开放，二是发展，三是管理。随着社会主义商品经济的发展，广大群众物质生活水平和文化生活水平日益提高，对文化的需求越来越强烈。当前要认清的问题是：文化市场首先要对社会负责，把社会效益放在第一位，这是无可非议的，但文化事业也要经营，不能完全由国家包起来。像电子游戏、舞会、游艺场所，可以由国家、集体、个人同时办，国家可以把精力财力放在主要的文化事业上。

四、加强对文物的利用和开放。正确处理好文物保护和文物利用的关系，我们正在研究探索，看是否可以适当开放文物市场，逐步开展文物内销，有计划地组织文物外销。储备量多的文物，可以由地方和群众保护，国家重点保护珍贵文物。但这是一件很复杂细致的工作，必须严肃认真、谨慎小心。弄不好,造成珍贵文物损失,是一种犯罪。所以,这也是一个很有争议的题目,眼下还没有做出什么决定。

五、大力开展对外文化交流,开辟更多渠道,加强商业性演出。去年给上海放了权,增加了上海直接对外交流的自主权,今后要在文化部统一管理的同时,使各地的对外文化交流也活跃起来,特别是使一些民间团体、学术机构、群众组织和国外有更多交流,包括商业性演出。既向国外介绍中国文化,又可赚取外汇,改善表演团体和演职员的生活,这是件好事,今后文化部要多鼓励。当然,政府间正常的文化协定必须保证,进一步疏通官方、民间、商业的对外文化交流渠道。

六、设立文学艺术国家奖。文化部经过多次调查研究,与有关部门一道制定了设立文学艺术国家奖的草案,准备报请国务院批准后实行。这意味着对在文化工作中做出突出贡献的文学艺术家给予目前条件下的最高奖励,激励文学艺术工作者努力攀登社会主义文学艺术的高峰,促进我国文学艺术事业的繁荣和发展。

七、解决好队伍建设的实际问题,加强文化活动的管理。

工作上的许多设想,一定要有配套的规章制度加以保证,近年来演出显得比较活跃,但也出现了一些问题,如孔雀杯获奖演员在杭州罢演,北京京剧演员在上海演出和上海演员在黑龙江演出时,都出现过问题,主要是管理制度不严造成的。因此,在讲开放的同时,必须加强管理,加强职业道德,明确审批制度。

提高素质,创作精品

记者: 以上对艺术上谈得多,文学方面也请您谈谈看法。

王蒙: 文学不归文化部管。不过,我作为一名作家、中国作协副主席,不妨谈谈。近年来,文学界是活跃的,在这种情况下,提高文学队伍的素质显得格外重要,只有提高创作人员的素质,才会有真正好的精品出现。若素质不高,活跃也可能是低质量的。中共中央关于精神文明建设的决议把提高人民的文化素质放在首位,是很有见地的。新中国成立以来在调整体制方面下了很大功夫,但常常不能达到预期的目的。这主要与干部和人民群众的素质有关。拿百家争鸣来说吧,在高素质的人中间进行,就能表现出活跃的思想,友好的讨论气氛;在低素质的人中间进行,就成了乱吵乱闹,互相攻击。我们国家的文化事业需要大大丰富,才有利于人民精神面貌、文化素质、道德素质的提高,国家才能长治久安。当前,人民的温饱问题解决了,精神生活的满足就成了大事。精神生活的丰富,需要实行百花齐放、百家争鸣的方针,民主的方针,多样化的方针,不能采取专政的办法。但是,对精神的民主,"双百"方针的贯彻,也不能用理想化的标尺来要求、来衡量,以为一鸣就鸣得样样都正确,这也不切实际。只有在精神生活活跃发展的过程中,不断提高素质,辨明是非,才能使文化空气更健康,更富有建设性和务实精神。文化事业是精神文明建设的重要组成部分,没有民主不行,没有法制也不行。因此,文化事业发展得好一些,有利于中国人民的精神面貌、道德情操、生活质量的丰富多彩。

学潮不影响文艺政策

记者: 最近有些城市的一部分学生游行。有人说这和文艺开放政策有关,这是否会影响今后的文艺政策,想听听您的看法。

王蒙: 是什么问题就解决什么问题。文化界改革、开放政策不变。贯彻为人民服务、为社会主义服务,百花齐放、百家争鸣的方针,落实宪法规定的创作自由、学术自由、批评与反批评自由、讨论自由的方针,不应受到干扰。当然,所有的改革、开放等工作,都要在党的领导下有秩序地进行。因为我们的国家不能发生动乱,动乱对改革、开放事业只能是打击而不是促进。年轻人热情很高,设想的好东西一旦达不到,有些不满意,是可以理解的。对此,应当有正当合法的表达方式,不能采取妨害社会生活、社会秩序的动乱办法。这种办法,从长远看,对国家、对自己都不利。因此,文化工作者应成为年轻人的朋友,了解他们的心理和愿望,把更好的精神产品贡献给他们。一个有着高尚审美情趣和丰富文化生活的社会,比较安定,不易产生动乱。文化工作者要通过自己的活动,培养一种有建设性的求实性格。中国近百年来民族灾难深重,忧国忧民,每个时期都大有人在,希望一个时期进行一次文化大爆破,使中国的面貌焕然一新。但仅仅大爆破是不能解决问题的,必须在剔除陈旧意识的同时,进行长期的建设和积累。中国需要长期建设,需要在质变的同时积累很多量变。长期的落后状况,造成了中国人急于求成的心态。有的人认为只要按他的理论一做,就变了,哪有这么便宜的事。过去曾经提出过苦战一年或三年改变面貌。事实证明,苦战一年、三年是不够的,而是需要几代人花几十年甚至上百年时间共同努力奋斗,美好的理想才能实现。

至于在改革过程中人们有各种看法和矛盾,不难理解。我认为并不存在尖锐对抗的客观基础,我对形势抱乐观态度。因为事实上,人民生活在提高,民主空气在扩大,国家在发展,形势比以往任何时期都好。当然,也要当心浑水摸鱼的人。不是说文艺界没有问题。如:美术界老画家与新潮派的争论很激烈,文学界爆出了"十年文学危机论",影视界问题也不少。文学方面还出现了写性题材之风,如果为了冲一冲封建意识,不是不可以,问题是我们目前对青少年心理缺乏保护措施。有的作家自己写的作品不敢拿给自己的孩子看。因此,文化工作不开放不行,没有严格的管理办法也不行,这些都有待于进一步解决。坚定不移地贯彻改革开放政策,同建设和完善相应的法规制度,两者密不可分。

发表于《瞭望(海外版)》1987年第1期

在乌兰牧骑建立三十周年
纪念大会上的讲话

今天,我和文化部的其他同志,有机会能够和内蒙古自治区乌兰牧骑的以蒙古族为主的各族文艺战士欢聚一堂,纪念乌兰牧骑成立三十周年,感到非常高兴。请允许我以中华人民共和国文化部的名义,向乌兰牧骑的成立和发展壮大表示热烈的祝贺。

刚才,文精同志宣读了乌兰夫副主席为乌兰牧骑成立三十周年的题词:"让乌兰牧骑精神发扬光大。"我觉得这个题词非常好。值得我们学习深思。乌兰牧骑有许多先进的经验,像他们的队员一专多能,一队多用,机构精干,艰苦奋斗,等等。所有这些经验,它的中心一点,还是有全心全意为人民服务的精神。我们的文艺是为人民服务的,我们的社会主义事业、我们的建设有中国特色的社会主义这样一个史无前例的事业的出发点,就是为人民服务。为人民服务是我们做一切事情的总的出发点,是一个共产主义者、社会主义者的人生观的核心。我们从事文艺工作,门类、特点、风格、特色,都会有不同,但是为了人民这一点是共同的。有了为人民服务的思想观念,才能有艺术上的献身精神,才能有正确的方向,才能够精益求精地把最好的精神食粮献给人民,也才能够抵制文艺界的各种不正之风,抵制资产阶级自由化或者是僵化的不好的倾向。其次,我想,我们还要学习乌兰牧骑和人民群众水乳交融,从人民中、从人民的生活中汲取营养来丰富、发展、提高艺术活动的这样一种精神。邓小平同志曾经指出，人民是文学和艺术的母亲。不管我们的创作活动有多少奥妙，不管我们在创作活动上有些什么新鲜的大胆的探索，都离不开人民生活的源泉。人民的愿望，人民的生活形态，人民的探求，人民的智慧，永远是我们创作的动力，是我们创作的依据。我们的幻想也好，想象也好，各种新奇的手法也好，都应该也必然会有它生活的依据，会有它从人民生活中汲取的灵感。所以，为人民服务的道路，也是提高我们的艺术生产、艺术劳动的道路。在为人民服务的过程中，我们也向人民学习到很多东西，汲取到营养，使我们的艺术事业能够健康地向前发展。

当然，我们的服务并不是消极的，也包含着积极地提高人民的文化素质这样一个任务。在改革、开放、搞活的过程中，人民的物质生活和精神生活都有了很大改善，人民的物质和精神的需求都有了很大的增长；中央关于社会主义精神文明建设的决议中特别指出，提高人民的素质是我们建设精神文明的根本任务。我们的乌兰牧骑就是通过把艺术送到千家万户来丰富人民的生活、丰富人民的知识、提高人民的文化素质的。而只有更高的文化素质，更高的政治、思想、道德素质，才能够保证我们国家的物质文明建设和精神文明建设的成功。

三十年前，乌兰牧骑是一个新事物，在党中央和内蒙古自治区党委的关怀和具体领导下，乌兰牧骑走过了三十年的光荣的道路，战胜了各种干扰，取得了越来越兴旺的成果。我深信，在新的历史条件下，我们一定能够继承乌兰牧骑全心全意为人民服务的传统，学习他们各种好的经验，坚持社会主义的民族的文艺的方向；同时也面向新的时代，研究改革、开放、搞活时期的新课题，进行新的开拓创造，使我们的乌兰牧骑立足于本地区、本民族，立足于农村、牧区，而又能够面向世界、面向未来、面向现代化，使我们的乌兰牧骑的事业更加蓬勃兴旺地发展。

发表于《内蒙古日报》1987年6月22日

加强话剧艺术的现实性
鼓励严肃的艺术探索*

一　面对新的时代、新的课题的话剧艺术

　　近年来,许多地方都在讲话剧危机。我们要看到,现在的话剧艺术以及我们整个文化艺术事业,与文学艺术的其他品类一样,都面对着新的时代、新的问题、新的困难。因为这些年来,我们的社会生活发生了很大变化,我们的观众,我们的服务对象也发生了很大变化。我们的舞台艺术,从来没有像现在这样面对着这么多的选择、这么高的要求、这么挑剔的眼光、这么多样的评价标准。对文艺作品包括对舞台艺术不满意的评论,几乎每日每时都可以听到,电影、电视、文学也不例外。究竟是怎么回事?是我们这些艺术工作者越活越笨吗?是我们的作品越来越次了吗?是由于被电视、电影排挤了吗?如果说是被电视排挤的话,那么我还得说一句客观的话,现在我们的电视剧还没有那么高的水平,如果将来电视剧的水平真的有那么高,那不更麻烦了吗?是不是一批文艺工作者不关心群众所关心的问题,弄出了一些莫名其妙的东西,脱离了群众?对少数人和作品可以这么分析,但多数还不属于这种问题。是不是我们的观众水平提高了,思想大大成熟了,观众的水平比文艺工作者的水平提高得更快?好像

---

* 本文是作者在东北地区话剧观摩研讨会上的讲话。

也不能这么说。对这个问题,我觉得仅从某一个方面很难找出正确的答案,它反映出我国社会的迅速发展和变化,反映出我们观众的政治心理、社会心理、审美心理的重大发展和变化。从这个意义上说,这个问题的出现是正常的,是一件好事,它正在引起艺术工作者的深入思考,而且每个具体问题的答案都不尽相同。有人说是由于戏剧观念陈旧,按他的新观念就行了。但这个药方能不能根治呢?很难说。还有人说是由于抛弃了传统,恢复老的传统就好了。还有的人说是由于剧团都捞钱去了;还有的人说是由于离政治太近了;也有人说恰恰是因为离政治太远了,演的不是社会普遍关心的问题。有各种不同的论断,各种不同的药方。对这些问题,我也说不出个所以然来,我希望和大家共同研究,我们现在面临的是什么样的观众?面临的是什么不同的审美心理?面临的是什么样的精神需要?我们要善于研究新情况、新问题,采取新的对策,要使艺术事业大大地向前推进一步。各种意见都可以听,但片面地相信某一个药方是很危险的事情。为什么在这样的情况下,话剧所受到的冲击或是威胁更加明显呢?作为一个对话剧有一定兴趣的人,我认为其原因在于同其他舞台艺术相比,话剧的技艺性最小,但生活容量和思想容量的要求最高、最大。

二　话剧的当代性和现实性

在我国,话剧运动是和新文化运动同时开展起来的,话剧运动始终是新文化运动的一个部分。从这一点上来说,我们丝毫不怀疑话剧艺术在体现当代性和现实性上所具有的特殊的优越性。当然,简单地和表层地模拟现实,引起了一些艺术工作者的怀疑和厌倦,这是完全可以理解的。人们希望在戏剧艺术特别是话剧艺术中,看到更加独特的对社会生活和艺术的理解、更加大胆的和新鲜的表现手段以及其他等等。但所有这些,不能从根本上动摇对话剧的当代性和现实性的要求。我们表现人和表现时代、社会、现实生活,这中间并没有什么矛盾。人,既是心理的人、生理的人,更是社会的人、政治的人、现实的人。而我们的现实生活确实是非常丰富的,但我们对现实生活到底理解了多少?到底掌握了多少?到底有多大程度上的艺术认识能力、表现能力和主动性?中国这样一个大国在走向社会主义现代化的道路上,到底还有多少考验,还有多少苦难,还有多少曲折,还有多少英雄主义的献身精神?还需要多少创业者、开拓者?有很多东西对我们来说还没有完全被认识。

这些年来,常有些匆忙的宣告,宣告他已认识了我们的国家,已经认识了我们国家的文化,已经抓住了我们国家文学艺术活动的牛鼻子。但差不多在每一种宣告出现的同时,也出现了和它相反的宣告,这些宣告也是有根据的、有道理的,也有自己站得住脚的理由。许多匆忙的宣告,实际上还不及我们日常生活中的万一。他表达的智慧,少于他小有所得时的激情;他表达的对生活的理解,小于从道听途说的新名词里得到的零星感触。而他那种匆匆忙忙地开药方的热情,大于他对我们的历史、我们的国家、我们的社会的真正的深切的体会。所以我觉得反映现实生活永远不会倒观众的胃口,倒观众胃口的是现实生活中的浅薄和缺乏创造性的东西。在反映现实方面,我们同样要有更加深刻的认识、开掘和理解。当然,话剧的当代性不仅仅表现在它的题材上,有一些写历史题材、神话题材、民间传说甚至移植或者改编的外国戏,也可以有当代性,也可以打动当代人的神经。问题在于作者的思想境界,在于作品的思想广度、深度与针对性。现实性的问题,并不仅仅是一个题材问题。但反过来说,我们对现实生活并不是太熟悉了。对于广大人民群众来说,我们国家的前途、改革的前途、现代化的前途,仍然是最激动人心的问题。因为不管是贤是愚还是不肖,都生活在这样一块土地上,这块土地的命运和我们每一个人的命运息息相关,很难找到比这样的问题更重大的、更能震撼人心的问题。对一切永恒的问题:生死的问题,爱情的问题,宇宙太大、地球太小、火星上找了半天也没有找到生命的问题,我们为这些问题而忧愁,这当然是,也可能是很现代的、很广阔的。我不仅仅关心哈尔滨,也不仅仅关心中国,我关心宇宙,关心地球不要太孤独,不要太寂寞,关心外星人,想和他们交朋友。关心这些问题也很好,但所以能关心到外星上去,起码是在地球上站住脚以后,粮食定量够吃后,才会有这样的"伟大胸怀"。这说明,各种遐想、幻想、联想、畅想、狂想,实际上也都是以一定的现实生活为条件的。没有想象力的艺术,没有想象力的戏剧,没有想象力的观众是非常可悲的。但这种想象力的发展,也同样是我们的现实生活更加丰富、更加发展、更加多样化的结果和标志。但艺术想象力的弥足珍贵,并不意味着我们可以轻蔑现实。

我觉得我们的现实生活中,还有许多重大题材、重大问题,并没有在舞台上得到艺术的反映。比如我们人人都反对官僚主义,但舞台上很少有反映由于官僚主义给国家造成损失的问题。我们打击刑事犯罪、经济犯罪,也很少在舞台上表现出来。改革、开放、中外合资,各种新的事物,各种新的场面,各种新的形象、新的人物,也都没有在舞台上很好地表现出来。我觉得提倡话剧的当代性、现实性,与提倡艺术家的主体性与提倡风格手法的多样性,提倡探索和创新,是并不矛盾的。

三 鼓励艺术上的探索和创新

这几年,艺术探索之风很盛,艺术探索之风很香。在刮某种风时,艺术探索似乎变得可疑,但探索毕竟是艺术的规律。为了发展艺术,必须保护与鼓励探索而不是相反。现在的问题在于,能不能弄清楚严肃的探索与廉价的噱头之间的区别,能不能把艺术上的探索和创新,同继承民族的、革命的艺术传统结合起来。探索是无罪的,探索是必然的,但探索又是非常困难的。艺术探索之所以困难,不仅在于各种各样比较保守的观点和习惯势力的阻碍;还在于各种各样一哄而上的廉价的探索,往往淹没了严肃的和真正的探索。从表面现象看,完全不同质的事物往往会呈现出现象上的相近。比如一个大手笔在创作上的自由境界,和一个在创作上处于混乱状态、乱七八糟一团的初级状态,往往在表面现象上是相似的。故弄玄虚以掩饰自己的浅薄与真正的含蓄深刻的意蕴是截然有别的,却又是"面貌"近似的。有些绕着嘴说话的浅薄戏,它们的表现方式大都是弯弯绕的,有时很难判断其高下。勇敢试验的精神和并无真实货色的哗众取宠,有时也难以分辨。正是因为这样,当有志于艺术探索的同志带着几分悲壮的情绪宣称自己正在进行探索时,社会上就会出现各种各样的冷嘲热讽,把你打扮成一个喜剧人物。我想:第一,对勇敢的探索,我们应该鼓励。第二,这种探索是严肃的,而不应该是随意的;应该是深沉的,而不应该是浅薄的;应该对人、对生活、对社会、对历史、对时代有丰富的积累、独特的见识和足够的才力、修养表达出艺术的独创性,而不仅仅是渴望成功的一种愿望。悲剧在于我们往往才力和修养不足,但气势和牢骚有余。第三,不管怎样探索,艺术无捷径。一个好的艺术作品,是艺术家的全部人格、经历、学识、才能、道德修养等方面的综合的整体的表现,因此不存在什么捷径。新的观念非常重要,我也非常有兴趣,但仅仅有新的观念还不够。同样的人,同样的剧团,同样的城市,来个人给大家讲几个新观念,杰作就出来了?如果杰作都是这么出来的,那就太容易了。第四,在探索的时候,要多思索,少树旗帜,我主张多拿出一些探索的货色来,多探讨,先不要急于打出什么旗号来,在你探索的同时,也不要急于宣布别人已经过时、已经陈旧。最后,希望有更实事求是的评论。

四　加强艺术队伍的团结

为了艺术事业的兴旺和发达,必须减少内耗、加强团结,必须批评资产阶级自由化的观点和僵化的观点,因为这两种观点都具有很强的排他性,都不利于艺术队伍的团结。自由化和僵化都是咄咄逼人的,自由化排斥四项基本原则,僵化排斥改革、开放、搞活,都是不利于团结的消极因素。艺术队伍中的争名夺利、互不服气、互相拆台、同行是冤家、门户观念、行帮观念,也在妨碍着艺术队伍的团结。多少年来,一有点风吹草动,有时艺术界本身就闹起来了,这是很值得我们深省的。艺术界的不同见解是很多的,今后会更多。这些不同的见解往往并不是你死我活的关系,并不是不共戴天的关系,并不是互不相容的关系,而在很多情况下是互相补充的关系。比如再现生活和表现生活能划得那么清吗?说这个是现实主义的,那个是浪漫主义的,是这些主义还好一点,你要说那个是反现实主义的,就不知会有什么麻烦了。还有说这个是强调主体性的,那个是强调反映论的,难道强调反映论的人就不知道有主体性?难道强调主体性的人就认为不该到现实生活中去?就不应该接触别人?只有关在屋里,封闭起来才有主体性?对我们的社会生活怎么看?什么叫远离?什么叫贴近?什么叫空灵?什么叫扎实?什么叫高大?什么叫卑微?对这些问题的不同看法是非常多的,我们还是本着百花齐放、百家争鸣的方针来进行自由讨论和自由竞赛,尽可能避免因为门户之见而影响团结。严肃的艺术工作者不应该花时间去搞内耗,我们的精力要用在探索艺术、追求艺术上。

五 维护有利于艺术事业长期、稳定发展的民主和谐的新局面

广大艺术工作者都是拥护稳定的,希望艺术能在一种稳定和谐的状态下发展。当然,会有各种差异、会刮各种一阵大一阵小的风,但与其抱怨刮风,还不如去做劲草,疾风知劲草嘛。我们对建设"四化"的总方针、对我们党三中全会以来的路线的两个基本点有了全

面的认识,就可以不在刮风时摇来摆去。事实上,严肃的艺术作品不可能在某种风里产生,一般地说,被风吹掉的只能是那些随风而出的赶时髦、赶浪头的东西。严肃的艺术作品本身应该具有免疫力,它不会被社会上一时哄起的错误思潮所吹倒,也不会跟着它转。

此外,为了繁荣话剧和其他艺术创作,第一,我们要制定一系列相应的制度,比如保护艺术工作者创作和演出权益的版权制度、报酬制度等等;第二,要加强剧团管理,在这方面要有更加合理、更加配套的办法;第三,要加强振兴话剧所必需的各种设施建设;第四,希望各个剧团提高经营管理水平,改善自己的经济状况。当然,不可能完全自负盈亏,但也不能完全躺在国家身上,就知道向国家伸手要钱。

总而言之,我们的话剧事业面临着一定的困难,这是事实。但这些困难也提供了新的可能、新的机会,也正在促使我们打开眼界,在新的更高的层次上寻求发展的道路。我们正处在全面改革的伟大时代,正处在一个艰难而又非常有希望的时期,这是我们得天独厚的有利条件。伟大的时代召唤伟大的艺术,我相信,通过我们的努力,通过我们的奋斗,我们的话剧事业一定会走向一个更加丰富多彩的崭新境界。

发表于《中国文化报》1987年8月23日

把多彩的艺术献给中国艺术节

第一届中国艺术节在北京举行,这是我国文化生活中的一件大事。

举办第一届中国艺术节,是形势发展的客观要求。党的十一届三中全会以来,我国的艺术呈现出创作日益活跃、人才大量涌现、事业不断发展的生机勃勃的新局面。举办第一届中国艺术节,正是为了集中展现近几年来艺术创作和演出的优秀成果,反映我国在继承和发展本国艺术的优良传统、借鉴和吸收外国艺术的优秀成果方面所取得的新成就,从而促进建设具有中国特色的社会主义艺术事业。

随着社会主义现代化建设的迅速发展,广大群众的物质生活水平和教育水平的不断提高,思想观念、生活方式和心理结构的不断变化,对文化生活和艺术审美的要求也越来越高、越来越多样。艺术事业的繁荣和发展,不但能够丰富和活跃人们的文化生活,满足和提高人民群众的审美需要,而且会在整个社会形成热爱艺术和尊重艺术劳动的良好风气,形成热爱和尊重一切建设性、创造性劳动成果的良好风气,从而起到维护安定团结的政治局面的作用。高尚的艺术审美享受,对于陶冶人们的心灵和性情,培养人们健康的思想感情和道德情操,调动和发挥人们的精神潜能,带动全社会成员成为有理想、有道德、有文化、守纪律的社会主义新人,都会起到巨大的作用。因此,举办中国艺术节,既是出于维护安定团结的太平盛世局面的需要,也是争取艺术事业长期、稳定发展的题中之义。

现在世界上有许多国家举办艺术节。我国近年来各地也纷纷举办艺术节,如西北音乐周、华北音乐节、青岛艺术节、烟台艺术节、大连艺术节,"上海之春""哈尔滨之夏""庐山之夏"等。有些艺术节还同当地的旅游和贸易活动结合起来,取得了比较好的效果。这些国家和地方举办艺术节的成功经验,为举办第一届中国艺术节提供了横向比较和可资借鉴的有利条件。从今年举办第一届中国艺术节起,今后每两年都要举办一届中国艺术节。通过举办中国艺术节,必将进一步调动艺术工作者的积极性,促进艺术生产力的解放,鼓励大家攀登社会主义艺术高峰。

为了进一步促进我国社会主义艺术工作的繁荣和发展,首先必须把把握艺术工作的社会主义方向同促进艺术工作的繁荣和发展结合起来。把握艺术工作的社会主义方向,目的是为了进一步解放艺术生产力,促进艺术工作的繁荣和发展,更好地为加强社会主义精神文明建设服务;而艺术生产力的解放,艺术工作的繁荣和发展,只能在社会主义方向的指引下得到保证。离开了社会主义方向,我国的艺术工作不可能有真正的繁荣和发展,也不可能受到广大群众的喜爱和欢迎;而离开了我国艺术工作的繁荣和发展,社会主义方向就只能成为一句空话。在这方面,我们一定要全面准确地理解和执行党的文艺政策,力戒各执一词或各取所需,保证艺术工作不发生大的偏差和受到大的震荡,只有这样才能真正形成民主和谐的环境,摆脱并克服来自"左"的和右的方面的干扰,促进社会主义艺术事业长期、稳定的繁荣和发展。

为了进一步促进我国艺术工作的繁荣和发展,还要把反映社会主义现实生活和时代精神同鼓励艺术上的探索和创新结合起来。这几年,我国的艺术创作和演出虽然呈现出百花齐放、欣欣向荣的局面,但也出现了不少问题,特别是反映社会主义现实生活和时代精神的力作还不多见。我们党领导的亿万人民参加的伟大的社会主义现代化建设,为艺术创作和演出提供了最广阔的背景和最丰富的源泉。在今后一个时期的艺术创作和演出中,应当特别提倡面向现实,面向全面改革的伟大时代,反映广大人民的思想感情和火热的斗争生活,表现党和人民强大的创造力量和无私的献身精神,展现社会发展的光明前景和美好未来。这就必须鼓励艺术上的探索和创新,保护艺术工作者锐意进取的创作勇气,支持艺术工作者投身到社会生活的激流中去,通过各种不同的艺术风格和艺术表现手法,大胆揭示改革和建设中的社会矛盾,着力塑造勇敢开拓、锐意进取的社会主义新人形象。对在探索和创新中出现的问题,应当通过正常的民主讨论和正面疏导,通过健康的批评和反批评,达到在更高层次上的进步。

为了进一步促进我国艺术工作的繁荣和发展,还要把实现艺术工作者的大团结同批评自由化、反对僵化结合起来。坚持三中全会以来的路线及其两个基本点,是实现艺术工作者大团结的政治基础;艺术工作者崇尚艺术事业的献身精神和职业道德,是推动艺术工作者大团结的精神动力。而要巩固和发展这种政治基础和精神动力,就必须反对自由化和僵化。因为自由化排斥四项基本原则,僵化排斥改革、开放和搞活,两者都具有片面性和排他性,都不利于团结。对它们听之任之,就会造成文艺队伍的分裂,只有克服这种片面性和排他性,我们的团结才会更加广泛和更加稳固。

要实现艺术工作者的大团结,还必须把艺术工作者的自尊心、竞争心同互相理解、互相信任、互相尊重的与人为善的文明精神结合起来。艺术工作者一般都具有比较强烈的自尊心和竞争心,没有这种自尊心,艺术工作者就不会把艺术当做奉献的事业,也就不会热爱待遇还比较低的艺术工作;没有这种竞争心,艺术工作者就不会对艺术进行长期的苦心探索和反复的实践,也就不能塑造出比较完美的艺术形象。但在艺术工作者中间,行帮观念、门户之见、互不服气乃至争名夺利的现象也还比较严重地存在着,这对实现艺术工作者的大团结很不利。艺术领域中的各个门类、各个品种、各种风格、各种流派与各个代表人物,不可能都是十全十美的,但它们大多都有不可替代的存在价值和社会作用。我们主张,艺术工作者的自尊心和竞争心,要用在提高对社会生活的认识和理解能力上,用在提高对艺术的创造和表现能力上,而不能用在互相拆台和内耗上,不能用在用非艺术的手段打击别人抬高自己上。只有培养和健全这种建设性的文化性格,才能为艺术创作和演出提供和谐融洽的良好环境,也才有利于我们社会主义艺术工作者的想象力、创造力的发挥和艺术生产力的蓬勃发展。

最近,邓小平同志为举办第一届中国艺术节题写了"中国艺术节"五个字,这对我们是个鼓舞。我们深信,第一届中国艺术节一定会为即将到来的国庆三十八周年和党的十三大增添丰富多彩、健康欢乐、团结进取的喜庆祥和气氛,中国艺术节一定会逐渐办成具有崇高荣誉和深远影响的盛大艺术节日。

发表于《人民日报》1987年8月18日

漫谈改革题材文学

改革题材文学创作取得了可喜的成绩，一大批优秀的作品打动了千百万读者。改革开放仍然是我国人民群众最关心的问题和兴奋点，改革的前途、命运、困难、出路、方法、步骤……所有的一切都牵动着中国人民的心，甚至牵动着国外许多人的心。因此，说改革题材作品不受群众欢迎是没有道理的。如一些反映改革的电视剧，尽管不是十全十美，尽管文艺界对它有不同的议论，但它在群众中掀起那样的热潮，反映了人们对改革事业的关注。

但是，我们对改革还有一个认识过程。一些改革题材的作品有简单化的倾向，反映出我们对改革的认识还比较肤浅，甚至幼稚。一种倾向是把改革观念化，似乎改革只是和保守观念做斗争，只是一念之差，一念被纠正过来，改革就大获成功，天上就掉馅饼，"四化"就指日可待。但事实上，这同改革进程相去甚远。任何一种看似保守的观念，都同许多实际利害关系、同实际生产力发展水平相联系着。比如大锅饭，批起来容易，真正解决起来困难大得很。平均主义，克服起来也非常困难。还有一种倾向是两极化，把改革的过程说成是以改革为一方、保守为一方的斗争，斗倒了保守的，改革就能胜利。这在某种意义上，仍然是受以路线斗争为纲的这一观念的影响。改革的过程不但是一个斗争的过程，而且也是一个建设的过程、发展的过程，改革的水平受生产力发展水平的制约。还有一种情况是清谈化，把改革者、改革家的形象塑造成了清谈家。

出现这些问题,不是由于我们写改革写得太多,毋宁说是写得太少了,是由于我们的作家对改革的切实体验、钻研、分析、认识、比较,积累得还不够。

如何反映改革,有一个问题,至今我们认识得不够,或者说还刚开始认识。在社会主义初级阶段,人们的精神生活、精神面貌,它的规律是什么?它的发展状况有什么规律性的东西?改革时期,题材仍然是广泛的,可以写工业改革、农村改革,也可以写儿女情、家务事,也可以写历史、神话,也可以写大自然……但不管写什么题材,都应尽可能体现出在我们这个全面改革的时代,人们的精神力量、精神活力、精神追求、精神探索。尽管在这一点上,人们至今很难做抽象的理论上的界定。

由于对社会主义初级阶段和改革时期的精神生活的规律还没有完全掌握,就会形成各种议论,就会开出各种的药方。有人认为改革时期世风日下、人心不古,希望中国能回到四五十年代革命战争时期,希望人们具有一种和当时的军事共产主义制度相联系的崇高、激越、蓬勃、献身的革命精神、革命斗志。这个想法是好的,我们是要很好地继承革命传统,但也不是说原封不动就能解决问题,我们必须研究和解决新情况新问题。当时处于战争状况,吃大、中、小灶,住窑洞,很难再用这种方式来组织今天的社会生活。有些老艺术家感慨地说,当年演戏,早上领导给一个任务,我们一边行军,一边创作,晚上,战士休息时,我们就能演出。现在演戏还要钱,这些演员都应送到老山去,体验体验生活。真的去体验战争生活,我很赞成。但我有一个疑问:如果仗停了怎么办?我们是否就会堕落了?是否只有靠革命战争,人的精神才能振奋、才能升华?而进行和平建设,特别是在多种经济形态下进行建设,我们的灵魂就会堕入地狱?我们要学会的恰恰是在建设四个现代化,在改革、开放、搞活的条件下建设精神文明。

又如一些改革家从西方接受了不少新名词,一张口就是耗散结构、增熵、负熵,或引用皮亚杰的心理学。大话连篇,宏论盖顶,把改革说得易如反掌,似乎这样就能救中国。事实上,中国近百年历史上,常常有从西方学一点皮毛的所谓新潮派或假洋鬼子,最后是一事无成,孤家寡人,下场惨得很。

所以,前一段对改革的议论虽然很活跃、很热闹,但也说明我们对改革的认识还处在一个热情澎湃的阶段,还没有进入科学的认识阶段。

在新时期、全面改革时期,人们的精神状态、精神生活到底是什么样的?是否应具有创造、开拓精神,而又是脚踏实地的?只有创造、开拓精神,有时会变成空想家、清谈家。在中国,空想家、清谈家即便有很可爱的性格,下场往往是悲惨的、不受欢迎的。改革是一种充分开放的、清醒的选择。我们不讲开放精神不对,不讲选择也不对;不讲热情不对,不讲清醒也不对。诸如此类。从这个意义上讲,一切题材的文学作品,一切题材的当代作家的作品,不可能不受改革时期人的总的精神状态的制约。甚至于一些表面上看不是写改革的作品,但只要是真实地反映了同时代人的思想、情感、脉搏,就必然或多或少、或直接或间接地反映出改革时期人们精神的解放。反映这一精神解放的创作模式我们现在还在探索。刚才讲了两种:一是四五十年代的模式;二是"皮毛"西化的模式。还有一个模式,现代意识与东方审美观念的结合。这个模式作为一家之言,当然可以探讨,而且也很有趣味,有价值。但很难用这种模式来观察、测定当代多数人民群众的心态,因为这个文学模式主要是洋与古的结合,缺少的恰恰是中国今天的东西。

如果说文学对改革应做出什么贡献,我认为直接反映改革,提出改革中的问题,号召人们进行改革,这是第一个层次的。第二个层次的贡献,是反映人民群众精神的解放、精神潜能的发挥,反映我国人民思想的活跃,这种活跃是建设性的,不是动乱的、制造事端的。第三个层面的贡献是通过提高全民族的文化素质、审美水平,对改革给予积极的促进。因为改革的目的是富裕和文明,仅仅有富裕而没有文明,这不是我们所追求的,这种现象在农村已开始出现,比如有人发了财,把钱埋在地下,怕银行坑他。中国封建社会也有人富裕,富了后一是赌钱,二是讨小老婆,三是修坟墓。所以,仅有富裕,没有文明,就不可能实现真正的现代化。从这点来讲,提高精神文明和发展物质生产几乎是同样重要的。因此,通过文学艺术事业的发展,逐步养成尊重、爱护一切创造性、建设性精神劳动的社会风气,用美的标准改造自己不文明的生活习惯、不文明的精神状态,这对改革也是一种推动。文学作为对改革的一种精神上的促进,应是多方面的。若从这三个层面来看待文学与改革的关系,就不会过分狭隘化。

最后一个问题,改革也包括文艺事业的改革。文艺家写改革时指责别的行业,这儿保守,那儿落后,但反观文艺本身,种种文艺体制如剧团、作协、文艺评论队伍、专业业余作家制度,同样也有许多事情需要改革。如果我们自己不进行改革,难免有一种空谈别人的改革的倾向,文艺事业也不能很好地发展。

发表于《人民日报》1987年9月8日

在中国艺术节闭幕式上的讲话

同志们、朋友们：

在党中央和国务院的亲切关怀下，经过广大艺术工作者和艺术爱好者的共同努力，第一届中国艺术节的主会场活动，历时二十天，取得了圆满成功，今天在北京胜利闭幕了！第一届中国艺术节的分会场活动，有的已经在有关地区举行，有的正在或将要在有关地区举行。今天的闭幕式在首都钢铁公司举行，这使第一届中国艺术节的主会场活动更富有意义。在这里，请允许我代表文化部和北京市人民政府，对参加第一届中国艺术节的全体工作人员和中外来宾，对给予第一届中国艺术节热情支持的首都钢铁公司及其他单位和个人表示衷心的感谢！

把具有时代风貌和民族特色的精美艺术献给人民，这是广大艺术工作者和艺术爱好者的共同心愿。我们高兴地看到，参加第一届中国艺术节的演出剧（节）目和展览作品，都具有一定的思想质量和艺术质量，在一定程度上代表了我国近几年来艺术创作和演出的水平，使整个艺术节呈现出千姿百态、绚丽多彩的喜人景象。艺术节期间的群众文化活动，也受到了各界的欢迎。我们高兴地看到，参加第一届中国艺术节的创作和演出人员，以饱满的热情、高度的责任感和奉献精神，塑造出各种感人的艺术形象，展示了我国艺术工作者蓬勃向上的精神风貌和孜孜不倦的探索精神。国内外、海内外对第一届中国艺术节各项活动的热烈反应，特别是党和国家领导人多次出席第一届中国艺术节的活动,表明了党和人民对创造性的艺术劳动的理解、尊重和支持。作为第一届中国艺术节主办单位的文化部和北京市人民政府,对此由衷地表示感激。

举办第一届中国艺术节,这在我国是一个创举。实践证明,这是调动广大文艺工作者的积极性和创造性,提高艺术创作和演出的质量,满足人民对文化生活和艺术审美的要求,增强我国艺术在国内外、海内外的影响,促进我国艺术事业的繁荣和发展一种好形式。这种好形式,也有助于在社会上形成热爱艺术和尊重文艺工作者的良好风气,形成热爱和尊重一切建设性和创造性的劳动成果的良好风气。第一届中国艺术节的圆满成功,还为建国三十八周年和即将召开的党的十三大增添了丰富多彩、健康欢乐、团结进取的喜庆气氛,它是我国安定团结的政治局面与欣欣向荣的社会主义事业的一个生动标志。它的意义超出了艺术本身的范围,对我国的社会、文化生活都会产生积极的影响。当然,由于缺乏经验等原因,在组织工作上还有许多缺点不足。我们要广泛听取社会各界和广大观众的意见,认真总结经验,使中国艺术节越办越好。

当前,全面改革和社会主义现代化建设的新形势,要求广大艺术工作者的艺术实践必须同这个伟大的时代相结合,把反映社会主义现实生活和时代精神作为自己的历史使命,为时代和人民谱写新的光辉的艺术篇章。同时也要求各级党委和政府部门以及全社会对艺术工作有更多的理解、关心和支持,为我国艺术事业长期、稳定的繁荣和发展创造更有利的条件。我们相信,在我们的共同努力下,我国的艺术事业一定会达到一个又一个新的高峰,两年后的第二届中国艺术节一定会更加绚丽辉煌!

谢谢大家!

发表于《中国文化报》1987 年 9 月 27 日

迎接与促进民族精神的新解放

党的第十三次代表大会将作为改革、开放的新的里程碑而永垂史册。中国人民,包括中国文艺工作者正怀着巨大的希望和热情,加快和深化改革的大业。尽管从世界史的全局来看,文化、文艺事业的发展与社会、政治、经济状况并不总是协调平衡的,这是一个独特的学术问题。但至少从一九四九年以来,我国的文运与国运不可分割。国运兴,文运兴,国家遭难,文艺遭难,这是人人都有切身体验的事实。对于现在正在进行的经济体制、政治体制的全面改革,中国作家从一开始就是满腔热情地拥护的,而且大家强烈地意识到,我们将与改革共忧乐、共命运。离开了改革的成功,我们再没有别的更具现实性的希望。

改革的过程是一个实践的过程、进行经济建设的过程;同时,又是一个认识的过程、一个精神解放的过程,从而是一个文化过程。没有这样一个文化过程,经济体制与政治体制改革的过程也不可能最终完成。

十三大报告指出:"改革和开放,也使民族精神获得了新的解放。长期窒息人们思想的许多的观念,受到了很大冲击。积极变革、勇于开拓、讲求实效,开始形成潮流。"这是一个十分重要的估计、十分重要的提法。从事思想、理论、文化工作的人们从中得到的不仅是鼓舞,不仅是政策、方针、蓝图、行动根据,而且得到了认识论与方法论的启迪。

伟大的事业需要伟大的精神，科学的部署需要科学的态度，勇敢而又聪明的实验需要勇敢而又聪明的头脑。体制的改革必然会引起并要求文化的改革即改革者自身的改革。一个重大的激动人心的课题摆在我们面前：为了社会主义的现代化，我们应该努力去创造什么样的文化、文艺，创造什么样的精神产品、精神生活？在振兴中华的过程中，如何实现我们已经讲了好多年但迄今实绩尚不能令人满意的中国的文艺复兴？

适应社会进步趋势的新思想指导着改革的实践，而改革的实践又是这种新思想无尽的源泉。由于文人的敏感性，我们当中的许多人是渴望改革、幻想改革，不无超前地抨击各种弊端并呼唤改革的。但由于缺少实践、缺少对国情的深刻体察、缺少身临其境并且身处其中的实在经验，又往往倾向于把改革理想化、观念化、简单化，认为引进几个又新又洋的观念或者请走几位"僵化保守"就可以万事大吉、超越初级阶段而使现代化事业提前大功告成；在遇到挫折和复杂状况的某些时候，又倾向于那种古已有之的"生不逢时""生不逢地"的廉价的摇头叹息、灰心丧气。说得尖锐一点，拥护改革、议论改革、清谈乃至佞谈改革，却又在实实在在的改革中充满困惑、摸不着底乃至找不到自己的位置，这是一种不能不正视的悲剧性现象。

除去投身改革的实践并在实践中学习和丰富马克思主义以外，没有别的选择。从这个意义上来说，党的十三大，是对我们的一个伟大动员。我们必将通过改革的实践，使自己对社会主义的认识，上升到一个新的水平，新的境界。这样，时代所期待的反映改革、促进改革的文艺作品，也才能摆脱种种想当然的简单化与模式化，达到一个新的水准、新的境界。

随着社会生产力的发展与人民生活水平的逐渐提高，随着安定团结的局面的日趋巩固，随着有计划的商品经济蓬勃兴旺，在物质日趋丰富的同时，人们的精神需求与精神活动也必然日益活跃起来、丰富起来，各种互相冲撞的精神现象也会日益凸现出来。这是一个大有希望的、同时会产生许多新的麻烦问题的形势。同时,这是一个不可逆转的形势。反过来说,精神的活力必然能够化成实践的活力、建设的活力、经营的活力、改革的活力。我们很难设想一个拘拘谨谨、呆呆板板的人能够进行生动活泼的创造,很难设想在一种诚惶诚恐窝窝囊囊的气氛中进行改革或从事科学文化事业。当然,骂倒一切的欺世大言也很难起到积极的作用。文艺的发展将会对提高我们的精神素质发生巨大的影响,文艺创造和研究上的积极进取精神,正是社会主义事业的积极进取心态的表现。文艺上的百花齐放、百家争鸣、民主和谐、蓬勃兴旺,实在是一个民族精神蒸蒸日上的征兆,是一个充满精神活力的征兆。搞活经济也会搞活精神,如果精神上死气沉沉,很难设想经济生活能够放开搞活。新时期的许多卓有建树的企业家,无不具有生动活泼的性格,这是一个很有益的启示。甚至一些文艺上的风格技巧形式的探索,乍看言不及义,似乎与改革无关、与发展社会生产力无关、对提高劳动生产率不起作用,但它们在发展人们的精神潜能、发扬人们的想象力与创造力方面颇为有益。甚至一些纯属休息解闷儿但不失健康的娱乐性活动,也常常有助于社会生活气氛的文明和谐,有助于劳动者调节自己的心理状态。在建设有中国特色的社会主义的实践中,文艺的功能是全方位的、整体的与长远的。反过来说,如果文艺上萧条冷落,如果在文艺上热衷于搞唯我独革、窒息各种探索,或者把一切暂时还不太理解不太习惯的东西全部斥为西化异端,或者要求把日新月异的文艺生活纳入往日的已经定型的模式,或者照搬西方发达资本主义国家的文艺模式而又自吹自擂孤芳自赏,那实在既无助于把我国建设成为富强、民主、文明的社会主义现代化国家,也根本脱离了社会主义初级阶段的国情和现实可能性。

改革很不容易。实践者也很不容易。研究者、记载者、反映者乃至助威者,也很不容易。这不仅因为有"左"的和右的干扰,而且因为我们的经济和文化底子都薄。一项改革措施,不仅会受到偏于保守的人的反对,而且会在热烈拥护、闻风而动的场面下被庸俗化、被歪曲、被引上邪路。借改革之名而搞腐朽一套的也不乏其人。这就更需要进行踏踏实实的文化建设,普及教育、普及科学文化、提高全民族的思想政治、道德、文化素质。再者,正如报告所指出的:"社会主义初级阶段是很长的历史发展过程。我们对这个阶段的状况、矛盾、演变及其规律的认识,在许多方面还知之不多,知之不深。"对社会主义初级阶段的精神生活与意识形态的状况、矛盾、演变及其规律的认识,可能就更差一些。这样,民族精神解放的过程,就不仅是一个克服"左"的与右的干扰、克服封建主义、资本主义腐朽思想及小生产习惯势力的影响的过程,而且是一个消除愚昧的过程,因之是一个学习的过程、建设的过程、探索实验的过程。我们需要老老实实地学习马克思主义,学习扎根于当代中国的科学社会主义——有中国特色的社会主义理论,学习关于社会主义初级阶段的理论,学习党在社会主义初级阶段的基本路线,学习现代自然科学与社会科学知识,学习社会主义的民主与法制知识,同时还要学习有关文学与艺术的总体研究、分科分类研究的各种基本知识与新观念新知识。在这方面,一切自满心理、狭隘心理、投机取巧心理都是有害无益的。认识到这一点,就不会把解放思想和精神解放的过程看成单纯的"破"的过程,看成一个唯我正确压倒一切不同意见的过程,看成一个抛弃一切已有的传统和成果或者仅仅满足于已有的传统和成果、不准再前进一步的过程。就不会动辄咄咄逼人气势汹汹,就会以更加科学和现实的态度,以更加谦虚和民主的态度,以更加坚定和健康的态度投身改革建设,促进改革建设,促进民族精神的进一步解放,促进文艺界的广泛团结与文艺事业的真正繁荣,以自己的坚持不懈的实践,争取更多的理解与支持,创造更好的条件与气氛。我们有理由对前景抱着更美好的期望,我们完全可以做到振奋精神、扎实前进,开拓新视野、发展新观念、进入新境界。

发表于《人民日报》1987年11月7日

在加快和深化改革中繁荣文艺

党的十三大的中心任务是加快和深化改革。赵紫阳同志的报告指出,改革是振兴中华的唯一出路,是人心所向,大势所趋,不可逆转。同样,改革是发展文艺、实现中国的文艺复兴的唯一出路,是人心所向,大势所趋,不可逆转。改革是我国社会主义事业的希望所在,是广大文艺工作者的希望所在。历史的经验使广大文艺工作者从一开始便确信,我们必须也只能与国家共忧乐、与改革共命运。

改革的过程是一个实践的过程,又是一个认识的过程。没有改革的实践就不可能概括出关于社会主义初级阶段的理论,而这个理论与初级阶段的党的基本路线的提出,意味着我们对国情、对社会主义事业的认识进入了更加自觉、更加成熟的新阶段。投身改革,参与改革,对于广大文艺工作者来说,已不仅是搜集材料、体验生活、创作改革题材的作品的必由之路,而且是认识国情、认识社会、认识历史、认识生活、认识我们的理想与现实、认识我们的先辈与同时代人的命运、从而认识整个世界与我们自身的使命的必由之路。正是在改革当中,我们接触到各式各样的生活形态、生产形态、流通形态,我们面对各式各样的政治、经济、文化现象,我们发现着各式各样的关系组合、矛盾、变化、发展。各色人等在改革中表演,演出了一场又一场有声有色的正剧、悲剧、喜剧、英雄史诗与闹剧。各种思潮、观念在改革中经受验证选择,变得充实或者被淘汰。各种精神活动、思辨、追求、情感和欲望在改革中活跃、激荡、冲撞、融合。历史上的先贤和亡灵,外国的真正的与自吹的大师,也一一被请进到我国的改革舞台上活跃一番。包括最个人和最隐秘的一些精神领域,例如爱情、家庭关系,也受到改革进程的影响,刻上改革的印迹。改革是大海,也是深井,改革是实验场,也是课堂。几千年的文明古国,正在改革中放出奇景异彩。我们怎能不热情而又清醒地投身到改革的事业——建设有中国特色的社会主义的事业中去呢?

投身改革,与清谈改革或者想象改革是不同的。我们的文艺作品在反映改革的磅礴进程方面已经取得了很大的成绩。一些反映改革的作品,哪怕还远远不够完美,也受到了群众的广泛关注和热烈欢迎。一些作品不尽如人意,不是因为改革写多了,而是因为个中的改革带有作家的肤浅认识的标记,是因为我们对改革的伟大、深刻、丰富与艰难曲折都还体会不够。有的作品把改革观念化,似乎一念之差使改革碰壁,而又由于一念之变使万事大吉。观念化的结果是清谈化,观众对在电影、电视上进行的关于改革的假想辩论往往且信且疑,不感兴趣。有的作品则把改革两极化,一面是救世主式的改革者,风度翩翩而又忧国忧民,一面是抱残守缺的人扯着大旗干一些很不高尚的事,维护既得利益,后者甚至使人联想起"四人帮"时期"塑造"的"走资派"。观念化、清谈化、两极化的模式,与我们的实际改革进程、生活进程相去何等远啊。人们对某些反映改革的作品感到不满足、感到大同小异,不是正说明我们必须进一步投入改革事业吗?

反映改革,探讨与解释、宣扬与鼓动改革,对于文艺来说是重要的。但是,如果认为投入的目的就只是为了写改革,认为只有改革题材才能有利于改革,那就会重蹈"唱中心、写中心"的狭窄旧辙。由于社会生产力的发展,由于改革和开放的进展,由于安定团结政治局面的形成与人民生活水平、文化水平的提高,人们的精神需求大大地丰富多样了。文艺生活的一个规律性的特点是,愈稳定就愈要求多样,而愈是健康的多样,就愈有利于稳定与繁荣。单一化是难以维持久长的,即使运用极大的权威手段也难以做到,因为它不符合艺术的规律与人民的心愿。这里,百花齐放、百家争鸣,文艺事业的生动活泼与繁荣兴旺,本身就是改革取得进展的结果、改革取得胜利的征兆。反过来说,万马齐喑又必然与僵化的管理机制有关。文艺的状态在一定程度上反映着民族的精神状态,文艺的活跃也促进着民族精神的活跃。赵紫阳同志在十三大的报告指出:"改革和开放,也使民族精神获得了新的解放。长期窒息人们思想的许多旧观念,受到了很大冲击。积极变革,勇于开拓,讲求实效,开始形成潮流。"讲得何等好啊! 对广大文艺工作者,这是何等备受鼓舞的提法啊!

积极变革,勇于开拓,讲求实效,可以说,这就是我们的时代精神,这也应该是各种文艺作品和每个文艺工作者的精神状态,这就是文艺工作者应有的主体意识。不论写什么样的题材,不论用什么样的表现手法,不论追求什么样的风格,都可以或多或少、或显或隐地体现这种精神。一些文艺形式、技法的追求,只要是严肃的与言之有物的(即有真情实感、真实货色的,而非故弄玄虚、障眼法的),不也在一定程度上体现着这种精神吗? 如果搞成另一种精神状态和另一种文艺空气,谨小慎微左顾右盼也罢,速成爆破大言欺世也罢,又怎么可能有真正的民族精神的解放呢?

社会生产力的解放促进着民族精神的解放。民族精神的解放又是社会生产力的解放的精神保证。而社会生产力的解放,民族精神的解放正是艺术生产力的解放的基本前提。我们可以相信,党的十三大的召开为出现更好的文艺前景创造着前提条件。

指导改革进程的是党的基本路线。这个基本路线适用于各条战线的工作,当然同样适用于文艺工作。只有认真学习社会主义初级阶段的理论和党的基本路线,只有全面准确地领会一个中心、两个基本点,才能使我们的文艺工作获得正确的方向,立于不败之地,才能实现文艺工作者的大团结。

党的十一届三中全会以来,文艺事业在空前发展的同时也出现了许多争议。艺术争论本来就众说纷纭,有的同志主张更慎重,有的同志主张多创新。争论多不是坏事。欢迎并容纳不同意见的讨论本身,已体现出一种改革和开放的精神。可惜文艺界还有种种不利于团结的消极因素,历史上的宿怨、门户之见、名利乃至权力之争,使关系问题复杂化,加上某些时刻的举措失当,更使裂痕扩大。现在好了,有了一个中心两个基本点,谁也不要再各取所需各执一词了,团结进取的新局面有指望了。

改革的文艺要求文艺的改革。我们在经济管理体制上和政治体制的具体领导制度、组织形式、工作方式上的重大缺陷,都表现在文艺团体与文艺领导体制上。我们文艺工作者不能只议论工农商政的改革而不改革自身的某些体制与运行机制。大锅饭、铁饭碗、人浮于事、衙门化与权力过分集中的现象同样在一些文艺团体(包括各创作协会与艺术表演团体)、文艺机构中存在。这种体制如不进行改革,就不能与社会主义的商品经济相适应,就会丧失活力,就会使群众组织与艺术团体失去自身的特点,就会降低党的领导水平与领导威望,乃至束缚文艺生产力的发展。这个问题现在已经很紧迫地提到日程上来了。我们完全可以遵循党的十三大关于经济体制与政治体制改革的总的方针,研究讨论,制定出文艺体制改革的新蓝图。

众所周知,党的十三大的政治报告并未也不必要以专门篇章论述文艺问题。但十三大加快和深化改革的主题对文艺工作具有巨大的指导意义,不仅有直接的指导作用,而且有认识论与方法论的指导作用。只要结合实际认真学习十三大文件,运用十三大文件的基本理论、政策方针、思路来研究解决文艺工作的问题,许多长期争执不下的问题将不难解决,我们的文艺将更加繁荣、文艺队伍将更加团结,我们的精神文明建设将取得新的更大得多的成果。让我们共同努力。

发表于《红旗》1987年第24期

加快和深化艺术表演团体体制改革

一

我国现行的艺术表演团体由国家统包统管的体制,有它形成的历史过程。革命战争时期的各种文工团队,战争结束后告别了战场,在全国各个城市里扎下了根;解放初期通过对城市工商业进行社会主义改造,一些旧有剧团变成了国营剧团;受苏联模式的影响,新中国成立后我国组办了大批新的、由国家统包统管的大型艺术表演团体;而接连不断的政治运动,大大强化了统包统管的程度,一些原有的集体所有制的艺术表演团体,也都变成了单一的全民所有制。实际上早在五十年代,周恩来总理就主张,艺术表演团体大多数应该是集体所有制,少数是国营的。但是,越来越"左"的一些观念和做法,使周总理的这一正确的思想未能成为事实。

这种体制的形成,最初是起过积极作用的,我们不能因为目前要改革,就把现行的体制说得一无是处,这样做未必妥当,也不能说服人。这种体制对加强党对文艺工作的领导,对加强政府对文化工作的管理,对坚持社会主义文艺的方向,是起过积极作用的。这种体制的形成,对提高艺术从业人员的社会地位和政治地位也起过积极的作用。那些在旧社会被轻视、被欺辱,甚至被迫害、被玩弄的所谓戏子,在新社会成为人民艺术家,成为革命队伍中的一员,这是很了不起的事情。同时,这种体制的形成,也使广大的文艺从业人员摆脱了为养家糊口而操劳奔波的境遇,衣食住行、生老病死都得到了一定的社会保证。他们可以集中精力去从事自己的艺术事业,提高自己的艺术水平,为繁荣和发展社会主义文艺事业做出积极的贡献。

但是,随着我国形势的变化和发展,随着我国社会主义的改革和建设事业的不断加快和深化,这种体制的弊端也逐渐暴露出来了,主要表现在:

第一,管理权高度集中在国家手中,所有制形式和经营管理方式过于单一,艺术表演团体在业务活动和经营活动中缺乏必要的自主权,限制了艺术事业的发展。

第二,在分配关系上存在着严重的平均主义,"大锅饭""铁饭碗"严重地阻碍着艺术表演团体和艺术从业人员优胜劣汰的竞争,调动不了大家的创造性和积极性。

第三,在人事制度上没有建立起艺术表演人员的流动制和淘汰制,人员进出渠道不畅,基本上只进不出,以致人员越来越多,包袱越背越重。国家拨给艺术表演团体有限的事业经费只能用于养人,无法更多地用于发展事业,使我们的艺术表演团体到了难以为继的地步;同时又因为业务活动经费不足与人浮于事、运转不灵,许多艺术表演人员被闲置一旁,造成了艺术人才的极大浪费。而当他们跃跃欲试,找渠道找门路争取别的演出路子时,又因为各种原因带来了许多问题,而招致社会各界严厉的批评。

第四,艺术表演团体的布局很不合理,一些大中城市的艺术表演团体过多,由于国家对这些团体都采取"包"的办法,因此对那些重复设置、艺术力量薄弱、逐渐不受欢迎的艺术表演团体,也难以进行调整。

第五,政府文化主管部门往往苦于处理艺术表演团体的具体事务,不能更好地履行政府职责,不能从宏观上更好地对它们的业务活动和经营活动进行指导、规划、协调、服务和监督。

实际上,目前的体制所表现出来的弊端还不只是这五点。我们艺术表演团体的服务方式、工资制度、社会保险等等方面都存在着尖锐的问题，严重地阻碍着艺术事业的发展。如果我们不进行改革，就不能解放艺术生产力，就不能充分调动社会各个方面办文化的积极性，也不能充分调动广大文艺工作者进行创作演出和经营管理的积极性。

另一方面，我们还应当看到，我国进入了一个新的历史时期，在这个历史时期，政治上安定团结，社会生产力得到全面发展，人民的生活水平不断提高，群众的思想也空前活跃，同时，各种传播手段包括艺术产品的传播手段也有了很大的发展。随着这样一种发展，人民对艺术生产结构的要求，对演出水平与艺术服务方式的要求都与过去不大相同。我们必须根据广大人民群众的要求，进一步改革现行体制，使我们的艺术表演更加灵活多样，更加符合党和人民的要求，从而更好地为人民服务、为社会主义服务。

党的十一届三中全会以来解放思想的成果，使我们进行文艺体制改革有了思想、理论的基础。我国的经济体制改革已经有了近十年的实践，积累了丰富的经验，初步创造了许多新的可能性和新的模式，对艺术表演团体有很大的冲击，也有很大的启发。我国的政治体制改革在发扬社会主义民主、加强社会主义法制方面也已经起步，引起了各方面的瞩目。科技、教育、卫生等方面的体制改革也已经开始，并取得一定成绩。所有这些，都为我们的文艺体制，特别是艺术表演团体体制的改革创造了很好的条件，有了大的气候，大家都要求改革。

我们在艺术表演团体体制改革方面，也有了一些改革实践。艺术表演团体体制的改革并不是从今天才开始的，几年来，在经济体制改革的强力推动下，各地普遍实行了承包责任制形式的艺术表演团体改革的试验，这些试验冲击了统包统管的体制，对建立和发展充满活力的新体制提供了有益的经验。通过这几年的改革试验，剧团的自主权已经普遍加强，演出也已经放开，不同所有制形式和不同经营方式的艺术表演团体不断涌现,而且各有创造。通过这些改革,我们在精简机构、安置剧团富余人员、充分发挥人力物力和设施潜力等方面都取得了很大的成绩。所有这些都说明,提出进一步加快和深化艺术表演团体体制改革的时机与条件,业已成熟。

二

全面贯彻党的十三大精神,加快和深化艺术表演团体体制改革,使之与经济、政治、文化体制改革的发展相适应,是历史赋予文化艺术部门的重要任务。加快和深化艺术表演团体体制改革,为的是建立和发展充满活力的艺术表演团体体制,增强艺术表演团体的生机和活力,提高艺术表演人员的积极性和创造性,为我国的文艺家提供更广阔的活动空间、更多的机会、更多样的服务渠道,为我国的人民群众提供更加丰富多彩的文化生活与艺术服务,为加强社会主义精神文明建设服务。根据这样一个目的,我们在艺术表演团体体制改革中,就必须明确:

坚持把社会效益作为艺术表演团体体制改革的最高标准,处理好社会效益与经济效益的关系,力求社会效益与经济效益的统一。努力提高创作和演出的数量与质量,不断丰富和提高广大群众的文化生活,为加强社会主义的精神文明建设做出贡献。

确立艺术表演团体作为独立的社会主义艺术生产经营实体的地位,发展多种所有制形式和经营方式,使艺术表演团体能够依法自主地进行业务活动和经营活动,自觉地完善内部的经营机制和竞争机制,增强自我更新和自我发展的能力。

确立艺术表演人员作为以演出活动收入为主的、可以自由流动的社会主义艺术从业人员的地位,建立和健全反映艺术劳动特殊规律的劳动人事制度和劳动报酬制度,充分发挥、调动艺术表演人员的艺术创造精神和竞争力,使他们的艺术个性和艺术才能获得比较全面的发展。

确定政府文化主管部门和有关部门对艺术表演团体实行间接管理的职能,尽量下放和放宽在业务上、人事上、财物上的管理权限,使艺术表演团体在业务活动和经营活动中有更多的自主权。

在艺术表演团体的所有制形式上,应当根据不同的艺术形式发展和需要,采取政府文化部门主办和由社会主办的模式。

我们改革的出发点,是要解放艺术生产力,充分调动社会各方面办文化、办艺术的积极性,发挥艺术从业人员创作、排练、演出的积极性和主动性,发挥各种类型的艺术表演团体进行艺术生产和经营的积极性和主动性,最大限度地发挥我们的文化艺术设施特别是剧场、剧院设施的潜力,做到人尽其才、地尽其利、物尽其用,使我们国家、我们社会的艺术事业更加繁荣,使人们的精神活动更加丰富,使人们的文化素质得到提高,使我们的社会更加安定团结、民主和谐。

我们在文化艺术方面的改革思路,与国家总体的经济、政治改革的思路是一致的。邓小平同志、赵紫阳同志曾多次地讲过,改革的目的是为了调动积极性,是为了解放生产力。因此,我们必须逐步地改变"大锅饭""铁饭碗"的状况,改变文化经费成了"人头费"的状况,改变群众需要丰富的文化生活而我们的许多岗位和人员却闲置的状况。

我们的改革要引入竞争机制,激发艺术表演团体与艺术从业人员的活力,创造条件,使艺术的从业者,包括艺术生产的组织者、艺术演出的组织者,能够更大程度地发挥自己的积极性和主动性,八仙过海、各显其能,使艺术从业人员能勤学苦练,攀登高峰,追求艺术上的成就。前几年社会上曾讨论过,为什么我们的体育发展得比较有成绩?除去国家采取了很多措施,建立许多机构,从儿童抓起外,很多同志认为体育的竞争机制比较完善,竞争得很厉害,而且无可争议。如棋圣聂卫平,就是无可争议的。其次是队伍更新,由于体育运动的特点,这种更新是无可怀疑也无法犹豫的,体育队伍一直是不断更新,甚至可以说是无情更新的。当然,艺术与体育不同,比如,艺术没有公认的标准。但在艺术领域充满着竞争,充满着机会,充满着风险,同样也需要拼搏的精神,需要勤学苦练的精神,需要发挥最佳状态。所以在改革中将竞争机制引入艺术表演团体很有必要。当然,竞争有一个社会效益的问题。实际上,不仅仅是精神生产,就是物质生产及其流通,也不能单纯地追求利润。为了利润而不择手段,造假药、假农药、假名牌商品,都是绝对不能允许的。精神生产尤其不能把竞争看成纯粹是利润的竞争。这个竞争首先是在不同层次上艺术成就的竞争。

我们的改革,目的还在于加强和改善党的领导,加强和改善政府对文化事业的管理和支持。现在有一种看法,认为把艺术团体交给社会办,党和政府就不管这些团体了,恢复旧社会戏班子"跑码头"的状况了。有的同志为此而产生失落感与恐慌感,甚至非常反感。这其实是误解,是我们在宣传上讲得不充分造成的。我们是在建设具有中国特色的社会主义,我们各方面的工作,包括文艺工作,是由党领导的,我们的政府文化部门及其他有关部门,都要依法管理和支持文化艺术事业,这一点从来不会有什么疑问。问题是我们怎么管,是由我们直接组团、直接处理所有的问题,包括哪个演员多少工资、谁当团长、演什么戏等等,由我们包揽一切呢,还是把我们的管理与支持,放到更有效的渠道上。我们应该学会变直接包揽一切为更有效的宏观指导与间接指导。至于艺术活动的方向与质量,我们任何时候绝不会置之不理,绝不会简单地只是服从市场机制。我们要通过财政的手段对艺术事业进行宏观调节,对我们所提倡的有利于社会主义精神文明建设,有利于发扬祖国民族的艺术传统,或者是引进和介绍外国的优秀艺术的艺术活动给予资助,而对于那些比较差的、不太好但又不是违法的东西,不但不给资助,还要研究采取相应的税收政策,限制其用不太健康的演出发大财的可能性,进行必要的调节。我们还要通过舆论的手段加以调节,什么是好的,什么是平庸的,什么是我们坚决反对的,我们都要有自己的态度并对艺术团体的活动施加影响。我们还要通过评奖,通过集中的演出,如中国艺术节这样的活动,组织对外文化交流等方式,提倡好的、支持好的、允许探索的,批评坏的、禁止和取缔非法的,必要时还要采取行政的与法律的手段。不但有竞争、激发的机制,还有约束、制约的机制,才能保证艺术生产的健康方向。

艺术表演团体的体制改革基本构想是实行双轨制。所谓双轨制,其基本内容是:少数代表我们国家和民族最高艺术水平的艺术表演团体,带有实验性、示范性需要国家扶持的艺术表演团体,带有特殊的历史保留价值需要国家扶持的艺术表演团体,少数民族地区和其他需要国家扶持的艺术表演团体,实行全民所有制形式,由政府文化主管部门主办。其余的大多数艺术表演团体,实行多种所有制形式,由社会主办(包括由非政府文化主管部门主办的全民所有制艺术表演团体)。

双轨制目前实际上已经存在,它并不是哪个领导的头脑的产物。不但社会上已经出现越来越多的个体的、集体的,临时的、长期的艺术表演团体,而且事实上我们的艺术从业人员也在进行着"双轨活动":两三年排一个戏,他来参加,另外还去录音棚、去走穴、去"义演",或者晚上到餐厅、饭店去演唱等等,早就"双轨"了,并不是强加的。只不过我们的改革要把模模糊糊的、没有制度的、没有章法的、非常混乱的、无法管理的"双轨"摆上桌面,把混乱的、无章法的、无政策的"双轨",变成合法的、合理的、有一定章法也有一定约束的、有一定是非标准的"双轨"。双轨制的提出反映了我们的社会生活的活力的增加,反映了依靠社会办文化事业的认识进一步明确,也反映了结束了"以阶级斗争为纲"的指导思想,完成了工作重点的转移以后,我们对文化艺术事业采取了更开放、更稳定、更务实的方针政策。

还有演出经纪人的问题,现在事实上已经出现了,他们既做了大量工作,也赚了不少钱,很活跃,而且"招儿"特别多。他们组织的演出都不赔钱,而是赚钱。不能说他们组织的演出都是坏的,有好的,也有骗人的。他们组织的演出对丰富人民生活与增加文化从业人员的演出机会起了好作用,当然也带来一些混乱,发生过欺骗观众、欺骗演员的问题。只有建立健全的演出经纪人制度,才能做到既放开又管好文艺演出。

我们所说的双轨制模式实行起来需要一个过程,不可能一蹴而就。尤其是在开始时,不能立即封几个"最高艺术水平"、成立几个国家级大剧院,把现存的剧院解散。判断哪些团体是代表国家最高艺术水平的,需要实践,需要一个过程。不管是由政府文化部门主办的,还是由社会主办的,包括企业、饭馆、茶馆,包括个人主办的艺术表演团体,都需要引进竞争机制,都需要优胜劣汰。并不是由国家主办的院团就可以不竞争,就可以不经营,就可以继续吃"大锅饭"。全民所有制的院团,同样也要通过各种各样的形式,比如实行聘任制,承包责任制,或者招标、投标的形式来调动积极性,改善经营管理,发展艺术生产。同时,也要接受社会的监督,接受政府的管理,接受党在政治、思想上的领导。社会办的院团也同样如此,最后看实际的成品。其实,一个剧团是什么所有制,这对广大观众并不重要,他们要看你的艺术生产,看你拿出来的艺术产品水平高到什么程度。在这个意义上说,国家办的与社会办的,是平等的。在国家办的艺术表演团体从事艺术劳动和在社会办的艺术表演团体从事艺术劳动,也是平等的。至于生产出的艺术产品档次的不同,那是客观存在,是另一个问题。

三

改革是大事,尽管我国有大约三千个艺术表演团体,从业人员十几万,与全国人口比,比例并不大,但是它的牵涉面还是很大的。文艺是被社会各方面关注的部门,由于历史上形成的种种原因及其本身的敏感性,艺术从业人员大多数也是比较敏感的,因此,我们的改革引起了各方面的重视。党中央、国务院的领导同志以及有关部门都做出过很好的指示、意见和建议。所有这些,将促使这一改革健康进行。同时,我们的改革又是一个艰巨的、长期的任务。首先,富有安全感的"大锅饭"是不容易打破的。各地进行改革的情况证明,大家都是赞成改革的,但是改到了自己的头上,就不那么容易。其次,许多政策、规定、法律、组织形式还不配套。比如说,不搞"大锅饭"了,自己出来搞一个民营剧团,将有许多困难,如医疗、基建指标、住房等等方面的保险、保障如何解决?它牵涉到各个方面,现在各项措施尚未配套;再者,我们对双轨制及其所有制、组团方式、经营方式的多样化,还缺乏足够的认识和成熟的经验。因为我们的改革既非常重要又相当困难,就决定了我们要采取既坚决又审慎的方针。要讲究改革的领导艺术,不能用简单的行政命令的办法,也不能用唱高调或类似搞运动的办法,一哄而起地把改革铺开。我们必须考虑社会上各方面的承受能力,依靠广大文艺工作者的自觉自愿。我们的基本做法是:解放思想、支持探索、规划轮廓、分散决策、实验推广、总结经验、组织研讨、逐步转轨、随时调整、力求健康、避免失误。

目前,大家对艺术表演团体体制的改革很关心。很多艺术家和社会各方面的人士担心这样的改革会使我们的文艺变得更加商业化,使钱、利润、经济效益变成艺术的主要刺激力量,使我们的文艺偏离社会主义方向,甚至走上不健康的歧路,这是大家普遍关心的问题。对这个问题,我们的看法是:市场机制对艺术有积极的作用,也有消极的作用。积极作用在于通过竞争调动艺术生产与经营的积极性,消极作用在于有可能出现一个时期的粗制滥造、降低质量。但是,从长远来说,多数情况下,粗制滥造降低质量,不但不会有好的社会效益,而且最终必然会使观众走开,也就不会有好的经济效益。市场的机制、物质的利益、经济的收入对我们的艺术表演团体起作用,这是事实,并不是由于我们要改革才开始的。现在,经济效益、利润对各行各业都在起作用,对商业部门起作用,对工业部门起作用,对文化同样起作用,即使你批判一通,它仍会起作用。问题不在于承认不承认起作用,而在于如何发挥它的积极作用,尽量地避免、限制它的消极作用。因此我们在进行改革的时候,文化部门的领导同志要保持清醒的头脑,时刻不要忘记把社会效益放在衡量我们文艺工作的首要位置,不要忘记我们在建设社会主义精神文明上的责任。同时我们又承认,市场的作用在于市场能反映群众不同层次的需要。你说你的作用好,但就是没人来看,只有少数几个人观摩,或是在报刊上登文章介绍一下,那你的社会效益在哪儿呢?睡大觉、不干事不可能有社会效益。在我们的语言里,不是通常把不受欢迎的东西叫做"没有市场"吗?我们当然希望我们的好的艺术产品有市场,有大的市场,既有经济效益又有社会效益。在这个意义上,经济效益与社会效益是统一的而不是水火不相容的。我们通过文化市场了解群众的需要、群众的口味,努力创造群众喜闻乐见的艺术产品,提高我们演出的数量和质量。同时又要避免由于市场的影响,忽视对艺术高质量的追求。

  关键在于国家有正确的政策。对有些不能赚钱,但确实是代表国家和民族的最高水平的艺术,或是我们时代最需要的艺术,或者是具有探索性、示范性的艺术,或者是有特殊的历史保留价值的古典的民族艺术,虽然没什么市场,但非常重要,是我们民族优秀的文化传统,就要保护和扶持起来。只要我们有正确的政策,只要我们的宣传和我们的工作能避免片面性,就不必把文化市场的需要和影响,看成一种可怕的或者很丑恶、堕落的东西,也不必把它看成是万能的东西,以为按市场规律,市场需要什么我们提供什么就行了。市场当然不是万能的,同样改革也不是万能的。比如,改革不一定能解决作品的创作问题,并不是体制一改革,好的作品就出现了,也不是改革以前好的作品就不能出现。好作品的出现离不开人才,而人才的出现牵涉到艺术教育,而艺术教育又牵涉到我们全民族的文化素质的高低,所以说改革不是万能的。我们在搞改革的同时,还要做大量的工作:做支持创作的工作,做奖励优秀作品的工作,做党的政治思想工作,做共青团的工作,做协商、对话的工作,还要制定文艺方面的一些法规、规章制度、管理办法,还要和财政、劳动人事、计划、商业、公安、民政等各个部门配合起来。改革不是万能的,但改革能推动这一工作的进行。

有的同志担心在改革中,我们会对一些艺术家,特别是年龄偏高的艺术家,采取推出去的做法。我们可以告诉大家,我们是绝对不会对这些为我国艺术事业献出了自己青春和才华的艺术家采取推出去的做法。我们一定要安排好已经对艺术事业做出了贡献、黄金时代已经结束了或者是快要结束了的艺术从业人员,把他们的工作、学习、生活、福利待遇等等安排好。

还有一些同志认为,艺术表演团体改革是因为国家财政的困难,先拿文化"开刀",以后就不给钱了。有的甚至说,什么都是从文艺开刀。这实在是个误会。中央领导同志已经一再表示,绝对不会出现通过改革减少对文化艺术事业拨款的情况,没有这个意图,根本不存在这样的问题。关于财政,我们只有一个考虑,即逐渐改变其支付结构,变现在的"人头费"为创作津贴、演出津贴、创作奖励、演出奖励。同时,通过更加灵活的经营活动,改善广大艺术表演团体的财政状况,改善艺术从业人员特别是其中的"尖子"们的生活,不存在因为财政困难而减钱的问题。还有一些现在正走红的年轻艺术家,他们认为一改革准能多挣钱,收入可以成倍地增加,这恐怕也不是很现实。改革在某些方面比过去更放得开,也更有利,但另外一方面,也可能比过去管理更严格。因此,认为改革就是减钱,或是增钱,或一定能人人多挣钱的想法,都是不切合实际的。

还有的人担心,改革会造成艺术从业人员的"人格"和艺术表演团体的"团格"的不平衡。其实,我们现在的"格"并不科学,这种"格"最应当改革,因为这一切都是套用行政格式。比如,文化部直属的院团,有的是局级的,而省、市的院团呢,就是处级的,地区的团就是科级的,县的团就是股级的,乡里的团又是什么级呢?这样的"格"很不合理。局级的团演的是局一级的戏,唱的是局一级的歌,这怎么可能呢?这正是我们要改革的。应当说,一切要看艺术产品的质量。只有通过改革,才会逐步淡化这种行政级别的意识,从而真正地按照艺术规律本身办事。

最后,应当强调的是,改革是一个漫长的、不断探索的过程。艺术表演团体体制改革不仅仅是文化行政部门的事情,而且是广大文艺工作者的事情,是全社会的事情。一切靠广大文艺工作者的自觉,不能是政府搞改革,文艺家被改革。文艺家不是一向最热烈地呼唤改革、企盼改革么?我们要通过艺术表演团体体制改革的不断进展,带动整个文化体制的改革,使文化体制的改革与经济体制、政治体制的改革相适应,在建设具有中国特色的社会主义文化体制方面,不断取得新的进展。

发表于《求是》1988年第1期

党的十三大与文艺

举世瞩目的党的十三大已经闭幕。我国广大文艺工作者正与全国人民一道学习十三大的文件,从中汲取智慧与力量。

当然,党的十三大没有,也不必要、不可能用专门的精力去研究文艺问题。但是,这丝毫不意味着十三大对我国的文艺事业没有那么直接的重要性。

对社会主义初级阶段的理论界定、作为中心任务与判断标准提出的发展生产力的命题、整个经济发展战略的提出,都将加速我国走向富强、民主、文明的历史进程。当然,一个富强、民主、文明的社会主义现代化国家,是广大文艺工作者梦寐以求的,是文艺事业得以发展、我国的文艺复兴得以实现的基础和基本条件。我们的文艺事业的命运离不开国家的命运,国运兴,文运才兴。不论在世界历史上出现过多少一个民族或一个国家的文艺与社会、政治、经济发展不同步的情况,我们都难以设想在中国贫困、落后乃至饥荒动乱的情况下会出现灿烂辉煌的文艺。一个富强、民主、文明的社会主义现代化国家,将提供好得多的物质条件、社会条件、群众条件与精神条件,使文艺事业得到前所未有的繁荣、兴旺、多样化与高峰化的发展。

对初级阶段党的基本路线的精辟阐述是我们做好各项工作、避免犯"左"的和右的错误的基本保证,是实现安定团结与长期稳定发展的基本保证。几十年来,文艺事业吃动乱、"刮风"的苦极甚,再不能搞"爆破",搞动乱了。文艺界希望安定团结,希望长期稳定地发展文艺事业。安定团结,长期稳定,才能攀登艺术高峰,才能弘扬祖国文化,也才能走向世界。同时,一个中心、两个基本点的概括,对文艺界既有直接的现实意义,又有认识论与方法论的意义。就是说,在文艺问题、文艺政策、文艺方向的问题上,同样要注意问题的两个方面,注意坚持"二为"方向与"双百"方针,避免各执一词与各取所需,避免"左"和右的摇摆,避免以"左"反右和以右反"左",才能达到促进发展艺术生产力的目的。

有计划的商品经济的提法的确认是一个重大突破,它必将带来社会生产力的巨大发展与社会面貌的新的变化。信用观念、效率观念、竞争观念、创造开拓与务实精神将得到高扬。与此同时,也会带来一系列新的问题。例如,如何在商品经济的背景下进行共产主义、社会主义理想与道德的教育,革命传统的教育;如何继承我国革命文艺的优良传统并使之发展到一个新的阶段;如何在对外开放的情况下继承、保持、发展和变革民族文化传统等等,也是摆在我们大家面前的共同新课题。解决好这些问题,新时期的政治思想工作、文化艺术工作将进入一个更加成熟、更加富有主动性与自觉性、更加稳定的新阶段。

改革和开放是艰巨的和鼓舞人心的实践,是文艺创作和评论的大背景、大对象(题材),也是当前的时代精神,是文艺创作和评论的主体意识。改革开放的实践需要改革开放的精神和能力,改革开放的精神建设需要更能体现改革开放意识、反映改革开放生活的文艺作品。生活推动着文艺,文艺能不能发挥应有的反作用呢?

在实践中学习和丰富马克思主义的任务,当然也包括在实践中学习和丰富马克思主义的文艺理论。与这几年丰富多彩、不免五花八门,但总起来说生气勃勃的文艺生活相比,我们的理论概括与理论反应还是太零碎、太狭隘、太不够了。可以想象,在党的十三大精神的指引下,倾听生活实践的声音,"既不把书本上的个别论断当做束缚自己手脚的教条,也不把实践中已见成效的东西看成完美无缺的模式""努力发扬马克思主义的科学精神和创造活力",振奋起探索创新的勇气,同样是发展马克思主义世界观指导下的文艺学的希望所在。

总之,我们有理由充满希望和信心,在更好的社会环境和全党、全民族的更好的精神状态下,实现文艺界的团结一致。振作精神,克服干扰,潜心研究,潜心创作,把我国的文艺事业推向一个新的境界。

发表于《文艺研究》1988年第1期

纪念马彦祥同志*

马彦祥同志逝世了,这是我们国家文艺界、戏剧界的一个巨大的损失。一个革命者、艺术家、研究家把一生都奉献给了党和人民。马彦祥同志对党和人民的深厚感情,是永远值得我们珍惜和怀念的。遵照马彦祥同志生前的遗嘱和家属的意愿,丧事从简,不开追悼会,不举行遗体告别仪式。我们经过研究并征求各方面的意见,今天在民族宫举行马彦祥同志纪念会,回忆他一生对戏剧事业的杰出贡献,缅怀他六十余年来坚定不移的革命精神,继承他未竟的事业,把我们的工作做得更好,更有成效。

马彦祥同志离开了我们,我们怀着尊敬和诚挚的心情纪念他。马彦祥同志的优秀品质和革命觉悟,表现出他一生服从党的领导,听从党的安排,以大局为重,不计较个人的得失。抗日战争后期,当时马彦祥同志在重庆,中共中央南方局根据工作的需要,让马彦祥同志担任中央青年剧社社长职务。这个剧社是国民党控制的表演团体,马彦祥同志对去与不去有些犹豫,恐怕同志们和朋友们误解。但是党认为他担任这个工作比较合适,经过请示得到周恩来同志的同意,做马彦祥同志的工作,马彦祥同志从一切有利于抗日救亡的大局出发,接受了这个任务。在他担任中央青年剧社社长期间,坚持演出宣传抗战的进步戏剧,国民党御用文人写的不利于抗战的戏,他一出都

---

* 本文是作者在纪念马彦祥同志座谈会上的讲话。

不演。在这段时间,马彦祥同志与我们党的关系进一步密切,提出加入中国共产党的要求。当时党组织考虑,马彦祥同志以无党派身份出现为宜,更有利于工作。马彦祥同志仍以大局为重,服从党的安排。全国解放前夕,马彦祥同志在中共中央华北局的安排下,离开北平(今北京)进入解放区。按照党的指示,这个行动是秘密的,马彦祥同志没有告诉自己的家人。到了解放区,他受到周恩来同志的接见,周恩来同志要他从事戏曲改革工作。马彦祥同志主要是搞话剧的,但党当时考虑进城以后戏改任务很重,就让马彦祥同志搞戏曲改革。他以党的利益为重,从大局出发,愉快地接受这个任务。新中国成立后,马彦祥同志担任文化部戏曲改进局副局长、戏曲改进委员会副主任,他按照中央的部署,积极地从事戏改工作。废除旧戏班中的封建行帮组织,跟戏霸展开斗争,那时是冒着一定风险的。有一天,刀剪铺给马彦祥同志送来五把菜刀,说是马彦祥同志几天前让人通知定做的。马彦祥同志自知没有这个事,但是他照单付款。旧社会,反动派经常用寄子弹的手段恐吓革命者,解放初,一些坏人仍然使用这些卑鄙的伎俩威胁马彦祥同志逼他屈服。马彦祥同志毫不畏惧,仍旧坚定地进行戏曲改革。建国后戏曲领域的改人、改戏、改制取得了很大的成就,这与马彦祥同志辛勤的工作是分不开的。

一九五五年,马彦祥同志在他的父亲马衡先生(原北京故宫博物院院长)去世后,在家庭内部做了思想工作,代表兄弟姐妹将马衡先生一生珍藏的一万九千多件文物、资料,无偿地捐献给国家。马彦祥同志对党和新中国怀着深厚的感情,他以党的利益为重,从文物工作大局出发,不计较个人的得失。他这样的高尚思想是一贯的。

一个人在一两件事情上服从大局,是比较容易的,但是一辈子始终服从党的安排,以大局为重,不计较个人的得失,这是难能可贵的。马彦祥同志以他一生的实践,表现了一个革命者、共产党员的高尚情操,我们要学习他襟怀坦白、顾全大局、勤勤恳恳、兢兢业业的革命精神。

马彦祥同志是一位戏剧的全才,他自己能写戏、演戏、导戏、教戏。在研究领域又是一位成就卓著的专家,他二十五岁就发表了学术水平很高的《秦腔考》,三十岁出头写出了很有影响的《论地方剧》。马彦祥同志学识渊博,晚年在京剧史的研究方面不遗余力。他对戏曲了解得太深刻了,五十年代就提出了革新戏曲的主张。到今年去世的前几天,马彦祥同志在病榻上还在关心戏曲的改革和发展,老骥伏枥,直到生命的最后一刻。今天,我们纪念马彦祥同志,缅怀和继承他的优秀品质和忘我精神,马彦祥同志永远值得我们尊敬、怀念和学习。

发表于《新文学史料》1988年第3期

在全国编创人员座谈会上的讲话

我想就艺术追求的标准问题和大家作一些探讨。我个人认为,虽然国家、社会、时代发生了许多变化,但是有几条艺术上的标准,今天仍然应该坚持,是比较永恒的标准。

第一,真实的标准。艺术作品中得有真实的东西。不管你用什么样的形式来表达,总要有你对生活的真实的理解、体验和感受。这么说会不会又把人们的思想束缚到唯有写实、唯有报道才是真实的道路上去呢?我想是不会的。我这里讲的真实,既包括客观的真实,也包括主观的真实。客观的真实就是我们对生活的反映,从本质上要符合生活的过程,符合生活的规律,符合生活的万千气象。从主观上来说就是确实表达了作者自己或一部分人对生活的感受,它可以是荒诞的感受、幻想的感受、神奇的感受,但它是真实的。所谓主观的真实,也可以换一个词,就是真诚,真诚的就是真实的。虽然我写得虚无缥缈,但却真实地表达了我的愿望、我的思想、我的情感,甚至反映了历史的困惑、历史的冲击。虽然在细节上可能并不一定真实,情节上也不真实,甚至连人物、布景都不真实,然而他是真诚的。

第二,理想的原则。艺术的创作里边总有一种追求,有一种愿望,有一种向往。当然,现在的理想和前十年或前三十年的理想有很多不同,但并不等于现在就没有追求。实际上每个人都有自己的追求,自己的理想,人民在他们所期待的作品、艺术品中,既不需要看到教师爷的面孔,也不需要看到百无聊赖的或者痞子式的面孔。所以理想的原则仍然是需要的,就是要让人们有所追求、有所愿望,能够感到某种力量。

第三,创造的原则。这也就是开拓前进的原则。我们拿出来的作品无论如何要是个创造。艺术上最吸引人的东西,是对未知的生活经验、未知的世界、未知的情感的开拓,而对这种未知领域的开拓就是创造。创造是在对大量的已知的东西的掌握、消化、融会的基础上进行的对未知的东西的涉足。

第四,愉悦的原则。我们的作品应该使读者和观众、听众得到美的愉悦、美的欣赏、美的快感。就是那些大喊大叫的作品、暴露黑暗的作品,也要让人感到像吃了辣椒或大葱那样流泪、咳嗽、喘不上气来——这种愉悦虽然厉害,但却使他感到痛快。这样一些话题听起来很古老,但它完全有容量包含时代的新内容。

总之,真实的原则、理想的原则、创造的原则与愉悦的原则,仍然值得我们今天认真思考。接着就有一个很严肃的问题:我们的作品还要求不要求思想性?这同样也值得我们深思。在作品的思想性问题上,哪些是对我们思想上的束缚?哪些是教条?哪些是艺术家最为珍惜的原则?

比如说爱国主义的原则。我们的作品里能不能没有爱国主义?当然要先弄清什么是爱国主义,比如,能不能把闭关锁国当做爱国主义,这些问题都是可以讨论的。但是,从整体看,我们的作品中不能不具备爱国主义情操。中国的历史已经证明,一个有十亿人口、五千年文明史、独特传统的国家,不管一个人写文章对她揭露抨击得如何痛切,批判得如何严厉,但骨子里头还是满怀着民族的爱国主义、文化爱国主义的。文化爱国主义就是对我们文化传统的珍视,包括那些急于讲开放、急于讲吸收、急于讲批判和改造我们文化传统的人,他的内心深处,也怀有一种文化爱国主义。他痛感我们已有的文化传统还不足以自立于民族文化之林,还不足以发展成繁荣昌盛的现代化的中国。我们的作品如果丧失了爱国主义的力量,不去叩击人民群众心灵深处那种对祖国的感情,不去拨动那根内心深处的弦,是不是一个很大的失策?姑且不说是失误。

再比如说社会主义的人道主义原则。尽管我们的生活、我们的社会还有那么多弊病、那么多缺陷,但是我们的人民是经过了多少年的艰苦的斗争,才得到今天的新中国的。现在大家喜欢讲的人情味也好,人性也好,归根结蒂,表现了我们社会主义的人道主义理想。社会主义的原则,使我们的国家、我们的民族有可能建立一个更人道的社会,有可能使人和人的关系更融洽、使人的生活变得更加人道。

再讲讲历史的进取性的原则。我们的历史的进取是非常艰巨、非常曲折的,有时候甚至是非常缓慢的,甚至会有各种局部的、暂时的倒退。但是从整体来说,有志者、有知者、有为者都在争取我们国家的历史进步,都在推动我们国家历史的前进,而且历史确实在前进。西方确实有一些思想家、著作家对历史的前进、生产的发展、技术的发展持质疑乃至否定的态度,他们的悲观是严肃的、有深度的。至于我们中国,现在还处在社会主义初级阶段,作家艺术家实在没有权利、也没有可能去表现那种先进到让人不能理解的、受不了的状态。我们只能万众一心地去推动历史前进,推动商品经济的发展,推动国家生产力的发展。当然,随着国家生产力和有计划的商品经济的逐步发达,也会带来新的问题,这也同样是我们的创作应该表现的。我们面临的是艰难,这种艰难正激发着我们的历史进取心,它可以成为一种动力,就是历史的进取精神。我们应该宣扬的仍然是一种历史的进取性格,不是活腻了的性格,不是对文明完全失望的性格。我们目前面对的是争取历史的进步,所以我们写的主要人物还应该是进取型的,不能是颓废型的。

另外,关于形式的多样性的问题。形式的多样、形式的变量是这两年文学艺术发展的一大成果。人们开始注重形式,讲究形式,而且可以破除一些原有的形式上的条条框框,这是很好的。但是在我笼统地接触到的一些舞台艺术演出以及所读过的作品当中,使我有一点零星的感觉,就是我们在形式上的许多努力还显得小家子气。小家子气的意思就是说有很多努力是浅层次的,不是已经融会贯通的,不是已经和作者的哲学,作者的人格,作者的知识才华,作者对时代、对生活、对人生、对一切的感受汇融在一起的,集古今中外为一炉的、有机的、经过消化吸收的、得心应手的对形式的创造,还带着模仿的痕迹,带着零打碎敲的痕迹,带着表面花哨的痕迹,带着为突破而突破的痕迹,带着廉价的痕迹。我这里不是否定对形式的创新探索尝试,我谈的包括我自己。我从来不是只批评别人,我把我本人也放在探讨、对话的对象之中。我们形式上的探索并不宏大,并不开放,根底不深,要改变恐怕还得从根本上下功夫。所谓从根本上下功夫,就是从充实自己、丰富自己上下功夫,包括生活、学习、思考、探讨、开放、选择和消化。

发表于《中国文化报》1988年4月10日

关于当前文化工作的几个问题*

一　关于文化工作的形势

党的十一届三中全会以来,我们党重新恢复了实事求是的路线,扭转了指导思想上的"左"的错误,使文化工作取得了较快的恢复和发展。艺术创作、艺术教育和文化理论研究呈现出活跃的景象,优秀的艺术作品和艺术人才大量涌现,不同观点、学派的争鸣和不同风格、流派的竞赛正常展开,各种探索和创新得到了保护、支持和引导。文化体制改革迈出了前进的步伐,各种形式的改革试验,冲击了吃"大锅饭"的旧体制的弊端,为建立充满活力的新体制提供了有益的经验。社会文化工作逐步实现了从演演唱唱的"小文化"向集宣传、科技、教育、文娱等活动于一体的"大文化"的转变,各种丰富多彩、健康有益的群众文化活动得到了广泛的开展,适应了广大群众求知、求技、求美、求乐的需要。考古发掘和文物保护工作取得了显著的成就,在宏扬我国灿烂的历史文化,宣传崇高的爱国主义精神,扩大我国同世界各国的友好往来等方面,做出了重要的贡献。对外文化交流和对外书刊宣传有了新的发展,为树立我们国家和民族在国际上的良好形象,增强我国同世界各国的文化交往,建设有中国特色的社会主义文化体系,发挥了积极的作用。公共图书馆、博物馆、艺术馆、

---

* 本文是作者给第七届全国人大第一次会议的书面报告。

文化馆、文化站、剧场等文化设施建设有了较大幅度的增长,长期以来文化工作的资金短缺、设施简陋、技术落后的严重状况有了一定程度的改善。所有这一切都表明,这几年虽然有过资产阶级自由化与僵化的干扰和影响,但仍是党和国家对文化工作领导稳定的时期,也是文化工作活跃、繁荣的时期。

但也应当看到,文化工作发展的现状,无论是在产品的数量或质量上,还是在建设的规模或水平上,与改革形势的迅速发展和广大群众日益增长的需要相比,仍有较大的差距。文艺问题上的争议很多,文艺队伍还存在着不少不利于团结的因素,我们的指导还远远不够及时有效。同经济体制改革相比,文化体制改革不仅起步较晚,落在后面,而且具有更多的复杂性和艰巨性,改革的预期目标还远远没有达到。随着现代化大众传播手段的广泛应用,由广大群众直接参与的自娱、自乐性文化活动日益增多,传统的舞台艺术和造型艺术正面临着新的考验,亟待进一步发展、创新和提高。同时,由于文化事业日趋活跃,管理上的薄弱环节与漏洞也凸现出来,在艺术生产与文化市场方面,存在着某种程度的混乱现象。这些问题虽然多是在改革、开放的新形势下出现的新问题,但也应该引起我们足够的重视。我们只有研究和解决这些新问题,才能进一步发展文化工作的大好形势。

二 关于艺术表演团体体制改革

艺术表演团体体制改革是文化体制改革的重要组成部分。这几年进行的艺术表演团体体制改革,主要目的是理顺政府文化主管部门和艺术表演团体、艺术表演团体和艺术工作者的关系,克服长期以来艺术表演团体吃政府文化主管部门"大锅饭"、艺术工作者吃艺术表演团体"大锅饭"的弊端,促进艺术生产力的发展。这里有成功的经验,也有不完全成功甚至失败的教训。但从全面来看,它仍不失为对多年来吃"大锅饭"的旧体制的有力冲击,为建立和发展充满活力的新体制提供了有益的经验,为文化体制改革开了头。

当前,全面贯彻党的十三大精神,加快和深化艺术表演团体体制改革,使它同经济、政治、文化体制改革的发展相适应,是文化部门面临的首要任务之一。加快和深化艺术表演团体体制改革的目的,是为了充分反映艺术发展规律的要求,建立和发展充满活力的艺术表演团体体制,增强艺术表演团体的生机和活力,提高艺术表演人员的积极性和创造性,促进艺术生产力的发展,促使优秀的艺术作品和艺术人才的大量涌现,满足广大群众多方面、多层次的文化生活需要,为加强社会主义精神文明的建设服务。这种体制必须有利于充分反映艺术发展规律的要求,有利于促进艺术表演团体和艺术表演人员优胜劣汰的竞争,为艺术表演团体和艺术表演人员在竞争中创造更多的机会,也使他们在竞争中承担更多的风险。为此,文化部正在制定《关于加快和深化艺术表演团体体制改革的意见》。制定这个文件的总的指导方针是:第一,从加强社会主义精神文明建设的要求出发,坚持把社会效益作为艺术表演团体体制改革的最高标准,处理好社会效益和经济效益的相互关系,处理好艺术规律、经济规律和思想政治工作的相互关系,充分发挥现有人力、财力和物力的作用,努力提高创作和演出的数量和质量,不断丰富和提高广大群众的文化生活,为加强社会主义精神文明建设服务;第二,确立艺术表演团体作为相对独立的社会主义艺术生产经营实体的地位,发展多种所有制形式和多种经营方式,使艺术表演团体能够依法自主地进行业务活动和经营活动,自觉地完善内部的经营机构和竞争机制,增强自我更新和自我发展的能力;第三,确立艺术表演人员作为以演出合同收入为主的,可以自由流动的社会主义艺术从业人员的地位,建立和健全反映艺术劳动特殊规律的劳动人事制度和劳动报酬制度,充分调动艺术表演人员的艺术创造精神和竞争心,使他们的艺术个性和艺术才能获得全面发展;第四,确定政府文化主管部门和有关部门对艺表演团体实行间接管理的职能,适当下放和放宽在业务上、人事上、财务上的管理权限,使艺术表演团体在业务活动和经营活动中有更多的自主权。

当然,由于缺乏经验,由于有些配套的改革措施一时跟不上,在艺术表演团体体制改革中,也难免会出现这样或那样的差错。对此,我们不能求全责备,更不能把本来不属于改革的问题也看成是改革的问题,而应该在认真总结经验教训的基础上,采取保护和支持改革的态度,并对存在的问题给予实事求是的解决。艺术表演团体体制改革是一项复杂的社会系统工程,我们希望社会各方面对艺术表演团体体制改革有更多的理解、配合和支持,创造一种有利于改革顺利发展的良好环境。

三 关于艺术作品的质量

近几年来,艺术创作和演出领域思想活跃,出现了从主题、题材到表现手法和多样化的趋势;艺术作品的质量也有了很大的提高,出现了一批具有较高的思想性和艺术性的艺术作品。一九八七年九月,文化部和北京市在首都联合举办的第一届中国艺术节,在一定程度上展现了我国近几年来艺术创作和演出的优秀成果,显示了我国艺术工作者蓬勃向上的精神风貌,在国内外、海内外引起了很好的反响。它的圆满成功,是对这几年艺术作品的质量有力的检验和证明。但从近几年来的全面情况看,我们的艺术作品还远远不能满足广大群众的要求,也出现了少数质量比较低劣的艺术作品,表现出在艺术创作和演出中的某种浅薄和不严肃、不负责的态度。同时,随着改革、开放的进程,广大群众对于艺术作品的选择日益多样,评判日益严格,这也是事实。这样,尽管一部分艺术作品的质量确有提高,但在受到一部分群众赞扬的同时,又往往会受到另一部分审美趣味不同的人士的不满。现在,对一部艺术作品,几乎愈来愈难得出现上下、城乡、老幼一起喝彩的局面。应该说,这是正常的现象。对此,我们所采取的政策是:坚持百花齐放、百家争鸣的方针,充分运用艺术的、经济的、舆论的、行政的、法律的等多种手段,对有利于社会主义物质文明和精神文明建设的艺术作品进行提倡和鼓励;对宣扬错误思想和庸俗、低级、颓废的艺术作品进行批评、抑制和疏导;对反动和淫秽色情的东西进行制止和取缔。

如同历史上所有深刻的社会变革一样,改革所引起的社会生活的重大变化,也必然会引起人们的价值观念、审美心理和艺术欣赏习惯的变化与分化。因此,在新形势下,人们对艺术作品有不同的看法,甚至出现激烈的争论,这些都是正常的。有分歧、有批评、有争论,才能有所判断、有所选择,才有利于进一步提高艺术作品的质量。我们应该因势利导,创造一种民主和谐的气氛,鼓励各种有益的探索和创新。

四 关于文化队伍的风气

我国文化队伍的思想政治基础是比较好的,这支队伍是社会主义精神文明建设的一支重要的力量。但由于这几年社会上出现的一些新情况,加上在管理措施和思想政治工作方面有某些薄弱环节,在文化队伍中确实也存在着某些不良风气。社会上反映比较多的,是某些演职人员外出演出捞钱的问题。

长期以来,在我国的文化生活中有一种矛盾的现象:一方面是许多大剧团的演职人员演出机会和艺术实践机会很少,严重浪费人才;另一方面许多边远地区的广大群众想看大剧团的演出看不到,文化生活十分贫乏。造成这种矛盾现象的主要原因是:第一,这些剧团实行的是吃"大锅饭"的体制,从而形成了机构臃肿、人浮于事的局面;第二,这些剧团的事业经费不足,往往是"不演不赔、少演少赔、多演多赔",更无力组织演职人员去边远地区演出;第三,对演职人员实行"剧团所有制"的管理办法,使演职人员不能离开剧团自由流动和演出。针对这种矛盾现象,在这几年的体制改革中,出现了社会组织演出活动的活跃局面,许多大剧团的演职人员在本剧团演出计划外,经本剧团批准,应邀外出参加社会组织的演出活动,这不仅使这些演职人员有了更多的演出机会和艺术实践机会,增加了剧团和个人的收入,而且给城乡人民,特别是边远地区的广大群众带来了艺术享受,丰富了他们的文化生活。但也有少数演职人员为了捞钱,未经本剧团批准,擅自外出演出,影响了本剧团演出计划的完成,有的甚至只讲捞钱,不讲职业道德,对观众不尽心尽力;也有些临时组织演出活动的单位和个人为了捞钱,无组织、无纪律,擅自拉演职人员外出演出,有的甚至进行欺骗宣传,随意抬高票价。这种不良风气,受到了广大群众的不满和批评。这个问题反映了新旧体制并存时期的某种混乱现象;旧体制已被冲破,演出的主动性、积极性、流动性都增加了;新体制还不健全,缺少应有的管理与规范,部分演职人员心安理得地吃着"大锅饭",却又不热心于本剧团的演出,而是热衷于所谓"私演私分"。这种现象引起各方面的不满,是必然的。要解决这个问题,必须进一步深化体制改革,促进新旧体制的转换,使新体制的因素不断增多,旧体制的因素日益减少,从而逐步理顺在管理上各个环节的关系。现在需要针对存在的问题,在加强思想政治工作的同时,进一步总结经验,制定和完善有关的政策和法规,做到既放开搞活,又加强管理。加强管理的目的,是为了搞活、搞正。

在这里,还需要说明一点:在我国现阶段,艺术人员的劳动同其他劳动一样,既是社会主义事业的一种服务,也是在社会主义按劳分配原则下的一种社会职业活动。特别应当看到的是,由于绝大多数艺术单位是非盈利性单位,即使有些演出上座率极高,也仍是"赔钱演出",大多数艺术人员的实际收入偏低,社会待遇和生活待遇也偏低。因此,对于艺术人员的各种劳动报酬问题,同样需要实事求是地对待和解决。对于少数有突出成就的艺术人员,他们所得到的较高的劳动报酬,是同他们个人在创造性的智力劳动中所具有的特殊才能和重要贡献直接相联系的,我们同样要给予理解和支持。在加强对艺术人员进行全心全意为人民服务的教育的前提下,我们不赞成轻率笼统地指责艺术家"捞钱";同时,在一般情况下,我们认为也不宜向艺术表演团体或艺术从业人员提出义演或献演的要求。

五 关于文物保护

近几年来,各地盗掘古墓和走私文物的犯罪活动十分猖獗,使我们国家和民族的文化遗产遭到极为严重的破坏。一九八七年上半年,国务院发布了《关于打击盗掘和走私文物活动的通告》后,各地文物部门以贯彻通告为中心,与有关部门密切配合,采取了各种有效措施,严厉打击了盗掘古墓和走私文物的犯罪活动,并在全国开展了文物安全保护工作大检查。现在盗掘古墓和走私文物的犯罪活动开始得到控制,文物、博物馆单位的文物安全保卫工作也有所加强。今后我们要进一步宣传和贯彻《中华人民共和国文物保护法》,加强对文物的保护和管理工作,并努力争取在全社会形成人人关心文物、爱护文物,坚决同一切破坏文物的行为作斗争的良好风气。

关于文物保护单位和宗教部门的关系,是当前加强文物保护工作中的一个重要问题。有些文物保护单位,历史上曾经是进行宗教活动的场所,现在文物部门对这些场所加以修缮、保护和管理,主要是从历史文化的角度进行的,而不是为了开展宗教活动。当然凡属合法与正当的宗教活动,需要在文物保护单位进行的,我们仍将提供必要的便利与服务。对此,我们应该认真贯彻《国务院关于进一步加强文物工作的通知》的有关规定,即:"在汉族地区属于全国重点文物保护单位的佛教、道教建筑物,除按国务院有关文件规定作为宗教活动场所开放者外,未经国务院批准,不得开展宗教活动。不作为宗教活动场所的寺观,都应当作为开展科学研究、丰富人民文化生活、进行宣传教育的阵地,不得进行任何形式的宗教活动,更不允许宣传封建迷信。""凡是经国务院批准作为宗教活动场所的,有关宗教组织和宗教职业人员,也应严格执行《中华人民共和国文物保护法》的规定,确保文物安全,并接受文物部门的检查指导。"

文物事业与开展旅游活动有密切的关系,我们应该而且必须做好文物保护工作,吸引更多的游客。但文物事业更主要、更长远的目的,是为了发扬民族精神,发扬爱国主义精神,珍重民族历史,保护好"国宝""国魂"。因此,在积极开展旅游活动的同时,必须防止急功近利的破坏性的开发利用,这个问题在各地已有苗头。总之,各有关部门都必须严格遵守《中华人民共和国文物保护法》,要在保护文物安全的前提下,积极开展旅游活动。

六　关于文化市场

我国社会主义有计划的商品经济正在蓬勃发展,广大群众物质生活水平和文化生活水平日益提高,越来越多的文化产品和文化服务正在以商品形式进入流通领域。许多全民所有制的文化单位,也逐步开展了各种有偿服务活动。同物质产品的市场一样,我国社会主义的文化市场也正在繁荣和兴旺起来。文化市场向广大群众提供各种知识性消费和娱乐性消费,它一方面把文化单位的业务活动和经营活动引入到消费市场,使这些活动同广大群众的实际需要结合得更加紧密;另一方面这些文化单位也都自觉或不自觉地接受着消费市场的影响,不断地进行着服务项目的改造、服务设施的更新和管理制度的改革。事实表明,文化市场的开放、稳定和繁荣,给文化工作带来了新的生机和活力,给广大群众带来了更丰富的精神享受。当然,市场机制的调节作用是以商品生产者自身的局部利益为出发点的,它不可避免地带有很大的局限性。而且精神生产和物质生产有很大的不同,这是由精神生产和物质生产各自具有的不同特点决定的,比如对于一部分以向广大群众提供无偿服务为主的公共图书馆、博物馆等,就不能接受市场机制的调节作用。即使是对于进入文化市场的各种有偿服务,除了要发挥市场机制的调节作用外,还必须要发挥计划机制、政策机制、行政机制等调节作用,必须把社会效益放在第一位,处理好社会效益和经济效益的辩证关系,以保证数量多、质量好的各种文化产品和文化服务源源不断地进入文化市场。

在文化市场兴起和形成的过程中,也存在着许多不容忽视的问题,例如在前面讲到的流动演出中的一些混乱现象,盗掘古墓和走私文物的问题,以及非法出版活动的问题,一些剧团和演职人员参加演出活动的正当权益受到侵害的问题等等。这些问题不及时解决,必然会给文化市场带来更多的消极影响。因此,加强对文化市场的管理,是保证文化市场的开放、稳定和繁荣的必然要求。现在,全国大部分省、自治区、直辖市的文化部门都建立了相应的文化市场管理机构,文化部也已经起草了《关于加强文化市场管理的意见》,即将下发。

七　关于文化设施建设

党的十一届三中全会以来,我国的文化建设有了较快的发展,文化事业经费和文化基本建设投资有了较大幅度的增长。一九八六年同一九七八年相比,全国文化事业经费增长了一点七倍,年平均递增速度为百分之十三点多;全国文化基本建设投资增长了近五倍,年平均递增速度为百分之二十五,但由于长期以来我国的文化建设基础太差、底子太薄、欠账太多,因此,现在还远远不能适应经济建设和广大群众日益增长的需要。主要是:第一,文化设施的数量不足,特别是经济不发达地区的文化设施还很缺乏,"六五"计划提出的"市市有博物馆,县县有图书馆,乡乡有文化站"的目标在一些省、自治区还没有实现;第二,现有文化设施房屋破烂、设备简陋、技术落后的现象还很普遍,有些剧场、图书馆、文化馆等有名无实,无法进行正常工作;第三,许多文化单位的经费只能维持职工的工资和必要的日常开支,无力开展更多的业务活动。

我们认为,为了保证国家从宏观上加强对文化建设的支持,必须把文化建设纳入国家的整体发展规划,在文化事业经费和文化基本建设投资上继续做到尽可能逐年有所增加。同时,也要考虑我国正处在社会主义初级阶段,生产力和商品经济还不发达,国家的财力还有限,不可能只靠国家投资进行文化建设,因此,必须贯彻国家、集体、个人一齐上的方针,动员和组织全社会的力量进行文化建设。从文化部门自身来说,更应该从改革入手,逐步完善内部的经营管理机制,充分发挥现有人力、财力和物力的潜能,不断增强自我更新和自我发展的实力和动力,为加强文化建设做出自己的贡献。

1988 年 4 月

关心改革,关心文学事业[*]

今天能和来自全国各地的作家同行、我的前辈、文学界有成就的师长共聚一堂,交流文学事业、文学现状和对作协工作的看法,是一件高兴的事,也是一次很难得的机会。唐达成同志让我就这个机会同大家交流一下想法,我想讲几点意见。

第一个想法,希望我们的作家同行和前辈能够更加关心和支持我们的改革。自党的十一届三中全会以来,我们国家的改革已十年了,这十年中发生的历史性的变化是举世公认、有目共睹的,但近几年改革中暴露出来的问题也越来越尖锐。特别是通货膨胀问题、社会分配不公正问题和党政机关的某些工作人员的不廉洁问题都引起了各个方面的关注。这个社会心理很有意思,应该说一个时期以来对经济体制改革的微词,呼声有点越来越大。人们可以从不同的出发点、在不同的前提下,得出对改革不利的结论。比如说认为中国是没有希望的,把改革的十年和"文革"的十年和新中国成立以后的三十几年以及几千年的历史都绑在一起进行批评乃至否定,就是说我们五千年的历史和传统是应该否定的,我们近四十年的新中国的历史也没有什么值得肯定的。对十年"文革"当然大家都认为是应该否定的。这十年的改革似乎也是一无是处,问题成堆,也应该否定。还有另外一种舆论,就是不否定或者不十分否定其他,而更否定这十

---

* 本文是作者在中国作家协会第四届理事会第三次会议开幕式上的讲话。

年,认为这十年是最糟糕的,是"新中国成立以来最不正常"的时期,是"全面倒退"的、很危险的时期。我们的作家是社会最敏感的神经,有忧国忧民的传统,需要考虑一个问题:要不要支持党中央,把改革坚持下去,要不要关心改革,解决改革中出现的种种问题和消极现象,使改革继续向前进,而不是半途而废。我不想详细说这个问题,因为这个问题在大家实际生活中每天都碰到。无论我们的作品是不是直接写到了改革,也许我们作品的题材和改革毫无关系,写的是童话、是爱情诗、是历史小说,但这丝毫不影响我们对国家正在进行的改革的态度,也会通过作品的或其他的渠道影响社会舆论。因为目前中国还不是人人都有足够的文化程度和足够的文字表达能力。虽然现在中国作协会员已有三千四百人,但和世界上一些国家的作协会员人数相比是比较少的。苏联是九千人,但苏联的人口比我们少。所以目前在中国,作家还是稀有的职业,但又是非常有社会影响的职业。这里也包括了我们通常以"深入生活"的说法表达的作家不可能置身于社会现实之外的意思。作家不可能完全置身于国计民生之外,而只要我们树立了支持改革的意识,每个作家自然会找到最好的路子(不一定非写改革题材)来做出自己的贡献。

第二点,我希望同行们、师长们能够关心我们国家的文化建设。十年来我们的生产力有发展,生活水平普遍说来有提高,这一点是没有什么可以怀疑的。但是十年来的文化建设面临着非常复杂的情况。一方面十年来的文化建设是有成绩的,国家在文化上的投资超过了过去的三十年,北京图书馆花了许多钱,盖起了一个还算差强人意的国家图书馆。各种文化设施的建设、从事文化劳动的知识分子的地位和待遇以及整个文化环境确实都有改善。我们国家的人民尤其是青年的文化生活恐怕比历史上任何时候都丰富,选择的可能性比历史上任何时候都多。回忆一下全国只唱八个样板戏的日子,我们已经觉得不可思议了。但是另一方面,我国目前物质生活的发展与普遍的文化素质低下及普遍的文化建设不足的反差和对比也越来越强烈。根据政府的官方统计,我们现在有文盲二亿三千万人,这二亿三千万人幸亏不是聚集在一起,否则就要建立一个文盲大国,那真不知会发生什么事情!有些地方在致富以后发生了一些事情,据说有的地方纳妾已经相当普遍,还有童工、赌博、迷信。一九八三年四川还发生一个农民自称是真龙天子受到全村崇拜的事。有些犯罪现象表现出来的愚昧非常惊人,河北省曾经公审过一个农民,他到处砍电线杆子,卖电线。西南某省审判的事件是枪杀大熊猫,卖大熊猫肉。在全世界都为熊猫募捐的时候,我们这儿竟有这样的人。我想用不着我一一举例,在相当多的居民还处于愚昧状态、各行各业的文化素质普遍很低的情况下,实现真正意义上的现代化,我认为是不可能的。现代化不可能建筑在贫困的基础上,也不可能建立在愚昧的基础上。我们既有这样一个文化素质低下、教育还不够普及和发达的现状,又碰到了在商品经济急剧发展时期文化事业面临的一些新问题。我们高兴也罢,不高兴也罢,这些问题是实际存在的,而且很难简单地予以肯定或否定。比如青年现在喜欢听歌星唱歌,一会儿刮"西北风",一会儿刮"港台风",这一方面反映了一些青年人音乐欣赏水平还不是很高,另一方面也说明我们娱乐性的东西比过去多得多,也有它正常的一面。一个国家处在和平建设时期,娱乐性的东西就会多一些,它起着一种调节社会神经的作用,有利于人们保持心理的平衡,保证社会能稳定地发展。但是一味地听任市场法则的冲击,必然会给文化带来灾难。不考虑文化本身的价值,不考虑艺术本身的价值,只考虑精神产品在市场上的销路和票房价值,必然会带来文化上的某种混乱倒退,使我们本来不是很高的文化素质变得更加鄙俗化。我们在文化建设上碰到的问题非常之多,我们作家的责任是很重大的。这个重大并不是别人强加的,也不是任何一种理论或观点的产物,而是一个客观的现实。从纯学术观点看,对文学的发生、文学的起源,对人性、文明可以有各种各样的探讨。最近我看到一些青年人写文章介绍或论述这样一种观点:人性本身是恶的,美就是恶,人基本上就是动物。人生本身从全局来考虑是毫无意义的,因为每个人都要死掉。文化、文明是对人性的压制,而艺术是对这种压制的对抗,所以艺术就是要表达人性,也就是要表达恶。有的作家干脆用一种更刺激或者更鲜明的说法来阐述,认为在这个意义上来说文学就是大便,写文学作品和你要大便其性质是一样的。从形而上学的也就是从彼岸世界的角度,把永恒和上帝作为参照系来观照文学,感觉文学太渺小了,人太渺小了,人性难以救药,人性恶的东西太多了。诸如此类的一些议论,属于什么性质,我暂不置评,因为以这种不可思议的永恒和上帝做参照系来评价,确实是你想怎么说就怎么说,但起码我们并不是生活在一个永恒的参照系之中,我们是生活在此岸的,生活在地球上的,我们是生活在中华人民共和国这个国度、这块土地上的。我们面临的许多问题是非常现实的,我们要做的工作是有益的,我们吃的饭、喝的水,包括提倡"文学即大便"说的人士,他大便时所需要的场所都不是形而上的东西,而是现实的东西。我们对国家、民族,对社会的使命感,都是非常现实的。不论从多么高明的理论前提出发,他们只是想得出一个结论:作家不应该对国家的现实负有责任和使命,作家进行的活动只对那个永恒和上帝负责。我想这种理论无助于解决我们所面临的现实问题,无助于改善我们生活的有限的时间和空间环境,也无助于我们的作家攀登自己所追求的艺术的高峰。这样的高论更像是夸夸其谈而不是别的。不管在文艺发生学问题上持什么奇怪的特立独行的论点,当我们从事文学劳动的时候,都是在为文化建设起正面的积极的作用或负面的消极的作用,这是无法回避的。

第三点,希望关心一下我们的文学事业。文学事业是个人的事业、个性的事业,但同时也是社会的事业、人民的事业、集体的事业,排斥个人和排斥个人以外的一切都是不现实的、不实在的、不可以的。我特别希望关心一下我们文学产品的质量,尽管对文学作品的价值我们可能有不同的追求和取向,但不应该用对一种文学作品的要求，比如说对鲁迅杂文的要求来衡量每一首抒情诗和一个童话，我们也不应该反过来用对一首抒情诗的要求去衡量一篇报告文学。我想这些都是不言而喻的。有多种多样的追求是有追求而不是没追求。有一个很古老的说法，这种说法尽管很古典，不够新，但仍然有它的生命力，就是文学应该是崇高的，文学有它的崇高的意义。作家应该自珍自重，对自己有个要求。所以我不赞成把文学当成一种纯粹的个人的发泄或者当成一种揭露隐私、攻击某些人的手段，或者把文学仅仅当成一块敲门砖。文学本身的活动很少，但是以文学为幌子或者为借口从事的各种"活动"非常之多。一位诗人朋友曾以一种嘲讽的口气引用陆游的诗：如果要学诗，"功夫在诗外"。我想陆游的诗是指诗人要更多地懂生活、懂人生，增强人格的修养、道德的修养、知识的修养。但是我听到的"功夫在诗外"不是指这方面的修养，而是把文学作为为个人捞点儿什么的一种手段。

关心文学事业也包括关心文学讨论、文学争鸣的风气。最近两年以来，特别是今年以来，有一种好的现象，就是学术性的、艺术性的、不是在某种授意之下进行的讨论和争鸣越来越多。我觉得这很好，我们应该习惯于这种争鸣，我们要求的文艺的民主、艺术的民主既包含了对自己的民主，也包含了对自己所不同意的那些观点、那些思潮的民主，如果只要求一方的民主，那就不是真正的民主。我希望我们文学上的讨论和争鸣应该更有民主风度一些，使我们的讨论和争鸣确实比较健康、积极、有价值，而不是一种无谓的纠纷或者小圈子的纠纷。希望我们有更健康的争鸣，也包括公开的指名道姓的商榷和讨论。今年以来，中央领导同志几次在讲话中强调对文艺上的具体问题、具体作品，党政领导机关要少干预。对这个问题，还有不完全相同的见解。从中央来说，确实是减少了对有重大争议问题的表态这种不适当的介入，但是由于长期以来的以文艺作为阶级斗争阵地的习惯的影响，在我们文艺界的内部，有些同志总是希望争论当中有权力介入，希望有权的人支持自己。比较普遍的心态是：我这个作品搞得这么好,领导不来表个态,这个戏也不来看一下,觉得非常遗憾。这个心情还是可以理解的,但另外也确有一些同志,他不愿写公开的论辩文章,而宁愿写告状出首的材料。总是希望权力能够介入文艺争论,来支持自己。我觉得这有两方面的问题。启立同志在五次文代会上讲,我们的报刊在各种文艺争论当中应该抱一种客观公正的态度,要提供平等的机会、园地,使不同的意见确实能够争鸣,不要搞成一个时期就是一个调。一个时期一个调,一个时期一部分人兴奋愉快,另一部分人住院骂娘;一个时期以后住院的人出来,兴奋愉快,弹冠相庆,奔走相告,形势大好,另一部分原来形势大好的人住院。大家都是为了真理、为了艺术,我们能不能不把主要力量放在这样的争论上。一方面有权力的人不要动不动就以权力介入文艺界的论争,应该非常审慎地使用自己的权力。另一方面,我们文艺界的同行对文艺上的艺术观上的是非是不是可以不去告警或者吁请权力的干预,我想这样也会使我们的文艺论争更加健康。即使一个文艺家的某些理论被孤立也不要紧,许多人不赞成我的意见,对我进行围攻,这种围攻如果只限于笔墨官司就没什么了不起,我会更坚强,我会坚持我这些艺术上的、美学上的、文艺理论上的论点。我可以不厌其详,你反对我,我可以写更长的一篇文章,你再反对我,我可以写一本书,详细地阐发。这不是很好,很光荣吗?我们应该尊重不同的意见,特别是尊重那种与自己的观点不同的文艺观点和文艺批评,尽可能避免或减少将这种争论变成寻找后台、寻找权力支持的"功夫在诗外"的活动。

关心文学事业还包括关心文学界的老中青作家。我们国家有一批德高望重的老作家,他们对文学事业所做的贡献有许多是今天的年轻人还未达到的、甚至也不了解的。尽管他们已经高龄,身体不太好了,甚至脑力也有点不从心了,但他们仍然是我们中青年的师长,我们在急于进行观念的思考与更新的时候,应该对这些文艺界前辈表达应有的敬意,我们完全可以在尊重历史尊重前人的情况下,而不是在无端抹杀一切的情况下进行创新。我希望我们老中青三代作家有更多的交流和对话,我们要警惕文学上的代沟的过分的或者不健康的发展。很多同志是否认代沟的,我想我们有没有代沟、什么叫代沟,也是可以进行讨论的。要警惕那种某一部分人或某个年龄段的人对另一部分人或另一个年龄段的人腹诽甚多、嘲笑甚多的情况,创造一种大家坐在一起交流文学、交谈家常、一起娱乐的气氛,避免因为年龄造成的文学上的磨擦乃至分裂。这里我特别愿意强调的是关心我们的文学青年,成为他们的朋友。我们同样也可以向文学青年学到他们那种思想不保守的创新精神,我们也可以实实在在地老老实实地把我们的见解和经验,包括我们走过的弯路告诉青年人,而不应对他们中某些人的浮夸轻薄一味迎合。

最后,这次会上还要讨论作协的体制改革。虽然我很长一段时期没有参与作协的具体工作,但是对作协还是很有感情的。因为从历史上看作协对作家来说是一个非常重要的组织和机构,是作家之家。是作家们聚会、研讨、切磋,当然有时候也是闹矛盾的一个不可取代的场所。今后从长远来说作协会成为什么样,这个我现在也不敢说,但起码在相当的时期之内,作协的作用是不能贬低的,作协的工作也是不能减少的,虽然有许多不尽如人意乃至很不如意的地方,我觉得作协的同志在这几年的各种状态下还是做了很多有益的工作,不失为文学界的一个相对稳定的因素。对作协工作的主体方面我认为是应该肯定的,但作协必须改革,如果不改革的话,首先还不是什么左了右了,这种事是论证不完的,而是作协会越来越脱离全国的广大的作家和群众,变成一个自我运转、自我服务的小机关。对于改革的长远方向,我个人认为,应该是专业作家的职业化、作协领导的业余化、作协机关的精干化与经费来源的社会化。当然做到这一点不是一朝一夕的,需要很多配合的条件,比如说稿酬、待遇、版权。也许需要很长一段时间才能做到。但我们起码要有这么一个目标,进行这方面的摸索,而且尽可能不做与这个目标背道而驰的事情。

同时在目前我特别希望作协能够为全国的作家服务,比如为全国作家的生活、健康、住房、待遇、版权、权益保障、进修等服务。我知道中国作协在这方面做了很多工作,还有些工作现在还没有条件做,我们会在职责范围之内向党和政府呼吁。代表作家的利益,不损害全局利益,在现有条件下多维护作家的利益,作协的工作是大有可为的。作协对于作家来说应该永远是亲切的。

发表于《文艺报》1988年11月26日

关于文化和艺术问题*

党校的领导要我向同志们介绍一下文艺工作的一些情况。全面的文化问题今天不准备谈了,因为它包括的内容很广,比如图书馆、博物馆、考古、旅游、宗教等等。今天谈谈对文艺工作的领导方面的问题。

一 正确地认识文艺的功能和作用,处理好文艺与政治的关系

最近胡乔木同志指出:文艺主要是一种社会文化现象,而不能够把它简单地看成全都是政治现象。这样一个见解是很重要的。社会文化现象比政治现象广泛得多,也缓和得多,因为它不是直接地分明地作用于政治事件、政治生活。作为一种社会文化现象,可以在这样的政治局面下存在,也可以在另外一种政治局面下存在。比如齐白石的国画,不同政治局面下,不同政治倾向的人都可以在客厅里挂一幅。具体地说,各种文学艺术门类有着非常不同的状况。文学、戏剧政治性强一点,音乐、舞蹈、绘画、建筑、杂技政治性弱一点。音乐相当抽象,你说这个调就一定表现了一种什么样的政治色彩、阶级色彩,很困难。大革命的时候,大家唱"打倒列强,除军阀",它的调子

---

* 本文是作者在中央党校的讲话。

就是一个美国民歌的调子。建筑、绘画、雕塑,特别是建筑,偏重于形式,你怎么批判形式主义,建筑就是偏重形式。至于房子盖起来以后,是革命人民在房子里开会还是反革命分子在房子里面开会,建筑师他管不了。杂技偏重技巧,杂技是艺术与体育都有,有一半是体育,我们现在把它放在文艺里面,其实算在体育里面也合适,因为它都是靠伸胳膊、伸腿、弯腰、平衡,都是靠身体的一种特殊技巧,如果把这些东西都说成是为政治服务的、从属于政治的一种宣传工具,那是很可笑的。还是在"文化大革命"当中"四人帮"在台上,于会泳当文化部长的时候,出过这么一件事,搞杂技调演,那时我在新疆工作,新疆有一些同志很热心,怕杂技没有革命内容,就在里面加上革命内容。一种技巧的主角成了李玉和,弯腰的动作也成了交通员把腰弯成八道弯寻找密电码,搞得非常滑稽。叠罗汉技巧也变成了烘托无产阶级英雄,以至于会泳都看不下去了。杂技团一位同志还把这个主张理论化,说杂技要表现无产阶级英雄人物,要表现敌人的渺小。结果反而触犯了当时文化部的领导,于会泳也感到太荒谬了,调演结束后,开会整顿批判,把新疆团的一个同志批得不亦乐乎。太政治化了,连于会泳都受不了啦。

  但是能不能反过来说文艺与政治无关?也不能,因为一切社会文化现象必然会接受到社会政治的影响。天下太平,娱乐性的东西就会多一些,民族危亡,娱乐性的东西就会少一些,大家会在作品里面反映出奔走呼号的意识:中华民族到了最危险的时候,起来,用我们的血肉筑成新的长城!与政治有关。个人崇拜、个人迷信盛行的时候,就会出现大量的颂歌、赞歌,"红太阳""父亲""慈父",会出现很多这样的东西。国家开放了,娱乐形式甚至会受到外国的影响。所以说文艺与政治是有关系的,不可能没有关系,它表达出来的很多情绪都和一定的政治背景有关系。现在有一批青年人宣扬他们的理论:我们搞的文艺和政治毫无关系。我说你现在敢于到处吵吵你和政治毫无关系,原因无非是因为我们采取了比较民主、比较宽容的文艺政策,我们国家也比较安定团结,拨乱反正以后对文艺的行政命令式的干扰大大减少了,人们的心情放松了。所以连宣称自己和政治毫无关系的现象的出现,也是我们的政治生活相对比较安定、比较轻松的情况的反映,如果我们正搞着运动,谁能宣称它毫无关系?这是一点:各种艺术形式品种不同,和政治的关系深浅不同,不要强求一律,说它们都与政治关系密切,也不要否定事实上存在的它们与政治的关系。

第二点是时代不同,一般地说,处在革命高潮当中,文艺的政治作用比较直接,也比较显著。因为正是革命的高潮,革命力量与反革命力量进行决战,在这个时候人心向背是起决定作用的。为什么我们战胜了国民党蒋介石?蒋介石有号称八百万军队,有美国多少亿美元的援助,有现代化的武器、机械化的部队,但是最后被我们打得摧枯拉朽,这就是人心向背。在这样的时候,在这种尖锐的阶级斗争当中,文艺的作用很显著。在古代文学艺术史上也有这样的例子。我在上小学的时候听老师讲,法国大革命的时候,革命快要失败了,这时候一奏《马赛曲》,大家一唱《马赛曲》,失败的人都鼓起了勇气,向前冲锋,大革命得到了胜利。法国大革命的胜利是《马赛曲》的胜利,这样说有点夸张,但是也有点根据。这样的故事中国也有,刘邦和项羽打仗,垓下之围,刘邦奏楚歌,现在有一个成语说大势已去,叫"四面楚歌"。刘邦是汉军,项羽是楚军,一唱楚国的民歌,起了涣散军心的作用,使项羽手下的兵士都思乡,因为他老打败仗,跟着出来好多年了,见不着自己的妻儿老小。张良一吹箫,四面唱起了楚歌,居然唱得项羽的军队开小差了,瓦解了,军无斗志,最后项羽霸王别姬,乌江自刎。还有美国的《黑奴吁天录》,对南北战争起了舆论准备的作用,因为小说里描写了黑人悲惨的生活,引起了人们的共鸣。在阶级、种族剧烈斗争时期,文艺影响人心、影响舆论、影响情绪,作用相当大。据说蒋介石在退守台湾以后,他也总结失败的教训,其中一条认为是文艺害了他,所以蒋政府很长一段时间是严格控制文艺的,禁止五四时期的大作家鲁迅、巴金、茅盾、郭沫若、老舍、冰心的作品在台湾传播,看这些人的作品都是地下看的。其实这些作家并不都是共产党员,有的人最早也不是非常革命的。所以上述这些估计又有一点本末倒置、以果为因的味道。

现在分析一下,项羽的军队被瓦解,首先在于他吃了败仗。而且项羽不能团结人,不会用人,他不用韩信,结果刘邦用了。项伯是他的长父,功劳很大,但他嫉妒项伯,把他赶走了。毛泽东、周总理都说过,项羽的特点是一言堂,不许群众说话,听不得反对意见,许多政策都是错误的。占领了阿房宫,还放火烧了三天三夜。不注重休养生息,不注意团结群众,也不讲军事斗争策略,匹夫之勇,接连打败仗。兵少食尽,败势已成,从政治上到军事上已经处在绝对劣势,他手下的士卒看不到获胜的希望。在这样的情况下,唱唱楚歌,就把他的士兵给唱跑了。如果在获胜的时候,我们淮海战役,你唱吧,唱什么能把解放军唱散了?你爱唱什么唱什么。我们北方兵也不少,平津战役的时候好多都是东北兵,你唱东北民歌能把大家唱散了?越唱打得越带劲,从北京、天津一直打到海南岛。《马赛曲》也是一样,首先是法国大革命得人心,反对路易十六,提出了资产阶级民主革命自由、平等、博爱的口号,这个口号至今仍有吸引力。认为文艺在政治斗争中能够起决定作用,甚至把亡国的责任也归之于文艺,这也是以果为因。

在和平建设时期文艺的作用更多地表现为一种建设性的作用。什么是建设性的作用呢?就是提高人们的文化素质,开发人们的智能,陶冶人们的道德情操,丰富人们的精神生活,它那种直接作用于政治的尖锐性远远不像在战争期间和阶级斗争的搏斗期间。一般地讲文艺有三个作用:认识的作用、教育的作用、审美的作用。在和平时期,它审美的作用、娱乐的作用就比平常突出,过去叫做歌舞升平。如果我们追求的是安定团结,就要创造一个歌舞升平的局面,就不能把歌舞里面搞得火药味十足,好像不知道还要跟谁斗一场。今天共产党是执政党,我们正在建设社会主义,歌舞升平的局面对我们有利,所以必须创造一个歌舞升平的局面。当然我们还有很多矛盾、很多斗争、很多困难,越有矛盾、越有斗争、越有困难,越要使人民的生活愉快一点,这种歌舞升平的局面,并不是对社会主义政治的背离,而是在工作重点转移以后有利于安定团结的情况下进行社会主义建设。这个见解大家可以讨论,可能有的同志不赞成:这还行!斗争的锋芒没有了!锋芒还是有的,必要的斗争还是有的。但是从总体来说,和平时期我们的文艺工作更侧重于满足人民的精神需要,而不是侧重于把大家都鼓动起来去跟谁斗。李瑞环同志提倡的一个观点我是很赞成的,他说我们现在的物质生活并不那么富裕,精神生活上凡是群众要求的我们能满足就应该满足。应该使爱唱歌的人有歌可唱,爱跳舞的人有舞可跳,爱钓鱼的人有鱼可钓,你和他拧着干什么?正常的健康的文化娱乐活动能够调节社会的神经。一个人的神经是需要调节的,你工作积极,很好,但不可能二十四小时都处在紧张工作的状态当中,你得有轻松的时候,有自我调节的时候。没有别的调节,你还要打两把扑克牌,看一会儿电视,或者是来了朋友喝二两酒,调节一下你的神经。社会也需要调节它的神经,不能使整个社会总是处在超紧张的状态。活跃的、安定的、歌舞升平的局面本身就是对社会主义政治的贡献,从来它没有脱离开政治,但又不直接从属于政治。

第三点,文艺的政治作用有一些很复杂的情况,很微妙的情况,它不像一个文件,你马上可以判断出来它的政治作用是好的还是坏的。它有近期作用,还有远期作用;它有直接作用,还有间接作用;它有发泄的作用,也有弥补和调节的作用。举例来说,一篇讽刺时弊带发牢骚性的诗歌,或者一篇散文,甚至是一篇小说发表出来,它的政治作用是什么样的?从最直接的作用来说是牢骚,它可能感染了很多人都跟着一块儿发牢骚。这是它的近期作用和直接作用,一种牢骚的发泄。如果这个度掌握得好,它又有一个弥补和调节的作用。什么意思呢?本来有一些事情不可能都解决得那么好,让他有机会也说说话嘛!所以中国从古代不论孔子还是皇帝,都非常重视民谣、民间的诗歌,通过诗歌来了解民间的疾苦。孔子所谓好的诗歌怨而不怒、哀而不伤,就很有分寸地表达了人民群众各种各样的不满情绪,结果就是让老百姓把这点意思说出来,反倒没有事了,不酿成大的问题。你要是什么都不许说,公共汽车太挤不许说,你为什么说公共汽车太挤?你对社会主义不满。今天中午伙食不好,白菜帮子没有洗干净也不许说,一说也是对社会主义不满。房子窄小也不许说,也是对社会主义不满。他老是这么憋着,他哪一天说呀?一年不许说,他憋一年,二年不许说,他憋二年,三十年不许说,憋三十年,到第三十一年头上他找一个机会还得说,没准还是爆炸式的,这叫做防民之口甚于防川。某些文艺作品起了一个高压锅上的限压阀的作用,高压锅煮得气特别大的时候要嗞嗞往外冒气,你说冒气还行,把它压死,压死它就爆了。冒气不大雅观,也不可爱,但是它慢慢冒一点气,起一种调节作用,弥补作用。比如说我房子住得很小,要真正解决房子问题很麻烦,经过分房委员会,经过科长批,科长批了处长批,处长批了局长批,然后看房子。都批完了以后还要经过家属批,为什么?因为分给你一个七楼,你家属说不去,三楼以上一概不去。解决这个实际问题相当困难,但是你给友人写信,或是写一篇什么文章叹息一番:我老张对学术界如此之有贡献,但是我现在的蜗居是十二平方米。报纸上也给你登了,很多人也来同情你,房子虽然没有分上,出了点气,也得到一点安慰。反过来说,你的文章发表了,你那个机关的书记也有点挂不住了。怎么他还十二平方米呀,别人都二十几、三十几平方米了,行政处怎么搞的,给解决一下。也许过二年真给解决了,这不是又有近期作用,又有长期作用嘛。还有一些现象,也很有意思,比如西班牙最著名的古典作品《堂吉诃德》。《堂吉诃德》是糟改西班牙,描写堂吉诃德像神经病一样,骑着驴,他要当侠客,和风车决斗,还爱上一个女人。写他的那种荒唐、主观,那种沽名钓誉、脱离实际、到处碰壁，这很可笑。但是《堂吉诃德》表现了西班牙作家塞万提斯的高度智慧和概括力，成为世界名著，至今上大学文学系必须给你讲《堂吉诃德》，你读外国文学，他一定要给你讲《堂吉诃德》，你爱看不爱看他也非给你讲不可。现在的西班牙国王卡洛斯，"四人帮"刚倒台的时候，一九七七年，卡洛斯王子还没有正式就任王位，到中国访问，当时邓小平同志是副总理，举行宴会招待卡洛斯王子，报纸上登了小平同志在宴会上的讲话，就讲到西班牙人民对人类历史做出了卓越的贡献，提到了哥伦布，也提到了《堂吉诃德》，提到了塞万提斯。尽管塞万提斯写的是讽刺西班牙中世纪社会的愚蠢与无聊，但是他是西班牙的光荣，因为它有这么伟大的作家，本身就是它的光荣。再如，杜甫是中华民族的光荣，表现了中华民族伟大灿烂的文学传统。但是你看杜甫的作品，里面写什么的都有。杜甫的作品不仅是歌颂，"朱门酒肉臭，路有冻死骨"，《茅屋为秋风所破歌》《兵车行》《丽人行》，反映"安史之乱"前后，特别是"安史之乱"以后社会的动乱不安，下层人民的困苦。所以对一些文艺作品的作用我们很难把它全面肯定或者全面否定，它的近期效果和长远的效果，它的发泄的效果和弥补调节的效果，有很多不同。我们做这样的估计，要得出什么结论呢？就是要得出邓小平同志一九八一年在关于形势和任务的讲话里说的、我们在三中全会以后改变了的文艺为政治服务的提法。文艺不是从属于政治的，更不是从属于当前的具体政策的，但是文艺也是不能脱离政治的。这几个观点，实际上是许多年的经验与教训的总结，是许多惨痛教训的总结。不仅在中国，在整个国际共产主义运动中，由于把文艺等同于政治，用对政治文件的要求来要求一个文艺作品，而出现了很多不应该出现的事情，所以小平同志才做出这样一个总结。为什么还要强调文艺不能脱离政治呢？这个意思也很简单，就是党还要管文艺，并不是说不许管了。既然和政治毫无关系，你共产党何必管文艺呢？不可能不管。这个话要说清楚,跟文艺家也要说清楚。为什么呢？因为共产党要用革命的手段(当然也要用建设的手段)全面地建设新生活,建设新社会,它对文艺的作用太夸大不好,不考虑这部分作用,视而不见,也是不可能的,实际上世界各国对文艺尽管管的方式不一样,也都管一点,不是一点不管。资本主义国家的政治家是号称不管文艺的,比如说美国和西德,它没有文化部,它说文化是民间的东西,让大家去搞,让群众团体去搞,让基金会去搞,政府管文化干什么呢？美国人还跟我讨论过这个问题,他说你如果问共和党最不关心的是什么？它就回答是文艺,还说我们不理解你们中国共产党这么爱管文艺。我说很简单,你那是共和党,我这是共产党。我们要全面地改造社会,当然要考虑到文艺的作用。但是你说它一点不管吧,最近我在报上看到一个消息,美国一九八八年度普利策文学戏剧艺术奖金是由里根出面发奖的。它仍然表达了国家元首对文艺工作的关心,对文艺家的尊重。日本最高的文艺奖是以天皇的名义的。社会主义国家对文艺应该更重视一些,完全不管是不可能的。但是管得要适当,要合乎文学艺术的特点。对文学艺术现象的判断,要合乎文学艺术的实际,而不要脱离开文学艺术本身,抓住其中一句话、两句话无限上纲,比如说《海瑞罢官》就是为彭德怀翻案,这在逻辑上非常混乱,怎么《海瑞罢官》就一定是给彭德怀翻案呢？后来吴晗找了很多证明,证明他的《海瑞罢官》写完时,彭德怀还没有罢官。因为一个作品,按我们中国的效率,写完后送给小编辑看,小编辑看完了中编辑看,中编辑看完了大编辑看,大编辑看完了社长看,然后签发,发到印刷厂,排上队,然后一校、二校、三校,三校完了付型,最后开印,这不是一个礼拜两个礼拜,一个月两个月能办成的,出一本书有时要一年。哪能那么快,彭德怀刚一罢官,吴晗一部长篇的多幕历史剧就编好了,然后就唱出来了,彭德怀亲自抓也抓不起来呀！这种完全脱离了文艺的特点和文艺生产的逻辑,扣上的政治帽子,确实是笑话。

二 党与文艺运动以及广大
　　文艺工作者的关系

党与文艺运动以及广大文艺工作者的关系,从历史上看既有成功的经验,也有失败的教训。在文艺运动上,国际共产主义运动有自己光辉的一页,社会主义这样一种关于社会公正与进步的理想曾经吸引了千千万万的文艺家与党共同奋斗。比如说在苏联十月革命时,高尔基坚决站在列宁的布尔什维克这一边,站在革命这一边。在中国,不仅鲁迅是左翼文艺运动的旗手,而且一些极为著名的文艺家如丁玲、艾青,早在抗日时期就奔赴延安投身到革命洪流了。到了解放战争期间,著名的文艺家、作家,可以说百分之九十五以上都站在共产党所领导的人民民主革命这一边。党员作家不用说了,丁玲、艾青、夏衍、茅盾、郭沫若(他的地位更高了)、巴金,连多年受西方教育的大知识分子谢冰心等人都回来了,还有一些老的文化人如叶圣陶,这些名字举出来也是灿烂群星,一九四九年从香港回来的文化人的阵容那真是了不起。相反,跟着蒋介石走的是寥若晨星,屈指可数,有名望的有胡适(他也不是文艺家是个哲学家),他确实是国民党知识界的王牌,有相当的地位,学问上有相当的造诣。还有最近来过北京的胡秋源、梁实秋。林语堂没有到台湾去,他一直在英国。还有清华大学校长梅贻琦。反正国民党那里你替他数,数来数去太可怜了,没几个人。在第二次世界大战反法西斯战争中和战后出现的一批共产主义的作家、诗人、画家在全世界非常有名,突出的比如法国的阿拉贡、毕加索。阿拉贡写过一个长篇小说就叫《共产党人》,他死的时候全国举行国葬,总统守灵,由于他文学上的成就,他成了法兰西的骄傲。毕加索就更不用说了,这位大画家,长期住在法国,国籍是西班牙,所以也可以说是著名西班牙画家,也可以说是著名法国画家,他是共产党员。俄国著名戏剧家布莱希特是共产党员,匈牙利革命文艺理论家卢卡契是共产党员。当然卢卡契这个人很复杂,他是主张社会主义现实主义的,但是在匈牙利事件中他跟着纳吉走了一段,纳吉那一批人都被枪毙了,但是没枪毙他,因为他是个学者。当时卡达尔就讲,让他回到书斋里去吧。这个政策也还开明,本来他就是书斋里的,让人家闹哄出来了,再回书斋里就行了。现在卢卡契的作品自然很受欢迎,我们国家最近也出了他的很多重要的著作。还有一些美国的左翼作家,我不一一列举了。共产主义的理想、社会主义的理想、人民革命的实践、民族解放斗争的实践以它强大的正义性和理想主义吸引了许多作家和文艺家。反过来,这些作家和文艺家通过自己的作品也吸引了更多的读者,群众跟着共产党走。在中国,二十年代、三十年代以来,可以说除了左翼文艺运动,没有像样的文艺运动。右翼文艺运动没有人马,没有阵地,没有作品,左翼文艺运动实际上起着决定性的作用。非左翼运动也有一些很好的作家,过去我们对他们骂得太过了一些,太冷淡了一些。沈从文、徐志摩,他们的力量实在不能与左翼文艺运动相比。左联还有好几个烈士。东欧国家,捷克的伏契克写《绞索套着脖子时的报告》。这是成绩和好的经验这一面。

  但是,我们也不能不正视在整个国际共产主义运动中,在社会主义国家中,文艺问题处理得不好的惨痛教训非常之多。苏联今年才做了一个决议,撤销联共中央关于日丹诺夫的报告。当时联共中央做了关于《星和旗帜》的决议,还做了关于歌剧《伟大的生活》的决议,把苏联最伟大的作曲家肖斯塔科维奇大骂了一顿,把左琴科大骂了一顿,左琴科的命运就更惨了,后来几十年就打入另册了。把女诗人阿赫玛托娃大骂一顿,把电影《列车东去》也大骂一顿。我看了一个西方国家出的书(当然其可靠性也是仅供参考),里面讲日丹诺夫很聪明,对文艺非常内行。顺便说一下,对于外行领导内行大家很有意见,但是内行领导内行,如果赶上这位内行很偏激又很厉害,比外行领导内行还可怕。为什么?因为他抓得住你,外行领导内行他发半天脾气也抓不着你,内行领导内行一抓一个准。日丹诺夫很厉害,而且日丹诺夫本身是个作曲家、音乐家,会弹钢琴。他作报告的时候,旁边摆着一架钢琴,上来先批一通:现在的作品是什么样子,混乱到什么程度!说完就弹一弹,这就是最近你们写的作品,柴可夫斯基是什么样子!莫索尔斯基是什么样子!说完又弹,多漂亮。这样的领导最可怕,他什么都懂,但是他又不容许你有别的创造,你非得服他不可,确实是厉害。一九八四年我到苏联访问,我问他们的学者,你们对日丹诺夫的报告怎么看?他们回答说,日丹诺夫这个人用意还是好的,具体的批评过分了一点。日丹诺夫批评过的人都平反了,对日丹诺夫也不要再提什么了。他代表的大概是契尔年科的政策,意思是具体人都解放出来了,这事不要再提了。最近苏共中央正式做出决议撤销这个决议。至于中国的事情就更多了,最近比较引人注目的是胡风问题。胡风这件事现在是过去了,回想一下一九五四年、一九五五年,那也是吓死人,胡风的第一批信件,第二批信件,每封信都有毛主席亲自写的按语,有很多著名的话,"文化大革命"中最激烈的话都是那个按语上的,什么"人民大众开心之日,就是反革命分子难受之时",什么"各种反动阶级的代表人物,在他们失败的时候就要躺下装死"。搞得如此之大,把一个文艺上的争论变成政治争论,然后变成反革命阴谋,就此在全国搞了肃反运动。确实有一些人处理不好与文艺家的关系,给一些忠心耿耿的文艺家以打击,但反过来说也有另一方面的经验教训。比如波兰,一九八〇年团结工会闹事,波兰的作家公开站在团结工会一边,所以后来政府没有办法,解散了作家协会,重新选。有些世界性的作家组织比如国际笔会每年都通过一个决议,不承认波兰这个作家协会,说它是伪作家协会。去年七八月是匈牙利作家协会闹得最厉害的时候,作家协会做了个决议,内容大致是:我们的改革已经进入了死胡同,中央的改革错了,我们要重新研究怎么改革,挽救我们的国家。匈牙利部长会议的领导人马上发表了一个讲话,很强硬,意思是说我们并没有忘记过去的教训(指纳吉时候的教训),不要到我们这儿来挑衅,如果你们对当前党和国家的重大事件采取异己的立场,那么我们也会做我们认为应该做的事情。匈牙利还有个人民阵线,有点像我们的政协,人民阵线的主席就出来说话:别吓唬我们,不要恐吓我们。匈牙利的作协是由匈牙利文化部管的,文化部做了一个决定:由于作协表现不好,全体作协成员停止出国一年,一律不签证,不发出差费,很热闹。我十二月去访问,问情况怎么样了。匈牙利的文化部长科佩奇说,最近好一点了,因为作协的人认识到僵下去没有什么好处,昨天还接到作协主席的信,要求跟我进行正常的对话,我准备和他对话。这一段又稳当一点了。

这就是说,和文艺家的关系,如果处理不好,有两种可能性。一是打击了完全不应该打击的优秀的文艺家,政治上、文艺上的影响都是消极的;二是使文艺家变成反对派。两种可能性都有。应该说比较起来中国的情况要稳定得多,因为中国目前一批成为文艺界骨干的文艺家有很多是参加过革命实践的,是在革命运动中接受了党的领导、党的教育,与革命人民同生死、共患难的。但是二十年、三十年以后情况怎么样,很难说,就看我们的政策和我们的工作做得好不好了。为什么会产生这些问题呢?

第一个原因就是我前面已经讲过的:简单化地理解文艺与政治的关系,因此进行了不适当的干预。

第二个原因是我们党的一些领导人、政治家,在了解文艺家特点、了解文艺家的特殊性方面有待进一步的努力。文艺家不同于政治家,文艺家喜欢标新立异,政治家不能老是标新立异,有时可以提点新的东西,有时不能提新的东西,每天一件新的东西,还得了哇!哪有这样执政的?有时就要全国一致,大家统一口径,比如对外谈判,你信口开河是不可以的,重大问题表态,全国一个口径。但是文艺家喜欢标新立异。政治是集体的行动,最重要的就是集团的凝聚力,而文艺生活特别强调个人的创造、个人的经营。事实证明,文艺上用有领导有组织的集体的方式搞成功的几乎没有。"文化大革命"的时候不是讲"三结合"嘛,领导、作家、群众三结合,还总结说:领导出思想、群众出生活、作家出技巧。非驴非马嘛!怎么可能这样呢?!最生动的例子是老舍,在老作家当中,老舍是解放以后创作最活跃的作家。茅盾解放以后创作基本停了,只写一些评论性的东西。巴金解放以后拼命想写一点,但是达不到原来的水平。曹禺也是努力地写了《胆剑篇》《明朗的天》以至《王昭君》,但是他承认自己写得最好的还是《雷雨》《原野》《日出》《北京人》《蜕变》。但是老舍解放以后写得很积极。因为他比较接近下层,比较适应解放以后我们提倡的表现劳动人民的方针。《龙须沟》是大家都知道的。"三反""五反"以后,对资本家进行社会主义改造,老舍说要写一个对资本主义工商业者进行社会主义改造的戏。这样一说,有关的领导都非常高兴,老舍这样的作家、老作家要写歌颂社会主义改造,就派了不少人向他提供情况、参谋、商量,制定剧本的提纲。最后这个戏实在是不敢恭维,它四不像,因为老舍自己没有这方面的直接体会。过了几年,大跃进的时候写《茶馆》,老舍的本意是响应党的号召,歌颂普选。分四幕,第一幕跟现在的《茶馆》差不多,第二、三、四幕都是歌颂普选,怎么样选举人民代表,写完了以后导演、专家谈,您这最精彩的还就是这第一幕,您这底下那些没法演。怎么演普选?能不能把第一幕发展一下?老舍驾轻就熟,没几天就把二、三、四幕写出来了,就是现在的《茶馆》。所以它不是一个大兵团作战的产品,也不是领导的直接关怀的结果。有组织的文艺生产也不是绝对不可以,比如大歌舞,《中国革命之歌》《东方红》,这样的大歌舞非组织不可,你不组织,一个人搞得起来吗?还有一些重大题材,比如我们好多领导人一直关心的三大战役的题材,也需要组织。但是在许多情况下,文艺家更需要的是个人的创造、个人的活动。

　　文艺家一般都具有聪明、敏感、热情、喜欢标新立异、喜欢单独行动的特点,另一方面他们往往又具有清谈、不很了解实际、片面、情绪性多于科学性,互相内讧、互相斗争的特点。浩然有一个名词,他说什么作家呀,作家是"人精""人核"。作家谁服谁呀,不是"人精""人核",能呼哧呼哧写这么多?不要说写了,抄你都抄不过他。《金光大道》现在不合时宜了,但《金光大道》一个月写了三十多万字,你们一个月抄三十万字试试。文艺家一般都很聪明,很敏感,很多心理有超前性,别人还没认识的他认识到了。过分的超前性又常常使他脱离群众,引起社会的不满,因为他怪论太多,你到作家那儿听去吧,怪话大全。你会想,他的脑瓜怎么会琢磨出这么句话来?但是另一面他情绪化、清谈。文学作品没有可操作性,你听作家讲话吧,天花乱坠,就是没有可操作性,既没有指令性,也没有指导性。交通规则必须有可操作性,企业管理的改革方案得有可操作性,房屋私有化也得有可操作性。可是作家的文学作品,艺术的东西它没有什么可操作性。所以在政治家的眼中,作家、艺术家是一批背着手说话不腰疼的人。物价涨,他骂,干部水平太低,他骂,房子少,他骂,汽车挤,他骂。他什么都要骂,但是他对哪个事负责吗?他对哪个事都不负责。清谈、情绪化,而且喜欢互相斗。我刚到文化部的时候好多朋友就告诉我,演员要来找你,你可千万别表态,他又哭又笑让你实在不知道怎么好。每个人来都把自己说得非常之好,非常之可爱,非常之可怜,非常之值得同情,而把他的对立面形容得非常之可恶,非常之专横。确实有这样的领导,演员来了,一边谈一边哭,有鼻子有眼,说得真实极了。这个领导马上就表态:不像话,你们书记怎么搞的?回去跟他说,我说的,明天就要解决,一定要解决。还有,作家、艺术家常变,他今天来跟你这么谈,流着泪跟你谈的,你同情他,把他的对立面压了一下,把他抬了抬、捧起来了。过三个月他来,又笑了,说他那个对立面好得很,根本不坏,更坏的是另外一个人。你说怎么办!老让他牵着鼻子走,你干这么两件事,在文艺界就别待下去了。人家就开始编你的歌了:情况不明决心大呀,演员一哭就害怕呀!艺术家喜欢言过其实,政治家讲话要非常有分寸,多一分也可能就左了,少一分也可能就右了。但是艺术家你很难这么要求他,他说着说着高兴了就往上加码,他有即兴创作,这个即兴创作在艺术上往往是最精彩的。你排练了二十次他都没有这个动作,到了演出的时候,下面一鼓掌,他情绪来了,一高兴增加了好几个动作,这动作精彩得不得了。可是研究问题、决定问题你这么干行吗?即兴创作,和戈尔巴乔夫会谈,一高兴即兴创作给他增加两条,或者戈尔巴乔夫一高兴本来计划在联大宣布裁军五十万,底下掌声一热烈,我再添一百万!那是不行的。所以,由于这些特点的不同,造成文艺家和政治家和一些领导人之间的相互隔膜,搞好了很好,搞得不好,领导人会认为文艺家说话不算数,办事不负责,反映情况不真实,一个个傲气十足,牢骚满腹,照顾越多越没个完,好出风头,互相之间又勾心斗角,是一群散漫的兵。苏联俄罗斯共和国作家协会主席米哈尔科夫(苏联国歌歌词作者)一九八五年到北京访问,他说了一个笑话,说领导作家还不如领导一个动物园。正因为米哈尔科夫本身是作家,所以他敢这么说。可是在作家、艺术家的眼里这些领导人不学无术,贪污腐化,专横不讲理,指手画脚,饱食终日,一个个都是官僚。当然,我说的这些不是绝对的,只是说有这种可能性,有产生这种隔膜的可能。党与文艺工作者的关系就是要了解这些文艺工作者的特点,了解他们的长处,也了解他们的短处,然后你才能对症下药,才能成为文艺工作者的知音,否则你处理不好。

那么,我们应该怎么办,是不是党就不要领导文艺了?我认为党对作家、艺术家最需要做的是下列几项工作:一、使作家、艺术家了解全面、了解实际。因为文艺家的不足往往在于他了解情况不全面、不实际。二、各方面的领导人和文艺家进行坦诚的对话,增进相互之间的了解。我们要有这样的信心,多数的文艺家都是通情达理的,而我们党的各项政策和实践,都是为了人民的利益,为了国家的利益。所以我们要勇于和文艺家对话,增进相互了解,不要躲着文艺家,躲着不是办法,将来可能出事情。三、用政治思想工作来协调文艺队伍内部的关系,有利于在文艺问题上开展健康的民主的争鸣。刚才我讲了,由于文艺家个性很强,每个人主观的意识都很强。所以文艺界内部纠纷特别多,我们的任务是尽可能避免介入文艺界内部的纠纷,力争创造一个比较民主比较健康的艺术与文化的环境,使各种意见能够正常地讨论。因为实践已经证明,我们介入文艺界的斗争,支持其中一部分人而给另外一部分人扣上大帽子压到五行山下,这种做法常常是后遗症非常之久。为什么文艺界到现在还经常算一些老账呢?很多老账是三十年前的、二十年前的,甚至是五十年前的,左联时期的。要正确地处理好文艺界内部的关系,慎重地运用我们手里的权力。多年来形成一种情况,当文艺界有斗争,领导上往往愿意支持其中一部分人;还有就是文艺界有一些人,一有争论就告状,希望能拉几个领导给自己做后台,壮胆。四、要在力所能及的范围内为文艺家创造有利于艺术生产的条件,帮助他们解决一些具体问题。这就是说,领导就是服务。五、对于文艺的一些大的现象,可以有表扬,也要有适度的批评,比如我们提倡什么样的文艺作品,有了这样的作品,各方面反应也很好,我们给予一定的表彰,是必要的。要尽可能通过文艺界本身来做,不要做得过分。过去常常有这种情形,一个时期提倡某一部电影,或者提倡某一个戏,演这个戏时就去很多领导干部,然后见报,书记也来了,委员也来了,这个长也来了,那个主任也来了,一坐一大排,然后与演员合影。这种办法不是不可以用,但要慎重,因为用多了大家会反感。反过来说,对文艺界的一些消极现象也要提出批评,不批评是不现实的,事实上也没有中断过批评。但是批评要适当,抱着商量的态度。法律问题由法律解决,只要不是法律问题都要商量。领导人也好,领导机构也好,对事要表示一点意见,发出我们的声音。认为文艺家可以大喊大叫,领导人只能大气不出,这也是不对的。领导人也可以说话,但是要说得适当,不强求,允许保留意见。最近中央在搞一个《关于进一步繁荣文艺的若干意见》,里面提到党对文艺的领导是政治原则、政治方向的领导,保证文艺沿着正确的方向发展。意思是说抓大的方面,不要具体地干预一个歌,一出戏。还要通过党组织的保证监督作用和党员的先锋模范作用开展工作,按照德才标准向文艺部门推荐干部人选,加强领导班子建设。党不能取代政府机关管理文化的职能,不能包办群众文艺团体的活动。党的领导部门对文艺事业管得太多、太具体,往往会限制文艺团体和文艺家创造性的发挥,也使自己陷于事务之中,影响政治领导,不利于在文艺界发挥宏观调节和引导作用。党的领导部门要充分尊重文艺的特点和规律,对具体的文艺作品和学术问题少干预少介入,文艺作品的好坏,要由广大读者、观众和文艺界自己来回答。有些问题的是非一时难以分清,要允许从容讨论,不要急于下结论,有的也无须做出统一的结论。文艺上的很多问题,用不着党去给它做结论。争吧,愿意争就争嘛,讨论嘛!哪怕领导人认为其中一种意见比较正确,另一种意见相当的不正确,也不必急着做出一个结论,因为你做结论也没用。记得联共十九大马林科夫的报告中有一页多讲现实主义的典型问题,说典型问题是一个党性问题。到现在我也没弄明白怎么典型问题变成了党性问题。小说里的典型塑造得不好,就是党性不纯?典型问题是一个争不清的问题,现在也还在争,今后还会继续争下去。党的十三大召开以后,一些文艺界的朋友跟我讲,我们有意见,紫阳同志的报告里讲文艺问题讲得太少了。我对他们说,对这个问题我两方面看,一方面我和各位一样,希望党中央、国务院和各方面的领导关心文艺工作,帮助文艺界解决一些困难,解决一些问题;另一方面,在一个党的代表大会上要讨论的是最重要的全国性的政治经济问题,在这个会上分散大家的精力去讨论文艺问题,未必是一种可取的做法。参加会议的大部分是领导干部,如果专门拿出三天时间来讨论文艺问题,做出来的决议你很可能不满意。大家正式在大会上谈,一谈火都来了,这个小说写得不好,那个戏演得不好,电视上的歌星扭来扭去成什么样子,衣服越穿越少了,要长尺寸,最后做了这方面的决议,你执行不执行?所以这个事情也是要一分为二的。这次制定的这个文件,为什么紫阳同志提出"少干预"这么三个字,有些同志对这个不太满意,在开中央会议的时候,我们组里有同志问为什么报纸上公开地登"少干预"呀,少干预行吗?文艺都乱成这个样子了,你还少干预,这不更乱了,反了天了!我想"少干预"的意思不是说放弃党对文艺工作的领导,而是避免党陷入某一个具体作品具体问题的争论。避免由党对具体作品做出判断,一个电影好不好,非得党中央说话,你说怎么说吧,比如《红高粱》,党中央出来说,这个电影好,不知要气死多少人。反过来,党中央说这个电影坏,也搞得很被动。这何必呢!使很多文艺家不高兴,很多观众也不高兴,洋人也不高兴。外国人说,你看我们给中国发一个金奖吧,中国人还怀疑我们,说我们是不是为了成心糟践中国人才给发金奖。这个逻辑太过分一点,因为用发奖来侮辱一个国家这也是罕见的事情,我想侮辱这个国家我就老给他发奖,这也是很离奇的想法。最近中央一位领导同志讲,党、党的领导干部要知道自己对文艺的责任,要知道自己对文艺施加影响的范围和限度。哪些事你有责任,哪些事你必须施加影响,但你不能超过这个限度。比如有人说,现在中国没有出梅兰芳,是由于共产党领导得不好。通过改善领导来"培养"梅兰芳,这就超出限度了嘛!出梅兰芳是由于国民党领导得好?国民党怎么帮助了梅兰芳?他找不出一条来嘛!梅兰芳很大程度上是靠个人的才能。党力求创造有利于文艺发展的社会环境与文化环境,但是文艺成果并不完全决定于环境,许多重大的文艺成果,恰恰不是在环境最好的时候出现的,这个事很怪。中国的长篇小说,没有哪一部能超过《红楼梦》,但是《红楼梦》恰恰是在非常恶劣的环境下,社会环境和作者的个人环境都非常恶劣的情况下写出来的,咏曹雪芹的诗说:举家食粥酒常赊。全家尽吃流食,不是因为胃病,是因为没钱,喝酒也要赊欠。他的朋友敦诚回忆,曹雪芹见他的时候,有时把大褂脱下来当了买点酒喝。说明当时作家的生活并不好,没有职称,没有级别,没有工资,没有公费医疗,也不能报销,什么都没有,当时的文字狱还非常厉害,并不民主。所以,社会环境、文化环境对文艺成果能发挥很大的作用,但也是有限的,不能决定一切。比如说现在话剧萧条,是因为你领导得不好,可我领导得好也未必能够解决这个问题。很多文艺问题有它自己的规律,领导并不决定一切。所以,了解我们施加影响的范围和限度非常重要,在不能施加影响的地方拼命施加影响,你喊了半天也起不了作用;而该施加影响的地方你又没有施加影响。最能够施加影响的无非是我刚才说的向作家、艺术家介绍全面情况、实际情况,与作家、艺术家对话、交换意见,为他们解决一些实际困难,调节他们的内部关系,创造一种合理的、争鸣的环境。

关于健康合理的争鸣,我还要讲一点。我们国家虽然讲百花齐放,百家争鸣讲了很久了,但是真搞起来往往很多人不习惯,不光是领导不习惯,作家、艺术家本人也不习惯。很多人都希望民主,但是都希望给自己民主,不希望给自己的对立面民主,听到一点不同意见,那个要求民主的人会跳,那个反对民主的人更会跳。所以文艺界虽然整天喊争鸣,但实际上或者是根本不争,一个时期一个调。一个时期的风三刮两刮,这部分作家、艺术家心情很舒畅,另一部分作家、艺术家很不高兴。又不知道出了点什么事,风转过来了,原来不高兴的高兴起来了,原来高兴的就又不高兴了。还有一种情况是,有了一点讨论,但这个讨论很快从文艺上的讨论变成了人与人之间的对立,变成了这一派和那一派的对立,于是纷纷到领导上去找支持者,甚至于造成领导和领导之间的矛盾。这都是不健康的。要使大家能够发表自己的意见,同时也允许旁人发表不同的意见。这次胡启立同志在第五次文代会的祝词里特别提出来,我们的报刊、舆论工具,对文艺的论争要采取客观公正的态度,要允许不同的意见发表出来,只要言之有理,不是谩骂,不是诽谤,不是侮辱别人,都允许发表出来,这点是非常重要的。处理好党和广大文艺工作者的关系,正确地掌握党对文艺工作施加影响的范围和限度,是很重要的。

三 对当前文艺现状的一些看法

这主要是指党的十一届三中全会以来文艺界的一些情况。应该说十一届三中全会以来文艺界有了蓬勃的发展，非常活跃，拨乱反正，为在"文化大革命"中和历次政治运动中受到不应有的打击和迫害的作家、艺术家平反，恢复名誉，创造条件，使他们重新投入文学艺术创造性的劳动，同时涌现了大量新的人才。人民的文化艺术的精神食粮更加多样，现在有多少书可看，有多少电影、电视可看，有多少戏曲、戏剧可看。回忆一下八个样板戏的时期，那真是不可思议。我现在还记忆犹新，一九七七年一九七八年，"四人帮"倒了一年了，《洪湖赤卫队》上演了，很激动，然后《东方红》也上演了。这样一种情景，反映了我们国家政治生活、经济生活、社会生活的迅速进步。在最近召开的十三届三中全会上赵紫阳同志在报告里提到，这十年来最重要的一个特点，最大的一个成就，就是结束了长期以来封闭和停滞的局面。这是一个了不起的历史性的伟大成就。这句话完全可以用在文艺上，文艺上也是结束了封闭和停滞的局面。活跃，不仅仅是文艺家的活跃，是全民族、全体人民思想更加活跃，精神更加解放。赵紫阳同志在十三大的政治报告里两次提到实践检验真理的大讨论带来民族精神的大解放，一个十亿人口的国家，如果大家不敢用实践去检验真理，都是"两个凡是""一句顶一万句"，这个国家还有什么精神力量？你看着我，我看着你，你怎么说我也怎么说，谁也别多说一个字，连标点都不能改。甚至连文艺都这么干，江青规定所谓普及样板戏，一招一式都不能变，连李铁梅衣服上的补丁都不能变，刘长瑜演的时候那是多大一块，你地方戏演的时候也得是那么大补丁，这样一种僵化，把人们的创造力都窒息了。所以尽管目前文艺上的活跃局面不一定是政治性的，有很多是娱乐性的，有些是古典的，与当前的时事政治、通货膨胀、解决党风问题没有什么关系，但是这个局面反映了全民族精神的活跃、思想的解放,而这样一种全民族的精神活跃、思想解放,有利于改革,有利于开放,有利于我国的现代化。现代化不可能建筑在一种僵化的、封闭的精神状态上。如果做一个总的估计,文艺界和其他各界没有什么区别,一样的,成绩很大,搞活了,改革了,开放了。

与此同时也产生了许多新的问题、新的课题、新的挑战,是过去我们没有遇到过的,这些新问题我主要从三方面来谈。

第一方面,在活跃了的同时,确实有一种涣散的趋势,没有一个共同的理想、目标来把人心维持住。特别是一些年轻的文艺家,他们既没有经历过与日本帝国主义、国民党反动派的斗争,也没有经历过新中国成立以后的风风雨雨,所以他们觉得自己想干什么就干什么,不受社会的约束,也不承担对社会的责任。过去我们讲,我们的作家很好,你看,这个出国不回来了,那个出国不回来了,作家没有出国不回来的,因为他搞的是语言艺术,离开了本国的语言环境,你这个行当就搞不成。可是现在也有不回来的,当然,不回来也不能简单地说他如何之坏、叛国,不要扣那样的帽子,也可能他这两年不回来,过三年又回来了,回来了我们也欢迎。问题不回来他还讲一个理论,有的外国朋友、台湾作家,看到大陆的青年作家出去以后不回来感到非常奇怪,说你不是作家吗?你的作品写得非常之好,你为什么不回去呀?他回答说,为什么作品写得非常好我就必须接着写呢?为什么非得一篇一篇写下去不可呢?高兴了我就写,不高兴了就不写。我得让作品为我服务,我不能为文学服务,我凭什么要为文学服务呀?我没有这个义务。把关心他的人堵回去了。我们现在进行现代化建设,进行很艰巨的改革开放,有一部分作家、艺术家觉得这些事和他没有什么关系,对他没有吸引力。这跟我有什么关系,反正也搞不好。这种论调越来越多。这个问题怎么办?我觉得只有靠党的长期的工作,靠我们事业本身的进展来增加社会主义事业的吸引力和凝聚力,用别的办法不行。你发脾气,按百分之一二三的比例揪出一批人来,谁不关心社会主义,咱们送他去强制劳动,这都不是办法,那样搞的结果只能越来越糟糕,只能是造就一批反对派。对这样一种涣散的、非凝聚的、缺少崇高的社会理想和社会责任感的现象,我们要正视,还得耐心,还得做一些有益的工作,着急不行,不承认也不行,大骂一顿当然更不行。

这里,我认为在青年文艺家当中发现、培养一批真正愿意为祖国的社会主义现代化事业、为改革和开放事业贡献力量的骨干人物,是很重要的。刚才闲谈时,高扬同志说,他曾经考虑过,我们中央党校能不能也请一些党员文艺家来这学习学习,我认为这是一个很好的主意,当然有相当的困难,但是我是赞成这样做的。

第二方面,商品经济的发展给文艺工作带来了新的推动与新的冲击,又有推动,又有冲击。推动是什么意思呢?商品经济的发展使很多人注意到要使自己的文艺劳动、文艺工作、文艺创作、文艺表演上能够满足人民群众的需要。你演一个戏,戏再好,你得卖得出票去。你这戏卖不出票去,却说我这戏社会效益很好,这个我很怀疑。卖不出票去当然经济效益不好,经济效益坏到了没人看的程度,社会效益好在哪呢?这个社会效益又摆在哪呢?商品经济的发展推动人们去注意人民群众对文化、精神市场的需要,也推动我们的一些文化事业单位、剧团、出版社改善自己的经营,因为不改善经营就活不下去。也推动了一些艺术家增多他的艺术实践,现在很多艺术家既在团里排着戏,又经常"走穴",被别人请去,这里演一场,那里演一场,有更多的实践机会,能为更多的群众服务,也打破了文艺的"大锅饭""铁饭碗"的体制。

我们的文艺体制,也有许多需要改革的地方。中国这个文艺体制在全世界非常罕见,包括在社会主义国家,没有这样的文艺体制。我们的很多文艺家全部由国家养起来,我们的作家、画家这些个人劳动者(演员的情况不同,演戏往往需要一个集体)都是由国家养着的,还要搞职称,还要发工资,出差还要给报销,这在全世界没有,苏联没有,东欧国家也没有。苏联的作家和画家是自由职业者,我问过苏联人,非常明确。罗马尼亚的作家、画家也是自由职业者,靠稿费生活,靠卖画生活,社会团体给作家、画家一定的补贴。补贴分两种,一种是创作贷款,第二种是万一你搞了两三年,作品出来了,但是卖不出去,那你不就很困难了吗?怎么办呢?收购。比如,作曲家写了曲子、歌剧,哪个剧团都不排,这个歌剧不是白写了吗?苏联作曲家协会收购你这个手稿,然后再慢慢给你联系,也许三年五年,也许十年八年,帮你找出路,也可能长久找不到出路,就把它作为资料保留了。这样做有一个好处,就是每个人都能按劳取酬,靠自己的劳动成果吃饭。中国不是这样,中国是全部养起来。当然要做到那一步也有很多条件。中国作家就说了,当然了,人家稿费高。在苏联出一本十五万字的书,能得到一万卢布的稿费,一万卢布可以吃十年。在中国出一本书呢?一千五百块钱人民币,扣三百块钱所得税,还剩一千二百块钱,够吃半年,所以很多问题是没法解决。但是,中国目前这种制度,对作家也没有好处,有的作家说,我当了作家以后,吃饭问题不用操心了,好像成了生活之外的人了。说一句笑话,有一些追求很新奇的理论、很新奇的观点的人,批判中国的传统文化,批判中国的"大锅饭",批判中国的"铁饭碗",批判中国的官本位、官僚政治,但是,你跟他商量:咱们是不是改一改这个制度,先从你这儿改行不行?你不要这个"大锅饭"可以不可以?你不要这个"铁饭碗"可以不可以?这些年轻人回答了:"党是亲娘我是孩,噗通扑进娘的怀,咕咚咕咚要喝奶。"这是最近发生的真实情况。到喝奶的时候,党真是亲娘。整天讲中国不改革就不行的人,你真改他的革,他也不赞成。各行各业都如此,都要求别人改革,自己不改革。我听北大的同志讲过,大学生是改革的先锋派,要是听他们的意见,咱们都得改革,那改革快极了。可是你先改革一下,把助学金改成奖学金,他们很多人就不赞成。所以,高喊改革的人,往往也不赞成改他的革。目前文化部在抓艺术表演团体的改革,取得很大成绩,但是困难也不少。因为艺术团体这个"大锅饭""铁饭碗"已经到了无法运转的程度了。很多艺术团体的人数是解放初期的十倍,解放初期五十人的团体,现在变成五百人了,汽车也增加了,房子也增加了,办公室也增加了,团长、副团长都增加了,解放初就一个团长,现在一个团长、四个副团长,但是它的艺术生产反倒没法运转了。为什么?文化经费太少,我们国家的文化经费是相当低的,国家财力有困难。这点有限的文化经费,基本上都变成了人头费了,连图书馆也是这种情形。画家里这种问题也很多,我们有的画家是非常之有钱,但只是很少数,大多数是很清苦的。但就是这些有钱的画家,他也要你的"大锅饭",为什么呢?因为"大锅饭"是不吃白不吃。他非常有钱,买一座楼都能买得下来,但是他就是不买这个楼,他跟你要房,为什么?我是政协委员,我都到这个级别了,为什么不给我房?还有些艺术家,落实私房政策以后,他把自己的房全卖了,然后跟你要房。所以,"大锅饭"真舒服啊。你想想,哪有这样的优越性?卖画的钱全归他自己,但是房子国家得给,出差国家得补贴,他还得享受各种待遇。我们剧团的演员也是这样,每月的工资领着,剧团里分配的事他不一定干,自己出去"走穴"去。资本主义、社会主义全占了,这样的优越性天上地下没处找去。所以,这样一个体制非改不可,尽管我们要考虑承受能力,但是还是要改。这是说商品经济给文化工作、文艺工作提出许多新的课题、新的推动,但是也带来许多新的问题。

新的问题,很简单,就是有一些严肃的、高雅的东西,学术性强的、档次高的东西,受到了挫折。比如一九八五年全国出版武侠小说的高潮,就是出金庸的武侠小说,还有武侠小说的连环画,各个出版社、各地都在那儿出,一共出了十亿册,人手一册。一九八六年又是"琼瑶热"。音乐上也非常明显,现在你打开电视,全都是手里拿着一个麦克风在那扭,相反,我们最好的音乐家,观众却不知道。我们培养了最好的音乐家,比如青年指挥家,留美的陈佐湟,留德的汤沐海,在国际乐坛上都已经很有名声了。汤沐海回国演出的时候,西德驻华大使非常称赞,他跟我说,这就是卡拉扬。西德有个卡拉扬,名气非常之大。这些大家不知道,大家知道的就是扭来扭去的歌星。对歌星我们也不排斥、不打击,但是总要有一种更高档次的精神生活。一味地凭市场法则来支配精神生产,会带来灾难,会使我们的精神生活变得档次越来越低。在资本主义国家,它的交响乐队没有一个是赚钱的,芭蕾舞也没有一个是赚钱的,它的成本太高,赚钱的是通俗歌舞。所以,这个事说着很容易,做起来非常之难。比如,你批评出版社,出版社说我也没办法。我过去是作家,整天骂新华书店,说新华书店只订《七侠鸳鸯》《棺材》《僵尸》这种书,好一点的书他就不订。作家里流行一个说法,说新华书店的小辫子主宰了我们的命运,因为现在出书时,出版社写一个几百字的内容提要,由新华书店总店发给各个分店,分店的售货员一看这个题目,说不错,可以要。这要一百本,那要一百本,这一下子就海了。有的一看题目,他就不要,说这书在我们这卖不出去,不要。一本也不要,你就完了。由谁来填订货单呢?据作家说是由新华书店的小辫子,意思是说他们没有多少学术修养,文化素质也不高。但是你这样骂了半天也是白骂,一点用处都没有。新华书店讲了,财政部有规定,三个月之内资金必须周转。你出的书我三个月卖不出去,我就积压了资金,要库房没有库房,要资金我没法上缴。能不能反过来批评财政部呢?现在我们的资金非常困难,你再不让它周转,那还得了!所以,要真正解决这个问题非常难。目前我国的知识界、文艺界,对这种市场冲击文化的现象怨言很多,责难很多,这些责难有些是由于不了解实际情况,但是我们还是要正视这些责难,你如果不正视它,也影响党和知识界的关系,甚至造成客观上的一种后果,就是贬低改革所取得的成就。这个问题也是值得重视的。

　　问题能不能解决?我认为有很多问题还是能够解决的。对重点的东西,国家还是要补贴,就是把现在的每人一碗饭变为重点补贴。再有,我来到部里以后,已经给国务院报过文了,就是我们的国家要有国家奖,要有高级的文艺奖,就像美国的普利策奖一样。我们现在文艺方面的评奖,多、滥,而缺少最高级的权威的奖。通过权威的最高级的奖,可以表达国家对高档次的精神产品的支持和鼓励。还有文艺家的荣誉称号,这个全世界都有,苏联有人民演员、功勋演员,最高的是列宁奖金。法国叫龚古尔奖金,还有龚古尔文学院,凡是够了一定水平的可以做院士,院士就是一个荣誉称号。美国也有文学院、文学院士。世界各国都有这么一套,这一套我们也要逐渐完备起来,以体现党和国家对文艺家、对真正高档次的文艺产品的鼓励、支持。对市场法则不能不尊重,也不能听之任之,当然全面否定也不行,因为不管你搞得多么伟大,多么高明,最后还是要通过市场,市场也是文艺产品和广大对象之间的一个媒介。看电影得上电影院,你想看就得买票,作家的书你得上书店买去。文化市场的机制也要逐渐地完善起来,使它既发挥市场的作用,又不是无限地泛滥。

第三方面,就是在开放的形势下出现的外来文化与我们的传统文化之间的冲突,这种冲突有时候很激烈。《河殇》就表现了这样一种很强烈的情感:中国落后了,中国为什么落后呢?因为中国的传统文化弊病很多,中国的传统文化早就死了,只有来一个大换血,只有吸收西方的开拓、进取、民主、科学这样的精神,中国才有希望。表达了一种非常强烈的认为自己的文化传统已经完蛋了的情绪和因此要求大换血的强烈愿望。但是,《河殇》也激起了许多同志的不满甚至愤慨:如果按照这样的观点,中国不是早就不存在了吗?何必要中国呢?把中国这个国家干脆取消好不好?这种观念的冲突、生活方式的冲突,很多。

有些戏曲演员跟我回忆京戏当年的黄金盛景,旧社会没电视,电影也不怎么样,人们的娱乐方式主要是进戏园子听戏。而现在年轻人对戏曲不是那么热情,所以戏曲演员就抱怨,说外国电影把我们的戏曲顶了。从观念到具体的文艺样式上,有很多这种矛盾。

还有一个现象,就是很多有成就的艺术家,一心到国外去。音乐学院培养出一个歌唱家,出席国际比赛,获奖,获奖以后就有好几个国家的大学争着要,几乎走得一干二净。在布达佩斯获奖的胡晓平走了,紧接着在芬兰得奖的梁宁走了,男低音傅海静也走了。有一阵法国专家帮我们排《卡门》,现在三个卡门都已经走了。很多同志非常忧虑,但是,这些事解决起来也并不容易。我们试图采取一些办法,比如大学毕业以后工作不满五年的,一律不给你办自费留学。你到一个单位工作,合同期没满,也不准自费留学。现在看来,仅仅用约束的办法也不能收到很好的效果。他怎么办呢?退学。不是大学毕业不准我走吗?我上到二年级就退学,研究生我也退学,退了学你就管不了我了。所以你堵不住,你设立十条障碍堵住他,他说不定从哪刺溜钻出去了,所以,靠堵不是个办法。要给他们调整、改善,你的调整和改善能赶上美国吗?尖子演员二百一十元,折合成美金,按黑市价格才三十元。你给他分三室一厅,又能好到什么程度?而且你有多少三室一厅的房子?所以,仅仅靠改善生活待遇不行,靠堵也不行。

  我觉得,我们最终还得靠两条,第一条就是爱国主义的教育,有人说这个不灵了,但还总有人相信,你不能说谁都不相信,全都不爱国了。大家知道,林希翎到法国后,去了一趟台湾,一到台湾就跟国民党干上了,大闹了一阵台湾。谷正纲送她一块表,表上写着奖给反共义士林希翎。林希翎开记者招待会时就把这块表拿出来给大家看,说谷正纲说我是反共义士,说我是民主斗士。但我不是反共义士,所以这块表对我是一个侮辱。我现在没钱,所以这个表我现在拍卖。现在国民党不让她入境了。她写了一篇文章,叫《国民党——小气鬼》,她说,共产党不好,但是共产党还承认自己犯过错误,国民党如此之糟糕,而且从来不承认自己犯过错误,一贯正确。她骂了国民党一顿,然后到美国耶鲁大学讲演。她说共产党不好,国民党也不好。人家问她怎么办?她说是人种问题,只有提倡外国人和中国人结婚,中国人才有救。这些奇谈怪论,对我们的国家丧失信心,是开放当中的必然的现象。我完全相信,中国民族的凝聚力量、再生力量是很强的。我们不能设想,日本侵略的时候中国没有亡,鸦片战争的时候中国没有亡,八国联军的时候中国没有亡,"文化大革命"的时候中国也没有亡,最后改革、开放,大家生活一提高中国反倒不行了,这是不符合逻辑的。所以,爱国主义的教育、爱国主义的精神,这样一个信心我们不能动摇。

另外,对出国暂时不回来的现象,不必着急,着急也没有用。它也有另一面的作用,这些有成就的人,特别是搞西洋音乐、舞蹈的,人家欢迎他、重视他,还是把他作为一个中国人,作为一个中国艺术家来欢迎的。像交响乐,它确实是没有什么国境。苏联和东欧,即使是斯大林当领导人的时期,他对艺术家也是很宽的,很多歌剧演员在全世界到处演,一些乐队指挥今天在莫斯科指挥,明天在伦敦指挥,后天又跑到巴西指挥,这是常有的事。斯大林是很厉害的,但是斯大林对某些作家、艺术家仍然采取优惠政策,爱伦堡每年有三分之一到三分之二的时间在法国生活,但他是苏联公民,而且是坚决拥护苏联的,所以在第二次世界大战中间,希特勒曾经表示过,如果打下莫斯科,先枪毙爱伦堡,因为爱伦堡是犹太人。比如,毕加索一生生活在法国,但是因为他是西班牙人,所以他仍然是西班牙的骄傲。在纽约博物馆里有毕加索的一幅大画,画西班牙内战时期的很恐怖的情景,上边画得很杂乱,又有牛,又有惊恐的人,是二次大战前期恐慌战乱的局面。这幅画一直在纽约,但是最后还是被西班牙要回去了,因为毕加索是西班牙人。肖邦是波兰人,现在你到华沙去,有肖邦纪念馆,有肖邦的旧居,还有肖邦的一个公园,公园里有肖邦的非常漂亮的雕像,但是肖邦的一辈子也是在法国度过的。匈牙利的李斯特也是这样子。所以说,这些人出去以后,如果搞好了,仍然是我们中华民族的骄傲,而且还有增进我们的开放和与世界人民友好交流的作用。比如梁宁,现在到美国印第安纳州大学自费留学了,中央歌剧院最近出国演出,到芬兰参加戏剧节,要演《卡门》,就给梁宁打了一个电报,问她来不来,参加不参加这个演出。她还是很高兴。因为美国人举行大型的演出不见得找她,她在中国是大人物,在美国不见得,所以她自费买飞机票回来了,在北京参加排练,然后到芬兰演出,享誉北欧,以后她又回美国去,接着留学。这也是爱国,不能说非得在这守着咱们才是爱国。

所以,从观念的冲撞,到具体的政策,都提出了许多新的问题。但是,在改革的情况下,不管发生什么新的问题,有两点我们应该是坚定不移的:第一,我们要继续开放,我们要在开放当中解决这些问题,决不能因为发生了问题,就闭关锁国。历史已经证明,你闭也闭不住,锁也锁不住,越闭越锁麻烦就越多。开放对我们是一个推动,政治、经济、物质生产、工厂管理一直到学问、到艺术,都有推动。所以我们的开放是坚定不移的。第二个坚定不移是,我们的爱国主义是坚定不移的,我们珍惜我们自己民族的文化,保持我们民族的文化特色,保持我们中华文化本身所具有的吸引力、凝聚力,绝不是开放就会解体,不开放就得按林希翎说的改变人种。全世界很多有识之士对中国的文化艺术是很尊重的,中国的文化艺术对西方的文化艺术是一种很好的补充、很好的对照。就画画来说,我们有油画,有国画,互相对比才看出特点,如果全世界上都是一种画,都是文艺复兴的一种画,有什么意思呢?就歌剧来说,我们有西洋歌剧,有《卡门》,我们也有京剧,有昆曲,这才有意思呢。所以,对中国文化采取悲观的论点,也是完全没有根据的。

我也没有很好地准备,只是介绍一点情况。因为我本身具有两方面的特点,所以可能讲话中有一些比较有分寸,有一些做了即兴发挥。请大家来鉴别,哪些话说得还差不多,哪些话一高兴说过了头。好在总的意思还是坦诚相见,就我知道的情况、工作中碰到的困难,中央的一些指示,最近形成的一些文件、一些想法,以及中国、外国的一些事例向大家提供一些参考信息,如此而已。

1988 年 12 月

在宣布中央实验话剧院中标
院长大会上的讲话

首先,我代表文化部向刘树纲同志的中标表示热烈的祝贺!同时,我们也感谢在这次活动中以主人翁的责任感和进取精神积极地参加投标,并且在评审和民意测验中得到了相当的肯定的其他五位同志表示由衷的感谢!对不辞辛苦,从头至尾严格把关,指导、帮助我们这个工作顺利进行的两位公证员同志,他们代表法律的尊严,向他们表示热烈的感谢!对于在艰苦的条件下和动荡的三个多月中坚守岗位、坚持工作的全体实验话剧院的同志以及我们的前院长郑振瑶同志表示由衷感谢!

这次我们采取前所未有的公开招标和投标的办法来产生实验话剧院的领导人,不管在部内、部外,在北京、外地,都引起了巨大的反响,议论纷纷。我们有时兴高采烈,有时忧心忡忡,提心吊胆。我们自己也为招标、投标能否顺利进行、完成日夜操心着。经过这一段时间,确实证明我们这种方式是可取的。首先,是它的透明度。过去人事工作是最神秘的,一牵扯到人事,跟地下工作似的,个别谈话,谈完以后叮嘱不能泄密,现在干脆公开化。第二,是竞争的机制、竞争的意识。实际上过去也不是没有竞争,但是不像现在竞争得如此光明正大,理直气壮。使人才有更多的机会涌现出来,使勇挑重担这句话变成人们可以摸得着、看得见的事实。第三,这次我们"实话"领导班子的产生具有严格的法理性。我们通过严格的法律的、法规的、制度的程序来产生,而不是仅仅靠领导干部的印象,只是自上而下地做出一个决定,这里面印象的因素、偶然的因素减少到了最低限度。所有这些,不但对实验话剧院会产生深远的影响,而且对我们今后文化系统的艺术表演团体的体制改革,人事、干部体制的改革,领导体制的改革,法规和各种规则的建设,再扩大一点,从人治走向法治,都有积极重要的意义。实验话剧院经过这不平凡的三个多月所获得的成果,意义是非常重大的,今后还会看到它的意义。

当然,我们也还要看到,我们做这样一个工作,用这样一种公开、竞争的方式,用这种严格的法律程序来产生领导人员,还是一个新的尝试,对文化部来说还是破天荒第一次。所以,在工作中还会有各种不足,各种遗憾,也会有各种不同的意见,也还会有一些不那么让人完全习惯的地方。比如说,对中标人我们要热烈地祝贺,对没中标的同志我确实有一种遗憾的心情,因为他(她)那么积极地来投标,也提出了一些有价值的很好的见解。但投标就有两个可能:一中标,二不中标;选择也是两个可能:一当选,二落选。过去我们往往是一选举就必须当选,那实际上跟不选一样。所以必然有两个结果:中标、不中标,当选、落选,两者都是正常的,都是光荣的,因为你能够参加到这样一个竞争的行列中来,提出了许多有价值的见解和方案,而且勇敢地表达你的态度、你的见解,而且团结了相当一部分人来拥护你,这就不简单,显示了你的实力,是光荣的。

那么,往下怎么办?还要不要公开、竞争、法治?我认为,如果我们要想从人治走向法治,这种公正性、竞争性、法理性,还要坚持下去。但是这种坚持下去,起码在这三年中,不再是为争取当院长而竞争。这种竞争表现为一种什么方式呢?表现在一个什么样的途径上呢?表现为谁能够在自己的岗位上为实验话剧院做出更大的贡献,不但是要保住这块牌子,而且要使它名副其实,使实验话剧院真正成为一个好的、高水平的、有凝聚力的剧院。表现在谁最能够顾全大局,谁最能够实干苦干,谁是最能团结群众,谁最能够在艺术生产上献出自己的聪明才智,献出自己的精力。我完全相信大家会有这样一种风度,会有这样一种决心。在竞争投标中我们没有什么含糊的,就是要提出我的方案、我的人选、我的见解,但在通过法律程序产生出院长以后,我们就要拧成一股绳,把工作做好。当然,对中标人来说这个担子就更加沉重,他身上的责任就更加重大。我希望大家继续发扬在投标过程中表现出来的积极进取的责任感,同时在解决领导班子人选问题以后,在新的情况下团结一致,把工作做好。同时,你们也可以相信,文化部既然抓了这件事情,就不是产生出一个班子就算完了,而是在我们力所能及的范围内还要继续给实验话剧院以支持,把实验话剧院办得更好。

发表于《艺术通讯》1989年第1期

在福建省文艺界座谈会上的讲话

第一次到福建来,非常高兴有机会能够和在福州和福建的从事文艺工作的前辈和同行们见面、交谈。由于平时我发表的各种意见也比较多,想到什么也常写文章,确实没有新的东西要谈,希望听听各位在自己所从事的行业中有些什么想法、看法或新的见解。但既要先说几句,就谈几点意见吧!

一个是目前商品经济发展,艺术民主的发扬,人们在精神生活上的选择更加自由,这个总的趋势是好的,是我们梦寐以求的。但是,也许我们当初思而未及的是,在这样一种形势下,比较严肃的艺术会面临新的考验。这些年来,文学艺术有很大发展,同时文学艺术又面临着困难。说得严重的话,就是面临着一个危机。这个危机就是读者和观众的危机,就是它不再能那么大量吸引读者和观众,因为现在人们度过自己业余生活的方式已经多样化了,再加上经济压力,比方纸张涨价、运输的困难,使一些从事文艺工作的人感到困惑。对此大家也有很多的批评,希望国家能够采取一些更有效的措施来支持严肃的文艺试验。我看这些批评都是对的。但是,我要谈的是,人民群众也并不是永远满足于那种浅层次的通俗的文艺形式,各地都有一些地方反映歌星的演唱在开始降温,长期的封闭之后,一九八四年到一九八五年我国出现了武侠小说热,当时各个出版社印的金庸小说最多,一九八五年到一九八六年又出现了琼瑶小说热,但这些热都是来得比较快去得也比较快。我们坚信人民群众当中还是有相当一部分读者、观众、听众要求有更高级的文化精品,不但希望从文艺作品中得到休息,而且希望得到智慧的启迪、人生的启迪的人永远是有的,严肃的文学艺术对社会、对读者和观众的重要性并没有减少。可以举出很多例子来证明这一点。前不久北京人民艺术剧院到上海演出出现的空前盛况,连一些外国记者都感到上海市民对严肃艺术的饥渴,这是一个很好的证明。

在这样一个事业当中,我们要有一种献身的精神。尽管有各种干扰和诱惑,有一批作家去从事经营性的活动,有的也干得挺好,如广州市文化局一个编剧与新加坡合资盖了南方艺术大厦,已搞了两年,据说还搞得挺好,同时还写了长篇小说《商界》,我没看到这部小说,听别人讲还是不错的。但从总体来说,文艺界本身追求的是一种创造的心愿,是一种精神高峰的攀登,不可能完全从经济效益上体现出来。古往今来因为从事文学艺术而成为巨富的虽然不能说没有,但是很少,起码不能说是有效的途径。去经商,去搞银行、保险公司,去从事某种体力劳动往往赚钱比搞文艺来得更快。在我国还有"倒爷",当"倒爷",其收入当然比写文章更见效。说到文艺环境时,还要讲一点献身于艺术的精神。因为现在回忆一下,古往今来,文艺环境往往都不那么顺心,也不是那么理想。文艺并不是净土当中生长出来的一株水仙或一朵菊花,有时候是在政治迫害当中,有时候是在国家动乱之中,有时候是在干扰和诱惑之中,有时候是在一种思想上的高压气氛之下,或在众多的胡说八道之中,我们很难设想文艺是在理想的环境和净土中生长的。而且我很困惑,是不是到了高度理想化境界,文艺反倒不需要理想了?难道文艺可以没有那么多感触、没有那么多悲哀、没有那么多苦恼?所以,在艺术上这样一种献身精神总还是重要的。

我当然也赞成各个艺术单位、艺术团体要有经营的观念,要有改善自己经营状况的措施和目的。但作为艺术家来说,还是要有一种献身的勇气。而这里,思想质量与艺术质量的提高恐怕还是最根本的目的。

　　实际上,所谓通俗的东西,质量也有高低之分,档次也有高低之分,它沿着自己的路子、特点,也还是有很高和很低之分。比较严肃的文化形式,当然也有高低之分。当我们普遍喊严肃艺术不景气的时候,我们也看到另外一种现象,就是有些确实是高质量的文艺作品,仍然获得了很多的知音。如果我们只看一些小书摊,也许会十分伤心,因为那些报刊花花绿绿,格调不太高,而且还有相当的读者。一些翻译的哲学著作、美学著作、经济管理的著作,它的读者面确实不太宽。但我们不能完全以读者的数量来衡量一个作品的成败。怕就怕所谓通俗文艺和严肃艺术两者的长处都不具备,两头沾不上。一个作品如果既没有令人喜闻乐见的形式、容易被理解的明白流畅的语言、丰富生动的情节,又没有独特和深刻的思想、严肃的对人生的探求,两边都沾不上,就会受到观众的冷落。这时候反过来责备群众素质低下,也未必是最好的办法。

　　读者和观众文化素质的提高是另外一个值得讨论的问题。我们要考虑的,就是在当前形势下,怎么样能够有更多的献身精神,怎么样能够提高我们思想和艺术水平,怎么样能够坚信严肃的艺术是有前途的。

　　第二点,谈一下文艺论争问题。今年以来文艺论争比较多,讨论也比较多,这是一种好的现象。而且这些讨论大抵都没有特殊的背景,因此不存在在讨论中一方握有上方宝剑可能置另一方于不能动作的境地的问题。百花齐放、百家争鸣,讲了很久了,但是做起来好像百家争鸣比百花齐放还要难做到。我们也应该看到,当前有些讨论争鸣不能说层次非常高。我们还不能够满足于敢于发表不同意见,而不去考虑讨论争鸣的深度以及它的严肃性和建设性。我想争论有几种情况,一种是把各种不同意见放在版面上,公开化明朗化,请读者和观众进行自由选择,但这是不够的;另一种是争论双方不满足于亮出自己观点,而更热衷于给对手抹黑,或戴上各种帽子,或表达对对手的轻蔑,这样的争论在风度上和科学性上往往就有欠缺,可这又是难免的,因为人在热烈阐发自己主张的同时,也会对自己不同意的主张表示嘲笑、愤慨或讽刺;理想的一种是在争鸣讨论当中对问题深入探讨,使一些不完备、不成熟的理论见解、艺术探索更加完善,使我们的文艺争鸣更具科学性和建设性。这当然很难。既然已经有了今年这样很好的开端,各种不同意见都有机会发表,我们也有理由期待今后的文艺论争有更健康的风格、更谨严的逻辑和更科学的态度。

第三点,这次从厦门一路上经过泉州、莆田到福州,两天看了三台戏,对福建在艺术上特别是在戏曲上的孜孜创造感到很高兴。在福建一些地方戏还能保持着旺盛的生命力,而且不断进行新的创造,这是非常令人高兴的。有些民族民间古老传统的东西,我认为它的艺术生命恐怕永远不会枯竭。

现在有一种看法,认为中国传统的东西生命力已经枯竭了,说这些艺术往往表达的是很陈腐的观念,缺少更鲜明的观点,缺少现代意识和现代感,或者认为这些艺术受时代、地域的局限非常厉害,所以不可能成为现代化中国的现代性艺术。对这种看法,我有点怀疑。因为真正的艺术,往往既受某种观念的影响,又必然是对某种观念的巨大超越;真正的艺术,既受一个地域的影响,又往往是对这个地域的突破和超越;真正的艺术,既受时代的影响,又往往是对时代的一个超越。艺术毕竟和哲学不完全一样,它的价值不完全决定于作者的观念。作者观念的新旧和艺术作品的思想价值和艺术价值有很大的关系,但并不是绝对的。古往今来这样的例子很多,有很多东西是我们分析出来的,比如《红楼梦》,看不出来曹雪芹在观念上有多么新,但他的成就却远远超出了他的一些观念。在欧洲、美国,也还有一些足不出户、足不出城、足不过河的作家,他一辈子生活在一条河的西面,没有到河的东面去过,但他在诗歌上戏剧上或小说上的成就完全超出其生活经历和时代局限。认为要创造具有现代观念的戏或其他艺术作品,就必须向所谓现代化的生活方式认同,这本身实际上是一种非现代化的生活观念;认为自己的作品要走向世界就必须向外国认同,这本身就不符合现代意识。有生命力的文艺作品,它的价值是超出了作者的观念和他所处的时代和地域的局限。

福建是一个很重要的省份,不仅在对台工作和沿海发展战略,在国防上、经济上、外贸上、交通上、商业上、统战上都是重要的。同样,在文化上也是重要的。

当前文艺所面临的主要问题是经济环境问题。今年以来,行政干预的问题并不突出,经济环境、市场管理问题突出出来了。刚才大家讲了很多情况,比如电影问题,个体书摊问题。大家的介绍帮助我了解了许多情况。这些情况说明了我国的文化艺术事业正在面对着新的形势和新的问题。改革与开放对文艺工作者是一种催活因素,但是另一面,我们也要接受改革和开放的考验,改革和开放本身也形成了对文艺的极大考验。特别是在新旧交替的时候,更是如此。现在还没有一套办法、一套秩序。我们现在往往是面对着一个问题的两个方面。比如第五届文代会上,大家谈起来都非常愤慨,认为我国没有文化政策,对严肃的艺术都不多给钱多给支持,政策哪里去了。另一方面,我们国家完全用"大锅饭""铁饭碗"的办法来养文艺从业者,这在全世界是没有的,尽管我们是低水平、低标准的。

比如说,对街头花花绿绿的格调不高的刊物,也不能简单地说它们都是坏的。这种刊物是商业性的,它的主编也是处级干部或主任科员,它的编辑也都是拿国家工资的国家公务人员,这在全世界也是没有的。国家公务员拿国家的工资又具有一定行政官员职别,而在那里办刊登各种凶杀案或三角、四角恋爱小说的刊物,这在全世界都没有,唯独我们国家才有。要解决这个问题,只能进一步搞改革。比如大家讲到的严肃艺术陷入困境的情况,我也同情。需要整顿秩序,包括整顿文化秩序。目前不仅仅是个录像问题,现在用市场的形式给人们提供了文化上的消费,所以引导文化消费越来越重要了。舞厅、茶座、歌厅、录像、游乐场、台球、电子游戏机、书摊等,这些文化市场需要整顿。取消文化市场不行,采取行政手段,让看什么电影就什么电影,让看什么书就什么书,让看什么杂志就什么杂志,这是和商品经济的秩序背道而驰的,也限制了人民的自由选择。允许自由选择是要付出代价的,自由是有代价的,民主也是有代价的,一方面允许自由往往要付出另一方面的代价,你干预精神消费可能性不像过去那么多。如果说能够干预、控制人民的精神消费,那么做得最行家的就是"文革"期间,八个戏就是八个戏,绝对没有第九个戏,然后又出来第九个戏,全国才又有第九个戏。不能够用限制自由选择、限制艺术民主、限制文化市场的方法来提高文化素质。文艺作品的娱乐性并不是新问题,文艺作品应该有娱乐性,那些用市场形式提供的文化服务主要是娱乐性的,不为娱乐何必来文化市场?但把娱乐性变成艺术的根本出路的说法,我认为是不够严肃、不够慎重的,也解决不了问题,恐怕关键还是要提高质量。竞争是逼着我们搞得更好,而不是干脆和前来竞争的以娱乐为主的消费性文化认同。第一,你比不上人家,我们那个电影或录像或舞台演出怎能与西方国家带三个X或五个X的比,没办法比,你发挥不了优势,也不能满足人民群众的精神需求。另一方面,我们文艺家也有很阔气的,一次晚会可以收几千元上万元,一张画可以卖几万元,这些人都是国家干部。我们有些画家的钱非常多,但让他买房子他不买,他认为房子不要白不要,国家应该给他房子。我是个伟大的画家,第一应该当政协委员,第二应该是副部长级待遇,第三应配给小汽车,第四应给房子。这就是你的也是我的,我的也是我的,国家给的待遇应该是我的,我自己艺术劳动所换来的钱也应该是我的。还有这样的艺术家,落实政策还他私房,他把房子卖了,又向国家要房。这种"大锅饭"的供给制,不可能形成真正独立的文化政策。我们文化市场实际上是依附官方,现在遇到一些矛盾,我也说不清到底应该怎么办。现在一些严肃刊物面临困难,我也非常同情。今年我去上海时,巴金同志在那里唉声叹气,说《收获》杂志办不下去了。《收获》杂志是一九五七年创办的,三年自然灾害时停过一次,一九六二年调整时恢复,一九六六年又停一次,现在本来是最好时期。巴金说如不行还得再停办一次。事情也有另一面,从总体来说,我国文学刊物数量过多,又没有什么约束机制、淘汰机制,一个刊物搞起来后,想结束非常难,影响也大,刊物过多发表作品就草率、粗糙。五十年代文艺上干预过多,我感觉五十年代要发表作品很难,发表作品要改了又改。我在《人民文学》时,很有这种体会,《人民文学》的编辑对作品的要求比较严格,让作者改了一次又一次。我后来当主编时,不敢提修改意见,因为这里一提修改意见,其他刊物马上争着要发表,甚至连一个字也不用改就给发表,而且给最高标准的稿费,所以,严格要求、严格筛选就不够。目前,一些文艺刊物的不正之风很厉害,交换稿、人情稿、关系稿、抬轿稿等很多。现在是不管什么刊物都是三碗稀粥,对非常严肃的刊物,三碗稀粥是不够的;但对庸俗的刊物来说这三碗粥可以说是锦上添花,它是不需这三碗粥的,但它也绝不会放弃这三碗粥。剧团也有类似的问题,一些剧团非常困难,从总数来看,我们国家剧团偏多,世界上没有一个国家养这么多剧团,苏联国有艺术团体不到二百个,阿拉伯国家就更少,有的根本没有。我们的剧团体制反映出文化体制、文化结构、文化管理和文化市场上的严重不平衡现象。我们国家文化经费很低,我一九八六年到文化部以来,每年都有所下降。国家财政确实困难,生产发展了,生活提高了,大楼盖起多了,物价也涨了,税也增加了,财政更困难。因为这些收入都到不了中央财政,如茅台酒涨价了,钱也到不了财政部长那里,涨的这些钱到哪里去了,我也不知道。要解决政策问题,这说起来容易,重点扶持代表国家水平的或国际水平的,交响乐或民族传统艺术,这都是非常应该的,但拿什么钱去扶持?现在已是捉襟见肘。我曾与广播影视部、新闻出版署、财政部、税务总局、工商管理局一起开了不知多少次会议,讨论文化方面的经济政策。原来想得很容易,对歌星应多收税,对书报刊也是这样,有的刊物就是要多收税。税务局却提出由谁来判断这本刊物该收多少税的问题,这个后门将不得了,可以想象下一步的后门就是在税率问题上,税率是自由浮动的,定税率的人、收税的就是最有权力的人。我们国家还没有纳税的习惯,一些歌星、明星提出要演出单位替交调节税,不然就不来参加演出。日本有个非常著名的歌星,被人揭露偷漏税,数量虽不是很大,但在日本是很大的耻辱,他自杀了。所以,现在纳税也没有一个标准,也没有一个这样的机构,这个问题我想是会得到解决的。

对当前出现的新情况应该怎么办,我认为,第一要适应。在改革中会出现混乱、痛苦,也会出现新的格局。对新的格局我们已经习惯了,比如电影明星挣很多钱,我不觉得有什么不正常。北京有几个教授和美国同行聊天,中国教授向美国同行诉苦说,我们国家的分配太不合理啦,理发师挣的钱比我们教授多。美国教授说,理发是美容,理发挣钱比教授多是天公地道、理应如此。在美国挣钱最多的是银行家、保险公司经理、美容师、律师、医生。管子工挣钱也多,因美国住宅现代化,各种管子很多。消防队员挣钱多,我曾亲眼见过一著名教授与消防队员是邻居,消防队员家里摆着汽车,房子也气派,比教授要强得多。下水道工人挣钱也多,因为那活非常脏,一般人不愿意干。所以既有不正常的情况也有正常的情况,新的格局需要去适应。

第二需要治理。有很多东西需要我们去治理,主要是那些不正常的现象,比如卖书号,就很不正常。听说还有卖电影号的,一定要严禁,这简直太恶劣了!这做的是什么买卖?简直把行政特权变成商品,这是一种极大的腐蚀和腐化!还有让组织演出的单位代理交税,这也是违法的,回北京我要找法律专家研究这件事。说他违法,是因为个人收入调节税就是为了调节那些超高收入者。要照顾到国家各方面的工作人员,你的收入不能那么高。你收入高了,还找主办单位替你交税,这实际上是违背税法的行为,是逃避公民纳税义务的行为。

还有剽窃、盗用名义,欺骗手段等,也是恶劣行为,这个问题早晚得解决。还有既拿着"铁饭碗"的工资,又不参加本团本单位的工作的问题,也非得解决不可。所以第二就是要治理。

第三要排除干扰。真正搞艺术还是要排除干扰。"家贫出孝子,国乱显忠臣",混乱之中真正的艺术家还会继续搞艺术的,对此我深信不疑。混乱之中,某些人做了其他的选择也是没有办法的,也是各有利弊的。一个真正的艺术家,一个大艺术家,不会因为混乱或其他的诱惑就放弃自己对事业的追求。受一点影响是可能的,有谁能不受影响呢?有的人还举例子说,马克思恩格斯两个人,恩格斯去经商,马克思去写作,这不也是以商补文吗?

总的来说,对新形势下出现的新情况新问题,一要适应,二要治理,三要排除干扰,另外就是随时把握新的问题,不断想办法去加以解决。

1988 年 12 月

我国社会主义初级阶段的文化刍议
——一个笔记式的提纲

一

社会主义初级阶段的命题,具有重要的理论与实践意义。它将推动我们对历史唯物主义、政治经济学、社会发展史、中国近代和现代史的研究与国情研究。它将推动对中国社会的各个方面的分类研究,推动对改革和建设的研究,推动对党的各项方针政策的研究。

二

这样的研究将不是简单的演绎和延伸。并不是说将"初级阶段"作为普遍适用的框框往政治、经济、文化以至工农兵学商各业一套,就可以得出新的科学的结论。郑重的科学不承认这种普遍适用的、万能的命题。但初级阶段命题的提出确使我们得到理论的启示、方法论的启示、范畴的启示。这一切只是开始。分类研究只能建筑在对各类对象的现状与历史的调查研究上。

三

社会主义初级阶段的文化,这样一个概念、一个范畴的提出,只能是小心翼翼的,探索性的。不能简单地、想当然地认为,既然是初级阶段就必然是初级阶段的文化。为了使这样一个范畴成为科学的而不是随意的、严密的而不是粗疏的,必须探讨:

1. 文化与社会发展阶段之间的关系,社会发展阶段对文化的规定性与非规定性,此种规定性的意义与限制。即,文化有被社会发展阶段必然地规定着的一面;又有相对独立于社会发展阶段,比起政治、经济等更有普遍性、长期性乃至永恒性以及继承性与延续性的一面。如语言、风俗习惯等文化现象,就不甚受社会发展阶段的决定。海峡两岸社会制度不同,社会发展阶段不同,但两岸演唱的京戏、民族音乐(台湾称为国剧、国乐)却基本相同,即是一例。

2. 这一范畴与其他范畴的关系。即,我们承认"社会主义初级阶段的文化"这一范畴,并同时承认"中华民族文化""东方文化""现代文化""人类文化""通俗文化""宫廷文化"等范畴。社会主义初级阶段的文化,对于制定文化政策来说,可能是首要的范畴,但不是唯一的范畴,不是排他的范畴。文化的社会属性是重要的属性,但不是唯一属性。它还具有民族的、地域的、时代的以及超乎民族地域与时代的普遍属性。当然,这些范畴又是互相影响的。

3. 这一范畴的内涵与外延。特别是这一范畴的确认与探讨对总的命题——我国现在处于社会主义初级阶段——的意义,对更好地贯彻实事求是的思想路线的意义。

四

社会主义初级阶段文化的主要矛盾是什么?我们需要克服的主要对象(或主要障碍、主要敌人)是什么?其回答将决定我们的文化工作的方向。

有人回答是封建主义。有人回答是资本主义。有人回答二者都需克服,并进一步明确提出:是封建主义的残余与资本主义的腐朽思想。

随之而来的还有一个"左"的与右的错误思想的问题。似乎是约定俗成(并无科学依据)，我国现时"左"常常与封建主义并联，而右常常与资本主义共生。因此人们并无大的分歧地谈反封建、反资本主义腐朽思想时，往往另有所指，乃至各执一词。

这些提法都有道理，都可能在某些时候某些问题上表现为需要解决的主要问题。但从总体、从长久来说，都不一定是主要矛盾。如果承认这些是主要矛盾，我们的文化工作的主题就必然是开展一场(或两场同时、两场交替开展)无尽无休的斗争。

五

我们面临的主要矛盾是文明与愚昧的矛盾。我们需要克服的主要对象是愚昧与野蛮。封建主义与资本主义都在利用我们的愚昧。各种愚昧现象正在毁损建设与改革的成果，毁损革命与社会主义的成果。百分之二十以上的文盲与半文盲，普遍存在的愚昧，是实现社会主义现代化的重要障碍。不提高我国人民的文化素质，离开了消除愚昧，封建主义的残余与资本主义的腐朽思想就不可能克服。用愚昧的态度去反封建、反资本主义，往往只能是用一种愚昧代替另一种愚昧。

从这一点出发，决定了我国社会主义初级阶段文化的启蒙性与建设性，决定了我国文化建设的长期性。

启蒙性，还要做大量的启蒙工作。如扫除文盲，普及科学文化知识，民主与法制的启蒙教育，社会公德教育，公民权利义务教育，"四有"教育，文明礼貌教育。

建设性，需要长期从事大量的基础建设，需要循序渐进，需要点滴积累，需要珍惜已有的成果，需要更多的责任感与建设意识、肯定意识，需要培养建设性而不是破坏性的文化性格。

这种建设性是稳定性的基础。

文化的积累性、渐进性更决定了在文化建设上要先立后破,重立轻破或立而不破,即在某些领域立新而不急于破旧。作为一种文化遗产,旧的东西并不需要全部毁掉,就像建设新建筑并不需要拆除许多旧建筑。

这就要超越长期以来形成的一种习惯心理:在文化上搞爆破、搞彻底砸烂、搞大批判,用骂倒一切的方法推出新文化新观念,以为靠骂倒一切的清谈可以救国,以为不同的文化形态就一定不共戴天。

当然不是收敛一切锋芒与回避一切斗争。

六

社会主义初级阶段的文化,带有相当的理想主义色彩。任何时候都不能抛弃、冷落理想主义。

社会主义者的最高理想是共产主义。

发达的社会主义,能够优越地解决发展社会生产力这一历史任务的社会主义,也还是有待实现的理想。

社会主义——共产主义的理想,来自对资本主义、对剥削制度与阶级社会的科学批判。这种理想的特点是它的革命性。

革命理想在夺取政权的斗争特别是武装斗争中,与当时的革命根据地、革命队伍中实行的战时共产主义分配制度与生活方式结合得很好。为理想而献身的精神、自我牺牲精神、忠诚崇高说一不二的精神、宁折不屈的硬骨头斗争精神,为正在腐败衰亡的旧中国带来强大的兴奋力和希望,带来了新中国。

革命的胜利使社会主义的理想开始成为现实。它充实了社会主义理想,又必然使一部分过分理想化因而近于空想的东西遭到挫折。社会主义的实现使社会主义的理想具有新的内容、新的特色,并接受着新的挑战。

最大的挑战是：新的东西并非一帆风顺，旧的东西并非摧枯拉朽。

工作重点的转移，有计划的商品经济的发展，在建设事业特别是经济活动中人们对效率、效益、物质利益的关心，价值规律的杠杆作用，所有这一切都为社会主义的理想充实着新的、更加务实的内容。

商品经济对文化事业、文化品质既有积极推动的作用，又有——如果掌握得不好的话——消极腐蚀的作用。我们必须回答一系列新挑战、新课题。

不能把和平建设时期、有计划的商品经济发展的时期必然出现的人民的务实心态视为党风、社会风气的堕落。不能脱离开社会生产力的发展侈谈社会风气。否则，有可能重走宁要社会主义的（有道德的）草，不要资本主义的（无道德的）苗的老模式。

不能听任所谓市场法则到处起作用，达到冲决理想、道德、法纪的地步。不能将文化单纯视为经济的、特别是市场的附庸。不能认为生产力发展了社会的一切方面就自然会万事大吉。

从革命战争时期到和平建设——发展有计划的商品经济时期的文化心态的变化，研究它们的理想性与务实性的历史的具体的内容，并对有关问题，特别是人们激动地议论的党风、社会风气问题做出科学的分析说明，是社会科学工作者的一个重要课题。

七

在我国的社会主义初级阶段，不平衡是社会生活的重要特征。

文化上的不平衡更加突出。那是因为，和某种体制即组织形式、运转程序相比较，文化更有顽强的生命力，更能变化形式而延续下去，更难于通过短期的努力而发生大的变化，更深入人心甚至深入"集体无意识"，更富有民族、地域特点。

多方面的不平衡。特别是：城与乡之间，受过教育直至高等教育的人与没受过教育的人直至文盲之间,汉族与各少数民族之间,民族传统与外来文化之间的不平衡。

必须承认这种不平衡,并充分调动这种不平衡的积极因素:丰富性,多样性,选择的可能性,对照、对比、对话、交流、变异、融合并产生新的文化的可能性。

可以研究一下文化的多元性命题。

摒弃动辄在文化上搞整齐划一、搞行政命令、搞一刀切的想法和做法。

必须看到这种不平衡的危险性,公开的与潜在的冲突。在文化的名下、意识形态的名下进行的斗争会越来越多。例如有的以坚持马克思主义的名义,有的以发展马克思主义的名义,有的干脆以比马克思主义更高明、更新潮的名义。有的以保卫民族传统的名义,有的以面向世界以求现代化的名义,有的以继承革命传统的名义,有的以更新观念的名义。搞得不好,文化冲突会导致社会冲突直至分裂。

这种文化的对立、组合、同一往往采取微妙的方式。同一个旗号可以不同质。各式各样的旗号可以是同样的质、基本相同的思维模式。

坚持一个中心、两个基本点,有利于安定团结,有利于发展文化事业、提高人民文化素质,有利于承认文化不平衡的现实并因势利导使之向好的方面、进步的方面,有利于建设两个文明的方面发展。

在社会主义初级阶段,反对和克服极端观念和偏激情绪是长期必要的任务。急于用自己一厢情愿的救国良方否定与自己不同的一切意见,不论"良方"何等的各不相同,其简单化、排他性、专横性与对客观事物认识上的两极化却如出一辙。例如,认为把传统文化砸烂然后才能分辨其中的精华与糟粕,而真正的精华是砸不烂的。这种主张其实完全是"文化大革命"中破字当头的论点。历史的悲剧恰恰是,在这种吹吹打打的大爆破中,被伤害的恰恰是精华,留下来的恰恰是糟粕。恶语伤人、大言盗誉本身就是糟粕。

一篇有趣的论文的题目:文化不平衡的魅力与危机。

八

更大的不平衡有可能是物质文明建设与精神文明建设的不平衡。

当然,两个文明的建设是统一的,互相促进、互相依存的。

很普通的道理:社会生产力发展了才有力量进行更多更好的文化建设。而全民的文化素质提高了,才有可能长期稳定地发展社会生产力。

实际生活并不这样简单。如为了增加收入而令学龄儿童辍学去做童工,使新文盲出现。如文化工作者由于待遇偏低而一意捞钱,从而产生一个时期的文化工作与文化生活质量的降低等。对此既不能置若罔闻又不能大惊小怪。

需要防止物质文明建设中的某些短期行为,又需要防止把精神文明建设理想化、绝对化、清谈化并从而使二者对立起来。

长期以来,我们熟悉的是清贫条件下的精神价值。对此,不能简单地要求一成不变,更不能轻率否定。

还需要研究在争取国家的与个人的更富裕的物质条件下的精神文明的价值取向。

九

我国有独特的、引为骄傲的、至今没有中断过的古老文化传统。又在近代以来,处于东西方文化的冲撞之中。人们时而感到我国文化传统的伟大的与至今未绝的生命力,时而在世界先进文化面前感到我们固有传统之不足及其痼疾之深重。

不吸收世界先进文化就没有中国的振兴,就没有民主与科学,就没有马克思主义与社会主义,就没有现代化。

不珍视民族文化传统就没有在世界上的地位,没有起步的起点,没有信心也没有依据。

而且,更重要的是,不管民族文化虚无论者的动机如何,不管他们自以为先进和热烈,这种论者无法在中国站住脚跟,无法做出任何有益的贡献。

西方文化的皮毛接受与偏激鼓吹,在强大的固有文化传统面前碰得头破血流,是近现代以来我国常演的历史悲剧、文化悲剧。每一次悲剧都会使两种极端立场变得更加极端。即,使得坚持封闭者更加一意封闭,使鼓吹民族文化虚无主义者更加悲观虚无,直至否定中华民族存在的权利。

十

只有一条路,把世界先进文化与中国的具体实际结合起来,把世界先进文化与中国固有文化传统中富有生命力的部分结合起来。于是有了马克思主义与中国革命具体实践相结合的毛泽东思想,于是有了"有中国特色的社会主义"。

结合当然包含着相互吸收互相丰富,也包含着互相改造与扬弃,甚至包含着某种危险——两方面的糟粕也不是没有互相结合、互相诱发的可能。例如,接受西方的先进的科学、技术、管理经验、效率效益可能比接受他们的享乐主义困难得多。反过来,一些人又时时会以开放使我们的道德文化传统解体为由,要求走上闭关锁国的老路。

十一

不论怎样懂得、珍视、爱惜甚至善于利用固有的民族传统文化,不开放、不发展、不再造,传统文化就无法生存下去,更无法获得新的发扬光大。

我国社会主义初级阶段的文化是愈益开放的文化。

开放有一个过程。开放需要选择。引进外来文化同样需要择优择易——即先引进易于被接受者,逐步扩大成果。开放需要耐心和一定的容忍,开放又需要清醒和警惕。

开放是生命力和信心的表现。具有强大的传统和独特的瑰宝的中华民族文化一定能在开放中获得新生,获得个性的保持,获得新的尊严与新的魅力,并对世界文化做出应有的贡献。

开放本身就是一种民主精神,民主胸怀。百花齐放、百家争鸣,允许乃至尊重不同的声音。

十二

社会主义初级阶段的文化是不那么完善和定型的文化,是正在变化、正在日益完善的文化。

探索性、歧义性是它的必然特点。会有许多争论,会有各种互相矛盾的说法和做法。会有许多曲折。

需要避免的是大起大落,刮大风。力争长期稳定的发展。允许不同角度、不同取向的探索。

十三

体制的改革与观念的改革,是"初级阶段"文化改革的两论。

体制改革的中心是解放文化生产力,调动文化工作者的积极性、主动性、首创精神,调动社会各方面包括国家、集体、个人办文化关心文化的积极性。

观念的变革要深刻得多,复杂得多。种种简单化的说法,廉价的大吹大擂,于事无补。

观念变革的核心是树立与发展社会生产力、发展有计划的商品经济相一致的民主、开放、科学的新观念。这是一个建设过程、提高全民族的文化素质过程,而不仅仅是一个转变过程。不是解决了"一念之差"就什么都迎刃而解了。

观念变革的核心是民族精神的新解放,是用实事求是的科学态度对待、发展马克思主义的科学。是敢于与善于面对新情况、研究新问题、提出新观点。

十四

中国是一个古老而又年轻的大国。中国对于世界是重要的。中国对于二十一世纪尤其是重要的。

重要性不仅在于政治、外交、军事方面,也不仅在于经济方面。中国更多地关注自己的经济,这是很自然的。但不妨说世界更关注中国的文化,更关注中国所面临的种种问题与所做出的种种贡献的文化方面。中国的魅力很大程度上在于她的文化。

这是因为,与中国的目前的经济实力并不同步,中国是一个文化大国,是一个社会主义的东方文化大国。这是当今世界以欧洲为源头的文化潮流的最重要的参照系。至少是最重要的参照系之一。

在相互参照中,我们已经发现了自己的落后,我们正在努力改造自己的传统文化,我们正在保护自己的文化传统并从开放和引进中为我们的文化注入新的活力。世界文化、欧洲为源头的文化同样面临着自己的难题,同样亟须有所参照借鉴。无论如何,爱之深而又责之切,中国文化对于世界不是可有可无的,更不是一个累赘。可以预期,世界也将得益于中国文化。

要从世界的观点、二十一世纪的观点、全球的观点考虑中国文化的地位和前途。并安排好中国文化的发展、建设、改革、开放,从而塑造中国的应有的形象,发出中国的应有的声音,使我们对于我国文化事业的认识和思考达到一个新的阶段。

发表于《求是》1989年第1期

谈 科 研[*]

中国艺术研究院的这次评奖,是对最近两三年来艺术研究成果的一次集中检阅和展现,这是令人兴奋的事。它充分说明,党的十一届三中全会以来,由于政治上实现了安定团结,由于党的百花齐放、百家争鸣的方针得到贯彻,艺术民主气氛愈益浓厚,使我们的艺术科研工作者能够在一个比过去好得多的社会环境和学术环境中进行科研工作,能够专心致志地、独立思考地进行科学研究。这些科研工作对于我们这样一个古老大国的文化建设和民族艺术的发展都具有巨大的意义。

我们现在进行科学研究的条件,比过去是好多了,但也不是一切都一帆风顺。在这种好的情况下,我们还会碰到许多新问题,首先是经济的压力。现在由于物价上涨,又由于各行各业生财有道和生财无道的既活跃又混乱的形势,使一些做学术工作、著述工作、科研工作的同志受到种种干扰和引诱,以致冷板凳坐不下来。最近全国不断发生大学生辍学的现象,甚至有的研究生只剩一年或半年就要毕业了,也中断了学习。进行科学研究工作,如果单纯从物质报酬上考虑,确实不是一个最理想的获得高报酬的方法。现在不论是经商还是到合资企业、从事服务工作等,都可能比从事科研工作的经济效益好一些。因此我们一方面要呼吁国家对科研人员有更多的关心,改

---

[*] 本文是作者在中国艺术研究院首届优秀科研成果颁奖会上的讲话。

善科研人员的工作条件和生活条件；另一方面也要在科研人员当中提倡献身科学、献身艺术、艰苦奋斗、耐得清贫这样一种崇高的献身精神。我们不能把全民的价值观念、全民的追求单一化、市场化。我们的本职工作和中心任务还是进行科学研究，我们在科学工作中所做的贡献和所得到的报偿、乐趣，都不是金钱所能表达的。

其次，在学术自由相当充分和学术民主得到相当的保障的同时，学术研究中的某种投机心理也随之出现，这也是民主的一种代价。在民主气氛比较活跃的时候，各种轻率的、赶时髦的、投其所好的东西比深思熟虑、十年寒窗的东西出来得更快，甚至更加走红。前一段，文学理论界已经有人叹息"十年寒窗不如大骂一场"。目前在学术领域，特别是在文艺领域，树旗帜、改观念要比做学问时髦得多。争奇斗艳，趋时求新，这是好的一面，但也有浅薄浮躁的一面。从长远来看，科研工作成果是要经得住时间考验和实践考验的。得奖不是最终目标，还要从长远性、科学性、系统性、稳定性等方面来衡量我们的科研成果，看它们能不能经得住各种各样的驳难。

我衷心希望我们的艺术科研工作者，摆脱这样那样的投其所好的心理，进行扎扎实实的研究工作，不是靠旗号，也不是靠名词的变化或者是仅仅靠观念的变化，而是靠翔实的材料、严谨的逻辑、开创的探讨、认真的论证、民主的风度，靠真学问、真货色树立自己的位置。不仅是一时的位置，而是长远的位置。

我们要有点气概、有点风度、有点耐心，不管是在经济的压力、物质的诱惑当中，在某些不正之风的冲击当中，还是在不负责任的攻击嘲笑当中，都要认准自己的方向，脚踏实地地做好研究工作。可以相信，我们的艺术研究工作在新的一年和今后的几年中会取得更大的成绩。

发表于《中国文化报》1989年2月19日

发扬"五四"精神　充实"五四"传统[*]

赵士林：现在离五四运动七十周年纪念日还有四十天。在深入到文化层面考察、研究当代中国国情时，人们都很自然地回想起五四运动。一个看法是，从"五四"到今天，历史好像用七十年时间画了一个大圆圈。"五四"时代，我们惧怕"亡国灭种"，今天，我们担忧"开除球籍"；"五四"时代，租界公园有告示曰："华人与狗不得入内"，今天，友谊商店则华人不准华人入内。五四新文化运动与今天的"文化热"，几乎面临同样的问题，陷入同样的冲突，进行同样的批判，发泄同样的情绪。您作为共和国的文化部长，是否同意这个"循环说"？您认为应该怎样发扬五四运动首倡的民主与科学精神？

王蒙："七十年大圆圈"这个提法不准确，不符合历史事实。应该看到，新中国成立以来，我们国家的情况较之"五四"时代发生了很多变化，其中有的是根本性的变化。可以举出有目共睹的三个方面：一、反对帝国主义侵略、争取国家独立统一的任务已基本完成。例如港澳问题的解决，是件了不起的大事，海外舆论非常重视，大陆民情的反应反倒比较淡漠。台湾问题比较特殊，比较复杂，但在"一个中国""应该统一"这两点上，台湾当局和我们并无区别。近年来，我们为和平统一做了很多工作，尽管任务仍然十分艰巨，僵局却显然已经开始松动。二、长期动乱的局面有了很大改变。稍有近代史常

---

[*] 本文是作者与文化部研究员赵士林的谈话。

识的人都清楚,鸦片战争以来,中国的内战外战连绵不断,给国家民族造成了长期的巨大灾难。后来当然也有"文革"那样的浩劫、那样的大动乱,但战祸连绵的悲惨局面确乎是结束了。三、中国人民的生存保障、健康状况、受教育的情况等,较之五四时代亦有显著改善。

当然,列举上述变化并不意味着认为五四运动提出的任务已经完成。五四运动所标举的"民主"与"科学"仍有待发扬。这首先是因为,民主与科学的建设本身就是长期的任务和长期的过程。现代化没有实现,就意味着五四运动的任务没有完成。

赵士林: 特别是在我们这样一个封建文化传统异常悠久深厚的国度,民主与科学的建设就显得更加艰巨、更加复杂、更多磨难,因此也更需要一种鲁迅所说的韧性的战斗。

王蒙: 毋庸讳言,中国还有很多地方不民主或缺乏民主,还有很多愚昧、无知、迷信等非科学乃至反科学的现象。

赵士林: 我们社会生活的方方面面都还需要一种近代式的启蒙,民主的启蒙、科学的启蒙。

王蒙: 今天谈民主与科学应比"五四"时代更深入、具体。最近何新在《人民日报》上发表了一篇文章,他的一些论述给人以启发。就拿民主来说,今天的问题不是要不要民主,而是怎样才能真正实现民主。例如,我们一直把争民主与反封建联系在一起,这固然很有道理。但反封建是否为实现民主创造了条件?换个通俗的问法,是不是反掉了封建就有了民主?只就反封建而言,我们比日本的调子高得多,更比台湾、香港的调子高得多,措施也激烈得多。比如,我们消灭了地主阶级,但并没有立即导致民主政治的实现。这是个应该深入讨论的问题。谈起反封建,应该说中国没有哪一个党派比共产党更坚决、更彻底的了。共产党就是靠反封建、反传统起家的。

赵士林: 共产党出现时的形象是一种最为激烈的反传统的形象。现在港台、海外许多文化人把"共产党"与"反传统"直接联在一起。一些憎恶、否定五四运动的保守复古势力经常援用的理由便是,五四运动促成了中国共产主义的兴起,因之毁灭了中国的传统文化。

王蒙:大张旗鼓地批孔反儒,把地主阶级作为阶级消灭,表明了共产党反封建的激烈态度。解放初期民主改革的过程中,打击巫婆、神汉,取缔赌场、妓院……消除封建社会遗留下来的污泥浊水,也是共产党搞得最厉害、最彻底。当然,反掉了这些封建现象不等于反掉了思想深层的封建意识。而思想深处的封建意识不是靠激烈抨击、大呼"反反反"能解决的。必须承认,在我们一部分人的思想意识深处,还有许多封建的东西。对封建专制主义的留恋,包括家长观念、人身依附等,在社会的各阶层、各领域,都还不同程度地存在着。因此,为了发扬"五四"精神,培育民主意识,确乎还有一个反封建的任务。但历史同样表明,反封建、反传统不等于民主建设,民主建设首先是一个长期的建设过程,而不仅是一个批过来斗过去的过程。怎样激烈、怎样长期的反封建、反传统都不等于民主政治的健全。我以为,民主政治恰恰可以、甚至必须在一种并非激烈的反传统的动荡中,通过长期的建设过程逐步实现。

赵士林:新中国已近四十周年,政治体制改革早已提上日程,但直到今天民主政治的建设仍步履维艰,您认为其中的原因或教训是什么?

王蒙:最大的教训是,我们忽视了建设民主政治必需的基本前提。这前提在我看来至少有四个方面:一、在全国范围内解决温饱问题,并有相当数量的处于中等生活水平或说中产状态的人。十亿人有八亿人吃不饱,讲民主就只能是一种奢侈。中国现在温饱问题并未完全解决,据不一定准确的估计,在农村仍有百分之二十左右的农民填不饱肚子。二、全民的教育程度要提高。跟文盲讲民主是空话。教育普及,至少要在很大程度上落实国家早已制定的义务教育计划、强制教育计划。现在的教育状况是令人极不满意的。三、国家处于内外环境比较健康的状态,起码是没有内战外战的威胁。四、为民主精神的精髓与中国既有传统之间的衔接、过渡和转换寻找到比较成熟的办法。创造这些前提,应该与民主政治的建设同步进行,既不能离开这些前提而空谈民主,也不能离开民主谈现代化。

历史与现实表明,不解决这四个前提性的问题,知识分子对民主的强烈要求,对不民主的强烈不满,往往只能停留于愤怒、悲哀等情绪的宣泄与坐而论道的空洞议论。反过来说,回避民主与法制的建设,那些前提性的目标也难以达到。

赵士林:民主之外,还有科学问题。我以为,在我们的文化传统中一直存在着非科学乃至反科学的倾向。五四运动首倡科学精神,但七十年过去了,在今天,非科学乃至反科学的倾向仍在各方面表现出来。中国科协举办了几次"科学与文化"论坛,专门讲科学精神、科学态度与文化发展的关系,触及了很多重要问题。

王蒙:讲到科学,有一种微妙的现象:封建迷信存在的地方,国家未必没有发展,甚至仍能获得长足的进步。这不符合社会理想主义,是一种令人遗憾、令人痛苦的现象。承认这种现象,并不是说可以撇开科学精神来促进国家发展,只是想说明破坏旧的与创造新的未必总是同步的。我们太习惯于"不破不立、破字当头"的公式了。

赵士林:在现代社会,背离科学精神的发展或进步,大概要走向某种畸形化、片面化。缺乏坚实的科学基础,不具备清醒的科学导向,肯定会带有某种根本的局限性。这是一种严重的内伤,它总有一天会找到你头上来,残酷地报复你。

王蒙:我们现在对一些社会现象的分析以及一些提法,往往缺乏科学态度,譬如"开除球籍"的讨论。"开除球籍"的提法作为一种危机感可以理解,但作为一种现实问题的讨论却很不科学。令中国人最抬不起头来的就是人均产量或人均收入。本来产量就不高,人口却世界第一,一算人均就更不行了。中国的人均产量在可以预见的将来肯定赶不上西方。不仅十年赶不上,五十年也赶不上,八十年、一百年也肯定赶不上。过去和现在不断提出的若干年赶上西方的说法,都是不切实际的、不可能的。提出一些不能兑现的诺言,只能导致热一阵、冷一阵的不正常状态,反倒挫折人们的信心。其实人均产量或收入赶不上西方国家丝毫也不意味着被"开除球籍"。赶不上怎么办?显然也不能坐以待毙,不能无所作为,我们同样可以对国家建设、人类发展、世界和平做出贡献。相反,某些石油国家,人均收入已达世界前列,甚至超过了西方发达国家,但也并不意味着他们已经对人类有了最大的贡献。要认识到,世界不只有西方,还有广大的第三世界,还有苏联,还有那么多重要的社会主义国家。它们也都面临这样那样的困难,人均产量同样远远落后于西方。许多第三世界国家存在着通货膨胀,内外动乱,国情比中国严重得多。中东战祸连绵,非洲遭到饥饿威胁,印度甚至总理被暗杀。若讲"开除球籍",似乎还轮不到我们。笼统地提"开除球籍",是一种脱离正常理智的过分的急性病,我们应树立一个信念:人均收入赶不上西方也要、也能把自己的国家建设得更民主、更文明、更富裕。中国有一个有利条件:中国人的智商不低,这是国际公认的。发挥我们的才智,再加上勤奋劳动,即便人均产量赶不上人家,也完全可以过更幸福的生活,完全可以对人类做出更大的甚至是非常伟大的贡献。

赵士林: 不言而喻,对于我们这个巨大、古老而多病的民族、文化实体,无论保守主义的哀婉还是激进主义的愤慨都不应是恢复旧貌或令其灭亡,而应是促其获得转机、获得新生。那么,或许正确的态度是:我们要输血,要做各种各样的由外而内的治疗;我们同样要自信,要焕发我们这个躯体内在的生命力。一个已经死亡的躯体不可能获得转机、获得新生,而一个多病的躯体要想获得转机、获得新生,最根本的还是要焕发它内在的不甘灭亡的生命力。

王蒙: 确实应该承认,中国虽已争得独立自主,但她的经济地位和在世界上所发挥的作用同她作为一个大国的形象还很不相称,她在世界性的大竞争中还很落后、很被动。因此,我们一方面固然要坚持反对霸权主义,另一方面更要发展自己,要把重心放在自强上。开放也会出现失衡。诸如中国领土上外国人居留活动的地区中国人不能问津,人才加美女千方百计地出国,都是开放中必然出现的现象、不可避免的现象,因为生活水平非常显著的落差是无可否认的事实。但把这类现象与解放前租界公园的"华人与狗不得入内"混为一谈,我不赞成。这其实是混淆了问题的不同性质,也是一种缺乏科学态度的表现。当然,长远地说,不应有外币服务与人民币服务的区别,但目前有这种区别也不得已,高级饭店或友谊商店收人民币就无法保持高级的服务设施、质量、水平,这归根结蒂还是一个经济水平的问题,而绝不是政治地位的问题。当然,社会风气受文化素质的制约也会出现某些问题。如一些和外国人打交道的机构(包括商店、饭店)视洋人如天神,视同胞如蝼蚁,必然造成同胞的不满,乃至演化为政治问题。开放过程中处理好这一类问题是十分重要的。

总之,我以为,我们今天不仅要继承"五四"传统,更要充实"五四"传统,这就要求我们对现实的社会问题、社会现象有更实际、更深刻的考虑、分析。

赵士林:刚才我提及保守主义与激进主义,从"五四"到今天,对待传统文化一直存在着这两种如冰炭、似水火的态度和倾向。保守主义者更喜欢赞叹中华文化的深厚绵长,激进主义者更喜欢诅咒中华文化的老而不死;保守主义者更喜欢追思中华文化的黄金岁月,激进主义者更喜欢暴露中华文化的衰朽现实;保实主义者闻中则喜、谈西则忧,激进主义者闻中则怒、谈西则迷。同一座长城,有人称颂它伟大坚强,是守护中华民族的象征;有人则斥责它形同死蛇,是封闭中华民族的枷锁。同一条黄河,有人称颂它源远流长,是中华民族的摇篮;有人则斥责它浑浊暴虐,是中华民族的凶兆。只要纳入文化视野,只要进行文化评价,同一事物,同一现象,任何事物,任何现象,便立刻会被给予截然相反的价值判断,便立刻会被涂上反差强烈的情感色彩。这种尖锐对立或许也是现代中国独具的文化现象。您怎样评价这种文化现象?您认为应该怎样对待中国的传统文化?您认为对今天的文化建设应采取什么样的态度?

王蒙：现在问题不在于保守主义与激进主义，而在于保守主义与激进主义的浅薄性。其实保守与激进都是历史运动中的肯定性思维。保守即注意继承和保护好的，任何国家和个人都是这样做的；激进即注意破除坏的与接受新的，大家也都是这样做的。各有侧重在所难免。可惜的是，保守主义者夸耀起传统文化来，还老是指南针、造纸术那一套。

赵士林：因为发明了二踢脚，于是我们就成了多级火箭最早的发明者。这其实是早就被鲁迅驳得体无完肤的国粹论。

王蒙：这种保守主义能说服谁？激进主义也同样荒唐，譬如有的激进主义者煞有介事地说什么中国的汉语正在消失，因为引进了西方的语法，这岂不是在痴人说梦！我认为，不管你是什么主义，对待文化问题都要力戒浅薄、轻率、非科学和不负责任的态度。还以反封建为例，把反封建变成激烈的、压倒一切的口号是不妥当的。目前的种种弊端与其说是封建文化的流毒，不如说是封建无文化和封建反文化的祸害！封建可能还有不少，但文化到底还剩了多少？封建文化有许多精华，有许多年轻人应该继承但根本未能继承的精华。就拿士大夫所喜欢的琴棋书画来说，你能说它一点儿意思没有吗？但我们现在围棋的整个水平已经不如日本，书法也是一代不如一代（近年有所恢复）。怎样对待传统文化是个非常复杂、非常难办的问题。传统文化里消极的东西确实太多太多，我在《活动变人形》里曾经有所暴露。但和传统文化彻底决裂的提法不现实，我不赞成，尽管提出这一办法的许多人都是我的好朋友。决裂了半天，常常是和文化决裂，却保留了更恶劣的封建传统，即野蛮的传统与流氓的传统。丢掉了封建士大夫的文化，沾染上愚昧野蛮的另一种传统，"文化大革命"就是精彩的例证。一味激烈，你还能赶得上"文化大革命"吗？就拿汉语来说，我就无法和它决裂。汉语有很多独特的东西，它那形式化的思维方式很值得研究。例如费正清博士提到过的"欲平天下者先治其国，欲治其国者先齐其家，欲齐其家者先修其身，欲修其身者先正其心,欲正其心者先诚其意",这种推断是汉语所独有的齐整的有序状态,它翻成英文就不合逻辑,没法儿翻。汉语的整齐、对应、递进或递减的节奏等等,有一种非常美妙的关系,但常常又导致荒谬的判断。

刚才是以语言为例来说明与传统文化彻底决裂的提法不现实和很轻率。从社会政治哲学的角度讲,在历史悠久、人口众多的中国,完全靠西方那种个人主义的价值取向很难组织社会,也很难改善个人处境。所有这些问题都不能抽象地说哪个好、哪个不好,最重要的是,离开中国的实际、传统的实际与现实的实际,再好你也做不到。

赵士林:我们的失误在于,往往是在一种纠缠不休、大动肝火的极端肯定与极端否定的情绪中,扭曲了文化批判,破坏了文化建设,丧失了科学态度,模糊了现实课题。以宫笑角,以白诋青,徒逞意气,滥施情绪,精力耗损于一管之见,年华全付与口号之争,而对于那些实实在在地决定着民族生存的实实在在的文化问题,我们究竟有多少研究?究竟有多少建树?现实的状况是,传统(老传统、新传统)依然故我,仍旧像一团巨大的永远无法理清的网络,既缠绕着赞美它的保守主义者,也拖住了诅咒它的激进主义者。当今天下,强手如林,电子时代,瞬息万变。在这不讲情面只靠实力,或情面围着实力转的世界大竞争中,历史大概不会再给我们时间,让我们或从容或狂暴、或保守或激进地坐而论道,一味地搞那种空泛虚浮、大而不当,甚至哗众取宠的宏论。顾炎武当年有言:"昔之清谈谈老庄,今之清谈谈孔孟。"如果把顾炎武的"今"换成我们的"今",那就可以说,"今之清谈谈文化""今之清谈谈改革"了。清谈往往误国,这是早应汲取的历史教训。

王蒙:我有个想法:我们能不能不再陷入那种保守主义与激进主义的大辩论?近百年来,我们的大辩论大批判大决裂大讲全部干净彻底,比哪个国家哪个地区都多!对京剧你讨厌你的,我看我的。对工厂的经营方式,你爱学香港就学香港,我爱学日本就学日本,只要最后能纳入建设有中国特色的社会主义的大轨道。自我选择嘛！与其十亿人整天都来进行有关治国救国根本道路的大辩论，还不如专注于治国救国的具体措施、具体实践。当然，不是说一点大辩论也不要。

赵士林：我以为，有一个提高素质、改变学风的大问题。

王蒙：确是大问题。中国青年知识分子有几个外文过关？有几个文言文过关？今后的中国，不掌握一门外文不能算知识分子，起码不能算合格的知识分子，不懂文言文也是如此。传统文化究竟批掉了多少，我闹不准。文化传统倒确实是愈批愈不行了。过去北京是文化古都，人以多礼著称，现在哪儿还有那么多礼？号称文人和领导文人的人，又究竟有多少文？精妙的学术问题，读原文与读译文体会是绝不一样的。我们那些整天讲萨特、讲加缪的，有几个是通过原文接触了存在主义？还有那些讲马列的，有几个又是通过原文学了马列？那些整天批判传统文化的，且不问其有没有小学、训诂的基础，且不问其是否接触过哪怕是稍微奥僻一点儿的古籍，我只问他，《文心雕龙》读没读过？四书五经读了多少？从了解国外和了解传统这两个角度讲，中国要更开放，也要更传统。对中国知识分子的要求应提高，应该更有资格对外开放，也更有资格清理传统。

学风的浮躁轻狂在目前中国这种局面下也是自然现象，西风东渐的强烈刺激，使得知识分子的整个心态与行动浮躁轻狂，竖旗帜的多于搜集材料的，宣泄情绪的多于清醒思考的。喊口号的热情超过了具体论证的兴趣，你说"彻底决裂"，我说"弘扬中华优秀文化"，都是口号。旗帜多、口号多、大话多，正如你的《反思"文化热"》中所指出的那几条。

赵士林：重破轻立、重情轻理、重用轻体。拙文在分析学风的轻浮、思维方法的非科学性时，略带调侃地指出："我们有些同志在分析问题、做出判断时所使用的，既非科学的'演绎法'，亦非科学的'归纳法'，而是某种'迎合法'。这种'迎合法'，不管它属于逻辑学范畴还是属于社会学范畴,都肯定不是一种科学的思维方法。"迎合意识是一种很可鄙的奴性意识,不管迎合的是某种权威还是某种潮流,都是缺乏独立思考、缺乏科学精神的表现。许多一哄而起的现象往往得力于这种迎合意识,即所谓一犬吠影、群犬吠声。

王蒙:解放后的学风还有个问题,那就是"上纲法"。好也无边,坏也无边,谁上纲厉害,谁的水平就越高。这对学风影响极坏。真正的学术,每个人只能接触一个局部。是多大就是多大,尊重事实是最起码的科学态度。

赵士林:提高文化素质恐怕是个全民问题。改变学风之外,还要改变党风,改变官风。

王蒙:头等大事是抓教育。我们的文化素质是整个的低,普遍的低。不仅工人、农民、个体户要提高文化水平,官员更要提高文化水平。还有教授、作家、艺术家(包括多次得奖、出国的)、自然科学家,都需要提高文化水平,我们的自以为很洋的什么家,在国外出的洋相多着呢!河南青年作家张宇有句话很厉害:你要观察农民何必到农村,农民就在城市里,在工人、厂长、官员、教授,包括很洋很洋的人那里,都有农民的灵魂。这当然不仅是个文化水平问题,更是一个国民性的问题。它提醒我们,包括文化素质在内的各方面素质都要提高。由于素质低下,我们经常犯各种幼稚病:革命的幼稚病、爱国的幼稚病、改革的幼稚病……记得前几年报纸上有篇报道,说吉林有三个成了万元户的农民在火车上吃饭,服务员问吃什么,他们说什么最贵吃什么,于是每人花了三十多元,报道意在说明农民生活水平提高了,生活方式改变了,其实这是最大的愚昧。西方的百万富翁、亿万富翁,如洛克菲勒、哈默等到了饭店就绝不会这样说,他们是越阔越讲究物美价廉。这个例子表明,经济的富裕与文明的意识未必相伴相生,改革绝不仅是个经济问题。

赵士林:想谈谈您的老本行——文学。五四运动以胡适、陈独秀等掀起的文学革命为先导,新文学运动造成了中国现代文化发展中最有实绩的一个领域。今天,以李泽厚主体性实践哲学为思想基础或背景,以刘再复文学主体性的提出为鲜明标志,可说是掀起了又一场新文学运动或文学革命,从"五四"文学革命中经革命文学的极端演变,最后又走上文学革命,可说是一个非常耐人寻味的行程。您作为一位在文学批评、文学理论方面也颇有建树的著名作家,怎样估计五四时期与新时期的文学发展?

王蒙:五四时期与新时期的文学运动都非常重要。可以说,没有五四时期的文学运动启发民众觉悟,也就没有五四运动后的急剧变革,封建意识的土崩瓦解,反帝斗争的风起云涌。新时期也如此,七十年代末到八十年代初的思想解放(也可以说是文化运动),伤痕文学、反思文学、改革文学(这些名词可能很不科学、很不理想)的发展,为改革的开拓与发展做了思想舆论的准备。反之亦然。社会发展本身没有走到这一步,也很难有新时期文学的出现。我赞成对社会与文学的关系多样化理解和处理。文学表现社会不一定非要正面直接。小说即便看似写些与社会不直接相关的东西,也还是曲折地表现了社会。有一种值得商榷的倾向是,现在一些青年作家强调文学与政治无关,与社会无关,与读者无关,文学应回到自身,回到本体。这些作家忽视了,他们的主张作为一种文学现象仍是特定社会时代的产物,仍是一种社会现象。试想,没有新时期的思想解放,会有他们倡导的文学现象吗?"文革"时期、一九四九年会出现他们所倡导的文学现象吗?不会的,出现了也一定有可悲的结局。

赵士林:问题不在于文学与社会是否相关,而在于怎样相关。

王蒙:一九三七年、一九三八年救国热潮时不会出现他们倡导的文学现象,相反,出现"国防文学""大众文学"倒是很自然的。我刚刚接触了一些澳大利亚、新西兰的作家、艺术家,他们就非常喜欢接触社会,喜欢干预社会政治问题。当我谈到那些作家的主张时,他们立刻用两个手指戳着我说:"France! France!"意即这些都是法国货。在中国,为文学画定一个圈子,在这个圈子里自足的观点是一种相当幼稚的幻想。不过有一些这类的议论也是好事,可以起到某种平衡作用。

新时期的文学发展可以说是旗帜如林,口号如云。但归根结蒂,任何旗帜、口号、说法、主张都代替不了真正的货色。

发表于《中国文化报》1989 年 4 月 19 日

答《大众电影》记者问

记者：部长先生，能否请您谈谈当今中国文艺现状？

王蒙：中国社会正处在一个变化的过程中，中国的文学艺术也在发生着变化。文学艺术的变化有时要比实际生活快，甚至也更清楚些。在这种情况下，文艺家们要求变化的热情很高。然而，真正坚实的作品还不多。也就是说，优秀的作品并不一定与变化的热情发生联系。过去，我们常常将政策的正确、思想的解放和文艺作品的成就混为一谈，其实，这三者的关系并不一定就是那样直接和紧密的。政策正确、思想解放，并不一定诞生出好作品，反之，也未必出坏作品。总之，这三者的关系未必成正比。很难说曹雪芹、杜甫、李白的思想如何解放，当时的政策如何正确，但曹、杜、李就是伟大的作家。作品就是作品。

记者：中国执行对外开放政策以后，中国文化已进入世界文化的坐标系中，从这个坐标系来看中国文化，您有什么看法呢？

王蒙：中国独特的文化是中国存在的依据，西方对中国文化是非常有兴趣的。当然，这里提到的文化是个很广泛的概念，包括语言、交际方式、习惯、文字等。我们国家很穷，面临的挑战太多，所以，恰恰在我们这里，常常会在文化上发出报警和哀叹的声音，这是可以理解的。但在报警和哀叹的声音之中造成一种对传统文化的全面忽视，那是很可惜的。

还有一点与西方不同的是，中国的管理体制已经使中国的文化工作者习惯于被养起来,几乎经不住竞争的挫折,稍有挫折,就感到大难临头、好像蒙受了极大冤屈。这和全世界各国都是不一样的。世界各国的作家、艺术家为自己的吃饭操心,都被认为是正常的。因为只有为自己的吃饭操心才会努力工作。可在我国,谁为自己的吃饭操心,就会感到受了莫大的委屈。这造成一个非常奇特的现象:一方面,我们的很多文艺家还很穷,住房条件差,没有自己写作的空间;另一方面,他们却可以全然不考虑吃饭问题,可以吃饱饭后讨论各种生吞活剥的名词,并无限制地升华。一方面,我们大喊文艺事业在商品大潮的冲击下正在发生危机,另一方面,新的文艺单位又在不断地生长,旧的文艺单位的人员不断地扩充。

世界各国的文艺家,都不太舍得花时间参加活动,即使参加,也要在经济上做出预算。有些大作家也都有职业,不是大学教师,就是出版界的编辑,不敢轻易地当专业作家,一旦当专业作家以后,就必须考虑自己作品的销路。包括专业电影编剧,他必须为观众着想。在我们这里却可以只大骂"媚俗""迎合大众"而不写作品,不写群众欢迎的作品就可以当上政协委员、某某协会的理事,过上悠闲的生活,甚至成立几个学会,自己就任这个学会的会长和理事长。这种中国文艺家特有的好处,是全世界文艺家做梦都梦想不到的。

记者:那么,当今世界各国文艺家的生存状况又是怎样的呢?

王蒙:苏联的专业作家有很高的稿酬,此外,没有任何待遇。苏联作家协会可以贷款给写作者作为写作经费,但这无疑是很有压力的。澳大利亚对文艺创作者也有一定的资助,但这个资助必须经过专家委员们的评定来确定资助对象。资助并不能轻易给创作者。这也有压力。而在我们这里,是没有压力的,每月领的钱是自己的工资。所以,我们和别人的精神状态是不同的。

记者:能否改变一下我们的精神状态呢?

王蒙:我很早就考虑过这个问题。我们全国的专业作家,包括电影厂的专业编剧,加在一起,不过二百人左右,如果每人每年的工资总额按二千元计算的话,一共不过是二十万元。这不算高,你们《大众电影》都能养得起。假如把二十万元增加五倍,即一百万元,同时停发创作人员的工资,让他们根据自己的写作需要申请专项资助。一年一百万元,对文艺的投资是增加了。但我想,很少会有专业创作人员这样干,因为有风险、有压力。

记者:怕风险,怕压力,这也许是中国文艺家自身的惰性,但除此以外,是否有对多变的创作环境的担忧呢?

王蒙:对目前的文艺作品,卡的并不多,要卡的话,无外乎以下三种情况。其一是政治原因。我国有一些文艺家特别热衷于政治,用自己的作品直接去涉及政治上最敏感的问题。这些作品可能被卡。其二是内部纠纷。一个历史题材的作品,可能涉及对历史人物功过是非的评价,就可能麻烦些。电影《孔府秘事》,就是遇到了这类麻烦。其三是受到民族传统和文化习俗的限制。如表现性、裸体的文艺作品,在国外已是司空见惯,在我国却不能忍受。这是一个承受能力的问题,并不一定就是官方卡。人们逐渐适应了,这个问题就解决了。

记者:谈到这里,我想插一句,近年来,电影中的裸体镜头越来越多了,文学中有了更多的准色情描写,美术中出现了人体艺术,对这些文艺现象,您怎么看?

王蒙:这个现象比较复杂。商品经济的发展使人们的生产方式、生活方式和思想方式发生新的变化。人们告别了过去搞运动、搞阶级斗争的年代,高昂的政治热情日渐冷却,在文化生活上自然就更多地需要娱乐。在这种情况下,通俗文艺应运而生。然而,我们搞通俗文艺的人素质太差。福尔摩斯的通俗侦探小说,非常引人入胜,日本的推理电影《人证》《沙器》等感人至深,可惜我们缺少这样的文艺作品和文艺人才,搞言情和纯情小说,我们没人超过张恨水和琼瑶。张恨水对旧中国三教九流的熟悉,他的语言的功底,也是很有价值的。另一方面,我们的严肃文艺又怎样呢?总说人们爱听流行歌曲,不爱听美声唱法,可帕瓦罗蒂和多明戈到北京来时,曾经引起过多大的轰动啊!所以,无论是严肃文艺还是通俗文艺,都需要质量,这是关键。

记者:您对当今中国电影艺术是怎么看的?

王蒙:我最近电影看得不多,但也有些想法。比如,我国一年要拍一百五十部左右的影片,而这当中大约只有五十部影片有一定的质量,那么,我们可不可以用拍一百五十部影片的人力、物力、财力来拍好五十部影片呢?这样,也许我们能保证影片的质量。

记者:在去年的戛纳电影节上,就有外国记者向中国电影代表团成员提过类似的问题。这是要电影厂广大职工失业的建议。

王蒙:这就又回到我前面说的话题上来了,搞文艺的人失业是正常的,他们不应该被养起来,他们本来就应该为自己的吃饭操心。

发表于《大众电影》1989年第6期

实现"三个代表"是中国之福

对于我们广大文化工作者来说,这十三年可以说是历史上少有的、非常好的时期,大家的工作条件非常稳定,也非常开放,处境一直在改善之中。文化这条战线,以前在阶级斗争中是非常敏感的,常有风波动荡。改革开放以后,也有一些意识形态上比较敏感的歧义。但是近十三年,却是一个空前稳定的健康发展时期。我之所以说"空前稳定",表现在以下几个方面:

这十三年中,党的文艺方针一以贯之,没有起落,没有摇摆。

这十三年中从没有"刮风",碰到文化工作和文艺作品中的某些问题,处理都是比较慎重的,而且都是作为个案来处理,没有因为工作上、出版上或者是作品上有一些问题或意见,就造成全局性的动荡。

这十三年中,从党中央来说,对文化事业重视和支持的力度不断增加。特别是"三个代表"重要思想,把代表先进文化的前进方向作为这个思想的组成部分,使文化工作的地位得到空前提高。这些年中央和各级政府为文化艺术的发展做了许多实事。许多作家、艺术家、学者的生活条件都有了突出的改变,他们的收入、住房等各个方面都有提高。特别随着高等学校经费的增加,许多文化人的工作条件、生活条件都有了显著的变化。

这十三年中,开放度越来越高,广大文化工作者获取的信息是过去不能比拟的。通过互联网和我们日益发展的新闻出版事业,各种文艺的、学术的新的消息、新的成就,文化工作者们差不多都可以同步地了解,能够有所借鉴。

这十三年也是文艺工作者逐步实现了大团结的十三年。不争论与重在建设的方针,结束了长久以来的文艺战线内耗不断的局面,使人们在"三个代表"重要思想的基础上联合起来,而把门户之争减少到了最低限度。广大人民的文化生活、精神生活与精神状态,都有了积极的开拓与发展。

这十三年,对外文化交流进入了一个新的境界。仅从在北京举行的三大男高音的演出以及其他的文艺演出,就可以看出文化交流非常活跃。而且,我们的文化交流也越来越符合国际惯例。我在文化部工作的时候,帕瓦罗蒂、多明戈都来华演出过,那时候他们来还是照顾中国,是不要演出费用的。短短的十几年过去,现在他们来,我们是按照国际惯例,付给他们酬金的,这也说明了我们国家的发展。另外,我非常重视的一点是,我们和法国互设了文化中心。这也是长期以来一直想做的,由于条件不成熟,一直没有做成。现在两国互设了文化中心,在二〇〇三年法国将要举行中国文化年,二〇〇四年中国将举行法国文化年。所有这些事情都说明,我们的对外文化交流在规模上和过去不一样了,而且我们的信心和开放的程度都有很大的发展。

这十三年,我们重大文化设施的建设也是空前的。国家大剧院已经破土动工。几十年来,每年政协会上大家都会提这个问题,现在是指日可待,一个规模很大的、很辉煌的国家大剧院就要建起来了。对作家们来说,现代文学馆的建设也是令人欣慰的。从全世界的范围来看,这么好的文学馆也是不多见的。我在美国、日本也看到过很多作家的纪念馆,但大多只是一个故居,根本没有我们这样的规模。另外,上海的几大文化建筑都是新建的,包括大剧院、图书馆、博物馆等。北京的首都图书馆也是一个大规模的新建筑,而原来的北京图书馆现在改为国家图书馆,在规模上、藏书上也有很大的发展。在文物保护上,也有一些重大的成就,越来越多的文化遗产被联合国教科文组织承认,命名为"世界文化遗产"。在这方面,布达拉宫、平遥古城都做了修缮,这在全世界都是很有意义的。

党的十六大的胜利召开,对党的理论基础与事业进展具有划时代的意义。特别是"三个代表"重要思想,对于中华文化的发展也是有巨大意义的。

"三个代表"重要思想指导地位的确立,不但完成了党的执政理论,而且为实现当代中国的文化整合打下了基础。百余年来,中国社会变动激荡,传统文化、马克思主义、中国的革命文化特别是革命根据地文化、在世界处于优势地位的西方文化以及并不具备意识形态性质的国际先进科学技术与管理经验,这些不同的文化体系与文化积淀、文化走向,一直是冲突不已却又互相影响交流互动不已,问题与挑战、进展与变化日新月异。这往往会造成困惑以致动荡,但也孕育着中华民族文化的再造、弘扬与整合的新契机。目前提出的"三个代表"重要思想,既坚持了马克思主义历史唯物主义与辩证唯物主义的基本原理,又汲取了建党以来特别是新中国成立以来的丰富经验,贯彻毛泽东思想与邓小平理论的精髓,汲取中国传统文化的自强不息与厚德载物精神,汲取了人类的共同价值追求与近一二百年的科学文化的先进成果,即汲取一切外国的好东西为我所用,实现了中华民族利益与世界人民利益的最好结合。中国把"三个代表"搞好了,把自己的事情搞好了,就是对于世界的最大贡献。"三个代表"是中国之福,是人类之福。"三个代表"做不好,乃至与"三个代表"背道而驰,则是中国之灾难,也是人类之灾难。马克思主义不是在真空中产生和存在的,是不能在封闭的状态下发挥、发展和进行创造历史的实践的。它必然要听取实践的声音,汲取民族文化与人类文化中一切积极的有生命力的东西,乃有毛泽东思想,乃有邓小平理论。"三个代表"重要思想是颠扑不破与无懈可击的,它使马克思主义得到了坚持、丰富与发展。这样,在马克思主义、毛泽东思想、邓小平理论与"三个代表"重要思想的指导下,文化整合有望,文化发展与建设将大大加速,这有助于社会稳定发展,有助于祖国的统一大业,从而大大推动中华民族的振兴。当然,这是全国文化艺术界的共同心愿。

发表于《文艺报》2002 年 12 月 18 日

在第二期全国政协文史干部
培训班结业式上的讲话

　　大家好,非常高兴有机会到海口来和各地做文史工作的同行见面。我是文史工作的新兵,对文史工作还是学习、接触、见习的过程中。我讲的东西和大家交流,看看我到底对文史工作外行到什么程度,从各位的反馈中增加了解。我谈两个问题。第一个是关于抒写历史和怎样认识当前的政协文史工作的问题。第二个是政协文史工作有些什么样的部署,应该有什么样的思路。就这两个问题求教于大家。

　　第一个问题。

　　我们正在创造历史,中国目前走的是有中国特色的社会主义道路,对于中华民族的历史来说,是一个重大的、了不起的、已经取得前所未有的成就,但仍然是有着不无风险的历史。我们的发展,和西欧、苏联等国家走的道路是不同的。我们目前正在做的事情就是正在创造历史,为中华民族创造新的未来,为人类的发展提供不同的经验。对这段历史的解读将是各方人士、中外历史学家非常有兴趣的事情,解读的角度不同。从中华人民共和国的创建到今天蓬勃发展的状况,主导力量是中国共产党。党史要解决的是在这样一个斗争和建设的过程中,中国共产党的领导核心怎样发展马克思理论、怎样经过各种曲折制定路线、方针、政策和若干重大举措,改变了中国落后的面貌。这其中的历史经验教训结论都是由党史要解决要做的工作。从政协的角度来说,我们可以解读成一个中国各族各界各方面人士怎样共同努力把一个贫穷、衰落、落后,在某个历史时期是愚昧无知的国家能够实现现代化,能够变成一个进步、民主、富强的国家,这是各族各界共同努力的一个历史。在各种冲撞、曲折中达到今天这样一个建设有中国特色的社会主义道路的共识,达到一个从马克思主义、邓小平理论到"三个代表"重要思想指导的共识,达到一个对科学发展观、对加强执政能力等一系列原则的共识,这本身就是一个历史过程。

政协文史工作并不直接提供历史,提供的是史料,是素材。政协文史工作没有这样一个任务著述、科研、教学,但我们有条件提供素材,亲历、亲见、亲闻的"三亲"性使史料更加生动,它不做结论,是非常生动的素材。这点在人民政协创建初期尤其显得很突出。政协是由三教九流到各种人物都有,有很多稀有品种的人物,譬如遗老遗少、清朝皇族、国民党的高级将领。这些人物的亲历亲见亲闻不写下来,是很大的损失,那是无法替代的史料。

现在我们的社会有很大的变化。一九四九年之前的社会分化比较厉害,用黑格尔的话说是杂多的社会。经过长期的民主改革到社会主义改造,使这个国家和社会逐渐往更统一更一致的方面走,没有那么杂多了。现在的政协委员中再找极具独特色彩的人物和原来就不一样了。但改革开放后随着社会经济的发展,也出现了新的变化,所有制更加多样了,利益关系更加多样,背景更加多样。在这种情况下,政协文史工作还要做,还有更加重要的意义。这更加重要的意义是因为我们正在创造人类经验中所没有的和中国历史经验中所没有的正在创造过程中的历史,我们文史工作有可能为这样一种崭新的历史,它充满尝试、摸索、创造,有时难免有这样那样的分歧,但事实上已经证明我们已经取得成功,能够为这段历史的抒写提供适合政协特点的历史素材、历史资料,是非常光荣的也是非常艰巨,也是不可或缺的任务。这意义在最近一两年内不会看出来,但它肯定是有深远意义的,要传之久远,为今后中华民族的发展有巨大作用。

借此机会,再谈一点对中华人民共和国历史的理解,对中华民族现代化发展道路的理解。这和中国文化有密切联系。中国的文化是我们的骄傲,有时又成为我们的包袱,有时又成为我们和世界交流的一堵墙,有时也成为我们和世界的一座桥梁,它是不断变化的。举一些例子,如印度,印度文化非常特殊,他的宗教、文化、哲学、学术有很高价值,但印度有相当长时间成为英国殖民地,照搬英国一套上层建筑,但它本身社会变化不了,民族变化不了。它的条件和我们不一样。它没有统一的语言,没有统一宗教,有时候印度现在的各个民族要借助殖民时代的带有侮辱性的强行推广的英语来沟通,否则互相之间更不通了。去过印度的人都知道,它现在有了很大发展,中国和它的关系有了很大改善,但整个它的发展应该还是困难重重,我到印度有些城市,城市之肮脏,垃圾的味道之浓厚,传染病威胁之严重,触目惊心。再以一个小国为例,如菲律宾,长期遭受西班牙统治,后来又成为美国的托管地,它没有文字,本身没有很强大的文化基础,谁来统治就接受谁。西班牙统治就有相当的西班牙文化,到现在菲律宾语言中既有土语又有英语,还有西班牙语,大量的名字仍是西班牙式。美国统治时期就跟着美国走。菲律宾相当的自由,但又很不安全,原来的许多优势都在丧失。我也非常感慨俄罗斯,它是世界上第一个社会主义国家,苏联原先那么强大的力量,有那么高的威信,对中国革命有巨大的影响。但俄罗斯文化中没有包容、适应和自我更新的能力。社会主义搞得好,就全都好,不许一个人说坏,说坏就枪决。说搞得不好,就宣布完蛋,共产党就解散。我们从中国的发展道路稍微比较一下,就能看出我们有多么强的,也是遭受了千难万险遭受了许多痛苦的文化的支撑,使我们常常能够遇难呈祥、化险为夷。

我们还可以和日本比较,有很多学者、知识分子很痛惜,为什么日本搞明治维新想学现代化立刻现代化那么快。中国要搞现代化就那么艰难,那么困难,那么难接受。一种新的观念,新的技术,接受起来就那么困难。是的,中国的文化曾经成为一个障碍,但是经过一个过程,一段发展后,找到了自己的发展的道路,中国的文化当然是我们立国的一个根基。从这些地方可以看出,我们治中华人民共和国史,为中华人民共和国史提供资料和素材有着多么伟大的意义。

第二个问题。

正因为今天的情况不一样,我们并没有那么多非常明显的遗老遗少,怪人怪身份,所以我们政协文史工作可以更主动地做一些安排,就是我们做什么,心中要有数,要有目标。如果没有目标,来什么资料看了不错,就用,就可以登报、编杂志。有三方面可以参考、考虑。

1. 当前焦点,有影响的重大事件、工程、重大举措。如市场经济。我们的市场经济到底是怎样从在计划经济下的一定程度的抑制到慢慢发展起来,到成为我们国家配置资源,经济运行的一种主要形式。我们不说哪样对,哪样不对,那不是我们说得清楚的。在市场经济的恢复发展这样一个过程中有重要人物、公司、企业家、大人物究竟起了什么作用。我很感兴趣的一些问题,譬如中国房地产业的发展,有烂尾楼,也有高额利润,房价不断上升,也有相当多的人在房地产业的发展中改善了自己的生活,也有很多贫困的人望楼兴叹。譬如社会保障,中国的社会保障事业是如何从国家包起来到社会化逐渐发展。是否有委员可提供这方面的素材。如涉及香港、澳门的。如青藏铁路、三峡工程、机场建设等都是举世瞩目的工程,还有国防工程如载人卫星等等。这些事件转瞬之间就变成历史上光辉的一页。政协文史工作就有可能为这光辉的一页提供见证,提供小插图、提供数字、提供小花絮和素材。

譬如国有企业改革。大型名牌企业的建立、发展。三资企业、非公有企业的发展,新型企业家的发展,这里既有成功,也有失败。乡镇企业的典型如禹作敏的大邱庄辉煌一时,因为刑事犯罪禹作敏变成阶下囚死在监狱里。这属于特别富有当前性焦点性的问题。通过政协组织及政协委员提供三亲史料。

2.记录政协自身特点的资料。民主党派、非中共人士、无党派人士及政协本身的发展在当地起过何种作用,哪个提案被采纳推动当地解决了五保户低保问题、食品安全问题等等。政协中有许多名人、名家、名师,他们本身就是活历史。如果我们选准人物,提供协助便利,组织一定人力征集记录他们的历史,是有意义的。

文史委员会不是历史委员会。文史强调的是文档,强调文字化,应该是文档化历史。三亲的经历用文字表述出来,成为文档化、文字档案,这和实物、统计表、绘画不矛盾,这些政协名人的经历可以成很好的素材,文化方面的如宜兴陶瓷、惠山泥人、杨柳青年画等。他们的沿革发展起伏。还有昆曲、京剧,政协还有书画室,为什么不搞书画史,有京昆室,为何不搞京昆史,不用搞全面的,全面的由艺术研究院的同志组织,我们可以把那些积极参加政协活动的京昆艺术的大师的某些事迹、国际上某些突出成就、经历的某些委曲、生过的气、打过的官司都有所记录,也会非常有趣。

3.边缘性、补遗性的素材看起来没有那么重要,属于拾遗补缺。通常写国史党史不会有人注意到这样一些人物、角落、事迹,政协可以做到。如外籍华人、华籍外人长期同情中国革命、参加中国革命、参加中国建设,为新中国出力。加入中国国籍的政协委员,他们也得到政协的帮助。还有一些特邀人士,老一辈国家领导人的遗孀、遗属,他们的经历也很特殊,别人替代不了。边缘人物也可以成为中心,如残疾人。残疾人在很多事情上处在边缘,有好多事情他们做不了但又有突出的事迹有可能成为全世界关注的焦点,他们就有可能成为中心。比如现在中国社会上数量不多的慈善家、收藏家,怪人还是有。上海有收藏火花的。北京的王世襄收藏明清家具,收藏鸽哨,是美食家。这样的人全国没有多少,走一个少一个。这人很可爱,他称自己"玩物丧志"。这些补遗性的史料做出来会非常受欢迎。

我们如果能够主动做安排,主动部署。既照顾到当前性、焦点性,也照顾到政协自身的特点,也照顾到边缘性、补遗性、稀有性、珍稀性。政协正是有三教九流、五湖四海、各种有特殊经历、有身怀绝技的人物,通过政协文史工作使得政协更加生气勃勃、充满活力、充满生机。

今后的培训班要逐渐向研讨班过渡,请各地对文史工作有体会有见解有经验的同志介绍交流,使文史工作的理论性现实性学术性实践性得到提高。

2005 年 3 月

保持特色 开拓创新
推进文史资料征集出版大协作[*]

二〇〇四年五月,在浙江义乌召开了全国暨地方政协文史委员会主任会议,至今已经有一年多的时间了。我们这次会议的主要任务是,总结交流一年来落实"本届政协文史资料选题协作规划"的进展情况,讨论解决征集编辑工作中存在的问题,研究部署下一阶段文史资料大协作工作,进一步推动文史资料征集出版工作。

一、"本届政协文史资料选题协作规划"落实的基本情况

二〇〇四年五月召开的全国暨地方政协文史委员会主任会议,研究了本届政协文史资料选题协作规划,确定了"共和国亲历、亲见、亲闻书系""民营企业的崛起""名人故居"和"中国少数民族文史资料书系"等五个方面共四十二项选题。一年来,各级政协文史工作部门树立全局意识,发扬优良传统,扎实工作,积极做好各专题的起步工作,协作规划的实施进展顺利。

(一)认真贯彻全国暨地方政协文史委员会主任会议精神

全国暨地方政协文史委员会主任会议,总结交流了近年来各地政协开展文史资料工作的经验,深入讨论了在新形势下如何做好文史资料工作,统一思想,明确任务,统筹规划,大大激发了广大政协文史工作者的工作热情,为本届政协文史工作的顺利开展奠定了良好

---

[*] 本文是作者在全国暨地方政协文史资料选题协作会议上的报告。

的基础。出席会议的同志回到各地后,积极主动地向当地政协主席会议或党组会汇报了会议精神,得到了地方政协领导的充分重视。各省(区、市)政协文史委员会根据会议精神,认真研究本届政协文史资料选题协作规划,结合自身工作的实际,从大局出发,适当调整了原定工作计划。各地政协相继召开了本省(区、市)政协文史资料工作会议,传达贯彻全国文史会议精神,动员和组织各级政协文史工作部门和有关方面的力量,广泛开展文史资料征集编辑工作。

(二)牵头单位勇挑重担,认真负责落实选题协作规划

四十二项协作选题中,有二十五项由地方政协牵头,涉及十七个省(区、市)政协。各牵头单位认真制订征集编辑方案,主动与协作单位保持联系,适时召开编审会议,确保专题史料征编工作落到实处。"近代中国要塞"是由天津、上海两市政协共同牵头的选题,他们认真起草了该专题的编辑大纲,并就大纲内容与参加协作的二十个省(区、市)政协沟通,取得共识,先后两次召开征编会议,各有关单位陆续提交了稿件和照片,按计划将于十月完成征编工作。为了做好"五七干校"专题史料的征编工作,湖北省政协蒙美路副主席带着办公室的同志专程到京,与北京市政协一起研究实施方案,并组织全省各级政协力量寻找组稿对象、查阅资料、核实史料、编审稿件,保证了征编工作按时完成。湖南省政协文史委员会定期召开"剿匪纪实"专题碰头会议,及时研究和解决工作中的具体问题和困难,现已收到一百四十七篇、近六十五万字的文稿。在征编"长春第一汽车制造厂"专题史料中,吉林省政协与长春市政协省市联动,一起提出征集设想,一起确定征编工作方案,目前书稿文章目录初步形成。浙江省政协以办公厅名义下发了《关于在全省政协系统开展文史资料征编协作工作的通知》,对协作选题做了全面的部署,召开了两次"温州民营企业的兴起和发展"专题征编会,现已征集到稿件六十篇、约三十五万字。贵州省、四川省、吉林省和内蒙古自治区政协将少数民族史料专题的任务落实到有关民族自治州、旗,同时认真做好

组织、协调和业务指导工作。

(三)各协作单位通力合作,深入细致开展史料征集工作

本次大协作的选题内容丰富,涉及地域广阔,有些选题涵盖了各个省(区、市)。各省(区、市)政协十分重视这次大协作,积极承担协作任务,一些地方政协专门召开会议进行了部署,许多领导同志带队深入实地调查史料线索、组织征集稿件。《名人故居博览》《近代中国要塞》两个专题涉及全国各级政协,文物史迹分散在各市、区、县。许多省(区、市)政协发动区县政协参与协作,逐个区县进行调查摸底,理清征集线索,从而得到许多鲜为人知的宝贵史料。湖南省伟人多,名人故居多,为做好征集工作,省政协文史委员会召开了有文物部门、旅游部门参加的专题史料征集座谈会,向各市州政协下发了两个专题的编辑方案和征集稿件通知,做到摸清底数,广泛征集。同时,他们还将专题征集工作与调研工作紧密结合,由省政协副主席带队,组织委员分赴八个市州,对全省近五十处名人故居与纪念馆的保护、建设和利用情况进行实地考察,写出专题调研报告向省委、省政府及有关部门建言献策。山东省政协文史资料委员会历来重视地区间的协作,针对省内近现代历史发展特点和史料分布不均的难点,委托史料相对集中的地区重点开展搜集、整理、编辑工作。南京市政协文史委员会领导亲自登门拜访专家学者,到相关的部队、院校求教、求助,较快地落实了征集任务。新疆维吾尔自治区政协作为《支援边疆建设》的协作单位,主动与上海市政协沟通,制订《上海儿女在新疆》的征编方案,共同征集上海知青支援新疆建设的史料。

(四)本届政协文史资料征编大协作取得初步成果

一年多来,经过全国政协与地方政协的共同努力,文史资料征集出版工作取得了喜人的成绩。二○○四年九月,在人民政协成立五十五周年之际,《人民政协纪事》一书出版了,王忠禹常务副主席为书名题签。全书收录了部分历届政协领导同志、政协委员和工作人员的回忆文章一百二十多篇、六十多万字,记述了半个多世纪以来人

民政协风雨历程中一些重要事件、重要活动和履行职能、发挥作用的重要事例。《人民日报》《人民政协报》《中国政协》《纵横》等杂志选登了其中一些文章,宣传了人民政协的历史作用,扩大了文史资料工作的社会影响。《名人故居博览》作为一项浩大的文化事业基本建设工程,得到各地政协高度的重视和广泛的参与。目前,各地政协都在积极开展征集工作,江苏、天津、浙江、广东、山东、湖南、四川等省市的征编工作已基本完成。"新中国剿匪纪实""五七干校""长春第一汽车制造厂""宝钢建设""瑶族百年实录""细菌战纪实""近代中国要塞"等专题,年内有望完成征集编辑工作。

此外,值得一提的是,各地政协在参与全国政协组织的文史资料征集出版大协作的同时,自身正常的征集出版工作也取得了丰硕的成果。特别是在纪念中国人民抗日战争暨世界反法西斯战争胜利六十周年的日子里,政协文史部门发挥优势,突出特色,出版了一批抗战题材的文史资料图书,其中全国政协的《抹不掉的记忆——见证日军灭绝人性的杀戮》、河北省政协的《河北抗日战争图鉴》被列入百部重点图书。

以上可以看出,全国暨地方政协文史委员会主任会议制订的《本届政协文史资料选题协作规划》正在扎扎实实地贯彻落实,文史资料征集出版大协作取得了新的进展。

同时,也应该看到,我们的工作还存在一些不尽如人意的地方。比如,工作任务重与人手少的矛盾相当突出。此次大协作选题数量多,有的省要承担十多个选题的协作任务,而各地方政协文史部门普遍存在编制紧张、人员不足的情况,势必影响到文史资料征编工作的进度。比如,史料征集难度加大。一九四九年之前历史的亲历者越来越少,一些重要史迹遭到毁坏。对新中国成立后文史资料工作在认识上不够统一,在政治方面有些敏感问题,在经济方面有些功过是非问题,很多人不愿写。比如,新形势下文史资料工作的理论研究不够。去年义乌会议制订了文史资料工作的指导思想、方针、原则及工作任务和规划。但是,对四十多年的文史资料工作,特别是新形势下的文史资料工作,还缺乏系统的整理、归纳,一些新情况、新问题需要从理论上研究和探讨。比如,一些省市政协文史工作部门仍然存在经费方面的困难,无法保证征集工作的深入展开。以上这些问题,我们要在今后的工作中加以重视,想方设法予以解决。

二、主要体会

一年多来,在开展文史资料征集出版大协作中,我们获益良多,主要体会是要处理好以下五个关系。

(一)正确处理"有为"与"有位"的关系

人民政协的文史资料工作是一项富有特色的工作,它深深地植根于人民政协这片沃土之中,前景广阔,大有可为。曾几何时,文史资料工作一度风雨飘摇,甚至面临被取消的危险。究其原因,更多的还是要从自身来查找,主要是我们队伍中的认识不统一,一些同志看不清政协文史工作的价值、意义,对前途失去信心,工作上无所作为。上一届政协期间,经过清理库存资料,编辑出版了《文史资料存稿选编》这一皇皇巨著,使文史资料工作重新得到政协领导以至社会的重视。本届政协以来,文史资料工作的内部环境很好。贾庆林主席、王忠禹常务副主席等全国政协的领导同志非常关心和重视文史资料工作,多次参加文史委员会组织的活动。陈奎元副主席连续两年专程出席全国文史会议,并发表鼓舞人心的讲话。全国政协办公厅的领导和有关部门也非常支持文史资料工作,在经费、办公设备及网络建设上都给予种种优惠。文史资料工作正处于一个很好的发展时期,我们要抓住机遇,乘势而上,创造佳绩,在人民政协事业的整体格局中充分发挥文史资料工作的独特作用,扩大人民政协的社会影响。要做到有为才能有位,有了位更加有为。

(二)正确处理全局与局部的关系

文史资料工作自创立以来,各级政协文史部门之间就形成了十分紧密的团结协作关系。文史资料作为社会科学的一个门类,有着自己的专业领域和业务知识。文史资料工作作为人民政协的一项经常性工作,有着共同的目标和任务。对于政协文史工作部门及政协文史工作者来说,一定要牢固树立全局观念,发扬大协作的优良传统,这是文史资料工作自身建设的需要,更是文史资料工作生存和发展的需要。通过大协作,能够充分发挥政协文史部门的整体优势,形成合力,多出成果,多出精品,为文史资料工作赢得良好的社会影响。在大协作中,许多单位积极领受协作任务,优先安排协作选题,勇于承担牵头重任,认真实施征集编辑方案,这些都是全局意识强的表现。同时,我们也要把本单位本部门的工作放到政协文史工作的全局当中来考虑,扎扎实实做好本单位本部门的工作,争取最大的社会效益,同样也是为政协文史工作赢得荣誉。

(三)正确处理牵头单位与协作单位的关系

政协文史部门的大协作一贯遵循平等自愿、各负其责、互惠互利的原则,这也是处理牵头单位与协作单位关系的基本准则。牵头单位受全国政协文史委员会委托主持某一专题的工作,负责征集编辑方案的提出和组织实施。协作单位主要是配合牵头单位工作,负责本地区史料的征集编辑。牵头单位和协作单位各有各的责任,相对来讲,牵头单位的责任要大得多,在人力、财力方面的付出也更多些。一个专题能否圆满完成,取决于牵头单位和协作单位的团结合作,而牵头单位的工作是否到位至关重要。牵头单位要提出切实可行的征集编辑方案,适时召开征稿会、编审会,最终把好书稿的质量关。上一轮全国性大协作时,有的牵头的省级政协将专题实施的任务委托给该专题史料比较集中的省内某市政协。本轮大协作中,一些省级政协根据实际情况也采取了这种做法,这样做有助于解决省级政协人手不足的问题,也有利于调动各级政协的力量参与协作。同时,这样又出现一层新的关系,省级政协作为牵头单位不要放弃自己的责任,要加强对市级政协的业务指导,负责地协调好与省外协作单位的关系。在大协作中,各协作单位要积极主动开展工作,把该征集的史料征集到手，规范地做好编辑工作。协作单位并不是处于被动地位，征集工作做好了，既可为协作选题提供丰富的稿件，又可出版地方性的专题史料图书。一些工作开展得好的省级政协已经这样做了。

（四）正确处理两项任务之间的关系

陈奎元副主席在去年的全国暨地方政协文史委员会主任会议上明确提出，作为政协的一个专门委员会，文史委员会担负着两项主要任务：一是征集、编辑、出版近现代史回忆资料，二是组织委员履行政协职能。一年多来，各地政协认真贯彻会议精神，两项任务完成得都很出色。从政协文史工作的实质讲，它既是巩固和扩大统一战线的工作，又是一项履行政协职能的工作。两项任务中，征集出版文史资料是我们的传统工作，履行政协职能是随着人民政协事业发展的新形势而明确提出来的。各级政协文史委员会汇集了一批文史方面的专家和学者，组织一些有关文化领域的调研具有一定的优势。近两年，全国政协文史委先后组织了历史文化名城、世界文化遗产的考察。在每次的情况交流会上，委员们争相发言，提出了很多很好的建议。当地的同志反映，全国政协委员层次高，所提建议专业性强，对改进工作十分有益。实践中，征编史料和履行职能两项任务相互联系，相互促进。比如，为了搞好文史资料的征集、编审工作，我们往往要深入实际进行调查研究，以获取真实、丰富的历史资料，为当前的工作提供历史的借鉴。像我们和浙江省政协协作的"温州民营企业的兴起和发展"专题，在征集史料的过程中，经过深入调研，围绕全国政协常委会"发展是执政兴国的第一要务"的主题，提供了《温州民营企业发展历程的启示》的大会发言，并在会上作了口头发言。再如，在组织委员调研考察活动时，发现一些与现实结合较紧而重大的文史资料选题，进而开展史料征编工作，可以更好地为现实服务。像我们正在进行的《名人故居博览》专题，是在开展专题调研时发现当前"名人故居"的底数不清、资料匮乏、研究不够，于是提出征集编辑"名人故居"史料的设想，立即得到国家文物局的支持。

（五）正确处理保持特色与开拓创新的关系

人民政协文史资料工作历经四十多年的发展,形成了统一战线和"三亲"两大特色,这是政协文史工作生存和发展的根基,也是政协文史工作的优势所在。在我们进入二十一世纪的今天,与文史资料工作创立时的上一世纪六十年代相比,形势有了很大变化,社会有了很大进步,特别是人民政协的各项工作取得重大进展。文史资料工作也要跟上时代前进的步伐,积极进取,开拓创新。只有开拓创新,文史资料工作才能适应人民政协事业不断发展的需要;只有开拓创新,文史资料工作才能保持旺盛的生机和活力。如何在保持特色的同时有所创新、有所前进,这是政协文史工作者悉心探索的一大课题。北京市政协和湖北省政协在研究"五七干校记事"征编方案时认为,"文革"中全国各级干校多如牛毛,文史资料要选择知识分子和代表性人物比较集中的干校,有重点地开展征集,特别注意在政协委员和民主党派成员中征稿,力求突出统一战线和"三亲"特色。坚持统战性和"三亲"性,有利于我们选准角度,发挥优势,避免与党史、国史雷同而失去文史资料独立存在的意义。在全国政协文史委提出建立文史资料音像库后,一些地方政协跃跃欲试。我们欣喜地看到,在落实本届选题协作规划中,有的专题在制订文字史料征编方案的同时提出了音像史料征集方案,更有一些市级政协带着音像技术人员和设备来到北京征集资料。天津市政协文史委率先成立了天津口述史研究会,这是中国大陆第一家正式在民政部注册的口述史研究社团,也是政协文史资料委员会所属的学术性社团。在工作实践中,各地政协文史工作部门开拓进取,大胆尝试,取得了一些有益经验。在适当的时机,我们将组织专门的交流和总结,并进行深入的研讨,争取在理论和实践上都有所创新。

三、关于下一阶段的工作部署

关于今后的工作,陈奎元副主席提出了三点希望,很符合当前政协文史工作的实际,为我们指出了努力的方向。我要讲的是今后一段时间的一些具体的工作。

(一)抓紧时间,落实规划

本届政协还有两年半的时间,如果留出图书出版的时间,也就只有两年的时间了,对于我们落实征集编辑规划确实是时间紧、任务重。各级政协文史工作者要振奋精神,知难而进,发扬特别能战斗、特别能吃苦、特别能奉献的优良传统,扎扎实实,通力合作,力争将有可能完成的专题尽量在本届政协期间完成。

本届选题协作规划提出的专题较多,一般都经过认真的论证,也有一些是前两届遗交下来的。目前来看,各地政协牵头的专题进展比较顺利,而全国政协文史委牵头的专题中有一些难度较大,进展缓慢,这些基本上是以前的选题。对于这些专题怎样处理?我们的意见是还要继续做,但在时间上不强求本届内必须完成。

各牵头单位要继续认真负责地主持好本专题征集编辑工作的实施,根据专题分组讨论的情况进一步完善征集编辑方案,协商好召开编审会的时间和地点。要重视并开好编审会议,实践证明,这是推动大协作的一种有效工作方式。各专题按照齐、清、定的要求定稿后,及时送交全国政协文史委安排出版。

(二)迎难而上,深入征集

征集工作是文史资料工作的基础,也是诸环节中难度最大的一环。文史资料征集难有着多方面的原因,要具体问题具体分析,有针对性地做好工作。功夫不负有心人,只要肯下功夫,困难总是要被克服的。

文史资料不是编写历史,不求系统完整,但是作为文史资料专题图书,还是应争取做到重要事件、重要人物的史料不要漏掉。特别要抓紧做好年事已高的重要人物"三亲"史料的抢救工作。

(三)精选精编,打造精品

在本届政协期间出版一批文史资料精品图书,是我们开展大协作的重要目标。要实现这一目标,首先,要强化精品意识。文史资料图书的质量直接影响着社会效益,关系着"存史、资政、团结、育人"社会功能的发挥。我们投入这么多的人力、物力,为的就是把文史资料精品奉献给社会。其次,要精心做好各个环节的工作。下大气力广泛深入地做好征集工作,把史料价值高、可读性强、具有借鉴和意义的资料挖掘出来,为出精品打好基础;精选稿件,精编图书,把好政治关、史实关、文字关;精心设计,精心印制,力求达到内容与形式的完美统一。第三,要形成一定的规模。这次大协作的选题分为四个系列,每个系列都有十种(卷)以上图书。我们要统筹考虑,追求整体效果。如,共和国亲历、亲见、亲闻书系,可以编好一种出一种,但必须统一装帧设计,保持同一风格。如,《名人故居博览》,各省(区、市)政协完成编辑任务后,陆续送交全国政协文史委办公室,统一编排,集中印制。

(四)精心组织,搞好服务

全国政协文史和学习委员会作为这次大协作的组织者,要始终把握全局,协调各方,加强对选题协作工作的指导,及时掌握并帮助解决地方政协文史委工作中遇到的困难和问题。全国政协文史和学习委员会办公室要保持与各协作单位之间的联系,上情下达,下情上达,尽力搞好服务工作。

(五)重视学习,提高素质

今年全国政协大会之前的常委会上,全国政协文史资料委员会调整为全国政协文史和学习委员会,更名后的委员会增加了组织委员学习的职责。据我们了解,相当一部分省级政协文史工作和学习工作在同一个委员会。随着名称的更改,无论是委员会还是办公室,任务都更加繁重了。一方面,我们要继续深入学习文史方面的业务知识,加强专业理论的研究;另一方面,要适应新形势新任务的要求,丰富学习内容,拓展知识结构。全国政协文史委已连续两年举办了两期政协文史干部培训班,培训各级政协文史干部二百五十多人。今后,这类培训班还要坚持办下去。此外,为加强对新时期文史资料工作的研究,我们拟于适当时候举办较高层次的学习研讨班或工作研讨会,以进一步提高政协文史干部的素质,加强政协文史干部队伍建设。

　　同志们,今后两天我们要交流开展文史资料征集编辑大协作的经验,研究解决工作中遇到问题的具体措施。希望大家集中精力,开动脑筋,奉献良策,积极推进文史资料征集编辑大协作的顺利开展,努力开创人民政协文史资料工作的新局面。

2005 年 9 月 12 日

发挥政协优势,构建和谐社会*

《中国青年报》记者:请问王蒙委员,我们知道在政协汇集了一大批知识分子和社会英才,您是著名的作家。知识分子在建立和谐社会过程中应该起到什么样的作用?

王蒙:建立和谐社会这样一个提法,很快引起了广大知识分子的关注和欢迎。特别是政协,政协有文化艺术界、新闻出版界、社会科学界和一些民主党派,有很多人文知识分子,他们都责无旁贷地、积极主动地、怀着极大兴趣地学习体会,调查研究、引经据典、阐发讨论,做了大量的事情,以促进建立和谐社会这个命题的深化和落实。我们觉得和谐社会的提出,实际上是价值理念一个新的发展,也是中国共产党执政兴国方面的新意。它又是有针对性的一剂良药,它给了我们一个目标,淡化和逐步地消除长久以来中国社会剧烈的冲突、纷争的后遗症,妥善处理社会不容忽视的各种新的不和谐因素,努力达到安定、达到团结、达到沟通、达到有序的改革开放和可持续发展。文化人很主动地做一个事情,就是从理论上、从文化传统上、从精神资源上来寻找和丰富对于和谐社会这样一个概念,对它的意义、它的任务、它的内涵与实现的路径,做进一步的理解和阐发。同时,大家也有一种忧患意识,就是对于当前的种种妨碍和谐的现实问题进行研讨,在政协的各种会议、各种场合,提出自己的意见、自己的看法,

---

* 本文为作者在全国政协十届四次会议记者招待会答记者问。

包括许多严肃的、尖锐的批评。其次是注意文化成果的社会共享和文化权利的平等化,尤其是关注乡村边远地区、少数民族地区等地方的文化教育条件、文化生活丰富与质量,提出了一些办法,包括捐赠文化用品与设施、送影戏下乡、组织向资源欠发展地区的支援行动,来保证更平衡的文化生活。我在去年全国政协全体大会发言中,具体建议——实施文化成果共享工程,受到各有关方面的重视。目前,文化部门已经采取了许多这方面的举措。文化工作者的内部和谐也很重要,文化工作者应该是和谐的,起一种示范和引领的作用。众所周知,文化工作者内部的争论也非常多。所以希望这种争论能够高尚化,不变成个人的矛盾,更好地实行"双百"方针,发挥文化工作者的积极性和创造性,克服文化工作者的圈子习气。目前参加政协活动的文化工作者,在团结、民主、求实、鼓劲的精神鼓舞下,已经形成了非常好的和谐气氛。参加政协的这些文化人,现在很和谐。和谐是一种文明,和谐离不开道德自律和礼貌规范,人民政协与广大的文化人在这方面有大量的事情可做,我们要讲爱心、讲亲和、讲诚信、讲谦恭、讲礼仪之邦,讲严于律己,宽以待人,努力追求和谐,提高全民的文化素质与道德水准。

台湾记者: 请问王蒙委员,第一,两岸关系和谐吗?第二,和谐社会这个理念可不可以延伸到两岸关系方面?

王蒙: 我们当然希望两岸关系和谐,都是骨肉同胞,我个人与台湾的同行也有非常和谐的来往和交流。当然,两岸关系中也有非常不和谐的因素,就是"台独"。一"台独",那就不和谐,不但不和谐,而且面临极其危险的局势。所以希望我们共同努力,遏制和消除"台独"的威胁,使两岸关系和谐。

美国《天下华人》记者: 请问王蒙委员,您认为构筑以人为本的和谐社会和西方提倡的提高人文素养、培养人文情结、提倡人文关怀、崇尚平等博爱之间有什么共通的地方?

王蒙: 建立和谐社会是社会发展的需要,也是对社会精神上价值的一种追求。这样一种追求。一是来源于中华的传统文化,因为中国的传统文化早就有对和谐的论述和追求,那时不用"和谐"这个词,只用"和"这个字。同时,和谐的理念中,也包含了对全世界的,包括西方所有先进的、有益的价值追求的汲取。包括社会主义和共产主义,因为这是马克思和恩格斯提出的理想。也包括像自由、平等、博爱、人道主义、人文关怀、以人为本这样一些思想。只要对中国的发展进步有好处,我想哪儿有好东西,我们就学哪儿。

2006 年 3 月 9 日

一次光明的文化交流活动*

有机会来参加这个活动我非常高兴,我觉得这个活动由光明日报和中国外文局来举办是再合适不过了。因为这是一次光明的活动,是一次尊重文化、尊重书籍的活动,是一次表现了人类对光明的追求的活动。

它使我不由得想起在我九岁的时候,当时还处在日伪统治时期的北京,冬天,在很简陋的民众教育馆借了一本书,就是《悲惨世界》。那个时候对这本书的作者的人名翻译不是雨果,是嚣莪。当时我是一个小孩,很多地方我也看不懂,但那个故事特别吸引我,说主人公冉阿让偷了银器,后来神父给了他银器,然后他怎么忏悔,人怎么样得到了重生、得到了升华,我完全都惊呆了,世界上还有这样的书!

可是,那个时候冬天供应的取暖煤炭是有一定限量的,教育馆应该下午五点下班,可是到三点半煤炭就没有了,越来越冷,别人就都走了。不知是因为激动还是因为寒冷,我在那儿一边哆嗦一边看这本书。剩下的工作人员,对我感到为难。本来如果我要走了的话,就没有人看书了,他们也就可以走了,可是我实在是舍不得走,最后在他们的暗示和温柔的劝导下,说怕我冻着,我就走了。

---

* 本文是作者"在中国最有影响的十部法国书籍"和"在法国最有影响的十部中国书籍"评选活动揭晓仪式上的致辞。

"文革"结束以后,又重新出版了《悲惨世界》,引起了社会上很大的阅读兴趣,掀起了一个读《悲惨世界》的高潮。我认为,中国的经历和法国的经历并没有什么可比性,但是人们还是看到了,在一个社会里,一个人可能要受过那么多的考验,要受到那么多的引诱,要碰到那么多复杂的事情,尤其是《悲惨世界》里面的一个人物,不是冉阿让,而是沙威,他一下子吸引了我。生活中有沙威式的人物,那你怎么办呀,你怎么活下去? 如果碰到沙威式的人物,你要稳得住自己。

　　于是我懂得:什么叫光明? 能够烛照黑暗这就是光明! 什么叫光明? 能有善良的心,能够像冉阿让那样,把自己的一切一切都牺牲,能够对别人做些好事,这就是光明! 这种光明还使我感觉到,中国和法国都是为自己的文化而感到骄傲,为自己的文化而觉得自己有立足之地,有屹立于世界民族之林的地位。我们是追求光明的知己! 所以,文化带来了光明,这种光明尤其使我想到,中国太不容易了,中国的文化很可贵,很精致,但是又碰到了太多的考验,太多的挑战,尤其是近百年来,我们曾经出现过什么样的文化焦虑,我们感受到过多少屈辱、多少无奈,多少痛苦纠结! 终于,我们能够在一个相对比较光明的这样一个气氛里面来和世界各国,尤其是和我们尊敬的文化大国——法国来建立更好的文化交流,可以评选互相喜爱的书了。这就叫作"同一个世界,同一个梦想",这正是我们的"中国梦"的重要内容。就是说,我们的文化焦虑现在正被文化的开放和文化的和谐与互补所取代,为文化的信心,为对于传统的珍惜弘扬与面向世界、面向未来、面向现代化的自信所取代。这给人们带来了无限的希望,必将带来更大的光明。我希望,光明日报、中国外文局以及各个有关方面,包括中法两国文化界的朋友,使我们的交流更加顺畅! 更加光明!

发表于《光明日报》2014年4月5日

为中俄文化交流祝福

不久前,出席第二届中俄文化论坛,我与俄罗斯文化界的朋友们再度相会,回忆多年来中俄友好交往的佳话,展望两国人文交流的前景,不禁感慨万端。

中俄两国都是文化大国,两国的文化交流有着很深的历史渊源。

由于地理环境等因素,几千年来,中华文化在世界上都处于优越的地位,从未受到过挑战。但自鸦片战争以后,中国文化的焦虑感和危机感开始产生。上世纪初发生的五四新文化运动,俄苏文化给中国人带来巨大影响。那一时期,孙中山先生提出了"以俄为师"的口号,中共早期领导人瞿秋白在访俄时写下了《赤都心史》《饿乡纪程》等文章,鲁迅对俄苏文化也是不遗余力地推介,翻译了果戈理的《死魂灵》、法捷耶夫的《毁灭》等作品。此后,在中国革命和建设事业中,俄苏文化所产生的影响成为中国几代人的珍贵记忆。习近平主席在与文艺工作者的谈话中,也大量援引了俄罗斯文学大家的作品。

新中国文化事业的发展并非一帆风顺。改革开放让中国经济发展举世瞩目,但也出现了价值失范、道德滑坡等新问题,在现代化进程中,我们需要更强大的精神资源作为支撑。

中国文化一直面临一个重要课题,就是怎样继承和弘扬我们的传统,保持中华文化特色,同时又能与人类先进文化成果对接,实现中国特色的社会主义现代化。不继承中华传统文化,现代化就脱离了我们这块土地和人民;不实行现代化,我们又会处在一个面对日新月异的世界而感到惶恐、焦虑、不知如何自处的境地。

近年来,中俄之间在文化领域的交流合作日趋活跃,形式不断创新,这些丰富多彩的活动,触动了心灵,拉近了距离,为中俄两国关系发展注入了活力。在中国逐步走向现代化的过程中,我们得到了俄罗斯文化的滋养和帮助。在去年冬奥会的闭幕式上,当俄罗斯十二位十九世纪到二十世纪文学巨匠的身影出现在体育场中央时,像我这个年龄的中国知识分子都非常激动。这些作家不仅属于俄罗斯,也属于全人类,同时让中国人感到无比亲切。

我年轻时喜欢阅读普希金、屠格涅夫、托尔斯泰、莱蒙托夫、马雅可夫斯基、契诃夫、高尔基等作家的作品,也熟悉俄罗斯的文艺理论家别林斯基、车尔尼雪夫斯基、杜勃罗留波夫及他们的文字。二〇〇四年我访问俄罗斯并接受俄罗斯科学院远东研究所授予的荣誉博士学位时,曾与俄罗斯联邦文化与大众传媒部部长亚历山大·谢尔盖耶维奇·索科洛夫会见,他是音乐家,我们高兴地提到一大批俄罗斯音乐家的名字:柴可夫斯基、穆索尔斯基、鲍罗金、杜那耶夫斯基等,谈起俄罗斯的画家列宾、列维坦,还谈起中国人熟知的科学家门捷列夫等。俄苏文化对中国人有着如此深刻的影响,只要一提起那些耳熟能详的名字,我仿佛又回到了青年时代,又来到了莫斯科红场,来到了圣彼得堡的彼得大帝像前,想起普希金为这座雕像所写的诗歌……真正的民族文化是一个友好的文化,是能滋养各方的文化,是在各方挑战和自我调整中前进的文化。我们弘扬民族文化和热情汲取我们的近邻俄罗斯文化的成果是丝毫不矛盾的,这种汲取定将赋予各自文化以勃勃生机,为两国人民友好交往奠定人心基础。

发表于《人民日报》2014年12月14日

如果没有中国,这世界太寂寞

作为"中华文化讲堂"主讲人,我五月十八日至二十八日飞到遥远的拉丁美洲,开始我的中国文化宣讲之旅。这是我在耄耋之年首次到达南美洲,十天的行程每一刻都难以忘记。

我们一行先到了卡斯特罗与切·格瓦拉革命的古巴,在革命广场留影,与古巴同行亲切忆旧。在巴西利亚大学的演讲与互动又是如此缩短了我们的距离。此行所到之处都让人感觉到拉美人民对于中国的关注与兴趣。在智利的圣地亚哥市中心,一群小学生听到我们是中国客人时,表现得那么热烈,这让我想到亲情,中国与南美洲的各个国家从来都是朋友、兄弟。

古巴、巴西、智利,亲切的远方,远方的亲切,都令人难忘。哈瓦那的朗姆酒式的活泼,巴西利亚高塔的个性,圣地亚哥的铜山与宝石的绚丽,都令人眷恋不已。我也尽我的力量与他们讲述中国,讲述中国文化。

中国文化是西方世界文化的重要补充,如果没有中国,世界太寂寞。但中国同时也在向世界别的国家,包括向巴西学习。我到巴西访问,看到巴西利亚的城市规划和设计,十分感慨。

中国的建筑除了请法国和德国的设计师,还要请巴西的建筑大师。很有趣的是,巴西设计师在中国,也会逐渐增强中国味、本土化,这就是中国的魅力所在。例如可口可乐,在中国大陆可以泡姜加热解表治感冒,被家常中药化,而在中国台湾可口可乐早已是名菜"三杯鸡"的佐料,中国文化的包容性和想象力由此可见。

世界文化在交流中进步,中华文明五千年未曾中断,它在语言文字、诗书礼乐、价值观念、思想方法、历法习俗、生活方式等很多方面,对周边国家乃至全世界都有着很大影响。

中国传统文化强调人性是善良的、美好的。这是认知、是对价值的强调,更是一种信仰。例如性善论,认为善良与生俱来,是上苍给的,人性就是天性、天良、良知、良能;天人合一是自然的天地、人类的本性与超自然的、形而上的上苍、天道、天命的合一。这其实就是中国优秀传统文化的魅力所在。中国古人聪明的地方在于,不想把力量与心思用在设想彼岸、来世、天堂与地狱上。中国古圣先贤强调的是立足今世,积极进取,优化今生。此岸性和积极性是中华文化传统的特点,也是优点。

同时中华文化认为,天生的性善,如果不教化弘扬,也是靠不住的。中国圣人要求好好培养这些德行。孔子引用《诗经》的诗句说:"美丽的花你多么好看!我怎能不想念你呢?可你离我太远!"("唐棣之华,偏其反而。岂不尔思,室是远而。")然后孔子责备说,"美好的东西有什么遥远的呢?你根本就没有去想念美好嘛。如果你好好地想念这朵美丽的花,它的美好就在你身上嘛。"(子曰:"未之思也,夫何远之有?")在这里,孔子将一首爱情民歌提升为对于美德美思的向往,对美好社会美好天下的向往,认为世道人心好了,一切自然向美好发展。

此岸性也带来了务实。黑格尔对孔子评价有些偏颇,认为孔子只讲了些常识,语言也太简单。可是孔子并不想仅仅坐在屋里做学问,他不是学者专家,他是圣贤,他想当帝王的老师,拯救礼崩乐坏的当时社会。他与君王对话,哪能长篇大论?说得必须简单。当然西方哲人中也有为孔子叫好的,例如伏尔泰就认为孔子言简意赅,"己所不欲,勿施于人"运用人间的逻辑将此岸性分析得如此简明精彩,不用借助上帝,了不起。

中国传统文化是和谐的、包容的。鸦片战争以后,受西方文明的冲击,一度陷入焦虑与危机。五四运动以来,知识分子对传统文化进行了建设性的批判,引进了民主、科学等新的观念,激活了传统文化中的积极因素、革新因素。其实中华优秀传统文化也鼓励变化革新,特别是对传统文化的创造性转化、创新性发展。穷则变,变则通,通则久。庄子的说法是,世界上任何事物都是与时俱化的。《礼记》还提出:苟日新,日日新,又日新。五四运动以来,马克思主义传播到中国,中国共产党将马克思主义与中国具体革命和建设相结合,同改革开放相结合,同新时代中国具体实际相结合。每一次结合,都在中国思想界产生巨大的震动。

今年是中国改革开放四十周年,四十年来,中国经济增长迅速,社会发展动力强劲,证明改革开放是决定中国命运的关键抉择,中国人以敢闯敢干的勇气、自我革新的担当,走出了一条好路、新路,我们愿与全世界分享我们的经验。这不仅在中国,在世界也是奇迹。中国传统的此岸性、积极性、见贤思齐、闻过则喜的自我调整能力发挥了作用。

谈到传统和现代化,我认为在中国,传统一直在起作用。脱离了传统,就脱离了群众,脱离了脚下的土地。而不走向发展与现代化,就会落后挨打。只有把传统和现代化结合起来,才能既保证社会稳定,又促进社会发展。中国创造了开新局的伟大变革,我们既要不忘初心,又要奋勇前进!

发表于《人民日报(海外版)》2018年6月7日

对党风问题进行理论探讨的建议

我建议展开对党风问题的学术研讨,可包括以下选题:

一、关于党风的内涵和我们对党风的要求。党风似应包括党员的道德作风、工作作风、生活作风。作为执政党,能否说党风的核心问题是党与群众的关系问题?这又牵涉到党和党员的精神面貌、原则性与民主作风。

二、对于党风的历史性研究。在我党夺取政权以前,在革命战争中,在延安时期的党风状况与当时我党内部实行的军事共产主义的分配制度的关系。在全国范围内夺取政权以后党风建设面临的新课题,毛主席关于"糖衣炮弹"的告诫,解放后历次政治运动在整顿党风方面的动机和效果。"左"的东西对党风的影响——如"假、大、空、套"话等。国内外政治形势、阶级形势变化对于党风的影响。拨乱反正对于党风建设的意义等。

三、新时期的党风建设问题。改革、开放与党风。"大锅饭"下的党风与搞活经济对党风的影响。计划经济的统一管理与党风。市场调节与党风、安定团结的局面下的党风(可与严峻斗争时期相比较)。人民生活走向富裕情况下的党风。人民公社与党风。包产到户与党风。与国外的经济、文化交流对党风建设的影响。对从事涉外工作的党员的心态研究。

四、党风与法制及各种管理体制的建设的关系。干部任免、升迁、退休……制度与党风。干部生活待遇制度与党风。党在宪法、法律范围内活动的规定对于党风建设的意义。监察制度及监察体系与党风。劳动工资制度与党风。选举制度与党风。

五、党风与国情、与我国民族文化传统的关系。党风与社会风气的互相作用。关于情面问题。关于社交礼俗传统（如"吃请"问题，"送礼"问题，"红白喜事"问题等等）。关于约定俗成的群众舆论与群众习惯（例如判断领导干部的是非曲直的标准），我国的亲族观念、家庭观念、血缘观念与党风。人民教育水准与党风。

六、党风问题的理论概括与理论阐述。社会主义、共产主义理论与党风，辩证唯物主义、历史唯物主义与党风。马、恩、列、斯论社会风气与党风。毛泽东、周恩来、刘少奇……论党风。中央领导同志论党风……对党风问题的政治经济学分析、社会学分析与法学分析。党风与建设党的方针。

目前，中央正在大力进行实现党风与社会风气的根本好转的斗争。一些大案、要案的查处，铁面无私，深得人心，大快人心。与此同时，如能深入地、全面地从理论上、学术上探讨党风的问题、社会风气的问题，对我们在党风问题上从必然王国进入自由王国，制定一个长治久安的政策方针，可能是有益的。

发表于《新观察》1986年第4期

理想与务实

革命纲领总是带有理想主义色彩的。没有理想而满足现状自然也就没有革命。理想既是对现实的批判又是对积极的行动的驱遣。革命党人为了自己的革命理想,抛头颅洒热血,前仆后继,历尽千辛万苦,才取得了革命斗争的胜利。理想主义的力量是惊天动地而泣鬼神的。革命的理想主义使革命者的思想道德大大地升华,那简直是诞生奇迹。

理想的实现靠的是实践而不是理想自身的不断重复宣讲。特别是在革命者取得了夺取政权的胜利、她的主要任务变成了进行经济建设和提高人民生活以后。经济生活的组织首先是靠利益原则的正确运用而不仅仅是理想主义的宣传。理想主义的动员(在符合人们的利益和愿望的前提下)可能使一个普通人升华成为托着炸药包去炸敌人的碉堡的英雄却未必能使一个亏损的、技术落后的企业变得先进、赢利、发展壮大。理想主义的口号(我们从来不乏这样的口号)可能感天动地,但是未必能解决效益问题。我们曾经十分悲壮而且合乎逻辑地诘问:"难道西方资产阶级做得到的,东方无产阶级就做不到吗?"然而这样的提问本身并没有带来成果。国民经济赶上西方中等发达国家还需要半个多世纪的实干奋斗,而且是在我们不犯大的错误的条件下。

在以经济建设为中心的情况下,在社会主义市场经济的条件下,人们的务实心态、追逐利益的心态有可能冲击战争与革命中行之有效的理想主义精神,冲击我们民族的源远流长的重义轻利的道德主义——也是一种理想主义——的传统。于是会出现"世风日下,人心不古"的九斤老太式的慨叹,也会确实出现一些见利忘义的丑闻乃至犯罪。对这些现象,既不能视而不见也不能攻其此点而要求开历史的倒车。在硝烟弥漫的战壕里幻想的新生活比实际上的仍然不乏麻烦的新生活更完美无缺,这是很自然的事。理想主义者的企盼是理想的哪怕是不尽如初衷的实现而不是完美无缺一成不变地悬挂在高空,这也是常识以内的事。

人类需要务实,人民大众夺得了政权就更需要务实,需要做许多实在的、琐细的、缺乏浪漫主义色彩的事。人类的第一位的实践活动是生产,而生产是务实的。需要认识客观规律服从客观规律,否则,我们就只能生活在淹没一切的空谈中,我们的社会就会停滞不前乃至毁灭于空谈之中。没有比用关于理想的夸夸其谈来败坏理想的声誉乃至埋葬理想更令人痛心的了。

人类也需要理想,需要在热烈地拥抱今天的同时看到想到明天,需要对未来有所希冀、有所企盼,需要用理想来鼓舞自己、推动自己、提高自己的精神品位至少是安慰自己。否则,只剩下了"爬行的现实主义",人们的生活将是多么乏味、多么可怜呀。

比较起来,经济生活更需要务实,而文化生活,也就是说人们的精神生活则更多一点理想色彩。我们常常说的"两张皮"状态的出现,除了工作上的不谐调的原因以外,这方面的各有侧重,也是一个重要的原因。

在当前,我们的文化生活当然不能干扰妨碍经济建设这个中心,但这并不是一切。文化是一个更加广泛和变动周期相对来说要长得多的范畴。我们的文化生活不但要给经济建设以促进也要给予补充和某种匡正。人们当然关心自己的利益,而且说到底理想无非是更长远更巨大更有涵盖性的利益。但人们的精神生活所需要的又不仅仅是物质利益,人们关心于自身的不仅仅有务实的方面,人们还需要温馨、友谊、激情、想象、智慧与道德的崇高的或纯洁的或美妙的火焰,人们的精神需要满足起来并不比物质需要简单。人们需要理想主义的光辉却不要理想主义的偏执与狂妄自大。单纯的务实易于通向平庸;而人的素质越高就越难以忍受平庸,单纯的理想易于通向假大空的自欺欺人。通向天堂的理想实际上却把人们引向了泥沼,假大空的结果反而使人们倒向另一个片面——怀疑一切与犬儒主义。我们不是没有这种浪漫而痛苦的经验。

  我们的文化正在经受社会主义市场经济的洗礼、激励、冲击和考验。理想主义的色彩会有所削弱;而消费的色彩,消遣消闲的色彩,文化享受的色彩会有所增长。这是理所当然的却又是不无遗憾的。历史每前进一步都是要付出代价的——虽然付出了代价我们仍然欢呼历史的前进。我们尝够了人为地保持昨天的理想主义和斗争气氛的苦头,我们已经积累了经验。任何理想在付诸实现的时候都会有所变动有所折扣乃至使空想家与书呆子觉得走了样而愤愤不平。然而,实践是检验真理的标准,有价值的理想不会不倾听实践的呼声接受实践的校正。只有务实地去实现那能够实现的、准备那今天还不能实现但明天有可能实现的、起码暂时不去为那明天也未必能够实现的而伤神闹事,才能永葆理想的青春生命力,才能在继承过往的理想主义传统的同时发展与创造新的理想主义精神:一种充分尊重现实和讲求实效的、给人民不断带来实惠与新的希望的理想——务实主义。我们的务实精神正在日益发扬并带来日新月异的现实的发展。我们的理想正在不断变为现实而又在这一实践过程中修正完善和发展自己。我们的理想和务实都正在迈进一个新的时期、新的阶段。这也是"天若有情天亦老,人间正道是沧桑"。

发表于《文学自由谈》1993 年第 1 期

文化大国建设刍议*

中国是一个疆域大国,人口大国,文明古国,是一个社会主义大国,即将成为经济大国,又是世界上少数几个掌握核武器、国防力量正在增强的大国之一,这些都是不争的事实。

中国早就宣布,不做超级大国,不谋取霸权,这是说话算数的。但有些外国人还有疑虑。

爱国主义正在高涨,中国人民强烈希望中国能够对世界、对全人类做出更大的贡献,这种热情和积极性需要引导。

以经济建设为中心,这是毫无疑问的。中国的经济正在起飞,中国的综合国力正在增长。但同时,人均国民收入赶上西方发达国家的任务还是长期的。只看经济,我国的某些人士特别是青年人会时而自豪、时而急躁乃至丧气,而且经济的一体化、全球化又会引发新的问题:怎么样保持中华民族的独立地位、独立性格与独立形象?怎么样更有效地挫败敌对势力对我进行西化、分化的图谋?怎么样在人均国民收入还没有赶上或尚大大低于西方发达国家的时候维护我们的民族自尊心、自信心,发扬国人的爱国主义积极性?怎么样能够从根本上解决一手硬一手软的问题?怎么样避免在我们这里出现西方发达国家的物质消费主义与精神空虚堕落的问题?等等。

因此,作为对这些问题的回答之一,作为一个战略目标,指出我

---

* 本文是作者在全国政协八届五次会议上的发言。

们的目的是建设一个社会主义的文化大国,是适时的,也是完全可以做得到的。其实,我们已经是一个文化大国了。我们的魅力,我们的自豪,我们的对外宣传重点,都应该注意放在强调中国的文化大国建设上来。

一、语言文字是文化的基石,汉字是中华民族文化的根基,是中华民族凝聚与统一的重要因素。我们应该调整关于中文的出路在于汉字拉丁化的国策,明确保持汉语汉字(方块字)的方针。我们要花更大的力气更多的投入鼓励国人与外国人学习汉语汉字,要更加重视汉语汉字的规范化,抵制不健康的外来影响——这是一个关系到国家统一和长治久安的重大问题。

二、中国的文物典籍是中国之宝,是人类之宝,这些文物典籍的丢失与破坏是牵涉到我们的立国之本的大问题。我们要花十倍百倍的力量保护这些文物,整理弘扬典籍,整理弘扬传统的人文思想,特别是哲学思想、美学思想与艺术成果。关于传统文化的优劣长短的问题尽可以继续讨论,各种反思批判也尽可以进行,反思和批判的目的也是为了文化的发展壮大和获得新的活力,而绝不是相反。同时,作为国家,我们必须也只能奉行大力弘扬中华文化的方针。

三、国内各民族与民间文化是浩瀚的海洋,我们的发掘、普及、内外交流与记录研究工作还远远不够,今后要大大加强这一工作。

四、以更大的规模和投入抓文化教育工作。文化建设包括文化设施建设,一定要考虑到文化大国建设这一战略目标。

五、建设文化大国目标的确立将使我们更好地改革开放。不吸收外来的营养,不充实、更新与发展壮大自己,就不能保护与坚持我们的文化的独立性。反过来说,不坚持和保护我们自身的特点,也就失去了汲取外来营养的依据。我们将更好地汲取人类的一切文化成果,吸收过来,为我所用,变成我们的文化的一个部分,正如我们吃的牛肉羊肉最后会变成我们自己的血肉一样。

六、文化与经济是互相促进的。坚持以经济建设为中心,这是基本的国策,这项国策的坚持已经创造了巨大的业绩。同时,文化大国目标的建立,将使我们的经济建设特别是高科技产业搞得更好。

七、加强文化战略研究,改变对外文化交流上的被动防守局面,花大力气促进中华文化在全世界的影响。

我的思路还嫌笼统,现在提出这个大问题来,志在抛砖引玉。

原载《王蒙说》,中央编译出版社 1998 年

中华民族的复兴吉兆

香港回归是中国走向复兴的一大吉兆。香港回归是中国发展、进步、成熟的一个表现,是社会主义中国的一个丰富。"一国两制"的包容性、开放性及其实事求是精神所具有的深远意义将有待历史向我们展示。

怎样保持香港的繁荣与稳定,这是一个比回归本身更复杂的问题。从力量上来说,毛泽东、周恩来时代,在一九四九年就可以收复香港。从军事上、法理上,英国当局无法阻挡中国收回香港。但中国没有这么做,而把这个问题搁置了下来,保持了香港作为中国的一个和世界交流的渠道。这表现了党的第一代领导核心的政治远见。可以说,香港回归是中国的几代领导人政治智慧的集中表现。

现在,香港在稳定与繁荣中回归祖国,不仅是一个民族愿望的实现,而且是中国这二十年来改革开放和"一国两制"构想的胜利。在"以阶级斗争为纲"的时期,香港回归的局面是很难想象的。

"一国两制"的构想与实现不是权宜之计,它不仅限于解决香港的问题,不仅限于防止香港发生混乱、发生经济上的滑坡乃至崩溃。"一国两制"的构想体现了邓小平同志实事求是的思想,也体现了以经济建设为中心的思想。如果以阶级斗争为中心,那就是你吃掉我,我吃掉你。

"一国两制"思想还体现了对发展生产力的重视,体现了有中国特色社会主义比已有的社会主义具有更大的包容性和开放性。一个社会主义的中国包容一个资本主义的香港,再加上一个资本主义的澳门,将来再加上一个资本主义的台湾,三个资本主义的局部,会是社会主义中国的一个丰富。

这种包容性和开放性在社会主义的历史上是没有先例的。过去没有一个社会主义国家允许在它的国土上有一部分资本主义制度的存在,只能是你死我活。

任何影响都是相互的。回归以后,强大的中国社会对香港无论是经济上的繁荣,还是社会的稳定安全,都会起保证的作用。反过来说,香港的效率、港人在管理和服务上以及法治上具有的比较高的质量等也会给中国带来很大影响,这个影响完全可能成为良性影响,这也是一个让人高兴的事情。

从历史上看,近百年中国的历史有许多不幸的记录。在二十世纪快要结束的时候能完成这么一件大事,对近百年来为中国的振兴抛头颅、洒热血的烈士与先贤是一个很好的安慰。

发表于《人民政协报》1997年6月30日

庆 祝 与 期 待
——献给人民政协

你诞生在中国人民革命胜利的凯歌里。

五十年前,你体现了人民革命的意志,全国各族各界人民的意志,选举产生了中央人民政府委员会,中央人民政府主席副主席。

毛泽东在你的会场里宣告:"中华人民共和国成立了。""中国人民从此站立起来了。"

毛泽东说:"枪杆子里面出政权。"这是说,不战胜武装到牙齿的反革命政权就无法建立革命的政权。

枪杆子和社会主义的国家政权之间,需要有一个中介。历史的创造——中华人民共和国的诞生需要有一个具有代表性和权威性的法理主体。浴血奋战的胜利者需要通过一个机构无私地与全国各族各界的民主人士爱国人士共图大业。在当时,这个中介、这个机构、这个法理上的主体就是中国共产党倡议召开的中国人民政治协商会议第一届全体会议。应该说,你的建立是在革命战争中取得了伟大胜利的中国共产党为新中国的法理建设、民主建设、统一战线建设,为新中国的团结、稳定、依法治国而铺下的第一批基石之一。

于是,五十年前,你留下了光辉的记录,叫做在党的领导下参与缔造了中华人民共和国。

在人民代表大会制度已经建立和运转起来,中央人民政府——国务院已经建立和运转起来以后,你不再具有立法、选举、决策的功能,但你仍然具有极高的权威性代表性广泛性民主性和影响力。你仍然是人民民主与团结的象征,是共产党与各民主党派与无党派民主人士、爱国人士团结的象征和最好的体现形式。你对国家的大政方针继续进行讨论和协商,对国家机关继续进行民主监督、提出批评和建议。你仍然为中国的政治生活,为中国的社会主义现代化建设所不可或缺。

你走过了五十年的并不总是平坦的道路。近二十年,你的运作愈益发展、丰富、成功和成熟。

你有极大的广泛性涵盖性包容性,"四人帮"诬蔑你是"牛鬼蛇神的大本营",这从反面证明了你的组成五湖四海、三教九流、千军万马、爱国不分先后、方方面面、浩浩荡荡、承认差别、化解矛盾、各得其所。

用黑格尔老人的命题表述,这叫做"杂多的统一"。

你是宏大的讲坛,我们在你的小组会上各抒己见,畅所欲言,切磋砥砺,交锋碰撞。你的全体会议和常委会的大会发言深思熟虑,响亮铿锵,言之有物,言之成理,也常常是不避锋芒,直奔矛盾的要害所在。这些发言不一定全部被采纳,也不一定全部与现状无间,当然它们都是一得之见,立足于有益于建设有中国特色的社会主义的大目标大思路。非指令性也不一定是指导性的地位,使你的言路更加宽阔。不仅你的各级委员,而且国际友人与专家也有机会在你组织的论坛上各抒己见。你是宪法所保障的言论自由得到了好的落实的一个范本。

你是宏大的与畅通的桥梁,中央精神和决策在这里得到贯彻普及也得到检验和丰富,各方各面的社情民意包括各种批评申诉、民怨民瘼,在这里得到反映、梳理和应有的支持或者解释引导。你致力于融会沟通,理解合作,使这样一个巨大的国家政通人和,各方面的利益与愿望得到最好的统筹兼顾。

你是宏大的学校,我们在这里学习理论,学习参政议政,学习民主,学习依法治国。在一个历史上缺乏广泛的民主参与与民主监督的传统的东方国家,参与政治,就要学习政治、学习法律与学习社会。要参与必须学习,不学习无法参与,学习是为了参与和监督。我们在这里也学到许多新的知识,新的观念,获取新的权威信息。来自各行各业的专家学者与实践家,在这里学到了怎么样去把握大局,胸有全局,欲穷千里目,更上一层楼。

你是宏大的人才库、数据库、思想库,你网罗人才,尊重人才,重视知识分子和人们各种不同的专长,重视新近退下来的领导干部与各界人士的丰富经验和智慧,你群策群力,你把调动一切积极因素、化消极因素为积极因素落实了。

你是广大政协委员的家,全国各级政协委员近五十万人,在你的活动里增进了友谊,拉近了距离,肝胆相照,以心比心,共享人们的政治智慧与学习心得。委员们面临的一些困难和麻烦在这里也得到了关心与解决,他们的眼界日益扩大,而偏见与误解得以减少,政协大大增强了社会各界人士的凝聚力。

你体现了中国政治家特别是中国共产党领导人的政治想象力和创造力。你把政治生活中的"协商"这样一个概念,提高到前所未有的地位。不仅仅是少数服从多数,不仅仅是民主的必要的规则与程序,在中国当前情况下,在这样一个大国,政治上的事儿需要协商,各项决策需要协商,不同的观点不同的角度不同的利益关注需要协商,协商是一种解决人民内部矛盾,自我调控的方法,协商是我们的政治生活的一个规则一个特色。通过协商达到最广泛的动态的一致,也听取与考虑到方方面面的不同的利益关系与思考角度。

在中国,在这样一个巨大的发展中国家,在长期将处于社会主义初级阶段的这个东方大国,在一个正是共产党才是国家生活的决定性因素的人民民主专政国家,如何实行民主化与法制化,如何避免一言堂、家长制的余毒和滥用权力,如何处理好民主与集中、民主与稳定、民主与效率、民主与发展、民主与法制、民主与加强并改善党的领导的关系,这是一个意义重大的历史课题,又是一个敏感的、复杂的必须坚决而又谨慎从事的工作任务,还是一个与国内外某些人有重大争议的题目。解答这个问题是一个长期的、艰巨的、充满挑战和具有历史首创精神的过程。

至少我们可以说,人民政协是一个好办法好答案,人民政协是如何在中国进行民主建设的答案的一个重要组成部分。在推进我国的民主建设方面,你承担着巨大的责任,可以也应该大有作为。你的存在与运作符合中国国情,有利于民主、团结、求实、鼓劲,它是中国人民、中国文化、中国共产党实现社会主义民主的一个富有想象力的独特创造。

你有可能适应不同的发展阶段与发展课题,适应有中国特色的社会主义民主的不同发展层次。你有巨大的威望、完善的机构和具有空前广泛性权威性代表性的人员组成。你受到中国共产党的极大重视,三代领导核心毛泽东、邓小平与江泽民都十分重视你的工作,毛泽东、周恩来、邓小平、邓颖超、李先念、李瑞环先后担任你的主席。你在人民中有巨大的影响。然而,你又非常机动灵活、富有弹性,你不承担繁重的行政事务与立法任务,你可以有所不为而目的是有所作为、大有作为。你可以选好角度,选好题目,做好文章;或海阔天空,高瞻远瞩;或针对具体,扶隐发微;或建言献策,立论国是,主动地选择与开拓自己的工作与活动空间。你可以更积极地与有序地履行你的政治协商民主监督参政议政的职能。你的成立、存在与成就本身就极富中国特色,你的历史与经验是毛泽东思想、邓小平理论的一个组成部分。老子说:"万物皆生于有,有生于无。"老子又说:"无之以为其利,有之以为其用。"我们的辩证思维和文化传统帮助我们创造了人民政协这样一个巨大而不滞重,超脱而又与各项工作各方面的生活息息相关,吸引着八方才俊而又不打乱他们的业务轨道的富有灵气的组织形式,这样一个组织形式在其他文化背景的国家是难以想象和理解的。所以,你也拒绝与外国的上院参院或什么机构类比。

  正因如此,所以我们希望你今后工作得更加规范化和制度化,更自觉地为建设现代化的国家,为社会主义的文明、民主与法制建设做出自己的贡献。在继续尊老敬贤的同时,补充新的血液,焕发新的活力,使富有包容性、代表性和权威性的人民政协时时根据形势的新发展新挑战加强与完善自己,拓宽思路,面向社会各界,面向二十一世纪,面向世界,面向与服务大局,开创政协工作的新局面。

         发表于《人民政协报》1999年9月21日

全球化浪潮与文化大国建设

我们国家的三代领导人对文化建设都非常注意。毛主席在一九四九年就提出：随着经济建设高潮，将会出现一个文化建设的高潮。邓小平同志的提法是"两个文明一起抓"，这个提法把精神文明建设，当然其中也包括文化建设，摆在了一个非常重要的地位。江泽民同志提出了"三个代表"的重要思想，"三个代表"把文化建设提到了"立党之本、执政之基、力量之源"之一的地位。

世界发展的趋向从来不是单向的。无疑，我们可以看到全球化、一体化、标准化与数字化的趋势，虽然对这种趋势反对的声浪很高，但它是无法阻挡的，我们只能因应前进，而不能忧心忡忡，怨天尤人。这是事物的一个方面。同时，它有另一个方面的趋向，就是地域化、多样化、民族化与个性化。人们会越来越顽强地保持自己的文化系统与传统，保持自己的独立性。

在这方面，文化是一个主要的领地。因为文化是混同不起来的；而且，文化的价值是多元的。西方人过圣诞节，中国人过春节，你崇尚英语的牛津音，我善讲中国的普通话，你奏你的小夜曲，我唱我的信天游……我们可以共享，可以交流，但毕竟有自己的特色和本色。这就是文化多元。这种文化上的自觉、文化上的特色，是非常值得珍惜的。

文化的多样使世界变得丰富多彩，使一个民族得到尊严，甚至使一个国家得到凝聚。这叫"文化爱国主义"。张明敏唱的《我的中国心》,就是被中国文化所浸泡的一颗中国人的心。我们甚至可以说,没有中国文化哪儿来的中国心?文化的自觉、文化的自尊和自爱,使我们在这个经济全球化的过程中能够得到平衡。如果没有文化的自觉、自爱和自尊的话,全球化就变成了一个单向的活动,人们就会感到在被吃掉、在被同化,叫做亡国灭种。

建设文化大国,就是说我们国家到底应该以一个什么样的形象出现在世界上?

中国有几千年的华夏文明。但近一二百年,中国在国际上的形象,是一个贫穷、衰落、"东亚病夫"的形象。这是事实。割地赔款、丧权辱国,充满了我们的历史。多少先烈都立志发展国家、富国强兵、发展经济,希望国家现代化、富强、文明、民主。

经济建设是我们国家工作的重点,是中心。经济上不去,别的都谈不上。但我们不仅要有经济的眼光,对我们国家的建设,对我们国家的形象,除了经济的眼光,显然还应有文化的眼光。文化是我们的强项,文化是我们的优势,文化是我们的形象,文化是我们的力量。我们的经济建设正在腾飞,然而人均收入赶上发达国家还是未来的事。同时,即使人均收入不如发达国家,我们仍然有我们的光荣、我们的骄傲、我们的幸福和我们的根基,那就是我们独特的文化。

中国文化是全世界唯一绵延下来、存活下来的活的历史悠久的文化。正是因为这个中华文化,使中国十三亿人联合起来:虽然有各种不同的政治信仰、风俗习惯、价值标准,有各种各样的分歧,但是中华文化是我们最广泛地团结中国人民乃至全球华人的一面旗帜。所以,它是我们综合国力的一部分。这种文化本身的凝聚力以及它所代表的那种民族的情感、习惯,不仅是一个理论上的判断,或者道德上的判断;那些东西容易调整和变化,而文化心理文化传统文化身份的凝聚力是特别稳定与无法取代的。

法国有一个国策,就是"我们是文化上的超级大国"。法国不是军事上的超级大国,但它自认为是欧洲文化的代表,而且他们谈起文化来,有一种特别的骄傲。世界上有许多国家靠他们的文化活动打出了知名度,树立了他们的文化形象。譬如说苏格兰,它是联合王国的一部分,苏格兰的爱丁堡不是一个很大的地方,苏格兰在某种意义上有点儿偏僻,但爱丁堡的艺术节在全世界非常出名。还譬如,爱尔兰不是一个很大的地方,但是她的文学大师包括王尔德、萧伯纳、乔伊斯等令人起敬。一些国家的民俗性的文化活动,啤酒节、狂欢节、葡萄酒节,从旅游到其他各个方面,包括树立它的文化形象,对那个国家都起了非常大的作用。

语言与文字是文化的基石,特别是我们的汉字,它的信息量、它的视觉形象与音韵都是无与伦比的,是人类文化的奇葩。所以文学与艺术对形成民族的精神具有特别重要的意义。

中国文化是有辐射性的,能被外国人所接受。古代中国文化影响了东亚与东南亚很大一块地区。今天,中国的医学、烹调、功夫等影响遍及世界。比如京剧,是比较特殊的,但仍有外国人喜欢京剧,他们专门来中国学京剧,有唱胡子的、唱老旦的、唱花脸的,而且还有学武打的。他们弄那个"鹞子翻身"什么的,除了鼻子高一点儿,真看不出来是外国人。

我们说的文化大国的建设,绝不是固步自封,而是更加开放地吸引、接受、消化世界上一切先进的、有益的东西。越是文化大国,越敢于吸收各种与你的文化不相同的东西、有益于你的东西。所谓海纳百川,有容乃大,文化大国绝不是一个封闭的概念。越是民族的,越是世界的,就是说有了自己的个性和身份才有了立身之地;同时,越是世界的才越是民族的,就是说,能够吸纳世界、交流世界,包括碰撞世界的文化才是活的文化。封闭的文化独特则独特矣,但最后只能进博物馆。

我始终非常感动的一件事是,在德国背信弃义地发动对苏联的攻击、苏联全线溃退的一九四一年,大概是十月革命纪念日的时候,莫斯科举行了检阅,斯大林发表了演说,他讲:希特勒企图消灭我们。

他要消灭谁呢？他要消灭产生过普希金、托尔斯泰、屠格涅夫的民族，他要消灭一个产生过罗蒙诺索夫、门德列耶夫、波波夫等科学家的民族，他要消灭产生过柴可夫斯基这样一个音乐家的民族，他做得到吗？他的讲话真是气壮山河啊。

我们中国产生过孔子、老子、孟子，产生过屈原、李白、杜甫、司马迁、曹雪芹，我们还有齐白石、徐悲鸿、鲁迅。有这样的人和没有这样的人是不一样的。我们不但需要古人，也需要帮助和尊敬今天的文化巨匠。有了这样的巨人，民族的气势是不一样的，它的信心是不一样的，它的尊严是不一样的。一个国家、一个民族，应该有自己文化上的代表，应该有自己文化上的对全世界的突出的贡献。

文化大国的建设并不仅仅是文化部门的事，它指的是一个很宽泛的概念，今天特别应该强调保护与弘扬优良传统，整理与充分发挥文化典籍的作用，正确使用民族语言文字，发掘民间文化宝藏，以最先进的世界观与科学文化成果充实与发展自身，注重与全世界的交流等等，其中全民增强文化建设的自觉、自尊与自爱，增强各项工作的文化意识，非常重要。文化建设的问题不只是文化部门的问题，它离不开全民受教育程度和精神文明程度的提高。

我们的国家，现在在经济上拼命往前赶，还没有赶到世界前列。但是我们可以首先是一个受到良好教育的国家；我们应该是一个有着自己的文化特色，自觉地保护自己的文化特色，而且吸收一切先进的文化的国家；我们还应该是一个更有道德、更君子的国家。现在我们国家这方面的情况与我们的传统、地位太不相称了，建设文化大国是一个非常宏大的理想，任重而道远。

发表于《光明日报》2002年1月9日

文化的撞击与挑战,推陈出新的契机

文化的多元性是世界的丰富多彩的一个重要体现。世界的经济和政治的全球化、一体化、数字化与标准化的进程越是迅猛,同时,人们(个人、集团、民族或是国家)越是会强烈地要求保持自己的身份,自己的性格,自己的价值系统与生活方式,自己的独立性亦即保持文化的多元性。

多元的文化有先进与落后的差别,也有共同的价值准则。先进文化的代表者应该理解所谓先进的相对性,同时应该知道强势与先进、弱势与落后之间并无必然的关联。只有承认自身的远非尽善尽美和大有缺陷,承认对话与交流的双向性才有可能与"他者"进行对话与交流。而落后文化的困扰者只有承认自身文化的不足与亟待变革发展,同时保持应有的自信与尊严,才有可能更有效地汲取外来的先进文化并发展自身。不论什么样的文化传统,承认先进文化的有效性与优势,接受人类文化特别是价值系统的共同准则:如和平、种族与性别平等,承认差别与互相尊重,社会公正,基本人权的各个方面,人际关系上的诚信与推己及人即己所不欲勿施于人等,是保护与发展自身所珍视的文化性格的基础。不能以文化的多元性为理由来为违反人类准则的言行辩护。

不同文化之间的交流与相互影响能够给各自的文化带来新的挑战与机遇,能大大丰富各自的文化,减少误解与敌意,促进各自文明与人类文明的共同发展。任何单一的文化,在发展到自以为几乎尽善尽美的同时,会遭遇巨大的危机:僵化,保守化,自足循环形成的陈陈相因与停滞不前,排他性,丧失活力等。这个时候,恰恰是他者文化的撞击与挑战,造成了自身文化推陈出新的契机。

二十世纪七十年代末期以来中国实行的改革开放政策,为中外文化对话与交流创造了成功与成熟的新经验。解放思想,全面开放,全面了解外部世界与掌握信息,大力促进派遣留学生与人员往来,积极学习西方先进的科学技术与管理经验,搁置姓社姓资的抽象争论,强调执政党代表先进生产力与人民群众的根本利益的同时,强调执政党要代表先进文化的发展方向,保持选择的慎重与主动性,防范一切腐朽思想文化的侵袭,强调与时俱进的创新精神等。这使中国做到了保持稳定与迅猛发展,不断深化改革与扩大开放,中国的文化的包容性与创新活力都发展到一个新的水平。当然,经济增长与社会转型也给文化带来大量新的挑战与困惑:诸如价值系统的歧义与失范、虚无主义与颓废思想,抱着过时了的条条不放的僵化思想的出现与干扰,商业化对于文化事业的负面影响等,这些都是必须长期正视和逐步解决的难题。但历史的进程已经告诉我们,我们有理由对于中外文化对话抱乐观的态度,对不同文化之间的对话抱有希望,对中国与人类的未来抱乐观的态度。

发表于《人民政协报》2001年9月12日

兼容并蓄　多元发展

文化的多元性是世界丰富多彩的一个重要体现。世界的经济政治的全球化、一体化、数字化与标准化的进程越是迅猛,同时,人们(个人、集团、民族或是国家)越是会强烈地要求保持自己的身份,自己的性格,自己的价值系统与生活方式,自己的独立性亦即保持文化的多元性。

多元的即不同的文化之间,既有差别性又有共同性。人们需要认识它们的共同性,更需要重视它们的差别性。以强势文化,作为衡量一切文化的尺度,特别是以强势文化的价值系统与思维方式作为剪裁取舍一切文化的唯一标准,以世界文化的主宰自居,从而在事实上消灭弱势文化,它必然引起弱势文化的激烈反抗。

一种文化拒绝接收任何新的东西,拒绝接受人类文化特别是价值系统的共同准则;采取人为的封闭战略并且与外部世界持对抗的态度来保持自身的独立与自足,结果导致此种文化的衰微直至灭亡。这是文化关门主义或文化保守主义。

只看到不同文化间的冲突,看不到它们的互补、交流、融合与相互促进,则强调文化之间的对立,如宗教与种族战争。怀着各种偏见,扩大不同文化之间的误解与敌意。这是文化沙文主义。

为某种野蛮、愚昧、反人性的精神现象或行为辩护,如恐怖主义、极端主义、邪教、集体犯罪等,完全否认多元文化之间的某些共同价值准则,这是极端的文化相对主义。

理想的模式是多元文化之间的对话交流,求同存异,相互学习,相互理解,各自发展与共同发展。

　　多元的文化有先进与落后的差别,也有共同的价值准则。先进文化的代表者应该理解所谓先进的相对性,同时应该知道强势与先进、弱势与落后之间并无必然的关联。只有承认自身的远非尽善尽美和大有缺陷,承认对话与交流的双向性才有可能与"他者"进行对话与交流。而落后文化的困扰者只有承认自身文化的不足与亟待变革发展,同时保持应有的自信与尊严,才有可能更有效地汲取外来的先进文化并发展自身。不论什么样的文化传统,承认先进文化的有效性与优势,接受人类文化特别是价值系统的共同准则:如和平,种族与性别平等,承认差别与互相尊重,社会公正,基本人权的各个方面,人际关系上的诚信与推己及人即己所不欲勿施于人等,是保护与发展自身所珍视的文化性格的基础。不能以文化的多元性为理由来为违反人类准则的言行辩护。

　　不同文化之间的交流与相互影响能够给各自的文化带来新的挑战与机遇,能大大丰富各自的文化,减少误解与敌意,促进各自文明与人类文明的共同发展。任何单一的文化,在发展到自以为几乎尽善尽美的同时,都会遭遇巨大的危机:僵化,保守化,自足循环形成的陈陈相因与停滞不前,排他性,丧失活力等。这个时候,恰恰是他者文化的撞击与挑战,造成了自身文化推陈出新的契机。

　　　　　　　　　　发表于《人民日报》2001 年 9 月 21 日

建言献策　化解矛盾　理顺关系

中国人民政治协商会议成立已经五十五周年了。人民政协的成立是中国共产党、中国人民的一个伟大创造。在革命战争取得胜利的时刻,它是体现革命人民的意志,完成建立新中国的历史任务的法理主体。在新中国建立前后,它一直是统一战线的一个重要形式。

统一战线思想是中国共产党的一个重要的政治贡献。它承认阶段背景、阶层、界别的多样,思想认识、关注重点与具体利益的多样,承认人民内部矛盾,承认不同的观点意见出现的不可避免;更承认和坚持中国共产党的领导地位,承认和确信中华民族与中国人民的根本利益的一致性。它提倡民主协商,凝聚各界人士的力量,不搞封建的家长制,也不照搬西方的多党纷争与对决,而是实现中国共产党领导的多党合作以及与无党派人士的合作,统筹兼顾,各得其所,各得其利,万众一心,殊途同归。

在我国的政治生活中,人民政协把协商提升到了特别重要的地位。协商是党和国家创造的一种政治文明,是文明执政的表现。这样一个大国的政治事务与各项重要决策需要协商。民主法制的建设、科学的发展观的落实、经济建设与公共管理需要协商。协商是一种发扬民主,解决人民内部矛盾,自我调控的方法,是我国政治生活的一个规则、一个特色。协商体现着广泛团结,重视人才,调动一切可以调动的积极性的原则,最大限度地包容了各级各界,五湖四海。承认差别,顾全大局,代表多数并且照顾少数,以求获得最大程度的凝聚力与向心力，这正是我们的民主理念。中国共产党的领导与全国各族各界人民的政治协商，有可能做到保证这样一个时时面临新的课题与挑战的国家的建立在社会主义民主与法制基础上的稳定与团结，统一与效能，生气勃勃与政治渠道的通畅。这正是我们的力量所在。

人民政协把各行各业的代表人物、带头人直接吸引到这个机构里，建言献策，群策群力，化解矛盾，理顺关系。它不具备立法、行政、监察、司法的权力，不承担繁忙的日常管理任务，但又有极强的代表性与极高的威望，有重要的功能和自己的人才、智力、思想与言论方面的优势，并在我国政治生活中发挥着重大的作用。它宏大而不滞重，灵动超脱而与各方面的实际工作息息相关，集合了各方面专家的智慧而又不影响他们坚守各自的专业岗位。这就与西方由职业政客为主体组织起来的代议制区别开来了。万物生于有，有生于无。有之以为利，无之以为用。有着这样的古老文化传统的中国人民政协有可能发挥自己的独特的政治协商、民主监督、参政议政的作用：知无不言、言无不尽、团结包容，最大限度地调动一切积极因素，化消极因素为积极因素，并适应不同的发展阶段与政治生活的走势。政协的机制体现了中华文化的生命力和社会主义中国的政治想象力、创造力。

我们相信在五十五年光辉成就的基础上，人民政协的工作会越做越好，我们希望今后政协的工作更加规范化和制度化，我们要更好地为经济建设这个中心，为物质文明、政治文明、精神文明的建设而贡献自己的力量。

发表于《人民日报》2004年9月24日

纪念政协成立五十五周年[*]

中国人民政治协商会议成立已经五十五周年了。人民政协的成立是中国共产党、中国人民的一个伟大创造。在革命战争取得胜利的时刻,它是体现革命人民的意志、完成建立新中国的历史任务的法理主体。在新中国建立前后,它一直是统一战线的一个重要形式。

统一战线思想是中国共产党的一个重要的政治贡献,它具备着丰富的内涵及广泛的可能性:它承认阶级背景、阶层、界别的多样,思想认识、关注重点与具体利益的多样,承认人民内部矛盾,承认不同的观点意见出现的不可避免,更承认和坚持中国共产党的领导地位,承认和确信中华民族与中国人民的根本利益的一致性。它提倡民主协商,凝聚各界人士的力量,不搞封建的家长制,也不照搬西方的多党纷争与对决,而是实现中国共产党领导下的多党合作以及与无党派人士的合作,统筹兼顾,各得其所,各得其利,万众一心,殊途同归。

在我国的政治生活中,人民政协把协商提升到了特别重要的地位。协商是个宝,我们要通过协商检验、补充、校正并丰富领导的意图与决策,使国家的大政方针与各方面的工作照顾得更加全面,实现应有的动态的平衡与稳定。通过协商,我们可以不在人民内部搞你胜我负、谁吃掉谁的零和模式,而代之以双赢和多赢的模式。我们拒绝在内部搞恶性政治争斗,避免像中国这样一个古老的大国陷入混

---

[*] 本文是作者在纪念全国政协成立五十五周年座谈会上的发言。

乱无序。同时我们警惕和防止滥用权力与一言堂,警惕像"文革"那种极端主义的事态,那就得重视协商,多多协商。

协商是我们党、我们国家创造的一种政治文明,是文明执政的表现。这样一个大国的政治事务与各项重要决策需要协商。民主法制的建设、科学的发展观的落实、经济建设与公共管理,需要协商。协商是一种发扬民主、解决人民内部矛盾、自我调控的方法,是我国的政治生活的一个规则、一个特色。

协商体现着广泛团结、重视人才、调动一切可以调动的积极性的原则,最大限度地包容了三教九流、五湖四海。承认差别,顾全大局,代表多数并且照顾少数,以求获得最大程度的凝聚力与向心力,这正是我们的民主理念。中国共产党的领导与全国各族各界人民的政治协商,有可能做到保证这样一个时时面临新的课题与挑战的国家的建立在社会主义民主与法制基础上的稳定与团结、统一与效能、生气勃勃与政治渠道的通畅。这正是我们的力量所在。

人民政协把各行各业的代表人物、领军人物直接吸引到这个机构里,建言献策,群策群力,化解矛盾,理顺关系。它不具备立法、行政、监察、司法的权力,不承担繁忙的日常管理任务,但又有极强的代表性与极大的威望,有重要的功能和自己的人才、智力、思想与言论方面的优势,并在我国政治生活中发挥着重大的作用。三代领导核心都十分重视人民政协的工作。人民政协的历届主席是毛泽东、周恩来、邓小平、邓颖超、李先念、李瑞环和贾庆林。它宏大而不滞重,灵动超脱而与各方面的实际工作息息相关,集合了各方面的专家的智慧而又不影响他们坚守各自的专业岗位。这就与西方由职业政客为主体组织起来的代议制区别开来了。万物生于有,有生于无。无之以为利,有之以为用。有着这样的古老文化传统的中国的人民政协有可能发挥自己的独特的参政议政、民主监督、政治协商的作用:知无不言、言无不尽、团结包容、最大限度地调动一切积极因素,化消极因素为积极因素,并适应不同的发展阶段与政治生活的走势。政协的机制体现了中华文化的生命力和社会主义中国的政治想象力、创造力。

人民政协又是一所宏大的学校,我们在这里学习"三个代表"的重要思想和科学的发展观,学习参政议政,学习民主,学习依法治国。在中国这样一个历史上缺乏政治的广泛参与传统的东方国家,参与要求学习,学习为了参与。政协全体会议的工作报告,对于全国人民代表大会的列席,是一个学习也是参与。政协历次大会发言与常委全体会议上的发言,深思熟虑,言之有物,并常常是响亮铿锵,不避锋芒。在小组会上,畅所欲言,切磋互补,对于我们都是极好的课堂。政协组织的各项活动、论坛与讲座,更使广大委员得益匪浅。

中国作为坚持走自己的道路的社会主义的发展中的古国大国,如何实现现代化与民主化法制化,如何处理好民主与法制、民主与集中、民主与稳定、民主与效率、民主与发展、民主与民族尊严、国家主权,特别是民主与加强并改善党的领导的关系,这是我们面临的一个意义极其重大的历史课题,又是一个复杂的艰巨的任务。我国的政治体制改革十分重要,十分敏感,也时常会引起国内外一些人的关注与争议。

但至少我们可以说,在党的领导下发展与加强人民政协是一个好办法、好答案,是政治体制改革的一个重要组成部分。在推进我国的民主建设方面,人民政协承担着巨大的责任,可以也应该大有作为。政协的存在与运作符合中国国情,有利于民主,团结,求实,鼓劲,有利于把改革的力度、群众的承受能力与国家的稳定发展的需要结合起来。

从第八届政协,我参加政协的活动与会议已经十几年了。和全国各级政协的五十多万政协委员在一起,我们从中学习了解国家大局,大大开阔了政治视野,增加了知情度。我们为国运日隆、国家取得了举世瞩目的发展而欢欣鼓舞,同时也得知了各行各业的那本"难念的经"。我们提出建议也提出批评,表示拥护也表明心愿和忧虑。谈起三农问题、西部开发问题、资源问题、教育问题、腐败问题、环境、文物保护、青少年成长、行业风气等问题,我们反映社情民意常有忧心忡忡、尖锐急切的情状。而经过我们与有关领导面对面地交流,也常常体会到了意见被采纳、心想变成了事成的喜悦,加深了对于整个国家的大运作、大思路的理解与支持。我们的态度是认真的,心是齐的,劲是愈来愈往一处使的。

政协是我们的庄严讲坛,也是我们的委员之家,各界各个委员互通信息,取长补短,互相激励,互相参照,提高了我们的参政议政的水平,也全面提高了我们的政治、思想、文化与专业素质,增进了委员的友谊。我们的本职工作和面临的一些实际问题,常常得到政协领导的关心。我们与政协建立了深厚的感情。我们深感作为政协委员的光荣与责任重大。

我们相信在五十五年光辉成就的基础上今后人民政协的工作会愈做愈好,我们希望今后政协的工作更加规范化和制度化,我们要更好地为经济建设这个中心,为物质文明、政治文明、精神文明的建设而贡献自己的力量。同时,我们希望政协在继续发扬敬老尊贤的传统的同时,补充新的血液,焕发新的活力,并摸索一套政协委员与本界别的群众加强联系沟通的办法;使我们的人民政协与时俱进,拓宽思路,面向社会各界,在我国的政治生活与社会生活中,在各行各业的人民群众与各类精英、骨干、代表人物中,发挥更大的作用。

2004 年 9 月

发展文化事业　构建和谐社会*

构建社会主义和谐社会,是一个关系国家和人民命运的重大课题。发展文化事业,完全可能并且应该围绕构建和谐社会努力奋斗。因为,和谐社会必然是文化事业健康发展的社会,和谐社会是建筑在健康发展的先进文化基础上,建筑在科学和人文文化的昌明上,而当然不是建筑在愚昧落后、无知迷信上。

为此,我提出如下建议:

一、聚集人文学者、社会学者包括文学艺术工作者、新闻出版工作者、教育工作者等,对于构建和谐社会的命题进行学理的研究阐发,使社会主义和谐社会的理念进入我们的价值体系、道德伦理与哲学思维体系、中华文明传统体系与文明修养体系以及成为宣传导向的重要组成部分。

二、推行文化成果共享工程,在大力发展文化产业的同时,运用国家与社会力量,重点扶植农村、西部地区、老、少、边、穷地区与城市民工、下岗人员、残疾人……获得更多的文化消费与学习机会,力争实现文化共享与文化平等。组织送电影、送书报杂志、送音像制品、送艺术演出和各种展品下乡(或其他需要的地方),送电脑、电视机、各种音像制品的放映机下乡(或其他需要的地方)。现在每年都有大量上述用品更新换代,变成垃圾污染源,其中许多还可以提供给低

---

*　本文是作者在全国政协十届三次会议上的发言。

收入者应用。要使全国人民尽可能都能得到文化教育、娱乐休闲和体育运动的机会与条件,提高人民的生活质量与满意度。

三、造成珍惜文明成果与文化传统、尊重文明创造与文化事业的良性社会风气;掀起"五讲四美三热爱"的新高潮:表彰文明、礼貌、大度、谦让、与人为善、助人为乐的建设性精神情操,批评和克服野蛮、暴戾、狭隘、贪婪、与人为仇、滥走极端的不良风气,建立真正的文明之邦、礼仪之邦、君子之邦,而绝对不是假冒伪劣之地、腐化贪婪之邦、横蛮粗鄙之地。我们要做到人人以创造和谐、促进和谐为乐、为荣、为己任,以破坏和谐为忧、为耻。和谐,是一种文明,是物质文明、精神文明与政治文明获得了相当发展的标志之一。反之,和谐的追求与实现又大大有助于提高我国公众的文明素质。

四、鼓励文学艺术创作正视当今社会的矛盾与问题,同时强调以一种健康、积极、求实的态度表现这些矛盾与问题。提倡人们把立言的勇气与社会责任感结合起来,把发扬民主与遵纪守法结合起来,把正视矛盾与积极乐观稳步地去解决问题的态度结合起来。

五、注意传媒的文化含量与文化品位,重视普及与发行量、收视率、市场,同时绝不能放松质量、格调、品位与长远的文化效应,注意文化提高与文明积累。在满足广大受众的娱乐需要、节假日"搞笑"需要的同时,要努力以高质量的、与我们的几千年文明历史与一日千里的人类文明进展相适应的文化成果、智慧成果献给广大群众。例如目前黄金时段播放的电视小品与帝王戏,内容多半比较粗糙,随意性强,有些帝王戏流露浓厚的封建意识,它们的质量有待于大大提高。

六、发挥各文化单位、文艺团体的积极作用,用邓小平理论与"三个代表"重要思想统揽全局,认真贯彻"二为"与"双百"方针,团结老、中、青文化工作者与受众,讲文化,学文化,帮助文化工作者,承认多样性,欢迎切磋讨论争鸣,允许保留不同的意见,正确处理人民内部矛盾,实现文化工作者的大团结,开展正常的健康的文化与文艺批评，登高望远，顾全大局，反对文人相轻，从以往的恩怨与圈子的阴影中解放出来，不搞动辄全盘否定、一棍子打死的"酷评"，不让商业炒作式的假冒伪劣的文化信息在媒体上畅通无阻。

七、目前最最影响社会主义和谐社会构建的因素，除敌对势力外，还包括领导干部与公务员的腐败现象，为富不仁的商家企业家的坑害消费者现象，弄虚作假欺骗领导与群众的造假现象，铺张浪费、挥霍民脂民膏现象，以及各种不文明不道德欺压弱势群体的现象，各种威胁人民群众的生命财产安全与利益的犯罪行为……要构建和谐社会，广大文化工作者除以身作则，加强自律自省外，还要依靠党依靠人民与这些社会主义和谐社会的病变病灶作顽强的斗争。

构建社会主义和谐社会的历史任务提出来了，实行起来并非易事，因为内外矛盾是客观存在，疏导解决这些矛盾并非易事。但是，我们可能取得共识，那就是和则兴，则富则强则充满希望，不和则衰，则贫则弱则再遭劫难。我希望广大文化工作者与全国人民一道，为构建社会主义和谐社会做出自己的贡献。

2005 年 3 月

从精神层面理解"和谐社会"

"和谐社会"是一个非常大的概念,牵扯到内政、外交,人和自然的关系,我着重从精神的层面讲四点个人学习的体会。

第一,"和谐社会"的提出,有可能或者在努力为中华民族的历史揭开一个新篇章。回顾中国历史,汉唐盛世以后的历史是一部不和谐的历史,内忧外患不断,既有封建王朝朝廷上剧烈的斗争,又有农民的起义、阶级斗争,还有民族之间的战争。尤其是鸦片战争以后,中国社会更是处在国无宁日的状态,没有一天是和谐的。阶级斗争、民族斗争都在不断地激化。中国共产党所领导的人民革命,就是在这种情况下应时代要求产生的,而这场革命本身也是非常严酷的,从一开始就采取了武装斗争的形式。由于革命和历史的惯性,在1949年以后,已经开始了新民主主义建设以后,也在相当一段时期维持了"以阶级斗争为纲"的方针。构建"和谐社会"理念的提出意义重大,是一个伟大的"中国梦",也是一次努力开辟中华民族历史新篇章的尝试。

第二,"和谐社会"的提出针对性强。用明朝的说法,它所针对的就是社会上存在的一股"戾气"。"戾气"一词最早由吴又可提出来的,那个年代也出现过类似"非典"一类的瘟疫,自然界、社会上流行一股"戾气",一股"乖戾"的、残酷的、不良的、恶性的风气,这种"戾气"使人生病,使人变得暴躁,使人们忘却了和平、适可而止、宽恕这些做人的基本道理。近些年来,社会上也存在一种"乖戾"之气,所以"和谐社会"的提出是一剂良药,我们要消除这种"乖戾"之气,要建立一种文明,建立相互之间更美好的关系。

第三,"和谐社会"的提出是对当今价值观的丰富和发展。为消除不和谐因素,构建和谐社会,我们必须追求各种良性互动,主张通过调整、互利互信和妥协来解决矛盾。

第四,"和谐社会"的提出有助于建设全面"小康社会"和实现中华民族的伟大复兴。中国共产党从以夺取政权为主的"革命党"转变成为在九百六十多万平方公里的土地上长期执政的"执政党",面对整个中华民族,面对十多亿中国人民,面对中国几千年的历史,面对世界,面对人类,有责任进一步扩大我们的精神资源。"和谐社会"理念的提出,有可能使我们的精神资源更广阔、更深入、更有力。首先,社会主义和共产主义的理想,可以说是"和谐社会"最高级的形式,因为社会主义和共产主义的理想就是消灭阶级,消灭压迫。其次,中国传统文化为建设和谐社会提供了宝贵精神财富。早在春秋战国时期,古代圣贤们就提出了"和"的思想。"和"是社会政治的理念,也是哲学与审美的范畴。《礼记》中有八十处提到"和"的概念,《礼记》还提出了"和气、和天地、和四时"的理念。《论语》中提出"和为贵",孟子提出"天时不如地利,地利不如人和",和谐是一种"王道"的力量,以德服人,而不是以力服人。甚至在医学、音乐、烹调中都渗透了"和"的理念。最后,作为人类共同精神财富的一部分,西方的一些价值观念,如"自由""平等""博爱""人权""民主""人道主义""人文精神"等为我们构建和谐社会提供了启示和帮助。再如,虽然世界上各大宗教的主张不同,但宗教道德中普遍包含着有利于和谐的因素,佛教讲"慈悲",伊斯兰教讲"施舍",基督教讲"宽容",这些都可以用来为我们构建和谐社会服务。总之,我们应该调动一切积极因素,使有中国特色的社会主义建设事业、中华民族的伟大复兴,具有更博大精深的精神依靠和动力。

发表于《外交评论》2006 年第 2 期

创新的关键在于人才*

发展的要务在于创新,创新的关键在于人才。人才是建设创新型国家的决定性因素。

为了营造适合创新型人才成长的大环境,我提出下列意见:

从教育入手,克服单纯灌输式的教育方法,在尊重教师的主导作用的同时,发扬学生的主体精神,提倡鼓励青少年与儿童的创造性思维。切实减轻课业负担,使我们的下一代从小就有因材发展自己的可能。改变单纯靠课业延长时间加压的教学方式,改变将一切可以讨论的命题变成呆板的选择题的考试方法。改变小学生讲话念老师代起草的充满套话的稿子的八股习气。目前中小学生养成了一种用幼儿腔调读大人套话的讲话规矩,实在不敢恭维。还要鼓励讨论,鼓励切磋碰撞,鼓励殊途同归的探索与另辟蹊径的尝试。我们要求少年儿童在学习中掌握规范,尊重规范,同时也鼓励从小有主见,有个性,敢想问题,敢发言。

做好学风文风的创造性改进。提倡理论联系实际,提倡理论创新、制度创新与科技创新,提倡学习上的与时俱进与解放思想。提倡活泼生动富有新意的文风,提倡说真话说自己的话,说有新意有个人特点的话。人才问题,创新问题,与学风文风问题是密不可分的,一个学风搞本本主义、人云亦云,文风搞八股腔、千人一面的国家,当然

---

* 本文是作者在全国政协十届四次会议上的发言。

不会是创新型国家。

更好地贯彻"二为"方向与"双百"方针,允许和鼓励不同学派,不同方法,不同见地的争鸣齐放。

文学艺术是最富有创造性的精神劳动,表面上看,它们与科技与生产力没有太直接的关系。但是,他们影响着社会公众,尤其是影响着儿童与青少年的想象力、创造力、分析力,影响着一代又一代的创新型人才的出现。如果连文艺作品也只会迎合时尚,亦步亦趋,陈陈相因,那不是民族的创造力弱化的表现吗?童话,尤其是对下一代极有意义的科学幻想作品(小说、戏剧、影视、游戏软件等),一直是我们的文艺弱项,这与我们建设创新型国家的目标是不相称的。这方面我们与发达国家的差距是明显的。

我们需要的人才,我们提倡的成才之路是德才业绩的全面发展,全面体现。我们拥护各级领导对于人才工程的关心和安排。

同时我们也理解,如毛主席喜欢引用的龚自珍诗:"我愿天公重抖擞,不拘一格降人才。"人才是不拘一格的。我们帮助人才也理解人才。有些人某方面确有才具,但也会有种种毛病,如骄傲自大,孤僻自闭,与同行搞不好团结,情绪不稳定等。还有些人才,在他或她的专业领域,颇有造诣,而在其专业以外的领域,他却缺乏最最起码的常识,甚至表现出低能低智商和种种谬误。有些人才还有某种心理生理方面的问题和行为上的令人遗憾的缺陷。古往今来,这样的事例极多。达·芬奇、王尔德、柴可夫斯基,都有私生活方面的麻烦。爱因斯坦这方面也受到诟病。画家凡·高甚至自己割下自己的耳朵寄给女友。哲学家海德格尔与指挥家卡拉扬,在政治历史上都有污点。美国制造第一个原子弹的首席科学家奥本海默,骄傲自负,盛气凌人,多次把正在讲演的其他学者轰下,喧宾夺主,自己去讲,得罪了不少人。这个龚自珍也是喜欢自吹自擂,并嗜赌。我们当然希望在我们的社会主义国家里一切人才都能健康茁壮,平安幸福,四肢五官完美无缺。但也要有面对某种偏、窄、异人才的准备。不能求全责备。我们不能因为他们有缺陷就不承认他们是人才,也不能因为他们是人才就无视他们的缺陷。我们可以批评他们,帮助他们,引导他们,同时重视发挥他们的长处。有了优越的社会主义制度,我们可以做的是尽量帮助我们的人才身心健康,积极向上,却没有把握使他们个个全面完美。有了这样的认识,曹操与杨修的悲喜剧,就不会重演了。

目前各部门各地方都有培养人才培养学科带头人的计划部署,这对我国新世纪的人才工程将起到巨大的作用。但是我也有杞人忧天的一些想法:不要以计划经济的方法搞人才工程。搞人才工程不能搞揠苗助长与形式主义。有个别地方甚至还有为上人才名单而奔走的现象,值得警惕。人才的涌现是一个自然而然的过程。人才问题主要不靠领导审批不靠列表造册,而靠正确的恰当的经济、文化、教育、学术、技术与人事政策,靠实践与业绩的检验。人才的发展是一个动态的过程,这个过程中可能有一些变数,一些不确定性。今天小有成就,入了人才名单的人,是不是就是人才?今天屡屡碰壁的人,是不是明天也不会有大作为?完全不一定。要边走边看,要受实践的检验,要不断地修订领导部门的人才计划与人才名单,要不断地适应新的情况。同时,也不宜给认定的人才太多的小灶与温室环境。吃小灶,住温室,未必有利于成才。要边走边看,要受实践的检验,要不断地修订领导部门的人才计划与人才名单,不断地适应新的情况发展。

发表于《文汇报》2006年3月13日

全球化视野中的中华文化

我们正在进入一个全球化的时代。全球化引发了文化的不安感,主要体现为认同危机(identitycrisis)。人们感到弱势文化被强势文化吃掉了,本民族、本地区失去了个性与身份。比如英语的地位日益强势,西洋节日对于民族节日的冲击等。

全球化还带来了人文情怀的淡化。如共产党宣言所讲:"……资产阶级在它已经取得了统治的地方把一切封建的、宗法的和田园诗般的关系都破坏了……它把宗教虔诚、骑士热忱、小市民伤感这些情感的神圣发作,淹没在利己主义打算的冰水之中……

资产阶级抹去了一切向来受人尊崇和令人敬畏的职业的神圣光环。它把医生、律师、教士、诗人和学者变成了它出钱招雇的雇佣劳动者。资产阶级撕下了罩在家庭关系上的温情脉脉的面纱,把这种关系变成了纯粹的金钱关系。资产阶级揭示了,在中世纪深受反动派称许的那种人力的野蛮使用,是以极端怠惰作为相应补充。它第一个证明了,人的活动能够取得什么样的成就……"

就是说,迄今为止,许多牧歌式的人文情怀,是与农业经济,而且是与生产力与科技的不发达状态紧紧联系在一起的。例如人们对于月亮的吟咏和幻想,其实已被登月的实地考察所"杀死"了。再如陶渊明的吟咏农事的名作,也与现代的高效率的农业生产不搭界。我们可以吟咏"采菊东篱下,悠然见南山",却不可以吟咏"敲键荧屏下,悠然新视窗"。陶渊明所说"种豆南山下,草盛豆苗稀",也不能改成"种豆温室里,转(基)因利润高"。

全球化还促使消费型的大众文化、通俗文化、多媒体文化蓬勃发展。文化的产业化与市场化,可能使精英文化与民族文化受到威胁。戏曲、民族器乐、民族舞蹈、诗歌以及西洋歌剧、交响乐等都显得寂寥。与此同时,关于歌星、关于的士高与霹雳舞和街舞、关于晚报文体、关于文化炒作、关于小女人散文、关于戏说型电视剧与电视小品、关于超级女声、关于营业性舞会与卡拉OK、关于动漫卡通,诸如此类的争论却不绝于耳。

面对这些变化,我们的对策应该是:坦然面对并欢迎通俗的市场化的文化活动,积极发展文化产业。我们得承认文化的包容性、多样性与多层次性。主流(主旋律)文化、精英文化、大众文化、消费性文化都有自己的位置,也都汇合于构建和谐社会的大局。关键是要加强引导,努力提高通俗文化的品位;加强管理,树立规范,阻遏敌对与公害文化;支持和保护主流文化、传统文化与精英文化。在保护传统的同时支持新技术的文化化、人性化,以及新生活方式的文化化、人性化,即增加新手段新硬件的文化含量。同时,创造新的诗性体验与浪漫主义。比如发展科学幻想作品、电子乐器等。

马克思主义的基本原理告诉我们,生产力是最活跃的因素,阻挡生产力的发展是不可能的。全球化的实质是生产力与科学技术发展的客观需要与规律,我们可以正确地积极地抓住新局面下的机遇。鸦片战争后,我们承受了列强侵略与掠夺的痛苦,同时可以说是首次面对着全球化的压力,当时我们的应对是不成功的。不过我们独特的文化传统、文化自恃与文化爱国主义帮助我们顶住了完全沦为列强殖民地的压力。"五四"以后,我们第二次掀起了与全球对接的热潮,民主、科学、爱国主义,都澎湃热烈起来,尤其是我们从国外学到了马克思主义。如毛泽东所说:"自从中国人学会了马克思列宁主义以后,中国人在精神上就由被动转入主动。从这时起,近代世界历史上那种看不起中国人,看不起中国文化的时代应当完结了。伟大的胜利的中国人民解放战争和人民大革命,已经复兴了并正在复兴着伟大的中国人民的文化。"这说明,引进与弘扬并非截然对立,全球化与社会主义并非截然对立,面向世界与立足本国并非截然对立。取法先进外来并结合本国实际,有可能焕发一个古老文化的新生。

现在的形势可以说是近现代中国第三次面对全球化的机遇与挑战,我们的应对是更加成熟、务实与智慧了。我们完全可以清醒而深刻地揭示全球化的弊病与危险,选择趋利避害的方略。在某种意义上,科学发展观的内涵之一,就是对于全球化的正确因应。

兼容并蓄与弘扬发展

中华传统文化是一个有着悠久历史和巨大涵盖面的、独特的、仍然生机勃勃的、活的文化,又是一个长期以来众说纷纭、时而被冷落忽视、时而被强调高扬的文化,还是当今世界强势文化的最重要的参照系,但也可能成为其对立面。这是一个大国长期以来的主体文化,拥有极其众多的人口的认同与极其丰富的生活经验的支撑,有着极其悠久的辉煌记录与历遭困厄与严峻考验的艰难历程。它久经沧桑,遍布极大的地域,经验老到。它屡遭磨难,有着大难不死,死而复生,这边不亮那边亮的奇迹。

中华传统文化的形成历经曲折。北方游牧民族的征战,少数民族的入主中原,使中原文化面临过复杂的局势与挑战,同时也提供了不同民族、地域文化相互激荡并最终整合交融的宝贵机遇。晚清以降,中华传统文化遭遇了前所未有的信心危机。虽然屡有冲击,但并没能使中华文化死亡,而是使它获得了新的发展。这反映了它吸纳与妥协的强大韧性以及兼容并蓄但仍然万变不离其宗的能力。

悠久的历史中,它从来不拒绝吸收外来的东西。比如北京话中的蒙古语:萨其玛。满语:喔,呦,纳勒金德。阿拉伯语:罗汉儿,主麻,尼胎。近现代的外来语:沙发、坦克、棒(法语BON)。近现代以来引进外来文化更是迅疾,包括大量外来词语:民主,专政,自由,人权,体制,现代化,法制,法治……

中国文化覆盖的面积广大,人口众多,使得其气势恢宏,包容了大量辩证的、走向不完全一致、和而不同的选择,它奋勇向前,披荆斩棘,同时始终为自身留下了多种选择的空间,它的适应性与自我调节能力比较强,发展变化的契机比较充分,从而生命力更加顽强。

从历史上看,中华文化最重要的两次引进当属佛教与马克思主义的中国化。佛理的中国化,淡化了佛教的信仰主义特征,增加了中国式的智慧、机锋、含蓄与审美趣味。我们还可以从毛泽东思想、邓小平理论、"三个代表"重要思想看中华文化,再从中华文化看社会主义在中国的命运。这是一个有待于我们共同努力做好的大文章,大题目。

例如毛泽东讲:实事求是,与人为善,得道多助,失道寡助;谦虚谨慎戒骄戒躁,祸兮福所依。这些都可以从中华文化中寻找到参照资源。邓小平讲韬光养晦,讲黑猫白猫,讲不争论(言者不辩),讲什么是社会主义(正名)……也是有深刻的中华文化底蕴的。江泽民讲执政之道,执政之德,讲爱国主义,讲和而不同;胡锦涛讲以人为本、和谐社会、"八荣八耻"……这些都是马克思主义的基本原理与中国革命与建设的具体实践的结合,也是马克思主义与中华文化的结合。

事实上,我们的政治体制,包括人民代表大会制度、政治协商制度,都是先进文化(马克思主义)、传统文化(兼容并包、和而不同与民本思想)与普世价值(和平、民主、人权、种族与民族平等等)相融合相激荡的产物。有中国特色的社会主义道路是一个社会、政治、经济的范畴,也是一个文化的范畴。我们理应加强对有中国特色的社会主义文化的理论研究。

中华文化深入人心,尤其是影响着千家万户的生活方式。任何擅动的企图都不可能成功。特别是汉字与饮食,已经深深植入了民族的"遗传基因"。积极传承与弘扬我国的优秀文化传统,有利于国家的凝聚和稳定,有利于政通人和,构建和谐社会。

中华文化的自省与新生

中华文化一直是非常自信,非常矜持的。近现代,由于积贫积弱,有识之士曾以十分痛切的方式进行了文化自省自责:悲观者如王国维等预感到中华文化的危机,选择了自杀;积极介绍欧美文化的严复,晚年却吸上了鸦片。激进者当时是振聋发聩。如鲁迅提出,不读中国书,贬低中医、旧戏等。陈独秀、胡适高喊"打倒孔家店"。吴稚晖、钱玄同主张把线装书丢到茅厕里。毛泽东在《贺新郎·读史》中写道:"五帝三皇神圣事,骗了无涯过客。"

"五四"以来主张废除汉字的意见十分强大,我们还曾将拉丁化定为国策。如语言学家吕叔湘有言道:汉字加封建专制要变成拼音文字加民主。十年"文革"时期,鼓吹破四旧与批孔,把对于传统文化的自我批判发展到绝对荒谬的地步。八十年代又出现了全盘西化思潮,如改造人种论,被殖民救国论,引进总理论等。这些都是对传统文化不同程度的反省和否定。

但现在,愈来愈多的人却认识到了弘扬传统优秀文化的重要性和必要性。这一方面是由于国运兴隆,增加了国人的文化自信与民族尊严;另一方面也是中国坚定地走自己的路的文化性格与文化选择。同时,在提出了构建和谐社会任务的当代,仁义道德温良恭俭让的某些合理性与积极意义也就显现出来了。在马克思主义的指导下正确运用传统文化的精神资源,有利于长治久安。

从打倒孔家店到在全世界建立孔子学院,历史有了多么大的发展。但我们不能因此否定五四运动,也不能因此放弃对传统文化的不足以及固有弱点的批评。物质生产的迅猛发展,更凸显了国人文化素质有待提高,精神文明建设仍十分艰巨的事实,这个时候特别提出弘扬优秀传统文化的问题,是对于建设社会主义精神文明的巨大促进,十分适时。

国人已经基本上度过了晚清以来的文化信心危机。例如时间已经证明,中文汉字完全可以适应信息时代,汉字的电脑输入问题完全可以解决。而普世性的关于珍惜文化的多样性的共识,也帮助我们更好地保护自己的特色与历史。当然我国也有相对偏激的读经热和反全球化、一味责备改革与市场经济的思潮,对于这类现象与问题,同样不能无视。

中华传统文化的特色

中华文化是难以概括叙述的,说法也极多,诸如内河文明、黄河文化、楚文化,三星堆文化等。这里,我试图对中华传统文化的特点作一个不全面的概括,叫做"且立一说"。

首先,从汉字的构词途径及其综合表声、形、意的特点,可以看出中华式的从大到小、从根本到枝蔓的演绎式的思维方式。

其次,以对本质本源的追求代替对人格神的崇拜。中国式的本质主义,实际上是一个以汉语汉字为基本,以周易为典籍,以感悟本质为特色,以信息综合为手段的终极追寻体系。譬如,"未知生,焉知死","朝闻道夕死可矣",从中既可领悟"道"的终极意义,亦可看出尚同的哲学根源。

第三,以感悟式思维去逼近真理,取代形式逻辑的推理,取代数学计算与实证主义。其短处是不能成为科学技术的有力基础与保证,长处是具有包容性、弹性、诗性、空间感与趣味感。中国人向来重智慧而轻科学,重文气而轻逻辑,重言语的美善而轻其可操作性。例如,提出了像"天人合一""仁者乐山,智者乐水""不战而屈人之兵""吾善养吾浩然之气""天行健,君子以自强不息,地势坤,君子以厚德载物"这样一些天才的、至美至善的命题,但却缺乏论证、驳难与发掘、繁衍。又如："大学之道，在明明德，在亲民，在止于至善。知止而后有定，定而后能静，静而后能安，安而后能虑，虑而后能得。物有本末，事有终始，知所先后，则近道矣。"这一大段并不符合严格的形式逻辑，但很有影响。

第四，以道德约束及文化（礼）的约束与纵向的平衡取代权力及法律制衡。以德治国是中华传统政治文化的一个核心理想。如"君君臣臣父父子子""天下惟有德者居之""立德立功立言，以德为首"等，提倡仁义礼智信。注重义务与秩序，具有世俗性与常识性。又如，讲"身体发肤受之父母，不敢毁伤，孝之始也"，讲"三年不改父之道"，都很合情合理并且适度，可称之为中和性或和谐性。但它缺少法制观念和对人性恶的抑制。外国有一种说法，从性恶论出发设计的体制可能出善良，从性善论出发设计的规范也可能出邪恶。这个说法可供参考。

第五，传统的中国政治文化极其重视"和"的思想，对今天构建和谐社会有重大意义。中国的平衡常常体现在时间的纵轴上：所谓三十年河东，三十年河西。春秋战国时期，中国的古代经典提出了"和"的理想。《国语》中有八十九处提到"和"字。《礼记》中有八十处提到"和"字。讲"乐者天地之和也"。《礼记》还提出了政和、和气、和天地、和四时的概念。《礼记》并提出致中和。《论语》中提出和为贵与和而不同的重要命题。《孟子》提出天时不如地利，地利不如人和。老庄等也有对于"和"的论述。"天人合一"观念更是一种对于人与自然的和谐的向往。"和"是一种社会政治理想，叫做王道理想，即文明地执政的理想，又是哲学与审美理想。传统的中华政治文化还认为，中庸之道乃是德的重要组成部分，而西方的苏格拉底、柏拉图等先哲也提倡中庸，主张中点最美。

第六，以阴阳五行为基本，以调理养生（乐生）为特色的富有此岸性（人间性）的生活体系。譬如中医、武术、烹调等，都具有这一特色，强调养生、调和以及观感的满足。又如陵墓。与埃及陵墓是指向神明与彼岸的不同,中国陵墓是模仿人间的。

第七,以书法与戏曲为特殊品类,以文言文特别是古典诗词为高峰的、虚拟审美与风化济世相结合为特色的审美系统(当然白话文学也很重要)。其特点是强调美,强调虚拟,强调载道,强调言志的主体性和格调追求,强调感悟与人格,强调神韵、文气、意境、风骨等。与西方文论相比较,中国文论更多是强调主观感受的。

建设文化大国之我见

关于建设文化大国,我认为要强调以下几点。

其一,文化是我们的长项、形象,我们的存在与主体性的依据,是维护我们的主权、特色、安全与稳定的软实力。是实现祖国的完全统一的极富感召力的旗帜。强调文化有助于打消邻国与本地区国家或地区对于中国迅猛发展的疑虑。

其二,语言文字是文化的基础,目前全民的语言文字程度值得忧虑。如将"不胫而走"说成"不翼而飞",称别人的父亲为"你家父",以"天津港"对"朝天门"等。

其三,一切有价值的文化,既是民族的也是世界的。例如马克思、爱因斯坦、帕瓦罗蒂属于各自的地域与民族,也属于整个人类包括中国。发展了民族文化,即对人类做出了贡献。中华文化需要继承也需要发展更新,我们的文化体系是开放的也是传统的,是民族的也是世界的。只有参与世界,与世界一起前进,才能保证我们的文化的活力,使我们的文化生机勃勃,不是变成博物馆的展品而是仍然活跃于占世界五分之一人口的中国,并对人类文化作出影响和贡献。

现在有一种"零和"思想会影响我们的文化战略:如学英语与提高母语素质问题。不能将英语外语视为对母语汉语的干扰,我们中国人有足够的智慧与舌头的灵活性,既学好母语,也要掌握一两门外语,以辜鸿铭、林语堂、陈寅恪、钱锺书、季羡林等为榜样。也不能为了弘扬中国的文化就贬低外国的东西,引进外来文化与弘扬传统文化并非相悖。

其四,中华文化的资源包括我们对历史的继承也包括对于世界先进文化的一切借鉴,更源自改革开放、走向全面小康的历史实践。马克思主义是必须也已经中国化或正在中国化了的;电影、话剧、芭蕾舞、交响乐也是可以在一定程度上中国化的。同样的曲目,中国人有自己的理解与情感表达方式。作为一个大的文化传统与文化复兴,中华文化是中国的也是人类的瑰宝。

其五,珍视文化的历史与历史的文化。例如,戏曲中的男演女、女演男,就不要随意否定。还有些原来含有大量糟粕迷信的文化模式,如送子娘娘、瘟神等,可以做到解毒与提纯,在否定与批判的同时,仍要作为遗迹保护,作为文化的代价与弯路乃至其丰富多彩的证明。如民间祭祀、看风水之类的迷信活动是落后的,但是活动中的歌舞、音乐、仪式与文字仍然有艺术性与遗产性。有一类文化是指导性的规范性的,如世界观价值观荣辱观等。还有一类只需承认它的存在,扩充视野,增加人文兴趣与知识见闻,见证历史,从中探求人类生活与文化的发展轨迹与规律。如搞民俗博物馆的目的并非为了不变化旧的民俗。再如方言。必须坚持已有的成绩与简化汉字、推广普通话的方针。同时,要保护方言的文化特色。许多文艺形式,如一些地方戏曲与曲艺,是离不开方言的。

其六,我们的目标是源远流长、基础深厚而又朝气蓬勃、与时俱进的文化继承、弘扬、引进与创新的结合,是文化的民族性、传统性与开放性、创造性的结合,是科学精神、时代精神与民族精神的结合,是汲取历史营养与世界先进文化成果的结合。一切有利于中华民族的振兴与发达的精神资源,我们都乐于开掘受用,一切有利于中华文化的振兴的创举,我们都勇于学习实践,这样,我们的中华文化将立于不败之地。

其七,文化建设的关键在于教育。文化是教育的内容,教育是文化的保证。希望全国政协更加重视对于文化事业、文化战略、文化思想的关注与研讨,增加在文化课题上的参政议政(参文议文)、政治协商与民主监督。

发表于《解放日报》2006年11月12日

文化如何应对经济全球化

我们正进入一个"地球村"的时代。经济全球化引发了文化的不安感,主要体现为认同危机。不少人都有这样的感觉,本民族、本地区有逐渐失去个性的危险。比如英语的学习热持续走强,西洋节日对于民族节日的冲击等。

科技的发展与进步,加速了经济全球化的进程。而资本、技术的扩张,则容易使得人文情怀逐渐淡化。许多牧歌式的人文情怀,往往是与农业文明紧紧联系在一起的。例如,人们对于月亮的吟咏和幻想,已多少被登月的实地考察"煞了风景"。又如,陶渊明许多名作中传达的意境,也与现代的快节奏生产生活方式不搭界。我们可以吟咏"采菊东篱下,悠然见南山",却无法吟咏"敲键荧屏下,悠然新视窗"。"种豆南山下,草盛豆苗稀",也不能改成"种豆温室里,转(基)因利润高"。

经济全球化容易使民族文化受到威胁,加快了文化的产业化与市场化,也在一定程度上促使消费型文化"蓬勃"发展:追星族、狗仔队、恶搞、自我炒作……越来越多的"文化乱象"刺激人们的眼球,而民族器乐、民族舞蹈、民族戏曲等,在嘈杂的世界里显得越来越寂寥。

面对这些变化,我们要坦然面对。一方面,要承认文化的包容性与多样性。传统文化、精英文化、大众文化各有各的位置,也都将汇合于构建和谐社会的大局。关键是要加强引导,努力提高通俗文化的品位;加强管理,树立规范,阻止恶俗文化的侵袭;支持和保护优秀的传统文化。在保护传统的同时,也要提高快节奏生活方式的文化品质。另外,也可以考虑创造新的诗性体验与表达方式。

当然,从另一方面说,经济全球化也是机遇。面向世界与立足本国并非截然对立,引进与弘扬并非截然对立,全球化与民族性也并非截然对立。取法先进的外来文化并结合本国实际,有可能使一个古老文化焕发青春。面对经济全球化的机遇与挑战,我们需要树立文化自信,坦然地建造自己的文化大厦,这才是对经济全球化的最好回应。

发表于《人民日报》2006年11月20日

构建和谐与繁荣文艺

近二百年来，乃至更早以来，中国一直处于严重的内外冲突、战争困苦之中。早在明朝已经有人提出了滋生在中国大地上的戾气——即一种恶意暴虐风气——的问题。由于历史的惯性与中国人民革命斗争的条件的特别严酷，新中国建立后又有很长时间先是可以理解地后来又是过分地沿袭了阶级斗争为纲的方针。世界两极对立格局的转变，中国工作重点的转移，从计划经济到市场经济的过渡，中国经济社会的飞速发展，既创造了构建和谐社会的前所未有的机遇，也可能使社会面临新的不平衡、不和谐。

一、提出和谐社会的构想，就是要淡化、解决和消除历史遗留的种种问题，正视新矛盾，正确地调整和处理这些麻烦，维护社会的公正、和平、稳定和国家的可持续发展。

二、构建和谐社会的提出，是价值观念的新突破新发展。严酷的斗争，提倡的是斗争的哲学，斗争的坚定性，坚持斗争，不怕牺牲，决不妥协，否定任何中间路线（以免自己的阵营被扰乱），敌人不投降就叫他灭亡等等，是价值指向的主体。今后，带敌我性质的斗争并不可能完全避免，我们仍然要进行气节教育、理想教育和艰苦奋斗、不怕牺牲的教育，同时，我们也追求和谐，追求稳定，追求社会各种力量各种利益群体的良性互动，主张内部的谦和礼让，主张通过协商、调整（有时候是微调）、互利互信，当然更是通过稳定地发展自身解决问题，而不是什么都斗个不亦乐乎。

三、中国共产党从用革命手段夺取政权到长期执政、执政兴国的历史使命的变化,面临着大大地扩大团结面、从而必须扩大与深化自身的精神资源的历史任务。

构建和谐社会的提出,是社会精神资源,特别是党的执政的精神资源的扩大、挖掘与深入人心。

社会主义共产主义的理想,最重要的是消灭阶级,消灭三大差别,当然是对于和谐社会的一种追求,是和谐社会的最高形式。

春秋战国时期,中国的古代经典已经提出了"和"的问题。和,是社会政治的理念,也是哲学与审美的范畴,是哲学与审美的一种境界。《国语》中有八十九处提到"和"字。惠和,慈和,协和辑睦。声和而有七律,和五味。《礼记》中有八十处提到"和"字。讲乐者天地之和也。《礼记》还提出了政和、和气、和天地、四时的概念。《礼记》并提出致中和。《论语》中提出和为贵,和而不同。《孟子》中提出天时不如地利,地利不如人和。"和"是一种社会理想,也是王道理想,即文明地执政的理想,又是哲学与审美理想,如和则生,同则不继。

有一些来自西方世界的价值观念,已在不同程度上被人们所承认,如自由、平等、博爱、人权、民主、人道主义等,也是鼓励人们构建和谐社会而不是相反的。

宗教的世界观与辩证唯物主义根本不同,但宗教文化宗教道德中包含着一些有利于和谐的追求:如佛教的慈悲,伊斯兰教的施舍,基督教的宽恕等,我们要尽量调动一切精神上的积极因素。使我们的中国特色的社会主义建设、全面小康社会的建设具有更加博大精深的精神依靠,精神动力。

四、我早就提出了"文学的挑战与和解"的命题,因为文学诉诸爱心,表达了对于价值特别是我们的核心价值的珍视,使各种不平的情感和难以避免的郁闷、冲突有良性表达、审美地表达、虚拟地表演的可能,使人们的内心世界得到张扬和抚慰,也使一切假恶丑受到鞭挞。文学还创造了虚拟地实现某些愿望与梦想的可能,文学与艺术有时通过假设来实验、铺陈人们的理念与现实生活的互相激荡。文艺谱写着壮丽的历史创造者的诗篇。文艺拓宽着人们的精神空间,精神度量。文艺发展着人们的想象力、理解力与同情心。文学与艺术给了我们多样的精神食粮,避免过分地饥渴(饥不择食)、避免乖戾与偏执。文艺最终使人提升与快乐而不是暴躁与疯狂。即使某些文艺作品偏爱负面的题材,它也仍然提供了作为精神现象而不是突发事件加以斟酌治疗的更多从容的机会,而不是火烧屁股的急不可待。何况有更多的文艺作品树立着弘扬着我们珍视的核心价值。一个和谐健康的社会与文艺的繁荣肯定会形成良性的循环,即文艺繁荣有利于社会心理的健康和谐,社会的健康和谐促进着文艺的起飞翱翔。美好的文艺作品最终是以构建和谐社会即幸福美好的生活而不是戕害生活戕害人为归宿的。

发表于《文汇报》2006 年 11 月 15 日

同一个世界,同一个梦想

同一个世界,同一个梦想,One world, one dream,二〇〇八年北京奥运会口号,提得是何等好啊!

以这样的奥运精神,这样的中国人民的胸怀来主办万国客来、四海瞩目的奥运会,以这样的思想境界来展示中国形象,以建设和谐社会和谐世界的理念,以中华民族的固有的世界大同的理想来反求诸己,自我衡量一下,我对于有关体育的宣传有以下建议:

一、不再采纳"体育比赛是和平时期的战争"的说法。具体比赛固有输赢,但体育比赛的根本精神是发展体育运动,增强人民体质,是双赢、共赢,与战争的你死我活根本不一样。

二、对一场比赛的输赢的政治意义不要作过分夸张的报道。如说"中国女排的胜利是中华民族的胜利",如此说成立,中国男足男排的失败将怎样自处呢?奥运会,英语是 Olympic Games,Game 说来具有游戏性。

尤其是对于与我们的关系上出现过一些不愉快的事件的国家,更不要把比赛与国家间的争执联系到一起。

三、尤其切切不可在赢了以后联系到种族、肤色、眼球颜色、洲籍等国际政治中极其敏感的内容。如说我们的一个田径项目的金牌证明了黄种人是能跑得快的,亚洲人是能跑得快的,那么非洲黑人兄弟姐妹得了那么多田径金牌,他们应该怎么样把运动成绩与黑种人受压迫的历史联系起来呢?我们的某些文艺作品强调黑眉毛黑眼睛黄皮肤,也有它的不妥之处,如果一个欧洲运动员,在取胜之后强调自己是白皮肤黄头发绿眼珠,请问人们会有何感想?在欧洲,这样的说法肯定会受到起诉。

只有缺少自信,才会动辄提出我们的肤色与眼球。我们已经自立于民族之林,我们已经赢得了国际社会的尊敬与重视,我们不能老是停留在丧权辱国、抬不起头来的梦魇里。我们不能老是用受气的小媳妇吐苦水的语气说话,那样的话,显得我们太不大方了。

四、输得起也赢得起。尤其在输了的情况下,在报道裁判的误判或对方运动员的不良不雅表现时,要掌握分寸。

五、注重表达对比赛对手的尊重和友谊。输了,不妨大大方方地向对方祝贺,赢了,不妨诚恳善意地向对方致安慰之意。雅典奥运会上,刘翔取胜后,失利的黑人运动员特别赶过来与正在接受中央电视台采访的刘翔握手,非常感人。但我极少看到过我国运动员向对方运动员表达友谊的画面,希望在二○○八年北京奥运会上看到。

在雅典奥运会射击比赛时,由于一位外国运动员的失误,使冠军到了我们手里。我们自己的记者采访:"您的这次获胜是否有偶然因素?"答:"不,就应该我得金牌。"这当然是一个回答方法,但有失粗糙与直不愣登。如果我们的获胜运动员用另外一种文明的泱泱大国的君子风度来说话呢?我们本来可以回答:"是的,某某的实力甚好,他有条件夺冠,我为他的失误感到惋惜,我们今后会有更多切磋交流的机会。至于我的夺冠,任何人仅凭运气和他人的失误是得不到金牌的。"会不会更好一点?

早在两千五百年前,孔夫子已经告诉我们,己所不欲,勿施于人,己欲立而立人,己欲达而达人。费孝通教授提出:各美其美,美人之美,美美与共的原则。我们以此为准,就一定能够体现同一个世界,同一个梦想的理念。

六、尊重国际体育组织。如在刷新了世界纪录后,得到专项运动组织的承认,我们的运动员说,我自己早就承认了。年轻运动员这样说,显示了豪情与信心,可能微有可取之处,但已经显得不尊重规则与程序。我们的传媒更不宜照搬报道。有成绩仍然须要承认,须要程序的完成,被承认应该高兴和感谢,不被承认应该委屈和抗议,如果是自己有问题则应惭愧和自省,这才是正常的。

七、运动员取得优异成绩,激动得流下眼泪,当然是正常的与感人的。但曾有相当年龄与担任一定组织领导职务的男运动员,取胜时哭了,授奖时又泪如雨下,难以自持,则令人困惑。甚至会让人联想,他受到了多少压力啊?我主张,我们可以尽情地流下感动的热泪,同时,要及时掌握自己,突出昂扬乐观健康开朗的精神面貌。

其他,记得有一次,许多年前,一个柔道运动员现场直播她的讲演,说是她在一个聚会上,故意撞了一位将在决赛中与她对阵的外国运动员,那位外国运动员连忙向她道歉,她乃知道了,对方是怕她的,增加了取胜信心。台下热烈鼓掌并传出笑声。怎么能这样说呢?一、你不需要对方怕你。二、你在非比赛场合及一切可以避免的情况下,不应与任何人发生身体对抗。三、国际礼节,如发生身体接触碰撞,不论责任在谁,都应抢先向对方致歉:excuse me。这样的礼貌都没有,让我们多么脸红啊。

多年来,我们的体育运动成绩有目共睹,我们的传媒在宣传报道体育运动上的影响与效果光辉灿烂。我提出一些问题,是为了更上一层楼:借着北京奥运会的东风,借着同一个世界同一个梦想的东风,进一步提升我们的思想境界、文明程度与文明胸怀。同一个世界,同一个梦想,我期盼北京奥运会的口号响彻八方,我期盼北京奥运会的精神有助于和谐世界的建立。

发表于《北京观察》2007年第4期

走出去与软实力建设

——对当前文化工作的一些想法

我觉得还是用加强交流、多向世界介绍（推介）中国的提法更好。其实世上任何一种有价值的文化，从来都不仅仅是国门内的货色。从来世界各地的文化就是我中有你，你中有我，而又各具特色。

我不赞成在文化交流的过程中讲什么"文化赤字""入超"之类。文化与物质商品不同，物质商品多半是一次性的，使用完了，消费完了，需要再进口。而文化，引进了，就为你所用，为你所发展、创新、改变、本地化，丰富了你也武装了你，归属于你了，有可能成为你协力创造的新的文化果实。近代外国人用火药、指南针、活字印刷术的水平，早已超出了当年输出这些科技的中国，也不会有多少人想着这是中国的出口，用多了会积累赤字。同样，中国引进了马克思主义，发展形成了毛泽东思想、邓小平理论、"三个代表"重要思想、科学发展观等，没有人会认为这是来自欧洲或者德国。从延安就时兴同志间见面行握手礼，目前大陆的人握手要比台湾那边频繁得多，谁会想到握手是礼节赤字？汉语拼音用拉丁字母，然而，它的用法只限汉语拼音。电影、话剧、芭蕾等艺术品种来自外国，但没有人认为《一江春水向东流》《雷雨》《红色娘子军》是舶来品。即使跳《天鹅湖》，由于中国演员的身材与气质情愫文化背景的不同，其版本其效果也不可能全同于俄国。

日本古代学中国，近代学欧美，同时它保持了自己的许多文化特质。而善于学习外来的东西,是日本文化的一个长处而不是短处。

文化是不是软实力,当然是。文化能凝聚与动员自身,同时能赢得好感、友谊、理解、尊敬,直到热爱。文化高的国家民族照样可能在战争中被打败,那也当然,如果文化高了就必胜,那就不是软实力而是硬碰硬的导弹、核弹、航空母舰了。政治则直接作用于实力集团尤其是硬(军事)实力实体的结盟、决策、树敌、组织动员、指挥效率等等。政治更是指挥硬实力用向何方的准星与主导者。政治是指挥硬实力与种种软实力的,而绝对不能说什么政治是软实力。我们说文化是软实力其实就是说它在国际政治中有很大的作用,但不宜太过分地强调它的政治作用,避免把文化交流政治化急功近利化粗鄙化。

然而文化首先不是实力不实力的问题,而是它的有效性、质地性、成果的丰富性与深刻性的问题。一个文化的品质,在于它能否帮助接受它的人群与个人提高自己的生活质量,能否开阔人们的精神视野与发展人们的精神能力,是否具有足够的创造性、吸纳能力、发展能力、应变能力……我们需要强调的:文化是花朵、是魅力、是精神、是瑰宝、是记忆也是预见、是民族的又是人类的骄傲与财富,如此这般,也许比较靠后再说它是软实力更好。说得愈后,可能软实力愈强。

文化有极强的政治性,但毕竟比政治更宽泛与含蓄。我们反对西方国家把与我们有关的各种问题政治化,但是我们不反对把某些政治性极强的问题适当地文化化,即从文化的层面多进行交流和讨论。我们已经重视,而且必然愈来愈重视与各国的文化交流与合作。在这样的交流与合作方面,我们可以做到信心十足,大大方方。

我们重视与各国政府间的文化协定,重视文化交流上的政府行为,我们也许应该更重视民间机构与文化人个人之间的交流。西方国家,有许多人喜欢强调文化的非政府行为性质。我们从版权局等单位掌控的购买我方版权数字,其实远远比不上作者个人与外国出版商订立的出版合同多。我们最好多建立一些出版经纪人、文化艺术基金会与外国有关团体打交道,而不是直接由政府部门或权威的具有我方特色的联合会、协会出面。

我们的文化工作是马克思主义指导下的文化工作,是接受中国共产党领导的文化事业,我们的一切向世界推介中国文化的工作,都有利于我们的形象与我们建设中国特色社会主义事业。但这并不意味着我们要在文化交流中推广我们的指导思想、意识形态与价值观。文化就是文化,不论它受意识形态的多少影响,它与意识形态不能互相取代。我们不避讳并向世界正确地解说我们的意识形态原则与我们的传统文化的密切关系,但是我们努力向世界介绍的是我们的被意识形态指导的文化果实文化特色文化思路,而不是意识形态本身。认为我们通过文化交流能够输出我们的意识形态,是不够现实的。同时,不论我们向外介绍的是唐代还是汉代的文化果实,它们都同时是被二十一世纪的中国特色社会主义中国所批判地继承与保护的文化遗产,都体现了中国特色社会主义文化事业的包容与根深叶茂的性质。无疑,加强我们的文化交流工作,必定会有助于赢得理解与敬意,有助于让世界更加客观和公正地理解中国的真实情况与真实走向,抵制文化单边主义。同样,积极有效地吸收国外的一切好的文化,化为中华文化的一个有机组成部分,同样有助于消除西方人士对我们的偏见、无知与误解。

我们的对外文化推介工作面对的是世界各地尤其是西方世界的广大受众,当然要以受众能够理解的方式、熟悉的语言习惯做好我们的工作,这并不能说是迎合西方人,也无需为西方人没有接受我们的主流意识形态与我们的社会主义核心价值而遗憾,或指责他们对待中国的无知少知猎奇心理,外国人对中国感到好奇,我们欢迎,好奇比无视好,只有经过更多更有效的工作,才能尽快地超越人家对我好奇的阶段。

发表于《文汇报》2007 年 7 月 9 日

和谐文化与文化和谐

中共中央总书记、国家主席胡锦涛在第八次文代会、第七次作代会上指出:"面对当今世界各种思想文化相互激荡的大潮,面对国家发展和人民生活改善对文化发展的要求,面对社会文化生活多样活跃的态势,如何找准我国文化发展的方位,创造民族文化的新辉煌,增强我国文化的国际竞争力,提升国家软实力,是摆在我们面前的一个重大现实课题。"

我们的文化事业是中国共产党领导的,是在中国特色社会主义体制中建设和发展的,它的指导思想是马克思列宁主义、毛泽东思想、邓小平理论、"三个代表"重要思想。

被我们的主流意识形态所指导的文化事业、文化现象、文化成果、文化传统,则有着更加宽泛、更加多样的内容,更加恒常、更加需要在历史的长河与世界的视野中自然而然地选择、形成、改变、发展和积累。我们必须面对这种文化的多样性、渐进性、普泛性和长期性,尊重与正确运用文化消长的自身规律。文化形成于长期的历史积淀,同时它必然接受意识形态的引导与适应一定的社会制度。例如:宗教文化、儒家文化、中华民族的古老经典、西洋思潮,它们多半不隶属于我们的指导思想与社会制度,它们的某些观念或与我们的意识形态不无抵牾,但是,在邓小平理论、"三个代表"重要思想与科学发展观的旗帜下,它们可以得到整理、选择、规范与趋利避害的发挥弘扬,成为我们的文化精神资源与文化精神财富。

和谐社会、和谐世界的提出,是实现中华民族的文化复兴与新辉煌的重要理念。和谐文化,尊重孔子的"和而不同"的传统,同时广泛开拓我们的文化资源与文化理念。它是拿来主义的而不是保守狭隘的,是善于选择和消化的而不是全盘照搬的,是共赢互补的而不是零和模式的。和谐文化的前提是文化和谐,即避免文化上的门户之见,调节可能的文化冲突,开展郑重的良性的文化批评,发挥指导思想的导向作用。

和谐世界的提出,还使我们在价值观念互相激荡、互相争夺中处于主动。在世界上,我们不仅是自身文化价值的申辩者,而且是具有新意的普世理想——和谐——的开拓者、提倡者。

和谐文化的提出,有助于实现我们的文化创新与文化整合。我们追求的不是全盘西化,不是复古,我们正在创造历史的过程中创造新的文化精神:兼收并蓄,丰富壮大,自主创新,面向世界,面向未来,面向现代化。

这将是一个既高度弘扬传统,又高度创新与汲取了一切现代文明的优秀成果的,既富有鲜明的民族特色,又呼应着人类文明大潮,广泛地满足了不同地域(包括港、澳、台与全球华人)、不同层次、不同民族、不同信仰、不同个性中华儿女的文化需求,同时体现了社会主义理念的文化生活、文化巨流。它是古老的也是现代的,是生机勃勃的文化也是经典的与美轮美奂的文化,是理想的精英的高雅的也是贴近人民的充满生活气息的为人民群众喜闻乐见的文化。它是人类文明的不可或缺的组成部分。

发表于《人民日报(海外版)》2007年7月24日

在全国政协授牌仪式上的讲话

今天有机会出席这个别开生面的仪式,并领取颁发给在京的不再连任的十届政协常委的纪念牌,我很感动,也很高兴。

政治协商制度是我国的基本政治制度。中国人民政治协商会议不久将迎来它成立的六十周年。六十年来,毛泽东、周恩来、邓小平、邓颖超、李先念、李瑞环、贾庆林同志先后担任它的主席,许多革命家、工农兵劳动与战斗模范人物及各民主党派各行各界各个方面的代表人物、专家学者精英,先后担任它的委员。人民政协从来就是新老交替、薪火相传、长江后浪推前浪、革命自有后来人,一批批、一代代这样发展过来的。只有实行新老交替并力求不断地做到年轻化,人民政协事业才能永葆自己的青春活力,才能永远后继有人,有所发展,有所创造,使政治协商事业长期地、稳定地、一浪高似一浪地发展延续下去。

我们在座的这些在京原十届政协常务委员,因年龄过了杠,退了下去,同时亲眼看到许多年富力强的同志朋友,许多新的血液进入到人民政协事业中,我们感到非常正常非常可喜非常欣慰。人民政协事业后继有人,有中国特色的社会主义事业后继有人,振兴中华、全面建设小康社会的事业后继有人,我们为之欢欣鼓舞,为之喜形于色。

但是今天,我们这些不再连任的十届政协在京常务委员又被召集到这里,来到我们的家、我们的依靠、我们的领导——全国政协这里,接受纪念牌,我们重温十届政协的光辉历程,我们非常感激贾庆林主席、王刚常务副主席、杜青林副主席、钱运录副主席兼秘书长及各位十一届政协领导同志。我们知道,我们确信,全国政协永远不会忘记自己的委员、常务委员,我们这些担任过十届政协常委的同志和朋友也永远不会忘记中国人民政治协商会议。

我们不会忘记,正是在十届政协活动期间,中央做出了《关于加强人民政协工作的意见》的决定,提出了一系列重大理论观点;正是在纪念小平同志诞生百周年的时候,政协领导提出了加强人民政协理论建设的重大问题。在这五年,我们召开了十次专题议政性常委会议,就经济社会发展中的重大问题同到会的中共中央、国务院领导及有关部委负责同志进行互动交流。我们围绕制定"十一五"规划、推进西部大开发、落实国家中长期科学和技术发展规划纲要、推进北部湾区域经济合作与发展、以文化建设为主要内容的国家软实力建设等议题先后召开了五次专题协商会,提出了许多有价值的意见和建议。

为制定新的五年计划,我们的许多建言献策受到了党中央国务院的重视并得到了采纳。我们提出了并组织了常委学习报告制度并开展了全体委员的学习研讨活动。我们组织了"二十一世纪论坛"与各次出访。我们是国家民主政治生活的参与者与见证者,我们也是国家民主政治生活的学生与实习生。我们的印象里,这一届政协是政通人和的政协,是团结民主的政协,是创新求发展的政协,是大有作为的政协,是亲切融洽的政协,是欣欣向荣的政协。我们为能参与过这样的政协工作与活动而感到自豪。

委员的身份与名称当然是重要的,但是原委员、原常委、前常委的身份更长久也更责任重大。我们仍然是不在编的政协事业与活动的支持者、志愿者、关心者与热爱者。我们仍然有可能以"原"与"前"的身份关心政协、爱护政协、支持政协,反映社情民意,参加某些适宜的政协举办的活动。尤其是,我们仍然是各行各业各界各民主党派与科学、技术、学术、艺术领域的识途老马,是中华人民共和国的有觉悟的公民,是中国共产党党员或民主党派成员或无党派人士,或者是一些工作与科研机构、人民团体组成人员。老骥伏枥,志在千里;烈士暮年,壮心不已。我们希望能够在有生之年继续为祖国为人民尽心尽力。政协由各行各业各界人士组成,政协关心各行各业各界。纪念牌不但表达着政协领导机构对于老委员的关心与期望,也鼓励着我们在各行各业各界就本职工作业务继续努力,做出不愧是原政协常委的成绩。

再过几天,北京奥运会即将开幕了,我们这些老人,仍然是要焕发精神,以奥运健儿为榜样,同样以更高更快更强的精神,做好自己的业务工作,履行自己的社会义务,不辜负这光荣的纪念牌,显示出我们原常委前常委们的拼搏精神、团结精神、责任心与智慧,同时爱惜身体,增进健康,颐养天年,亲身体验与见证全面小康社会的幸福生活。借此机会,我愿以上届原常委与我自己的名义,为十一届政协各位领导各位委员的工作胜利、健康快乐而表达我们的衷心祝福。

谢谢大家。

2008 年 7 月 30 日

开拓　创新　自主　整合
——试谈和谐文化与文化和谐

胡锦涛同志在八次文代会七次作代会上指出：

面对当今世界各种思想文化相互激荡的大潮，面对国家发展和人民生活改善对文化发展的要求，面对社会文化生活多样活跃的态势，如何找准我国文化发展的方位，创造民族文化的新辉煌，增强我国文化的国际竞争力，提升国家软实力，是摆在我们面前的一个重大现实课题。

这确是一个重大的课题，我们的文化工作者，要努力做好这篇"找准我国文化发展的方位"的文章。

对此我提出一点建议：

一、我们的文化事业是党所领导的，是在中国特色的社会主义体制中建设和发展的，它的指导思想是马克思列宁主义、毛泽东思想、邓小平理论、"三个代表"重要思想（一般表述可用邓小平理论"三个代表"重要思想，即与其他领域保持提法的一致，并突出马克思主义的中国化与与时俱进，强调党的理论创新），是落实科学发展观的题中之义。

被我们的主流意识形态所指导的文化事业、文化现象、文化成果、文化传统，则有着更加宽泛、更加多样的内容与更加恒常、更加需要在历史的长河与世界的视野中自然而然地选择、形成、改变、发展和积累的特色。我们必须面对这种文化的多样性、渐进性、普泛性和长期性,尊重与正确运用文化消长的自身规律。文化是一个比意识形态与社会制度更普泛和久远的范畴,它形成于长期的历史积淀。同时它必然接受意识形态的引导与适应一定的社会制度。例如宗教文化、儒家文化、中华民族的古老经典、民间文化、生活与思维方式、西洋思潮与科学技术、各种价值观念与社会体制的历史沿革,它们多半不隶属于我们的指导思想与社会制度,它们的某些观念或与我们的意识形态不无抵牾,但是,在邓小平理论、"三个代表"重要思想与科学发展观的旗帜下,它们可以得到保护、整理、选择、运作、规范与趋利避害的发挥弘扬,成为我们的文化精神资源与文化精神财富。

二、我们的文化发展的根本出发点是以人为本,以民为本。作为生活方式、理念、智慧与经验积累的文化,它的首要意义在于提高人们的生活质量,给人们带来幸福、进步、有序与发展的空间,给民族与国家带来凝聚力与魅力,个性与形象,自豪与满意感。只有在满足个人与群体的需要上是有效的,才能成为软实力。而对这种有效性的评估,应该是我们进行文化选择取舍和制定文化政策的首要标准。既然是软实力,那么不强调、不标榜的软实力才更有力量,真有力量。而挂在嘴上的软实力,很可能软,却未必有实力。

三、和谐社会、和谐文化、和谐世界的提出,是实现中华民族的文化复兴与新辉煌的重要理念。和谐文化,尊重孔夫子的"和而不同"的传统,实现民族自尊自信;同时广泛开拓我们的文化资源与文化理念,叫做善于学习,从善如流。它是拿来主义的而不是保守狭隘的,是善于选择和消化的而不是全盘照搬的,是共赢互补的而不是零和模式的。面对古今、中外、城乡、东西、南北……多地域多民族多学派的文化潮流,和谐文化的前提是文化和谐,避免文化上的门户之见,调节可能的文化冲突,开展郑重的良性的文化批评,发挥指导思想的导向作用。

和谐世界的提出,还使我们在价值观念互相激荡、互相争夺中处于主动。在世界上,我们不仅是自身文化价值的申辩者,而且是具有新意的普世理想——和谐——的开拓者、提倡者。

和谐文化的提出,有助于实现我们的文化创新与文化整合。我们追求的不是全盘西化,不是复古,不是回到孔夫子,不是回到根据地,不是苏联式、"文革"式也不是已有的任何(如北欧)模式,我们正在创造历史的过程中创造新的文化精神:兼收并蓄,丰富壮大,自主创新,面向世界,面向未来,面向现代化。

这将是一个既高度弘扬传统,又高度创新与汲取了一切现代文明的优秀成果的,富有鲜明的民族特色,又是呼应着人类文明大潮、成为欧美主流文明的重要参照、补充与对比的,广泛地满足了不同地域(包括港、澳、台与全球华人)不同层次、不同民族、不同信仰、不同个性的中华儿女的文化需求,同时又体现了社会主义理念的文化生活、文化巨流。它是古老的文化也是现代的文化,是生机勃勃的文化也是经典的与美轮美奂的文化,是理想的精英的高雅的也是贴近人民的充满生活气息的为人民群众喜闻乐见的文化。它是人类文明的不可或缺的组成部分。

要和谐就要反对极端主义、恐怖主义与分裂主义,正确地开拓和运用我们的自古以来积淀的中庸之道的传统。同时实行有效的百花齐放、百家争鸣的政策。

人民政协对于协商式民主的理论与实践,使政协有可能在构建和谐文化上做出自己的巨大贡献。

四、中华文化的特色之一是对于道德、修身(思想修养)的重视,是以德治国——仁政与王道的理想。道德意识是精神文明的重要组成部分。政治道德是政治文明的重要组成部分。关于两个文明、三个文明、四位(经济、政治、文化、社会建设)一体的思想,是我们的文化特色的一个亮点,值得继续研究推动开拓。

在我们致力于将中国建设成新的礼义(不是礼仪)之邦的时候,在我们致力于开掘中国的修身齐家传统精神资源的时候,我们还要正视我们的传统文化在社会公德方面讲究得不够,积累得不深的弱点。加强以八荣八耻为主要内容的社会公德的传习与深化研讨。

五、中华文化是目前世界上唯一没有断裂的古老文化。对于我们来说,文化是现实的也是历史的概念。悠久的历史是中华文化的骄傲与根基。加强文化史的开拓、保护(包括文物保护、非物质文化遗产保护与民间文化资源的保护)对于我们的文化事业事关重大。

在重大的转折与急剧的发展之中,我们的文化史或文化沿革的某些局部仍然存在着被歪曲、被轻慢、被抹杀的危险。例如在弘扬传统文化的热潮中,我们同样需要认真研究与继承以鲁迅为代表的五四新文化运动的革命批判的传统。批判与自我批判精神,对于一个古老的文化传统是重要的。它们与善于学习、汲取、继承一起,是古老文化历久弥新的保证。

对于解放后在文化事业上有过的曲折,同样要正视、要总结,要理直气壮地视为我们的宝贵经验资源,人类的经验资源,而不能使之空白化。我们不能把对于曲折经验的回忆、叙述、总结、感叹、书写的话语权,避让出去。显然,没有正视历史与经验总结,就没有邓小平理论、"三个代表"重要思想与科学的发展观与和谐社会的理念。

六、对于民族民间的作为生活方式的文化积累,要在不同层次上保护。有的继承充实发展,例如民族节日,民间文化活动形式。有的要抢救保护,防止失传,例如某些婚丧祭拜习俗。有的要多轨并用,例如地方方言与普通话,老式酒缸与西式酒吧,老式新式茶寮茶馆与西式星巴克及各种咖啡间。

对于西洋节日、街舞之类的习俗,一般不采取行政手段禁止或强行提倡,文化的生态规律告诉我们,一种富有生命力的文化,一般欢迎异质形式的掺和、丰富、挑战和引进,并有能力化异为己,古为今用,洋为中用(如同我们可以给可口可乐加上鲜姜做成我们的解表中药饮剂或炖三杯鸡的卤料),统统汇入到建设与发展丰富中华文化的宏伟事业中去。

七、对中华特有的艺术品类,如汉字书法、戏曲、国画、武术、曲艺、民族器乐、民族体育、中医药、木版水印与线装书、某些手工艺,给以适当的政策倾斜扶植。但是防止急躁与虚夸(例如以商业方式到某外国剧院演出然后大吹大擂)。对某些含有明显糟粕的文化现象,如风水、占卜、巫术也聊备一格,保留下作民俗学的资料与风景,同时防止它们的恶性膨胀。还有些有一定争议的文化遗产,例如气功、经络学说、表演艺术中的男女角色对调现象,同样予以保护和研究,重在保护。

对源自西洋东洋的文化样式,如电影、话剧、芭蕾、交响乐、油画、西餐、英语和其他外语、基督教……一般抱兼收并蓄、为我所用、汲取学习的基础上力求出新创新、存优汰劣、存利去害的态度。

对我们的传统文化中比较缺乏的部分,例如科学实验与实证、数学演证的论证方式与严密的逻辑推理、法律与契约体系、效率与企业管理、权力制约与转移、音乐方面的多声部与和声……要积极引进,予以中国化的改造,使之起到化中国,即推动中国文化的发展丰富的作用。中国化是基础,化中国是效用。

对大多数自然科学与产业技术,则是努力学习,迎头赶上,实事求是。

对敌对型与公害型文化,则采取遏制打击管理防范的必要措施。

八、宣示我们建设文化大国的目标与方针。编辑出版权威性的中华文化大观与中华文化史。根据我国对于有杰出贡献文化人士建立祠堂的传统,参考自称文化超级大国的法国巴黎的先贤祠的做法,在北京的一个公园(最好是天坛)建立中华文化纪念馆。制定国家级的人文学者、社会科学学者,包括文学艺术家的荣誉称号体系与评奖体系,每年或每数年,由国家领导人向获得此类荣誉的人颁奖。

九、与此同时,重视人民群众的文化娱乐、文化消费需求,积极发展积极健康、有益身心的娱乐、消闲旅游、健身、收藏、交谊、展演活动和有关文化产业、文化市场。逐步增加这些活动的文化含量。建设更多的收费俱乐部。用文明的美好的生活方式取代赌博、色情、吸毒、迷信等非法丑恶现象。文化精英们应该正确对待群众的文化消费需求,帮助和引导群众的文化消费活动,指点低俗、提高低俗、超越低俗,而不仅是进行情绪化的声讨。一个和谐的小康社会,从某种意义上说,自然是歌舞升平的社会。歌舞升平,应该是和平发展、和谐社会的一个标志。这并不是掩盖社会矛盾和冷漠弱势群体,也不是放弃知识分子的忧患与批判意识、精品意识。这是两个问题,不可以混为一谈。

2007 年

关于文化建设与文化发展的思考与建议

我们的文化、文艺生活正在呈现出空前的繁荣和蓬勃生机。思想的解放,体制的改革,经济的成长,教育事业的发展与人民文化程度的提高,文化设施的全面建设,相对稳定的生活与工作环境,传播手段的突飞猛进,群众的积极与日益普遍的参与,对外文化交流的渐趋畅达,使我们的文艺作品与群众的文化生活从数量上、品类上、规模上、参与程度上与选择的个性化上都与以往完全不能相比。例如过去,一九四九年至一九六六年,全国新出版的长篇小说只有二百多种,而现在一年的长篇小说书目就达千种,加上网络上的新作,更是数不胜数。再如目前国内观众能够收视到的电视广播节目的丰富多彩以及广播电视的覆盖面,还有上网人众的扩大速度,都令人叹为观止。

传媒在文化生活中影响越来越大,传媒似乎是轻而易举地成功制造了大量文化与文艺明星,制造了各种畅销文化产品。明星与畅销作品意味着大叠的纸币。网络新媒体的出现,改变了人们的许多习惯与观念。被西方思想家称为"沉默的多数"的大众,其中尤其是低龄大众,正在网络上发出声音,兴起波澜,越来越成了气候。网络并且影响着舆论与社情民意的表达。

与此同时,也有大量的批评与责难的声音:认为现在到处是文化与文艺的垃圾,包括谩骂、造谣、生硬搞笑与各式胡说八道。同时我们这里缺少力透纸背的经典力作,缺少振聋发聩的文艺高潮,缺少学术创新与文化发现,缺少大师式、精神火炬式的文化权威。与此同时,有些人甚至认为,这一时期还不如"文革"前的十七年间,人们耳熟能详地能够举出一些轰动全国的名作名人来。

确实,人们的担忧是有道理的。市场的发达与大众的参与,传媒的发展与文化的多层次化是公民的文化民主权利得到落实的体现,也是现代化与小康社会的必然,它标志着有些过去无缘染指文化的群体,例如打工仔打工妹有了自己的文化诉求与文化享受,这首先是好事,我们不能怀疑与蔑视这样一个方向。同时,我们又不能不承认,文化的经典的产生有赖于个别的精英人才。人多势众的文化是热气腾腾的文化,也是泛漫汪洋的文化,它们必然是包含着大量低俗伪劣浅薄的货色。民族的文化瑰宝有赖于孔、孟、老、庄、屈原、司马迁、李、杜、曹雪芹这样的少量天才人物。人才当然离不开人民,人民是艺术与思想的母亲。同时人众不等于人才,数量在文化经典的诞生上所起的作用,相当有限。文艺的泛漫化与经典的出现常常不是一回事,越是泛漫人们越是容易痛感到经典的缺失。当然二者并非势不两立,淘尽黄沙应是金,四大奇书既是最普及的又是同样优秀的。淹没在泛漫的文化与文艺生活中的智慧奇葩与天才成果,将终于永垂史册,成为我们民族的经典与骄傲。我们无需对泛漫的大众文化产业痛心疾首,但也不能对文艺生活的泛漫化所带来的问题视而不见。

对于市场的力量的片面接受正在使人们变得浮躁,一些文化产业事业人追求的只限于印数、票房、收视率、点击率,一些作品正在通过拳头枕头、陈腐迷信、八卦奇闻来促销谋利,使文艺日益消费化、空心(即无内涵)化乃至低俗化,失去了思想与艺术的追求与积累。一些艺术的从业人员甚至声称这才是为人民服务。

传媒的炒作与炒作背后的经济实力正在使文艺上高下不分,真伪不辨,黄钟暗哑,瓦釜轰鸣。急功近利的风气使本来大有希望的文艺人也在走捷径,宁要无知的起哄与人为的与速成的明星,不要伟大的经典,不要文学艺术与学术的深刻性、郑重性与创造性,更不要说文化创造上的艰苦卓绝与不应逃避的付出代价。低级趣味、思想品位上的零度化、牵强附会、互相模仿(如前几年的帝王戏与近大半年来所谓间谍剧的突然走红),各种强编胡凑、不合情理、信口开河的作品越来越多。相形之下,常常产生这样的印象:似乎好作品越来越少。

甚至学术上也令人担心,传播上的巧言令色会不会冲击真正的学问修养与功底?抄袭、枪手、拼凑、交易……学风的腐败为什么屡有传闻?在某种文化的幌子下,迷信巫术会不会借尸还魂、假冒伪劣的文物与民俗会不会大行其道?跟着发行量与收视率走的传媒手段应该怎么样负起对于人民的责任?

商品经济的发展在给了文化生活以有益的启发的同时,也带来了急功近利与浅薄浮躁。一些营商名词正在使一些出版、传媒、制作人、投资人、旅游公司与有关地区与部门头脑发热,例如包装、炒作、品牌、名片、时尚、热销元素,成为某些地方的发展文化事业的首要思考。而思想、艺术、真实、深邃、完美、智慧、才学、责任、激动人心与精益求精的"古典"的说法似乎正在被人忘却。各地拼命寻找与争抢自己的历史文化名人名著名事迹,为此不惜以一充十,以编造充根据,夸大吹嘘,制造假象。有的地方领导甚至称之为是"先造谣后造庙"。而在打起名家名作名事迹这个招牌后,用热销商品与尚待论证的所谓本地文化古迹互相命名,新建一批可靠性与文化内涵近于乌有的人造文物,然后用殿堂、寺庙、公园、生态园、景点、纪念馆、祠堂的名义,搞餐饮游乐等三产,人们在先秦诸子的名义下吃喝洗浴按摩,请问这究竟是弘扬了还是亵渎了我们的文化资源呢?究竟是推崇还是滥用着文化的名义呢?现在,甚至连新举办的大学也以当地的热销商品命名。这样下去,粗鄙的营销手段是可能吞噬真正的文化品位的。

也许这一类的问题有一定的普遍性,放眼欧美,我们也会有其人文成果不如达·芬奇、伏尔泰、巴尔扎克、托尔斯泰、惠特曼时期的感慨。历史与社会生活的逐渐正常化,使人们不再期待着文艺与学术的呼风唤雨、电闪雷鸣、天翻地覆。在一些人痛砭当今缺少鲁迅式的大家的同时我们不能不正视产生鲁迅的年代与当今的时代的大不相同。雄辩的悲情的旗手式的文化艺术也许正在向亲和的良师益友式的文化发展。我们难以期待历史的重复上演。

再者,一个时期的文艺生活的有无经典、有无大师巨匠,有待于历史与时间的淘洗与沉淀,谁能急得？不论《哈姆雷特》还是《红楼梦》,不论《对话录》还是《论语》,其经典地位都是在他们死后许多年才确立的。满足人民的文化需求的方针——包括学习探索的需求与休闲消费的需求——这是不应该怀疑的。在经济发展的时期,有一个比较浮躁与嘈杂的过程,这我们也不能够完全避免。我们对于当代的文艺生活不应该妄自菲薄,更无需痛骂诅咒——痛骂诅咒也未必有用。同时,我们必须保持头脑的清醒:

文化、文艺,不仅是品牌名片,甚至其首要意义也还不是软实力,虽然软实力的提法意义重大,获得了普遍认同,值得认真面对与部署。文化、文艺,首先是对于人类的物质与精神需要的满足,是对于人类的生活质量的提高,是民族人心的寄托与凝聚,是心智与人性的拓展、积累、结晶与升华,是对于真理的接近与拥抱,是真理的火炬与花朵,是人生的魅力、生活的多彩、是历史的庄严与世界的光明与温暖的源泉。一个有志于文化、文艺的人,尤其是一个文化文艺从业者,应该有自己的品位与追求,有自己的境界与底线,有自己的志向与抱负,不能停留在市场与传媒炒作的层面,不能停止在招牌与名片的层面。招牌、名片与效益,可能有助于文化生活的发展前进,也可能尚距离真正的文化传承与积淀十万八千里。甚至可能成为对于文化传统的歪曲与贬低。问题在于你能不能有对于文化的真正认识与敬爱。

即使是从事大众文艺、通俗与民间文化、科教普及等事业的朋友,也应该明白,要力图使自己的作品中包括更多更有意义的内容,更美好的形式而不是相反。同样的大片,《泰坦尼克号》与《阿凡达》展演的即"秀"出来的是爱、尊严、环境保护与对于大自然与生命的尊重,而某些拙劣的作品表现的是空无一物,是拼凑一堆热销元素、展演愚昧与无知。我们不满意思想与艺术的趋零化,这是当然的。

我们的社会需要逐渐培养与建立权威的、强有力的思想、学术、艺术评价体系,靠的是参与者的道德良心、学术良心与艺术良心,靠的是评价者的对于历史、对于祖国人民人类的责任感与独立思考,同样靠的是评价者物质上的自足与直得起腰来。一些学术与文艺团体,一些高等学校,一些研究机构,一批境界高蹈的专家,应该迎难而上,挺起胸膛,敢于好处说好,坏处说坏,拒绝一切实利的诱惑与干预,应该将学术与文艺上的黑金作业视为最大的丑闻与耻辱。

文章千古事,得失寸心知。历史证明,文化与艺术需要实践与时间的淘洗,大浪淘沙,真金火炼,文艺如水,自有清浊,文化如金,自有成色;任何人为的吹捧或贬低,哄闹与造势,在历史的长河面前,都显得对于真正的文化无能为力,不管这种人为的折腾表现为什么形式。正因为人文领域的高下优劣不像体育或者实用技术那样好判断,因此良莠不分的现象就更加令人痛心。现在的文艺一片泛漫,网络上更是嘈杂一片,山寨、搞笑、恶搞、人肉……暴露着我们的不足,也保留着争鸣与齐放的空间,这主要是好事。但同时也完全可能搞得黑白颠倒,吠影吠声,一会儿东倒,一会儿西歪。

而我们的社会舆论应该有自己的判断,自己的主见。我们的国家,我们的执政党也必然会有、要有、要尽到自己的责任,要心中有数,要有主心骨。尤其对于那些确实具有重大学术与艺术价值,值得留给后世子孙的学术与艺术成果,对于那些成就卓越、实绩斐然,但并不能急功近利地成功创收的学术艺术大师,要有更多的表彰、提倡与支持。市场再好,只是市场,传媒再炒往往也不过一时对人民币有效,对文化仍然无效。只有有了专家与社会的负责的与郑重的声音,传达出深刻与高远的思考,我们的文化文艺生活的价值认知才能得到校正与平衡。

党的十七大提出了建立国家的奖励与荣誉称号制度的问题,这太重要了。我们热烈地期待着。世界各国,包括那些号称不管文化、连文化部门也不设立的国家,他们都有这样的由国家元首颁发的奖项。这样,就会大大地冲淡市场与传媒的主导作用,改变但知泛漫、不知经典为何物的有缺陷的现状。

中国是一个历史悠久的文化艺术大国、古国,我们潜力极大,我们任重道远,我们需要填补的空白太多太多。我们不但要考虑到现时,还要考虑到怎样向后世子孙交代,让我们在泛漫的文化高潮中,为给中华民族的文化经典添玉增色而奋斗而殚精竭虑吧!

为此,我提出下列建议:

一、建立非专职的,然而是具有高度权威的文化评议委员会,正式成员不超过三十人,无缺额时不可增加。强调其权威性、专业性、独立性与问责性。下设各文化门类的专门委员会,成员宁缺毋滥。成员操守要有监督机制,有问题,可以撤换。主办文化评议刊物。

二、将社会科学院更名为人文社会科学院,并建立包容全国全社会的人文精英的院士制度,同样是宁缺毋滥,由少而多。

三、建立媒体文化信誉评议制度评议与奖惩办法。

四、请《人民日报》《求是》等带动一批报刊,特别是《文艺报》《中国文化报》与《中国艺术报》大力开展严肃的文化批评、评议。

五、请有关部门根据党的"十七大"文件精神,提出国家文化褒奖与荣誉称号制度的草案,交给文化艺术界讨论,迈出这方面工作的第一步。

六、在进行文化体制改革、推动文化产业发展的同时,加大对于主流文化成果的支持力度。

七、大力发挥各高等学校,尤其是一些重点大学在文化成果评议中的作用,建立有关的机构,并考核这方面的成绩。

2008 年

吸引力、凝聚力就是生命力

增强社会主义意识形态的吸引力与凝聚力,这个问题很关键。

除了已被提出的一些重大任务外,我也说几个有关具体路径的想法:

一是要碰改革开放发展中的新事物新问题,如金融海啸,反恐与国际动荡,环境与气候问题,我国的市场规范、边疆民族事务、民主法制廉政建设、价值歧义、弱势群体、全面小康目标、维护稳定等,都期待着理论的探讨、阐发与新发展。只有时时关注着世界与中国的实际问题,意识形态才能与时俱进,同时也给纷繁的诸种实际事务以有远见的科学的理论说明。

二是要敢碰历史问题与种种挑战歧见。中国革命与革命胜利后的历史是何等丰富,经验是何等宝贵,理论创新、体制创新与智慧积淀是何等辉煌灿烂,碰到的问题是五花八门,解决的过程是一波三折,成绩的取得是充满艰辛,获得的成果是举世瞩目。我们的意识形态如果能够及时地吸收之消化之解答之充实之,必能发扬光大、增加活力。

三是要扩充深化社会主义意识形态的精神资源,我们的社会主义意识形态不是一个特定学派或山头,而是人类的特别是中国的科学与文化的结晶的集大成的体现。要汲取中华传统优秀文化的一切有益部分,例如古圣先贤的和谐思想。也要吸收全世界一切优秀的文化成果,尤其是最先进的科学知识,包括毛主席所喜欢讲的三大革命运动之一的科学实验的成果。真理性与科学性，正是吸引力与凝聚力的源泉。

四是要提倡、至少是允许个性化的、结合各行各业各学科的对于意识形态的关心和建言。有中国特色的社会主义意识形态应该是一个丰饶的精神宝库，它当然有自己的普遍规律与基本原则，同时它也拥有保有各种时间地点行业任务与学科的个人的不同体验不同心得不同经验教训与思考的果实。共性寓于个性之中，群体智慧离不开一个个实事求是的头脑。只有把普遍原则与个性特点结合起来的阐发，才是最具有吸引力与凝聚力的阐发。

五是提倡语言生动活泼。我们的社会主义意识形态是鲜活的理论体系而不是教条，是人民群众的心里话。学风文风会风，关系到伟大中国的生命力。领导干部讲话也好，报纸发社论也好，起码从文字上语言上就要让人民喜闻乐见。在人民革命斗争中，我们取胜的原因之一，就是革命阵营的说话文风会风，比对方生动活泼得多，实实在在得多，勇敢自信得多。我们不能丢掉这个法宝。

发表于《人民日报（海外版）》2009年1月10日

抢 救 曲 艺

"五一"前夕,我与中国曲艺家协会的朋友一起,到天津群星剧院观看了曲艺演出的鼓曲专场。包括天津时调、京韵大鼓、梅花大鼓、单弦、河南坠子等。演出十分精彩,演员功力深厚,演出认真卖力。但四百人的剧场只有一百多个观众,演出时间超过三个半小时,票价分别为二十元与三十元。观众多为中老年,如对某个演员激赏,可以另购象征性花篮献上,每篮付百元,演员可获三分之一,演员还要对购花篮者致谢等。剧场秩序与文明程度,亦有改善的空间。可以想象一些曲艺名家的生活状态,不无艰窘。其中表演单弦的男演员王洪亮所获花篮最多,据说是因为单弦曲种生存更为艰难已濒临绝种,特别是男单弦演员后继乏人,由于他的努力,挽救了此曲种。

看演出前,我有机会与京韵大鼓骆玉笙派的传人刘爱春,梅花大鼓名家、中国曲协副主席籍薇,天津时调名家高辉等有所交流,她们都对曲艺的前途忧心忡忡,她们并反映了一些困难,完全靠市场票房,曲艺难以生存,套用公务员的退休制度(特别是女演员五十五岁退休),似不利于一些资深曲艺大家发挥作用。因为,曲艺与其他艺术门类不同,这一年龄段的演员正是艺术上炉火纯青,成熟之时。由骆玉笙提议,由文化部创办、陈云同志题写校名的中国北方曲艺学校已并入他校,作为北方唯一一个培养曲艺人才的基地,也正在被削弱,并有消失的危险等。

据我所知,京剧、昆曲与地方戏曲多已列入国家与地方的重点扶植项目。其实曲艺也是重要的与亟须抢救的我国独有的民族文化遗产之一。作为北方曲艺的重镇天津与北京,如果曲艺危亡,其损失是无法弥补的。

我建议:

一、进行曲艺现状的专题调查,迅速提出抢救方案。

二、成立二十至三十人的曲艺研究院,集中曲艺名家,发挥他们在曲艺表演、传承发展中的作用,可以挂靠在中央文史研究馆,拢住老艺术家。对京、津曲艺重镇采取国家和地方共同扶持,不要完全推入市场。

三、支持有关部门与群众团体,做好抢救、振兴、繁荣与发展曲艺的工作。

2009 年 5 月

建议两则

一、丰富天安门广场的文化经济内容。

天安门当然是我国现代史与中华人民共和国国史上的政治中心,五四运动、开国大典、共和国大庆、阅兵、重大的政治集会与政治事件,都与天安门有关。今后,逢十的国庆,仍然会在这里举行盛大的集会游行阅兵。这是毫无疑问的。

天安门城楼与人民英雄纪念碑,具有重大的政治意义,并理应保持它们的庄严肃穆。

同时,毋庸讳言,我们不能不面对对于社会主义的中国抱另外的态度的人们也在利用天安门广场的历史与现实。天安门在让人们想起革命的历程与辉煌的成就的同时,也会令人想起"文革"、"动乱"、"法轮功"。在不举行逢十的国庆活动的时候,天安门相对比较空旷,给人以虚位以待(即可能发生政治事件)的感觉。而遇到某些敏感时刻,天安门广场甚至令人感到某种不安。这也是事实。

何况,我们的工作重点早已经转移到经济建设与改革开放上,这才是我们的"最大的政治"(邓小平),也是在小平同志主持下,我们撤下了天安门广场悬挂的马恩列斯像。看来,我们对于天安门的定位与利用应该并可以与时俱进。

为此我建议:

增加平时的天安门广场的文化经济旅游设施与活动内容。

可在广场修建可以迁移与拆除的简易建筑:增加书店、报刊摊档、摄影、绘画、图片与各种文化用品商店的设施,增添肖像绘画与摄影服务,开办大量的鲜花店、儿童用品商店、茶室、咖啡厅、快餐厅、餐厅,并圈出一定的地面,由首都军民各文艺表演团体在这里向公众与游客提供免费演出。歌舞升平,大大增加天安门广场的祥和、和谐气氛,而使任何企图在天安门广场制造事端的不良分子成为北京市民与商家的公敌,成为和谐社会与全面小康的公敌。

如有需要,这些文化经济设施完全可以迅速拆除腾空,这在技术上不难解决。

二、写一部中华人民共和国史。

建国已经六十年,我们应该出一部或几部中华人民共和国史。

目前,港台与欧美,都出版了类似的史书,以他们的观点解释我们的征程。而我们这里却没有。这里有一个坚持我们对于自己的经验的解释权话语权的大问题。

六十年的成就辉煌灿烂,有目共睹。我们有过曲折迂回,世所周知,并无秘密。我们完全有信心有能力有责任向人民、向世界、向历史,贡献一部中华人民共和国的信史。这样的信史的出版之日,也就是敌对的歪曲的妖魔化的攻击走向瓦解没落之时。

历史就是历史,我们可以强调它的资料性、学术性、纪实性,不要过度地解读,不必夸张它的难度与含义,同时完全可以预留下讨论与补充的空间。

我主张,此事交给中央文史研究馆承办,在中央、国务院领导下,联合政协文史委、高校、社科院各方面的专家,立即行动,争取在三年左右的时间先写出一部书稿来。同时允许讨论,允许一个完善化的过程。至少,它应该在国庆六十五周年时正式出版。

2009 年

对文化发展和改革的一些思考

近几年来,文化体制改革的努力,推动了全社会重视文化、致力于文化建设与改革,有中国特色的社会主义文化生产力有了很大解放和发展。我们的文化产品,正在努力做到全面地满足人民的精神需要,贴近生活、贴近群众、贴近实际。人民群众的文化生活日益丰富多彩并具备了更大的共享与参与的可能。文化的民主性有所发展。民族传统文化日益得到珍惜与弘扬。与境外的文化交流日益活跃。健康的、积极向上的精神面貌正在形成。新的科学技术与传播手段,正在获得广泛的应用。文化产业日益发展。

与此同时,思想活跃,歧义甚多,问题不少:封建保守、迷信与丑恶陋习——"黄、赌、毒"等正在借尸还魂。贪污腐化、假公济私等社会风气问题依然严重。价值失范现象触目惊心。对于有中国特色的社会主义的解读仍然有待于充实、深入与加强。全盘西化的挑战仍然十分严峻。来自境外的某些带有霸权主义、殖民主义与非难社会主义色彩的提法被我们自己任意接受。开发中造成的对于传统文化遗产的破坏时有发生。网络、旅游文化与演艺文化的低俗乃至恶俗化仍然堪忧。在一批旧中国时期成长起来的代表性老学者大家(鲁迅郭沫若茅盾巴金老舍曹禺冯友兰朱光潜钱学森季羡林……)去世后,能够代表社会主义中国创造性人文成果的学者与专家的阵容还不能很好地撑起门面,即不能与我们的影响与地位相称。我们的文化的果实与形象距离应有的高度与光彩还有相当的差距。

这里我谈四个问题：

一是关于人文学术与文艺成果。目前四方面的元素左右着文艺生产的走向：党的领导，市场的驱动，媒体的舆论，专家即所谓精英知识分子的评估与诉求。党和国家管的是大事，不易也不宜于管得太琐细。目前，无孔不入地起作用的是市场与被市场强有力地影响着的舆论，包括难以左右的网上舆论。而相形见绌、相形最弱的是知识分子的专业化、高层次化的追求和批评建议的声音。在强大的市场与舆论面前，我建议更加重视知识分子与专家的声音，才能实现文化导向的把握与平衡，制衡三俗，扭转黄钟喑哑，瓦釜轰鸣的负面现象。

为此，一要建立人文学者专家的院士制。只有自然科学与工程科学的院士而没有人文学者的院士，这是一个跛腿的现象，它流露的是我们自身对自己的人文学者与成果缺乏自信。这种现象改变得越早越好；二要设立国家级的、有充分公信力的褒奖与荣誉称号制度（此意早在胡锦涛同志十七大的报告中已经提出，目前仍有待落实）；三要发挥群众团体与高等学校的作用。群众团体要在规范化的同时，实现高度知识化和业务上的权威化而不仅仅是领导机关化行政化；四要有重要的主流与专业媒体，更多地传达党和国家以及专业高端知识分子的声音。

二是关于文物与旅游。开发建设中对于文化遗产的无知与破坏已经达到了惊人的程度。以北京为例，只举一个小例子：绒线胡同的四川饭店，卖给了为外籍VIP服务的中国会，太可惜了。我们的某些文化记忆正在飞快的建设中泯灭。与此同时，各种先造谣，后造庙，迷信骗钱，以传统文化为名否定五四运动、否定人民革命、否定改革开放的胡说八道肆无忌惮，层出不穷。一面破坏真文化遗产，一面制造伪文化古迹，这样的事不能再继续下去了。对于反动、庸俗、下流的旅游设施与活动，要加强整顿取缔。要把旅游文化的管理与提高放到文化体制改革的大局中予以考虑研究。

三是关于价值确认与价值普及。中央已经做了大量有效的工作。但内容太庞大，说法也太"官话化"或"党课化"，不好记，不好传，不好讲。希望能使价值的说法简明化、亲和化、切近化、民间化，更加入情入理，入耳入心。新中国成立以来，我们的文化活动与掀起文化建设的新高潮的努力卓有成效。同时，文化的特质也有另外一面，如一位同志曾经说过，文化如水，要细水长流，润物无声，自然而然。否则，即使有好东西摆在那里，即使活动搞得有声有色，仅仅靠灌输与锣鼓喧天仍将不能达到价值认同与价值凝聚的目的。建议吸收更多的民意与专家意见，做好这一工作。核心价值的精神建设工作，尚是任重而道远。

四是有一些有关文化的说法名词，来自国外，希望我们慎用。例如体育的举国体制，这不是好话，举国就是全国，我们什么时候倾举国之力来争取几枚金牌来了？这也有违重在业余与重在参与的奥林匹克原则与发展体育运动、增强人民体质的我国体育工作方针。我们最多是国家关心与国家支持体育竞赛罢了。外国人这样说其实是挖苦我们。闹得现在我们自己也认了下来，有的部门领导还在宣传赞扬举国体制，未免贻笑大方。软实力的说法也有歧义，这个说法非常美国化，与美国的自命领导世界的自诩有密切关系。连欧洲都很少有人包括国事活动家与文化精英人物接受这个词。对于一些历史悠久的文化大国来说，文化是丰碑也是骄傲，而不仅仅是一部分国力。请领导更多多地推敲一下。

文风与话风

工农兵学商,人人都要写文说话。尤其是领导干部,要说更多的话。

这么多人说话,为什么有时会出现千篇一律、了无新意?装腔作势、缺少公信力?照本宣科,打动不了人?空洞抽象,与实际不沾边?乃至于出现文理不通、名词生硬、浮夸张扬、叫人反感、令人昏昏欲睡的情况?

第一,文与话,怕的是只会照本宣科。我们说话著文,一定要从实际出发,要务实,要唯实。文与话的力量在于针对实际情况,解决实际问题。文与话的价值在于从中得到对于实际事物的认识、体会、对策。

第二,我们的文与话应该有新意。是的,真理是稳定的,你不能老是搞花样翻新。但同样一个真理,对于不同时间地点条件下的不同实际状况,必然会作出不同的挑战因应与侧重点的强调,引发出不同的对待与思路。有同,有不同,有变,有不变。我们不可能只是照抄照转就把事情办好。

第三,在发表大量的文字与话语的同时,我们更需要的是倾听,不但倾听我们喜欢听的东西,我们认为是正确的东西,还要倾听我们不那么喜欢的东西,或我们很容易地判断为不正确的东西。不正确,不爱听,为什么还会屡屡浮出水面?这里头会有深层次的问题,包括实际问题与思想理论问题。我们的一切说法,只能面对、只能接触这些深层次的问题,而不是回避、躲闪这种深层次的、不无尖锐性的问题。我们各行各业有许多好的骨干、精英、领军人物,他们勤奋踏实、忠诚可靠、敬业钻研,这太好了;但仅仅这样可能还不够,他们能不能敢不敢面对挑战、迎接风浪、回应干扰、头脑清醒、坚强屹立?只有能够面对与解决难题的有思想有头脑的人,才能成为真正的骨干。

第四,话语与文字要有个性,要联系自身,要现身说法,要出现你的"真身"。共性是寓于个性之中的。不论什么样的共识、大道理、全民族的与全体人民的共同目标,都离不开一时再一时、一地再一地、一事又一事、一人又一人的具体情况,修辞立其诚,我们所以要修辞,要讲究文风话风,不是为了形式上的漂亮与红火,而是为了最真诚准确地表达我们的思想观念。话语文字有了个性,才有了最真诚、最动人的共性,才能发挥凝聚人心、推动事业的作用。

顺便说一下,一些重要的场合,认真准备文稿,做到一丝不苟、一字一标点无差错是必要的也是可能的,这是我们的责任心的表现。但在另一些联欢活动、学术活动、团聚活动乃至学生活动、少年儿童活动中,也都把讲话稿、把主持词写出来,到处是秘书腔调、公文风格,或不伦不类的媒体腔调、推销腔调、港台腔调……实在不是好办法。让我们提倡一种更亲切、更纯朴、更简练、更活泼也更真实的会风、文风、话风吧。这对于达到构建创新型社会创新型政党也是颇有意义的。

发表于《人民日报(海外版)》2011年1月6日

真知与共识不是套话

我们的国家几十年来经历了艰难的历程,积累了丰富的经验,获得了许多真知灼见,构建了许多共识,这是国家稳定、和谐、效率、兴旺发达、办得成事的前提。

同时,不能不承认,也有一种不那么正面的现象,就是真知成了共识,你我他不假思索地不断重复这些本来是表现真知与共识的精辟言语,结果变成了不走脑筋、不动思想、不考虑其含义的套话,说的人照本宣科、念念有词;听的人心不在焉、昏昏欲睡。

怎么办呢?

一、真知与共识的伟大意义在于它是生活实践经验的结晶与升华,它们的魅力在于实践性、生活性、动感与活性。真知与共识是活泼的、是充满了发现与新鲜感的,而绝对不是套话,不是韩愈时代已经提出"务去"的不受欢迎的"陈言"(陈词滥调)。是套话陈言就没有了真知与共识。是真知与共识就拒绝了套话化。每个意欲拥戴与践行这些真知与共识的人,都有权利也有义务,将此种真知共识与自己本岗位本部门本地区本人的生活实践结合起来,有所延伸,有所落实,有所发展与有所贡献,即给真知共识加上自身的深切体会的血脉与体温。有所践行、有所体悟、有所发现,才是真知与共识。对于真知与共识,不能只会重复,还要有自己的话。

二、真知共识,这是一个认识论的概念,不能只将它们看成行政管理的概念,不能只看到它们的权威性而忽略了它们的真理性与实践性。不能仅仅是被真知、被共识。领导应该有真知共识,人民群众也完全会有自己的体悟与创造。如果说这里也有服从与照办,可以理解,但更重要的是学习、讨论、研究、动脑筋,更重要的是通过实践对真知共识有所切实体会。如果我们只会照抄照转,连标点符号也是千人一面,那就太对不起来之不易的真知与共识了。

三、大的真知共识,表现出来的是结论,适用的是全国全民,但具体的理解与角度,必然各有特色,各有千秋,各有过程。每个人、每个部门、每个地区的真知共识,来自中央,也来自自身;彼此应该是一致的又是绝非简单重复的。任何真知共识,只有有了自身的、有时可以说是独到的过程性经验与体悟,才是深刻的与动人的,才是有说服力的。你想说服别人吗?请先反躬自问,你是怎样接受与理解这些真知共识的?你经过什么样的绝非短期的学习与实践、体悟与思考?没有自己的现身说法,没有自己的认识过程,你对真知共识的了解只是皮毛而已,你怎么去给别人讲解发挥呢?

四、有了真知灼见了,有了全民共识了,人们的认识真理与发展前进的过程远远没有完结,人们还要再实践、再思考、再学习、再读书、再总结。就是说还要与时俱进,还是苟日新、又日新、日日新。真知共识不是僵硬的教条,而是不断发展不断产生新意的一个过程。我们已经有充分的经验去取得真知共识了。我们还要善待这些真知与共识,珍惜它、践行它、体悟它、发展它、创新它。

2011 年 4 月 4 日

懂得文化　积极交流

　　世界上任何一种有价值的文化,从来都不仅仅是在国门内起作用。文化的价值既在于它的民族性地域性,也在于它的人类性普遍性。从来世界各地的文化就是我中有你,你中有我,而又各具特色。文化与物质商品不同,物质商品多半是一次性的,使用完了,需要再进口。而文化,引进了,为你所用,为你所消化吸收,丰富了你也武装了你,归属于你了,并从而有可能成为你协力创造的新的文化果实。近代外国人用火药、指南针、活字印刷术的水平,早已超出了当年输出这样的科技的中国,也不会有多少人想着这是中国的出口。同样,中国引进了马克思主义,发展形成了毛泽东思想、邓小平理论、"三个代表"重要思想、科学发展观等,没有人会认为这是进口物资。从延安就时兴同志间见面行握手礼,谁会想到握手是礼节赤字？汉语拼音用拉丁字母,然而,它的用法只限汉语拼音。电影、话剧、芭蕾等艺术品种来自外国,但没有人认为《一江春水向东流》《雷雨》《红色娘子军》是舶来品。即使跳《天鹅湖》,由于中国演员的身材与气质情愫文化背景的不同,其版本其效果也不可能全同于俄国。我们还不妨以日本为例：日本古代学我们,近现代学欧洲,如果讲赤字,它全是赤字。然而,不管怎么学,日本还是日本。而且,日本的勇于与善于吸收外来文化,恰恰是一种软实力。

　　文化能凝聚与动员自身,同时能赢得好感、友谊、理解、尊敬、直到热爱。文化高的国家照样可能在战争中被打败,那也当然。如果文化高了就必胜,那文化就不是软实力而是硬碰硬的导弹、核弹、航空母舰了。

文化是各种实力的基础之一(其他基础还有领土、规模、自然条件等)。对于文化来说,首先不是实力不实力的问题,而是它的有效性、质地性、成果的丰富性与深刻性的问题。一个文化的品质,在于它能否帮助接受它的人群与个人提高自己的生活质量,能否开阔人们的精神视野与发展人们的精神能力,是否具有足够的创造性、吸纳能力、发展能力、应变能力……我们说文化是软实力,其实就是说它在国际政治中有很大的作用,但不宜太过分地强调它的政治作用,避免把文化交流政治化急功近利化粗鄙化。我们需要强调的:文化是花朵、是魅力、是精神、是瑰宝,是记忆也是预见、是形象也是品格,是民族的又是人类的骄傲与财富。如此这般,也许比较靠后再说它是软实力更好。说得愈后,可能软实力愈强。

文化有极强的政治性,但毕竟比政治更宽泛与含蓄,更日常与普及,更潜移默化与点点滴滴。我们反对西方国家把与我们有关的各种问题政治化,但是我们不反对把某些政治性极强的问题适当地文化化,即从文化的层面多进行交流和讨论,尊重文化与世界的多样性。我们已经重视,而且必然愈来愈重视与各国的文化交流与合作。在这样的交流与合作方面,我们可以做到信心十足,大大方方。

我们重视与各国政府间的文化协定,重视文化交流上的政府行为,我们也许应该更重视民间机构与文化人个人之间的交流。境外有许多人喜欢强调文化的非政府行为性质、自然渗透、不带强迫性而被接受的性质。我们从版权局等单位掌控的购买我方版权数字,其实远远比不上作者个人与外国出版商订立的出版合同。我们最好多建立一些出版经纪人、文化艺术基金会与外国有关团体打交道而不是直接由政府部门或作协之类的重大群众团体出面。我们的文化交流工作方针,应该是政府主导,民间参与,尽可能通过市场以扩大受众的规模。尤其要避免由于急于走出去,而自贬身价,如推荐一大批书,不要版税,倒贴钱出版,这样的做法,或可偶试于初期,却绝对不可以成例也不可能真正收效。

我们的文化工作是马克思主义指导下的文化工作,是接受中国共产党领导的文化事业,我们的一切向世界推介中国文化的工作,都有利于我们的建设有中国特色的社会主义事业。但这并不意味着我们要在文化交流中推广我们的指导思想、意识形态与社会主义核心价值观。文化就是文化,不论它受意识形态的多少影响,它与意识形态不能互相取代。我们不避讳并向世界正确地解说我们的意识形态原则与我们的传统文化的密切关系,从中论证我们的意识形态的合理性合法性坚实性,但是我们努力向世界介绍的是我们的被意识形态指导,同时又推动着我们的主流意识形态的成熟与发展的文化成果与文化传统。认为我们通过文化交流能够输出我们的意识形态,是不够现实的。当然,加强我们的文化交流工作,必定会有助于赢得理解与敬意,有助于让世界更加客观和公正地认识中国的真实情况与真实走向。即使推介的是几千年前的文物,也是由蓬勃发展的社会主义中国人民守护、整理、阐释的文化成果,是社会主义中国人民的爱国主义与尊重历史、尊重传统的最有说服力的证明。不能说推介古代的东西就丢失了主旋律。同样,积极有效地吸收国外的一切好的文化,化为中华文化的一个有机组成部分,同样有助于消除西方人士对我们的偏见、无知与误解。

我们的对外文化推介工作面对的是世界各地尤其是西方世界的广大受众,当然要以受众能够理解的方式、熟悉的语言习惯做好我们的工作,这并不能说是迎合西方人,也无需为西方人没有接受我们的主流意识形态与我们的社会主义的价值而遗憾,或指责他们的对待中国的无知少知猎奇心理,外国人对中国感到好奇,我们欢迎,好奇比无视好,只有经过更多更有效的工作,才能尽快地超越人家对我们好奇的阶段。

发表于《人民日报》2011年11月25日

许多北京文化记忆正在消失

文化、文史都是一个积累和记忆的过程,没有记忆就没有文化。有时候从市政建设、发展经济、改善民生或外事活动等角度来看完全没有问题的事情,从我们文史研究角度来说,可能就会出现一些不太受欢迎的意见。

比如北京现在把东城区和崇文区合并后改名东城区,我觉得非常好,非常方便与易于理解。但也有海外华人认为:成立了新的大东城区,为什么不能称之为崇文区呢?成立了大西城区,同样可以叫做宣武区。崇文、宣武,是非常有文化的说法,它比一个东城一个西城的命名高雅优美、泱泱大度,而且内涵丰富不知多少倍,它反映了北京的精神,中华文化的精神。这才是古老与有文化的北京的城区的最美好的命名啊!

在北京的城市建设中还有许多这样类似的例子。原来位于西城区绒线胡同的四川饭店曾是一处多进的四合院,充满北京特色,现在四川饭店被搬到恭王府内,绒线胡同这里变成了中国会馆,这感觉一下子就变了,现在的四川饭店的影响已经大不如前。原来位于东城区王府井附近一条胡同里的康乐餐厅,是见于典籍的京城名餐馆,后来搬到安定门去了,也不再是以前的康乐餐厅了,苦撑了几年,康乐餐厅已经倒闭,一个老字号就此完结,多么可惜啊。还有把同和居从西四搬到月坛,从四合院变成了楼房,变化也很大,也是从此走向没落。这些情况简单通俗地讲就是一挪地方就没有了原来的风水了。

风水的说法包含着迷信,也包含着人文与经济与环境的种种关系的研究。万万不可粗枝大叶地对待啊。

其实,很多风俗习惯、文化传统都不是说改就能改的。从人文地理、经济地理、商业地理的角度来看,任何一家老餐馆的选址、菜系,乃至食客,都是有自己的文化特色蕴涵其中的。简单的一个行政命令或决策,就将这家餐馆从天安门搬到西单,或者搬到海淀、搬到门头沟,基本上搬一个"死"一个,就是这个道理。

有关北京城市变迁、文化传承的话题一直是引人关注的话题,尤其是受到知识分子的关注。

我们遗憾地看到许多有关北京文化的记忆正在一步步消失。在北京进行市政规划时,在北京市各级领导、老百姓的心中多留下一根弦,因为有些东西有些事,是不能乱动的。

这里还有一个观念必须弄清楚。在剧烈的革命过程中,我们的认识是破旧立新,是弃旧图新,是新永远比旧好。但是文史的价值,文物的价值,文化传统的价值却并非如此。一个古老的文化传统延续下来,一个久远的文化记忆保持下来,一批古代的文物仍然在闪闪发光,一批地名、街名、老字号、老产品、老的风俗习惯延续下来,这是非常可贵的事,这是文化爱国主义与文化软实力的体现。我们要尊重我们的历史,我们要爱惜与保存我们的文化遗产,现在是时候了,应该明确这一点。

2012 年 1 月 21 日

市场能推广文化　也能使文化低俗化

可以说,现在人们对于文化建设的关注超过了新中国成立以来的任何时候。这很好。

广义地说,除了自然界的固有,一切人为的物质与精神成果都是文化。文化的内容如山之连绵,如海之阔大深厚。我们不妨试着分析一下:

我们许多时候谈的是文化行为:包括文化建设,文化事业、产业,文化生产、创造,文化投资,文化政策,文化号召、口号、活动、推广、目标制定,文化布局,文化设施,文化集团的消长等等。文化行为的主体可以是国家、地方政府、公司、社团、文化从业个人等。这些行为有的会起很大的积极作用,也有事与愿违或一时热闹、难以留下成果来的情形。

尤其是近年来有一系列词语来自市场经济:品牌、精品、符号、文化搭台——经济唱戏、包装、炒作、经营、卖点、票房……不错,文化市场也是大有市场潜力的,而且完全没有市场的文化产品再说怎么好怎么好也容易架空而无从收效。但市场化的文化思维对于文化本身来说,其深度或许有待进一步的努力。市场能推广文化,也能使文化低俗化,乃至出现文化上的空心化、哗众取宠化与假冒伪劣。如一些虚假旅游景点,如一些空心大片等。

更深一步,我们可以探讨我们的文化能力即精神能力,首先是它提高我们的生活质量的能力,发展生产力、推动社会进步与人民福祉的能力。它包括了创造力、想象力、组织能力、竞争能力、抗逆能力、反省与自我更新能力……这必然会关系到经济、科学、技术与教育事业,关系到体制的选择与发展、管理的先进性与有效性等。

再有,就是我们的精神品质与人文性格。例如我们中华民族历史上的与现今的终极关怀、世界观、人生观、价值观,我们强调的道德义务、注意人际关系、敬老崇文、维护整体、写意审美等等,都会令我们增强文化自觉与文化自信。同时我们也期待我们的中华文化会提高它的科学理性精神、实事求是求真的精神、法制法治精神。

精神品质与人文性格,可能是几千年的文化传统与生活方式的长期积淀的结果。它有一种长期性、深刻性、潜移默化性。例如港澳台与祖国内地,半个多世纪以来,社会制度与意识形态差异甚大,文化行为的差异极大,但人们的文化精神、文化性格仍然有许多共同之处,我们仍然是伟大古老与追求现代化的中华文化哺育出来的。

继承、弘扬、发展、调整、提高我们的精神品质,任重道远,需要几代人几十代人的努力。对此,可以有更加深入的探讨与尝试。

2012年2月23日

文化之强离不开文化高端成果

在我国,社会主义基本制度的建立,社会主义思潮的主导地位,生产力与信息技术的发展,从温饱到小康的成功进展,产生的一个重要的成果是文化产品与文化权利的大众化。文化来自人民生活,反哺大众的精神需要。人民大众参与文化生活,主导文化生活,评价文化生活,同时接受着文化生活的熏陶与影响。这在中华民族文化史上具有划时代的意义。

文化市场是文化成品的大众化程度的重要标志。只有大众喜闻乐见的文化产品,才有好的市场,好的效益,也极大地有利于起到好的社会作用。改革开放前被忌讳的关于票房、发行量、收视率等的讲究,现在已经成了文化生活中被关注的热点。

但毕竟文化与经济、与物质产品的状况并非全同。文化产品有长远性,几千年前的产品如《诗经》与先秦诸子的著作,至今还在市场上活跃着。原因是它们仍然在中国人民的精神智慧与人文性格里、在中国知识分子的书房里保持着伟大的活力。文化评价也绝不等同于市场统计,有它的专业性与高端性。古今中外,都有一批成就非凡的文化巨人:堪称伟大的哲学家、思想家、科学家、文艺家、发明家、著作家、工程家、探险家……他们的精神品质与精神能力大大地超出凡庸,他们创造的新观念新理论新发现发明大大地领先于大众,他们是一个国家一个民族乃至一个时代的文化标杆,文化巅峰。有时他们的精神成果并非立马得到喝彩,更不可能立即获得市场,它需要一个接受的过程,有时是曲折的过程。

我们提出了构建文化强国的目标,什么是文化强国?人民群众的文化需要能够得到极大的满足,人民群众的文化素质得到普遍的提升,文化建设文化交流盛况空前,这当然是重要的。同时,拥有阵容强大的文化高端人才,拥有无愧于伟大时代的我们今天的诸子百家、发现发明、经典著述、高端成果、高端贡献,同样是重要的,也许是更重要的。与这样的高端人才与高端成果相比,票房也罢,版税也罢,奖项与荣誉称号也罢,就不那么醉人了。

归根结蒂,文化强国的"强"字应该是指人强,智慧强,学问知识强、想象力创造力强、成果强、著作强、发明发现强,强了才能够长久地矗立于人类的生活与精神领域中,不但现在强、不但现在大繁荣大发展,而且经得住历史的考验、时间的考验。

反过来就是说,发展建设文化不能够急于求成,不能做表面文章,不能大呼隆,不能变成政绩工程,更不能吹吹打打图个声势。

抓文化很费事,很考验人。应该关心我们的文化阵容,关心我们的文化专家,关心我们的文化高端态势,关心我们的著述的含金量,准确地评价我们的文化商品的创意品质,关心我们的知识分子的专业水准,关心我们的文化评估的公信力与可靠性,关心我们的文化成果的真实的与恒久的文化价值。这当然不是易事。

我们的目标是让文化成为辉煌的文化,让我们的文化成就成为中华民族的也是人类智慧与精神的光荣与骄傲。我们任重而道远,我们的眼界与努力都还有待于进一步的推进。

发表于《人民日报(海外版)》2012 年 3 月 1 日

精神需要与文化引领

我们的文化事业,十分重视以满足人民精神文化需求为出发点和落脚点。我们还提出,要用先进文化引领前进的方向。

什么是人民的精神文化需要呢?可以大致分析一下:

文化消费的需要。如旅行、观看演出或音像节目、时装、艺术品的摆设与收藏、家居设计、茶馆酒吧等。这些东西,做好了,照样可以有很好的文化内涵与艺术品位。做不好,也有浅薄空洞、低俗不堪乃至愚昧、乖戾、倾向不好的东西出现。无文化与反文化的东西也完全可能以某种潜流的"文化"形式出现。目前大行其道的浅薄的东西就不少,它们的特点是热热闹闹、咋咋呼呼、刺激感官、空无一物。

人们还会有文化积累与发展的需要,尤其是教化的需要。包括各种生活技能、专业知识与技能、礼仪与教养的培养、待人接物的学习、训练,直到对于宪法、法律、法规的掌握等。没有这些,就难以作为一个文明的、受欢迎的公民而出现,难以升学、就业、生存与发展。人们稍微有了一点知识与教养,就会不满足于单纯消费,而希望文化能带来某种教益和资源。毫不期待教益的所谓精神需要,是不值得太当真对待的浅俗需要。

文化参与、文化生产与创造的需要,有所贡献与有所裨益的需要。一个有觉悟、有知识、有志向的人,不会只满足于享用与践行已有的文化成果与文化习俗,而会有自己的发明、发现、创造、贡献、改革、发展的精神驱动。这样的高层次的文化追求是:不仅享受已有的文化的教养与方便,而且献上自己的创新的一点一滴。这样的人有多少,是一个民族的文化素质够不够高的重要标志。

对于智慧与真理的光照的追求,则是一切有识之士、仁人志士、学问巨擘、对自己有期许有头脑的人的强烈精神需求。他们以体悟、验证、扩展、弘扬直到推动民族的乃至世界的文化财富、文化果实、文化体系为使命,他们以真理为依归,以人民的福祉为目的,以先进的科学的知识与理论体系为成果。像当年的孔子、老子,与现代的马克思、牛顿、爱因斯坦一样,他们是人民当中的文化巨子,是文化的创造者与推手。他们的精神文化需要不但是自身的需要,更是人类的文化创造与发展伟业的需要,是人民的精神文化需要的高峰。

尤其是中华文化所提倡的对于自己的心胸、境界、格局的提升、升华与终极关怀;对于世界观、人生观、价值观、终极观,特别是对于人生理念的讲究与领悟;对于精神品质的高标准与锤炼铸造——成仁取义、先天下之忧而忧、后天下之乐而乐、使命感、坚忍不拔与艰苦奋斗、忍辱负重、顾全大局、宠辱不惊的品质等,这正是令人倾心赞颂的精神文化需要。有这样的需要,才有高端的文化成果。缺少这样的精神文化期许,则会是闹哄一时,而终无大用的精神文化泡沫。

就是说,人民的精神文化需要是有区别有层次的,文化产品是有区别有层次的。当然,这种层次与区别并不是绝对的,好的文化成果如中国的四大奇书,可以满足上述不止一个层次的精神文化需求且雅俗共赏,寓教于乐,古今咸宜。我们面向全国的文化生活与文化事业,不但要注意量,更要注意质地与层次。

当然,也只有最先进、最高尚、最智慧、最有内涵和最优秀的文化果实才能对引领我们的前进方向起积极的作用。

发表于《人民日报(海外版)》2012年4月6日

文化瑰宝与文化泡沫

在全社会关心并期待文化事业的发展与繁荣的情况下,文化事业有可能出现很好的态势,有可能产生无愧于伟大时代与悠久传统的文化瑰宝,也有可能稀里糊涂地,或抱着侥幸心理装模作样地打造文化的泡沫。

什么是文化瑰宝?要看为我们的受众提供了什么样的路径、启迪、精神享受与人生智慧。例如对于传统文化的解读并使之与现代人类文明成果的对接。例如在教育事业与我们的民族的未来前景上的更好的思路——最终摆脱填鸭式的应试分数的呆板控制。例如出现有可能彪炳史册的有真正的价值的著作与艺术成果。例如理论创新、科技创新、体制创新——从全新的眼界上解放整个民族的想象力与创造力。

什么是文化泡沫?

例如,以文化的名义圈地、抢滩、贷款。愈是缺少对于文化的想象力的人,愈是容易把文化财务化、基建化、利益化。到处修建文化生态园、文化纪念园、文化名人园、文化基地、文化广场……其中有做得不错了的,但也确有以文化的名义占地盖楼贷款,所谓文化搭台、经济唱戏的。我已经见过不少这样的"园"或"馆",名义上是纪念某个文化名人,实际上有关该文化名人的展品占用不了该园或馆的面积的百分之十、资金的百分之一,展品陈旧破烂,无人问津,而所谓附加的、延伸的业务:餐饮、住宿、洗浴、按摩、婚礼服务、卡拉欧开,才是主业。我也见过一家企业翻修了一个文化古迹,便从政府手中接管了一条街的店铺的主管权。

我主张,各地应该对于已有的文化设施作一次检查清理,对于以文化之名行非文化之实的园馆基地广场公司,采取措施。

再如,一方面对于已有的文化遗产不加爱惜,时有破坏,一方面任意捏造制造虚假古迹。

这里有一种说法,将文化识为一些符号。这个说法不无道理,对于商标设计、旅游广告与简明普及某种在世界上不占主流地位的文化可能管用,弄点长城、天坛、熊猫、旗袍……就代表中国了,也不是坏事。但这毕竟是浅薄的认知,有时会成为对于中华文化的廉价化、简易化与装饰化的糊弄。有时从文化符号到文化泡沫,只有一步之遥。

一些通俗艺术中事出有因地虚构一些文化符号,这本来是可以允许的,偏偏有些人又被这种通俗艺术所影响,人云亦云,越忽悠越大发,这就贻害匪浅了。例如说中国人是龙的传人云云。在中国的传统文化中,龙是一个珍贵的动物,是王权的图腾,是管水的神灵或海洋与雨水的符号,还是一个姓氏,是风水先生形容山势的说法等等,却从未有龙是中华民族的祖先或图腾的依据。所谓龙的传人云云,除台湾音乐人侯德健先生的通俗歌曲《龙的传人》的歌词外,再无其他理据。他的此歌,很有爱国主义激情,受到大陆受众的喜爱,但干脆就认定传人也好、民族的图腾也好,是中华文化的定论,乃至于大张旗鼓地闹起"龙文化"来或反对起龙文化来;这就太滑稽了。

再如在一个大型运动会的开幕式上,出现大量认真的与杜撰的文化符号,把早已经失传的中华乐器奇形怪状地批量展现出来,这固然十分吸引眼球,这固然是大导演的虚构的权利,却不能认真地以为只要奇特、神秘、巨大、古老就是真正的中华文化。

顺便说一下,作秀,来自英语的"show",香港则译作"骚",秀也罢、骚也罢,是一种通俗的大众化的展示,与认真的文艺演出"performing"是不同的。天才的导演张艺谋的作品极其注意秀中华文化符号,符号虽多,但真正的文化含量有限。对不起,我不能不说出来。

更大的泡沫是走文化的过场,求文化活动的规模,大花文化的经费,却忽视了文化的灵魂。晚会举行了,歌舞演出了,著名艺人来了几十几百,观众成千上万,收视率也极高,演出运用了多种现代高科技手段,出现了许多"卖点",然而没有思考,没有头脑,没有热情,没有爱憎,没有臧否,没有深度,没有教益,没有精神的营养也没感情的充盈与升华。这样的文化是空心文化,是无灵魂的苍白的文化,是文化的悲哀。

再有就是我们的一些大片,片子虽然大,却显得浮肿与缺少精神的深度与强度。

美国大片的文化含量也没有超出他们的受众的平均数,问题在于,我们的大片往往达不到、大大地低于我们的受众的文化认知平均数。

作为政府管理与文化政策,凡没有触犯法律的文化活动都是可以允许的。我们还可以谅解地感谢只要能找乐、能令受众一笑的文化活动。同时,我们呼唤着的期待着的是文化瑰宝而不是文化泡沫,我们绝对不能跟着泡沫闹哄。这一点,丝毫不能含糊。

还要提防一些关于文化的似是而非的、故弄玄虚的说法,文化是智慧,是历程,是生活也是精神的梁柱,文化不是花言巧语与抒情朗诵。越是把常识范围内的道理说得无人能懂的,我们都不要相信。

发表于《学习时报》2012 年 4 月 9 日

老 子 参 事

传统文化并不是一个业已完成的概念,传统需要我们的继承、弘扬与发展。我们今天所珍爱有加的传统,是经过了五四新文化运动的洗礼的,荡涤了那些封建糟粕的传统的精华方面,是人民革命胜利基础上的,面向世界面向未来面向现代化的,与中国特色的社会主义接轨的而不是对立的传统。

近年我关于老子的一些文稿与讲述,获得了一些反响,中央文史馆领导要我就此话题汇报一点想法:

老子主张无为而无不为,主张道法自然。用今天的话说就是尊重历史的客观规律,尊重人民群众的主体性。

老子认为最理想的公共管理状态是"下知有之"或者"不知有之"。是功成事遂之后,老百姓皆谓:"我自然"。就是说,上面的管理与要求,已经与百姓的愿望利益融合为一,亲密无间。你领导他办了好事,百姓认为是自己做成的。百姓知道有个管理者也就行了,甚至有的版本的意思是,百姓们不怎么知道领导是谁也没有关系。

这里头有乌托邦。但是老子认为公共管理的状态的其次才是"亲而誉之",就是说第二等才是赞誉有加。这有它的能够自圆其说的道理。上下互相赞誉歌颂太多,期望值就高,期望值太高了,容易有更多的不满与抱怨。我去一些东南亚国家的时候,就有这样一个观察,那里的廉政问题比我们这里严重,但他们的舆论反而不像我们这里这样激烈。当然,打击贪腐不能手软。这里我说的是另一个问题,即我们自己平常讲话调子太高,太满,不是没有副作用的。百姓首先用最高标准——大公无私、专门利人——等来要求你,反过来认为你并没有完全做到,就情绪更大,并觉得你公信力不足。

老子的说法,再次,就是第三等是"畏之",由于怕你才服你。最差,四等是"侮之",互相辱骂。这些不须多论证。老子的将上下关系适当正常化平常化的主张,虽然空想,但不无趣味与参考价值。他起码可以启示我们,讲话、许诺,不要太高太满。多么好的领导也不是万能的,不是没有挑战的,这一点要给世界给全国讲清楚。中央强调发扬求真务实的作风,强调科学发展,我想老子的一些说法也可以进入求真务实的要求与科学发展的观念。

制定计划,发布指令上有所无为,市场规律才能发挥它在配置资源上的无不为的作用,这就是老子所说的无为而无不为。当然,还要有宏观调控。

我有一个想法,有些地方搞建设新农村,由乡镇领导统一设计,把农民的房屋建成全部一个图纸一个样式。有关部门,还为全国农村提供了建设民居的若干图纸。这样做,效果好吗?如果我们的农村民居千篇一律,观感好吗?符合我们的几千年的文化传统与文化性格吗?是让老百姓自己百花齐放好呢,还是你替他包打天下好?与其统一图纸,不如搞搞农村民居的训练班、研讨会、经验交流会,那才符合老子的"生而不有,为而不恃,长而不宰,是谓玄德"的主张。反正按老子的想法,不会赞成越俎代庖。

老子还主张"宠辱无惊"。庄子则说是有这样的真人,"登高不栗,入水不濡,入火不热"。用苏联卫国战争时期歌曲的说法就是"在火里不会燃烧,在水里不会下沉"。我想到一个事情,我们在外事工作上能不能更慎用"敏感问题"一词?敏感——英语 sensitive,包含着类似神经质的含义。我们这样一个伟大国家,强调哪些关系到我们的核心利益,对我们非常重要,是可以的必要的;强调敏感,则应该适当节制。

老子也罢,别的先哲也罢,并不能直接帮助我们今天的工作,我的所谈,可能有牵强附会之处,对于一些具体问题的说法,更是缺少足够的研究与理据,不妥之处请总理与各位同志批评纠正。

2012年6月

欢喜、忧患、未来

鸦片战争以来,中国的历史充满了悲情与急切。以我的七十七年的经验,我体味了日本侵略军占领下的亡国屈辱、国民政府的贪腐与无能、旧中国的奄奄一息、新中国建立的凯歌阵阵、终于"站起来了"的欢欣希望、连连政治运动的昏头昏脑、"文革"的动乱折腾得五光十色,种种种种,可能比活在哪一国也热闹、多变、壮怀激烈。我要毫不犹豫地说,只是"文革"后,中国才走上了稳定发展的道路。我们无法不珍惜这一点。

能不欢喜吗?老作家巴金老师,尽管他也有许多遗憾与未酬之愿、未圆之梦,但他生前与张光年在一次中秋泛舟西湖之时,也抒发了他的由于中国近二三十年的迅猛发展而体会到了的欣悦之情。光年告诉我的巴老的原话是:"中国的发展,让我们的腰能直起一些来了……"

发展是硬道理。社会主义的首要任务是发展生产力。富民政策、一个中心两个基本点、社会主义的初级阶段,一系列在邓小平等同志的努力下建立起来的信念与采取的路线方针,已经成为全民的共识与胜利的保证。

有许多发展令国人与全世界欢呼。但是,发展的结果并不是其他次要矛盾的迎刃而解,恰恰可能是其他矛盾的凸出乃至尖锐化。

最明显的就是官员的贪腐与弄虚作假。在各种生活消费品凭证的时代,贪腐问题不大可能浮出水面。现在可了不得了。老百姓中的有关议论、传闻、小道消息,无边无沿,惊心动魄。越是缺少有效的有充分公信力的与透明的监督机制、信息报道与舆论平台,传说越是会变得比事实可怕十倍。

弄虚作假的问题则与我们的传统文化有关,我们自古强调的是秩序,是和谐,是德行,是人际关系,是父慈子孝,是君明臣忠,是孝悌忠信、礼义廉耻,是勿为已甚与中庸之道,是统筹兼顾与保全面子,是人们的主观感觉的最大限度的满意化与合理化。但是我们缺少严格的求真的传统。《红楼梦》中平儿处理玫瑰露失窃事件,拉出宝玉顶缸,掩护了彩云,避讳了探春,停止了追查,令世世代代的读者叫好,却完全是不顾事实真伪。

各种禁忌与避讳,这可以理解,但不是常用的办法。在网络时代,禁忌、避讳,捂起来,一时的奏效顶不住长远的后遗症。

老百姓当中有一个词,叫作"黑"。他们认为在冠冕堂皇的背后,有某些见不得人的黑暗、无耻与丧尽良心。当然百姓们传的东西不见得靠得住,何况我们还不能排除充满敌意的造谣与诽谤一刻也没有停息。但怎么解决这个问题,不能含糊,只能增加透明度,尊重知情权,尽可能地减少"黑箱作业",让更多的阳光照进我们的决策与选择的过程、管理与辛苦的过程。例如有些县,传出了买官卖官的价目表,只有让更多的人知道选择任命的过程,才能摒除买卖官职的街谈巷议。罪恶止于阳光,这是句很好的话。

贪腐的问题不仅是金钱与经济的问题,更是公平与正义的问题。关系学压倒了真才实学的地方,啥事都难办。

上面要的是长治久安、不折腾;百姓要的是天下太平、敬业乐群、安居乐业、温饱小康、自由呼吸。这二者本来是搭调的。但是贪腐与躲避群众的官僚作风大大地离间了党与人民群众的血肉关系。现时的党群关系已经与老苏区时期、延安时期、解放战争时期大不相同了,我们不能不正视不研究。一个党或一个政治理念与权力系统是怎么胜利的?靠的是与人民群众的血肉联系。一个朝代或一个政治力量是怎么失败的？最要命的还是它们与人民群众的渐行渐远，一直发展到互相抱怨、互不信任、互相蒙骗、互相对立。这是最大的危险，这是最大的令亲者痛而仇者快，这是最大的自我戕害。毛泽东时代有一句很尖锐、很有力量的话：自绝于人民。自绝于人民就是政治上的自取灭亡。

我们这里有一个很好的传统，叫作统一战线，叫作协商民主，叫作政治协商，叫作有什么大事大计，由中共中央的领导人邀集各党各界各路社会人士座谈征求意见。这很好。这样，一、避免了决策的单一化运作可能有的片面、匆忙、顾此失彼与捉襟见肘，注意了在中国这样的国情不一般的大国古国做任何事情都要统筹兼顾、照顾方方面面、把握分寸火候。二、避免了把人民内部矛盾激扬化、炒作化、对决化，避免了国家陷于分裂、失衡、恶性冲突、动乱不已。

协商民主的前提是承认界别、层次的多样性，承认利益、境遇、思想见解政治诉求的多样性。承认差别是统一战线的必要性与可能性的前提。大家本来就铁板一块地一致，还统什么战？承认某些统一的大原则又是保持多样性差别性的前提。如果根本不承认宪法、不承认党的领导与社会主义基本制度、不承认改革开放开始的新时期的宝贵进展，差别就会变成分裂、变成割据、变成内战、变成投机分子野心家的火并借口。

包括我们讲指导思想的统一性、非多元性，也是以承认被指导的思想的多样性为前提的。如果说我们的指导思想是马克思列宁主义、毛泽东思想、邓小平理论、"三个代表"重要思想与科学发展观，如果说这样的指导思想的确立有效是针对指导自身即马克思列宁主义、毛泽东思想、邓小平理论、"三个代表"重要思想与科学发展观，如果说统一的指导思想的功能是自我指导，是将前提当成结论，以主语作宾语，那是说不通的。

正因为社会上有各式各样的思想，有爱国主义者，有民族主义者，有各种不同的宗教信徒，有泛道德论者，有泛爱论者，有实业救国论者,有国粹崇拜,有西洋文化崇尚,有唯美派,有科学主义、实证主义,有文化相对主义,有实用主义,有精神至上派,有文化至上、艺术至上、真理至上、信仰至上、奉献至上、爱情至上、趣味至上,也有及时行乐者、拜金主义者,有奉公守法但追求个人与家室亲人的利益的最大化者,也有狂热地追求立德、立功、立言即个人的流芳百世但并不拘泥于某种特定政治派别的人,有追求专业成就而宁愿与政治拉开距离的人,有提倡为知己者死、为悦己者容的男男女女……正因为我们不可能将以上的种种都培训改造成清一色的马克思列宁主义……政治家,才需要指导思想的统领与发挥影响力。再说,即使口头上都服膺了马克思列宁主义,仍然会分成各种学派、派别、山头、门类,仍然各有各的脾气与关注。没有社会的多元性的现实,就没有强调一元化的指导思想的前提与必要。

有歧义才有讨论的必要,有不同的见解才有妥协与和谐的必要,有碰撞和摩擦才有强调团结的必要,有挑战有为难之处才见智慧与水平,有混乱才有认真进行法治建设的必要与针对性。

有权威才有认真的质疑,有诚意才有认真的议论,有共识才有各抒己见的空间,有合作才有各自的充分发挥,有统一的大目标才有异彩纷呈的各类发挥与表述。

这样,就会有真正有效的、代表性足够的协商民主,就可以大大减少表面上颂歌盈耳、紧跟照办、竭诚服膺,实际上各种矛盾冲突越积越多,直到最后恶化失控消解的非理性非良性后果。

毛主席时代就说过,要有一点不同的声音,没有不同的声音岂不成了自己与自己的亲密门徒的聚会,岂不成了关上门听自己的回响,岂不成了自言自语、自拉自唱?

我们在"文革"后非常强调知识分子的工作。我们在听到知识分子歌功颂德的表态以后会喜形于色,底下的事就都好说好办。同时我们确实无法不厌烦那些对世事国情一知半解,就汲汲于全盘西化,实际上要否定共产党领导的人民革命与中华人民共和国、否定社会主义与改革开放、指手画脚、成事不足败事有余的人物。

问题在于,除了经常出入于高层政治活动的,其合作精神与忠心耿耿、其言听计从与热爱拥戴绝对不下于中共成员中共干部的知识分子、各界人士,以及与上述人员完全相反的,即意在另起炉灶、唯西是瞻的人员,还有打着极"左"的旗号,想着在中国再搞一场"文革"的人士以外,除了这些非常鲜明非常坚决、我们非常中意或者非常警惕的人士以外,还有大量的中间状态的人。他们无意于搞什么异端异议,也无意于无保留无距离地参与政治生活。与政治制度与意识形态相比,与中央的文件与中央的精神相比,他们更关注的是民生、科技、文化、艺术、乡村建设、世道人心、积德行好、经济效益、实业救国、著书立说、学术贡献、获得国内大奖尤其是国际大奖、自成一家、保持清高与风度、全世界同行人士的尖端成就,是倾斜于某一种学说,但又更多地注重自己的专业、行业。我们应该坚持一种有容乃大的胸怀,发扬一种闻过则喜的气度,追求一种厚德载物的美质,使我们的统一战线、我们的政治协商、我们的协商民主有越来越多的干货,有充实的内容,有争论也有妥协,有小异也有大同,有各执一词也有平衡协调。这样的协商政治、协商民主,确实可以成为中国共产党与中国人民对于人类政治生活的最重大贡献。

现在政治体制改革成了一个相当敏感的词。其实政治体制改革是咱们自己提出来的,是小平同志最早讲的。问题在于,不可以把政治体制改革看成削弱党的领导,也不可以把加强党的领导看成躲避或拒绝政治体制改革。如果,改革的结果是使人民大革命的结果付诸东流,是使中国陷入无政府状态,是中国的动乱与分裂,是亡党亡国亡头,这当然是一个悲剧而且是全中国全世界的大灾难。

另一种态度呢:硬是抱残守缺、无视如胡锦涛同志讲的四个考验与四个危险,以捂盖子为有效法门,最后仍然会混不下去的,最后仍然是难逃孕育与积累下可怕的大不幸、大灾难。

鸦片战争已经过去了一百七十多年,《共产党宣言》已经问世了一百六十多年,十月革命胜利后已经度过了九十四年,苏联解体已经是二十多年,中国革命胜利已经是六十多年,毛泽东去世已经三十多年,邓小平去世已经十四年,我们必须敢于面对现实,面对世界、东方、中国的新情况新问题新忧患新机遇。我们一定要有条不紊地、有秩序地、理性地研讨我们的下一步的走法。拖延不是战略,回避不是方法,炒作不是好心,闹腾只能自戕。不争论是不能让全国人民陷于政治的歇斯底里和政治纷争,不争论不是不讨论不思考不研究不未雨绸缪。

这么大的国家、这么大的党,现在的全世界,再没有第二个政党像中国共产党一样体量巨大,而且执政经验如此丰富。让这样的党中央解答一切问题其实是不可能的。社会要能统,也要能分工,各安其业,各行其道,各守其规,各得其利其乐。在革命胜利与内外斗争的高潮中,我们这里常常会有全民"肃反"、全民批判胡适、全民讨论《红楼梦》或《水浒传》、全民唱《大海航行靠舵手》、全民呼喊"要古巴不要美国佬"的盛况。随着社会的正常化,执政意识的明朗化,我们会认识到各安其位的社会是稳定与和谐的社会。动辄全民陷于政治上的兴奋状态、激昂状态、高潮状态,长此以往,绝非吉兆。

一个正常的社会其实很简单:政治家努力谈政治做政治,厨师努力烧好菜,裁缝一心做好衣装,歌星一曲能销魂,作家笔落惊风雨,同时大家都有公民的自觉,维护应有的权利,也尽到自身的责任。

我出生后不久是日本占领军的入侵。然后是国民政府的贪腐与无能。然后是连年的政治运动。日本侵略军占领了大部分中国的时候中国没有亡,在内战的炮火燃烧了中国全部城乡的时候中国没有亡,在"文革"的混乱使多少新中国的缔造者、新中国的人民友人痛心疾首的时候,中国没有亡。中国的命很"硬",中国大有希望。中国会变得更加成熟,更加有勇气面对歧见与挑战,更加能正视忧患与曲折。成熟的特点是从容、务实、理性、沉着。成熟的标志是少情绪化、少夸张的高调。中国将不会再因为一句话而怒而喜而大轰大嗡,中国将不会再因为一件事情做好了就大吹大擂。中国将不会动不动宣布别人或者自己多么伟大或多么可恶、多么神奇或多么该杀。中国将越来越尊重知识与常识、尊重法理与程序。中国应该成为一个成熟的现代的社会主义国家。政治、经济与民生，民主与法制法治，公民、知识分子的独立性与大局观念、责任观念，自信、自尊与尊重他人，尚文与尚武，道德监督、文化监督、权力平衡与法律监督，意志、人格与理性、科学，个性与共性，全面发展与扬长避短，自由、小康与忧患元元，求胜与共赢……我们需要从头学起，更好地安排妥当。而不文明的乖戾、粗暴、起哄、谩骂、《红楼梦》中赵姨娘式与马道婆式的弱智泼妇巫术方式、个体与群体的政治、社会、道德歇斯底里（点击一下咱们的互联网就知道了），希望终有一天与我们彻底告别。

有人质疑上边领导提出来的把政治体制改革与坚持党的领导和坚持法制结合起来的说法。当然这三者都做好绝非易事。然而，除了这三者，我们还有别的选项吗？我们的经验、我们的智慧、我们的爱国良心，难道不能回答历史对我们提出的要求吗？

我们应该做出，也能够做出对于历史的机遇与挑战的英勇与智慧的回答。

发表于《中华读书报》2012年6月20日

关心精神追求的高度与深度

先是广播电视的发展,然后是电脑、网络、手机的发展使人们获取信息变得越来越便捷与舒适了,工具的性能与科学技术含量日新月异地膨胀着。同时,对于使用这些工具的主体的要求却越来越降低了。工具越先进操作就越简单,你只消敲几个键,要什么就有什么了。它比以往不知简便了多少。

在我国,网络的发展还带来了群众的民主参与及监督的便捷,一些坏人坏事就是网民们首先发现并群起而攻之的。国家领导人也开始应用网络与网民直接对话,很好。

网络的发展还带来巨大的经济效益,一个点击率高的微博写手,他的效益远远高于一个专门家的专门学术著述。

同时,纸质的媒体开始受到挤压,读书的风气一再被上网浏览所削弱。有人预言网络时代的到来,有人预言文学与书籍的式微,有人嘲笑学术与艺术大家的冷落。市场更加欢迎的是能便捷与舒适地获取信息的手段及相关产品。

便捷与舒适使受众获得的信息百倍千倍地增长,于是以秒计算浏览时间的微博与博客代替了花费数小时才能读完的论文,成为受众的宠儿。有时,粗野与狰狞成为吸引眼球的"风格"。碎片化的"思想",耍笑化的"段子",俏皮话的"自得",八卦式的"渊博",不文明的"争论",歪曲变形的"流行新词",千奇百怪的化名与潮起潮落式的以与人为恶为特色的声讨与人肉搜索,已经相当程度地代替了传统传媒与言论文明,成为所谓"P民"与"屌丝"(指草民)们饕餮的精神食粮。同时它们与传统传媒特别是主流传媒分割成了两重天地,而对真正高端的文化精品,越来越少人问津了。

全世界已经有越来越多的有识之士提出来,网络化的结果,除了各种方便与推进以外,也可能带来精神生活浅薄化、快餐化、碎片化与单一化的危机;有可能培养出一大批什么都知道一点点,什么都是人云亦云,半真半假,而没有自己的感悟、没有自己的查证、没有自己的任何创见的"聪明的白痴"式的网络信息小贩;有可能让手段先进的媒介,操控我们的头脑与灵魂。说得严重一点,就是便捷化与舒适化有可能制造浅薄化与白痴化。

当然不是说先进的智能工具不好。而是说,作为一个伟大的古老的文明国家的中华儿女,至少其中的一部分比较优秀的人士,完全可以做到在任何情况下不放弃苦读与苦学的传统,不放弃书山有路勤为径,学海无涯苦作舟的理念,不满足于聪明的白痴随时卖弄白痴的聪明,以真正的经典的学者、发明家、思想家、科学家、文学家为榜样,不仅是开拓市场与凑热闹,不仅仅是混个点击率,而是做出无愧于祖先与后人的对于精神瑰宝的贡献。

我们一定知道,学习、实践或实验、研究、思考、创造,是不可能便捷化与舒适化的。便捷与舒适的浏览所得,至多是浅浅的一层表皮,它不能代替长久的专注,精益求精的刻苦,永不停息的探索,反复地查证与纠错,系统地阅读与钻研,既能登高望远,又能见微知著的独特发现。

取法乎上,仅得其中,我们不能忘记高端的文化追求与文化献身,我们要善待科学技术与各种时尚产品,我们更要善待自身的头脑与古往今来的治学传统与经验。

发表于《人民日报(海外版)》2012年10月29日

政治协商，大有可为

一九九三年到二〇〇八年，我先后担任全国政协委员、常委、政协专委会主任等职务，在此期间，深深体会到政治协商在中国特色社会主义民主建设、政治文明建设中，有着重要的地位和作用。

政治协商制度是中华文明的产物。政协有历史的渊源，有强大的精英阵容与代表性。它虽然没有行政权力、立法权力，没有如西方政治制度中的相应或对口机构，却有完整的组织机构，在政治生活中有巨大影响与崇高地位。这就是老子所说的"有之以为利，无之以为用"。

政协是按照界别建立自己的机构与确定自己的成员的，它承认界别会带来不同的利益关注、观察角度、观点见解，它承认中国社会的庞杂性、多元性，尤其在社会主义初级阶段，青老、城乡、工农、劳资、脑体、贫富、土洋、沿海边疆……差别是显而易见的。正因为有庞杂性、多元性，才更加需要政治协商，在协商过程中实现中国特色社会主义民主，实现权力的制衡与有效运用，达到必要的协调与统一。

中华文化强调的是和为贵，是和而不同，是阴阳五行的互补与相异相生。我们往往不认为遇到分歧就按票数对决或更换执政集团是最好的选择。我们在充实与规范各项民主程序的同时，还需要强调的是统筹兼顾，是"己欲立而立人、己欲达而达人"，是"上善若水"，是"政通人和、春风化雨"。

而协商，就是承认差别，调节与消化分歧，长期共存，互相监督，以忠恕之道来面对矛盾,发扬民主。解决了旧矛盾必然产生新的矛盾,消化了旧分歧,也绝对不能回避新的分歧。

习近平同志强调,"对中国共产党而言,要容得下尖锐批评",这是做好政治协商的一个根本要求,甚至是认真协商的一个前提。如果听不得不同的尖锐意见,我们就只能找一些好好先生,找一些歌功颂德者……最后只能是自己与自己的热烈拥戴者协商,自己与自己的喝彩鼓掌人协商,发展到自己与自己协商,这样就会降低协商的水准,就会变协商为唱和应答,自我循环,变政协为皆大欢喜的联谊会与俱乐部。

中国搞成铁板一块不可能,搞成四分五裂则是大难临头。如何把政治协商做好,我们任重而道远。

党的十八大以来,中央的举措与宣示,已经受到了全国人民的肯定赞扬与热烈期待。在新一届政协会议召开的日子里,作为一名老委员、老常委,我愿提下列希望:

一、提高政治协商的专业水平。设立委员与一定的人群、界别相联系的制度,参与一定范围内的政治讨论与政治关注,并接受人民与界别的监督。

二、在网上公布政协委员们的政治活动与政治见识,公布他们的提案、视察、议政情况,允许人民议论评估政协委员的参政议政水平。防止将担任政协委员仅仅视为一项荣誉,将会议活动变成联谊、公关活动。

三、要让人民知道政协的共同意志、既定方针与计划,还要让人民知道政治协商进程中有哪些不同意见,哪些一时看不准或定不下来的踌躇与争议。要逐步改变在会议简报中只写"正面"意见,而将不同见解打入"内参"的做法。

四、一句话,政治协商就要认真协商,认真交锋,认真推敲考量,认真取得趋向一致的意志与决策,认真起到以协商民主制衡权力运用的作用。同时要尊重少数,尊重不同的意见观点。

总之,全国政协,权威,开放,拥有发扬民主、沟通上下左右、发挥作用的广阔可能性与空间。我深信,政治协商制度,将大大推动中国的民主化与现代化。

发表于《光明日报》2013年3月4日

声音交响与协商民主

承认而不是遮蔽社会的庞杂性与多元性,鼓励而不是掩盖声音的交响,是中国共产党长期执政的活力所在。

我们有一个很好的传统,它是具有中华文化特色的协商民主。就是说,我们在充实与规范各种民主法制程序时,追求和为贵,追求统筹兼顾、春风化雨、上善若水,追求中庸之道,追求把矛盾激化、政治对决、狂风暴雨减少到最低限度。

协商民主的前提是承认界别、层次的多样性,承认利益、境遇、思想见解、政治诉求的庞杂性与多元性。协商民主的愿景是孔夫子的和而不同。承认社会的多元性是统一战线的必要与可能的前提。承认统一大原则又是保持多样性差别性的前提。如果不承认中国共产党的领导与社会主义基本制度、不承认宪法、不承认改革开放新时期的宝贵进展,差别就会变成分裂。

有歧义才有讨论的必要,有不同的见解才有妥协与和谐的必要,有挑战艰难才见智慧与水平。有权威才有认真的质疑,有诚意才有认真的议论,有起码的共识才有各抒己见的空间,有统一的大目标才有异彩纷呈的各类发挥与表述。只有通过声音交响与协商民主,才能真正做到执政党与人民、与社会的无阻沟通。

习近平同志指出,"执政党要听得进尖锐的批评"。尖锐意见不一定好听也不一定就圆满准确,但如果认真听取掌握,可以最大程度地减少热热闹闹、好大喜功的政绩泡沫,最大程度地避免矛盾冲突越积越多的非良性后果。

我们讲指导思想的统一性、非多元性,也是以承认被指导思想的多元性为前提的。指导思想要勇于与善于去指导多元的、庞杂的、包含着良性和非良性的社会思潮与社会心态。勇于面对与正视不同的声音,才能凝聚多元社会的意志,通过协商民主,通过"双百"方针,通过声音的交响实现国家的稳定、和谐、团结与奋勇前进。

中国共产党是一个长期执政的大党。它的活力在于实事求是、改革开放、联系群众、忠诚坚定地为人民服务的政治思想路线,在于它承认而不是遮蔽社会的庞杂性与多元性,鼓励而不是掩盖声音的交响。

正是基于执政党这样的自我认知和期许,改革开放三十余年来,中国在面貌一新迅猛发展的同时,不同的利益、不同的诉求、不同的观点政见、不同的声音不是减少了而是增加了。我们的方针应该是承认多元性,注重交响性,提倡认真的有担当的民主协商,"苟利国家生死以,岂因祸福避趋之"。同时我们提倡,"己欲立而立人,己欲达而达人""己所不欲,勿施于人",以忠恕之道推己及人、维护大局,共体时艰,求得国家人民利益的最大化。

又是一年芳草绿,依然十里众花红。二〇一二年十八大后的新一届的两会召开了,人们满怀热望,期待着蓬蓬勃勃的中国的声音交响与协商民主的新进展。

发表于《人民日报》2013年3月5日

当政协委员,您得下力气好好学习

一九九三年以来,我当了三届政协委员。如今,当两会正在举行的时候,我不免回忆起十五年的两会经验来。我想念毕克官、王习三委员的仗义执言,我想起冯骥才、张贤亮委员的鸿篇谠论,我想起李希凡、傅庚辰委员的中规中矩,我想起陈祖芬委员的亲切笑容也想起戴爱莲委员的苦口婆心……政协是参政议政的重要机构,政协是天下才俊的集合欢聚,政协是上下左右东西南北交流交融铸造政通人和、信任友谊的庄严殿堂与乐园。但是我更在意、更关注、更祝祷的是我们的参政议政水准的提高。我们感到了担任政协委员的体面与光荣,我们更应该感受到担任政协委员的责任与挑战。

有一年励精图治的政协领导班子提出每个委员每年至少要提一件提案或反映一条社情民意,我当时就提出,此议虽好,说出去未免令人惭愧,这等于是说明,我们有的政协委员一年也不做一件称得上认真参政议政的事情,我们将何以对人民与界别?何以对父老乡亲?何以对前辈师长领导?

在中国发展协商民主,是一件大事。协商民主,大有可为,也大有空间来加强与改进改善。政协的建立的目的之一是团结方方面面,对有些代表人物、有些英雄模范,注意将他们吸收到政协的行列之中,要注意政协委员名单的影响力与导向性,这完全是可以理解的。但同时,我们委员不能有个好听的名义完事,不能以具有获奖的欢乐与感恩心来对待协商民主的繁重历史重任。我们还得千方百计地学习、调研、切磋、思考、掂量,比此前认真百倍地关心国家与人民关心的大事,回应时代与发展的挑战,贡献自己的才能与经验,哪怕只是一得之见、野人献曝、山人献芹,我们都要倾全力以利国利民,倾全勇以对付邪恶贪腐与各种陈规陋习,对付国家与民族的蛀虫。我们还亟须学会、学好参政议政,我们不能只是享受与得意于委员如何如何的辉煌名义。

从第十届政协开始,政协领导十分注意组织政协委员的学习,从中我们看到了政协提高自身的参政议政水平的努力。我要说明,参政议政也是一门学问、一种功夫、一项业务,没有对于国家大事的了解,没有对于协商民主的领会,没有对于各部门各机构的工作的信息,没有对于社会、政治、经济、文化、环境、生态、科学技术……方方面面的知识,仅仅靠朴素的光荣感与感恩感是不可能有效有益地做到参政议政的,我们任重而道远,当政协委员,您得下力气好好学习,您得苦学,我们要作艰苦卓绝的努力,我们期待着。

发表于《人民政协报》2013年3月10日

两会凸显生机和热气

中国人民正在创造新的历史。

十八大后的两会,人们在热议着协商民主、权力监督、改进作风、深化改革、反腐倡廉、环境生态、文明社会、海洋权益、代表与委员的人选结构等等话题,显示了一派生机和热气。就是说,历史正在提出新的课题,我们正在总结新的经验。

这是因为我们的成绩,我们的历史使命,我们面对的挑战,我们需要回应的林林总总,都带有崭新性与"深水区"性。而我们已经获得的伟大的进展,正需要进一步的理论提升、文化提升、精神升华。

只能老老实实地学习。首先是善于学习。从传统文化中学习治理一个古老大国的经验,但不能满足于浅层的朗读与造势,更不能搞"半部论语治天下"的自欺欺人,尤其不能无视传统文化中的糟粕如迷信与封建家长制的残余病灶。从国外的先进观念与管理经验中开阔我们对于现代化的种种认知与见解,但不能满足于洋泾浜的装腔作势与咋呼,更不能搞廉价的、成事不足而败事有余的全盘照搬乱折腾。

我们需要认真贯彻改进作风的种种部署,却不能忽略个中包含的对于"执政"二字的深切责任感觉与忧患感觉,要有如临深渊、如履薄冰的谦虚谨慎,认识不到对于执政者的庄严要求,自然会产生会不会是一阵风的担忧。

我们需要从理论上与实际经验的总结上深化我们对于掌权、用权、监督与制衡权力的认识,坚决克服心口不一,以权谋私,视权力为私产的历史痼疾。

我们尤其需要总结改革开放的经验教训,弘扬改革开放的胸怀与务实精神,肯定建设性的理性的态度,坚持以人为本的爱心与和谐向往,而面对社会上的热点问题,诸如权钱合谋、分配不公、精神层面缺失、面对世界强势国家与强势文化时的被动与尴尬……作出高屋建瓴与大大方方的回答。

当然,中国强盛多了,也富裕多了,中国的游客正在世界的各个角落观光购物,中国的声音正在地球的各个经纬度上震响回荡,中国的商品正在世界的各个市场销售周转,与这些相比,我们的理论、我们的人文选择、我们的社会历史认知,我们对于自己的中国梦的解析与充实,我们的文化品质与文化理念——而不仅是花里胡哨的小技——都有待进一步的总结、深化、开拓、提升与更加明快与丰赡的表述。

改革开放三十多年了,十八大与两会吹响了新进军号,正是当前,我们需要盘点我们的精神家底,我们的精神积蓄与亏损,我们的伟大创造与困惑,我们的明白与尚不够明白,向国人也向世界,奉献我们的精神成果。

全面小康的社会,富强、和谐、民主的与文明的中国,有中国特色的社会主义建设的功成实就,不仅要实现中华民族的物质上的发展丰富,也都期待着我们的学习与宣示,让中华思想更深邃,让中华理念更鲜明,让中华儿女更自信,让中华梦想更坚实,让中国的现代化更加富有精神上的高度与创意、精神上的自信与优秀品质。

发表于《人民日报(海外版)》2013年3月12日

要体量,更要品质

文化强不强,好不好,是真走得出去还是烧钱造势自吹,关键在于文化人才文化创造与文化贡献。祖宗的遗产是重要的,当今的人才与成果,才是我们今人更应重视的。

近年来,我国的领导与人民群众日益重视文化课题。我们畅谈文化政策、文化工作、文化体制改革、文化市场与文化产业、文化活动与文化服务、文化自觉与文化自信、文化强国建设等等,心高意切,何等好啊。

同时我还希望人们由外及内、由表及里、由浅入深地关心文化精神与文化追求,特别是文化品格。我们要看到文化的林林总总,更要看到文化的精髓与主心骨;看到文化的日新月异,更要看到文化的恒定久长;看到文化的热闹红火,更要看到文化如水、潜移默化、润物无声、作用灵魂深处;看到文化的无处无时不在,吃喝拉撒都文化,更要看到文化的高屋建瓴,它应该引领我们的生活。

文化首先是一种品质而不是一种体量

我看到海峡两岸的文化体制、文化政策、文化建设与文化口号,六十余年来相异不知凡几,但作为中华文化的传承群体,之间却有着太多的共同点。情义、道德、家庭、勤俭,自强不息、厚德载物、吃苦耐劳、谦虚谨慎、刚正不阿,同时应变图强、实事求是……这些都为我们所赞许；而懒惰挥霍、巧言令色、两面三刀、投机取巧、腐化堕落、刚愎自用、呆板僵化，都为我们所不取。这些观念如果作政治化的解读，两岸可能有相当的分歧，但是作为文化情怀与文化底色，它们几乎是没有争议的。这说明，文化是有它的深层次的相对稳定性的。

有些文化行为，发生的时候可以气势雄伟，响动非凡，如火如荼，完结起来却是烟消云散，不知所终。历史已经证明，一时的时尚哄闹动作，未必能沉淀为文化的遗产。文化还是非文化伪文化，需要历经时间的考验，需要生活本身的选择与淘汰。

文化首先是一种品质而不是一种体量。它的魅力、凝聚力、影响力取决于它的有效性，即它是否能以提供足够的真理、美德、信念、胸怀、智慧、学问和方法使接受此种文化的人群获得更高的生活质量。而以人为本的有效的文化将能塑造与培育它的接受人群、民族、地域，以至扩展到成就更良好、更优美、更富有蓬勃活力的品质。就是说，文化的品质决定着人与生活的品质。

这样的文化品质往往体现在一个民族的文化巨人上。文化离不开它的代表人物，古代人尊称这些人为"圣人"。谈到中华文化我们立刻会想到先秦诸子与其后的大家。当我们徜徉在巴黎的先贤祠，伏尔泰、狄德罗、笛卡尔、巴尔扎克、雨果、居里夫人……其阵容令人肃然起敬。多年以来，我国这方面的情况不能令人满意，其中经验教训，值得我们研究探讨总结汲取。文化强不强，好不好，是真走得出去还是烧钱造势自吹，关键在于文化人才文化创造与文化贡献。祖宗的遗产是重要的，当今的人才与成果，才是我们今人更应重视的。

在文化问题上，绝对不能搞浮躁造势

我们不能不有所忧患，在文化硬件建设取得重大进展，文化活动文化产品文化民主大大增加的同时，人们看到了空心化、形式化、浅薄化的苗头。能不能感动受众的内心，能不能提供思想智慧与情感冲击、内心润泽,给受众以真正的灵魂的洗礼,这是文化成果的层次性的重要评估标准。而靠声势、靠豪言壮语、靠传媒炒作、靠先期录像的鼓掌、靠所谓吸引眼球的廉价元素与简单符号的堆积,是弄不出多少真正的文化含量来的。近年来大而空、闹而浅的玩意儿越来越多,文化的形式化即空心化,符号化即简易化随意化,哄闹化即应景化越来越严重,黄钟暗哑,瓦釜轰鸣的现象时有发生,而对于文化产品的真正的思想与艺术的评价却越来越成了糊弄事儿了。

任何文化的发展与变化,只能通过人民群众自己践行、自己选择与自己改造。例如我们长久以来希望通过编撰新儿歌来进行教化,费力多而成效少。我们也有并非少数的有心人编写新的《三字经》,但与老的《三字经》相比,其被接受程度相差何止万里?

文化的根基与重要内涵正是教育。由于中国的狭窄部门分割,人们往往在谈文化建设的时候不谈教育,而如果不改变事实上的单纯的应试教育所带来的弊端,想把中国建设成为文化强国,是很困难的。

文化的发展在我国当然取决于党的领导,国家的工作,而市场的"看不见的手"与媒体的舆论导向,也都是必须与可能发挥积极作用的。那么,我们缺少的是什么?我看我们还缺少具有权威性、专业性、公信力与自信力的高级人文专家。有了这些专家,我们才能钻到文化的精神深处来规划文化发展文化,才能专业地评估我们的文化举措与文化成品。否则不免有隔靴搔痒的危险。政治斗争、政治运动的后遗症使人文专业变得过于政治化意识形态化与多变化了。请看:我们有自然科学工程科学的院士,人文学科则不存在院士,说明我们自己都没有信心。一个对自己的人文方面的人才与成果没有信心的国度,能成为文化强国、创新之国吗?能成为文化大发展、大繁荣之地吗?

在文化问题上,大与强的要求似应服从于好的品质的要求。我们需要的是高尚的追求与信念、辽阔的视野与心胸、智慧与才能的光芒四射、创造发明的勇气与魄力、深入的对于文化精神与文化追求的体贴与共鸣,我们需要拥有真正的高度专业化的文化人才集体,需要开拓真正的创造发明探讨真理的精神空间。我们还需要按部就班的文化教育与建设过程,有长期打算、长远眼光。在文化问题上,绝对不能搞浮躁造势。

发表于《文汇报》2013 年 3 月 13 日

涵养攀登精神高峰的持续力

目前,我们的文化生活蓬勃发展,多层次、多渠道的文化产品、文化服务与文化手段正在丰富着我们的生活。同时,我们还不满足,我们需要真正的精神素质的提升,需要智慧的光辉与灵魂的激荡,需要有所关注、有所忧思、有所驱动、有所坚持、有所不取。我们不可能仅仅满足于数量,满足于空心的搞笑与感官的熨帖,满足于空洞的思想与装腔作势的表达,用一些半通不通与抽象夸张的洋词怪语忽悠来忽悠去。我们同样不可能满足于低俗的胡诌八扯,俗不可耐。

精神素质的提升,关键在于评论——具有专业水准、公信力、责任心,经得起历史与学术考验的评论。今天,我们有坚强的领导核心,有强烈的守土意识,有日益发展的文化市场与文化产业;我们的传媒很发达,明星也很多样,问题在于,我们缺乏足够有力量更有质量的评论,还不能令人信服地在文化生活、文化产品上树立应有的权威。

文化生活需要管理者、著作家与各类艺术家、市场、传媒乃至与权威评论间良性互动。至少要有人有足够说服力地告诉公众,哪些产品是好的,而有些一时在市场上颇有斩获的作品,却是彻底的垃圾烂货。

希望有更好的文化文艺评论,不跟风,不媚俗,不拿红包,不考虑关系学,不起哄,不人云亦云,不唯上也不唯洋,不唯销量也不唯经济效益。这样的评论,不是为了炒作自己,而是真正地对世道人心负责,对几千年的中国文化史负责,对百余年来的人民革命史负责,对人类与国家、民族的精神生活、精神追求负责。不但要有这样的责任心,也应有足够的素养与胸襟,能够入情入理、入耳入心地传递给读者。我们至少要识货,要分得清高低良莠,要能够始终保持一个古老民族可持续攀登精神生活高峰的愿望与能力。

发表于《人民日报》2014 年 1 月 6 日

涵养时代的"文化定力"

我们应该因势利导,倡导对精神高峰的攀登、服膺真理的至诚。

近二百年来,中华民族经历了空前危局、剧变、重生和发展,中华文化经受了空前挑战、冲击、丰富与更新。温故而知新,在深化改革的今天,我们应该有更多的从容自信,更加重视对中华文化优良传统的珍视弘扬,使我们在精神文明建设的发展上更加主动、更加胸有成竹。

经济的快速发展大大改善了中华儿女的生活质量,但急剧的新旧交替、中西杂糅、鱼龙混杂,也使我们的文化生活、精神走向、价值观念时而出现困扰与失范、歧义与冲撞,乃至忧虑与紧张,这很正常也属必然。精神层面的文化建设,是个润物细无声的慢活,不可急躁。我们需要有足够的定力和稳健。

要做到登高望远、气度恢宏。传统文化中的确有不少封建糟粕,对此我们必须保持清醒;但也要看到,这种文化几千年来涵养着、凝聚着亿万中华儿女,历久不衰,饱经忧患,深入人心。自强不息、与时俱进、仁者爱人、推己及人……这些精神都与现代性相通,也考验、培育了中华文化的开放性、吸纳性与消化能力,应变性与抗逆能力,自省性与自我调整能力。我们完全可以"择其善者而从之,其不善者而改之"。珍视民族传统,同时勇于面向世界、面向未来、面向现代化,进行新的选择、整合与创造。

要有一种从容的心态与通透的历史观,成熟、科学地对待各种社会文化现象。钱锺书先生说:"东学西学,道术未裂;南海北海,心理攸同。"不同的角度、观点与渊源,不一定成为零和关系、对决关系,马克思主义本身就与人类已有的多方面文化智慧息息相通。今天,我们处在改革开放的深水区,需要广泛开掘汲取消化民族的与世界的智慧成果,使我们的文化精神与文化土壤更加宽阔丰饶,精神能量与文化根基更加深厚浩大,面对现实挑战更加应对有方、进退有据。

面对"盘子"越来越大、越来越多样的思想文化格局,我们在传统与现代、大众与高端、民族与世界、教化与娱乐、主导与多样、经典与时尚、争鸣与共鸣、市场与理念的一系列关系上,要有更加全面与均衡的思路和工作。由现象而本质,由历史而现状,才会认识得更加长远与深刻。

我们关心文化事业、文化产业、文化建设、文化形象与文化外交这些看得见的东西,同时也要更多关心文化精神、价值观念与思维方式,这些才是文化的主导与内核。更加成熟地引领与服务文化生活,是实现国家治理现代化的一个重要标志。文化精神的特点在于它的长期积淀、深入民心,不能急于求成。这方面,口号与宣示的作用有限,非理性情绪化也于事无补,生活化与实践性强的启迪与感召会更起作用。我们应该因势利导,提倡更深入通透的学习,倡导对精神高峰的攀登、服膺真理的至诚,提高整个民族的认识能力、学习能力和自我完善能力,避免浮躁、肤浅、极端。

我们正在创造中国历史、影响世界格局。回首中华民族几千年的浮沉史、我们党九十多年的奋斗史、新中国六十余年的探索史、改革开放三十余年的发展史,所有兴衰成败的经验,物质与精神的积累,已然成为我们宝贵的"家底"与"功夫",再加上日新月异的世界文明借鉴,我们完全可以比历史上任何时期更能沉下心态,走准步点,自信从容地推进全面深化改革的历史任务。

发表于《人民日报》2014年3月10日

与边疆一起奔向现代化

中国正在迅猛发展,走向现代化。人民正在搭上"全面小康"的快车,享受高速发展的利好。当然,也要时时应对新挑战。

做到这一点不容易。晚清以来,无数志士仁人,忧国忧民,焦灼悲愤,血泪交加,寻觅自强复兴之路,经历难以想象的呐喊、论辩、痛苦、挣扎、挫折,才有了今天的共识:面向世界,面向未来,面向现代化,走自己的中国特色社会主义道路。包括边疆地区在内,我们共同奋斗,捍卫国家的独立与尊严,建立起了以解放被压迫的各族人民为己任的人民共和国,取得了今天的辉煌成绩。

当然,迅速推进的现代化进程,也会带来某些不适应、不平衡,甚至疑虑。在内地,今天仍然有许多纠结。在边疆,这一问题显得更加突出。

相对落后的生产方式、亟待提高的科技水准、经济上的地缘劣势,使边疆地区时或处于被动局面。他们在开发、发展和改革中,对收入分配、就业升迁、资源与环境保护等方面的问题,也有不平和抱怨。文化习俗与生活方式受到的冲击,也加剧了当地人们的不安。比如为了走向全国乃至全球市场,他们愈益感到使用本民族语言文字不那么管用;一些传统产业、手工业与手工艺趋于式微;建筑、服装、饮食、起居、歌舞、生活方式、城乡风貌……也正在被难以逆转的发展潮流改变。

而独特的地理位置,使边疆地区极易受到极端主义、分裂主义、恐怖主义三种黑暗势力的影响，受到挑拨煽惑，制造仇恨，引发一连串令人忧心忡忡的事件。

在这些方面，边疆地区的工作大有改进空间。除了坚决依法处理暴恐与违法案件，还要做好边疆人民的精神安置与心理抚慰工作。边疆事务的走向，最终取决于人心向背。关键在于帮助边疆各族人民登上现代化的快车，用小康代替贫困，用文明代替愚昧，用开放代替闭塞，用互相交流、尊重、欣赏代替误解、猜忌与褊狭。我们要坚持全国人民共同富裕，走共同成功之路，不能让任何地区、任何民族长期滞后或被边缘化。

我们也不能把现代化与保护地域特色及弘扬民族文化传统对立起来。历史已经证明，拒绝现代化就是自绝于地球，无视自己的特色与传统，就会在现代化中迷途。只有在特色中展现丰富多彩，在传统中开掘现代资源，我们的事业、我们的生活才能得到更多的精神支撑与滋养。

其实，中华民族的大文化中，能找到各民族亲密相处的根基。祖国各地，包括新疆、西藏等少数民族聚居区，文化上有着相当接近的追求与走向。其传统文化在总的方向上是一致的，比如敬天积善、古道热肠、尊老宗贤、崇文尚礼、忠厚仁义、和谐太平、勤俭重农、乐生进取等。包括边疆地区在内的各民族兄弟，有过共同的经历、共同的战斗、共同的历史伤痛、共同的曲折与成就，如今也正在共同奔向现代化，同步改革开放发展，共享富强文明进步。

我们需要更多地关注现代化潮流给边疆兄弟民族带来的新挑战，帮助兄弟同胞平等、健康、有尊严、积极地走社会主义现代化之路。张开双臂，欢呼发展，找到本土化的现代化路径，并保障这一过程的公平公开公正，这正是我们的历史机遇与历史使命。

发表于《人民日报》2014年7月7日

动心　洗礼　发现

习近平同志在文艺工作座谈会上讲道:"艺术的最高境界就是让人动心,让人们的灵魂经受洗礼,让人们发现自然的美、生活的美、心灵的美。"

这些话讲得深入、到位、入耳入心,在文艺家中得到了由衷的共鸣,标志着党对文学艺术规律的把握和对实现中华民族文艺复兴梦的认识,达到了一个新的高度。

第一,针对当前文艺生活的要害,习近平同志代表广大文艺工作者与受众的心声,语重心长地强调,"文艺不能当市场的奴隶,不能沾满了铜臭气",不能让市场牵着鼻子走。他谈到,"抄袭模仿、千篇一律""机械化生产、快餐式消费"等现象,表达了对低俗化、浮躁化、感官娱乐化、内容空洞化的担忧与针砭。

这些问题多年来我们有目共睹,有必要正视、认真对待、形成共识。这些问题的造成也与大众传播的推波助澜有关。不少媒体的文艺版面"娱乐"化,文艺记者"娱记"化,该有所调整了。

第二,讲话强调了文艺的精神产品、精神果实性质。文艺作品与一般商品不同,它不仅有交换价值、流通价值、消费价值,更重要的是它有精神价值,即它的打动人心、激励人心、滋养人心的力量,它的对美的发现功能,它的给受众以精神洗礼的作用,它的对生活、对人性、对世风的感召力。

这是对文艺的定位与正名。文艺当然有娱乐消费和产业的功能,但这些显然都不应该妨碍文艺家对自己提出更高的要求。

首先是动心。动心的力量来自创作者的心动,来自他或她的激情、感奋、探求与追寻。若想打动人心,关键在于自身心灵的丰富与深邃,尤其在于创作的真诚与勇敢。有一分诚挚得一分同感,有一缕智慧获一分悦服,来不得半点作秀与浮夸。

其次是给人以精神洗礼。没有精神的高度与深度,没有阔大的胸怀,没有对家国人民的大爱,没有对自身的严肃追问与反思,没有对真善美的执着与对假恶丑的鞭挞,如何可能达到振聋发聩、醍醐灌顶的效果?如何给读者观众以洗礼的庄严与激情?如果满足于平庸与蝇头小利,如果满足于一时喧嚣光炫,如何能引起接受者的敬仰、赞美,如何能使受众荡气回肠?满足于给受众解闷儿的人当然也会比比皆是,但是我们必须看到文艺生活看高不看低的特色:一个时代的文艺水平,是由"高峰"作品,"正能量、传得开、留得下"的作品代表的。

再次是文艺的魅力在于发现,发现人性之善,发现生命之真,发现生活之美。而若想对生活、对世界有独到的发现和阐述,首先在于"向人民学习、向生活学习,从人民的伟大实践和丰富多彩的生活中汲取营养……始终把人民的冷暖、人民的幸福放在心中,把人民的喜怒哀乐倾注在自己的笔端"。这个道理总书记讲得生动,想打动人民,首先你要与人民群众心连着心。

反过来说,"一旦离开人民,文艺就会变成无根的浮萍、无病的呻吟、无魂的躯壳"。毋庸讳言,这样的浮萍、呻吟和躯壳,如今不是太少而是太多了。

第三,讲话寄希望于"大批德艺双馨的文艺名家","我国作家艺术家应该成为时代风气的先觉者、先行者、先倡者"。

这些年来,我们的作品远远没有满足人民的期待,说明文艺工作者对自身的要求应该有一个大的提高,应该"自觉坚守艺术理想,不断提高学养、涵养、修养,加强思想积累、知识储备、文化修养、艺术训练……为历史存正气,为世人弘美德"。取法乎上,仅得乎中,也许并不是每一个文艺人都能达到这样的高度,但我们应树立这样的理想与标杆。

第四,习近平同志指出:"创作是自己的中心任务,作品是自己的立身之本,要静下心来、精益求精搞创作,把最好的精神食粮奉献给人民。"此话总结了历史经验,一语中的。没有好的作品,再大的造势与噱头,我们仍然没有精神家园,仍然愧对我们的灿烂文化史,愧对我们的时代、我们的后人。

习近平同志此次讲话,表达了党对文艺工作的重视,对世道人心与文化建设的关注与决心,深入到了文艺工作的各个层面,直指文艺工作者内心,对此,我们需要深入地思考与理解。

发表于《人民日报》2014年10月24日

关 注 与 期 待

两会的规范化制度化与常态化透明化,对于我国的发展、进步、现代化、法治化与民主化,对于政治文明、经济建设与世道人心的优化,起着越来越重大的作用。

也许初期,有一些来自基层的代表与委员更多地感受与表达的是荣誉、感恩与拥戴,而一些来自领导岗位的人视自己的代表与委员身份为一种"人事安排"。现在,人大代表与政协委员则深深体会到自己作为国家和人民公权力主体的责任与使命,他们更明确地意识到自己是在行使审议、决策与监督等方面的职能。也许初期,曾经需要嘱咐代表或委员们一年至少反映一两条社情民意,还有人当了委员或代表又因各种原因缺席两会,而现在,这些情况已经有了很大改进。

民主表现为参与的数量与程度,同样重要的是民主运作的质量:反映民意的真切性、深刻性与有效性,民主决策的正确性,民主行政的明朗性与可监督性。我们关心民主的程序与规则、权利与义务,同时,这样的规则程序、权利义务,必须由运行的认真度、法制的坚守度、成员的责任感与熟练性来支撑。两会的运行,同样是没有最好只有更好,两会还大有前进的空间。

两会推动着我国政治文明与精神文明的建设。人们的国家意识、大局意识、民主意识与参政议政意识正在空前地提升。两会期间,不光是代表与委员,所有的国人,包括海外华人,都在参与。谁在发言,提了什么意见建议,有何不同看法争论,将会如何解决,大家都在看着,都在议论。会议的审议职能、建言与提案功能、批评与监督功能,正在与传统文化中的"国家兴亡,匹夫有责""见贤思齐、见不贤而内自省""吾日三省吾身""一言可以兴邦,一言可以丧邦""仁者无敌"的宝贵精神遗产相对接而日益弘扬。

两会的意义与力量在于反映民意的充分程度、深刻程度、明朗程度,在于它们能够成为各界群众与中央政府的桥梁与纽带,在于它们对于自己的权利与义务、责任与意义的充分自觉,在于它们是我国民主政治的生动表现。当下,两会已经成为我们的一种生活方式、一种文化机制、一种政治生活的有声有色的高端体现。两会在前进,中国与世界对两会的关注度与期望值越来越高。把两会的"文章"做得更好,是中国政治体制改革的抓手与要点。

尤其在提出全面建成小康社会、全面深化改革、全面依法治国、全面从严治党的今天,中国人民寄希望于两会,世界在关注两会。中国全面建成小康社会,中国的经济、政治、文化、社会、生态文明体制改革,两会是一个风向标。二〇一五年春天,看两会如何体现更多的民主与法治、更多地推进民生福利,看中国如何沿着自己的道路实现成功与稳健的现代化,看中国人民如何创造前所未有的历史新篇章,大家都关注着、期待着。

发表于《光明日报》2015 年 3 月 3 日

我们的幸福在于什么

停滞不前与犹豫不决绝对不能保证伟大祖国的长治久安。词语在变,观念在变,生活方式在变,人际关系在变,舆论在变。一代又一代的青年成长起来,七〇后、八〇后、九〇后,转眼就是二十一世纪出生的人们登上历史的舞台。生活会越来越开放,交通会越来越便捷,外国的影响会越来越多。

中国历史在前进,世界在前进,曲折,但并不缓慢。历史的前进都是有代价的,有遗留问题,某种意义上说,建设与发展的问题比生死存亡的问题更复杂和易于产生歧义。

发展是硬道理。发展解决的问题是太不发展所带来的问题,如饥饿,如辍学,如贫穷与愚昧。但发展本身解决不了恰恰是由于发展而不是由于不发展所产生的新问题,如贫富悬殊,如分配与机会的不公平,如奢靡浪费。发展绝对不可能自行解决中国的社会问题:人口问题、环境问题、分配不公正的问题、权力需要更好地监督的问题、教育问题、法治建设问题、深化改革的问题等。相反,发展带来了太多太多的新问题、新忧患、新挑战、新危险。

我们是中国特色社会主义国家。"社会主义"的定语,提醒我们时时关注弱势群体、关注农民、关注百姓、关注贫富差别、关注城乡差别、关注民生与均富。"中国特色"的定语,则提醒我们珍惜传统,更要汲取全世界的一切先进文明成果,不急不躁,不麻木也不闭目塞听,不强不知以为知,更不动辄大吹大擂、咋咋呼呼。我们将以更符合我们的古国大国身份的姿态从容有定地处理各种问题,回应各种挑战。

中国应该成为一个成熟的现代的社会主义国家。政治、经济与民生,民主与法制、法治,公民、知识分子的独立性与大局观念、责任观念,自信、自尊与尊重他人,尚文与尚武,道德监督、文化监督、权力平衡与法律监督,意志、人格与理性、科学,个性与共性,全面发展与扬长避短,求胜与共赢……我们需要从头学起,更好地安排妥当。而不文明的乖戾、粗暴、起哄、谩骂、《红楼梦》中赵姨娘式与马道婆式的弱智泼妇巫术方式、个体与群体的政治、社会、道德歇斯底里,希望终有一天与我们彻底告别。

我们一定会建设一个文明幸福的中国。我们用不着老是与别人比GDP或者人均收入的数字。我们也无法用欧美的观点与"范例"来设计我们的体制,或者用我们的体制来衡量评估欧美发达国家的社会制度与生活方式。我们的幸福在于我们的文明与我们的进展,我们的幸福在于我们的从容的自信而不是恒久的拼死拼活心态。我们的信心还在于我们的古老文化,我们是一个能够自我调整、自我修理、自我更新的民族,我们是一个有能力适应新情况新变化、大难不死、历久弥新的民族。

不搞假大空,也不搞狗熊掰棒子,动辄叫喊什么今是而昨非,总是用今天否定昨天。我们正视历史,是为了正视今天,我们肯定历史是为了沉稳前进,我们汲取教训是为了不犯相同的错误,我们不会靠痛心疾首、歇斯底里、夸大其词、装腔作势来哗众取宠,我们只能靠科学吃饭,靠实事求是吃饭,靠智慧与品格吃饭,靠尊重前人、今人与后人吃饭,靠踏踏实实地、一步一个脚印地走在地面上吃饭,靠民主与法制吃饭。

总体来说,政治在走向更加透明、更加开放、更加民主、更加守法、更加进步的方向。

发表于《北京日报》2015年5月25日

价值观,向人心喊话

核心价值观的培育与践行,一直备受重视。我以为,这是对于世道人心的喊话。

孔子说:"德之不修,学之不讲,闻义不能徙,不善不能改,是吾忧也。"

同样的课题,二千五百年后的我们也面对着。

就是说在发展与改革都迅速进行的条件下,我们需要精神上的稳定与光明,需要一种精神的清晰:什么是好,什么是坏,什么是底线,什么要称赞,什么要避之唯恐不及,不能糊里糊涂。

就是说,我们要做好人,树好心,做好事,不能作恶、做贼、做伪、做违法乱纪、做倒行逆施。

贪腐是使不得的,干部只能做清官,不能做贪官。假公济私是使不得的,偷工减料与偷奸耍滑是使不得的,人人要做得到敬业与诚信。害人的事是不能做的,人应该友善待人。而爱国与否,更是含糊不得的大义所在。

价值观不是凭空编造的,公道自在人心,价值观自在人心。

自由平等公正法治的标示,体现了中国特色社会主义道路已经成为社会的共识。社会层面价值建设的这八个字,传承了天下为公与成仁取义的中华文化传统,总结了从旧民主主义革命到新民主主义,到新中国的社会主义建设的中国的历史实践与人心所向,弘扬了中国人民面向世界、面向未来、面向现代化的历久而弥新的创造性追求。

富强,则是鸦片战争以来世世代代中华有识之士的梦寐以求,是近一二百年以来的一座血泪丰碑。民主与法治,文明与和谐是富强的前提与保证,是发挥巨大人口的积极性、能动性而又为快速发展减震的关键。文明与和谐同时满足的是,我们历经半封建半殖民地的贫穷落后愚昧无知与各种锻炼考验后的精神饥渴。

"恻隐之心,人皆有之;羞恶之心,人皆有之;恭敬之心,人皆有之;是非之心,人皆有之。"核心价值的根源在于孟子所强调的人心,要向人心喊话,要贴近与引领人心。价值建设的关键在于与人心的对接。"礼失求诸野",中国人心的传统文化积淀仍然根深蒂固,同时要进行创造性的转变与创造。

更要珍惜"五四"以来新文化运动与中国人民革命的种种经验教训与文化成果。而最最重要的成果是改革开放,走向社会主义的现代化。人心可用,世道可优,传统可取,现代化的目标正在靠近。我们在价值建设上的工作可以做得更深入更亲切更融会贯通。

发表于《人民日报》2015年6月23日

家风与家教

有时候与一个人接触,很快就感觉到他或她的文明程度、道德自律、举止进退、做人修养,乃至人格人性。这些东西多半与家庭的影响、家学的渊源、家风的承继、家教的成果有密切的关系。有时候从媒体上看到一些国人在境外的不雅表现,乃至在政法节目中看到一些罪犯的愚蠢无知与无耻,也令人叹息痛心于他们家教的极端缺乏。

近年,社会上兴起了"家风"话题,也有媒体就这个话题采访过我。其实,相比"家风"二字,我更熟悉,抑或感觉更贴近现实的一个说法是家教。我小时候自恃聪明,出言狂妄,母亲每听到一次就教育我一次,经常连夜教育。有时候,我困得不行,我就说再也不敢骄傲了,再也不敢胡吹牛,再也不敢瞧不起人了,向母亲保证了以后,这才得以允许睡觉。

当然,我们那一代人经历了贫穷、战乱、动荡与种种苦难和匮乏,很多事情是生于和平年代的人没法想象的。国家穷,国民教育也不普及,我们的父母对教育孩子谈不上系统的理念。不过长辈总是能看得出是非对错,看到你错了,就要苦口婆心地教诲你,直到你接受教育有所改正为止。

我想,家风的重要性在于它是家教的长短得失的体现,是家教的外化,而家教是自然而然、生动活泼、春风化雨地进行的。人们越来越认识到,在形成一个人的基本素质方面,家庭的影响与作用往往大于学校,童年的熏陶往往重于长大之后,从生活中、从家庭中得到的体悟,往往深切过从课本上所读到的东西。童年家中得到的真切、质朴、诚恳、实在的教导,不知不觉之中,形成了一个人的价值认知与价值底线,形成了一个人从生活习惯到选择趋向,从举止容色到是非标准的基本思路。而这些东西集合起来,就成为世道人心,成为风气共识,成为村规民俗,成为一个地区一个群体的文化素质。

我们国家正在日益重视对于核心价值的宣传教育。价值教育的关键在于理念与生活的结合,理念与内心深处的爱憎取舍的对接,在于言与行的一致,心与口的统一。家风与家教,对于形成美好正确的价值观,其作用是非常大的。北京市西城区教育工会组织师生员工共同撰写了《家风》一书,勤劳、质朴、诚实、阳光、深情、善良、奉献,乃至"温良恭俭让""仁义礼智信"等我们传统文化中重视的一些价值得到讨论与例证说明,文章写到的细节让人或莞尔或触动,充满真情实感,富有可读性。这对于弘扬家风文化、培育核心价值是很有益的。

在经济迅速发展的同时,人们越来越重视世道人心的问题。而人心的形成,很大程度上就是出于家教,成于家风。其实,每个家庭,每个中国的老百姓都是有一个尺度的,提倡什么,容忍什么,禁止什么,严惩什么,都有自己明确的标准。这对逐渐树立起人们能自觉接受的道德规范是有积极意义的。因此,核心价值的教育一定要进千家万户,进入童年人生。

发表于《人民日报》2015 年 12 月 4 日

回望七十年前民族复兴的重大节点

二〇一五年是抗日战争与世界人民反法西斯战争胜利七十周年,至今我还清晰记得一九四五年八月得知胜利时沦陷区人民爱国欢庆的激昂景象。

我出生于一九三四年,九一八事变发生三年,中国人民的浴血抗战已经开始。三岁的时候卢沟桥事变发生。我的幼儿与小学时代是在日本占领军的枪口下度过的。我至今记得北京各城门前占领军士兵的刀光魔影与中国市民经过时必须给他们鞠躬行礼带来的屈辱感。记得每所小学校里耀武扬威的日本"教官"。记得掺了橡子面难以下咽的"混合面"。记得汪伪"国旗""青天白日满地红"上加一个黄条,上写"和平反共救国";而小学生也要强迫背诵"第四次治安强化运动口号"全文,其第一条就是"我们要剿灭共匪,肃正思想"。

抚今追昔,我的感想是:

一 抗日战争是实现中华民族伟大复兴的一个重大节点

抗日战争是中国现当代历史进程中的一个重要阶段。说它重要,一是因为它促成了中华民族历史上一次总觉醒,二是因为它推动了现代中国的重大蜕变。

中国近现代历史上有过多次革新革命,多是少数精英、少数先觉者所为,他们流血牺牲,英勇斗争,而广大群众却往往成为看客。中国共产党诞生以后,进行了第一次和第二次国内革命战争,反帝反封建,致力于发动广大人民群众。全面抗战开始后,人民空前地发动了起来,团结了起来。无分男女老幼、无分阶级阶层、无分贵贱尊卑,正是在空前的民族灾难之中,形成了全民奋起。这是一个民族真正的总觉醒,总动员。

抗日战争中实现了中华民族的一次蜕变。首先,日本人能向我们这个大国古国发动战争,我们不能不痛心于我们的落后、松散、积贫积弱。在近现代世界各国纷纷走向现代化的潮流中,中国全面落后。抗日战争中,中国的政治、经济、国防、科技、交通、管理、效能,各方面暴露了严重问题,我们在抗击日寇的同时,必须偿还数百年来欠下的历史债务。

这让我想起曹禺的话剧《蜕变》。抗战初期国统区的一座伤兵医院里,处处是混乱黑暗腐败,令人痛心疾首。丁大夫原是上海的一位名医,民族危亡时期,她放弃了舒适生活,毅然投入伤兵医院服务,把伤痛兵员看作自己的儿子。丁大夫与梁专员等等爱国志士"扛起了黑暗的闸门",使这个医院蜕旧变新,带来了复兴的希望。

抗日战争的历史使我们感到伤痛,更让我们感到骄傲。全民抗战就是全民关心全民参与中华民族的振兴。赶走侵略者,为新中国的诞生奠定了人民当家做主的基础。中国的落后,更使中国的有识之士和中国人民取得了走向现代化的共识,而中国共产党通过抗日战争显现了它的领导能力与密切联系群众的伟力,为新中国的诞生做好了准备。

二 中国共产党在抗日战争中创造了中华民族历史的新篇章

正是由于日伪的疯狂宣传,我自幼从反面知道了中国共产党在抗日战争中的重要作用。这里没有模糊与折扣的余地。

为什么日寇将共产党视为心腹之患？因为党领导的抗日游击战争直插敌人后方，是刺向敌人心脏的尖刀；更因为共产党发动群众、依靠人民、深入穷乡僻壤的政治与军事路线敲响的是置敌于死命的丧钟，是使敌方永无宁日的前景，是置敌于人民战争汪洋大海的必然。敌人靠的是武器加军国主义，我们靠的是人民加党的领导与国共合作。而党的统一战线政策，第二次国共合作，延续了大革命时期的第一次国共合作，并对中国的现当代历史有着尚未完全显现的启示意义。

确实，"国军"在正面战场打了许多英勇艰苦的战役，可歌可泣的中华儿女，事迹流芳百世。中国共产党虽然没有足够的武器装备打大仗，却能发挥人民战争优势，保存有生力量，在敌后开展游击战运动战。毛主席在一九三八年五月写的《抗日游击战争的战略问题》中指出："一切军事行动的指导原则，都基于一个基本原则，就是：尽可能地保存自己的力量，消灭敌人的力量。"他说，当时的国情是，我们大而弱，敌人小而强，他们在占领区留了很多空虚的地方，因此抗日游击战争就主要地不是在内线配合正规军的战役作战，而是在外线单独作战，这种抗日游击战争不是小规模的，而是大规模的。而这种"向着敌人最感危害之点和薄弱之点"进攻的战略，正好可以"达到削弱敌人、钳制敌人、妨碍敌人"，从而配合正规军作战的目的。

三　珍惜抗战的精神遗产　　汲取抗战的经验教训

与抗战时期相比，今天的中国当然是换了人间。同时我们面临的挑战与困难，仍然严峻；今天的使命，更加高远。抗战精神是我们民族的宝贵精神资源，它告诉我们：

1. 爱国主义是我们永远要高扬的旗帜,这是一个最富有凝聚力、动员力、人民性的旗帜。

2. 不论碰到什么困难什么分歧,不论听到什么样的唱衰与诅咒,永远不能悲观失望。钟敬文先生跟我提起过周作人:说周从一开始就根本不相信中国人能打赢日本人。历史的教训是:失败主义就是变节与自取灭亡的开始。

张自忠将军家信说:"国家到了如此地步,除我等为其死,毫无其他办法。更相信,只要我等能本此决心,我们国家及我五千年历史之民族,决不至亡于区区三岛倭奴之手。为国家民族死之决心,海不清,石不烂,决不半点改变。"他死后毛主席给他题写挽词:"尽忠报国"。赵一曼牺牲前给儿子的信中说:"在你长大成人之后,希望你不要忘记你的母亲是为国而牺牲的!"吉鸿昌《就义诗》说:"恨不抗日死,留作今日羞。国破尚如此,我何惜此头。"还有李兆麟将军所写的抗联《露营之歌》,"火烤胸前暖,风吹背后寒",何等豪迈!现在有一种说法,说抗战一代是"最杰出的一代",这些英烈确实不负此名。

3. 抗日战争中,中国的大学西迁是一个伟大壮举。西南联大,还有全国几十所大学,老师同学一起长途跋涉,他们不就是坚信我们最终会胜利,我们所学的知识将来定能报效国家吗?事实证明,战时大学,培养了两弹一星元勋,培养了诺贝尔奖获得者,培养了著名学者。这样的民族精神,必须延续下去。

4. 坚持"为人民服务"的宗旨。正是在抗战时期,毛主席提出"为人民服务"的口号,这是一个响亮振奋的口号,是一语中的的口号,至今被认为是概括中国共产党宗旨的最简洁有力的口号,是取胜的法宝,各方有识之士都认识到,只有本着"为人民服务"的精神,才能与亿万人民一起赢得胜利;背离了"为人民服务"的宗旨,走向腐败堕落特权谋私,不论是谁,就只有死路一条。

5. 知识分子要与人民、实际、国情相结合。全民奋起的一个重要内容就是知识分子与工农群众结合。毛主席在抗日战争时期发表《在延安文艺座谈会上的讲话》,还有许多其他重要言论,都是在考虑中华民族的大局:号召知识分子与工农大众相结合,完成抗日胜利、民族解放、迎接新中国这篇大文章。

6.中华民族的复兴离不开世界的进步与发展。我们的抗战是在全世界人民反法西斯战争胜利的条件下取胜的,我们的事业、我们的中国梦,始终要面向世界、面向未来、面向现代化。

抗战胜利是伟大的,胜利后的任务更加艰巨。新中国的诞生是伟大的,新中国建立之后的探索也很艰难。改革开放带来的面貌一新是举世瞩目的,解决面对的一系列新老问题更加考验着我们。面对历史、面对现实,我们不能懈怠,不敢懈怠,不该懈怠!

发表于《博览群书》2015年第12期

着眼民族复兴伟业　推进文化发展繁荣

改革开放以来,我国经济快速发展,中国特色社会主义事业全面推进,我国国际地位大大提高。与此相适应,我们的文化视野不断拓展、文化自信不断增强。所有这些,为中华民族伟大复兴提供了前所未有的历史机遇。

习近平同志指出:"中华民族伟大复兴需要以中华文化发展繁荣为条件"。这一重要论断,深刻阐明了中华文化发展繁荣对于中华民族伟大复兴的重要意义,也深刻阐明了中华文化发展繁荣的时代使命与责任担当。

推动传统文化创造性转化、创新性发展

中华文化化育着中国人生活、规范着中国社会,同时为中国人提供了高远的理想。比如,"大同社会"的观念,体现了中华传统文化崇尚和谐公正的价值取向;"协和万邦"的观念,与我们今天所说的人类命运共同体思想息息相通;等等。中华传统文化的瑰宝在于它的文化理想与道德理想,在于它的大同思想与整体主义;还在于它的务实性与"此岸性",在于它的自强不息与"苟日新、日日新、又日新"的精神。

长期以来,中华文化的古老与丰富、"郁郁乎文哉"的繁荣与气概是中华民族的骄傲。但近代中国落后挨打、丧权辱国、割地赔款的

屈辱,前所未有地打击了中华民族的文化自信与文化尊严。革命思潮从而兴起,如火如荼。五四运动与马克思主义的传入,掀起了"庶民革命"的高潮,也掀起了新文化运动的高潮,带来了马克思主义的中国化、世界先进文化的中国化,表现了中华文化自我调整、自我更新、迎头赶上的愿望与能力。毛泽东思想是马克思主义基本原理同中国革命具体实际相结合的理论成果,同时体现了马克思主义与中华优秀传统文化的有机结合。毛泽东同志指出:"随着经济建设的高潮的到来,不可避免地将要出现一个文化建设的高潮。中国人被人认为不文明的时代已经过去了,我们将以一个具有高度文化的民族出现于世界。"培育这种"高度文化",一个重要环节就是推动传统文化创造性转化、创新性发展。

习近平同志指出:"中国人看待世界、社会、人生,有自己独特的价值体系。中国人独特而悠久的精神世界,让中国人具有很强的民族自信心,也培育了以爱国主义为核心的民族精神。"

上世纪后期,社会主义国家纷纷进行改革。但西方一些政要如英国首相撒切尔夫人与美国国家安全事务助理布热津斯基,都只看好中国的改革。他们明确指出,自己之所以看好中国,原因在于中国有着独特的文化。独特的价值体系、独特而悠久的精神世界,使中华文化不会成为其他文化的附庸,而能在独立自主的轨道上实现自我革新和发展。

当然,推动中华传统文化创造性转化、创新性发展,决不能固步自封、闭目塞听,它离不开中华传统文化与世界上其他文化的交流、交融甚至交锋。在这个过程中,应努力避免非理性的排外,或对自身全盘否定、对外来文化简单照搬。对中华传统文化进行创造性转化、创新性发展,就是要实现中华传统文化与现代化的对接,实现中华传统文化对当代科学技术新成就的学习吸纳,实现中华民族传统的道德理想、文化理想与现代民主、法治、文明等理念的对接。

培育和弘扬社会主义核心价值观

社会主义核心价值观的提出,体现了中华优秀传统文化与现代化对接的追求与成果,从中可以看出近代以来一百多年中华文化的前进足迹。富强、民主、文明、和谐,自由、平等、公正、法治,爱国、敬业、诚信、友善,这二十四个字继承了中华优秀传统文化讲仁爱、重民本、守诚信、崇正义、尚和合、求大同的传统,体现了新文化运动提倡的"德先生""赛先生",包括了我们党一直倡导的爱国主义、社会主义,凝结了改革创新的时代精神。对此我们需要深入研究和领会。

习近平同志强调,把培育和弘扬社会主义核心价值观作为凝魂聚气、强基固本的基础工程。为什么社会主义核心价值观具有如此重要的意义?

其一,社会主义核心价值观是从中华传统文化最强大的基因中生长出来的。在广大人民心中,长久以来保持着辨别是与非、善与恶、忠与奸、清与贪、诚与伪、美与丑的愿望与尺度。人心可用,传统可取。社会主义核心价值观正是对世道人心的"凝魂聚气、强基固本"。

其二,社会主义核心价值观包含了我们先贤向往的美好愿景,包含了从孔夫子到孙中山的一切志士仁人的奋斗理想,体现了中国共产党人领导广大人民进行革命、建设和改革的根本诉求,即实现中华民族伟大复兴的中国梦。

其三,社会主义核心价值观是中国特色社会主义事业的标志性成果。其文化意义在于,它是中华民族的、社会主义中国的,也是世界的;它是理想的,也是务实的。以社会主义核心价值观为价值导向和行为规范的中国人民,将为世界和平进步与人类幸福作出更大贡献,同时保持并弘扬中华文明的传统特色与精华。

其四,社会主义核心价值观植根于中国人民的切身利益与美好愿望,与中国人民的幸福追求、发展信心、上进愿望融为一体,是生活化、接地气的,是我们每一位公民尤其是青少年自身发展、价值实现与人生幸福的根本保证。

引领与整合文化思潮

习近平同志指出:"没有先进文化的积极引领,没有人民精神世界的极大丰富,没有民族精神力量的不断增强,一个国家、一个民族不可能屹立于世界民族之林。"对于我们这样一个古老的东方大国而言,在快速发展与转型过程中如何有效引领与整合多样化的文化思潮,是需要认真研究和着力解决的重大课题。

第一,延续几千年的传统文化,尤其是道德文化与哲学文化,仍然有着强大的生命力,有着坚实的民心民意基础,但其中也混杂着一些封建糟粕。

第二,近百年的革命文化,以马克思主义为指导,以艰苦奋斗、英勇献身、联系群众、团结守纪等优良党风政风民风为标志,以井冈山精神、长征精神、延安精神、西柏坡精神等为代表,有着强大示范作用。同时,新形势下我们也面临质疑甚至否定革命文化的挑战。

第三,广义上的现代文化,包括市场经济、民主政治、先进的科学技术与教育模式,以及民主、法治、自由、人权等观念,可以成为社会主义先进文化的重要组成部分,但要辨析其中不符合我国国情的西方观念与制度,避免"食洋不化"。

我们的忧患在于文化发展的片面化与极端化。例如,现在还有人鼓吹"半部《论语》治天下",认为是革命破坏了中华文化。这样的人应该读读《红楼梦》《儒林外史》等。从这些纪实性的小说中可以看出,中华文化的危机早在明朝就已露出了端倪,其根源在于封建专制制度的腐朽没落。正是着眼于推翻封建专制制度的近现代革命,才创造了中华文化复兴的契机,而绝不是革命造成了文化危机。

同样,把社会风气方面存在的突出问题看成改革开放后果的所谓"撕裂"论,也是有害与浅薄的。没有改革开放,哪来的小康社会?哪来的社会主义先进文化自信?而把中国的出路寄托于西化,否定传统、否定革命,更经不起历史与现实的检验。

面对多样化的文化思潮,我们应发挥古老的中华文化智慧,总结中国共产党成立以来、新中国成立以来的文化建设经验,以革命文化、社会主义先进文化为引领,以中华优秀传统文化为资源,以现代文明元素为驱动,发展与提升大众文化,大力推进文化整合、文化创新。只有这样,才能塑造"郁郁乎文哉"那样一种优良文化生态。我们还应正视全面建成小康社会进程中文化生态的丰富性、多样性、复杂性,细心调查研究、妥善引领提高,包容倾听、规范管理,保持文化生态的健康、活力与平衡。

建设社会主义文化强国

文化发展繁荣是民族伟大复兴的重要组成部分;文化发展繁荣支持、推动着中华民族伟大复兴的历史进程。习近平同志多次强调建设文化强国的重要性。强体现在哪里?其重要标志在于文化创新成果与人才阵容。创造中华文化新辉煌,坚守我们的核心价值体系和核心价值观,弘扬主旋律、传播正能量,提高国家文化软实力,牢牢掌握意识形态工作领导权、话语权,这些都需要推出更多的文化创新成果、培养大批创新型文化人才。

现在,我们越来越强调创新的重要性,这是一个经济发展与社会前进的历史课题,同时是一个文化课题。中华民族伟大复兴离不开人民精神品质的不断提高、文化创新创造能力的不断增强。只有一个文化创新势头良好的民族,才能有创造、有出息,能够对人类作出较大贡献。文化创新离不开教育发达、知识积淀、思想解放,也离不开包容大度、活跃有序的文化氛围。我们需要以海纳百川的视野与胸怀,汲取四海精华、五洲创意,不断推出高质量的文化创新成果。

文化成果的评价首先在于质量,然后才是数量。我们应特别珍惜高端文化人才、高端文化成果。谈到中华优秀传统文化,人们会很自然地想到孔子、孟子、老子、庄子、屈原、司马迁、张衡、祖冲之、沈括、李白、杜甫、苏轼、辛弃疾、施耐庵、曹雪芹等一座座"高峰"。今天,我们要实现文化发展繁荣,同样要形成新的文化"高峰"。我们需要当今时代的文化大家、文化领军人物,同时需要一大批蔚为"高原"的文化创新人才。只有这样,才能进一步凸显我们的文化阵容、文化格局、文化自信。

推动中华文化更好走出去

当今时代,经济全球化不断向纵深推进。这一不可阻挡的历史趋势,提醒我们应高度重视维护民族文化特质与人类文化的多样性。习近平同志就如何正确对待不同国家和民族的文明、正确对待传统文化和现代文化提出:一是要维护世界文明多样性;二是要尊重各国各民族文明;三是要正确进行文明学习借鉴;四是要科学对待文化传统。这是我们开展对外文化交流的原则,也是我国文化建设的原则,还是我们向世界讲好中国故事、推动中华文化更好走出去的原则。

讲好中国故事、推动中华文化更好走出去,需要增强文化自信,勇敢直率地面向世界、面向实际,不回避、不心虚,一是一、二是二,开诚布公。中国就是中国,社会主义就是社会主义,进展就是进展,困难就是困难,共同价值就是共同价值,特色就是特色,没有什么可以含糊的。讲传统要同社会主义现代化对接,讲发展要同中华优秀传统文化与革命文化的自强不息、百折不挠精神对接,讲改革开放要同中国人的兼收并蓄、见贤思齐、尊重他人、和而不同对接。这样,才能把中华文化的魅力讲出来。同时,还要强调我们"百花齐放、百家争鸣"的学术民主、艺术民主,强调我们去粗取精、去伪存真的甄别力、选择力。

讲好中国故事、推动中华文化更好走出去,还需要懂中国、懂世界。身为中国人,懂中国是天经地义的,却不是与生俱来的。我们同样面临着向自己的传统、自己的文化学习的任务,面临着倾听生活实践交响曲的任务。作为当代中国人,我们还必须懂世界、爱交流、善沟通。

中国的发展与更美好的未来已经不仅仅是理想,而是正在不断实现的景象。实现文化发展繁荣、实现中华民族伟大文化复兴,光明在前、使命在肩。具有几千年文明史、一百多年救亡史与革命史、六十多年社会主义建设史与三十多年改革开放史的中华文化、中华民族,必将迎来文化大发展大繁荣,必将迎来伟大复兴的荣光。

发表于《人民日报》2016 年 9 月 19 日

文化复兴的历史机遇

改革开放以来,我国经济生活迅猛发展,中国特色社会主义现代化事业成功推进,小康全面追求,国际地位大大提高,文化自信增强与文化视野开拓,所有这些,提供了中华文化伟大复兴前所未有的历史机遇。而文化内涵与文化生活的扩容与嬗变,带来某些新的困惑与歧义,也迫切地要求我们胸有成竹地应对与发展。

中华文化的历史命运

习近平同志说:"中华民族伟大复兴需要以中华文化发展繁荣为条件。"

长期以来,中华文化的古老与丰富,"郁郁乎文哉"的繁荣与气概,是中华民族的骄傲,是我们的立国之本。近一二百年的挫折,不但有落后挨打、丧权辱国、割地赔款的屈辱,其创剧痛深之处尤在于前所未有地动摇了中华民族的文化自信与文化尊严的国本,使国人面对"数千年未有之大变局"(李鸿章语)而失魂落魄。危机感与焦虑,成为几代华人尤其是学人、文化人的心态,代表人物如王国维、严复、容闳等。

革命思潮从而兴起,如火如荼。孙中山大声疾呼推翻帝制,五四运动与马克思主义引进,掀起"庶民革命"(李大钊语)高潮,也掀起新文化运动高潮。正是新文化运动,挽救、激活了曾经宏伟却又举步维艰的传统文化。人民革命的胜利,宣告了马克思主义的中国化、世界先进文化的中国化,更表现了中华文化自我调整、自我更新、迎头赶上,穷则变、变则通、通则久,生机重获的能力。一切将革命文化、新文化与传统文化截然对立起来的观点都是肤浅与谬误的。

毛泽东思想结合了马克思主义与中国革命具体实践,实现了马克思主义与中华传统文化精华的接轨。看看二十世纪四五十年代毛泽东等老一辈革命家的宣告:"随着经济建设的高潮的到来,不可避免地将要出现一个文化建设的高潮。中国人被人认为不文明的时代已经过去了,我们将以一个具有高度文化的民族出现于世界。"中国共产党人的文化豪情感天动地。

经过曲折奋斗历程,党的十一届三中全会以来改革开放与发展的伟大篇章,提高了中国国际地位,大大增加了文化自信与文化尊严。同时我们要保持清醒,这是因为,我们的文化与这种文化哺育的人民的生活质量、文明程度、价值吸引力与凝聚力,还没有达到相应的水准,我们的文化软实力还大有提升拓展丰富的空间。

传统文化与现代化的对接

中华文化化育着生活,规范着社会,同时提供了高端理想。"世界大同",是中华传统文化中早已出现的原始共产主义萌芽;"无为而治",老子与孔子的这一共同命题,通向马恩关于国家机器消亡的设想。现代中国选择马克思主义绝非偶然。中华传统文化的瑰宝在于它的文化理想与道德理想,在于它的大同思想与整体主义,在于即使在长期封建王朝条件下,仍然存在着勇敢忠贞的文化监督与道德监督,例如规谏制度。

中华文化的优胜还在于它的务实性与此岸性,在于它的自强不息,苟日新、又日新、日日新,与时俱化与时俱进的变易与发展特色。

二十世纪后期,社会主义国家纷纷进行改革,但西方一些政要,如英国首相撒切尔夫人与美国国家安全顾问布热津斯基,都只看好中国的改革。这不是偶然的,他们明确指出原因在于中国有着独特的文化。

正如习近平同志所说:"中国人看待世界、看待社会、看待人生,有自己独特的价值体系。中国人独特而悠久的精神世界,让中国人具有很强的民族自信心,也培育了以爱国主义为核心的民族精神。"

同时,中华文化有过的而且不能说至今已经全无忧患的危殆经验也令人深思:它长期在地缘区域内一枝独秀,缺少与不同文化交流碰撞中的突破与飞跃。在欧洲文艺复兴与产业革命发生后,中华文明的弱势开始出现,一旦遭遇异质强势文化,容易出现或非理性的过激排外,或对自身的全盘否定,或对外来文化的简单照搬。再优秀的文化也怕停滞老化、断裂崩塌。晚清面对列强,进退失据,一筹莫展,它的教训我们没齿难忘。所以习近平同志提出,要对中华传统文化"创造性转化,创新性发展"。转化和发展什么?就是实现中华传统文化与现代文明的对接,实现中华文化对二十一世纪科学技术新成就的学习吸纳,实现中华传统道德理想、文化理想与现代民主、法制、理性、文明追求的对接,尤其是实现中华文化的进一步现代化与马克思主义的进一步中国化、时代化、大众化。

社会主义核心价值观的文化意义

从对社会主义核心价值观的概括,可以看出传统与现代文明对接的追求与成果,看出近一二百年中华文化的前进足迹。富强、民主、文明、和谐、自由、平等、公正、法治、爱国、敬业、诚信、友善,继承了民本、尚和、仁爱、重义的传统,也包括了狂飙突进的新文化运动所提倡的德先生、赛先生、爱国主义、社会主义,同时凝结了邓小平理论的改革、开放、发展理念。对此我们需要有更深刻的钻研与领会。

习近平同志指出:"培育和践行社会主义核心价值观,是推进中国特色社会主义伟大事业、实现中华民族伟大复兴中国梦的战略任务,是凝魂聚气、强基固本的基础工程。"

因为,其一,所谓"核心价值",是从我们传统文化最强大的基因中生长出来的。广大人民心中,长久以来保存着辨认是与非、善与恶、忠与奸、清与贪、仁与不仁、诚与伪、美与丑的愿望与尺度。人心可用,传统可取,传统文化弘扬得好,大大有利于价值观教育的实效,也正是对于世道人心的"凝魂聚气、强基固本"。

其二,所谓"核心价值",包含了先贤的美好愿景,包含了从孔夫子到孙中山一切志士仁人的奋斗理想,体现了中国共产党人领导广大人民进行革命斗争的根本目标,即实现伟大民族复兴包括文艺复兴的中国梦。

其三,所谓"核心价值",是中国特色社会主义现代化的实践成果。其文化意义在于,它是中华民族的,是社会主义中国的,也是现代的、世界的,它是理想的,也是务实的。以社会主义核心价值为圭臬的中国人民,将为世界的和平进步与人类幸福做出更大的贡献,同时保持并弘扬中华历史传统特色与精华。

其四,所谓"核心价值",它的最根本依据在于与人民的幸福追求、正义维护、发展信心、上进愿望融为一体,它的实现,应该是生活化、接地气的,应该成为每个公民尤其是青年公民自身发展、实现人生价值的根本保证。核心价值来自人民的切身利益与愿望。

文化思潮、文化生态的引领与整合

习近平同志指出:"我们一定要坚持社会主义先进文化前进方向,树立高度的文化自觉和文化自信,向着建设社会主义文化强国宏伟目标阔步前进。"

值得研究的课题在于,我们这样一个古老与巨大的国家,在迅速发展的历史过程中,面对着多样的文化思潮与文化生态,面对着某些文化乱象,应该善于进行引领取舍。

第一是几千年来的传统文化,尤其是道德文化与哲学文化,仍然有着独特的生命力,有着民心民意的基础,但也混杂着封建糟粕与某些前现代的愚昧。

第二是百年以来的革命文化,它以马克思主义、毛泽东思想为指导,以艰苦奋斗、英勇献身、联系群众、团结守纪的党风政风民风为标志,以井冈山、长征、延安精神为代表,至今有着强大示范作用。同时我们面临着工作重点转移、长期执政与新形势下质疑乃至否定革命的思潮的挑战与考验。

第三是五四运动以来,特别是改革开放以来所注重汲取的现代文化,包括先进生产力的获得与管理、先进的科学技术与文化教育模式、公共管理与商务管理、市场经济、社会职能、竞争驱动、激励机制,以及人权、民主、法治、自由观念等,或可称为能够为建设有中国特色社会主义所用的现代文化,其中却也混杂着某些唐突西化的理念。

第四,还要看到随着经济社会的发展,带来文化生态的细化与多样性。例如以主流意识形态为主导的主流文化,以多媒体与新媒体为依托的大众信息文化,以市场需求为主导的消费、娱乐、休闲文化,以学术专业、国际尖端、历史传承为着眼点的精英文化,还有民俗文化、兄弟民族文化、地域文化、旅游文化、考古文化、宗教文化等等。

值得重视的是多媒体与新媒体带来的传媒文化,它推动了文化民主与信息普及,推动了受众参与及社会氛围的和谐欢乐,同时带来了浅薄与庸俗,即文化的非高峰化、"娱记"化。

我们的忧患在于文化的片面化、分裂化与极端化。例如现在还鼓吹"半部《论语》治天下",还认为是革命破坏了中华文化。这样的人应该读读《红楼梦》《金瓶梅》与《儒林外史》,中国文化的停滞危殆远在明朝就露出了端倪,正是中国文化危机与社会危机引起了革命,正是革命创造了中华文化的复兴契机,而绝不可以说是革命造成了文化危机。

同样,把社会风气的所谓恶化看成改革开放后果的"撕裂"理论也是有害与浅薄的蛊惑。没有改革开放哪儿来的初步小康?哪儿来的社会主义文化的自信与尊严?"贫穷不是社会主义",而把中国的出路寄托于西化,否定传统、否定革命,更是幼稚与廉价。

我们的希望在于发挥古老的中华文化智慧,总结建党建国的百年经验,珍惜得来不易的多方成果,实现以革命文化为引领、以中华传统文化为资源、以现代文明元素为驱动,发展与提升大众文化;并以高端文化成果为指标进行文化整合、文化创新,这样,才有文化的"郁郁乎"景象。

我们还需要正视向全面小康进军时期的文化生态的丰富性、多样性、复杂性与它们包含的生机与危机。细心调查研究,妥善引领提高,有所包容倾听,有所管理规范,和而不同,高而不寡,活而不乱,保持文化生态的健康、活力与平衡。

文化的多样性与某些歧义的表现,发出了警示也提供了宝贵机遇。中国这样的快速发展的文化大国,需要更大的精神空间与选择天地,应有更得心应手的疏导、切磋、砥砺与精神层面的争鸣、互补、求同。我们要善于引领这样的文化新常态。

复兴的标志在于创新成果与人才阵容

文化复兴是民族复兴的一部分,文化的发展推动着、支持着、丰富着也调节着中华民族的和平发展。

例如,我们已经越来越强调创新的重要性了,这是一个经济发展与社会前进的历史课题,同时是一个文化课题。民族的复兴离不开人民精神品质的优化、精神能力的活跃与发达。只有一个文化势头良好的民族,才能有创造、有出息,有对人类的较大贡献。

创新成就离不开全民的尤其是文化人才的涌现,离不开教育兴旺、文化蓬勃、个性发育、民主弘扬、知识积淀、思想解放、包容大度、取精用宏与活跃有序的文化氛围。

文化建设既是密切关注时代特色的,又是相对恒久的。例如大陆与港澳台,在社会制度、政治体制、意识形态上几十年来拉开的距离很大,但语言文字、民俗节日、衣食住行、文化心态、思想方法、价值选择上贴近与相似的地方仍然极多,其文化的共同性任何人都无法视而不见。

我们还需要海纳百川,拓宽视野,汲取四海精华、五洲创意,特别是借鉴包括港澳台在内的各地各族群的文化成果与文化经验。

习近平同志多次强调建设文化强国的重要性。强在哪里?首先是强在文化果实与文化阵容上,强在我们的文化人才上。创造中华文化新的辉煌,坚守我们的核心价值体系和核心价值观,弘扬主旋律,传播正能量,提高国家文化软实力、牢牢掌握意识形态工作的领导权和话语权,这些都需要以人民为中心,同时需要拥有更加强大的文化阵容。

文化果实的特点首先在于质地,然后才是数量。我们应该特别珍惜文化人才、高端果实、创新精神。谈传统文化,不能不回顾孔、孟、老、庄、屈原、司马迁、鲁班、张衡、祖冲之、沈括、李、杜、苏、辛、曹雪芹、施耐庵。而说到一九四九年中华人民共和国的建立,我们也会时时想起诸多贤达学者作家艺术家万方来仪的盛况。

理所当然,我们更关注的是今天的文化人才阵容。

考虑到文化积淀的长久性、稳定性、学术性、智慧性、创造性与精神品性,考虑到"东海西海,心理攸同;南学北学,道术未裂"(钱锺书语)这一面,以及努力掌握主动权、导向不能丢、阵地不能丢的另一面,我们更需要有自己的文化大家,有自己的人文文化人物荣衔与国家奖励体系。我们要通过实际操作,更多地体现与凸显我们的文化自信、文化尊严、文化格局、文化阵容。

繁荣的概念是一个民主的概念,人民性的概念,又是一个高端的、精英性与创造性的概念，是一个由阵容与产品说话的概念。我们应该培育文化上埋头耕耘的工匠，推出难以否认的学术成果，推崇历久不衰的大师风范。我们期待的是方向正确、惠及全面、具有高大上内涵的文化进展。

懂中国懂世界，讲好中国故事

现代化新情势的特点之一是虽有歧义但难以阻挡的全球化，而全球化的冲击更加提醒与激励我们保护与弘扬民族特色与人类文化的多样性。习近平同志指出："一要维护世界文明多样性，二要尊重各国各民族文明，三要正确进行文明学习借鉴，四要科学对待文化传统。"这是我们的对外文化行为的原则，也是本国文化建设的重要原则，还是向世界讲好中国故事和中国精神的原则。

讲好中国故事同样需要自信，需要勇敢直率地面向世界、面向实际，不回避、不心虚，一是一、二是二，开诚布公。中国就是中国，社会主义就是社会主义，进展就是进展，困难就是困难，共同就是共同，特色就是特色，没什么可含糊的。讲传统要与社会主义现代化对接，讲发展要与中国传统文化与革命文化的自强不息、百折不挠对接，讲效率要与全球化的机遇及中国式的艰苦奋斗、从善如流对接，讲改革开放要与中国式的兼收并蓄、见贤思齐、见不贤而内自省、尊重他人、和而不同、批评与自我批评对接。我们还要强调百家争鸣、百花齐放的学术民主、艺术民主，以及去粗取精、去伪存真的选择定力。

讲好中国故事，还需要懂中国、懂世界。身为中国人，懂中国是天经地义的，但却不是与生俱来的，我们同样面临着向自己的传统、自己的文化学习与倾听生活实践的交响的任务。作为当代人，我们还必须懂世界、爱交流、善沟通。

中国的发展与更美好的未来已经不仅仅是理想，而且是正在不断实现的景象。我们的文化复兴大有希望。具有几千年文明史、一百多年的救亡史与革命史、六十余年社会主义建设史与三十余年改革开放史的中华文化,资源深厚、经验丰富、道路宽广,面临着前所未有的历史机遇。

2016年9月

文化自信的历史经验与责任

习近平同志指出:"我们要坚持道路自信、理论自信、制度自信,最根本的还有一个文化自信。""文化自信是更基础、更广泛、更深厚的自信。"

文化自信为什么是最根本的自信?我们现在又需要一种什么样的文化自信呢?

中国自古以文化立国

不自信,无以立国。对于中华民族来说,自信,首先来自于我们有一份独特而丰厚的文化传统。

中华文化的特色是尚文。很长一段时间,中华民族是一个有着无比的文化自信的民族。文化是立国之本,古代圣贤重视的是文化的高明,是仁政,是弘扬人的善性从而靠拢与把握天道的天人合一。孔子在蔡地遇到危难,说是"天之未丧斯文也,匡人其如予何",在危难之际,他想着自己的使命是斯文济世、天下归仁。孔子说,"周兼于二代,郁郁乎文哉",他称颂周代继承了夏商两个时期的文明礼制,主张继承周礼。他还称赞管仲,"微管仲吾其被发左衽矣",他注重的是文化守护与传承。

北方游牧民族入主中原后,都为中原文化所折服,他们接受了也丰富了发展了中华文化,日益成为中华民族大家庭不可分割的部分。

他们的参与,扩大了中国的疆域也扩大了中华文化的包容性。同时,中华文化也从未停止接受域外文化影响,引进消化吸收融和,增强了中华文化的活力,扩充了中华文化的空间。

中华文化具有崇高的理想信念。它的天下为公、世界大同理念,有利于我们接受、信服共产主义学说。儒家的"老吾老以及人之老、幼吾幼以及人之幼"的提法,会使人想到理想社会的图景。中华传统文化包括老子与孔子都提倡的"无为而治",与马克思恩格斯国家消亡的最高理想遥相呼应。二十世纪的中国接受了社会主义共产主义,绝非偶然。

中华文化道(导)之以德、齐之以礼,孝悌忠信、文化人中庸和谐的思想,它的慎终追远、吾道一以贯之、天下定于一的认定,它的"圣人无常心,以百姓之心为心"的说法,它的克勤克俭、生于忧患、死于安乐的人生态度,它的以清廉忠诚为荣、以贪腐奸佞为耻的价值坚守,它的对于君子、士、大丈夫等社会精英的期待与要求——"恭宽信惠敏""和而不同""反求诸己""坦荡荡""有终生之忧、无一时之患"等,至今活在十三亿人民包括海外华侨的心中,成为凝聚中华民族亿万人民的共识,是不可忽视的软实力。

但是同时,长期缺少挑战与突破,对于"天下"即世界情况的知之不多,加之陈陈相因的学风,也使中华文化远在明代,在十四世纪意大利文艺复兴与十八世纪英国工业革命之后,渐渐显出滞后与不足。而在鸦片战争后,面对列强先进的科学技术与强大的军事力量的入侵,我们更陷入了文化焦虑与文化危机。卓越的晚清文化大家王国维在北伐军进入北京前夕自杀,称自己"经此世变,义无再辱"。陈寅恪说,王国维的自杀是"不得不死",因为他感觉到中国文化面临着灭顶之灾。而《天演论》译者严复,这位企图以"物竞天择、适者生存"的西式理念唤醒国人的启蒙者,最后却在大量吸食鸦片中毙命,令人长叹。

我们可以得出结论,今天提出的文化自信是一个历史的命题,也是一个时代性极强的命题。它的提出,回顾了数千年的世界史与中华史,总结了近现代中华文化经受的锻炼与考验,又针对了新中国建立以来特别是改革开放以来中华民族命运的大变化。完全可以说,我们"现在更有理由文化自信"。

五四运动激活了中华传统文化

有一种糊涂观点,认为既然传统文化这么好,那么,正是由于五四新文化运动、革命与改革开放,引进各种外来观念,才把规规矩矩的传统文化搞乱了。有人甚至把五四新文化运动与二十世纪六十年代的"文革"动乱相提并论。

问题很简单,请这些人读一下《红楼梦》《金瓶梅》《儒林外史》《官场现形记》,就会知道,绝对不是革命搅乱了传统文化,而是文化危机、人心危机、社会危机、民族危机、生存危机一道,激起了无法抵挡的新文化运动、人民革命,并发展为无产阶级领导的新民主主义革命与社会主义革命。近现代中华民族与中华文化的曲折道路、动荡不安,不是无事生非,不是自毁瑰宝,而是绝地求生、悲壮救亡,是面对"亡国灭种"的危险而从头收拾旧山河旧文化的趋势使然。

五四新文化运动直到中国共产党领导的人民革命,通过"德先生""赛先生"(民主与科学)与爱国主义的提倡,通过马克思主义振聋发聩的传播,使传统文化中的糟粕受到针砭鞭挞,使中华传统文化得以痛切反思自省,使马克思主义中国化,使中华传统文化革命化、大众化,从而开始实现创造性的转变、创造性的发展,获得了新的活力。同时,革命的艰苦实践,也继承与发展了传统文化中已有的英勇献身、艰苦奋斗、百折不挠、联系群众、五湖四海、敢于胜利、善于斗争的精神。

反过来说,如果没有五四运动的冲击,没有马克思主义的引进与中国共产党人的发扬,没有人民革命的胜利,如果我们生活在甲午战争或者八国联军年代,我们还能有什么对传统文化的信心呢?

一九四九年中华人民共和国的成立,使中华民族出现了前所未有的文化自信与文化豪情。毛主席预言,随着经济建设的高潮,也将出现文化建设的高潮。新中国扫盲、普及教育、普及卫生知识、发展教科文卫体方面的成就有目共睹。同时,中华文化的繁荣发展,并非一帆风顺,我们也走了不少弯路。一个古老的东方大国,发展成为现代化的社会主义国家,谈何容易?

改革开放近四十年后的今天,中国又一次站到了历史的重要节点,再一次使我们思考中国文化之历史命运。我们温饱了,进步了,小康了,国力大大增强了,在国际上越来越有分量了,中华文化在今天能为中华民族的软实力提供什么样的精神支持?能为人类做出什么样的贡献?中国人应该以怎样的面貌与世界相处?

中国共产党继承与弘扬了中华传统文化

中国共产党当初之所以能打败各种势力,走上执政的位置,一个充分的理由便是,它走了一条把马克思主义普遍真理与中华文化精华相结合的道路。毛泽东提出的中国共产党的"为人民服务"的宗旨,来自马克思主义的"人民创造历史"的唯物史观,同时也延续了中国"邦以民为本"(《尚书》)、"民为贵"(《孟子》)的思想。毛泽东提倡的自力更生、艰苦奋斗、谦虚谨慎、戒骄戒躁,与中华文化的自强不息、威武不屈、生于忧患、死于安乐的古训是一致的。毛泽东的游击战略与抗日持久战的思想,与老庄孔孟的以弱胜强、得道多助、多行不义必自毙的主张相佐证。毛泽东在整风运动中提出反对主观主义以整顿学风、反对宗派主义以整顿党风、反对党八股以整顿文风,无不与中华传统文化精华互文互证。毛泽东在与各种洋八股党八股的斗争中,确立了"实事求是"(《汉书》)的思想路线,后来成为邓小平实行改革开放政策的思想基础。正是因为中国共产党人继承了、弘扬了,也创造性地发展了中华传统文化,才实现了并且继续实践着马克思主义的大众化、本土化、时代化,也才能始终扛着中国特色社会主义这面大旗不倒,拿出以中国道路和中国成就所证实的中国方案,为世界有识之士所瞩目。

我认为,没有新文化运动,没有新民主主义革命与社会主义运动,没有改革开放与有中国特色社会主义现代化的成就,停留在"半部论语治天下"的自欺欺人之中,我们就会自绝于地球,用毛主席的说法就是被"开除球籍"。而另一方面,如果丢掉了中华文化传统,也就丢掉了人心民意,切断了几千年的文脉,离开了自己脚下的土地,自绝于本土与人民。在新中国成立以后某些时期的风浪中,例如"文革"后期人民对于周恩来总理的拥戴与怀念、对于"四人帮"的反感与结束"文革"动乱的愿望,都可以清晰地看出古今一脉的忠奸观念与正邪分野的强大生命力。邓小平同志正是在这样深厚的民意基础上,不失时机地顺应潮流,坚定不移地实施改革开放政策,使中国特色的社会主义出现了新局面。如今,党中央又在新的历史机遇中提出文化自信与传统文化的继承弘扬转化发展。所有这一切,都是基于对中华民族使命的担当与自觉。

有中国特色的社会主义道路,一个中心、两个基本点的提法,社会主义初级阶段的提法,面向世界、面向未来、面向现代化与不忘初心、继续前进的提法,全面建成小康社会、全面深化改革、全面推进依法治国、全面从严治党的提法,不忘本来、吸收外来、面向未来的提法,映射出来的正是中华文化统筹兼顾、中庸务实、自强不息、厚德载物的光辉;正与中华文化的穷则变、变则通、通则久,自强不息、不进则退,苟日新、又日新、日日新的变革观,还有吾日三省吾身、闻过则喜的精神相对接。

在我国改革之初,西方一些政要,如美国国务卿基辛格、美国国家安全事务助理布热津斯基等,在接触过中国领导人之后,都预感到了中国崛起的必然性。布热津斯基二十年前就预言:"中国可能不需要太长的时间就会在全球事务中采取一种较为坚决而自信的姿态。"他们认为,用中华文化武装起来的中国领导人,有一套自己的战略思想,是理想的也是务实的,是敏锐的也是有耐性的,是坚强的也是善于应对与自我调整的,是讲原则的也是足够灵活的,是善于保护自身又具有足够内存容量的。这正是中国思维方式所赋予我们的养料:不拒绝任何为我所用的启示与参照,不做胶柱鼓瑟、刻舟求剑的傻事,同时懂得过犹不及、见贤思齐、见不贤而内自省,循序渐进、稳中求快,保证改革不会走上歧路。

中华传统文化的转化与发展

习近平同志讲到中华文明、中华文化、中华美德时多次强调,要对这一宝贵精神资源进行创造性转化与创新性发展。

我们碰到的问题是古老文化的现代化。转化是指,要使封建文化与半封建半殖民地文化实现社会主义现代化,把前现代的精神资源转化为现代化的精神财富。发展是指,摈弃相对保守滞后的文化成色以建设适用于科学思维的、汲取了人类先进文明成果的、符合人类发展方向的前瞻性文化体系。这件事做得好,将使中华民族受益无穷,并为世界提供范例。

文化有相对稳定性、生活嵌入性、无处不在性,何况是已经延续了几千年的文化。文化是一个互为依存的整体,它是你中有我、我中有你。"去其糟粕、取其精华",说起来容易,做起来却没有那么容易,这就是为什么有些带有封建主义瘢痕的文化遗存总是依附在我们社会肌体上。但是不论有多么困难,我们必须面对这个时代课题。

比如《弟子规》中有"人之短,切莫揭"一句,一般来说这是对的,别人有什么生理缺陷、难言之隐,你当然不能总挂在口头上;但是从另一个角度讲,人要有是非观念,要坚持真理,有的短是要揭的啊!而且除了弟子行为需要规范以外,父母也罢,上级也罢,都要树立自己的规范与责任。如同需要"弟子规"一样,我们也需要"老板规"与"父母规"。

又比如孔子的名言"君子不器",是说君子的责任在于修齐治平,君子不应该关注于形而下的"器",而应该全神贯注于形而上的"道"。但是我们今天认为,"器"和"道",关系到发展这个硬道理。我们今天必须强调,传统文化中所缺少的科学、逻辑、数理、技艺,鲁班精神、工匠精神、科学方法、精细管理、经济效益等,恰恰是我们现代化过程中必须大大关注与致力的。但是孔子讲"君子不器"自有他的道理,孔子的中心意思是说,君子不应当拘泥于小事和具体事,而应当通过"器"看到事物的"道",不要成为器具的奴隶,要有理想,有道德,成为生活主体。这个说法在今天甚至具有后现代意义。

再比如孔孟都强调从家庭中的孝悌做起,达到仁义天下、忠恕他人的目标。孟子甚至假设如果舜的父亲杀了人,舜可以逮捕他,但逮捕后应该帮他跑掉,放弃王位,陪他度日。这当然不符合现代法制精神,我们不能将家庭人伦血缘关系摆在道义与法律、国家利益与人民利益之上。但同时我们依然认为,孔孟所强调的家庭伦理关系是我们中华文化的一大特色,是合人伦合常理的,只是必须遵守法律底线,符合公共道德。

文化创新发展的关键是,要用先进文化丰富调整安顿我们传统文化中的道德人伦情感,同时用传统文化的包容消化能力使当代文化外来文化变得更加符合国情,对今天的中国适用与有效。

近年来,有西方学者感叹他们的颓势,认为西方的优越性已快走到尽头,但也有人依然竭力贬低中国经验。问题是不管有来自何种方向的声音,越是在各种质疑声中,在世界可能需要从古老中国的稳健思路与轨迹中获得参照与补充的时候,我们越是不能对自己的成就和发展感到满足。我们志在对民族对人类做出更大贡献,我们还有相当差距,对待外来先进文化的学习借鉴、汲取消化、为我所用的脚步不能停止,同时把中华文化继承好弘扬好。

文化自信还有一个重要方面,就是对于中外大事大课题,我们要有自己的语言,要有中华命题和中华说法。例如"一带一路"战略,就正是"己欲立而立人,己欲达而达人"的落实。我们要以开放的心态美人之美、美美与共,不泥古、不崇洋,以天下为己任。中国越是发展成功,越要善于学习,永不停步。中国的文化自信是前进中的自信,学习中的自信,从善如流的自信。

今天谈中华文化的创新发展有其特殊意义。我们身处一个时常感到无所适从的多样文化环境,面对的是一个在近现代受到过多方挑战、多种考验、不无歪曲的文化,一种博大精深而不易轻易取舍的文化,又是一个随着国家的迅猛发展,日益被珍视、显现出强大生命力的文化。此时更需要我们汲取它的精神实质,有扬有弃,有用有废,毫不留情地淘汰传统文化中歧视妇女、弱化身心、扼杀创造等种种封建糟粕,而把激励心志、坚守美德、智慧深邃、胸怀天下等壮阔醇厚的元素,薪火相传,日月经天,一代一代传承下去。

全球化时代的中国文化格局

随着改革开放的发展,人们的思维方式得到多方启发,文化思潮日益开阔丰富,出现了多样化的文化生态,但也似乎出现了乱象。全球化与现代化,冲击着我们的生产方式、生活方式、语言方式、风俗习惯、民族传统。有些毋庸置疑是应该接受的,有些则是我们不愿接受而必须面对的。比如批量生产的消费文化,冲击着主流文化、高端文化;迅捷的网络信息,人云亦云的大拨思维,冲击着独立的深入的阅读与思考。市场经济在更好地配置资源的同时,也使文化领域染上了拜金、浅薄、媚俗、作假的风气,市场炒作使文化成果良莠莫辨,有偿新闻与有偿评论加剧了这种混乱。在浮躁的气氛下,有些演出在热热闹闹之后并未给我们的文化留下任何遗产,票房高低常常成为一部电影是否成功的唯一标志,而文学作品则是印数至上。网络中出现了各种贬低严肃文化与高尚思想的低俗甚至丑陋的东西。价值观念、社会风尚，都通过娱乐休闲市场表现出了异质的多样元素，此外还有一些片面性、荒谬性观点，例如全盘西化或者全面怀旧等思潮倾向。

这种时候，更需要文化自信、文化定力，更要勇于与善于实现引领、整合、包容、平衡与进一步提升，以优秀传统文化、主流文化为主心骨，积极构建生气勃勃、富有创新活力，又能够满足人民多方面精神需要的多彩多姿的文化生态格局。

社会主义核心价值观的教育可以成为文化自信的载体。我们提出的富强、民主、文明、和谐、自由、平等、公正、法治、爱国、敬业、诚信、友善的核心价值，既融会了古代中国的仁爱、亲民、崇文、尚和观念，也体现了先进的爱国、人权、民主、自由、法治观念，并且与我们革命文化中的集体主义、奉献精神息息相通。

重视价值观教育，就是重视世道人心，就是让每个中国公民都有道德主体意识，诚如孔子所说："仁远乎哉，我欲仁，斯仁至矣。"法治是维护社会稳定的底线，道德则是调节规范社会稳定的无形而强大的支柱，而文化，恰好决定了道德的价值构成。如果每一个中国公民都散发出中华文化特有的气质，都以社会主义核心价值观为行事准则，那么，中国人的精神面貌就会焕然一新了。

某些文化歧义与碰撞，带来了冲击也带来了机遇。我们对"百花齐放、百家争鸣""文艺为工农兵服务、为社会主义服务"方针的坚守，将有利于文化的繁荣；我们对文化人才的支持与尊重，将吸引各方人才为我所用。国家的文化操作，应该有利于更好地进行文化教育与创新、文化争鸣与讨论、文化传播与提升。

提倡中华风度与中华生活方式

我们的文化自信不是顾影自怜，也不是文化自傲，更不是像"奇苊"辜鸿铭欣赏妇女小脚、赞成一夫多妻制那样的扭曲的"自信"。我们应该提倡一种中华风度:文质彬彬、从容不迫、避免争拗、和谐稳重,再补充以健康公平的竞争,以及对核心价值核心利益的坚守,中华风度几近完美。设想一下这样的中国人:有着诗书礼乐的教养与化育,琴棋书画的益智与审美,精致而俭朴的生活态度,贫贱不能移与富而好礼的姿态,行云流水、水到渠成的耐心,穷则独善其身、达则兼济天下的明达与开阔,谁能不喜爱有着这样中华风度的人?遗憾的是,由于历史条件的局限,由于教育传承得不够,许多国人没能将风度塑造得如此美好。

我们应该格外珍惜这一份深厚独特的文化遗产。文化是理念更是生活。我们的汉语汉字、诗词歌赋、笔墨纸砚、中华烹调、养生医药、建筑园林、传统节日、民族艺术、民间工艺、礼仪民俗……构成了优美的中华生活方式。在全球化时代,我们越发认识到民族与地域文化特色的珍贵。尤其是汉字的综合性、丰富性、灵动性与审美性特色,是中国保持统一的重要因素,是中国人整合性关联性思维的重要基石。我们要进一步提高全民尤其是青年一代的汉语汉字水平,在提倡普通话的同时保护方言,在普及简体字的同时珍重繁体字,在使用白话文的同时学习掌握文言文。学习外语永远不应是、不能是疏于母语的理由。如今,不仅国人日益从中华文化生活方式中得到了可贵可亲的享受和滋养,还有更多的国际友人加入了学习中华文化的行列。

中华文化经圣人学者的阐扬,历经几千年,早已化为亿万人民的日常生活。文化贵在潜移默化,贵在浸润身心,贵在心心相印,贵在蔚然成风。真正的文化自信拒绝炒作造势、夸大其词、巧言令色、形式主义;真正的文化自信具备抵制低俗化、浅薄化、哄闹化、片面化、狭隘化的能力和定力。文化属于人民,文化的有效性在于提升生活质量、精神面貌、成就实绩。文化属于人民,文化还归功于巨匠大师,文化需要强大阵容,文化需要群星灿烂,文化要看高端果实,文化一定会造福本土、造福人类、造福全球。这都需要我们有国家层面的长中短期文化教育规划,国家层面的思想文化激励与荣衔制度,以催生国家层面、人类层面的引以为自豪的人才和成果。

我们中华民族确实应该比以往任何时候都更加自信,这不是"老大帝国"的狂妄自大,这是建立在转化与变革的举世瞩目、发展与创新的累累硕果之上的坚实自信。中华民族比以往任何时候都能更加坦然地面对困难,化解矛盾。我们走过的道路让我们自信,我们创造的业绩使我们能够自信。

文化自信是最根本的自信,是由内而外的自信,是有定力的自信,是有凝聚力感召力的自信,是面向世界的自信。我们要以文化自信、文化复兴,托起我们的道路自信、理论自信、制度自信,创造我们的文化辉煌,助力于中华民族的伟大复兴!

发表于《光明日报》2016 年 9 月 22 日

我对文化建设的一点思考

中华文化的古老与丰富,"郁郁乎文哉"的繁荣与气概,是中华民族的骄傲,是我们祖先的立国之本。晚清的惨痛,不但有落后挨打,尤在于极大地动摇了中华民族的文化自信与文化尊严。五四新文化运动挽救了、激活了古老宏伟却又举步维艰的中华传统文化。革命的胜利,宣告了马克思主义的中国化、世界先进文化的中国化,更表现了中华文化自我调整、自我更新能力。

新中国建立,文化自信大幅度提升。经过曲折的过程,十一届三中全会以来改革开放与发展,增加了文化自信与文化尊严。同时我们要保持头脑清醒:就是说,我们的文化与这种文化哺育的人民的生活质量、文明程度、价值吸引力与凝聚力,还有差距;我们的文化软实力还大有提升拓展丰富的空间。新的环境与地位带来种种文化思潮的冲击与挑战。社会各界对于社会风气的批评声浪也还较高。

传统文化与现代化的对接

中华文化化育着生活,规范着现实,同时提供了高端理想。"世界大同",是中华传统文化早已出现的原始共产主义萌芽;"无为而治",老子与孔子的这一共同命题,通向着马恩关于国家机器消亡的设想。毛泽东思想是马克思主义与中国具体实际的结合,也是马克思主义与中华文化传统的结合。

中华文化的优胜还在于它的务实性与此岸性,在于它的机变与发展特色。二十世纪后期,各社会主义国家纷纷进行改革,西方一些大政治家,如英国首相撒切尔夫人与美国国家安全顾问布热津斯基,都仅仅看好中国的改革。

习近平同志提出,要对中华传统文化"创造性转化,创新性发展"。要实现中华传统文化与现代文化的对接,实现中华文化与二十一世纪科学技术新成就的对接,实现中华传统道德理想、文化理想与现代民主、法制、理性、文明追求的对接,尤其是实现中华文化的进一步现代化与马克思主义社会主义理论的进一步发展与中国化。

社会主义核心价值观的文化意义

社会主义核心价值观的概括,可以看出传统与现代对接的追求与成果,看出近一二百年中华文化的飞跃与奋斗。它既继承了民本、尚和、仁爱、重义的传统,也渊薮于狂飙突进的新文化运动所提倡的德先生、赛先生、启蒙主义、爱国主义、社会主义,并凝结了邓小平理论改革、开放、发展理念。

发展带来生产方式、生活方式、思维方式、价值观念的波澜与变动,也会带来某些失落与纠结。社会主义核心价值观二十四字的实现,离不开社会主义现代化,既是中华复兴、走向世界的愿景,还是古圣先贤全面小康、"惠此中国"的落实。

习近平同志指出:"我们一定要坚持社会主义先进文化前进方向,树立高度的文化自觉和文化自信,向着建设社会主义文化强国宏伟目标阔步前进。"

面对文化乱象了吗?

我们这样一个古老与巨大的国家,现在面对着不同的文化思想潮流与文化生态,面对着所谓的某些文化"乱象"。

首先是几千年来的传统文化,尤其是道德文化与哲学文化,仍然有着独特的生命力,但也混杂着封建主义糟粕与某些前现代的愚昧。经过了急剧变动的二十世纪,我们的文化传统也受到冲击、质疑与某些断裂。

其次是百年以来的革命文化,它以马克思主义、毛泽东思想为指导,以艰苦奋斗、英勇献身、联系群众、团结守纪的党风政风民风为标志,以井冈山、长征、延安精神为代表,至今有着强大示范作用。同时我们面临着工作重点转移、长期执政与新形势下质疑乃至否定革命的思潮挑战与考验。

第三种文化潮流是五四以来,特别是改革开放以来所注重汲取的现代文化:包括对于先进生产力的获得与管理、先进的科学技术与文化教育模式、公共管理与商务管理、市场经济、人权、民主、法治、自由观念、竞争驱动等,其中却也混杂着某些唐突空洞的西化理念。

文化生态的细化与多样性。例如以政治与意识形态的主导为目标的主流文化,以多媒体与新媒体为依托的大众信息文化,以市场需求为主导的消费、娱乐、休闲商业文化,以学术专业、藏之名山、传之千古为着眼点的精英文化,还有民俗文化、兄弟民族文化、地域文化、宗教文化、旅游文化、外贸文化、考古文化、引进的域外文化等。

值得重视的是多媒体与新媒体带来的传媒文化,它推动了文化民主与信息普及,同时带来了浅薄化与庸俗化,即文化的非高峰化、低俗化以及一定的非建设性。

我们的忧患在于文化的片面化、分裂化与极端化。例如现在还鼓吹"半部《论语》治天下",还认为是革命破坏了中华文化。同样,把社会风气的所谓恶化看成改革开放后果的所谓"撕裂"理论也是有害与破坏性的空谈。而把中国的出路寄托于西化,否定传统、否定革命,更是廉价的荒唐。

我们的希望在于发挥古老的中华智慧,总结百年来的历史经验,珍惜得来不易的多方成果,实现以革命文化为引领、以中华传统文化为重要资源、以现代文化为驱动、发展与提升大众文化,以高端文化为成果与指标的文化整合、文化创新,这样才有文化的繁荣发展。

我们需要保持文化生态的健康、丰富与平衡。

为什么人人都在指责社会风气?

一个突出的问题是文明礼貌的缺失。这是显而易见的标志与抓手。首都机场国际航班的工作人员大呼小叫,挥臂命令,驱赶排队旅客。高铁有了极好的硬件,却关闭车厢厕所以减少列车员的劳动,当旅客提意见时竟称"列车员太累了"。服务行业的服务与被服务都缺少互相尊重等。

文化强国的标志:创新与人才阵容

我们已经越来越强调创新的重要性了。这是一个经济发展与社会前进的历史课题,同时是一个文化课题。

发展离不开人民精神品质的优化,精神能力的活跃与发达,只有一个文化上具有充分发展势头的民族,才能有创造、有出息,也有对于人类的较大贡献。

文化强国之强,表现为阵容之强、传统之强、高端果实之强、创新成果之强。考虑到文化积淀的长久性、稳定性、学术性、智慧性、技艺性、创造性与精神品质性,我们更需要有自己的文化大家,我们须要通过实际操作,更多地体现与突出我们的文化自信、文化尊严、文化格局、文化阵容。

繁荣的概念是一个民主的概念,人民性的概念,也是一个高端的概念,精英性与创造性的概念,是一个需要经受历史的考验与鉴定的概念。

加强文化主题建设方略

一、在当前文化思想活跃,各有强调,文化生态多样,各有功能的时刻,加强文化理论的建设,注重打通与结合。把马克思主义、传统文化与有中国特色的社会主义现代化结合,把尊重历史、立足国情与全面改革开放结合,把本土化与时代化结合,把重在建设、发展是硬道理与弘扬革命初心、继承革命传统结合,把延续文脉与转化发展"两创"结合,把海纳百川与旗帜鲜明地坚持中国特色社会主义结合。同时坚决地反对极端片面分裂的各种排他狭隘谬论。

二、精神文明建设要适当化虚为实,化零为整,可举行文明礼貌年、中华风度年、琴棋书画年、文明服务年等活动。以文明礼貌诚信为首要抓手,改变社会风气观感走势。可以类似访谈幸福、爱国的方式集中宣传教育,在高、中、初、幼学校中,在整个服务行业,在传媒上,在文教部门与团体中,连续大搞文明礼貌教育与礼治教育。

三、重视文化人才、构建文化阵容、显现文化自信,突出人文成果的学术成就,落实党的十七大、十八大提出的文化荣衔与国家奖励制度,建立人文科学、社会科学与文学艺术高端人才的院士制度。

四、加强文史馆的智库作用,继续本馆的敬老助老宗旨,同时吸收一批年富力强、善于将学术资源用于时政咨询的研究人员参与。

五、突出"双百"方针,希望有关部门与高校、党校联合主办内参型的学理争鸣刊物。

六、将社会主义核心价值观作为党校课程的一部分,使各级党员干部能够融会贯通,身教于先,同时能更好地进行言教。

七、办好各种文化活动,艺术节、电影节、诗歌节、祭炎黄帝陵、祭孔、纪念文化名人……同时规定,所有这些文化节日,除大活动以外,必须有高端学术研讨内容。防止这些活动的商业化。

八、对于一些传播能力较强的媒体,如广播、电视、网络等,要求它们必须在黄金时段播放一定比例的高端性学术性艺术性教育性讲座、研讨、表演内容。

九、除办好大众化喜剧化达人化央视春晚外,恢复播放文化部主导的偏重于艺术性经典性的春节文艺晚会。

十、文化部门应建立专家咨询制度与机构,使我们的一些文化举措能够更经得住专业学理的检验推敲。

十一、加强兄弟民族的文化史与文化经典研究、出版、抢救。

发表于《世纪》2017年第5期

旧邦维新的文化自信

文化自信:有底气的文化纲略

党的十八大以来,习近平同志提出了一系列关于文化建设的纲领性、战略性命题,尤其是"文化自信"的提出,具有极大的重要性与启示性,体现了理论坚定与文化勇气,需要我们更多地学习与探讨、发掘与切磋,需要我们沿着这个思路有所回顾,有所总结,有所分析,有所展开。

毛泽东同志早就提出:随着经济建设的高潮的到来,不可避免地将要出现一个文化建设的高潮。中国人被人认为不文明的时代已经过去了,我们将以一个具有高度文化的民族出现于世界。邓小平同志也强调:物质文明建设与精神文明建设"两手抓,两手都要硬"。现在,随着中国的经济发展与面貌一新,随着实现中华民族伟大复兴的中国梦日益成为现实,也随着人们的文化饥渴与精神急需,迫切需要中华文化焕发出新的生命力,实现更大的繁荣昌盛、转化发展,实现国家民族人民精神资源的最大化,使我们的文化事业取得与中国的国力、历史与国际地位更相称的创造与成绩。

随着以文化复兴助推民族复兴的方针的确立,以文化支撑国家民族强盛的思想的引领,制度为本、传统为根、价值为魂的逻辑阐述,一系列文化建设的理论与实践课题摆在我们面前。我们越来越体会到经济富裕的可望可攀、国防强大的可喜可期,而文化的昌明进步、成果丰硕、可亲可敬、可感可泣、直达人心,更是令有识之士壮心不已。

中华民族玉汝于成,检验了中华文化的有效性

何谓文化？广义地说,文化就是人化,是人类的创造、经验、成果积累的总和,而非自然原生态。文化说大也大,说小也小,小到看不见摸不着,大到无时无刻、无处不有。人类带来的一切物质与精神成果,都是文化。我们关切的一切,包括科学技术的发展、全面小康的实现、世道人心的优化、产品质量的完美、国际形象的塑造,无不期待着文化的培育与充实。马克思认为文化是"自然的人化"和"人的本质力量对象化"。中国传统的说法是"以文化人",强调圣人以其先知先觉所言所行教化百姓,为民立极。毛泽东强调的是卑贱者最聪明,高贵者最愚蠢,"人民,只有人民,才是创造世界历史的动力"。

文化的价值在于它的有效性,即一种文化能够吸引凝聚人民,被长期广泛接受,并为接受此种文化的群体与个体提供更好的生活质量,提供更好的人与社会关系,提供人类和平与进步的前景,提供发展的成果与动力;同时又能提供逢凶化吉、遇难呈祥的应变、纠错与自我更新能力。中华文化历久弥新,百折不挠,艰难困苦,玉汝于成。珍惜与自信这样一个文化传统,对中国,对世界,对今天与未来都有巨大的意义。

我们说文化是民族的血脉,是人民的精神家园,因为中华文化从思想方法到日常生活,无所不包。同时它的基本精神、基本价值认同与思想方法、生活方式、风度韵味又是相当恒久的、自成体系的、经得起考验的。有过这样的事情,一位中国学者在境外大讲中华文化博大精深,外国听众请他讲讲如何博大精深法,我们的教授则以"因为博大精深所以不可说"而最终没说出所以然。这样的做法恐怕是不行的。因为博大,它有恒久的精神、思路、风度与发展空间。中华文

化忠奸分野的观念,德才兼备、以德为先的观念,沧桑盛衰、聚散有常的观念,得民心得天下的观念,以及善有善报、和为贵、多行不义必自毙的信念等至今活在中国人民的心里。近百年来中国经受了前所未有的历史风雨,终能做出正确抉择,取得一个又一个令世界瞩目的可贵进展,往往是由于中华传统文化在其中起着深层作用。当然,传统文化曾经由于它落后于时代的种种"罪状"拖过前进的后腿,严重地苦恼过我们,最终却证明了它完全可以与时俱进,发展转化,帮助也护佑中华民族知难而进,迎头赶上。

应该看到,古老中华是以文化立国的。可能我们是太认定自己文化的优胜性了,我们并不过分着眼于族裔之分与强力之用。同时,我们的文化富有此岸性、积极性、精英性、美善性与亲民性,我们追求的是自强不息、厚德载物、经世致用。因此之故,在最危难的际遇下,我们没有失陷于虚无主义、神秘主义、消极颓废、悲观厌世。

中华文化为政以德、修齐治平思想,性善论、天良论、良知良能论思想,形成了一种循环认同,具有从一而定、定之于一、一以贯之的特色。"道之以政,齐之以刑"不若"道之以德,齐之以礼"的思想与"圣人无常心,以百姓之心为心"的思想,使天命、人性、民心、道德、礼义、王道、仁政、世道串联合一,乃是文化立国同时并不否定权与法、兵与政作用的纲领宣示。"修身齐家治国平天下"互为因果的说法,说明中华文化把政治、哲学、道德伦理、终极信仰、唯物与唯心全部打通。个人与群体、家与国、天与人、慎终追远与薪尽火传、自强不息与无可无不可、一的一切与一切的一、变与不变、混沌与清明……所有这些"浑一",精神自足,颠扑不破。

中华文化更是早就认识到了过犹不及,不为已甚,物极必反,否极泰来,飘风不终朝、骤雨不终日的法则,这也正是自信法则,它同时进一步定下了反对极端、分裂、恐怖的中庸理性基调。中华文化一方面强调"杀身成仁""舍生取义""知其不可而为之",同时又强调"以柔克刚""穷则变,变则通,通则久",民间的说法则是"识时务者为俊杰",即审时度势、灵活应变、善用谋略,给人以足够的适应能力与选择空间。

中华文化的这些基本观念,恰恰就体现了"自信"二字,是对道德与礼法的自信;是对人性、人心、人文、人道的自信;是对天道、天命、天地、民心即天心的自信;也正是古代中华传承至今,饱经风雨雷电,虽乃旧邦、其命维新的自信。自古而今,我们与野蛮自信、愚昧自信、暴力自信、迷信自信、金钱自信、神权自信、种姓自信等等进行过斗争,最终,我们选择了文化自信!

中华风度令人迷醉,是我们眷恋的精神家园

中华艺文提倡"道法自然""造化为师""天地有大美而不言",讲究风骨、气韵、境界、器识,并将这些美学原则寄托于生活领域的各个方面。中华文化还得益于汉语汉字的形象性、综合性与浑一性,有它特殊的感染力、表情性与微妙性。中原文化的优胜与各兄弟民族文化的多元,推动中华文化不断扩容、融和出新、绵延不绝。

中华文化形成了中华风度。"富贵不能淫,贫贱不能移,威武不能屈"的大丈夫气概,"己所不欲,勿施于人"的相处之道,"为天地立心,为生民立命,为往圣继绝学,为万世开太平"的使命担当,高瞻远瞩,凛然大义,塑造了一代代中华民族脊梁。与此同时,中华精英也有自己独特的生活方式,"穷则独善其身,达则兼济天下""邦有道则知,邦无道则愚",动静咸宜,刚柔相济,儒道互补,乐山乐水,阴阳五行,琴棋书画,诗书礼乐,入山出山,方圆内外,大智大勇,素心内敛,进退有道,道通为一。

还有中华诗词、中华书画、中华戏曲、中华故事、中华园林、中华功夫、中华烹调、中华工艺、中华文物……这些祖宗留下的文化瑰宝,乐生惜生,代代相传,共同延续着中华价值观和中华智美,也为当代生活带来快乐,带来趣味。它们是中国人赖以安身立命的氛围与自

珍自赏的美好心愿的对象化、具体化,也是中华文化与世界对话的特有媒介。中华文化为世界文化的丰富贡献了重要一极,它的魅力令人迷醉。

有一年我在河南开封清明上河园的晚会上,听到以辛弃疾的《青玉案·元夕》为歌词的合唱曲:"东风夜放花千树。更吹落,星如雨。宝马雕车香满路。凤箫声动,玉壶光转,一夜鱼龙舞。"在那样的场合,想起历史上有过的繁荣与美好,感动得热泪盈眶。我在文章里写:"哪怕仅仅为了欣赏辛弃疾的诗词,下一辈子,下下辈子,仍然要做中国人。"此话引来不少读者共鸣,说读得涕泪交加,此之谓"精神家园"是也。

反省、革新与开放,正是传统文化生命力所在

"周虽旧邦,其命维新",这样的诗句端庄诚挚、循旧图新。中华文化是历史悠久的文化,也是饱经忧患的文化。我们经历了辉煌与艰难、停滞与突破、困惑与焦虑、危机与转机、纷纭与沉淀。尤其是中晚清以降,古老的中华遭遇了日新月异的西方工业文明,受到了严重的挑战与欺辱,付出了沉重的代价,也获得了醍醐灌顶的洗礼,终于由中国共产党带领人民找到了快速发展、通向现代化,同时符合国情、维护传统的中国特色社会主义道路。

是的,中华传统文化也有明显的不足、短板。不管多么好的文化传统,都怕陈陈相因。文化的多重性与复杂性使当下某些文化人对"文化自信"的提法感到困惑。他们非常了解历史上中国文人老生常谈的可悲。"鲁叟谈五经,白发死章句。问以经济策,茫如坠烟雾。"李白讽刺的读死书无用文人不在少数;"寻章摘句老雕虫……文章何处哭秋风?"李贺也为呆板的学风感到悲哀。原地踏步就必然会出现老化、僵化、酱缸化腐变,早在唐代,天才诗人们已经痛感这个问题。元明以后,中国势头明显不济。到清代《红楼梦》中描写的

荣宁二府的状况，暴露了其时中华主流文化已经捉襟见肘，难以应对多方危难的窘况。可以说《红楼梦》正是中华封建社会走向没落、孔孟主流文化出现危机的一个缩影。而到了一八四〇年的鸦片战争，面对列强，中华文化现出了全面深重的焦虑感与危机感。清末民初的文化大家王国维自沉，启蒙思想家严复也终入保皇一党，吸食鸦片而死，显现了文化危机的严重性。除了更新、革命、天翻地覆慨而慷，中华文化几乎已经无路可走，这才有了新文化运动对中华传统文化的反思与批判、各种境外思潮特别是马克思主义的引进。只有不可救药的糊涂人才会在强调继承弘扬传统的时候反过来否定革命与新文化运动的狂飙突进。

新中国成立以后，新潮涌动，百废待兴，我们的文化生活仍然经历了曲折与艰难。终于在今天，我们获得了重提文化自信、继承弘扬优秀传统文化、实现转化与发展的空前历史机遇。

我们背靠的传统，曾经被激烈地批判和反思。那么，我们为什么还要强调以它为基础的文化自信？

这是因为，我们今天所说的中华传统文化，是一个庞大的体系，既有孔孟提出后被官方提倡的修齐治平、忠勇仁义，也有替天行道、造反有理、"舍得一身剐，敢把皇帝拉下马"的激越拼搏，还有"天之道，损有余而补不足；人之道，损不足以奉有余"的对阶级剥削压迫的指责。而这后者，正是马克思主义能够在中国的山沟里成长壮大起来的理据。

我们更有新文化运动时以鲁迅为代表的反思批判文化，那是知耻近乎勇的传统，是海纳百川的传统，是苟日新、又日新、日日新的传统。

也正是五四运动与二十世纪中国志士与人民的呼风唤雨、倒海移山，表现了中华文化"喑呜则山岳崩颓，叱咤则风云变色"雷霆万钧的革命性一面，使中华传统文化经受了置之死地而后生的激扬历练，使中华传统文化得以挽救，得以激活。

还有以井冈山、长征、延安为代表的革命文化传统,也是浸润着中国传统文化发展起来的。毛泽东思想是马克思主义普遍真理与中国革命具体实际结合的产物,这个中国革命的具体实际,就包含着中华传统文化的许多方面。比如毛泽东提出的为人民服务、实事求是、愚公移山、以少胜多、出奇制胜、统一战线、批评与自我批评、支部建在连上,一直到"深挖洞、广积粮、不称霸",无不闪耀着传统文化的光辉。

我们还有以邓小平为代表的改革开放、通向社会主义现代化的正在完善成熟起来的传统:面向世界、面向未来、面向现代化,全面准确理解毛泽东思想,实践是检验真理的唯一标准,发展才是硬道理,摸着石头过河,一国两制……这些思想都带有中华文化特色的智慧与品质,是将中国带进全新的历史时期的精神指南。

百多年来,尤其是改革开放三十多年来,中国各界优秀人士、文化精英与广大民众,前仆后继,以极大的紧迫感奋斗图强,力求补上科学技术、大工业制造、国防自卫、市场经济、民主法制、改革开放的课,追上全面现代化、全面小康、全面富国富民的世界步伐。这种不甘落后的奋斗热潮也使中华传统文化有了勃勃进取的空前扩容和发展创新。

中华文化的生命力不仅在于它的古色古香、奇葩异彩、自成经纬,更在于它生生不息的活力,它的反思能力,它在多灾多难中锻炼出来的应变调适能力,它的见贤思齐见不贤而内自省精神,它的水滴石穿的坚韧性,它的接纳与深思的求变精神,还有它屡败屡战、永不言败、"士不可以不弘毅,任重而道远"精神。

敢于从善如流,敢于走自己的路

有人问,百年来,衣食住行、生产生活、科学技术、名词观念,我们吸取了那么多外来文化,中国人是不是已经"他信"胜过"自信"

了呢？

文化不是物资也不是货币，它是智慧更是品质，是精神能力也是精神定力，它不是花一个少一个，而是越用越发达，越用越有生命力，越用越本土化、时代化、大众化。它有坚守的一面，更有学习发展进步的一面，学习是选择、汲取与消化，不是照搬和全盘接受，"学而不思则罔，思而不学则殆"，谁学到手就为谁所用，也就归谁所有，旧有体系就必然随之调整变化，日益得心应手。

文化也不是垄断性、山寨性的土特产，它既有地域性，更有超越性与普适性。任何一种文化都无须追求来源的单一、唯一、纯粹。如果用产地定义文化传统与文化内涵，国人吃的小麦、玉米、菠菜、土豆……最初都是舶来品，连中餐都不是绝对的"中"了。再看日本，先学中国，后学欧美，已经大大发展了日本文化。美国更是移民国家，"文化土产"有限，但绝不能说美国没有自己的文化。他山之石可以攻玉，古为今用、洋为中用，这样的态度正是中华文化历久不衰的原因所在。

二十世纪七八十年代，当时各社会主义国家都掀起改革浪潮，但是那些了解中国的西方政要和学者，如撒切尔夫人、布热津斯基等，唯独看好中国的改革。未来学家阿尔文·托夫勒更是直言：中国可以实现跨越，"我相信中国正在向着成为二十一世纪第一流的国家稳步前进"。他们赞赏中国文化独特的包容与应变康复能力。他们从以邓小平为代表的中国领导人身上，看到了坚韧灵活，看到了既独立又开放，善于以退为进、转败为胜。果然，中国的改革开放没有走苏联和东欧国家的亡党亡国之路，没有辜负革命的先辈与国人的希望，也没有辜负国际人士的高看，取得了举世瞩目的成就。我们就更没有理由反过来嘲笑自己百余年来东奔西闯、披肝沥胆、改革开放、旧邦维新、发展变化的大手笔了。

文化一经吸收采用，必然与本土文化结合。马克思主义到了中国，发展成为毛泽东思想，邓小平理论，"三个代表"重要思想，科学发展观,习近平治国理政新理念、新思想、新战略,它们当然是中华文化而不可能是什么其他文化。孔子早就明白,"三人行,必有我师""十室之邑,必有忠信",孔子甚至宣告,他与伯夷、叔齐、柳下惠、少连等不同,叫作"我则异于是,无可无不可",而孟子干脆明确孔子是"集大成"者,是"圣之时者",说明圣者也要追求现代化、当代化。

我们主张文化自信,不是说只有中华文化是优秀的。《礼记》早就告诉我们:"学然后知不足。"《尚书》的说法是:"满招损,谦受益,时乃天道。"我们从不认为自身足够完满,我们对全球各国各地的文化必须是"各美其美,美人之美,美美与共,天下大同"。但我们必须重视、珍惜中华文化长久而又丰富的历史存在,重视它为我们当代快速发展所奠定的基础。越是经济全球化,越是西欧、北美取得了人类文化某些优势甚至主流地位,我们越要加倍珍惜自己的文化成果,越要思考为何或异其趣的中华文化对人类发展的参照作用越来越大。我常说,拒绝现代化,就是自绝于地球;而拒绝传统,就是自绝于中华本土,自绝于中国国情,自绝于中国人民,自绝于更有作为的可能。

是传统的复兴,又是全新的开辟

强调文化自信,我们不应忘记,中国目前兴起的"传统文化热",不是汉唐明清人在讲文化自信,而是二十一世纪中华人民共和国人民讲文化自信;不是孔孟,也不是秦皇、汉武、康熙、光绪讲文化自信,而是中国共产党人讲文化自信;不是在甲午海战、北洋水师全军覆没或者庚子事变、慈禧太后西逃时的胡言乱语,而是在历尽艰难、中国终于成为世界第二大经济体、成为世界经济发展引擎、致力于全面建成小康社会、提出"一带一路"倡议的新形势下的坚定认知。我们的文化自信,包括了对自己文化更新转化、对外来文化吸收消化的能力,包括了适应全球化大势、进行最佳选择与为我所用、不忘初心又谋求发展的能力。我们的文化传统是活的传统,是与现代世界接轨的传统，是以天下为己任的传统，是历久弥新、不信邪、敢走自己的路的传统。我们绝不妄自尊大，更无须自我较劲、妄自菲薄。

还有一种说法，认为文化是有机整体，所以取其精华、去其糟粕是难以做到的。这种说法不无道理，却过于悲观。毛泽东同志强调对传统文化要剔除其封建性的糟粕，吸收其民主性的精华。习近平同志多次强调传统文化的创造性转化与创新性发展。那么，如何判断传统文化中的精华和糟粕？要点有三：一看是否有利于人的发展、社会的发展，二看是否有利于社会和谐稳定，三看是否符合人类文明共识。例如"二十四孝"，在今天绝对不可以不加区别地宣扬，"埋儿奉母"，发生在今天不是"孝"，而是刑事犯罪。除了这些明显的封建糟粕，还有一些借传统文化热而借尸还魂的落后的习惯和意识，这些都应被我们视为糟粕而加以摒弃。

百余年来，中国志士仁人无日不在为使传统走出窠臼而苦斗，中国共产党人也一直在探索一条以传统为基石、以中华复兴为目标的道路。"一带一路"倡议的提出，既是传统的复兴，又是全新的开辟。这就叫继承弘扬，同时这就叫创新发展。

文化建设有它的复杂性、细致性与长期性，不能简单化、片面化，更不能急躁突进。现在我们还存在着将传统文化的弘扬形式化、皮毛化、消费化、口号化、表演化、煽情化、卖点化、圈地化、抢滩化的苗头。在文化自信问题上，传统与现代、普及与提高、学习与消化、叹赏与扬弃、继承与发展，须相得益彰、互补互证、不可偏废。我们期待的是更多针对文化课题的认真分析、讨论、推敲，期待从家庭教育、学校教育、社会教育等各个方面入手，把文化自信与提高我们的文化学养结合起来。

我希望当今有识之士共议文化，弄清中华传统文化世界观、人生观、价值观的基本思路与基本取向，弄通中华智慧与中华谋略的特色，打通传统文化与"五四"新文化，与马克思主义、毛泽东思想、邓小平理论、"三个代表"重要思想、科学发展观、习近平治国理政思想的关系,还要结合实际工作,结合教育事业,更上一层楼,提升我们的文化事业与文化生活水准,提升我们的理论思考分析辨别能力,使我们的文化生产、文化消费、文化积淀、文化品格、文化精神不但得到推动与鼓舞,更得到丰富与提升,从而让我们文质彬彬,从容自信。

发表于《人民日报》2017 年 8 月 15 日

新时代文化繁荣发展之道

习近平同志在庆祝改革开放四十周年大会上的重要讲话中强调:"积极培育和践行社会主义核心价值观,推动中华优秀传统文化创造性转化、创新性发展,传承革命文化、发展先进文化,努力创造光耀时代、光耀世界的中华文化。"文化兴国运兴,文化强民族强。新时代文化建设要与中华民族走向强起来的伟大进程相适应,不断推动新时代文化繁荣发展,努力建设社会主义文化强国。

党的十八大以来,以习近平同志为核心的党中央带领全国人民坚持发展社会主义先进文化,加强社会主义精神文明建设,培育和践行社会主义核心价值观,传承和弘扬中华优秀传统文化,坚持以科学理论引路指向,以正确舆论凝心聚力,以先进文化塑造灵魂,以优秀作品鼓舞斗志,爱国主义、集体主义、社会主义精神广为弘扬,时代楷模、英雄模范不断涌现,文化艺术日益繁荣,网信事业快速发展,全民族理想信念和文化自信不断增强,国家文化软实力和中华文化影响力大幅提升。

推动新时代文化繁荣发展,必须坚持以习近平新时代中国特色社会主义思想为指导,坚守中华文化立场,坚持为人民服务、为社会主义服务,坚持"百花齐放、百家争鸣",坚持创造性转化、创新性发展。要针对新时代文化多样化发展的新特点,既弘扬社会主义文化主旋律,又包容积极健康的多样性,同时大力整治庸俗、低俗、媚俗问题,加强行业自律。

推动新时代文化繁荣发展,要善于汲取一切有利于增强文化生命力与文化软实力的新观念、新理论、新技术、新手段,如吸收借鉴自然科学与人文科学的前沿成果,积极开展学术方面的争鸣研讨等。善于向经典学习、向传统学习、向一切先进文化学习,见贤思齐,学而时习之,正是中华文化永葆青春的奥秘所在,我们要传承好、发扬好。

推动文化产业高质量发展,生产出更多广受大众欢迎的文化产品,是满足人民日益增长的美好生活的需要、推动新时代文化繁荣发展的重中之重。既要重视拓展国内国际文化市场,更要重视提高文化产品的品位和内涵。为此,需要建立和完善监管体系,提高媒体的文化尊严与精神境界。

推动新时代文化繁荣发展,通过设立文艺奖项和文艺家荣衔、学衔等手段,强化对文化人才的尊重、引领、培育、凝聚,推动形成与中国悠久历史、国际地位相适应的文化人才阵容,不断攀登人类文化高峰。这不仅有利于倡导崇高信念、时代精神、学术研究与工匠精神、技艺传承,而且有利于培育为学荣耀与献身真理的热忱。要注重发挥文化的日常教化作用,特别是从青少年抓起,进行公民文明教育,包括文明礼貌、尊重他人、关心弱者、爱护公物、遵纪守法、包容理解等。注重促进自媒体等新媒体健康发展,扶正祛邪,拒绝网络乱象,抵制文化垃圾。大力提倡多读书、读经典,要悦读更要苦读与攻读。

文化不仅表现为文物与名胜古迹、文化活动与文化服务、特定的产品节目,而且更多地表现为人民的素质与精神面貌,以文化人正是中华民族的优良传统。推动新时代文化繁荣发展,必须坚持以人民为中心的价值取向,让人民在日常生活与社会活动中体现出更多的中华文化精神、品格与魅力。文化以点滴浸润见成效。要运用一切文化手段,从教育源头上多下功夫,从日常细节上多加规范,在公民自我教育、自我完善的功能上多加发挥。长期坚持下去,社会就会更有章法,人民就会更加文明,中华文明就会呈现出更加美好、宏大的景象。

发表于《人民日报》2019 年 3 月 22 日

全球化时代的中国文化路线图

二十一世纪中国的和平发展,特别是全球化趋势,为中华文化的新机遇与新贡献提供了条件,给了我们新的观念与机遇:世界与中国,尤其在文化问题上,已不应是鸦片战争与庚子事变时期的零和、对立的关系,而是共生、共赢,有斗争也有和谐交流沟通,同时也有自己的独立个性的坚守的关系。

一 全球化:一个新的观念和机遇

关于全球化,我要说明一个观点,即全球化与现代化是一致的,讲到全球化与现代化的一致性,我们能看到,凡是有利于生产力发展的东西,很容易被不同的国家、不同的文化背景所吸收。一种技术,比如说电力、电脑、信息技术、材料技术、医疗技术、能源技术,正在飞速地惠及全球,被不同语言、不同国家用不同的编码吸收,你挡不住。而随着技术、贸易、金融的全球化,文化上的相互交流相互影响不能不增加。

而恰恰是全球化的势头,引起了地域和族群的警惕,人们在日新月异的发展大潮中看到了感到了地域文化的式微,感到了西方发达国家从文化上把自身抹杀与吃掉的危险,便更会加强文化爱国主义、民族主义、地方原生态文化珍惜的情绪与理念。例如,目前的中国,一面是普通话的普及,外语尤其是英语的学习热潮;另一面是方言与母语得到了空前的重视与保护,乃至出现了对于学习外语的反感。

某些文化歧义与碰撞,带来了冲击也带来了机遇。我们对于"双百""二为"方针的坚守,将有利于文化的繁荣;我们对于文化人才的支持与尊重,将吸引各方人才为我所用。国家的文化操作,应该有利于更好地进行文化教育与创新,文化争鸣与讨论,文化传播与提升。

我们中华民族有非常辉煌的历史、辉煌的文化,但如果不吸收现代技术,我们就无法设想有一个现代化的、社会主义的,而且是不断向前发展的伟大祖国。任何一个国家的发展,都离不开世界。你不能脱离开这个进程。全球化给中国带来了发展机遇,中国能有今天的发展,离不开全世界经济发展的势头。

与许多国家不同,恰恰是中国,明确宣称了自身对于全球化的肯定,与对于民族文化、对于本土化的重视。这也是自古以来孔子式的"周而不比""和而不同""慎终追远",庄子式的"与时俱化",还有语出西汉刘向《晏子春秋》并为民间广泛接受的"识时务者为俊杰",与近现代的民粹、民间、民间文化传统。

目前,中国的经济与科学技术正在迅速地向全球一体化的方向发展。在新的语境下,我们中国文化显示了自己的再生能力,显示自己完全能够与时俱进,完全能够跟得上现代化、全球化的步伐,同时又保持我们自己文化的性格、特色、身份、魅力,表达了我们对中国文化的信心和自豪。

不同文化之间的交流与相互影响能够给各自的文化带来新的挑战与机遇,能大大丰富各自的文化,减少误解与敌意,促进各自文明与人类文明的共同发展。任何单一的文化,在发展到自以为几乎尽善尽美的同时,会遭遇巨大的危机:僵化,保守化,自足循环形成的陈陈相因与停滞不前,排他性,丧失活力等。这个时候,恰恰是他者文化的撞击与挑战,只要应对有方,就能够造成自身文化推陈出新的契机出现。

二　文化冲突与文化融合

全球化给中国这样的一些发展中国家带来了机遇,同时也引起了文化的焦虑。经济技术发展引起的全球化也带来了所谓的文化冲突。比较起来,中国因为有儒教的传统,有比较入世的传统,相对来说能够接受全球化当中追求进步、追求富裕、追求高生活质量的走向。

只看到不同文化间的冲突,看不到它们的互补、交流、融合与相互促进;强调文化之间的对立,如宗教与种族战争;怀着各种偏见,扩大不同文化之间的误解与敌意,这是文化沙文主义。完全否认多元文化之间的某些共同价值准则,这是文化相对主义。一心照搬域外的文化成品,是无视本土历史传统的文化虚无主义、分裂主义与文化乌托邦主义。

而比较理想的模式是多元文化之间的对话交流,求同存异,相互学习,相互理解,各自发展与共同发展。多元的文化有先进与落后的差别,有某些摩擦碰撞也有某些共同的价值准则。不论什么样的文化传统,承认先进文化的有效性与优势,接受人类文化特别是价值系统的某些共同准则:如和平、种族与性别平等、承认差别与互相尊重、社会公正、基本人权的各个方面、人际关系上的诚信与推己及人即己所不欲勿施于人等,是保护与发展自身所珍视的文化性格的基础。以近年中国强调的核心价值观为例,虽然中国强调了它的社会主义性质,它的提法与基本走向却是包括非社会主义国家与地区的人们所难以否定的。

二〇〇八年在北京主办奥运会,并提出"同一个世界,同一个梦想"的口号,其意义是非常重大的。可以说近代以来的国人的文化紧张、文化焦虑、文化对抗的形势正在发生变革的标志,中国与世界正在寻求沟通与互相认同,国人的精神资源正在迅速地扩大,我们追求的和谐社会与和谐世界正在成为一种普适的价值观。中华文化的主动性正在恢复。

中国永远不可能全盘西化,过去不可能,现在不可能,将来也不可能。同时中国必然走向现代化,必然实现中国传统文化的价值观与人类的普遍价值观念的打通,并在这一过程中,做出对全世界全人类的贡献。经受了严峻的考验、反思、批判、震荡直至断裂的危险,中华文化表现了自己的顽强的生命力与适应能力、发展与更新能力、汲取与消化能力。越来越多的有识之士回到了民族文化本位上来。

三 文化定力与文化理想

随着全球化的发展,人们的思维方式得到多方启发,文化思潮日益开阔丰富,出现了多样化的文化生态。全球化与现代化,变化着,有时是冲击着我们的生产方式、生活方式、语言方式、风俗习惯、民族传统。有些毋庸置疑是应该接受的,有些则是我们不愿接受而必须面对的。比如批量生产的消费文化,冲击着主流文化、高端文化;迅捷的网络信息,人云亦云的大拨思维,冲击着独立的深入的阅读与思考。市场经济在更好地配置资源的同时,也使文化领域染上了拜金、浅薄、媚俗、作假的风气,市场炒作使文化成果良莠莫辨,有偿新闻与有偿评论加剧了这种混乱。在浮躁的气氛下,有些演出在热热闹闹拼命造势一番之后并未给我们的文化留下任何遗产,票房高低常常成为一部电影是否"成功"的唯一标志,而文学作品则是印数至上。网络中出现了各种贬低严肃文化与高尚思想的低俗甚至丑陋的东西。此外一些域外的生活习惯如圣诞节、情人节、父亲节在中国的城市里也渐渐增加了影响,同时政府与主流媒体增加了对于民族传统节日清明节、端午节、中秋节的假日安排与报道。价值观念、社会风尚,都通过娱乐休闲市场表现出了异质的多样元素,此外还有一些片面性荒谬性观点,例如全盘西化或者全面怀旧等乖戾思潮倾向。

这种时候，更需要文化自信，文化定力，更要勇于与善于实现引领、整合、包容、平衡与进一步提升，以优秀传统文化、主流文化为主心骨，积极构建生气勃勃、富有创新活力，又能够满足人民多方面精神需要的多彩多姿的文化生态格局。

习近平总书记提出："中国有坚定的道路自信、理论自信、制度自信，其本质是建立在五千多年文明传承基础上的文化自信。"在庆祝中国共产党成立九十五周年大会上的讲话中，习近平总书记进一步提出："文化自信，是更基础、更广泛、更深厚的自信。在五千多年文明发展中孕育的中华优秀传统文化，在党和人民伟大斗争中孕育的革命文化和社会主义先进文化，积淀着中华民族最深层的精神追求，代表着中华民族独特的精神标识。"

和谐社会既是一个社会理念，也是一个文化理想。其实早在春秋战国时期，中国古代儒家的经典已经提出了"和"的问题，"和"是社会政治的理念也是哲学的和审美的范畴，"和"是哲学和审美的一种境界。

我们坚信，中华文明、中华文化在和谐社会和谐世界的构建中得到空前的弘扬与创造性的发展，中国人会更加成熟地选择理性的与建设性的文化战略：勇敢地学习与汲取属于全人类的一切文化成果与人类共同的价值标准，使之变为自己的血肉与力量的一个部分，使中国文化生发出蓬勃的生机，吸收人类社会公认的价值准则——如和平与尊重各国主权、民主、法制、基本人权、保护环境、各种族与民族平等等——创造新的、健康的、更加开放和富有活力的文化多元共存、多元互补与多元整合的新局面。这将是中国的也是世界的福音。

正是在这样的文化自信与文化定力的前提下，中华文化将会得到传承、安全与自我保护，得到发展、丰富与创新，中华民族的文化性格、文化风度与文化魅力将得到长久的保持与对于世界和平与人类福祉的不间断的贡献。

发表于《理论学习与探索》2020 年第 4 期

百年大党的文化初心与文化使命

一　中国共产党的文化优势 与中国革命的文化渊薮

百年前,中国共产党建党时候,一切国家机器的、物质的、经济的与军事的资源都掌握在帝国主义、封建主义、官僚资本主义与它们的代理人手里。共产党的优势,正是文化初心,是理论、纲领、意识形态的科学性、正义性、时代性,是文化初心的动员力、说服力与凝聚力。建党初期的人物,陈独秀、李大钊、瞿秋白等本身就是大文化人大作家。那时革命的资源是精神资源、文化资源、文化见识、文化积累、文化想象力的资源,是马列主义的哲学优势与道义优势,是马克思主义的普遍真理与中国革命具体实践的结合,是马克思主义的本土化,是马克思主义与中华传统文化——关于仁政、关于德治与礼治,并于世界大同、天下为公、自强不息、厚德载物、以百姓之心为心、得民心者得天下、圣贤道统、文统、以文化人——的结合,也是中华道统文统走向社会主义现代性的创造转变与创新发展。

孔子是讲仁政、王道、邦有道与邦无道的区别的,是批评春秋无义战的。孟子是讲天爵与人爵的区别的,即以义礼为标准来衡量封建社会的。老子则更提出,"天之道损有馀而补不足,而人之道损不足以奉有馀",这个问题提得极尖锐,等于是揭露了压迫与剥削的逆天性质,而中国历代的农民起义,都打着"替天行道"的大旗。一九二一年成立的共产党,就是当代替"天"——即代表历史发展的规律,来行马克思主义的损有馀而补不足的社会主义之道的。长期以来的农民起义文化、载舟覆舟、替天行道理论,与马克思主义结合,举撑着社会主义共产主义的旗帜。

与苏俄革命比较,我们的文化酝酿与准备更成熟。十月革命时文化人逃亡一空,连最最同情革命的高尔基也一时跑走。我们这里,范文澜、翦伯赞、吕振羽、邹韬奋、陶行知,鲁、郭、茅、巴、老、曹,谢冰心、郁达夫等大家,都不支持反动派对左翼文化人的迫害,待到一九四九年,更多的大家大师大文化人,都归向了中华人民共和国。毛泽东在《新民主主义论》中指出:第二次国内革命战争期间,"作为军事'围剿'的结果的东西,是红军的北上抗日;作为文化'围剿'的结果的东西,是一九三五年'一二·九'青年革命运动的爆发。而作为这两种围剿之共同结果的东西,则是全国人民的觉悟……其中最奇怪的,是共产党在国民党统治区域内的一切文化机关中处于毫无抵抗力的地位,为什么文化围剿也一败涂地了?这还不可以深长思之吗?"

二　中华人民共和国的文化建设

一九四九年建立中华人民共和国,我党受到的文化推崇与文化人的拥戴,明显优于十月革命时期的联共的文化环境与文化条件。以作家为例,跟随国民党逃亡的不足百分之十。(老舍语)众多的作家,在国民党特务的威胁下,从世界的各个角落云集北京,其盛况到如今还历历在心在目。

一九四九年以来,扫盲、义务教育、爱国卫生运动改天换地,剥削、压迫、黄赌毒、迷信、馁弱、空虚、腐烂、黑社会势力受到多次与全面的扫荡,我们的文化精神文化事业走向健康、积极、光明、建设性,我们正在成为一个富强、民主、文明的社会主义现代化国家。

劳动人民当家做主,工人作家、农民作家、战士作家,来自车间地头军旅边疆的文艺家不断涌现出九州生气。知识分子与工农兵大众的结合,也出现了文化生活的新面貌。

由于简单化急性病,文化上也有一些用阶级斗争大轰大嗡的方法的做法,最后证明那是不可取的,我们积累了宝贵的也是厚重的经验教训,需要牢记不忘。

同时我们面临新的文化挑战,面临新的"大考":对文化人才与文化领导力的要求更加全面与提高,对于动员力、说服力、凝聚力的要求,也面对了执政地位带来的新优势与新课题。我们主流意识形态的理想主义会受到国内外敌对势力的挑战,也会受到官僚主义、形式主义以权谋私行为与腐败病毒的污损,同时社会对于文化的务实性、操作性、惠民性、连续性与一贯性会不断提出新的要求,也会有种种指手画脚。而各种糖衣炮弹与腐化侵蚀又是对于革命文化社会主义文化的败坏。我们既要充分地运用政权权威,捍卫革命果实,造福人民国家,同时要充分发展文化的软实力,切实地以人民为中心,获得人民的信心与贴心,严防腐蚀与蜕变。就是说:"道之以政,齐之以刑,民免而无耻。道之以德,齐之以礼,有耻且格。"就是说,中国特色社会主义文化的科学性、创造性、使命感、先进性、开放性,提高生活质量的有效性、完美性、恭宽信敏惠的领导力是我们的软实力的基础,是我们的文化使命,是实现中华民族伟大复兴的中国梦的重要内容。

三 实现文化强国建设的远景与规划

对于为政以德的软实力的强调,对于修齐治平积极性的肯定,对于相反相成的中华源远流长的辩证智慧的把握,做到见贤思齐,见不贤而内自省、好学敏求,与时俱进,我们完全可以做到将珍惜传统与苟日新又日新日日新结合起来,把坚持中国文化的主体性与汲取消化人类一切先进的文化成果结合起来。将古为今用、开拓与深化我们的中国特色社会主义文化,接地气、续文脉、实现传统文化的创造性转变与创新性发展,实现社会主义的现代性,与洋为中用,贡献与促进人类命运共同体的开放性进步性结合起来。

所以说文化自信是最根本的自信,习近平新时代中国特色的社会主义思想,具有充实的文化内涵与文化关注与期待。我们已经提出二〇三五年更高端更久远更巨大的对于文化创造成果与文化人才阵容的远景与目标,我们要建设文化强国、人才强国、教育强国、体育强国,健康中国,美丽中国。我们必须拿出自己的实实在在的文化成果,文化大师,文化阵容,发明创造、我们要致力于实现理论创新、科技创新、制度创新、文化创新。我们必须创造当今的文化经典,当今的理论经典、哲学经典、人文社会科学经典、自然科学经典、文学艺术经典,造福当下,紧扣时代脉搏,同时接受千秋万代的欣赏与评议,对得起中华民族的子孙后代。在与阶级敌人进行生死搏斗的时候,我们不惜投身于制造与使用如鲁迅所说的速朽的匕首与投枪,今天有今天的匕首与投枪,同时我们也不能不操心留下我们的时代的黄钟大吕、祖庙丰碑,向民族历史作出交代,向后世子孙作出交代。

我们的使命宏伟巨大深远,我们自身需要百倍的踏踏实实的努力,我们更要注意发现、帮助、培育文化的生力军,新一代,新两代。

继承、弘扬、发展、创新、超越,实现社会主义中国的文艺复兴与文化繁荣发展,展现强大的社会主义文化阵容与文化经典、文化成果,为中国人民、子孙后世与人类命运共同体贡献出经久不衰的思想、理论、文化、科学、教育、文学瑰宝,优化世道人心,优化社会风气。优化物质文明与精神文明,是文化强国的标志。

学习、学习、再学习,不断总结、汲取、分析、钻研,实验、开拓,解放思想、开动机器,是不断提升文化谋篇与文化引领、文化创造与文化生产力的关键。

发表于《中国领导科学》2021年第4期

赓续文脉　书写新篇

习近平总书记指出:"文艺的民族特性体现了一个民族的文化辨识度。"包括《诗经》、楚辞、汉赋、唐诗、宋词、元曲、明清小说等在内的中华优秀传统文化,是中华民族的精神命脉。"不学诗,无以言""路漫漫其修远兮,吾将上下而求索""盖文章,经国之大业,不朽之盛事""文以载道""笔落惊风雨,诗成泣鬼神""寄意寒星荃不察,我以我血荐轩辕"……中华文脉深沉厚远,丰饶绚烂。作为当代文艺工作者,我们继承的正是这样的悠久传统。

我想起多年前,在河南开封清明上河园演出的一场晚会带给我的冲击。它以现代的科技手段与综合艺术媒介让北宋的巨幅名画动起来、活起来,传达着文化创造的热情。"东风夜放花千树,更吹落,星如雨",晚会上一首以辛弃疾《青玉案·元夕》为歌词的合唱,让人看到中华文化跨越时空不曾褪减的魅力,引发多少诗心、史思、文情、艺梦!当时我就感慨:"哪怕仅仅为了欣赏辛弃疾的诗词,下一辈子,下下辈子,仍然要做中国人。"

我们的文化传统是生生不息的传统,是与当下世界接轨的传统,是历久弥新的传统。我们的文化自信,必然包括了对中华优秀传统文化的转化创新。传统与现代、普及与提高、学习与消化、继承与发展,须相得益彰、互补互证。

在继承的基础上,写就古老文艺传统的新篇章,是当代作家责无旁贷的使命。我们有幸经历了中华民族的苦难和奋起、革命和建设、发展和变局,见证了一个又一个重要历史节点。经历和见证是我们的宝贵财富,书写和描绘是我们的光荣使命。这些年,作家与人民大众日益贴心,创作出来的作品也日益厚重,生动反映奋进新时代的光辉与壮美。党的十九届五中全会明确提出到二〇三五年建成文化强国的远景目标。面对这一目标,我们每一个人思考和安排写作的时候,都不能掉以轻心。回顾传统、展望未来,更觉历史使命重如泰山。

新时代文学艺术的发展蓬蓬勃勃,热火朝天。一方面,体量的增加、传播的扩大、受众的开拓有目共睹,文化产业与消费市场的发达、文化选择的丰富与便捷值得欢呼;另一方面,我们还需要接受时间与人民的检验,衡量一个时代的文艺成就最终要看作品。精益求精,拿出无愧于我们这个伟大民族、伟大时代的优秀作品,当代文艺工作者还可以做得更出色。

时代与人民都在关注着中国的文化发展,关注着历史悠久的中华优秀传统文化的创造性转化、创新性发展,期待着十四亿多人口大国文学新篇、文学巨著、文学大家的不断涌现。我们越是重任在肩,越要有愚公移山、精卫填海的精神,必须不折不扣地说到、写到、做到!

发表于《人民日报》2021 年 12 月 17 日